The Annotated *Alice*

150th Anniversary Deluxe Edition

愛麗絲夢遊仙境與鏡中奇緣

從不絕版的西方奇幻經典・跨世紀珍藏版

—完整收錄科普大師加德納精彩注釋—

路易斯・卡洛爾 Lewis Carroll —— 原著

馬丁・加德納 Martin Gardner —— 編注

馬克・伯斯坦 Mark Burstein —— 協助更新

陳榮彬 —— 翻譯

—— 獻 給 ——

幾千位讀過前幾本馬丁・加德納（Martin Gardner）

《注釋版：愛麗絲系列小說》之後，還大費周章寫信表達讚賞之意；

或者針對舊注釋給予指正，以及為新注釋提供建議的讀者們。

路易斯 ‧ 卡洛爾　Lewis Carroll

原名查爾斯 ‧ 拉特維吉 ‧ 道吉森（Charles Lutwidge Dodgson），十九世紀英國作者、數學家、邏輯學家、攝影師。1832 年 1 月 27 日出生英格蘭柴郡（Cheshire），於 1898 年 1 月 14 日逝世，享年六十六歲。1855 年於牛津大學基督教堂學院擔任數學教師。

道吉森是個害羞且特立獨行的單身漢，生前最喜歡數學、邏輯與文字遊戲，以及充滿天馬行空元素的詩文，也特別喜歡小孩子。在一次與院長亨利 ‧ 喬治 ‧ 里德爾（Henry George Liddell）的女兒們划船出遊時，將自己喜愛的事物揉合在一起，編成故事說給孩子們聽。隨後他將此故事加以潤飾編寫成《愛麗絲夢遊仙境》與其續集《鏡中奇緣》，兩者皆成為經典不朽且傳頌百年的經典文學之作。

此外，道吉森的其他著作還有長詩《捕獵蛇鯊》（*The Hunting of the Snark*，1876 年）與《千變萬化》（*Phantasmagoria*）、奇幻小說《西爾薇與布魯諾》（*Sylvie and Bruno*）等。

馬丁 · 加德納　Martin Gardner

攝影：Olan Mills

美國近代名聲顯赫的數學家與科普作家。1914 年 10 月 21 日生於美國奧克拉荷馬州，於 2010 年 5 月 22 日逝世，享年九十六歲。有「趣味數學」大師之稱的他為《科學人》（*Scientific American*）雜誌持續撰寫〈數學遊戲〉專欄長達二十五年，其數學推理相關的出版品包括：《葛老爹的推理遊戲》系列、《跳出思路的陷阱》等著作。亦曾被美國學者道格拉斯 · 霍夫史塔特（Douglas Hofstadter）讚譽為「本世紀本國最偉大的知識份子之一」，也被喻為二十世紀下半葉美國科普界的大師級人物。

加德納同時也是路易斯 · 卡洛爾與其作品研究領域裡的世界級頂尖專家。他對英國經典文學《愛麗絲夢遊仙境》長期投入廣泛且深入的研究，提出這部小說的脈絡、參照比較、替代選擇與文本解釋並編綴成《注釋版：愛麗絲系列小說》（*The Annotated Alice*，1960 年）一書，使廣大讀者們在閱讀故事時，皆獲得樂趣與有意義的洞見。

爾後的五十年裡，加德納仍持續深掘史料文獻，為愛麗絲小說編寫新注釋，陸續出版《增訂注釋版：愛麗絲系列小說》（*More Annotated Alice*，1990 年）、《最終注釋版：愛麗絲系列小說》（*The Definitive Edition of the Annotated Alice*，1999 年）等書籍，直至去世前仍未停止這項研究工作。在本書中輯錄了加德納的三本愛麗絲小說注釋版本著作，並收錄他逝世前撰寫的一百多個未曝光與更新的研究結果。

〈愛麗絲，妳在哪？〉

奇怪的孩子，老派的愛麗絲，把夢借給我：
現代的故事我聽不慣，
跟著妳就有笑聲，有微光：
今晚我對聖人與罪人，已感到厭煩。
自從路易斯與老田尼爾讓妳住進紅色金色的不朽房屋，
我們早已是朋友。
來吧！妳的天真是永恆的泉源：
讓我在變老前再年輕一次。

妳是一杯青春泉水：今晚我選擇
在妳神奇的迷宮深處迷路，
衣著鮮豔的紅棋王后在裡面大聲咆哮
白兔匆匆趕路。
讓我們再度攜手冒險：
讓我重新相信，這世上真有仙境！

——選自美國作家文森・史塔萊特（Vincent Starrett）詩集，
《傍晚時刻》（*Brillig*；*Chicago:* Dierkes Press, 1949 年）

全目次

《注釋版：愛麗絲系列小說》導讀

(*The Annotated Alice*)

　　《注釋版：愛麗絲系列小說》的存在是不是很荒謬呢？我們姑且先把答案當作肯定的好了。在 1932 年，路易斯・卡洛爾（Lewis Carroll）冥誕那一天，英國小說家 G.K. 卻斯特頓（Gilbert K. Chesterton）曾表示他實在「擔憂不已」，唯恐愛麗絲已經落入嚴肅學者們的手中，變成：「像古墓一樣冰冷，如同紀念碑似的」。

　　「好可憐的小愛麗絲！」G.K. 哀嘆道，「她不只是被抓，硬逼著去做功課，而且還逼得別人得去做功課。如今愛麗絲已經不是學童，簡直變成了小學女校長。假期結束了，道吉森又恢復了教授的身分。有好多好多的試卷要寫，裡面的題目都是像這樣的：（1）你對以下詞彙有何理解：『不快樂』（mimsy）、『鑽洞』（gimble）、『鱈魚的眼睛』（haddocks'eyes）、『糖漿井』（treacle-well），還有『一碗好湯』（beautiful soup）？（2）請把《愛麗絲鏡中奇緣》的所有棋步列出來，並畫成棋譜。（3）鬍子染成綠色之後，要怎麼避免別人指指點點？請簡述白棋騎士提出解決之道。（4）請描述噹叮噹與叮噹叮的差異。」

　　卻斯特頓懇求世人不要用太嚴肅的方式去看待愛麗絲，這的確也有道理。但是，聽笑話的人如果無法掌握好笑的點在哪裡，有時候就該有人提出解釋。以愛麗絲系列小說而言，儘管內容看似有著許多胡說胡鬧之處，卻都是奇特而複雜的幽默元素，是作者為了十九世紀英國讀者們而寫的，因此如果我們想要徹底

瞭解文本的風趣與風味,就必須瞭解許多文本以外的東西。糟糕的是,卡洛爾的某些笑話只有牛津鎮居民才懂,也有一些笑話具有強烈的個人色彩,唯有牛津大學基督教堂學院里德爾(Dean Liddell)院長家那些可愛的女兒們才懂。

時至今日,大多數美國兒童在讀愛麗絲系列小說時可能很痛苦,覺得卡洛爾的胡說胡鬧都是隨便編出來、沒有意義的,但事實並非如此。孩子們之所以感到「痛苦」,理由在於,即便是在英格蘭,十五歲以下的兒童也沒有辦法像以前的小孩那樣,能夠從愛麗絲系列小說中獲得樂趣,他們不覺得卡洛爾的作品跟《柳林風聲》(*The Wind in the Willows*)或《綠野仙蹤》(*The Wizard of Oz*)之類的童書一樣有趣。愛麗絲的夢中情景具有夢魘般的氛圍,總是讓現代的小孩感到困惑,有時候甚至會被嚇到。愛麗絲系列小說之所以能夠永垂不朽,唯一的理由在於,許多大人,尤其是許多科學家與數學家仍然能欣賞這個故事。在《注釋版:愛麗絲系列小說》這本書裡面的許多注釋,就是寫給他們看的。

我盡力避免讓兩種注釋出現在這本書裡面,理由並非那一些注釋艱澀難寫或者不應該寫;而是因為太過簡單,任何聰明的讀者都可以自己寫出來。我所說的是涉及「象徵意義」與「心理分析」的那種注釋。跟荷馬史詩、《聖經》或者任何其他偉大的奇幻文學作品一樣,愛麗絲系列小說很容易讓人進行各種象徵詮釋,無論是政治性的、形上學式的,或者佛洛伊德式的。這一類評論具有深厚的知識背景,只是其中某些真的令人發噱。例如向恩・萊斯里(Shane Leslie)曾在文學月刊《倫敦水星》(*London Mercury*)上面刊登過〈路易斯・卡洛爾與牛津運動〉(Lewis Carroll and the Oxford Movement,1933 年 7 月號)一文,表示愛麗絲系列小說暗藏維多利亞時代英格蘭地區的宗教爭論。例如:那一罐橘子醬(orange marmalade)是新教教會的象徵(因為被視為新教英雄的英王威廉三世又被稱為

William of Orange，懂嗎？）紅白騎士之戰象徵著湯瑪斯 · 赫胥黎（Thomas Huxley）與薩繆爾 · 威伯福斯主教（Bishop Samuel Wilberforce）之間的知名衝突。藍色毛毛蟲象徵著班傑明 · 喬維特（Benjamin Jowett），白棋王后是約翰 · 亨利 · 紐曼樞機主教（Cardinal John Henry Newman），紅棋王后是亨利 · 曼寧樞機主教（Cardinal Henry Manning）、柴郡貓是尼可拉斯 · 懷斯曼樞機主教（Cardinal Nicholas Wiseman），至於炸脖龍（Jabberwock）則「肯定是英國人對於教皇權勢的恐懼心理之投射」。

近年來，一股心理分析的詮釋風潮自然而然地發展出來。亞歷山大 · 伍爾考特（Alexander Woollcott）曾經說，佛洛伊德主義者沒有徹底分析愛麗絲的夢境，真是令他鬆了一口氣；不過，那已經是二十年前了。如今，唉……任誰都可以當業餘心理分析家。掉進兔子洞，或者擠在一間小房子裡，一隻腳伸進煙囪裡這種情節有什麼涵義，還需要別人來告訴我們嗎？問題在於，任何充滿胡鬧胡說元素的作品都有許多誘人的象徵，讓任何人都可以做出關於作者的假設，任意詮釋象徵，並且輕易為自己的說法找出有力的證據。例如，愛麗絲抓住白棋國王的石筆尾端，開始幫他寫備忘錄。只要花個五分鐘時間，任何人都可以想出六種不同的詮釋。但是這些詮釋是否有任何一種能夠符合卡洛爾下意識的想法？對此，恐怕難有定論。比較貼近真實的是，卡洛爾的確對於「通靈現象」與「自動書寫」感興趣，然而我們也不能排除的一個假設是，愛麗絲用國王的石筆寫字之情節安排，其實純屬巧合。

此外，別忘了愛麗絲系列小說裡，有許多角色與故事都是雙關語和其他各種文字遊戲的直接結果，如果卡洛爾用其他語言（例如法語）來寫作，那結果就完全不同了。例如，假海龜這個角色之所以會存在，還有牠為何會那麼憂鬱，也都可以透過「假海龜湯」這一道菜餚獲得解釋。在小說裡面為什麼會有那麼多跟

吃有關係的故事元素，這到底是因為卡洛爾有所謂「口腔侵略」（oral aggression）的心理情結，抑或只是卡洛爾意識到小孩都很喜歡吃東西，理應也喜歡在童書裡面看到吃的東西？另一個類似的問題是，小說裡怎麼會有那麼多虐待情節？（不過，與過去七十年來的卡通影片作品相比，那些情節算是比較溫和的。）難道所有卡通影片的製作者都是虐待狂或被虐待狂？這個假設似乎是不合理的，比較合理的說法是，他們都發現孩子們喜歡在影片中看到那種畫面。卡洛爾是個很厲害的說故事者，因此我們不難理解他應該也會有類似的發現。重點並非卡洛爾是不是個神經質的人（我們都知道他的確是）；而是在於，有些人可能以為這種充滿胡鬧胡說元素的童話故事如果拿來進行心理分析，應該會有豐富成果，但實際上並非如此。這種故事裡面有太多象徵符號，而這些象徵符號又有太多解釋方式了。

　　針對愛麗絲系列小說進行的各種分析性詮釋，可說是充滿衝突，如果各位對它們有興趣，不妨參閱本書最後章節的「主要參考書目」。在心理分析的詮釋方面，紐約的心理分析師菲麗絲·葛林艾克（Phyllis Greenacre）對卡洛爾進行的研究是最為出色也最仔細的。她提出許多巧妙至極的論證，而且很可能所言不虛——但是，任誰都希望她說的並不正確。卡洛爾曾在信中提及，他父親的死是「畢生最大打擊」。紅心王后與紅棋王后是愛麗絲系列小說中最明顯的母親象徵，但她們都是心腸不好的角色；相反的，紅心國王與白棋國王則最可能是父親象徵的候選人，他們卻都是很友善的人物。然而，我們大可以把這種詮釋進行鏡像顛倒，主張卡洛爾其實是有未解開的戀母情結（Oedipus complex）。也許，他把小女孩當成母親，所以愛麗絲自己才是真正的母親象徵——這就是葛林艾克醫生的觀點。她指出，卡洛爾與愛麗絲之間，差不多相當於他與母親之間的年紀差距，而且她很肯定的一點是：「這種把未解的戀母情結倒轉過來的現象，是很常見的。」根據葛林艾克醫生指出，從心理分析師如今仍然堅稱的「原初場景」（primal scene）觀念看來，炸脖龍與蛇鯊

這兩個怪物都是那種場景的遮蔽記憶（screen memories）。也許的確如此，但疑問仍然存在。

我們還沒辦法透過探索查爾斯・拉特維吉・道吉森（Charles Lutwidge Dodgson）的內心世界來解釋他何以如此特立獨行，但對於他生平的一些事蹟，大家倒是很清楚。道吉森在牛津大學的基督教堂學院住了將近半個世紀，那裡也是他的母校。在那一段期間裡，他有一半以上的時間是擔任該院數學教師。他在授課時一點也不幽默，內容很無聊，對於數學沒有重大貢獻。但是他提出的兩個邏輯悖論曾經刊登在牛津大學的《心靈》（*Mind*）期刊上，兩者都涉及了如今我們所謂「後設邏輯」（metalogic）的艱難問題。他那些關於邏輯與數學的著作充滿奇趣，裡面有許多令人莞爾的問題，但都只是入門等級的，如今已經乏人問津。

從外貌看來，他雖然英俊，但長得並不勻稱——也許就是這兩個事實讓他對鏡像反射這麼有興趣。他兩邊的肩膀一高一低，微笑起來嘴巴也有點歪歪的，一對眼睛的藍色也有深淺之別。他的身高不高，體型削瘦，總是刻意維持硬梆梆的挺直姿勢，走路時的步態不太平穩。他的一邊耳朵是聾的，講話會結巴，上唇顫抖。儘管被威伯福斯主教任命為教會執事，但他因為有語言上的障礙，所以很少上台講道，而且後來他畢生也都沒有更進一步成為牧師。無可懷疑的是，他對於英國國教派的宗教觀有很深刻的瞭解，也很虔誠。他接受教會的所有正統宗教觀，唯一例外的是，他並不相信人的靈魂會受到永恆詛咒（eternal damnation）。

在政治立場方面，他是個保王派，相當敬重社會上的勛爵貴婦，對於社會地位不如他的人，態度大多比較高傲。他反對舞台上出現褻瀆神明與具有暗示性的言語，而且他畢生始終沒有完成的計畫之一，就是進一步修訂湯瑪斯・波爾德（Thomas Bowdler）已經刪除過的莎翁劇作全集，讓那些作品變成適合年

輕女孩欣賞。他打算把一些就連波爾德也覺得不會冒犯社會大眾的字句拿掉。他是個很害羞的人，出席社交場合時有可能枯坐幾個小時，完全不與人交談，但是只要與任何一個小朋友獨處，他的害羞神態與口吃就會「悄悄地突然不見」。他是個沒有性生活，日子平凡無奇而快樂的單身漢，挑剔而拘謹，難搞又愛胡思亂想，待人和藹又溫柔。「奇怪的是，我這一生未曾遭遇任何試煉與麻煩，」他曾寫道，「因此我無法懷疑我的快樂可說是某種被託付給我『佔有』的天賦，讓我有辦法在老師回到教室之前，做一些能夠取悅別人的事情。」

到目前為止，我們只看到查爾斯・道吉森無聊的一面。但是一提到他的嗜好，就會開始察覺到他個性裡也有比較活潑的一面。小時候他曾經涉獵過木偶戲與用手表演的戲法，而且他一生都很喜歡變魔術，特別是為孩子們表演。他最喜歡的把戲之一，是用手帕弄出老鼠的形狀，然後很神奇地讓手帕從手中跳出去。他也會教孩子們摺紙船，還有一種在空中揮動時會啪啪作響的紙手槍。在攝影藝術剛開始發展時，他就成為一位攝影師，專長是幫孩童與名人拍肖像照，而且他的構圖技巧與品味特別出色。他喜歡玩各種遊戲，尤其是西洋棋、雙陸棋，也很愛打槌球和撞球。他發明了許多數學謎題與字謎、文字遊戲、密碼系統，還有一種記憶數字的方法（在他的日記中曾提及，使用這項記憶方法可以把圓周率數字記到小數點後的七十一位）。儘管看戲的習慣不受當時的教會認可，但他曾是個很熱衷的歌劇迷與戲迷。知名女演員愛倫・泰瑞（Ellen Terry）是他畢生好友之一。

在卡洛爾的好友裡，愛倫・泰瑞*是個例外。他最主要的嗜好之一（而且是為他帶來最大喜悅的嗜好），就是取悅小女孩。「我很喜歡小孩，但小男孩除外，」他曾如此寫道。他很怕小男

---

*卡洛爾開始去看愛倫・泰瑞登台時，她年僅九歲；但是一直要等到1964年，她十七歲時，她和卡洛爾才成為朋友，因此與他那些十歲上下的幼童友人不同。

孩，到了晚年更是盡可能避開他們。他採用羅馬人把白色石頭當成好運象徵的習俗，有時候會在日記裡寫道：「我用白色石頭[1]來標記這一天」，只要他覺得那個日子特別值得紀念。那些日子之所以會被他用白色石頭標記，幾乎都是因為他取悅了某個幼童友人，或者又認識了新的幼童友人。他認為小女孩的胴體漂亮極了（與小男孩的胴體截然不同）。偶爾他會幫小女孩畫裸素描或者拍裸照，不過都會先徵求女孩母親的同意。「如果我畫的或拍攝的是這世界上最可愛的小孩，」他寫道，「卻發現她對自己的裸體被記錄下來有一絲絲的退縮（無論動作有多細微，無論她多容易地克服了），我覺得自己必須嚴肅地為上帝負責，因此必須完全打消主意。」為了避免那些裸體照片或素描於日後讓那些女孩感到尷尬，他也特別要求在死後必須將其銷毀，或將東西還給女孩們或她們的爸媽，因此似乎沒有任何小女孩們的照片或素描留存於世。

在卡洛爾的小說《西爾薇與布魯諾的結局》（*Sylvie and Bruno Concluded*）裡面，有個段落深刻地表現出他對於小女孩的極度癡戀。小說的敘述者是稍稍經過修飾偽裝的查爾斯・道吉森，據其回憶，他一輩子裡只有一次見識過何謂完美：「……當時我參加一場倫敦的展覽會，穿越群眾時，我突然與一個絕美脫俗的小女孩面對面相遇。」卡洛爾未曾停止過追尋這樣的一個小女孩。他也成為了在火車車廂裡與海水浴場中認識小女孩的能手。去海邊遊玩時，他總是隨身攜帶一個黑色袋子，裡面裝著益智鐵環（wire puzzle）以及其他能夠讓她們興味盎然的特別禮物。他甚至還帶著一些安全別針，以便那些小女孩想下水走一走的時候，可以幫她們把裙襬別起來。他的第一步棋有時候還挺有趣的，某次他曾在海邊幫一個先前掉進水裡的小女孩畫素描畫，女

---

1 關於羅馬人用「白色石頭」來標記特別日子或事件的習俗（這習俗曾被卡圖盧斯〔Catullus〕等人記載過），請參閱：Kate Lyon, "The White Stone" in *Knight Letter* 68 (Spring 2002)；還有後續的文章：*Knight Letter* 69 (Summer 2002)。

孩穿著溼答答的衣服走過他身邊。卡洛爾撕下一小張吸墨紙，對女孩說：「妳可以用這一張紙把身上的水吸乾嗎？」

　　卡洛爾一生曾與許許多多迷人的小女孩過從甚密（從照片看得出來她們都很迷人），但是沒有任何一個取代得了他愛上的第一個──愛麗絲・里德爾（Alice Liddell）。「自從妳以後，我曾有過好幾十個幼童友人，」在愛麗絲結婚後卡洛爾曾在信裡面向她表示，「但她們與妳截然不同。」愛麗絲是亨利・喬治・里德爾（Henry George Liddell，他的姓氏與 fiddle 一字押同樣的韻），亦即牛津大學基督教堂學院院長的女兒。愛麗絲到底有多迷人？約翰・拉斯金（John Ruskin）曾寫過一本片斷零碎的自傳叫做《前塵往事》（Praeterita），書裡的一個段落可以讓我們對她有約略的瞭解。佛蘿倫絲・貝克・藍儂（Florence Becker Lennon）寫的卡洛爾傳記裡收錄了那個段落，我就是從那本書裡引述的。

　　當時拉斯金在牛津大學教書，先前他曾經當過愛麗絲的繪畫老師。某個下雪的冬夜，里德爾院長夫婦出去用餐，愛麗絲邀請拉斯金去家裡喝茶。「我想當時愛麗絲應該有派人送一封短信給我，」他寫道，「當時〔牛津大學裡的〕湯姆方庭（Tom Quad）還沒有積雪。」院長家的門突然打開時，拉斯金安坐在火堆邊一張扶手椅上，他「突然感覺到有一陣火星被風吹了出去」。結果是院長夫婦回來了，因為路上積雪，他們無法出去。

　　「看到我們，你一定很遺憾吧，拉斯金先生！」里德爾太太說。「從來沒那麼遺憾過，」拉斯金答道。

　　院長請他們回去繼續喝茶。「所以我們就照做了，」拉斯金接著寫道。「但是等到她爸媽吃完晚餐，我們可不能讓他們別進到客廳來，所以我就帶著憂悶的心情回到基督聖體學院（Corpus）去了。」

接下來是這故事最重要的部分。拉斯金認為愛麗絲的妹妹伊荻絲與蘿妲也在場，但他不確定。因為，就像他在自傳中說的，「如今回想起來，都好像是在作夢一樣。」沒有錯，愛麗絲一定是個充滿魅力的小女生。

　　卡洛爾是否曾愛上愛麗絲・里德爾？這是個充滿爭議的問題。如果這是指他想要娶愛麗絲，或者曾向她求愛的話，我們完全找不到任何證據。不過就另一方面而言，他對待愛麗絲的態度，的確就像是個戀愛中的男人。我們只知道里德爾太太察覺到有點異樣，於是設法讓卡洛爾打退堂鼓，後來還燒了他最早寫給愛麗絲的那些信。卡洛爾只是曾於 1862 年 10 月 28 日的日記裡提及他「自從紐瑞爵士的那一件事之後」，就不再受到里德爾太太的青睞，而這實在令人費解。「紐瑞爵士的那一件事」到底是什麼？時至今日，這仍然是未解的一大謎團。

　　沒有任何跡象顯示卡洛爾有其他念頭，我們只知道他與那數十個小女孩之間保有最為純真無邪的關係，而且從日後她們留下的愉悅回憶文字看來，也看不出他有任何踰矩之處。透過維多利亞時代的文學作品，我們可以看出當時英格蘭人普遍地將小女孩的美貌與純潔給理想化。無疑的，這讓卡洛爾能夠更輕易地認定自己對於她們的喜好是源自於崇高的精神層面——不過，無論如何，這種喜好當然也是幾乎沒有任何理由可以解釋的。近年來，有人把卡洛爾比擬為杭伯特・杭伯特（Humbert Humbert），也就是納博科夫（Vladimir Nabokov）小說作品《蘿莉塔》（Lolita）裡面的故事敘述者。他們倆的確都對小女孩情有獨鍾，但兩者的目標卻是剛好相反。杭伯特的「小妖精」（nymphets）是他性幻想的對象，但卡洛爾的小女孩之所以對他有吸引力，卻是因為她們對他來講不構成性的威脅。在文學史上，卡洛爾幾乎可以說是獨一無二的：儘管梭羅（Thoreau）、亨利・詹姆斯（Henry James）跟他一樣過著沒有性行為的生活，而愛倫坡（Poe）、恩尼斯特・道森（Ernest Dowson）等作家也深受小女孩吸引，但

是卡洛爾的狀況卻是一方面在性的層面保有純真無邪，另一方面他對那些小女孩的熱愛是一種異性戀的愛。

卡洛爾喜歡親吻他的那些幼童友人，在信的最後都會寫「獻上一千萬個吻」、「四又四分之三個吻」或者「百萬分之二個吻」。如果當時有人跟他說親吻也許帶有性的成分存在，他可是會被嚇到的。在卡洛爾的日記裡面記載了一件趣事：他曾經親了一個小女孩，結果發現對方居然已經十七歲了。卡洛爾立刻寫了一封帶有嘲諷意味的道歉信給小女孩的母親，保證絕對不會再發生那種事，但她母親可不覺得有趣。

有個叫做艾琳 · 巴恩斯（Irene Barnes，後來在愛麗絲系列小說改編成一齣音樂劇時，她扮演的是白棋王后與紅心傑克這兩個角色）的十五歲漂亮女演員，曾與查爾斯 · 道吉森到海邊度假勝地去玩了一個禮拜。「現在回想起來，」艾琳在她的自傳《說說自己的故事》（*To Tell My Story*，下文轉引自羅傑 · 葛林〔Roger Green〕編的卡洛爾日記第二冊，第454頁），「他很瘦，身高不到六呎，臉看起來很很嫩很年輕，一頭白髮，給人家一種極度潔淨的印象。……他深愛小孩，不過，在我看來他並不是那麼瞭解小孩。……他很喜歡教我他發明的『邏輯遊戲』〔一種用來解答邏輯中三段論證問題的遊戲，玩法是把黑子與紅子放在卡洛爾自己發明的圖表裡〕。當樂隊在外面遊行奏樂，月光灑在海面上之際，我想用這種方式來度過夜晚，這也難怪黑夜會變得那麼漫長吧？」

愛麗絲系列小說的情節是如此天馬行空、異想天開而且充滿暴力，因此任誰都可能會說那是卡洛爾過於壓抑，為自己的情緒找到的出口。無疑的，維多利亞時代的小孩也喜歡其餘能讓他們紓解壓力的類似作品。他們欣然發現，終於出現一些沒有道德教誨的書，但是卡洛爾卻越來越不安，因為他還沒寫出任何一本能夠傳播基督教福音的童書。為此，他就寫出了《西爾薇與布魯諾》（*Sylvie and Bruno*）這本長篇奇幻小說以及它的續集。小說裡

有一些妙趣橫生的情節，還有一首穿插在整個故事裡的〈園丁之歌〉（Gardener's song），讀來簡直像痴人說夢一般，是卡洛爾最棒的作品。唱到最後一節時，園丁唱到兩行熱淚從臉頰潸然落下：

他看到有個論證
證明他是教宗：
他又看了一遍，發現那不是論證
是一塊顏色斑駁的肥皂。
「這事實令人如此害怕，」他低聲說，
「所有希望都已破滅！」

但卡洛爾之所以那麼喜歡這個故事，並非因為那些出色的打油詩。他喜歡的那首歌，是仙子般的姐弟倆西爾薇與布魯諾唱的那一首歌，其副歌是這樣唱的：

因為我認為那就是愛，
因為我感覺那就是愛，
因為我確定那肯定就是愛！

卡洛爾認為這是他寫過的詩歌裡最棒的一首。即便有些人可能認同小說隱含的情懷，也認同充斥其中的濃濃宗教情懷，但是如今把那些部分拿來讀一遍，難免會為卡洛爾感到尷尬。因為那些東西似乎寫得太過甜蜜。可悲的是，任誰都必須承認，無論從小說美學或文字藝術的角度看來，《西爾薇與布魯諾》都是失敗之作。儘管那本書是專門為維多利亞時代的孩子們而寫的，但其中深受感動，覺得有趣或精神受到振奮的，卻沒幾個。

諷刺的是，至少某些現代的讀者認為，比《西爾薇與布魯諾》更能有效傳達宗教訊息的，反而是卡洛爾早期那些不帶宗教意涵的打油詩。就像卻斯特頓常常說的，打油詩是一種「反思存在」的方式，而且也強調宗教秉持的謙卑與驚嘆心態。認為愛麗絲是

傳說中的怪獸——獨角獸，從現代的角度看來，其實只是一個無聊的哲學觀點：我們這世界上也有數以百萬計的理性怪獸，每天都用後腳走路，戴著一對對可以摺疊的鏡片觀看眼前情景，規律地把有機物質推進臉上的孔洞，藉此獲得能量，但他們倒不覺得自己是什麼傳說中的怪獸。這些怪獸的鼻子偶爾也會突然從鼻孔用力噴氣。齊克果（Kierkegaard）曾說，如果有哲學家一邊打噴嚏，一邊寫著嚴肅的哲學道理，那怎能讓人嚴肅看待他的形上學呢？

　　愛麗絲系列小說的最後一層暗喻是：人生看來是如此理性而沒有幻象。但是在一個癡愚數學家的筆下，卻變成一個胡鬧胡說的故事。說到底，科學所提出的波動與分子等概念，無非就像假海龜與鷹頭獅跳個不停的瘋狂方塊舞。片刻間，波動與分子跳起了古怪而無比複雜的舞步，只有這種舞步才得以反映波動與分子自身有多荒謬。我們的人生是如此低俗胡鬧，任誰也無法理解為何自己生下來就被判了死刑，等到我們打算試著搞清楚城堡裡的上位者到底要我們做些什麼時，我們所面對的卻是一個又一個裝模作樣的官僚。我們甚至不確定堡主西西伯爵（Count West-West）是不是真的存在。已經不只一位批評家曾經表示卡夫卡的《審判》（*Trial*）與紅心傑克的審判過程有異曲同工之妙；至於《愛麗絲鏡中奇緣》裡許多活生生的棋子則是壓根不懂自己所身處的棋局，他們甚至不知道自己走的棋步到底是出於自由意志，還是被看不見的手指所推動，而這種精神也與卡夫卡的《城堡》（*Castle*）很像。

　　紅心王后老是掛在嘴邊的那句話——「給我砍了他的頭！」足以反映出我們置身於一個極其粗心的宇宙，令人覺得殘酷而不安，而且就這一點而言，《愛麗絲夢遊仙境》與卡夫卡、《新約聖經》的〈雅各書〉，與任何一齣風格漫不經心的喜劇，或者與卻斯特頓的小說《沒有禮拜四的人》（*The Man Who Was Thursday*）不無相似之處。卻斯特頓的小說宛如一個形上學的

惡夢：在他的巧妙安排之下，大壞蛋的名稱就叫做「禮拜天」（Sunday），他象徵著上帝，常常對追捕他的人丟出一些若有似無的線索，最後卻都沒有任何意義。其中一個寫在紙條上的線索，甚至是以「雪花」（Snowdrop）這個名字署名，剛好就是愛麗絲那一隻小白貓的名字。這種觀念有可能令人覺得絕望，甚至想要自殺，也讓沙特（Jean Paul Sartre）用一陣大笑聲來為他的短篇故事〈牆〉（The Wall）來收尾，而人文主義者則是決心以勇敢的態度去面對人生的最終黑暗面。奇怪的是，這觀念也可以促使我們做出一個大膽的假設：黑暗的背後，也許有一線光明的希望存在。

　　萊恩霍爾・尼布爾（Reinhold Niebuhr）在他最精彩的一次佈道演說上表示，笑聲就像信仰與絕望之間的無人島。在面對人生的荒謬時，我們唯有一笑置之才能夠不瘋掉，不過我們所面對的若是惡行與死亡所反映出來的更深層非理性時，笑聲就變成了苦笑與嘲笑。尼布爾的結論是：「這就是為什麼在廟堂的前廳裡有笑聲，廟堂裡有笑聲的回音，但是在神聖至極的聖殿裡，沒有笑聲，只有信仰與禱告。」

　　在故事集《異教之神》（The Gods of Pagana）裡面，作者頓薩尼勛爵（Lord Dunsany）也曾藉由林潘唐恩（Limpang-Tung，專司歡笑與吟遊詩人的神祇）之口，發表過類似的論調。

　　「我會讓笑話與一點歡笑降臨人間。死亡對你們來講，就像遠山的紫色輪廓一樣遙遠，悲傷也宛如夏日藍天裡的雨，遙不可及，此時你們大可向林潘唐恩禱告。但是等到你們變老了，或在臨終之際，就別跟祂禱告，因為你們已經進入了一個連祂都不懂的格局中。」

　　走到夜空下，林潘唐恩將會與你共舞。……或者與林潘唐恩說

笑，只是不要在悲傷時對著林潘唐恩禱告，只因悲傷對祂來講是這
麼一回事：「神祇也許都很聰明，但也不知悲傷為何物。」

　　《愛麗絲夢遊仙境》與《愛麗絲鏡中奇緣》是道奇森同時獻
給林潘唐恩的兩個笑話，彼此並不相容，卻都能讓自己暫時遠離
基督教堂學院的宗教氛圍。

── 1960 年，馬丁・加德納

《增訂注釋版：愛麗絲系列小說》導讀

(*More Annotated Alice*)

查爾斯 ‧ 拉特維吉 ‧ 道吉森是個害羞而特立獨行的單身漢，他在牛津大學基督教堂學院教數學。而他的筆名，就是大家耳熟能詳的「路易斯 ‧ 卡洛爾」。生前他最喜歡的是數學、邏輯與文字遊戲，還有充滿胡說胡鬧元素的詩文，也愛那些充滿吸引力的小女孩。總之，非常神奇的是，他把這些自己喜愛的東西揉合在一起，寫出兩個不朽的童話故事，獻給了他最喜愛的幼童友人愛麗絲 ‧ 里德爾，也就是牛津大學基督教堂學院院長的女兒。無庸置疑的是，當時大家都認為那兩本書會成為英國文學的經典。但是沒有人能猜得到，卡洛爾的名聲最後超越愛麗絲的父親與自己在牛津大學的所有同事。

在所有童書裡面，最需要用注釋說明的，莫過於這兩本愛麗絲系列小說。這兩本小說的許多機智風趣之處都與維多利亞時代的事件與風俗息息相關，如今不只許多美國讀者搞不清楚，甚至對於英國讀者來講也是。書中的許多笑話也只有牛津鎮的居民聽得懂，其他一些笑話則涉及一些圈內人，是卡洛爾專門寫來取悅愛麗絲的。因此，在四十年前編寫《注釋版：愛麗絲系列小說》時，我的目標是要盡可能幫助讀者搞清楚上述許多不解之處。

只要是那兩本小說中有關卡洛爾本人的地方，幾乎都已經被我寫進了注釋裡面。當時我的任務並不是要進行原創的研究，而是要盡可能地從既存的文獻中取材，編寫注釋，藉此讓當代的讀

者更能享受閱讀的樂趣。

接下來的四十年之間，社會大眾與學術界對於路易斯‧卡洛爾的興趣有了極為顯著的增長。路易斯‧卡洛爾學會（The Lewis Carroll Society）首先在英格蘭成立，也創辦了一本許多人踴躍投稿的期刊《炸脖龍》（如今已經更名為《卡洛爾學刊》〔*The Carrollian*〕），自從 1969 年創刊以來，每季都會出刊一次。北美路易斯‧卡洛爾學會則是在史丹‧馬克思（Stan Marx）的領導之下，於 1974 年創會。許許多多卡洛爾的傳記紛紛問世（其中還有一本是愛麗絲‧里德爾的！）也有許多書是關於卡洛爾生平與作品的某個特別面向。對於喜歡收藏相關著作的人，《路易斯‧卡洛爾手冊》（*Lewis Carroll Handbook*）是絕對不可少的，這本書出版後曾於 1962 年由已故的羅傑‧葛林修訂更新過，後來又在 1969 年由丹尼斯‧克拉奇（Denis Crutch）再度更新。在各大學術期刊中，關於卡洛爾的論文出現的頻率越來越高。後來也出現了一些關於卡洛爾的全新論文集，還有參考書目彙編。1979 年，莫頓‧柯亨（Morton H. Cohen）編輯的兩冊《路易斯‧卡洛爾信函集》（*Letters of Lewis Carroll*）出版了。麥可‧漢薛（Michael Hancher）則是在 1985 年推出了他的專書：《愛麗絲系列小說插畫大師田尼爾的藝術》（*The Tenniel Illustrations to the 'Alice' Books*）。

世界各地屢屢推出各種新版的愛麗絲系列小說，也將《愛麗絲地底冒險記》（*Alice's Adventures Under Ground*，卡洛爾親手書寫繪圖的原稿版《愛麗絲夢遊仙境》）與《幼童版愛麗絲夢遊仙境》（*The Nursery Alice*，卡洛爾為了年幼讀者改寫而成的故事）重新出版。其中有些新版小說是帶有注釋的，包括英國哲學家彼得‧希斯（Peter Heath）推出的版本。也有些版本裡面收錄了由知名畫家繪製的新插畫。想知道這一類的書籍數量有多龐大，可以瀏覽一下愛德華‧顧里亞諾（Edward Guiliano）那一本兩百五十三頁的專書：《各國路易斯‧卡洛爾相關書目

彙編與注釋：1960 到 1977 年》（*Lewis Carroll: An Annotated International Bibliography, 1960-77*），但如今這本書也已經過時二十幾年以上了。

從 1960 年以降，愛麗絲也變成了明星，世界各地不知道有多少電影、電視劇與廣播劇都以她為主角。許多現代的作曲家紛紛幫愛麗絲系列小說裡的詩作與歌曲配上新的旋律，包括史帝夫・艾倫（Steve Allen）於 1985 年為 CBS 電視台創作的音樂劇。大衛・戴爾・特雷迪奇（David Del Tredici）也以愛麗絲系列小說的主題為題材寫了許多出色的交響樂作品。1986 年，葛倫・泰特利（Glen Tetley）則是在曼哈頓推出了芭蕾舞劇《愛麗絲》（*Alice*），配樂的創作者就是戴爾・特雷迪奇。而莫頓・柯亨可說是如今世上最瞭解道吉森的人，他在 1995 年出版的傳記《路易斯・卡洛爾》（*Lewis Carroll*）裡面有許多驚人的發現。

除了上述的許多後續發展，數以百計的《注釋版：愛麗絲系列小說》讀者也持續來信，提醒我書中遺漏的許多東西，並且向我建議一些舊有的注釋可以修改，也可以另外增加新的注釋。讀者來信逐漸填滿整個箱子後，我對自己說，該是把那些新材料出版的時候了。我該推出原書的修訂更新版？還是寫一本續篇，將書名改為《增訂注釋版：愛麗絲系列小說》？最後我覺得後者是較佳選項。如此一來，手頭有原來那本書的讀者也不會覺得原書已經過時。他們不用把兩本書拿來比較，看看修訂版裡面增加了哪些新的注釋。而且，如果要把所有的新注釋都擠進原書的頁邊空間，也太過大費周章。

推出續篇，也讓我有機會為讀者介紹其他畫家的插畫作品。田尼爾的插畫確實已經永遠成為愛麗絲系列「經典」的一部分，但無論是在《注釋版：愛麗絲系列小說》或其他市面上仍找得到的版本裡，都可以看見田尼爾的插畫。在田尼爾之後，第一位幫愛麗絲系列小說畫插畫的，並非彼得・紐威爾，但他的作品

是令人印象最為深刻的。1901 年，哈潑兄弟出版社（Harper and Brothers）出版《愛麗絲夢遊仙境》，紐威爾幫忙畫了四十幅插畫，隔年該社推出《愛麗絲鏡中奇緣》，他又畫了另外四十幅。這兩本小說如今都是收藏家的最愛，所費不貲。無論讀者對於紐威爾的插畫有何看法，我深信他們都會覺得很新鮮，因為他們看見了另一位藝術家想像中的愛麗絲與其他角色朋友們。

這本書裡面收錄了紐威爾論述自己的插畫藝術的專文，其後還有幾篇最新與最出色的文章，都和他與他的作品有關。我本來打算在這篇導讀裡討論紐威爾，但後來我發現我的朋友麥可・赫恩（Michael Hearn，他是《注釋版：綠野仙蹤》〔*The Annotated Wizard of Oz*〕與其他幾本書的作者）已經寫了一篇論文，裡頭寫的東西比我能說的更為詳盡。

這本書裡面也收錄了原本已經佚失的知名故事〈假髮黃蜂〉（Wasp in a Wig）：這故事之所以會從《愛麗絲鏡中奇緣》裡面被刪掉，是因為田尼爾寫信跟卡洛爾抱怨，一方面他沒辦法畫出那一隻黃蜂，而且小說如果沒了那一篇故事會更好。不過，我並沒有把那個故事放回卡洛爾原先打算擺的地方——也就是關於白棋騎士的那一章；而是把刪減的故事收錄在書的最後面。1977 年，北美路易斯・卡洛爾學會以小冊子的形式出版了〈假髮黃蜂〉，書裡還有我寫的導讀與注釋。那本小冊子如今已經絕版，很高興自己能夠獲准在這本書裡面完整收錄那一篇故事。

在《注釋版：愛麗絲系列小說》的導讀裡面，有一些需要改正的錯誤。我曾以為向恩・萊斯里的〈路易斯・卡洛爾與牛津運動〉是一篇嚴肅的文學批評論文，許多讀者很快就來信指正。他們說，萊斯里的文章正是要嘲諷某些學者，那些人總是牽強附會，硬要在愛麗絲系列小說中找出各種象徵元素。我還說，卡洛爾幫那些小女孩拍的裸照似乎都未留存於世。後來，費城羅森巴赫基金會（Rosenbach Foundation）的卡洛爾收藏品裡面

出現了四張那種照片，都是手工上色的。1969 年，該基金會出版了一篇名為《路易斯·卡洛爾的孩童裸照》（*Lewis Carroll's Photographs of Nude Children*）的出色專題論文，文中收錄了那四張照片，還有由柯亨教授所寫的導讀。

真實生活中，卡洛爾是否真的「愛上了」愛麗絲·里德爾？這是卡洛爾研究者之間多所揣測的一個問題。據我們所知，里德爾太太察覺到有點異樣，於是設法讓卡洛爾打退堂鼓，後來還燒了他最早寫給愛麗絲的那些信。我的導讀提及卡洛爾寫過一篇令人費解的日記（1862 年 10 月 28 日），提及他「自從紐瑞爵士的那一件事之後」，就不再受到里德爾太太的青睞。紐瑞子爵十八歲時進入基督教堂學院的大學部就讀，當時里德爾太太希望紐瑞能夠成為他的女婿。到了 1862 年，紐瑞子爵想要舉辦一個舞會，但這與學院的規則有所不符。在里德爾夫人的支持之下，他向學院的教員請願，可是被拒絕了，當時卡洛爾投的是反對票。這是否就能充分解釋里德爾太太對卡洛爾的敵意嗎？或者，因為卡洛爾希望有朝一日能夠迎娶愛麗絲，再加上紐瑞子爵的事，她才會那麼生氣？對於里德爾太太而言，他們倆的婚事是絕不可能的，不只是因為兩人年紀差距極大，也肇因於她認為卡洛爾的社會地位太低。

卡洛爾與里德爾太太決裂那一天的日記，後來被卡洛爾家某位不詳成員拿掉了，而且想必已經銷毀。根據愛麗絲之子凱若·哈格瑞夫斯（Caryl Hargreaves）留下的紀錄，他認為卡洛爾曾經愛上母親，而且還有一些沒有公開的其他跡象顯示，卡洛爾也許曾經向愛麗絲的爸媽表達過求婚的意願。安·克拉克（Anne Clark）在她分別為卡洛爾與愛麗絲寫的兩本傳記裡，也說她深信卡洛爾曾經以某種形式求過婚。

莫頓·柯亨為卡洛爾寫的傳記對這個問題有非常完整的討論。柯亨教授原先認為卡洛爾未曾動過結婚的念頭，但後來改變

了想法。北美路易斯 ‧ 卡洛爾協會於 1982 年出版了由愛德華 ‧ 顧里亞諾與詹姆斯 ‧ 金凱德（James Kincaid）主編的論文集《與多多鳥高飛》（*Soaring with the Dodo*），書中收錄了柯亨教授的訪談內容，且看他如何討論此問題：

> 事實上，我並不是最近才改變看法；我會改變看法，是因為在 1969 年初次從卡洛爾家拿到了他的日記影本。我坐下來細讀完整的日記，其中有百分之二十五到四十的比例是未曾公開刊出的，而且那些部分自然是重要無比。那些都是他的家人認為不該公開的。日記的編者羅傑 ‧ 葛林事實上未曾見過完整的未公開日記，因為他用來編輯的材料是一份已經編輯過的打字稿。然而，當我初次把未公開的日記讀完，我才意識到卡洛爾的「浪漫情懷」有另一個面向存在。當然，身為受到嚴格規範的維多利亞時代神職人員，我們很難想像他會那麼喜歡小女孩，喜歡到曾向其中至少一位求過婚。如今我相信他的確曾向里德爾夫婦提出婚約，但他說的不是「我可否與你們的十一歲女兒結婚」之類的話，而是隱約地暗示，也許再過個六年或八年，如果他們倆的感覺還是一樣的，是否可以締結婚約？我認為，後來他也曾想過與其他女孩結婚，而且也有可能結得成。他是個想結婚的男人，我堅信，與保持單身漢的身分相較，如果他結婚應該會比較快樂，而且我認為他畢生的悲劇之一就是最後終究結不成婚。

曾有一些批評家把卡洛爾比擬為杭伯特，也就是納博科夫小說《蘿莉塔》裡的第一人稱故事敘述者。他們倆的確都深受納博科夫所謂的「小妖精」吸引，只是動機截然不同。那些小女孩讓卡洛爾如此著迷，也許就是因為他覺得她們對他不會構成「性」的威脅。透過維多利亞時代的文學與藝術作品，我們可以看出當時英格蘭人普遍地將小女孩的美貌與純潔給理想化。無疑的，這讓卡洛爾能夠更輕易地認定自己對於她們的喜好是源自於崇高的

精神層面。卡洛爾是個虔誠的英國國教派教徒，而且未曾有學者提出他懷有一絲邪念，至於他那些幼童友人，後來在回憶中也沒任何人暗示他曾有不妥之舉。

儘管《蘿莉塔》曾經屢屢提及愛倫坡（他跟杭伯特有同樣的性癖好），但卻完全沒有提及卡洛爾。納博科夫曾於某次專訪中提及卡洛爾與杭伯特之間有一種「可悲的相似性」，還說：「一個古怪的念頭讓他沒在《蘿莉塔》裡提及卡洛爾可悲的病態，還有他在昏暗房間裡拍的那些爭議照片。」

納博科夫非常喜歡愛麗絲系列小說。年輕時，他曾把《愛麗絲夢遊仙境》翻譯成俄文——「那並不是第一個譯本，」他曾說，「不過是最棒的。」他曾寫過一本以棋手為主角的小說《防守》（*The Defense*），另一本則是以玩撲克牌為主題的《王‧后‧傑克》（*King, Queen, Knave*）。也有一些批評家注意到《愛麗絲夢遊仙境》與納博科夫的小說《斬首之邀》（*Invitation to a Beheading*）[1] 有類似的結局。

曾有幾位《注釋版：愛麗絲系列小說》的書評認為，本書注釋有偏離正文之嫌，注釋裡的評論比較適合出現在論文中。的確，我常常偏離正文，但這是希望至少有一些讀者喜歡那些漫談的內容。如果注釋裡的東西能引發讀者的關注，或至少讓他們覺得有趣，我實在看不出來身為撰寫注釋者有什麼理由不把那些東西寫進去。在撰寫《注釋版：愛麗絲系列小說》裡面那些較長注釋時（例如，把棋局當成人生的暗喻那個注釋），我就是把它們當成小論文來寫的。

1 關於《蘿莉塔》一書中提及愛麗絲的地方，請參閱：*The Annotated Lolita*, edited by Alfred Appel, Jr. (McGraw-Hill, 1970), note 133 (pages 377–78, Chapter 29)。

我在注釋裡都會交代為本書提供題材的讀者們之姓名，但在此我要特別提及，塞爾文 • 古艾柯醫生（Dr. Selwyn H. Goodacre，《炸脖龍》期刊的現任編輯，也是知名的卡洛爾研究者）對我的幫助特別多。他不但常常指點我，也慷慨地撥冗閱讀我的注釋初稿，為我改稿，並且提供珍貴的建議。

—— 1990 年，馬丁 • 加德納

---

*英文版編者附註：加德納在他寫的書《靈巧的宇宙》（*Ambidextrous Universe*，1964 年出版）裡，聲稱某一段來自小說《幽冥之火》（*Pale Fire*）的引文出自小說中虛構的詩人約翰 • 薛德（John Shade）之手，而非作者納博科夫本人所寫。五年後，納博科夫幽默地還以顏色，在小說《艾妲》（*Ada*）的最後一段提及某個「虛構的哲學家」叫做「馬丁 • 加德納」（Martin Gardiner），是《靈巧的宇宙》一書的作者。

《最終注釋版：愛麗絲系列小說》導讀

(*The Definitive Edition of the Annotated Alice*)

　　《注釋版：愛麗絲系列小說》（The Annotated Alice）最早是由克拉克森 · 波特（Clarkson Potter）出版社於 1960 年出版發行，分別有精裝與平裝兩種版本問世，後來陸續被翻譯成義大利文、日文、俄文與希伯來文。後來，克拉克森 · 波特被王冠出版集團（Crown）併購（爾後，王冠集團又被藍燈書屋〔Random House〕併購），我曾勸王冠讓我把《注釋版：愛麗絲系列小說》進行大幅度修正，把我多年來累積歸檔的新注釋加進去。最後，我決定把那些注釋加到一本書名為《增訂注釋版：愛麗絲系列小說》的續篇裡。1990 年，藍燈書屋將《增訂注釋版：愛麗絲系列小說》出版，距離前一本書的問世已經有三十年之久。

　　為了把兩個版本區隔開來，我將田尼爾的插畫作品拿掉，換成彼得 · 紐威爾後來畫的八十幅全頁插畫。新書裡面也收錄了麥可 · 赫恩寫的一篇出色論文，主題是紐威爾與其插畫。在《增訂注釋版：愛麗絲系列小說》裡面，我也收錄了因為田尼爾的強烈建議而從《愛麗絲鏡中奇緣》被刪掉，後來曾經佚失好長一段時間的故事〈假髮黃蜂〉；但是《注釋版：愛麗絲系列小說》與後來的增訂版都不算完整，有時我們必須同時翻閱兩本書，而這似乎有一點不方便。

　　到了 1998 年，令我感到驚喜的是，過去諾頓出版社（Norton）幫我出書時的編輯羅伯 · 威爾（Robert Weil）向我提議，應該把《注釋版：愛麗絲系列小說》與其增訂版的注釋合

併在一起，由諾頓出一個《最終注釋版：愛麗絲系列小說》。於是，所有注釋全都被收錄了進來，有些經過了擴充，也有新增的。在《注釋版：愛麗絲系列小說》裡面，田尼爾的插畫畫質不佳，字體有破損，很多線也模模糊糊。到了這個最終注釋版，收錄在書中的田尼爾插畫已經像原畫一樣清晰了。

　　1977 年，北美洛易斯‧卡洛爾學會以限量版小冊子的形式出版了〈假髮黃蜂〉（這是那個故事初次被出版），我為那一本書撰寫的導讀與注釋如今也收錄在這個「最終注釋版」裡。很高興我找到買下〈假髮黃蜂〉校對稿的紐約市收藏家，說服他允許我在一本小書中收錄那個故事。

　　除了要感謝威爾讓這個版本得以問世，我也要感謝美國最頂尖的珍版童書書商兼收藏家賈斯汀‧席勒（Justin Schiller），在其允許之下我才能夠從他在 1990 年自費出版的《愛麗絲夢遊仙境》裡面取材，將田尼爾的原始插畫收錄在這本書裡。也感謝大衛‧薛佛根據他自己收集的愛麗絲相關電影，幫我編寫出一份電影清單。

—— 1999 年，馬丁‧加德納

《騎士信件》(*Knight Letter*)＊期刊注釋導讀

自從諾頓出版社於 1999 年出版了他們所謂《最終注釋版：愛麗絲系列小說》之後，又有許許多多讀者寫信給我提供新注釋，許多書籍與期刊也都出現了很多好的建議。簡單來講，1999年那本書絕對不是「最終版」，因為我認為那是個無法達成的目標。於是我並沒有推出「最終版」的修訂版，把新的注釋加進去，因為那種做法對於已經買書的讀者並不公平。我決定把補充資料投稿到《騎士信件》期刊上，裡面有許多新注釋以及少數些微的修正。

《注釋版：愛麗絲系列小說》的初版是在 1960 年由克拉克森・波特出版社推出問世。三十年後，我把插畫換成了彼得・紐威爾畫的，把《增訂注釋版：愛麗絲系列小說》交給了藍燈書屋出版。現有的諾頓版把上述兩本書的內容結合起來，裡面有放了很多新注釋。過去幾年來又陸續有大量關於路易斯・卡洛爾與愛麗絲的新書與文章問世。卡洛爾的傳記如今已經超過二十本，依我之見，其中最棒的是莫頓・柯亨寫的那一本[1]。

＊英文版編者注：自從《注釋版：愛麗絲系列小說》問世後，馬丁・加德納還是繼續收集新注釋，並且修訂原有注釋，一直到他在 2010 年 5 月 22 日辭世，這件工作才停了下來。加德納逝世後，北美路易斯・卡洛爾學會在 2011 年出版了《獻花給園丁：馬丁・加德納紀念文集》(*A Bouquet for the Gardener: Martin Gardner Remembered*)，書中收錄了他生前陸續刊登於該會會刊《騎士信件》75、76 期（Summer 2005 and Spring 2006）上面的兩批更新版注釋。這一篇導讀原先收錄於《騎士信件》75 期，可說是加德納生前最後一篇關於愛麗絲系列小說的專文。原本收錄在《獻花給園丁》裡面的全新與更新注釋都已經全部整合到這本《愛麗絲夢遊仙境與鏡中奇緣：一百五十週年豪華加注紀念版，完整揭露奇幻旅程的創作秘密》裡面了。

英國路易斯‧卡洛爾學會有三份月刊:《卡洛爾學刊》、《路易斯‧卡洛爾評論》(*Lewis Carroll Review*)以及《蛇尾怪獸》(*Bandersnatch*)。北美路易斯‧卡洛爾學會的會刊則是《騎士信件》。其他位於加拿大、澳洲與日本的類似組織也都有會刊。

光是要把新的插圖版愛麗絲系列小說列成一張清單,恐怕就會佔去好幾頁的篇幅,而且每年市面上也都會有卡洛爾寫的書或者有關他的新書問世。我曾寫過一本關於他的原創謎題和遊戲的書,書名是《手帕裡的宇宙》(*The Universe in Handkerchief*),還有他的兩首長詩《捕獵蛇鯊》(*The Hunting of the Snark*)與《千變萬化》(*Phantasmagoria*)的注釋版,也曾經幫他的《愛麗絲地底冒險記》、《幼童版愛麗絲夢遊仙境》與小說《西爾薇與布魯諾》寫過導讀[2]。

莫頓‧柯亨持續透過他的新書與論文揭露令人驚訝的新資訊。而且陸陸續續還是有人把愛麗絲系列小說改編成舞台劇、音樂劇、電影,甚至芭蕾舞劇。世界各國都有新愛麗絲系列小說譯本推出,其中以俄國與日本最多。(有關俄國譯本持續激增的狀況,請參閱:Maria Isakova, in *Knight Letter* 74, Winter 2004。)上述是卡洛爾的文學風潮之光明面。不過,也是有黑暗面。我所說的,是有一小群被外人稱為「修正主義者」的文學批評學者出現,他們成立的組織名為「反之亦然:路易斯‧卡洛爾研究新興學會」(Contrariwise: The Association of New Lewis Carroll Studies;「反之亦然」一詞當然是來自於叮噹兄弟的口頭禪)。他們甚至有個官網,名稱也是「反之亦然」[3]。

根據這一波「新浪潮」的領導者們所說,他們的目標是要打破世人對於道吉森的迷思。因為他們並不認為他是個對男孩或成年女性幾乎沒有興趣的虔誠英國國教派教徒,也不覺得他只愛那些迷人的前青春期女孩,特別迷戀年幼的愛麗絲‧里德爾。根據柯亨教授的理論,道吉森實際上希望自己有朝一日能夠與已經成年的愛麗絲結婚。

此一修正主義運動的發起人卡洛琳・李區（Karoline Leach）高聲疾呼：「反之亦然！」在她那一本驚世駭俗的書《揭開戀童癖好的神話：路易斯・卡洛爾新傳》（*In the Shadow of the Dreamchild: A New Understanding of Lewis Carroll*）裡面，她為了打破卡洛爾的神聖形象而使盡渾身解數。取而代之的是，她幫他塑造出一種普通異性戀男子的面貌，之所以與那些幼童友人交好，是為了「滌清自己的髒污靈魂」[4]。李區主張，道吉森不只與一板一眼的里德爾太太（愛麗絲的母親）有婚外情，也與其他成年女性有類似的感情關係，但這是令人無法置信的[5]。

　　在柯亨教授與包括我在內的許多卡洛爾研究者看來，李區這番說法實在太過荒謬，而且荒謬的程度不亞於小說《達文西密碼》（DaVinci Code）[6]的作者丹・布朗（Dan Brown）的主張：他說，達文西名畫《最後的晚餐》（*Last Supper*）裡面坐在耶穌右手邊的女人抹大拉的馬利亞（Mary Magdalene），就是耶穌的妻子。多年前曾有一本書試圖證明卡洛爾就是連續殺人狂開膛手傑克（Jack the Ripper），還有另一愚蠢的著作說愛麗絲系列小說的真正作者應該是維多利亞女王，我想李區的體悟之荒謬可笑，幾乎已經追上了前述兩本書。

　　對於「反之亦然」這個組織的一些評語，請參閱柯亨教授猛烈抨擊他們的文章：Morton Cohen, "When Love Was Young: Failed Apologists for the Sexuality of Lewis Carroll," in *Times Literary Supplement* [7]。柯亨所抨擊的依據，是李區的那本書，還有她先前一樣發表在《泰晤士報》[8]文藝副刊的兩篇文章。

　　但李區也有值得肯定之處。她提醒大家注意一部已經被遺忘很久的中篇小說*：《小島軼聞》（*From an Island*，1877年出版，曾於1996年再版）。作者是知名小說家薩克萊（William

---

* short novel 是指篇幅不長的小說，也就是 novella，一般稱為中篇小說。

Thackeray）的女兒安妮 · 薩克萊（Anne Thackeray）。《卡洛爾學刊》曾經登出李區的一篇文章[9]，她聲稱安妮 · 薩克萊的中篇小說是所謂的「影射小說」（roman à clef），書中角色都是影射時人，例如詩人田尼生（Tennyson）與藝術家瓦茲（G. F. Watts）。小說的主角是名字很奇怪的喬治 · 海克山（George Hexham）：他是個年輕的攝影師，可能是劍橋大學基督教堂學院畢業的[10]。某次造訪懷特島（Isle of Wight）期間，他與女主角海絲特（Hester）一起墜入情網。李區認為，從小說可以隱約看出海絲特就是安妮 · 薩克萊，而且——坐穩了，可別跌倒！海克山不是別人，就是我們的道吉森先生。

安妮 · 薩克萊把海克山描繪成一個大爛人。他長得又高又帥（不會口吃），但偏偏自私無比又咄咄逼人，以自我為中心又討人厭，很容易被激怒，而且對所有人都很沒禮貌，就連海絲特也不例外。他的頭髮「剪得很短」，不像卡洛爾留著一頭蓬亂長髮。他對待海絲特的方式可說無情又冷漠，而且還無恥地與另一個女人調情。儘管不太可能，兩人還是在小說的最後和解了。

李區在一篇題名為〈愛情小說主角——路易斯 · 卡洛爾〉（"Lewis Carroll" as Romantic Hero）的文章裡表示，道吉森手頭有一本《小島軼聞》，另外他也曾在一封信裡面稱讚安妮 · 薩克萊的書寫風格特別「可愛」。1869 年 10 月 5 日，他曾在另一封信中簡短提及他與安妮「相遇」（met）。儘管沒有證據，李區主張所謂的「met」在此並非「初次相識」的意思。她猜測，他們倆在多年前就相識了，但是載明兩人相識經過的日記一定是佚失了。在我看來，如果道吉森對於安妮的作品有如此高的評價，應該會在某處暗示他們倆並非只是點頭之交。另外一個奇怪之處是，照理講她應該不會把海克山塑造成攝影師，而是一本知名童書的作者。（《愛麗絲夢遊仙境》問世三年後，安妮的小說才出版。）

基斯 · 萊特（Keith Wright）曾寫信給編者 [11]，討論《小島軼聞》的問題，提出非常有力的主張：海克山與書中其他角色不同，完全是虛構出來的。他寫道，道吉森的確曾經三度造訪懷特島。田尼森之妻的日誌裡曾提及他的最後兩次懷特島之旅，只是並未談到安妮與道吉森兩人曾同時待在島上。道吉森曾於日記中寫下自己於 1864 年造訪懷特島之事，裡頭也沒提到安妮。如果年輕的道吉森在安妮心中留下如此惡劣的印象，讓她把海克森寫得如此不堪，他怎麼會沒有對安妮留下類似印象呢？這實在是有誇大之嫌。李區還懷疑，正因為與安妮有過一段情史，卡洛爾才會在晚年寫出一些關於女性戀情的詩作。

我最近還發現，李區忽略了一個極不明顯的線索。線索的根據是愛好文字遊戲的人所謂「字母調序」（alphabetical shifts）的手法。如果把 G.H.（喬治 · 海克山）這兩個字母都往回移動四個字母，我們就可以得到 C.D.，也就是查爾斯 · 道吉森的縮寫！如果進一步把 G.H. 往後移動四個字母，則會變成 K.L.，也就是卡洛琳 · 李區的縮寫！若再施以一點數字學的雕蟲小技，我們就可以把 L.C.（路易斯 · 卡洛爾的縮寫）跟 G.H. 連結在一起。假設英文字母以其順序來替代，a = 1，b = 2，依此類推，並且用這種方式找出數字來替代 L.C.。得出的數值分別為 12 與 3，相加等於 15。用同樣的方式來轉換 G.H.，得出的數值也是 15。（前段文字當然只是開開玩笑而已！）

總之，如果我們想要揭露一個文學史上的奇怪未解之謎，李區的研究還是值得肯定的 [12]。

馬修 · 德馬可斯（Matthew Demakos）曾經投書給《卡洛爾學刊》[13]，提出曾有六位學者針對《小島軼聞》裡的每個角色身分進行猜測。從他們相互衝突的意見看來，那一部中篇小說搞

不好根本不是「影射小說」！安妮的故事裡那些人物實際上到底是哪些人？答案是沒有共識的。例如，影射田尼生的，可能是聖朱利安（St. Julian）或者烏勒斯凱夫勛爵（Lord Ulleskelf）。至於聖朱利安這個角色，也有可能是以詩人布朗寧（Browning）或瓦茲為原型，甚至田尼生或其他人物。

德馬可斯表示，《小島軼聞》一開始是在《康希爾雜誌》（*Cornhill Magazine*）上分三期連載（1868 到 1869 年），在這之前，還沒有任何紀錄顯示卡洛爾與安妮已經相識了。在小說中，海克山從林赫斯特鎮（Lyndhurst）寄信給別人，完全沒有解釋自己為何會在那裡。一切都是如此神祕兮兮的。

—— 2005 年，馬丁・加德納

1. Morton Cohen, *Lewis Carroll: A Biography* (New York: Knopf, 1995).

2. Martin Gardner, *The Universe in a Handkerchief* (New York: Copernicus, 1996)；Martin Gardner, *The Annotated Snark* (New York: Simon and Schuster, 1962)；Lewis Carroll, *Phantasmagoria*, with introduction and notes by Martin Gardner (Amherst, NY: Prometheus Books, 1998)；Lewis Carroll, *The Nursery "Alice"*, with an introduction by Martin Gardner (New York: McGraw-Hill, 1966)；Lewis Carroll, *Alice's Adventures Under Ground*, with an introduction by Martin Gardner (New York: Dover, 1965)；*Sylvie and Bruno*, with an introduction by Martin Gardner (New York: Dover, 1988).

3. *Contrariwise*, http://contrariwise.wild-reality.net.

4. Karoline Leach, In The Shadow of the Dreamchild: A New Understanding of Lewis Carroll (London: Peter Owen, 1999), 71, 223.

5. Ibid., 196, 252–56.

6. Dan Brown, *The Da Vinci Code* (New York: Doubleday, 2003) .

7. Morton Cohen, "When Love Was Young: Failed Apologists for the Sexuality of Lewis Carroll, "*The Times Literary Supplement*, September 10, 2004: 12–13.

8. Karoline Leach, "Ina in Wonderland" and "The Real Scandal: Lewis Carroll's Friendships with Adult Women," *The Times Literary Supplement*, August 20, 1999, and February 9, 2002.

9. Karoline Leach, " 'Lewis Carroll' as Romantic Hero: Anne Thackeray's From an Island," *The Carrollian*12 (Autumn 2003): 3–21.

10. 麥特・德馬克斯注：事實上，安妮・薩克萊在小說中並未提及海克山是劍橋大學基督教堂學院畢業的，只是在小說結尾處有個朋友從劍橋大學基督教堂學院寫信給海克山。海克山稍早曾從林赫斯特鎮寫信給某人，但整篇小說的故事與那個小鎮並無明顯關聯。

11. Keith Wright, letter to the editor, *The Carrollian* 13 (Spring 2004): 59–60.

12. 海克山是英格蘭北部諾森伯蘭郡（Northumberland）的一個小鎮。不知道有沒有讀者能解釋一下，安妮為何要用那個地名來為小說男主角命名？是不是當時劍橋大學有個來自海克山的攝影師？（麥特・德馬克斯注："hex" 在希臘文裡面是「六」（ξ），剛好是 dod〔十二，δδεκα〕的一半。這其中隱藏著任何涵義嗎？）

13.Matthew Demakos, letter to the editor, *The Carrollian* 14 (Autumn 2004): 63–64.

《愛麗絲夢遊仙境與鏡中奇緣：
從不絕版的西方奇幻經典‧跨世紀珍藏版》
導讀

　　根據美學判斷的傳統，當我們在提出任何主張時，總是會加上「可以說是」或者類似的保守措詞。但是，我很懷疑有人會不同意以下我直接斷言的一句話：「自從卡洛爾的兩本經典小說分別於 1865 年（到 66 年）與 1872 年問世以來，最重要的版本莫過於馬丁‧加德納於 1960 年推出的《注釋版：愛麗絲系列小說》。」儘管加德納並非第一個在書裡面使用注腳、尾注與頁邊附注等文本批判工具的人，但是在他規劃出來的小說文本格式、進行的廣泛研究、敏銳判斷與寬厚評論，多少年來為許許多多讀者提供了小說的脈絡、參照比較、替代選擇、文本解釋，為此獲得樂趣的與洞見的讀者群真是前所未有的廣泛。極其偶然的，許多人有樣學樣，也開始為其他經典文學作品進行類似的注釋工作。

　　現在的學生很難，甚或不可能想像得到五十年前的人是怎樣做研究的。那是一個還沒有個人電腦、智慧型手機、平板電腦的年代，也沒有網際網路、維基百科，沒有谷歌搜尋引擎與圖書服務，更沒有電子郵件與社群網站。當時只有圖書館、大學與紙本信件。就連研究卡洛爾的人，也是要等到莫頓‧柯亨與羅傑‧葛林編的信件集於 1978 年問世，才接觸得到他的信件；至於在日記方面，更是要等到愛德華‧威克林（Edward Wakeling）編的十冊卡洛爾日記全集於 2007 年問世，才得以窺見他日記之全貌。在那個時候沒有雅俗共賞的卡洛爾研究雜誌，《卡洛爾學刊》與《騎士信件》的創刊都是後來的事（分別於 1969 與 1974 年創刊，到目前仍在出刊），而且也沒有任何一個路易斯‧卡洛爾學會的存在。加德納的所有研究工作都是以紙本郵件的方式

進行，偶爾直接打電話。儘管當時還沒有「群眾外包」（crowd-sourcing）一詞，但那已經是他一貫的作業模式，而且每當與他通信的人提供觀點、資訊或有趣的理論，得以讓他深入研究時，他也都不吝於公開表彰他們的功勞。

接任北美路易斯・卡洛爾學會會刊《騎士信件》編輯一職的幾年後，我在 1997 年秋天接獲馬丁的來信，當時我實在很興奮。他的信件措詞總是如此溫和有禮，習慣以打字機寫信，在需要畫底線的地方親筆畫上，必須修改之處也用鋼筆改寫。我們的雜誌曾經刊出他的幾封信件，多年來我們倆始終斷斷續續地通信，後來到了 2005 年 5 月我收到一封裝在牛皮紙信封裡的信件。裡面的信是這樣開頭的：「親愛的馬克，信封裡的文件適合由《騎士信件》刊登嗎？」那一份文件的標題是「《注釋版：愛麗絲系列小說》補遺」（A Supplement to *Annotated Alice*），是十四頁包含全新與修正注釋的打字稿，再度證明卡洛爾始終縈繞於他的心頭。「適合嗎？」當然，我相信答案是肯定的。我把那一批稿件刊登在第七十五期《騎士信件》（2005 年夏季號）上面，隨後他很快地又寄了另一批稿件給我，後來也刊登在下一期會刊中（2006 年春季號）。儘管這兩批稿件是加德納生前最後一次讓自己的注釋被刊登出來，不過他未曾停止研究工作。馬丁・加德納於 2010 年去世後，他的兒子吉姆又給了我一些影印稿，其中有些注釋是他用潦草筆跡寫下的，也有用打字的。加德納在二十一世紀撰寫了許多注釋，有些曾被刊登過，有些沒有，但全都被收錄在這本書裡，構成它與先前版本的不同之處。

本會認為，最能紀念他的方式，莫過於把一本有料的書獻給他，於是我促成了《獻花給園丁：馬丁・加德納紀念文集》在 2011 年問世，書中除了有許多追憶專文、一篇小傳、一個參考書目，還有由道格拉斯・霍夫史塔特（Douglas Hofstadter）、莫頓・柯亨、大衛・辛麥斯特（David Singmaster）與麥可・赫恩等才智之士寫的紀念專文。

加德納與學術界

　　愛德華・顧里亞諾博士是本會創會會員之一兼前任會長，目前擔任美國紐約理工學院（New York Institute of Technology）院長一職，他也幫上述紀念文集寫了一篇文章。文中他提及加德納對於大學學界造成的影響時，是這麼說的：

　　　　因果關係是很難捉摸的，但如今路易斯・卡洛爾與他的愛麗絲系列小說之所以在學界與全球文化圈那麼受到歡迎與普遍被人接受，馬丁・加德納可說居功厥偉。……在加德納出現之前，卡洛爾並非受到大學認可的作家與研究主題。他並不會出現在書單上。沒有人會在正式的研討會上發表有關於他的論文。……

　　　　卡洛爾死後，依循著其他知名的慣例，許多關於他的傳記、信件、參考書目等東西開始如同雨後春筍般問世。但一直要等到威廉・燕卜蓀（William Empson）於 1935 年把〈愛麗絲夢遊仙境：愛麗絲即作者〉（The Child as Swain）一文放進他的論文集《田園詩的幾種版本》（Some Versions of Pastoral）裡面，卡洛爾才算是初次出現在重要學術著作裡。接下來則是 1952 年，伊麗莎白・塞維爾（Elizabeth Sewell）那一本迄今仍然令人費解的《荒謬的原野》（The Field of Nonsense）。菲麗絲・葛林艾克則是在 1955 年推出了一本關於史威夫特（Swift）與卡洛爾的半傳記式心理分析研究。但是，在卡洛爾受到忽略的普遍現象中，上述作品只是稍具能見度的例外而已。

　　　　在卡洛爾逝世後的六十年之間，的確有其他出色論文問世，但是學界或文學批評界對他的興趣與評論並未持續出現，這一點是如今我們很難想像的。無論是 1964 年的初版，或 1978 年的第二版《維多利亞小說研究指南》（Victorian Fiction: A Guide to Research）裡面，都沒有

把卡洛爾放進去。然而，到了 1980 年，學界對於卡洛爾的興趣已經輕易地超過某些最令人尊敬的維多利亞時代作家。……

　　馬丁‧加德納對我們的貢獻，是為卡洛爾的愛麗絲系列小說開拓出一個廣大的世界，而且就某方面而言向我們說明了「兒童文學」這個分類的不可行，因為「童書」是一種過於簡化的稱呼。事實上，即便是大人也能從書裡獲得有意義的洞見與樂趣。他帶我們認識一部小說藝術之作，讓我們有更多體悟、收穫與樂趣，能夠好好欣賞其中許多與遊戲、邏輯、語言有關的故事元素，還有喜劇風格。他揭露了書中許多大人也關切的主題，還有與世人普遍相關的東西。

　　就這樣，卡洛爾才會在當今學界佔有穩固的一席之地。……對我而言，卡洛爾的研究之所以會崛起，並且獲得接受，全都是因為馬丁充滿好奇心，品味與興趣極其折衷而廣博，才有《注釋版：愛麗絲系列小說》的問世。

關於《愛麗絲夢遊仙境與鏡中奇緣：從不絕版的西方奇幻經典‧跨世紀珍藏版》

　　《注釋版：愛麗絲系列小說》就像總是可以刮去重寫的羊皮紙。只要有機會推出新的版本，加德納就會增加新注釋或更新舊注釋。自從《最終注釋版：愛麗絲系列小說》於 1999 年問世後，加德納又新增或更新了一百多個囊括了新研究結果與觀念的注釋，全都放進了你手上拿的這本書裡面。書中還有一百張新的插畫（所謂新插畫，並非未曾問世，而是從沒出現在先前加德納編的那幾本書裡）或圖畫，有些能讓我們更瞭解愛麗絲系列小說，

有些則是深具代表性，其問世時間從 1887 年，也就是從初次有田尼爾以外的畫家幫這系列小說畫插畫開始，直到現在。除了將「主要參考書目」、「各國路易斯・卡洛爾學會簡介」與「《愛麗絲系列小說》改編之影視作品清單」等三大附錄予以更新之外，本書也新增了一篇「插畫家簡介」。

《注釋版：愛麗絲系列小說》裡的文字取材於卡洛爾生前問世的最後一個版本（也就是麥克米倫出版社於 1897 年推出的版本，通稱「八萬六千版」*），無論卡洛爾本人或者他的研究者，都普遍認為那是最可靠與正確的版本，而且裡面也保留了卡洛爾本來就使用的「ca'n't」與「sha'n't」等等拼字方式，還有特別的標點符號與連字號用法。

1985 年，達爾吉爾兄弟（Brothers Dalziel）為田尼爾的插畫製作的原版版畫，在某個銀行的地窖裡被人發現，這本書裡收錄的田尼爾插畫就是使用那一批原版版畫重製的。在把其他插畫作品予以數位化的時候，只要可能的話，我們都會採用原畫，否則就會從收錄那些插畫的書裡面取材。因為曾以愛麗絲為題材創作的畫家成千上萬（其中有些曾刊登在書裡面，有些未曾），任誰都能想像那種篩選工作的難度有多驚人。我希望各位能認同我們的篩選結果，而我們在篩選時所根據的，是以多樣性的原則還有是否能忠於原文，最重要的仍是原創性。

這本書也收錄了加德納為前面三個版本寫的導讀，另一個導讀則是他為了自己刊登在《騎士信件》上面的注釋寫的。此外，我們也把卡洛爾在世時為了愛麗絲系列小說寫的各種傳單、廣告的文字，還有小說前面或後面的介紹文都收錄了進來。

＊八萬六千指的是這一個版本的銷量。

2013 年冬天，馬丁的兒子吉姆要我承擔起這一本書的文編與美編工作，最後我要用短短的一句話來表達當時我五味雜陳的心情。除了深感榮耀之外，同時我也深怕自己不能勝任之餘，卻也感到興奮無比，因為自己有機會參與編務而激動不已。

　　　　──北美路易斯・卡洛爾學會前任會長　馬克・伯斯坦

寫給讀過《愛麗絲系列小說》的所有小朋友們*

親愛的小朋友們：

值此聖誕佳節，儘管這是一本充滿胡說胡鬧元素的書，但希望在最後由我向你們說幾句嚴肅的話，還不算太不恰當——而且，我也想藉此機會謝謝成千上萬位讀過《愛麗絲系列小說》的小朋友們，感謝大家對我創造出來的愛作夢的小孩這麼有興趣。

只要想到在英格蘭家家戶戶的火爐邊會有許多快樂的臉龐以微笑歡迎她，想到她能為許多英格蘭的孩童們帶來一兩個小時（我深信）的無邪樂趣，我就感到自己生氣勃勃，快樂無比。本來就有許多孩子是我的朋友，但是透過《愛麗絲系列小說》，我不禁覺得自己又跟很多親愛的孩子成為了朋友，儘管我不會有機會看見他們的臉。

給我所有的幼小朋友們，無論我認識或不認識的，我都想要誠摯地說一聲「聖誕愉快與新年快樂」。親愛的孩子們，但願上帝保佑你們，讓你們每年的聖誕節都能比前一年快樂美妙：因為記得世間曾有耶穌，記得未曾謀面的祂也曾祝福著世上所有的小朋友，因而讓你們感到快樂，或因為回想起充滿愛的人生，還有那種種值得擁有的真實快樂，因為讓他人快樂而得到的快樂，所以讓你們覺得美妙無比！

你們親愛的朋友　路易斯・卡洛爾

1871 年聖誕節

*這本來是一張夾在初版《愛麗絲鏡中奇緣》書裡的四頁廣告單之文字。直到卡洛爾去世以前，這一段文字始終未曾有機會納入任何一個版本的愛麗絲系列小說裡。

畫中女子幾乎可以確定就是卡洛爾的母親，暱稱「芬妮」的法蘭西絲‧珍‧拉特維吉‧道吉森（Francis Jane Lutwidge "Fanny" Dodgson；1804～1851 年）。請參閱：*Knight Letter* 83 (Winter 2009)。

祝每個喜歡《愛麗絲》的小朋友們復活節快樂 *

親愛的小朋友們：

　　如果可以的話，請把這段文字想像成一封信，把我想像成一個你曾經見過的朋友，你似乎聽得見我在祝福你的聲音，就像我現在這樣，正全心全意的在祝福你們能夠度過一個快樂的復活節。

　　如果有機會能在夏天清晨醒來時聽見鳥兒在唱歌，涼爽的徐徐微風從敞開的窗戶吹進來，此刻懶洋洋的你眼睛半開半闔，像在作夢似的看見綠枝搖擺，充滿漣漪的水上金色的波光粼粼，你知道那種如夢似幻的感覺有多美妙嗎？那是一種與悲傷相去不遠的樂趣，就像因為欣賞了美麗的圖畫或詩歌，因此讓眼淚奪眶而出的感覺。像不像母親以溫柔的手幫你揭開窗簾，用甜美的聲音叫你起床？像不像她要你在明亮的陽光下起床後就忘掉暗夜裡曾讓你如此害怕的惡夢，起床後好好享受快樂的另一天，先跪下來感謝你那看不見的上帝朋友，感謝祂為你創造出如此美麗的太陽？

　　身為《愛麗絲系列小說》的作者，我說這些話會很怪嗎？在此一充滿胡說胡鬧元素的書裡面看到這種信，會不會有點奇怪？也許吧。有些人也許會怪我把嚴肅與快樂的東西混在一起，甚至有些人可能會臉帶微笑，覺得奇怪，因為除非是到教堂去做禮拜，否則都不該說這種嚴肅的話；但是我認為……不，不，應該說我確定，還是有某些小朋友會溫和而充滿愛意地閱讀這段文字，心情跟我下筆的時候一樣。

---

* 這封信本來是一張夾在《捕獵蛇鯊》書裡的四頁廣告單之內文。後來到了 1887 年，麥克米倫出版社推出「平價版」（People's Editions）愛麗絲系列小說，才成為書的內文。

因為我的確相信上帝不希望我們把生活分成兩半：做禮拜時臉上的神情嚴肅，平常呢，就算光是提起祂的名字，都不太合適。

　　你們以為祂只喜歡看人下跪，聽人禱告嗎？難道你們以為祂不喜歡看到小羊在陽光下雀躍不已，聽見孩子們在乾草堆裡打滾的快樂聲音？與那種在充滿宗教氛圍的嚴肅昏暗大教堂裡響起的莊嚴聖歌相較，對祂來講，那種無邪的笑聲聽起來應該也是甜蜜無比吧？

　　而且，有鑑於我那麼喜歡各位小朋友，會被我寫進書裡面的一定是充滿了無邪而健康的樂趣，是那種輪到我走過死亡的幽谷，在回顧一生時（到時候要回想的東西一定很多！）絕對不會感到羞恥與悲傷的內容。

　　親愛的小朋友們，等到復活節的太陽灑在你們身上時，你們會「感到四肢充滿活力」，迫不及待地想要衝到外面呼吸新鮮的晨間空氣，而且一個個復活節如此來來去去，直到你們發現自己身體虛弱，頭髮花白，只能有氣無力地慢慢走到外面去曬曬太陽──但此時此刻你們最好能偶爾想起清晨有多美妙，因為「公正正直的太陽總是會為了療癒我們而升起」。

　　就算想起了人生終有離去之日，也別因此而讓快樂稍減，只因為到了那一天，你將會看見更為明亮的黎明，看見比樹枝搖擺與漣漪浮現還有可愛的景象，到時候幫你揭開窗簾的已經換成了天使的手，一個比母親的聲音更甜美的聲音會叫你起床度過美好的一天，到時候所有讓這小小塵世人生蒙上陰影的悲傷與罪惡，都會被你遺忘，就像是昨夜的夢一場！

你們親愛的朋友　路易斯・卡洛爾

1876 年復活節

〈仙子獻給某個小朋友〉的聖誕節賀詞 *

親愛的仙女們，
是否能暫時把
狡猾的詭計與精靈的淘氣擺一邊？
因為聖誕節已來到。

溫柔的孩子，我們最愛的孩子
我們早就聽見他們說
在聖誕節當天，
有來自天上的消息。

不過，就在聖誕節再度來臨之際，
他們又想了起來——
歡樂的聲音仍繚繞迴盪
「人間祥和洋溢，人人懷抱善意！」

* 此賀詞本來是印在一張廣告單上的詩文，最早於 1884 年問世。後來到了 1887 年，麥克米倫出版社推出「平價版」愛麗絲系列小說，才成為書的內文，接著又從 1897 開始納入了標準版裡面。

然而一定要懷抱赤子之心

心裡住著天界賓客：

孩子們如此歡樂，

整年都是聖誕佳節！

就這樣暫時忘記詭計與淘氣

我親愛的仙女，

如果可以的話，

我們也會祝祢聖誕愉快，新年快樂！

1884 年，路易斯・卡洛爾

The Annotated

Alice

愛麗絲夢遊仙境

——1865年——

目次

1862 年 7 月 4 日，作者查爾斯．拉特維吉．道吉森＊、友人羅賓遜．達克沃斯牧師與里德爾家三姊妹（大姊羅芮娜、二姊愛麗絲與小妹伊荻絲）划船溯愛西絲河（Isis 泰晤士河的上游）而上，當年的場景被馬亨德拉．辛（Mahendra Singh）繪成了這一幅插畫。

＊原文中作者的本名前面加了牧師（Rev.）頭銜；其實他只具備預備牧師（deacon）的身分，但並未成為真正的牧師。
　　（根據規定，牛津基督教堂學院的學生都必須成為牧師，但在作者的要求之下他並未接受晉級為牧師的儀式。）

① 透過這首序言一般的詩，作者卡洛爾回憶的是 1862 年某個「金黃色的午後」，當時他與友人羅賓遜‧達克沃斯牧師（Reverend Robinson Duckworth，當時的牛津大學三一學院院士，後來成為西敏寺大教堂的教規神學家）帶著可愛的里德爾家（Liddell）三姊妹一起划船，到泰晤士河上游去探險。「大姊」是十三歲的羅芮娜‧夏綠蒂（Lorina Charlotte）。二姊愛麗絲‧普莉桑絲（Alice Pleasance）十歲，三妹伊荻絲（Edith）八歲。那一天的日期是 7 月 4 日禮拜五，就像詩人 W.H. 奧登（W. H. Auden）所說，「對於文學史與美國歷史 * 而言，那一天都是值得紀念的」。

* 7 月 4 日是美國國慶日。

他們划了約 4.8 公里，從牛津附近的佛利橋（Folly Bridge）開始，最後在賈斯托村（Godstow）結束。卡洛爾在日記中寫道：「我們在河畔喝下午茶，直到 8 點 15 分才回到基督教堂學院（Christ Church），帶著她們到我的房間裡看我收集的那些顯微照片（micro-photograph），快 9 點才送她們回到院長家。」七個月後，他在這篇日記後面加了個附註：「當天我跟她們述說了愛麗絲地底歷險的童話故事……」。

二十五年後，卡洛爾寫道（參閱他寫的文章："Alice on the Stage", The Theatre, April 1887）：

> 我們常常一起在那條平靜的河流划船（那三位小姑娘與我），我也講出許多為她們臨時編出來的童話故事——不過，有時候我這說故事的人「文思泉湧」，許多幻想不請自來，但也有時候繆斯女神累了，要經過一番刺激才有動作，而且慢吞吞的，故

整個金黃色的午後 [1]
我們悠悠滑行；
揮動小小雙臂，用小小的技巧，
划著雙槳，
小小的雙手裝模作樣
帶領著船兒東飄西盪 [2]。

啊，殘酷的三個小孩！在這樣的時刻，
天氣如夢似幻，
在我氣若游絲，連羽毛都吹不動之際
她們居然求我說故事！
可憐的我聲音微弱，
怎敵得過七嘴八舌？

霸道的大姊一聲令下
「現在就開始說」：
二姊輕聲說出希望，
「給我們說個奇怪的故事！」
而三妹則是喜歡插嘴
每分鐘都打斷故事一次。

突然間三個人都靜了下來，
陶醉於奇想之中
追隨夢中的小孩
優游於狂放新鮮的仙境中，
和鳥獸親切交談起來——
幾乎相信這一切都是真的。

事說得情不由衷。但我都沒把那些故事寫下來，那些故事像夏天的蚊蟲一樣，生生死死，每一則的存活時間只限於當天下午，直到某天剛好我的一位小聽眾要求我幫她把故事寫下來。那已經是多年前的事了，但就在下筆的此刻，我仍清楚記得自己急於寫出一則新的童話故事，於是故事一開始就把我的女主角送進兔子洞裡，但壓根兒不知道接下來會發生什麼事。於是，為了取悅我喜愛的孩子（我不記得自己還有其他動機），我自己動手寫稿，並且畫出一幅幅草圖（因為我從未上過繪畫課，所以我畫的圖違反了解剖學與藝術的所有法則），直到最近我才用照相複製版（facsimile）的技術把故事印刷出版。寫下故事的過程中，我加進了許多新構想，它們似乎都是從原先素材衍生出來的；多年後我為了再版而把故事重寫時，又有許多新構想自己冒出來……。

在一片陰暗的過去回憶中，「愛麗絲」這個我幻想出來的孩子仍是如此清晰。自從妳在那「金黃色的午後」誕生以來，那麼多年過去了，但對我來講歷歷在目，彷彿昨日：頭頂藍天無雲，下方水如明鏡，船兒慢慢飄盪，船槳慵懶地來回划動，河水滴落時發出滴答聲響，在這一切令人昏昏欲睡的場景裡，唯一充滿生氣的是那三張熱切的小臉，她們好想聽到新的故事，不准我拒絕她們。只要一句「跟我們說故事嘛，拜託！」我就無法抵抗接下來的命運！

「二姊」愛麗絲曾經兩度提及記憶中當天的情景。請參閱：史都華‧道吉森‧柯靈伍（Stuart Collingwood），《路易斯‧卡洛爾的生平與信函》（*The Life and Letters of Lewis Carroll*）：

> 道吉森先生大多是在划船前往牛津

附近奴轟漢村（Nuneham）或賈斯托村的時候跟我們說故事。我家大姊就是他所說的「大姊」，她如今已經成為史凱因太太（Mrs. Skene），我則是「二姊」，「三妹」則是我妹妹伊荻絲。我相信，愛麗絲的故事起始於某個夏天午後，那一天天氣炎熱無比，我們把船停在河邊，走到一片牧草上，在一個新的乾草堆附近找到四周唯一的陰涼處。我們三個在那裡故技重施，求他說故事，那令人感到愉悅無比的故事就此展開。有時候為了逗我們（或是因為真的累了），道吉森先生會突然停下來，對我們說：「下次再講吧。」我們三個則是都大聲說：「現在就是下次！」經過一番苦苦哀求後，故事會重新開始。改天，也許故事會在船上重新展開，道吉森先生總是在故事說到驚險之處裝睡，讓我們很難過。

愛麗絲的兒子則是曾經在雜誌發表文章，引述母親說過的話（請參閱：Caryl Hargreaves, *Cornhill*, July 1932：

> 所有愛麗絲的地底歷險故事幾乎都出現在那個陽光耀眼的夏日午後，當天牧草上的熱氣蒸騰閃耀，我們下船躲進賈斯托村附近乾草堆旁的陰涼處。我想，一定是那天下午他說的那些故事特別好，因為那天發生的事我仍歷歷在目，還有，隔天我開始纏著他，要他為我把故事寫下來，這是我未曾做過的事。因為我一直要他「寫嘛，寫嘛」，苦苦哀求，他才說會考慮看看，最後終於在猶豫之餘答應我把故事寫下來。

最後，我們可以看看達克沃斯牧師對於那一件事的說法。請參閱：柯靈伍（Stuart Collingwood），《路易斯‧卡洛爾圖畫書》（*The Lewis Carroll Picture Book*）：

在那一趟前往賈斯托村的知名長假期旅程中，我在船尾，他在船頭划槳，里德爾家的三個小姑娘是我們的乘客，為了取悅船上的「舵手」愛麗絲‧里德爾，他就這樣在我的身後說起了故事。我還記得自己曾轉身說：「道吉森，這是你臨時編出來的故事嗎？」他說：「對啊，是我沿途編出來的。」我也記得，等我們帶那三個孩子回到院長家時，愛麗絲跟我們說晚安，她還說：「喔，道吉森先生，真希望你能幫我把愛麗絲的歷險記寫下來。」他說他會試試，事後他跟我說他熬了幾乎一整夜，把他那個下午編出來的奇幻故事寫成一本草稿書。他還加上了自己的插圖，把書送出去，此後在院長家客廳桌上就常常可以看見那一本書。

令人難過的是，1950 年曾經有人跟倫敦氣象局確認過，1862 年 7 月 4 日那天牛津一帶的天氣「涼爽而潮濕」（請參閱：赫爾修‧葛思宣，《攝影家路易斯‧卡洛爾》）。

後來，牛津大學森林系的菲利浦‧史都華（Philip Stewart）也確認了這一點。他寫信告訴我，7 月 4 日那一天下午兩點後開始下雨，烏雲密布，最高蔭溫為華氏 67.9 度／攝氏 19.9 度（史都華所根據的資料請參閱：Astronomical and Meteorological Observations Made at the Radcliffe Observatory, *Oxford*, Vol. 23）。透過這些紀錄，我們可以確認卡洛爾與愛麗絲都記錯了，誤把那一天當成另一次較為晴朗的溯河之旅。然而，這問題仍然有爭議餘地。也有人提出充分理由，主張當天天氣的確是乾燥晴朗，請參閱："The Weather on Alice in Wonderland Day, 4 July 1862", by H. B. Doherty, of the Dublin Airport, in *Weather*, Vol. 23 (February 1968), pages 75-

等到故事快說完
奇幻靈感的泉源乾枯，
虛弱的我暗暗叫苦
只能把故事暫時擱下，
「下次再講吧——」，快樂的她們大聲說：
「現在就是下次！」

仙境夢遊記就是這樣展開的：[3]
一段接著一段，慢慢成形，
種種古怪的事件一一浮現——
此刻故事說完了，
在夕陽下，
我們划船回家，歡樂盡興。
愛麗絲！請收下這孩子氣的故事，
以溫柔的手，
跟童年的美夢擺在一起珍藏
繫上回憶的神祕絲帶，
好像朝聖客花環上的枯萎花朵，
採自遙遠的地方。[4]

　　　　　　　　　　　　　　　　愛麗絲夢遊仙境與鏡中奇緣

78；承蒙讀者威廉・米克森（William Mixon）提醒，我才注意到那一篇文章。

❷ 請注意，這一段詩文用了三個 "little"：

All in the golden afternoon

Full leisurely we glide;

For both our oars, with little skill,

By little arms are plied,

While little hands make vain pretence

Our wanderings to guide.

「里德爾」的尾韻跟 "fiddle" 一詞相同。

❸ 「仙境」（Wonderland）一詞並非卡洛爾原創的。彼得・品達（Peter Pindar）的詩作〈完整書信〉（Complete Epistle，1812 年）裡面就有這樣的詩句：「遊蕩中的其他旅人滿懷恐懼／看！仙境中的布魯斯卻如此無憂無慮」；湯瑪斯・卡萊爾（Thomas Carlyle）的小說《衣服哲學》（Sartor Resartus，1831 年）則是有這樣的句子：「在此，奇想的神祕仙境進入理性的平凡領域裡，融入其中。」

卡洛爾曾經思考過許多書名，其中包括最早的《愛麗絲地底歷險記》（Alice's Adventures Under Ground），但被他自己否決，因為「看起來像是一本教人挖礦的教科書」，其他書名還包括《愛麗絲的金色時光》（Alice's Golden Hour）、《愛麗絲的精靈國度奇遇》（Alice's Doings in Elf-land），請參閱他在 1864 年 6 月 10 日寫給朋友湯姆・泰勒（Tom Taylor）的信件。泰勒則湊巧是劇作《我們的美國親戚》（Our American Cousin）作者，此劇本與美國歷史上一齣悲劇密切相關：林肯總統就是前往福特戲院（Ford's Theatre）欣賞這一齣舞台劇時遭人暗殺的。

❹ 前往聖地的朝聖客通常會頭戴花環。讀者霍華・里斯（Howard Lees）在信裡面引述喬叟（Chaucer）的《坎特伯里故事集》（Canterbury Tales），該書序言是這樣描述故事裡的宗教法庭傳喚員（Summoner）：

他頭戴花環

花環大得像是

酒館外木椿上的冬青樹叢

里斯問道：卡洛爾的意思，是不是指「愛麗絲應該把那些故事珍藏在童年的記憶裡；等到她成年後，那記憶就會變得像一束採自遙遠童年國度的花朵，全都枯萎了？」

在寫出這一首序言詩的多年以前，卡洛爾曾經幫愛麗絲・里德爾拍照，當時她就是頭戴花環。曾刊登該張照片的書籍包括：Anne Clark, *Lewis Carroll: A Biography* (Schocken, 1979), opposite page 65； 還有：Morton Cohen, *Reflections in a Looking Glass* (Aperture, 1998), page 58。

哈利・佛尼斯（Harry Furniss）繪，1908 年。

第一章

掉入兔子洞

　　愛麗絲[1]陪姊姊坐在河畔，無事可做，開始無聊了起來；她瞄了一兩眼姊姊的書，但書裡沒有插圖也沒有對話，於是愛麗絲心想：「如果沒有插圖或對話，書還有什麼用呢？」

　　所以她在心裡開始盤算（因為這炎熱的天氣讓她昏昏欲睡，她的腦袋不是很靈光）。儘管編織花環挺好玩，但還要起身採雛菊，會不會太麻煩？突然間，一隻雙眼淡紅的白兔[2]從她身邊跑過去。

　　只不過是看到兔子，實在**沒什麼稀奇**的，而且愛麗絲雖然聽見兔子說：「天啊！天啊！我快遲到了！」卻也**不覺得**奇怪。（事後回想起來，她認為自己應該感到奇怪，但在那當下卻覺得如此自然。）但是，等到兔子**從背心口袋掏出懷錶**來看，接著繼續趕路，愛麗絲才跳了起來，因為她突然想到自己不曾看過穿背心的兔子，而且背心口袋裡居然還有懷錶。滿懷著好奇心，她穿越田野，追了過去，剛好看到牠跳進樹籬下方一個大大的兔子洞。

波士頓的出版商湯瑪斯・克洛威爾（Thomas Crowell）於 1893 年出版了未經正式授權的《愛麗絲夢遊仙境》，圖為查爾斯・柯普蘭（Charles Copeland）的插畫作品，這也是在所有出版作品的插畫中愛麗絲第一次身穿藍色洋裝亮相。

❶ 田尼爾筆下的愛麗絲並非臨摹愛麗絲・里德爾的模樣，真人版愛麗絲是一頭黑髮，額頭前的瀏海是直的。《愛麗絲夢遊仙境》印行出版以前，在卡洛爾親手書寫的草稿版愛麗絲故事裡（一開始書名叫做《愛麗絲地底歷險記》），愛麗絲的長相之靈感都是來自於朋友的肖像畫，包括畫家但丁・加百列・羅塞提

（Dante Gabriel Rossetti；畫作的模特兒是安妮・米勒〔Annie Miller〕），還有亞瑟・休斯（Arthur Hughes）的作品——休斯的油畫作品《丁香花女孩》（*Girl with Lilacs*）就是由卡洛爾收藏的。請參閱："Lewis Carroll the Pre-Raphaelite" in *Lewis Carroll Observed*, edited by Edward Guiliano(Clarkson N. Potter, 1976)。

曾有許多人主張，卡洛爾寄了女童瑪莉・希爾頓・巴得考克（Mary Hilton Badcock）的一張照片給田尼爾參考。事實證明田尼爾的愛麗絲更早成形，於1864年7月就登上了《潘趣》（*Punch*）雜誌的封面（見本書第72頁）。直到六個月以後，卡洛爾才看到了瑪莉的照片。請參閱："That Badcock Girl", in *Knight Letter* 86, Summer 2011。而且，就算卡洛爾真的寄了照片，田尼爾也沒有使用，因為卡洛爾曾在1892年3月31日寫給葛楚德・湯姆森（E. Gertrude Thomson）的信裡表示：「只有為我畫畫的藝術家田尼爾先生堅決反對使用模特兒。他宣稱，就像我在解答數學問題時用不到乘法表，他也不用模特兒！」

卡洛爾曾經這樣描述筆下女主角的性格（請參閱序言詩注釋一曾引用，出自 Alice on the Stage 的那篇文章）：

> 夢境裡的愛麗絲，在妳的創造者的眼裡，妳是什麼模樣？他該怎樣描繪妳？可愛是最重要的，要可愛與溫柔：跟小狗一樣可愛（原諒我這平凡無奇的比喻，但是除此之外我不知道這世界上還有什麼東西能可愛得如此純真而完美），如小鹿般溫柔；然後是有禮貌——對誰都一樣，無論對方地位高低，偉大或怪誕，是國王或毛毛蟲，即便她自己是國王的女兒，身穿金縷

片刻間愛麗絲也跟著往下跳，從沒想過自己是不是出得來。

兔子洞下方有一小段像隧道般筆直的路，接著突然往下墜，因為實在太突然，愛麗絲根本來不及多想，人已經掉了下去，好像掉進一口很深的井。

要不是那口井很深，就是她下墜的速度很慢，因為在下墜時她還有時間東張西望，心裡想著接下來會怎樣。一開始她試著往下看，想搞清楚她會掉到哪裡，但下方一片漆黑，她看不出來；接著她看看四

周的井壁，注意到壁上有許多碗櫥和書架：四處掛著地圖與圖畫。經過一個書架時，她隨手拿起一個瓶子，上面的標籤寫著**橘子醬**，但那是一個空瓶子，令她大失所望。她不想丟掉瓶子，唯恐砸死下面的人，所以她趁著經過某個碗櫥時，設法把瓶子放進去[3]。

愛麗絲心想：「有了這種下墜的經驗之後，接下來就算從樓梯跌下去，也沒什麼大不了的！家裡的人一定都覺得我很勇敢！不過，就算我從屋頂跌下去，我也不會吭聲啊！」[4]（這倒很可能是真的。）

掉了又掉，繼續往下掉。難道她會永遠往下掉？「到這時候我已經下墜幾英里了呢？」她大聲說。「我一定已經快要掉到地心了。讓我想一想：那我應該已經下墜了四千英里吧……」（因為啊，愛麗絲在學校教室裡曾學過許多類似的知識，但這不是什麼適合用來炫耀學問的**好時機**。她要說給誰聽啊？儘管如此，能夠複習一下也不錯）「……沒錯，距離差不多就是那樣，但我已經跌到了什麼緯度或經度呢？」（愛麗絲壓根兒就不知道什麼是緯度或經度，只是覺得那兩個詞很炫。）

衣；再來則是願意相信與接受一切最荒謬與不可能的事物，展現出只有作夢的人才具備的極度信任態度；最後則是好奇——好奇心強烈無比，而且對於人生感到極度愉悅，這種愉悅只有在童年的歡樂時刻才會出現，因為在那當下一切都是如此新鮮美好，也不知罪惡與哀傷為何物，兩者只是空洞而無意義的辭彙！

我同意曾寫信給我的理查・漢姆羅德（Richard Hammerud），他說卡洛爾故意讓「愛麗絲」一詞出現在故事的開頭處，這一點隱約可以印證卡洛爾影響了《綠野仙蹤》的作者法蘭克・包姆（L. Frank Baum），因為《綠野仙蹤》系列第一本小說是以「桃樂絲」（Dorothy）一詞開頭的。許多人都是同時研究卡洛爾與包姆的作品，包括安潔莉卡・卡本特（Angelica Carpenter）、彼得・漢夫（Peter Hanff）、我自己，還有琳達・山帥恩（Linda Sunshine），琳達曾寫過關於兩位作家的著作，兩本書都是圖文並茂，請參閱：*All Things Alice* (Clarkson Potter, 2004) 以及 *All Things Oz* (Clarkson Potter, 2003)。

在插圖左下角的符號，是田尼爾在所有畫作上面的署名方式，由他的姓名第一個字母組成。

② 倫敦大學學院（University College London）的 D.T. 唐納文教授（Professor D. T. Donovan）曾提醒我，從白兔的粉紅色眼睛看來，牠應該是個白化症患者。

③ 卡洛爾當然知道，在一般狀況之下，下墜中的愛麗絲不可能丟得掉瓶子，因為

瓶子會停留在她身前，兩者一樣處於下墜狀態。因為她的掉落速度太快，也無法把瓶子擺回架上。有趣的是，卡洛爾也曾在小說《西爾薇與布魯諾》（Sylvie and Bruno）第八章裡描述過，在一間持續下墜的房子裡喝茶是很困難的，被更快的加速度往下拉扯的房子也是一樣；這在許多方面都預示了科學家愛因斯坦（Einstein）的知名「思想實驗」：用一個想像中的下墜電梯解釋相對論的某些面向。

④ 這是愛麗絲系列小說裡面第一個關於死亡的笑話，請參閱：《田園詩的幾種版本》（Some Versions of Pastoral）一書關於卡洛爾的部分。威廉・燕卜蓀（William Empson）作。後面還會出現更多這一類笑話。

⑤ 掉進地洞後如果能穿過地心的話，會發生什麼事？這是卡洛爾那個時代很多人會思考的問題。古代哲學家普魯塔克（Plutarch）曾問過這個問題，許多知名思想家，包括培根（Francis Bacon）與伏爾泰（Voltaire）也都曾各自提出見解。伽利略（Galileo）提供了正確答案：進入地洞後，物體的下墜速度會越來越快，但加速度持續遞減，到了地心時，加速度已經是零（請參閱：*Dialogo dei Massimi Sistemi*, Giornata Seconda, 1842, Florence edition, Vol. 1, pages 251-252）。通過地心後，物體的速度會減慢，減慢的速度越來越多，直到最後抵達地球另一端的洞口。然後物體會往回掉，如果不把空氣阻力與科氏力（coriolis force）考慮進去（科氏力是指因為地球轉動而產生的力量，如果那個洞是剛好位於南北兩極，便不會有科氏力），那物體會永遠在兩個洞之間來來回

過沒多久她又開口了。「難道我會穿過地球？[5] 如果從一群走路時頭下腳上的人裡面冒出來，那一定很好玩啊！我想他們是叫做『對立人[6]』……」（這次她很高興身邊**沒有**人在聽，因為她好像用錯詞了）「但是，到時候我必須問一下那是哪個國家，你知道的[7]。這位女士，請問這裡是紐西蘭嗎？還是澳大利亞？」（她一邊講話，一邊試著行禮……想像一下，你有辦法一邊往下墜，一邊行禮嗎？）「可是，她一定會覺得我是個無知的小女孩！再怎樣我都不該問別人，也許我可以找找看哪裡寫著國名。」

掉了又掉，繼續往下掉。因為沒事幹，愛麗絲很快又開始講話了。「黛娜今晚一定會很想我！」（黛娜是她家的貓。）[8]「到了午茶時間，希望他們還會記得倒一盤牛奶給她喝。我親愛的黛娜！真希望妳能跟我一起下來。我想半空中應該沒有老鼠，但也許妳可以改抓跟老鼠很像的蝙蝠。只是不知道貓會吃蝙蝠嗎？」此刻，愛麗絲開始變得很睏，像說夢話那樣持續自言自語：「貓會吃蝙蝠嗎？貓會吃蝙蝠嗎？」有時候則是說：「蝙蝠會吃貓嗎？」反正這兩個問題她都無法回答，所以怎麼說都一樣。她覺得自己在打瞌睡，剛剛開始夢到與黛娜攜手走路，用很認真的口吻對她說：「黛娜，說真的，妳吃過蝙蝠嗎？」突然間砰砰兩聲，她就跌在一堆樹枝枯葉上，不再往下掉了。

回。最後，因為空氣阻力的關係，該物體一定會停留在地球的地心。有興趣的讀者可參閱法國天文學家弗拉馬利翁（Camille Flammarion）的作品："A Hole through the Earth," *The Strand Magazine*, Vol. 38 (1909), page 348（這頁有幾張可怕的插圖）。

卡洛爾在這方面的興趣也顯示於小說《西爾薇與布魯諾的結局》（*Sylvie and Bruno Conclude*）第七章，裡面除了提及莫比烏斯帶（Möbius strip）、投影平面（projective plane）與其他奇特的科學與數學發明物之外，還描述了一種把地心引力拿來當作火車唯一動力來源的妙計。鐵軌穿越一個完全筆直的隧道，連接著兩個城鎮。與隧道兩端相較，隧道中央一定比較接近地心，因此火車往地心衝下去的話就能獲得足夠動能，在通過隧道中間之後接著往上行進，越過隧道的另一半。奇怪的是，如果不考慮空氣阻力與車輪阻力的因素，火車穿越隧道的時間將會跟物體下墜到地心所需的時間一樣，也就是比 42 分鐘稍多。無論隧道有多長，穿越的時間都是一樣的。

許多童話故事作家都用過這種地底仙境的橋段，最有名的例子包括法蘭克・包姆的《桃樂絲與奧茲國巫師》（*Dorothy and the Wizard in Oz*），還有露絲・普蘭麗・湯普遜（Ruth Plumly Thompson）的《奧茲王國事件簿》（*The Royal Book of Oz*）。包姆也曾在《奧茲王國的時鐘機器人》（*Tik-Tok of Oz*）裡面把穿越地球的管路當作非常有用的劇情橋段。

6 愛麗絲想說的，當然是「倒立人」（antipodes，這個辭彙的原意則是：地球上完全相反的兩邊）。事實上，有

莉歐娜・索蘭斯・葛拉西亞（Leonor Solans Gracia）繪。2011 年。

個無法住人的紐西蘭火山島就是被稱為 "antipodes"。

⑦這是愛麗絲第一次說「你知道的」這一句沒有必要的感嘆詞。詹姆斯・霍布斯（James B. Hobbs）的提醒令我感到十分訝異：在兩本以愛麗絲為主角的小說裡面，愛麗絲至少說過三十幾次「你知道的」（you know）。其他角色則是說了超過五十次！這些數字還只是包括一般情況下使用「你知道的」一詞的數量，而這只是用來表達情感的虛詞。

愛麗絲與她在仙境中遇到的故事角色都會習慣性地說「你知道的」，這與現在許多美國年輕人一樣，而且那些年輕人即便在成年以後還是改不掉此習慣。「你知道的」有可能是卡洛爾那個時代的慣用口頭禪？有趣的是，霍布斯發現當愛麗絲對毛毛蟲說「你懂的」（you see，這是她的另一個口頭禪），他的回覆是：「我不懂」；但是當她後來說「你知道的」，毛毛蟲的回答則是「我不知道」。請參閱拙著："Well, You Know…" in *Knight Letter* 65（Winter 200）。

⑧里德爾三姊妹很喜歡家裡那兩隻分別叫做黛娜（Dinah）與威利肯斯（Villikens）的虎斑貓，牠們是根據一首流行歌曲〈威利肯斯和他的黛娜〉（Villikens and His Dinah）命名。黛娜與她的兩隻小貓凱蒂（Kitty）與雪花（Snowdrop）稍後會再度

愛麗絲完全沒受傷，立刻就站了起來，抬頭仰望後她發現頭頂一片漆黑，眼前只見另一條長長的通道，仍然可以看到白兔沿著通道往前疾行。愛麗絲一刻也沒耽擱，她像一陣風似地跑過去，在白兔轉彎時聽見牠說：「喔，我的耳朵，我的鬍鬚啊！實在是太晚了！」轉彎時她緊跟在後，但已經看不到白兔。這時她發現自己置身於一個又長又低的大廳，被屋頂的一排燈照亮著。[9]

大廳裡到處都有門，但都是鎖著的；愛麗絲跑來跑去，試開每一扇門，最後只能滿臉憂愁地走到大廳中間，心裡想著要怎麼出去。

突然間，愛麗絲發現了一張三隻腳的桌子，整張都是實心玻璃材質，桌上只有一把小小的金鑰匙，這時她的第一個念頭是：那應該可以用來打開某扇門；但是，唉！要不是鑰匙孔太大，就是鑰匙太小，總之哪一扇門都打不開。然而，第二次試著開門時，她發現一片先前並未注意到的低矮簾子，後面有一扇大約十五英寸高的小門。她試著把金黃小鑰匙[10]插進鑰匙孔，居然大小適中，太好了！

出現在《愛麗絲鏡中奇緣》第一章，在故事最後我們發現紅后與白后分別就是凱蒂與雪花。

[9] 在田尼爾那一幅白兔在大廳裡快步行走的插畫裡（參閱本書第80頁），天花板上並未垂掛著燈具，這是布萊恩‧席比利（Brian Sibley）*注意到的。

*作家，知名廣播劇和電影內幕書籍作者。

[10] 在維多利亞時代的奇幻文學作品中，金黃鑰匙與它可以用來打開的神秘大門是常見的物件。安德魯‧朗恩（Andrew Lang）的詩作〈書蟲之歌〉（Ballade of the Bookworm）的第二段詩文是這樣寫的：

仙子賜予我一種天賦（三種
牠們過去最常送人的東西）：
對於書本的熱愛、金黃鑰匙
還有可以打開的魔法大門。

牛津版愛麗絲系列小說的編者羅傑‧蘭斯林‧葛林（Roger Lancelyn Green）認為，此一金黃鑰匙與喬治‧麥唐納（George MacDonald）最有名的童話故事〈金黃鑰匙〉（The Golden Key）那一把可以用來打開天國大門的魔法鑰匙有關。那一則故事最早出現在1867年出版的故事集《神仙奇緣》（Dealings with Fairies）裡面，這本書比《愛麗絲夢遊仙境》晚兩年出版，但是卡洛爾與麥唐納是好朋友，因此葛林在注釋中寫道，卡洛爾很可能先看到了〈金黃鑰匙〉的草稿。麥唐納也曾寫過一首名為〈金黃鑰匙〉的詩作，是早在1861年出版的，所以卡洛爾很可能已經讀過了。該篇故事後來被收錄在麥可‧派崔克‧赫恩（Michael Patrick Hearn）編選的出色故事集《維多利亞時代童話故事集》（The Victorian Fairy Tale Book；Pantheon, 1988）裡。

She knelt down and looked along the passage into the loveliest garden you ever saw

查爾斯・羅賓遜（Charles Robinson）繪。1907 年。

愛麗絲把門打開，發現門後面是一個小小的通道，比老鼠洞大不了多少；她跪下來，看見通道另一頭是一個前所未見的可愛花園。[11] 她渴望著離開昏暗的大廳，優游於鮮豔花床與清涼噴泉之間，但是她的頭根本鑽不出去；「就算我的頭鑽得出去，」可憐的愛麗絲心想，「我的肩膀也出不去。喔，如果我可以像伸縮望遠鏡那樣縮小就好了！我想我可以辦得到，只要我知道要怎麼起頭。」你瞧瞧，因為剛剛發生了那麼多怪事，愛麗絲也開始覺得幾乎沒有任何事是不可能的。[12]

在小門邊等待似乎沒有用，所以她回到桌邊，心裡多少期盼著桌上也許能再出現一把鑰匙，或擺著一本教人怎樣像望遠鏡那樣把自己縮小的書。這次她發現桌上有個小瓶子（愛麗絲說：「那瓶子剛剛肯定不在桌上。」），瓶頸上綁著一張紙做的標籤[13]，上面印著兩個漂亮的大字：「**喝我**」。

說喝就喝，那也沒什麼了不起，但是聰明的小愛麗絲並不急著照做。「不，我要先看清楚」她說：「看看瓶子上是不是寫著**有毒**」。因為，她曾經看過許多關於兒童的美好小故事[14]，他們都是慘遭火吻，或是被野獸吃掉，還有許多不幸的遭遇，全都是因為**不記得**朋友教他們的一些簡單規則。例如，燒紅的火鉗如果握在手裡太久，就會燒傷；還有，如果手指頭被刀子

[11] 詩人 T.S. 艾略特（T. S. Eliot）曾經向批評家路易斯・馬爾茲（Louis L. Martz）透露，當他在寫詩作《四重奏》（*Four Quartets*）第一首詩〈被燒毀的諾頓莊園〉（Burnt Norton）的某幾行之際，心裡想到的就是這個跟花園有關的插曲：

> 現在與過去
> 兩者也許都會存在於未來。
> 未來也已經包含在過去裡。
> 如果所有時間都是永恆存在的
> 所有時間都像是覆水難收。
> 各種可能發生的事只是一種抽象
> 只是一種永遠的可能性
> 只存在於臆測的國度裡。
> 可能發生與已經發生的一切
> 都指向總是存在的某一邊。
> 腳步在記憶中發出回音
> 沿著我們沒有走的通道傳下去
> 一路傳到我們未曾打開的門
> 傳進玫瑰花園。

艾略特後來寫的劇作《家族團聚》（*The Family Reunion*）也出現過一扇通往秘密花園的小門。對他而言，打開的門就是我們歷經的事件，通往花園的小門則是暗喻原來可能發生的一切。

[12] 卡洛爾非常不喜歡硬襯布材質的衣服（請參閱《愛麗絲鏡中奇緣》第九章注釋11）。請比較本書第73與74頁的兩張插圖，第73頁來自於《愛麗絲夢遊仙境》的小說，而第74頁那張則是《幼童版愛麗絲夢遊仙境》（*The Nursery "Alice"*）*

* 卡洛爾為零到五歲的幼兒寫的精簡版童書。

田尼爾筆下的愛麗絲首度出現在世人面前,是在《潘趣》雜誌的一本手冊的封面上。當時是 1864 年 6 月,而是等到一年半之後,《愛麗絲夢遊仙境》才出版。

割出深深的傷口，通常會流血。以及她未曾忘掉的：瓶子上如果寫著「有毒」，裡面的東西喝多了，遲早會出問題的。

　　然而，這個瓶子上面**並未**寫著「有毒」，所以愛麗絲大膽喝了一口，發現很好喝（事實上，裡面的東西融合著櫻桃塔、奶黃蛋糕、鳳梨、烤火雞、太妃糖還有熱奶油吐司的味道），她很快就喝完了。

在第 74 頁插圖裡愛麗絲身上服裝的硬襯布大幅減少，還加上一個藍色蝴蝶結。請注意愛麗絲身上洋裝的顏色，包括在《幼童版愛麗絲夢遊仙境》，還有所有卡洛爾授權的《愛麗絲夢遊仙境》相關商品，像是 1889 年發行的「愛麗絲夢遊仙境」郵票冊、1894 年由德拉魯公司（De La Rue）推出的遊戲卡，愛麗絲洋裝顏色都是「玉米黃」的！愛麗絲身上那一件幾乎到處可見的藍洋裝到底是從何而來的？相關的臆測請參閱："Am I Blue?" in *Knight Letter* 85（Winter 2000）。

⓭ 維多利亞時代的藥水瓶並沒有旋轉式瓶蓋，瓶身也沒有標籤。藥水瓶用的是木塞，還有一張綁在瓶頸上的標籤紙。

⓮ 查爾斯・勒維特（Charles Lovett）提醒我，所謂「美好小故事」其實也不怎麼美好。那都是一些傳統童話故事，裡面有許多恐怖的情節，通常帶有宗教寓意。例如，如同史黛芬妮・勒維特（Stephanie Lovett）所說的，路易斯・卡洛爾自己的藏書室裡就有一本 1811 年出版的故事書，叫做《與爸媽重逢的淘氣女孩愛倫》（*Ellen, or, the Naughty Girl Reclaimed*）。故事中愛倫常常不聽話，被爸媽送去學校讀書，因故與爸媽失散，後來變乖的她幫一位老太太跑腿幹活，偶然間才與爸媽重逢。卡洛爾寫的小說擺脫了傳統的宗教與道德寓意，創造出一種新類型的兒童故事。

⓯ 整本小說裡，愛麗絲的身材大小改變了十二次，此處是第一次改變。理查・艾爾曼（Richard Ellmann）主張，愛麗絲的身材一再變大縮小，反映出卡洛爾下意識地認為兩個愛麗絲之間存在著很大的差

距：一個是他深愛但無法娶回家的小愛麗
絲，另一個則是過不久就會出現的成人
愛麗絲。請參閱："On Alice's Changes in
Size in Wonderland" by Selwyn Goodacre, in
Jabberwocky, Winter 1977；這篇文章透過
田尼爾的一系列插圖來討論愛麗絲的身形
改變。

⓰ 請注意《愛麗絲鏡中奇緣》第四章，噹
叮噹（Tweedledum）也會提到蠟燭燭火的
隱喻。

⓱ 「唉呀！可憐的愛麗絲！」的原文是：
"alas for poor Alice!"。卡洛爾是故意用發音
近似的 "alas" 與 "Alice" 來玩文字遊戲嗎？
這一點我們很難確定。但可以肯定的是，
小說家喬伊斯（James Joyce）在他的《芬
尼根守靈記》（*Finnegans Wake: Viking
revised edition*，1959 年）裡面，卻是把此
一文字遊戲玩得淋漓盡致，先看看第 528
頁的這一段文字："Alicious, twinstreams
twinestraines, through alluring glass or alas
in jumboland?"（美味的愛麗絲，兩條河，
雙重限制，進入了充滿誘惑的鏡中世界或
是，唉呀，愛麗絲來到了巨大仙境？）還
有 270 頁的另一段："Though Wonderlawn's
lost us for ever. Alis, alas, she broke the glass!
Liddell lokker through the leafery, ours is
mistery of pain."（不過，我們已經永遠失去
了仙境的草坪。愛麗絲，唉呀呀，她打破
了玻璃！里德爾看穿樹葉，我們的痛苦是
個謎。）

《芬尼根守靈記》裡面提及道吉森與其
愛麗絲系列小說的地方有幾百個，相關
討論請參閱：Ann McGarrity Buki, "Lewis
Carroll in Finnegans Wake," in *Lewis Carroll:
A Celebration* (Clarkson N. Potter, 1982),

「感覺好奇怪啊！」愛麗絲說。「我
一定是像望遠鏡那樣縮小[15]了！」

她的確縮小了：此刻她只剩十英寸高，
一想到可以穿過小門，走進那可愛的花園，
她的臉就露出燦爛微笑。然而，一開始她
又等了幾分鐘，看會不會繼續縮小。對此
她感到有點緊張，愛麗絲自言自語：「搞
不好縮到最後我就不見了，像蠟燭熄滅一
樣。[16]真不知道到時候我會變成什麼模
樣？」她試著想像火苗在蠟燭熄滅後的樣
子，因為她不記得曾經看過那種情形。

《幼童版愛麗絲夢遊仙境》（1890 年出版）裡面的插圖，是由
原作者約翰・田尼爾（John Tenniel）親自上色的。

過了一會兒，她發現自己並未繼續縮小，於是決定立刻進入花園；但是，唉呀！可憐的愛麗絲！[17] 等她走到門邊時，她發現自己忘掉那一把金黃的小鑰匙，回到桌邊時，又發現自己根本不可能拿到鑰匙。她可以看穿玻璃，看到鑰匙就在桌上，也努力試著要爬上某一根桌腳，但實在是太滑了；最後她爬得筋疲力盡，可憐的小傢伙就這樣坐下，哭了起來。

「算了，光是哭有什麼用！」愛麗絲對自己厲聲說，「我建議妳，別再哭了！」一般而言，她給自己的建議都不錯（不過，她很少聽從自己的建議），有時候她罵得太凶，甚至把自己罵哭；她還記得，某次她假裝和自己比賽槌球，因為作弊而想打自己耳光。這奇怪的孩子很喜歡假扮成兩個人。「但現在就算假裝成兩個人也沒用啊！」[18] 可憐的愛麗絲心想，「我現在都縮得那麼小，想當**一個**像樣的人都不夠了，怎麼裝成兩個人？」

路易斯‧卡洛爾 繪。1864 年。

edited by Edward Guiliano；還有另一篇更早期的文章：J. S. Atherton, "Lewis Carroll and Finnegans Wake," in *English Studies* (February 1952)。喬伊斯書中的相關典故大都沒有爭議，但是真人愛麗絲（Alice Pleasance Liddell）與《芬尼根守靈記》女主角安娜‧莉薇亞‧普拉貝勒（Anna Livia Plurabelle）的姓名縮寫都是「A. P. L.」，我們又該怎樣看待這件怪事呢？是巧合嗎？就像讀者丹尼斯‧葛林（Dennis Green）注意到的，卡洛爾與真人愛麗絲的姓名，無論是字母的數目、母音與子音的位置都一樣，而且姓氏最後也都以兩個同樣的字母結尾，這也是巧合嗎？

ALICE LIDDELL
LEWIS CARROLL

相關的文字遊戲不只如此：想想看，為什麼把「Dear Lewis Carroll」（親愛的路易斯‧卡洛爾）三個字的縮寫「D. L. C.」倒過來，就跟作者本名查爾斯‧拉特維吉‧道吉森（Charles Lutwidge Dodgson）的縮寫一樣？

還有一個較為值得正視的事實是，愛麗絲有一個兒子名為凱若‧里德爾‧哈格瑞夫斯（Caryl Liddell Hargreaves）。這又是另一個巧合嗎？在愛麗絲與雷吉諾‧哈格瑞夫斯（Reginald Hargreaves）結婚前，她曾與英格蘭的里奧波王子（Prince Leopold）談過一場認真的戀愛，他們倆是愛麗絲還在基督教堂學院當大學生時相識。維多利亞女王認為王子的婚配對象必須是公主，里德爾太太也同意。愛麗絲結婚時把王子送的一個禮物別在婚紗上，也把她的次子命名為里奧波。幾週後，里奧波娶了一位公主，之後也將他的一個女兒命名為愛麗絲。為什麼愛麗絲會把三子命

名為凱若（Caryl）？任誰都很難相信她心裡並未想到自己的數學家老朋友卡洛爾（Carroll），但是也有人表示，愛麗絲總是堅稱那個名字來自於一本小說，但沒有人知道是哪一本。請參閱：安‧克拉克，《真人愛麗絲》（*The Real Alice*；Stein & Day，1982 年出版）。

⑱ 沒有證據顯示愛麗絲‧里德爾喜歡玩一人分飾兩角的遊戲；關於這一點，請參閱：Denis Crutch and R. B. Shaberman, *Under the Quizzing Glass* (Magpie Press, 1972)。儘管上述書籍的兩位作者認為，卡洛爾把自己的很多性格特色寫在愛麗絲身上，但他們也提醒大家，卡洛爾非常謹慎地把自己的兩個身分區分開來：一邊是牛津大學數學家查爾斯‧道吉森；另一邊則是童書作家，同時也很喜歡小女孩的路易斯‧卡洛爾。

她很快就看到桌子下有個小小的玻璃盒，打開後發現一個很小的蛋糕，上面用葡萄乾排出漂漂亮亮的兩個字：「**吃我**」。愛麗絲說：「好吧！我要吃了，如果蛋糕讓我變大，我就可以拿到鑰匙；如果讓我變小，我就能從門底下爬過去。總之，無論如何我都可以進入花園，變大變小我都無所謂！」

她吃了一小口，焦慮地自問：「變大？變小？」她把手擺在頭頂，想要感覺自己到底是變大或變小，令她訝異的是，她的身形居然沒變。事實上，一般人在吃蛋糕後不都是這樣嗎？但是，愛麗絲已經習慣於種種怪事，這種正常的情況反而讓她覺得非常沉悶呆板。

所以她認真吃了起來，很快就把蛋糕吃完了。

　　＊　　　　＊　　　　＊　　　　＊

　　　　＊　　　　＊　　　　＊

　　＊　　　　＊　　　　＊　　　　＊

na= me"text">

＊　＊　＊　＊　＊　＊　＊　＊　＊　＊

第二章

眼淚池塘

「奇怪奇怪真奇怪！」（她實在太驚訝，開始胡言亂語）。「現在我的身體開始伸長，就像一支超大望遠鏡！再見啦，我的腳！」（因為，當她低頭看腳，似乎根本看不到，頭與腳的距離越來越遠。）「喔，我可憐的小腳，現在有誰能幫你們穿鞋穿襪呢？我自己肯定是辦不到了！我實在無法照料你們，因為太遠了，你們好好照料自己吧——但我還是要善待它們，」愛麗絲心想，「不然的話，他們也許就不會按照我的意思走路了！我看看。每年聖誕節我都要送他們一雙新靴子。」

接著她繼續計畫該怎麼做。「我還得找人把鞋子送過去，」她心想，「可是，送禮物給自己的腳，多麼奇怪啊！而且收件人欄位讀起來就更怪了！

火爐前地毯，靠近火爐欄杆[1]處
愛麗絲的右腳先生收
愛麗絲敬贈

天啊！我在胡說什麼呀！」

[1]「火爐欄杆」（fender）是一種低矮的鐵框或柵欄，有時候具有裝飾功能，用於阻隔爐邊地毯與火爐。

塞爾文・古艾柯猜測，愛麗絲把右腳稱為「先生」，其中可能暗藏著卡洛爾想出來的一個笑話，與英文與法文的細微差異有關。法文的「腳」是 "pied"。無論腳的主人是男是女，這個詞都是陽性的。

此刻，她的頭碰到了大廳屋頂。事實上，現在她已經將近九英尺高了，她立刻拿起了那一把小小的金鑰匙，趕快走向花園的門邊。

可憐的愛麗絲！現在她根本只能側身躺下，用一隻眼睛看著門外的花園，想要出去就更沒希望了，於是她坐下，又開始哭了起來。

「妳真是丟臉啊！」愛麗絲說，「妳這麼個大女孩，」（這很適合用來形容她）「居然哭哭啼啼的！我命令妳，別哭了！」

但她還是哭個不停，淚水已經有好幾加侖，把身邊哭成了一個大約四英寸深的大池塘，大廳有一半都被淹沒了。

查爾斯·羅賓遜（Charles Robinson）繪。1907 年。

② 在前面序言詩的注釋曾引用的文章
（Alice on the Stage），卡洛爾寫道：

> 那白兔有哪些特色？他跟愛麗絲有許多
> 相似之處，還是扮演對比的角色？顯然
> 是「對比」。愛麗絲的特色包括「大
> 膽」、「有活力」，還有「直來直往」；
> 至於白兔，只要從「年長」、「膽怯」、
> 「衰弱」與「緊張兮兮，優柔寡斷」去
> 思考，就會知道我心目中的他是什麼樣
> 子。白兔應該是戴著眼鏡，我還能確定
> 他的聲音與膝蓋都在顫抖，渾身上下的
> 氣質讓人覺得他甚至不敢對鵝說一聲
> 「呸！」

在作者親自謄寫的原稿版《愛麗絲地底
歷險記》裡面，從白兔手裡掉下去的並非
扇子，而是一束花。而且愛麗絲後來會縮
小也是因為聞了那些花朵。

③ 在原稿版的《愛麗絲地底歷險記》裡面，
兩個小女孩的名字是葛楚德（Gertrude）
與佛蘿倫絲（Florence），她們是愛麗絲·
里德爾的表姊妹。

過了一陣子，她聽見遠處傳來啪噠啪
噠的輕輕腳步聲，於是她趕快擦乾眼淚，
看看是誰來了。是白兔回來了，牠身穿華
服，一隻手拿著一雙羔羊皮手套，另一隻
拿著一把大扇子。牠的腳步急急忙忙，邊
走邊喃喃自語：「喔，公爵夫人，公爵夫
人，我讓她等了那麼久，看來她又要暴跳
如雷了！」愛麗絲絕望不已，看到誰都想
求救，所以當白兔靠近她，她就開口怯生
生地小聲問牠：「先生，可否麻煩你……」
白兔被嚇了一大跳[2]，丟下手裡的羔羊皮
白手套與扇子，用最快的速度逃走，沒入
黑暗中。

愛麗絲把扇子、手套撿起來，因為大廳裡很熱，她一邊搧風，一邊自言自語。「天啊！天啊！今天真是怪事連連！昨天根本沒有什麼異常。我想我是不是在一夜之間就改變了？讓我想一想：今天早上起床時，我有沒有什麼變化呢？感覺真的好像不太一樣。但是，如果我改變了，接下來我該問的是，『我到底是誰？』啊，真是讓人一頭霧水！」接著她開始想遍了每一個她認識的同齡小孩，看看她變成了哪一個。

「我確定自己不是艾妲，」她說，「因為她有一頭長長的捲髮，我的頭髮一點也不捲。而且我也確定我不可能是梅寶[3]，因為我見多識廣，她卻什麼都不懂！而且，她是她，我是我，還有——天啊！這真是讓人一頭霧水。我來測試一下，看自己是不是還記得以前知道的那些東西。我看看……四五十二，四六十三，還有四七等於——喔，天啊！速度這麼慢，我要到什麼時候才能乘到二十啊！[4] 不過，乘法表也沒什麼了不起的，我來試試看地理。倫敦是巴黎的首都，巴黎是羅馬的首都，而羅馬——不對，都錯了，我可以肯定！我一定是變成梅寶了！看看我還會不會背〈小蜜蜂〉」，於是她就像在背誦課文時那樣，把雙手交叉，擺在大腿上，開始背誦，只是她的聲音聽起來粗糙又奇怪，脫口而出的那些字句也跟以前不一樣：[5]

[4] 愛麗絲為什麼說她「要什麼時候才能乘到二十」？一個簡單的解答是：傳統的乘法表只到十二就沒有了，所以如果像愛麗絲那樣隨便乘來乘去，四五十二，四六十三，四七十四，最後也只會在四乘以十二結束（接下來因為乘法表裡面沒有，所以她也不會），結果就是十九，只比二十少一。

A.L. 泰勒（A. L. Taylor）在他的書《白騎士》（*The White Knight*）裡面提出一個有趣但更為複雜的理論。如果以十八為基數，四乘以五就會得出十二。以二十一為基數，四乘以六才會是十三。繼續乘下去，每次都把基數加三，每個結果都會比前一個多一，直到二十，這公式才失效。四乘以十三的結果並非二十（此刻，基數已經來到了四十二），而是 "1"，後面跟著一個任何可以代表 "10" 的符號。關於愛麗絲的算式，還有人提出另一種詮釋，請參閱："Multiplication in Changing Bases: A Note on Lewis Carroll," by Francine Abeles, in *Historia Mathematica*, Vol. 3 (1976), pages 183–84；另外也可以參閱："Alice in Mathematics," by Kenneth D. Salins, in *The Carrollian* (Spring 2000)。

[5] 愛麗絲系列小說中，所有詩歌都是帶有諷刺意味地改寫自卡洛爾身處的維多利亞時期，一般讀者耳熟能詳的詩歌或流行歌曲。只有少數幾首原作的內容如今已經佚失，僅剩標題存留著的原因，則是卡洛爾曾有意取笑過它們。如果不知道模仿者想要諷刺的是什麼，那麼模仿詩的有趣之處也就不會有人瞭解了。因此本書會把所有

被模仿的原作全都收錄在注釋裡。在此，卡洛爾以熟練的技巧模仿諷刺了一首知名的詩歌，原作者是英格蘭神學家艾薩克‧瓦茲（1674～1748年），也就是〈千古保障〉（O God, our help in ages past）等知名聖歌的作者。這道原作名為〈不容懶散與胡鬧〉（Against Idleness and Mischief），本來收錄於瓦茲的《兒童聖歌選集》（*Divine Songs for Children*，1715年出版），完整的內容如下：

　　小小蜜蜂啊好忙碌
　　怎樣才能每個小時充實無比，
　　美麗的花兒朵朵開
　　為採花蜜而天天忙！

　　看牠築巢多厲害！
　　蜂蠟鋪得多整齊！
　　努力工作勤存放
　　牠做的食物甜蜜蜜。

　　無論努力或勞心，
　　我都會努力工作；
　　因為撒旦愛懶漢
　　懶惰的人愛胡鬧。

　　讀書工作或無害地玩耍，
　　只盼這樣度過年少時光，
　　如果每天如此過
　　也許能留下一些美好紀錄。

　　「小小鱷魚啊小鱷魚
　　尾巴怎樣才能亮晶晶，
　　尼羅河的水往身上淋
　　每個鱗片都變成黃金！」

　　「看牠咧嘴笑嘻嘻，
　　還伸出爪子抓抓抓，
　　歡迎小魚兒送上門，
　　笑笑的嘴巴哈哈哈！」

　　「我可以肯定自己背錯了，」可憐的愛麗絲說，她又眼眶泛淚了，「結果我一定還是變成梅寶了，接下來我就得住進那一間破舊小屋，幾乎沒有玩具可以玩，喔，還要學那麼多東西！不行，我決定了：如果我變成了梅寶，我就要一直待在這裡！就算有人探頭往下叫我，『上來吧，小妹妹！』我也只會抬頭說，『我是誰？先告訴我，如果我喜歡你說的那個人，我才上去，否則我就要繼續待在這下面，直到我變成別人』——但是，天啊！」愛麗絲突然哭叫了起來，「我還真希望有人探頭往下看！我實在是受夠了自己待在這裡！」

W.H. 渥克（W. H. Walker）繪。1907年。

她一邊說，一邊低頭看手，驚訝的是，她在說話時居然已經把白兔的一隻羔羊皮手套戴了起來。「我是**怎麼**辦到的？」她心想，「我一定又變小了。」她站起來，走到桌邊，想要量一量自己的身高，發現結果跟自己猜測的差不多，現在她只剩大約兩英尺高，而且還在快速縮小中。她很快就發現是手裡的那把扇子有問題，所以她趕快把扇子丟掉，否則真的要縮小到完全消失了。

愛麗絲說：「**真是驚險啊！**」突然間的改變讓她好害怕，但也很高興自己仍然存活著[6]。「現在我要去花園了！」她全速衝回小門，但是——天啊！小門又關了起來，而那一把小鑰匙跟先前一樣，還是在玻璃桌上，「情況變得更糟了，」這可憐的孩子心想，「我從來沒有像現在這麼矮小過，從來沒有！真是糟糕，糟透了！」

說著說著，她的腳一滑，馬上撲通一聲，下巴以下都沒入鹹鹹的水裡。一開始她以為自己不知怎麼地，居然掉進了海裡，於是她喃喃自語：「如果是那樣，那我就可以搭火車回家了。」（愛麗絲這輩子曾去過一次海邊，因此她得出了一個結論：無論是到了英國哪一個地方的海岸，一定會看到海邊有幾台更衣車[7]，一些孩子用木鏟挖砂，一排出租房屋，還有房屋後的火車站。）然而，她很快就發現她其實是跌進了自己剛剛身高九英尺時哭出來的眼淚池塘。

卡洛爾在改寫時，刻意挑選了動作懶散而慢吞吞的鱷魚，與快速飛行又忙來忙去的蜜蜂形成強烈對比。

[6] 曾有宇宙學家以愛麗絲最早的幾次變大為例證，來說明宇宙擴張論（expanding-universe theory）。在此處的愛麗絲說自己驚險逃過一劫，讓人想起知名數學家愛德蒙・惠特克爵士（Sir Edmund Whittaker）曾借用卡洛爾的這個梗，以詼諧的方式來解釋他的宇宙縮小論。也就是說，宇宙裡的整體質量正持續縮減中，最後整個宇宙將會消逝無蹤。惠特克說：「這暗示了宇宙最後的命運，以非常簡單的景象讓我們看個清楚。」請參閱劍橋大學於 1951 年為惠特克出版的演講稿內容：*Eddington's Principle in the Philosophy of Science*。　如果宇宙已經有了足夠質量而不再擴張，朝另一個方向發展，也就是邁向大崩墜（Big Crunch），宇宙一樣也會消失無蹤。

[7] 更衣車（bathing machine）* 是底部裝有輪子的單人用活動更衣間。依據更衣者的需求，馬兒可以把更衣車拖到海邊的淺灘或是深水區，門口面對著大海，等到他們換好泳衣後，可以很優雅地開門走出來，直接進入水裡。更衣車後面裝了一支特大雨傘，用來擋住更衣者，不讓別人看到。當然，這種更衣車在陸地上也可以讓人用來穿脫衣服。

* "bathe"，在英式英語裡面有「游泳」的意思，因此直譯的話，"bathing machine" 是「游泳車」，並非淋浴用的車子。

此一維多利亞時代的奇特裝置，是由班傑明・比爾（Benjamin Beale）大約在 1750 年時發明的。比爾是個住在馬蓋特鎮

（Margate）的貴格教派教徒，一開始只有該鎮海灘上有這種更衣車。後來，把更衣車介紹到韋茅斯鎮（Weymouth）的人，是羅夫・艾倫（Ralph Allen）。菲爾汀（Fielding）就是根據他才創造出小說《湯姆・瓊斯》（*Tom Jones*）裡面歐沃席先生（Mr. Allworthy）的角色。

　　至於在史莫萊特（Smollett）創作的另一本小說《韓佛瑞・克林克》（*Humphry Clinker*，1771 年出版）裡，麥特・布蘭伯（Matt Bramble）也曾在一封信裡面描述過史卡布羅鎮（Scarborough）的更衣車。請參閱：*Notes and Queries*, Series 10, Vol. 2，August 13, 1904, pages 130–131。

　　卡洛爾曾發表過一首打油詩，叫做《捕獵蛇鯊》（*The Hunting of the Snark*），這首長詩的副標題是「分成八部的悲劇詩」（An Agony in Eight Fits），在第二「部」（fit）裡面，卡洛爾提到，貨真價實的蛇鯊一定很喜歡更衣車，這是牠們「千真萬確的五大特徵」之一。

> 喜歡更衣車是第四個特徵，
> 牠們拖著更衣車四處游，
> 深信有美化景觀的效果——
> 但這看法是值得懷疑的。

❽塞爾文・古艾柯認為，那本文法書有可能是《有趣的拉丁文法書》（*The Comic Latin Grammar*，1840 年出版）。"In Search of Alice's Brother's Latin Grammar," in *Jabberwocky* (Spring 1975)。

　　《有趣的拉丁文法書》一書並未署名，不過作者是《潘趣》雜誌的作家派希沃・李（Percival Leigh），插畫由約翰・李區

這幅插畫出現在荷蘭文版的《愛麗絲夢遊仙境》（*Alice in het Land der Droomen*；阿姆斯特丹：Jan Leendertz & Zoon 出版社，約 1887 年出版）裡面，是該本小說第一次沒有使用田尼爾的插畫。儘管歐文登與戴維斯（Ovenden and Davis）寫的《愛麗絲的插畫家們》（*The Illustrators of Alice*，1970 年出版）誤將這幅插畫的作者當成譯者艾莉歐諾拉・曼恩（Eleonora Mann），但事實上沒有人知道這位插畫家的身分。

　　「剛剛我幹嘛大哭啊！」她邊游邊說，試著離開池塘。「真是自作自受，我想我就要淹死在自己的淚水裡了！真是奇怪啊！不過，今天又有哪一件事不奇怪了？」

不久，她聽見不遠處有划水聲，她游過去一探究竟。起初她以為肯定是海象或河馬，但她很快就想起來自己身形矮小，不久後她發現那只是一隻老鼠，跟她一樣是失足跌進來的。

「現在，」愛麗絲心想，「跟這隻老鼠說話有用嗎？這下面的一切事物都好奇怪，所以我想牠很可能會說話，總之，試試看也無妨。」所以她開口對老鼠說：「喔，老鼠，你知道怎麼離開這個池塘嗎？在這裡游來游去實在很煩耶。喔，老鼠！」（愛麗絲心想，跟老鼠講話就該像這樣，她沒跟老鼠說過話，但她曾在哥哥的拉丁文法書[8]裡面看過這樣的句子：「一隻老鼠——老鼠的——給老鼠——一隻老鼠——喔，老鼠！*」）

*原文 "A mouse—of a mouse—to a mouse—a mouse—O mouse!" 這是拉丁文法的練習句，依序為拉丁裡的領格、屬格、司格、受格與呼格。

（John Leech）繪製，他也是該雜誌的漫畫家。卡洛爾擁有這一本書的初版。

這本書裡面只列出了一個名詞的完整詞格變化："musa"，為拉丁文裡的「沉思」（muse）。古艾柯主張，愛麗絲只是在一旁看著哥哥的拉丁文法書，誤以為 "musa" 就是 "mouse"（老鼠；其實拉丁文裡的「老鼠」應該是 "mus"）。奧古斯都・殷霍爾茲二世（August A. Imholtz, Jr）則是認為，愛麗絲的詞格變化裡面沒有拉丁文的離格（ablative form），因此可能性更高的是，她所唸的應該是希臘文 μοῦσα（"mousa"，也就是「沉思」）；也因為愛麗絲是希臘文學者的女兒，這麼推斷也非常合理。關於這問題的種種揣測，請參閱："A Mouse, a Cat, and a King: The Lesson Books," in *Knight Letter* 82 (Summer 2009)。

愛麗絲的法文課本就是《小玩意兒：三、
四歲幼兒適用的法文書》（La Bagatelle:
Intended to introduce children of three or
four years old to some knowledge of the
French language，1804 年出版）。請參閱
歐布萊恩的文章："The French Lesson Book"
in Notes and Queries (December 1963)。

7

La chatte.

Où est ma chatte?

Je ne sais pas.

Je lui ap-por-tais du lait.*

Elle aime beau-coup le lait.†

* I was bringing some milk to her.
† She is very fond of milk.

插畫下的詩文
〈貓〉：
我的貓在哪兒？
我不知道。
我拿了一些牛奶給她。
她很喜歡牛奶。

*2 原詩為法文。

「也許牠不懂英語，」愛麗絲心想。「我
敢說牠一定是法國老鼠，是跟著征服者威
廉一起來的。」（因為愛麗絲的歷史知識
有限，根本搞不清楚各種事件是在多久之
前發生的。）所以她又開口了：「Où est
ma chatte? *1」這是她法文課本的第一個句
子 9。老鼠突然跳出水面，似乎被嚇得渾
身顫抖。「喔，真抱歉！」愛麗絲急忙大
聲說，唯恐傷了那可憐小動物的心。「我
忘了你不喜歡貓。」

「不喜歡貓！」激動的老鼠尖聲說，
「如果妳是我，妳會喜歡貓嗎？」

「嗯，也許不會。」愛麗絲用緩和的
語調回答，「別生氣了。但是，我真希望
有機會讓你看一看我們家的貓咪黛娜。我
想你只要見過她，就會開始喜歡貓的。她
真是可愛又乖巧的小東西，」愛麗絲一邊
在池子裡緩緩游動，一邊像是在自言自
語，「她總是坐在火爐邊輕聲喵喵叫，舔
爪子洗臉，而且她好軟好好摸喔，還是抓
老鼠的專家──喔，真抱歉！」愛麗絲又
大聲說，因為這次老鼠全身的毛都豎了起
來，她覺得自己一定惹到了老鼠。「如果
你不喜歡，我們就別再聊她了。」

*1 法文，「我的貓在哪裡啊？」

「『我們』個頭啦！」全身顫抖，連尾巴的尾端都抖了起來的老鼠大聲說。「妳以為我喜歡跟妳聊這個話題？我們全家都討厭貓，牠們是骯髒、低級又粗魯的東西！別再讓我聽到牠們的名字！」

　　「我絕對不會再提了！」愛麗絲急忙換個話題。「那你，你喜歡……喜歡狗嗎？」老鼠沒答腔，所以愛麗絲趕緊接著說：「我們家附近有一隻小狗，我想帶你去認識牠！一隻小獵狗，眼睛亮晶晶的，你知道的，還有牠身上的棕毛又捲又長！牠會玩你丟我撿的遊戲，而且會乖乖坐好，求人家給牠飯吃，牠的才藝可多著呢！我記得的還不到一半，還有啊，你知道的，牠的主人是個農夫，他說那獵狗的用處多多，價值一百英鎊！他說牠是滅鼠高手──喔，天啊！」愛麗絲用悲傷的語調大喊。「我想我又惹到牠了！」因為老鼠正用最快的速度游泳離開，池子裡水花四濺。

哈利・朗崔（Harry Rountree）繪。1916 年。

所以她在後面輕聲呼喚：「親愛的老鼠！請你回來，如果你不愛，我們就再也不要聊貓，也別提狗了！」老鼠聽到後，就掉頭慢慢游回她身邊，牠的臉色蒼白（愛麗絲心想，應該是剛剛太激動了），用顫抖微弱的聲音說：「我們游到池子邊吧，然後我會把我的身世告訴妳，妳就知道我為什麼討厭貓狗了。」

他們也該離開了，因為池子裡擠滿了掉進來的鳥類與其他動物，包括鴨子、多多鳥、吸蜜鸚鵡與小鷹各一隻，還有幾隻奇特的生物 [10]。愛麗絲帶頭，大家都一起游上岸。

⑩ 在第三章故事中，將看到田尼爾繪畫的兩張插畫裡面各有一隻人猿。有人主張，這是田尼爾為了取笑查爾斯・達爾文（Charles Darwin）而畫的。這似乎不太可能。在第二幅畫裡面的人猿可看出，牠的頭被畫得跟田尼爾一幅政治諷刺畫裡的人猿一模一樣（此畫於 1856 年 10 月 11 日發表於《潘趣》雜誌），雜誌中的那一隻人猿，是用來取笑兩西西里王國（Two Sicilies）的國王，也就是向來被謔稱為「砲彈王」（King Bomba）的費迪南多二世（Ferdinando II）*。

* 因為費迪南多二世兇殘成性，常常殺害平民百姓，所以被取了「砲彈王」的外號。

不會飛的多多鳥（dodo）大約是在 1681 年絕種。查爾斯・勒維特告訴我，卡洛爾與里德爾家的孩子們，常去參觀牛津大學博物館（Oxford University Museum）裡面，收藏著多多鳥的遺骸，還有約翰・塞佛瑞（John Savory）的知名多多鳥畫作。多多鳥的原產地是印度洋上模里西斯島（Mauritius）。荷蘭水手與殖民地居民把他們口中稱為「醜鳥」的多多鳥殺來烹煮，牠們的蛋（一個鳥巢只會有一顆蛋）則是被早期墾荒居民帶去的農莊動物給吃掉。多多鳥是最早因為人類而滅絕的物種之一。請參閱：Stephen Jay Gould, "The Dodo in the Caucus Race," in *Natural History* (November 1996)。

卡洛爾把多多鳥寫進故事裡的用意是為了嘲弄自己。據說，卡洛爾因為患有口吃，每次唸自己的姓氏時，乍聽起來都像是「多……多……多吉森」。插畫中的鴨子則是常常陪著他和里德爾家三姊妹一起划船的

羅賓遜‧達克沃斯*牧師。

*達克沃斯（Duckworth）的開頭是 "Duck"。

原產地在澳洲的吸蜜鸚鵡則是大姊羅芮娜（這足以用來解釋為什麼到了第三章第二段，那隻鸚鵡會對愛麗絲說：「我年紀比妳大，懂得比妳多。」）二姊伊荻絲‧里德爾則是那一隻小鷹。

有趣的是，當《大英百科全書》（Encyclopaedia Britannica）把卡洛爾的生平列為詞條時，出現的地方剛好就在多多鳥前面。這一群看來奇怪的生物全都曾出現在卡洛爾在 1862 年 6 月 17 日寫的日記裡面。那一天，卡洛爾跟達克沃斯牧師與里德爾家三姊妹一起去划船，也帶著他自己的大姊芬妮（Fanny）、二姊伊麗莎白（Elizabeth）與阿姨露西‧拉特維吉（Lucy Lutwidge）——她們就是其他「奇特的生物」嗎？卡洛爾的日記如下：

> 6 月 17 日（週二）。划船到奴轟漢村。（三一學院的）達克沃斯、羅芮娜、愛麗絲與伊荻絲也跟我們一起去。我們在 12 點 30 分出發，大約 2 點抵達奴轟漢。我們在那裡吃飯，然後到公園裡散步，然後大約 4 點半踏上歸途。離開奴轟漢之後大約一英里，開始下大雨，淋了一小陣雨之後，我決定我們應該離開小船，改用走路的；在步行三英里後，我們變成了落湯雞。我一開始跟孩子們一起走，因為她們的速度比伊麗莎白快多了，帶她們到我唯一知道的山佛村（Sandford）民宅去躲雨，那裡是布勞頓太太的家，藍肯（Ranken）寄宿的地方。我把孩子們交給她，把衣服弄乾，到別處去找交通工具，但找不到，所以等到其他

人也來了之後，達克沃斯和我步行前往伊芙利村（Iffley），派了一台出租馬車去接她們。

在原稿《愛麗絲地底歷險記》中，本來寫了一些關於這趟旅行的細節，但後來被卡洛爾刪掉，因為他覺得除了當天出遊的友人們之外，其他人對此細節都不會有太大興趣。等到原稿版的摹寫本於 1886 年出版時，達克沃斯則收到了一本簽名的《愛麗絲地底歷險記》，上面寫著「多多鳥送給鴨子的」（The Duck from the Dodo）。

請參閱布萊恩‧席比利寫的有趣論文："Mr. Dodgson and the Dodo" in Jabberwocky, Spring 1974。他引述了威爾‧卡比（Will Cuppy）的話：「多多鳥根本沒有機會。牠似乎只是為了後來的滅絕而存在的，那是牠唯一的用處。」

第三章

委員會賽跑與
漫長的故事

牠們聚集在池畔，看起來的確很奇怪：鳥兒的羽毛濕漉漉，其他動物的毛也都緊貼在身上，一直在滴水，大家都很難過，不舒服。

第一個問題當然是要怎樣把身子弄乾，大家討論了幾分鐘以後，愛麗絲開始覺得跟牠們說話好自然，好熟悉，好像牠們都是老朋友似的。事實上，她和吸蜜鸚鵡爭論了好久，最後鸚鵡生氣了，只對她撂了一句話：「我年紀比妳大，懂得比妳多。」愛麗絲可不這麼認為，因為她不知道鸚鵡多大，鸚鵡又斷然拒絕說出自己的年紀，接下來也就沒什麼好說的。

最後，感覺起來像個老大的老鼠大聲說：「大家都坐下，聽我講話！我會立刻把大家弄乾！」所有人馬上坐下，圍成一個大圈圈，老鼠坐中間。愛麗絲注視著牠，心裡很著急，因為她覺得如果不趕快把身子弄乾，自己肯定會重感冒的。

➊ 卡洛爾的日記之編輯羅傑‧蘭斯林‧葛林指出，這一段枯燥的文字的確是引自哈維蘭‧查普莫（Havilland Chepmell）寫的《簡史》（*Short Course of History*，1848 年出版，第 143-144 頁）。卡洛爾與艾德溫、莫卡兩位伯爵有遠親關係，但葛林認為卡洛爾不太可能知道。請參閱：*The Diaries of Lewis Carroll*, Vol. 1, page 2。

WILLIAM I.   143

HOUSE OF NORMANDY.

WILLIAM I.

A.D. 1066. *William I.*
1067. The English begin to revolt.
1069. Danish Invasion.   William ravages the north of England.
1070. The Saxon prelates deposed.
1071. Edwin killed.   Morcar taken.   Hereward submits.
1075. Rebellion of the Norman Barons.
1076. Execution of Waltheof.
1087. Revolt of Robert.   War with France ; Death of William.

WILLIAM THE CONQUEROR, whose cause was favoured by the Pope[s], was soon submitted to by the English; who wanted leaders, and had been of late much accustomed to

ciation of ten families. In these tythings, each householder, besides being surety for his fellows, was responsible for the conduct of his family, his slaves, and his guests. This served the purpose of a police.

In the court, or *mote*, of the Hundred, before the ealdorman, clergy, and freeholders of the district, offenders were tried on the presentment of the *Reeve* and the twelve oldest thanes; civil causes were decided; and contracts made. In important cases, and when the parties belonged to different hundreds, a court of the *Lathe* (a union of neighbouring hundreds), or even of the *Trything* (the third part of the county, a "*Riding*"), was held.

Causes which related to the Church or the Crown, and matters of weight, were decided in May and October, in the *Shire Mote*, in which the Bishop and the Earl jointly presided, and the *Shire-Reeve* (sheriff) and the chief thanes sat as assessors. The Sheriff had to arrest delinquents, and to collect the king's rents and fines. Appeals were made to the king's court, in which prelates and nobles sat.

At Christmas, Easter, Whitsuntide, and on extraordinary occasions, the great spiritual and temporal lords assembled in the *Witena-gemote* (meeting of the wise men), their consent being required for making laws.

[s] Though William showed great firmness in opposing the encroachments of the Pope, the influence of Rome was greatly increased in England by the Conquest.

《簡史》是里德爾家孩子們的課本之一。葛林也在別處主張，也許那一隻老鼠所代表的就是孩子們的女家教：普列基特小姐（Miss Prickett）。

2 "Caucus" 一詞在美國意指黨派領袖的會議，用來決定選舉候選人或政策。但是這個詞彙被英國採用後，詞義就稍有不同了：意思是紀律嚴明的政黨組織所採用的委員會制度。"Caucus" 一詞通常具有貶義，被政黨拿來指稱敵對政黨的組織。透過「委員會賽跑大會」的情節安排，也許卡洛爾想暗諷委員會成員一般都是在繞圈圈，而且一事無成，每個人都只是想要一點政治上的好處。有人說他是受到了小說《水孩子》（*Water Babies*）第七章裡面烏鴉委員會會議的影響，而該書作者查爾斯・金斯利（Charles Kingsley）顯然是把那一段情節作為時政的尖銳諷刺批判，只是兩件事並沒有太多相似之處。

手寫版原稿《愛麗絲地底歷險記》裡面並沒有委員會賽跑的情節。卡洛爾根據划船出遊，但卻碰到大雨的那件事（參閱第二章注釋10）寫了以下的段落，但後來刪除了：

「我只是想說，」多多鳥的語調好像覺得自己被冒犯了，「我知道這附近有一間房子，這位小姑娘與我們都可以到那裡去把身子弄乾，然後舒舒服服地聆聽你好心答應要告訴我們的那個故事。」說完後認真地對老鼠鞠了個躬。

老鼠並未反對，大家緩緩沿著池畔移動（因為此刻池水已經開始淹出大廳，池子邊緣長滿了燈心草與勿忘草），由多多鳥帶頭。片刻過後，多多鳥開始不耐煩，改由鴨子帶隊，牠

「啊哼！」老鼠用神氣十足的口吻說，「大家準備好了嗎？很快我會把大家弄得『枯燥無比』！請大家安靜！『連教宗也支持征服者威廉出征，英格蘭很快就投降了，因為他們渴求領導者，而且多年來早已習慣王位被篡奪，國家被征服。艾德溫與莫卡分別是莫西亞伯爵與諾森比亞伯爵……』[1]」

吸蜜鸚鵡打了個哆嗦，牠說：「唉喲！」

「抱歉！」老鼠皺著眉頭，但語氣很客氣。「是你在說話嗎？」

「不是我！」鸚鵡急忙否認。

「我還以為你想說些什麼。」老鼠說，「那我就繼續下去了，『艾德溫與莫卡分別是莫西亞伯爵與諾森比亞伯爵，他們都公開擁護他，就連向來很愛國的坎特伯里主教史帝岡也發現，那是明智之舉…』」

「發現什麼？」鴨子說。

「發現那個啊，」老鼠答道，語氣非常不耐煩，「你應該知道『那個』是什麼吧。」

鴨子說：「我當然知道『那個』是什麼，不過我發現的東西，通常都是青蛙或蟲子。問題是，主教發現的是什麼？」

老鼠並未注意鴨子的問題,只顧著趕快接著說:「……所謂明智之舉,指的是與艾德格‧愛索林一起去求見威廉,獻上皇冠。威廉一開始的表現還算有所節制。但是他那種諾曼人的蠻橫個性……」接著牠轉身對著愛麗絲說,「親愛的,妳還好吧?」

「還是跟剛剛一樣濕漉漉的。」愛麗絲用憂慮的語氣說,「一點乾燥的感覺也沒有。」

這時多多鳥站了起來,嚴肅地說:「如果是這樣的話,我提議暫時休會,以求立刻採取更為有效的補救之道……」

小鷹說:「請說白話文好嗎?你那些話我都聽不懂,而且我也不相信你!」小鷹低頭偷笑,其他幾隻鳥也吃吃地笑了起來。

「我本來要說的是,」多多鳥的語氣聽起來挺受傷的,「如果要把我們弄乾的話,最好來辦一場委員會賽跑大會[2]。」

愛麗絲問道:「委員會賽跑大會是什麼?」並不是她真的想要多瞭解一點,而是多多鳥沒有接著講下去,好像應該有人開口提問,不過其他動物似乎都不打算那麼做。

用較快的腳步跟愛麗絲、吸蜜鸚鵡與小鷹一起前進,很快就帶著牠們來到了一間小屋,在火爐邊舒適地坐著,裏在毯子裡,直到其他動物抵達,大家的身子都乾了。

在稍後的故事段落裡,愛麗絲那一枚被拿走,接著又回到她手上的頂針,也許是象徵著人民被政府徵收的稅金,最後以各種施政計畫的名目再回到人民身上。請參閱:"The Dodo and the Caucus-Race," by Narda Lacey Schwartz, in *Jabberwocky* (Winter 1977);還有:"The Caucus Race in *Alice in Wonderland*: A Very Drying Exercise," by August Imholtz, Jr., in *Jabberwocky* (Autumn 1981)。

愛兒佛烈妲‧布蘭查(Alfreda Blanchard)認為,所謂「賽跑」(running),可能暗指政治人物的「競選活動」(也同樣稱作 running)。請參閱:*Jabberwocky*, Spring 1982。

在繪畫這一個場景的插圖時,田尼爾被迫在多多鳥身上那雙退化的小小翅膀上加畫人類的手。否則多多鳥怎麼可能拿得住頂針?

前一章注釋 10 在最後曾提到,令大夥驚訝的是,田尼爾所繪製的兩幅委員會賽跑大會圖案裡都有「人猿」出現。事實上,卡洛爾在為《愛麗絲地底冒險記》繪製插圖時,早已畫了人猿。因為在他的草稿版小說與後來出版的《愛麗絲夢遊仙境》裡面都未曾在文本中提及人猿,許多文評家當然會感到納悶,為什麼卡洛爾會畫一隻人猿,而且也允許田尼爾照做?大家的共識是,插畫中出現的人猿是反映當時有關達爾文進化論的公開爭論。

卡洛爾是否相信進化論？曾有人說過他不相信。至於我，則不是那麼確定。卡洛爾曾於 1874 年 11 月 1 日的日記裡面，稱讚英國動物學家聖喬治·傑克遜·威瑪特（St. George Jackson Mivart）的著作：

> 身體不適，我整天都待在家裡，白天把威瑪特寫的《物種起源》（Genesis of Species）整本讀完，那是一本有趣的好書，證明了光用「物競天擇」的概念是無法解釋我們的宇宙，也無法解釋宇宙為何完全相容於上帝的創造力與引導力。作者也把「環境影響論」融入基督教的信仰裡。

威瑪特是英國生物學家湯瑪斯·赫胥黎（Thomas Huxley）的學生。曾接受《聖經》中對於遠古地球（ancient earth）的描述，還有所有生命都是從單細胞生命形式演化而來的。不過，跟如今許多「智能設計論」（intelligent design）相似的是，威瑪特也在書裡面主張，演化歷程是由上帝創造與引導，並且在演化史上的某個時刻，將不朽的靈魂灌輸到人猿身上。

天主教教廷於 1900 年，以「提出異端邪說」的罪名將威瑪特逐出教會。近年來，梵諦岡已經正式為威瑪特的「智能設計論」背書。關於他的可悲故事，請參閱我的著作《狂野的一面》（On the Wild Side）第九章 (Prometheus Books, 1992)。

後來，卡洛爾又在 1878 年 12 月 28 日的日記裡面表示：「為『物競天擇』這種兩人遊戲撰寫了第二版……規則。」儘管這遊戲一開始的名稱無疑的是為了向達爾文致敬，但最後在 1879 年問世時，已經被改名為「蘭里克」（Lanrick）。

「這個嘛……」多多鳥說，「想要搞清楚的話，最好的方式就是親身體驗一下。」（因為你有可能也想要在某個冬日自己試試看，我這就跟你說多多鳥是怎麼安排的。）

首先，牠把賽道畫出來，大概是圓形的（牠說，「就算不是標準的圓形也不重要」），然後要大家沿著賽道站好，想站在哪個定點都無所謂。不會有誰在一旁高喊「一、二、三，開跑！」想跑就跑，想停就停，所以很難確定比賽何時算是結束了。然而，等到大家跑了半小時左右，身體差不多都乾了，多多鳥突然間大喊：「比賽結束！」大家都圍在牠身邊，邊喘邊問：「到底誰贏了？」

多多鳥必須好好想一下才能回答，牠坐了好久，一根指頭始終抵著額頭（就是常常可以在莎士比亞的畫像上看到的那種姿勢），大家都靜靜等待著。最後多多鳥終於開口了：「大家都贏了，通通有獎！」

「但誰要來頒獎啊？」詢問聲此起彼落。

「當然是她啊，」多多鳥用一根指頭指著愛麗絲說，所有動物立刻聚在她身邊，吵鬧喊叫：「獎品！獎品！」

愛麗絲不知所措，情急之下把手伸進口袋，拿出一盒蜜餞夾心糖[3]（所幸剛才沒被池水泡爛），當作獎品發給大家。每隻動物剛好都拿到一枚糖果。

老鼠說：「但是，她自己也該拿到獎品啊。」

「當然。」多多鳥用嚴肅的口吻答道，牠轉頭問愛麗絲說：「妳口袋裡還有別的東西嗎？」

愛麗絲可憐兮兮地說：「只剩一枚頂針了。」

多多鳥說：「交給我。」

張華＊曾撰文主張，這一張插畫「巧妙地掩飾了卡洛爾想娶愛麗絲為妻的熱切願望」。

＊張華（Howard Chang）為遠流出版的《愛麗絲夢遊仙境》與《鏡中奇緣》譯者；此處指的愛麗絲是愛麗絲・里德爾。

他認為，如果這幅插畫場景畫的是傳統婚禮，那麼那一枚頂針就是婚戒，愛麗絲與多多鳥（作者道吉森）分別站在新娘與新郎的位置，鴨子（達克沃斯牧師）站在中間主持儀式，小鷹（伊荻絲）與吸蜜鸚鵡（羅芮娜）則為見證人。

[3] 蜜餞夾心糖（comfit）是一種以乾燥水果或種子為材質的糖果，先用糖水醃漬，然後在外面包裹上一層薄薄的糖衣。

[4] 安德魯・歐格斯（Andrew Ogus）表示，「令人好奇的是，在田尼爾的插畫裡，貓頭鷹只顧著在一旁聆聽，看來並未讓在一旁吱吱叫的老鼠感到擔心。而老鼠則是自個兒講個不停，並未注意到掠食者貓頭鷹。」

路易斯・卡洛爾繪，1864 年。

委員會賽跑與漫長的故事

⑤ 在這一章節裡，老鼠的故事也許是英語世界裡最有名的一首「圖像詩」（emblematic verse；或作 figured verse）。這種詩的特色在於，整段詩文的外形被寫成「相似」於詩的主題，此手法最早可追溯到古希臘。其箇中好手包括羅伯‧海瑞克（Robert Herrick）、喬治‧赫伯特（George Herbert）、馬拉美（Stéphane Mallarmé）、狄倫‧湯瑪斯（Dylan Thomas）、e.e.康明斯（e. e. cummings）與現代法國詩人阿波里奈爾（Guillaume Apollinaire）等等。儘管不算深具說服力，但過去仍曾有許多人為這種詩作的藝術性積極辯護。請參閱：Charles Boultenhouse, "Poems in the Shapes of Things," in *Art News Annual* (1959)。關於這種型態的詩作的其他範例，則是可以參閱：*Portfolio* (Summer 1950)；C. C. Bombaugh, *Gleanings for the Curious*（增修版, 1867）；William S. Walsh, *Handy-Book of Literary Curiosities* (1892)；Carolyn Wells, *A Whimsey Anthology* (1906)。

詩人田尼生（Tennyson）曾向卡洛爾表示自己曾經夢到過一首關於神仙的長詩，開頭那幾行非常長，接下來每一行的長度越來越短，到了五、六十行以後，最後兩行都只有兩個音節而已。（田尼生在夢裡覺得那是一首佳作，但醒來後把內容忘得一乾二淨。）因此也有人指出，這或許給了卡洛爾靈感，寫出老鼠的故事。請參閱：*The Diaries of Lewis Carroll*, Vol. I, p146。

在原稿版《愛麗絲地底歷險記》裡面，作者寫的是另一首截然不同的詩，而且也更合理，因為那首詩如同老鼠所承諾的那樣，解釋了牠為何不喜歡貓狗，而在故事中的版本我們看到的這一首卻沒有提到貓。

於是大家又圍到她身邊，多多鳥嚴肅地把頂針頒給了愛麗絲，並對她說：「懇請您接受這一枚頂針，」等到牠一說完，大家都歡呼了起來。

愛麗絲心想，這一切是多麼荒謬啊！但牠們看來都好嚴肅，所以她不敢笑。因為她不知道該說些什麼，只是鞠了個躬，接受頂針，盡可能裝出嚴肅的模樣。

接下來該吃糖果了。結果是大夥兒吵吵鬧鬧，亂成一團，因為大的鳥抱怨一顆糖太少，連味道都還沒嚐出來就嚥下去了；而小的鳥卻被糖果噎到，必須幫牠們拍拍背才沒事。不過，事情終於還是過去了，大家又圍坐成一圈，請老鼠跟大家說說話 4。

「你答應要跟我們說說自己的故事，你知道的，」愛麗絲說，「就是你為什麼那麼討厭……喵喵與汪汪，」說到這兒時她的聲音變得好低，唯恐再冒犯了老鼠。

老鼠說：「我的故事很長*，而且悲傷啊！」還轉頭對著愛麗絲嘆氣。

「當然很長啊！」愛麗絲覺得驚訝，低頭看著老鼠的尾巴，她說：「但是尾巴有什麼好悲傷的？」老鼠說話時她還是百思不得其解，於是她心裡覺得那故事是這樣的[5]：

> 「惡犬阿福對
> 　家裡一隻老鼠說，
> 　　『我們倆去一趟法院，
> 　　　我要告你，你可別耍賴
> 　　　　走吧，我們
> 　　　一定要打官司，
> 　　因為今天早上
> 我真的
> 沒事做。』
> 老鼠對惡犬說，
> 　『先生，這官司沒有法官
> 　　　　也沒陪審團
> 　　　　　何必浪費生命。』
> 　　狡猾的老狗阿福說，
> 　『我當法官，
> 我也來
> 陪審，
> 　整個案件
> 　　交給我，
> 　　　包管你
> 　　　難逃
> 　　一死。[6]

* 英文的「故事」（tale）與「尾巴」（tail）同音，所以愛麗絲才會看看老鼠尾巴。

卡洛爾親手書寫的那一首詩如下：

> 我們活在墊子下，
> 溫暖舒適肥滋滋。
> 不幸的是，
> 有一隻貓！
>
> 所幸牠慢慢吞吞。
> 在我們眼裡如霧。
> 我們的眼中釘
> 是一隻狗！
>
> 貓離開後，
> 老鼠玩了起來。
> 但是，唉呀！有一天
> （牠們是這樣說的）
>
> 狗貓來了，
> 牠們要抓一隻老鼠，
> 結果把鼠群全都壓扁，
> 每當牠坐下，
> 溫暖舒適的墊子下，
> 就有肥滋滋的老鼠遭殃。
> 好好想一想！

這種大量使用擬聲法的圖像詩，讓美國邏輯學家兼哲學家皮爾斯（Charles Peirce）深感興趣。在皮爾斯那些沒有公開發表的論文與文件裡，有一張他親自抄寫的愛倫坡（Poe）的詩作〈烏鴉〉（The Raven），使用的就是他所謂的「藝術字」（art chirography）技法，那些字跡的外形具有傳達詩歌要旨的視覺效果。乍看之下荒謬，實則不然。這種特殊字跡的技巧如今被大量應用於廣告效果、書衣、雜誌故事與文章的標題，還有電影與電視標題等。

伊恩・麥克凱格（Iain McCaig）繪。2001 年。

「妳沒注意聽！」老鼠嚴厲地責怪愛麗絲，「妳在想什麼？」

愛麗絲低聲下氣地說：「抱歉喔，我想你的故事已經講到第五個彎了吧？」

「才沒有呢！」老鼠對她厲聲大叫，非常生氣。

「你身上打結*了！」總是樂於助人的愛麗絲東張西望，她說：「喔！讓我幫你把結解開 [7]！」

「我才不會幹那種事呢！」老鼠起身走開，牠說：「像妳這樣胡說八道，根本是在汙辱我！」

「我不是故意的！」可憐的愛麗絲請求牠原諒，「不過，你知道嗎，你真的很容易被冒犯！」

老鼠沒有答話，只是對她咆哮。

「請回來把故事說完！」愛麗絲在老鼠身後呼喊，其他人也跟著她一起喊了起來，「是啊，請回來吧！」但老鼠只是不耐地搖搖頭，稍稍加快離去的腳步。

直到讀過 R.B. 薛柏曼（R. B. Shaberman）與丹尼斯・克拉奇（Denis Crutch）合著的《鏡中謎》（*Under the Quizzing Glass*）一書才知道，卡洛爾曾經打算要在這一首圖像詩的後面，再多加四行詩文。他在自己手上那一本 1866 年版《愛麗絲夢遊仙境》裡面寫下三十七個待修改的地方，那四行詩文是其中之一。如果真的加進去，最後四行詩文是這樣的：

> 老鼠對惡犬說。
> 「先生，這樣的官司，
> 沒人陪審也沒法官，未免太乏味無聊。」
>
> 「我當法官，我也來陪審。」
> 狡猾的老狗阿福說，
> 「整個案件交給我，包管你難逃一死。」

這「惡犬阿福」（Fury）是一隻獵狐犬，牠的主人是位叫做伊芙琳・哈爾（Eveline Hull）的小女孩，也是卡洛爾的朋友。莫頓・柯亨（Morton Cohen）曾經推測，這獵狐犬就是根據老鼠故事裡的惡犬所命名的，請參閱：*The Letters of Lewis Carroll* (Oxford, 1979), p358。他引述了卡洛爾的一則日記（這一則被刪掉了，並未出現在出版的日記裡），其中提及阿福後來得了狂犬病，因此被槍殺了，當時卡洛爾也在場。

「惡犬阿福對
Fury said to the mouse,
家裡一隻老鼠說，
That he met in the house,
『我們倆去一趟法院，我要告你——
"Let us both go to law: I will prosecute you——

你可別要賴，走吧
Come, I'll take no denial:
我們一定要打官司，
We must have the trial;
因為今天早上我真的沒事做。』」
For really this morning I've nothing to do."

---

*老鼠說的是「沒有」（not），但愛麗絲卻聽成了「打結」（knot），兩個字的發音一樣。

老鼠對惡犬說，
Said the mouse to the cur,
『先生，這官司
"Such a trial, dear sir,
沒有法官也沒陪審團，何必浪費生命。』
With no jury or judge, would be wasting our breath."

狡猾的老狗阿福說，
"I'll be judge, I'll be jury,"
『我當法官，我也來陪審，
said cunning old Fury:
整個案件交給我，包管你難逃一死。』
"I'll try the whole cause, and condemn you to death".

蓋瑞・葛蘭（Gary Graham）與傑佛瑞・麥登（Jeffrey Maiden）於 1989 年發現一件很特別的事，當時他們倆還都是紐澤西潘寧頓中學（Pennington School）的學生。卡洛爾這一首老鼠詩所採用的，是一種被稱為「押尾韻」（tail rhyme）的結構：每一段詩的前兩行押韻，後一行較短，沒有押韻。但是，卡洛爾把最後一行加長，如果把詩文印成上述的傳統樣式，每一段詩的形狀看起來就像是一隻尾巴長長的老鼠。關於此一發現的細節，請參閱："Tail in Tail(s): A Study Worthy of Alice's Friends," in the *New York Times* (May 1, 1991, p. A23)；還有："A Tail in a Tail-Rhyme," by Jeffery Maiden, Gary Graham, and Nancy Fox, in *Jabberwocky* (Summer/Autumn 1989)，以及上述文章的參考書目。

6 家住馬里蘭州銀泉鎮（Silver Spring）的一對夫妻，大衛・薛佛與麥心・薛佛（David and Maxine Schaefer）曾於 1995 年自費出版一本小小的精裝書，書名為《老鼠尾巴的故事》（*The Tale of the Mouse's Tail*）。在那本有趣的書裡，插畫家是強納森・迪克遜（Jonathan Dixon），書中把法文、德文、日文與俄文版等各國的《愛麗絲夢遊仙境》譯本如何呈現老鼠的故事畫出來。

老鼠一離開視線，鸚鵡就說：「真可惜啊！」一隻螃蟹媽媽趁機對女兒說：「喔，女兒啊！妳要以此為教訓，往後可別亂發脾氣！」女兒有點被惹惱，並說了：「媽，別說我了！妳的脾氣哪裡好？我看連牡蠣都能被妳惹火＊！」

「真希望我的黛娜在這裡！」愛麗絲大聲說，像是在自言自語。「她一定很快就能把老鼠找回來的。」

鸚鵡說：「冒昧問一句，誰是黛娜啊？」

愛麗絲樂於回答鸚鵡的提問，因為她最喜歡談論她的寶貝貓兒：「黛娜是我家的貓。她抓老鼠的本領有多厲害，是你無法想像的！喔，我真希望你能看看她追鳥的樣子！小鳥只要被她盯上了，很快就會被她吃掉！」

＊螃蟹（crab）一詞有「脾氣暴躁，滿腹牢騷的人」的意思，而牡蠣（oyster）則是指沉默寡言的人。

愛麗絲的這番話，在獸群裡引起了騷動。有些鳥兒立刻就匆匆飛走了，一隻老喜鵲則是開始小心翼翼地把自己包在翅膀裡，並說：「我真的該回家了，夜裡的空氣會讓我的喉嚨不舒服！」一隻金絲雀則是用著顫抖的聲音呼喊牠的孩子們：「回來吧！我的小乖乖們！該上床睡覺了！」牠們用各式各樣的藉口離開，很快地就只剩下愛麗絲一個人。

憂鬱的愛麗絲自言自語：「真不該提起黛娜！在這個地底世界裡，似乎沒有人喜歡她，但我相信她是全世界最棒的貓！喔，我親愛的黛娜！真不知道我還能不能再見到妳！」說到這兒，可憐的愛麗絲哭了起來，因為她覺得寂寞，情緒低落。但是，過沒多久她又聽見遠處傳來了輕微的啪啪啪腳步聲，急忙抬頭，希望是老鼠回心轉意，正要回來把故事說完。

❼ 卡洛爾曾經想出十個被他稱為「難解之結」（knots）的數學難題，刊登在 1880 年各期的《每月訊息》（*The Monthly Packet*）雜誌上。在後面提供解答之前，他總是會引述這一句話：「打結了！」愛麗絲說：「喔！讓我幫你把結解開！」後來在 1885 年，他把那十個問題集結成冊出版，書名是《打結的故事》（*A Tangled Tale*）。

喬治·索伯（George Soper）繪。1911 年。

第四章

白兔派小比爾出馬

原來是白兔又慢慢小跑步回來，一邊走路一邊四處張望，看來慌慌張張，好像掉了什麼東西。她聽到牠自言自語：「公爵夫人，公爵夫人！喔我的寶貝爪子！喔我這一身毛皮跟鬍鬚！她一定會把我處死，就像遇到雪貂那樣，我死定了！奇怪，東西到底被我丟到哪裡了？」[1] 愛麗絲立刻猜到牠在找扇子和白色羔羊皮手套，也很好心地開始幫牠尋找，但到處都找不到——自從她掉進水池後，一切似乎都改變了，那一個擺著玻璃桌以及有一扇小門的大廳早已不見蹤影。

[1] 在《愛麗絲地底歷險記》裡面，白兔大叫：「侯爵夫人，侯爵夫人！喔我的寶貝爪子！喔我這一身毛皮跟鬍鬚！她一定會把我處死，就像遇到雪貂那樣，我死定了！奇怪，東西到底被我丟到哪裡了？」但是故事初版第四章並沒有「公爵夫人」，是到了這一章後面我們才會透過白兔得知：「王后就是侯爵夫人，妳本來不知道嗎？」而且牠還說明完整頭銜是：「紅心王后與假海龜侯爵夫人。」

透過《愛麗絲夢遊仙境》第六章〈小豬與胡椒〉我們才知道白兔為何如此害怕，因為公爵夫人對愛麗絲咆哮：「說什麼斧頭？給我砍掉她的頭！」塞爾文·古艾柯認為，公爵夫人不像是那種會下令處決別人的角色。他認為，卡洛爾之所以會把公爵夫人的這一句話寫進小說，是為了配合初版故事裡面，愛麗絲聽見白兔大叫時所說的。

雪貂（ferret）是一種半馴養的英國貂類動物，主要被用來捕獵兔子與老鼠。雪貂身體通常是黃白色的，長著一雙淡紅色眼珠。白兔在提到怕被處死時，當然有充分理由聯想到雪貂。英國作家奧立佛·高德史密斯（Oliver Goldsmith）所寫的《地

球與生動大自然的歷史》（*History of the Earth and Animated Nature*）一書裡面，寫到「雪貂」那一段是這麼說的：

> 牠是兔類的天敵，假使拿著一隻死掉的兔子到年幼雪貂前面，即便雪貂沒見過兔子，也會立刻撲上去，卯起來咬牠。如果兔子是活的，雪貂會咬得更兇，咬住脖子不放，把兔子甩來甩去，持續吸血，直到吸飽為止。

"ferret" 一詞除了可以當作動詞使用（意思是「用雪貂狩獵」或「搜索」），在英格蘭地區也是一個口頭語，指那些簡直像小偷似的放債人。"as sure as ferrets are ferrets"（意思是「百分之百確定」）這個成語是卡洛爾那個年代常用的，也曾出現在安東尼‧特羅洛普（Anthony Trollope）的一本小說裡，請參閱：《哲學觀點解讀愛麗絲》（*The Philosopher's Alice*，St. Martin's, 1974），彼得‧希斯（Peter Heath）編。

卡洛爾曾在《幼童版愛麗絲夢遊仙境》裡表示，田尼爾畫的紅心傑克遭到審判的插圖，十二個陪審團成員中就有一隻雪貂。

據說紐約人養了一萬隻雪貂，但豢養雪貂是違反該市衛生法規的。美聯社（Associated Press）曾於 1983 年 9 月 18 日報導紐約市雪貂之友協會（New York City Friends of the Ferret）的成立大會，該團體成立目的就是為了解除市政府的禁令。協會發言人表示，雪貂「很愛人類，用情至深……也知道牠們自己的名字，會玩把戲。」前一年夏天該協會曾經在中央公園舉辦了「雪貂節」活動。當天共有兩百位參加者，總計帶去了大概七十五隻雪貂。

沒多久白兔就注意到愛麗絲在找東西，於是對她怒聲大吼：「喂，瑪莉安 [2] 妳在**那裡**幹什麼？趕快回家幫我拿手套和扇子！快，現在就去！[3]」愛麗絲好害怕，立刻順著牠指的方向跑過去，根本沒有辦法試著跟牠說牠搞錯了。

「牠把我當牠家女傭了。」她一邊跑一邊自言自語。「等到牠發現我是誰，一定會很訝異！但我最好還是把扇子和手套拿給牠，如果我找得到的話。」說到這裡，她眼前出現一間整潔的小房子，門板上有一塊亮亮的銅牌，刻著「**白兔公館**」。她沒敲門就進去了，匆匆跑上樓，唯恐會遇到正牌的瑪莉安，還沒找到扇子跟手套就被趕出門。

「多奇怪啊！」愛麗絲對自己說，「我居然在幫一隻兔子跑腿 [4]！」我想接下來就連黛娜也會叫我幫她跑腿了！她開始想像那會是什麼狀況：「愛麗絲小姐！來吧，準備要去散步了！」「等一下喔，奶媽！我要守在這老鼠洞外面，直到黛娜回來，以免老鼠逃走。」接著，愛麗絲心想：「如果黛娜敢那樣對人發號施令，恐怕會被**轟**出去吧！」

此刻她已經走進一個整潔的小房間，裡面的窗邊有張桌子（一如她所願），桌上擺著一支扇子還有兩、三雙小小的白色羔羊皮手套：她拿起扇子與手套，正要離開房間時，看到鏡子邊有一個小瓶子。這次，瓶子上並沒有寫著「喝我」的標籤，但她還是把木塞拔掉，把瓶口擺到嘴邊。「不管我吃了喝了什麼，」她對自己說，「我知道一定都會發生有趣的事，所以我倒是要看看這瓶子裡的東西有什麼功效。真希望能再讓我變大，因為我已經不想再當小不點了！」

她果真變大了，而且變大的速度比預期的快多了：她才喝不到半瓶，就發現自己頂到了天花板，脖子差一點折斷。她趕緊把瓶子放下，對自己說：「這樣就夠了——希望我不要繼續變大，否則就出不了門，真不該喝那麼多的！」

1995 年 6 月 25 日的《紐約時報》也曾報導過《現代雪貂》（*Modern Ferret*）這一本雜誌的創立。此刊物印刷精美，內容致力於歌頌雪貂，發行人是住在紐約州馬薩佩夸公園村（Massapequa Park）的艾瑞克・薛佛曼與妻子瑪麗・薛佛曼（Eric and Mary Shefferman）。

❷ 羅傑・葛林表示，「瑪莉安」（Mary Anna）是當時的一個委婉語，意指「女傭」。道吉森的朋友茱莉亞・卡麥隆太太（Mrs. Julia Cameron）是個酷愛攝影的業餘攝影師，她家就有一個十五歲女傭被喚作瑪莉安。在安・克拉克（Anne Clark）所出版的路易斯・卡洛爾傳記裡就有一張她的照片可資佐證。至於狄更斯的小說《大衛・考伯菲爾》（*David Copperfield*）裡，主角考伯菲爾家那一位常常偷東西的女傭，也是叫做瑪莉安・派瑞岡（Mary Anne Paragon）[*1]，請參閱小說第四十四章。根據考伯菲爾表示，她的姓氏「隱隱約約反映出」她的本性。

*1 "paragon" 有「典範」的意思；當時那位女傭帶著一封推薦信上門，考伯菲爾年輕不懂事，以為她是個好女傭。

查閱俚語詞典，我們可以發現 "Mary Ann" 一詞在卡洛爾身處的時代還有許多其他字義。例如，女裝裁縫師使用的半身人體模型就是叫做 "Mary Ann"。後來，"Mary Ann" 也指那些攻擊血汗工廠老闆的女性，這用法在雪菲爾市（Sheffield）[*2] 特別常見。到了更後來，"Mary Ann" 卻變成了用來貶低同性戀的粗話。

*2 雪菲爾市有一位主張廢奴的知名女性社會運動家，就叫做 "Mary Anne Rawson"。

在法國大革命以前，"Mary Anne"一詞是所有主張共和理念的秘密組織的通稱，在俚語裡面則是指斷頭台。爾後，在法國，"Marianne"變成了象徵共和價值的神話般女性角色，相當於英格蘭的約翰·布爾（John Bull），或者美國的山姆大叔（Uncle Sam）。傳統上，在政治諷刺畫裡面，或是被塑造成雕像時，我們總是看到她頭戴紅色佛里幾亞軟帽（Phrygian），也就是法國大革命期間主張共和人士戴的「自由之帽」。卡洛爾在這裡提到瑪莉安，剛好預示了公爵夫人與紅心王后動不動就喜歡砍別人的頭，但這可能只是巧合。

❸ 值得注意的是，白兔在此章一直對僕役大發脾氣，與第二章注釋 2 裡，卡洛爾所描述的那種緊張怯懦性格是相符的。

❹ 「跑腿」（going message）一詞目前在蘇格蘭仍然常用。

❺ 在潘尼洛優出版社（Pennyroyal）的《愛麗絲夢遊仙境》裡面（後來由加州大學柏克萊分校出版社於 1982 年推出的普及版），詹姆斯·金凱德（James Kincaid）在注釋中表示：

這一句話可說是話中有話，而且，有鑑於卡洛爾對於他的忘年之交們一個個長大了這件事有許多感觸，可以看得出語氣還挺強烈的。他的信件裡面常常可以看到各種關於此一話題的笑話，充滿自怨自艾的情緒：「有些小孩的成長過程實在讓人難以忍受。在我們再度見面以前，我希望你可別做那種事。」

金凱德也認為寫注釋的人有權進行各種

哎呀！真是為時已晚！她持續變大，很快就必須跪倒在地板上，片刻過後，就連跪下的空間也不夠了，於是她試著躺下來，一隻手肘頂著門，另一隻彎起來抱著頭。結果她還是不斷變大，於是她使出最後一招，把一隻手臂伸出窗外，一隻腳伸進煙囪裡，對自己說：「接下來不管怎樣，我都無計可施了。我**到底**會變成怎樣呢？」

所幸，那小瓶子的魔力已經徹底發揮完畢，她並未持續變大；不過她還是很不舒服，因為她似乎再也無法離開那房間了，這也難怪她覺得不快樂。

「待在家裡比這樣有趣多了。」可憐的愛麗絲心想，「至少不會像這樣一直變大或變小，還要被老鼠跟兔子發號施令。真希望我沒有鑽進那兔子洞裡，不過……不過，你知道，這種日子可真奇特啊！真不知道我**還會**發生什麼事！以前在讀童話故事時，我還以為不會有這種事，沒想到現在就被我遇到了！應該有人寫一本關於我的書，的確應該！等我長大，我會寫一本——可是現在我已經長大了，」她用悲傷的語調接著說，「至少，**這裡面**再也沒有能容許我繼續長大的空間了。」「話說回來，」愛麗絲心想，「如果不再長大，我是不是也就**不會繼續變老**？一方面，那倒是令人安心，但另一方面，卻會有讀不完的書！喔，我不要**那樣**！」[5]

「喔，愛麗絲妳這笨蛋！」她回答自己的問題，「妳在這裡是要怎樣讀書啊？就連妳自己就快擠不下去了，哪裡還有擺課本的空間？」

她就這樣東想西想，不斷自問自答，但是幾分鐘過後她聽見外面傳來聲音，於是不再講話，停下來聆聽。

「瑪莉安！瑪莉安！」那個聲音說，「趕快幫我把手套拿過來！」[6] 然後，樓梯傳來一陣啪噠啪噠的輕輕腳步聲。愛麗絲知道那是兔子要來找她，身體開始害怕到直顫抖，抖到連房子也震動了起來，壓根就忘記了她的身體現在是兔子的一千倍大，根本不用怕牠。

不久後白兔來到門邊，試著開門；但是，因為門是向裡面開的，門板卻被愛麗絲的手肘頂住，牠想開卻開不了。愛麗絲聽見牠自言自語：「那我只好繞到後面，從窗戶進去。」

「你辦不到！」愛麗絲心想，等到她覺得自己聽見窗戶下方傳來白兔的聲音，她突然把一隻手伸出窗外，在空中迅速做出抓東西的動作。她沒有抓到任何東西，但聽見小小的尖叫聲與跌倒聲，還有玻璃破碎的聲響，她藉此推斷白兔可能跌進了一間黃瓜溫室[7] 之類的地方。

詮釋，他還引用上述注釋為例，表示「此一歷史脈絡並不需要注釋，但是這段文字顯示出主角也許對於長大這件事抱持著模稜兩可的態度。」請參閱："Confessions of a Corrupt Annotator" in *Jabberwocky*, Spring 1982。感謝金凱德先生的佐證，否則我的看法只是一種漫談而已。

6 這是白兔第二次說自己找不到手套，但後來我們也不知道牠是否拿到了。無論是對於白兔或者卡洛爾而言，手套不但實用，言談之間他們也都常常提及。伊莎·包曼曾表示，「即便是天氣最冷時，他也不曾穿過外套，但他有一個奇怪的習慣是，一年四季總是會戴著那一雙灰黑色的棉質手套。」請參閱：伊莎·波曼（Isa Bowman），《路易斯·卡洛爾的故事》（*The Story of Lewis Carroll*, J. M. Dent, 1899）。

卡洛爾最有趣的信件之一就是以「手套」為主題，收信人是伊莎的妹妹瑪姬（Maggie）。瑪姬曾提及要送卡洛爾「一袋滿滿的愛，還有一籃香吻」，他假裝聽錯，以為她說的是「一袋滿滿的手套，還有一籃小貓*！」卡洛爾接著寫道，等他收到了一千個手套與兩百五十隻小貓，在把貓送給女學生之前，他就可以把每一隻貓爪都戴上手套，以免學生們被抓傷：

> 所以學校的那些女童們回家時跑跑跳跳，隔天早上來學校的路上也是跑跑跳跳。先前身上被貓抓的舊傷都好了，而且她們跟我說，「小貓都好乖！」還有，等到小貓想要抓一隻老鼠時，只要脫掉一個手套；想捉兩隻，就脫

* "love" 與 "gloves" 諧音，"kisses" 與 "kittens" 諧音。

掉兩個；想抓三隻，就脫掉三個；想
抓四隻，就把所有手套脫掉。只不過
等到牠們抓到老鼠之後，就要趕快再
把手套戴上，因為牠們知道我們只
愛戴著手套的牠們。懂嗎？因為愛
（love）就暗藏在手套（gloves）裡
面——沒有手套就沒有愛。

⑦ 黃瓜溫室（cucumber-frame）是一種能
集中太陽輻射，藉此保溫的玻璃建材溫室。

⑧ 這又是另一個跟法文有關的笑話嗎？讀
者麥可‧伯格曼（Michael Bergmann）來
信指出，在法文裡，「蘋果」是 "pomme"，
而「馬鈴薯」則是 "pomme de terre"，可以
直譯為「地底的蘋果」。但這並非法文笑
話，而是與愛爾蘭方言有關。派特是個愛
爾蘭人的名字，牠的英文帶有愛爾蘭腔。
就像艾佛瑞特‧布萊勒（Everett Bleiler）
跟我說的，在十九世紀的俚語裡面，「愛爾
蘭蘋果」就是指「愛爾蘭馬鈴薯」。

那麼，在挖蘋果的派特又是哪一種動物
呢？卡洛爾並未明說。但是《鏡中謎》的
作者們 R.B. 薛柏曼與丹尼斯‧克拉奇在書
中猜測，派特是那兩隻天竺鼠之一，在比
爾被踹出煙囪之後就是牠們接住了比爾。
在紅心傑克被審判時，那兩隻天竺鼠都在
法庭上，因為歡呼而被庭上役吏「壓制
住」。

接著她聽見了白兔怒聲說：「派特！
派特！你在哪裡？」接著出現的是一個她
未曾聽過的聲音，「小的在這兒！老爺，
我在挖蘋果 ⑧ ！」

「挖什麼鬼蘋果啊！」白兔怒氣沖沖
地說，「過來，**把我拉出去！**」（又繼續
傳出玻璃破裂聲。）

「派特，你說窗戶裡面是什麼東西？」

「老爺，當然是手臂啊！」（他把手
臂說成了「手屁」。）

「手臂？你這呆頭鵝！有誰看過那麼
大隻的手臂？塞滿了整個窗戶！」

「的確是那樣，老爺。但那還是手臂
啊！」

「好吧！如論如何，那一隻手臂都不
該出現在那裡，你去把它拿開！」

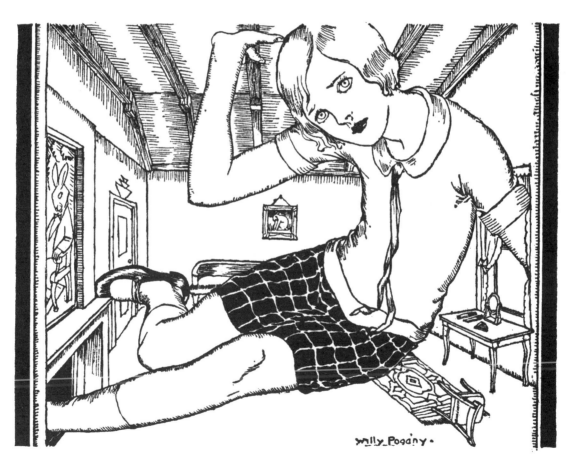

威利・帕加尼（Willy Pagany）繪。1929 年。

SOLITUDE.

By Lewis Carroll.

I LOVE the stillness of the wood,
I love the music of the rill,
I love to couch in pensive mood
Upon some silent hill.

Far off, beneath yon arching trees,
The silver-crested ripples pass,
And, like a mimic brook, the breeze
Whispers among the grass.

卡洛爾很喜歡森林。「路易斯・卡洛爾」這個筆名首度問世，是上面這一首詩的作者，詩文刊登在《火車》雜誌（第一卷第三期，1856 年 3 月出刊）。1856 年 2 月 11 日，卡洛爾在日記中表示，他寫信給該雜誌的編輯葉慈先生，提出幾個筆名的建議，其中就包括「路易斯・卡洛爾」，其由來是把他的名字與中名（Charles Lutwidge）倒過來，然後根據拉丁文的規則改寫成 "Ludovic Carolus"，然後再重新翻譯成英文就會得到這個名字。

四周陷入一陣長久的沉默，愛麗絲只能偶爾聽見低語聲，像是「老爺，我當然不喜歡那東西，一點也不喜歡！」「照我說的去做，你這膽小鬼！」最後她再度把手伸出去，又在空中抓了一把。這次她聽見**兩個**小小的尖叫聲，一樣也有玻璃碎裂聲。「這裡的玻璃溫室可真多啊！」愛麗絲心想，「不知道接下來牠們會怎麼做！如果是要把我拖出去，我還真希望牠們**辦得到**！我真的不想繼續待在這裡了。」

她等了一會兒，但沒有再聽到任何聲音，最後傳來一陣咕隆咕隆的推車聲，而且人聲鼎沸，她聽得出其中一些話：「另一道梯子呢？」「幹嘛？我只帶一道出來啊。」「另一道在比爾那裡。」「比爾老弟！把梯子拿過來！」「拿來，擺在這個角落。」「不行，先把兩道梯子接在一起。」「兩個梯子在一起還不夠一半高呢！」「喔！夠了啦！別挑剔了！」「喂！比爾！拿著這一條繩子！」「屋頂撐得住嗎？」「注意那一塊鬆掉的石板啊！」「喔！要掉下來了！下面的人小心頭啊！」（石板砰一聲摔爛了）「嘿！誰幹的好事？」「我想是比爾。」「誰要從煙囪下去？」「不要，我才不幹！」「那我也不要！」「應該是比爾下去。」「這裡啊，比爾！老爺要你從煙囪下去！」

「喔！所以比爾得從煙囪下來，是吧？」愛麗絲自言自語。「羞羞臉，牠們

好像什麼事都叫比爾做！我才不要當比爾
那種人呢！這壁爐的確很窄，但我想我還
是可以踢牠一下！」

　她盡可能把伸進煙囪裡的腳往下縮，
等到她聽見一隻小動物（她猜不出是哪一
種動物）在她上方煙囪裡又抓又爬的，她
才自言自語：「這就是比爾了。」然後，
她就用力一踹，接著靜觀其變。

　一開始她聽見大家異口同聲地說：「比
爾出來了！」然後只有白兔自己的聲音說：
「接住牠！你！樹籬旁邊那個！」之後四
周陷入一陣沉寂，接著則是另一陣七嘴八
舌的人聲：「把牠的頭扶起來！」「拿白
蘭地來！」「別讓牠嗆到了。」「好一點
了嗎，老弟？你怎麼啦？說說你出了什麼
事！」

　最後出現的是一個微弱的吱吱聲響
（愛麗絲心想，「這就是比爾了」）：「唉，
我自己也不太清楚……」「不用再喝了，
謝謝你，我有好一點。」「但我現在腦袋
好混亂，不知從何說起」「我只知道有東
西往上彈，把我頂出來，我就像火箭一樣
衝天了！」

　其他人都說：「你真的是一飛衝天啊，
老弟！」

　「我們一定要把屋子燒掉！」愛麗絲
聽見白兔這麼說，於是她扯開嗓門大喊：

「你們敢燒我，我就派黛娜對付你們！」

　　四周立刻陷入一片死寂，愛麗絲心想：「真不知道**接下來**牠們要幹嘛！如果牠們夠聰明，就會把屋頂拆掉。」過了一兩分鐘，牠們又開始活動起來，愛麗絲聽見白兔說：「一車就夠了，動手吧！」

　　「一車**什麼**？」愛麗絲心想，但她沒有多少時間可以猜想，片刻間就有一顆顆小石子從窗戶飛進去，像在下雨似的，其中有一些打在她的臉上。「我要阻止牠

碧雅翠絲・波特（Beatrix Potter）繪。1893 年。

愛麗絲夢遊仙境與鏡中奇緣

們，」她自言自語，然後大聲叫道，「你們最好給我住手！」接著四周又陷入一陣死寂。

令愛麗絲驚訝的是，她發現那些小石子掉在地板上之後，全都變成了小蛋糕，這讓她心生一計。「如果我吃一塊蛋糕，」她心想，「我的身高一定**又會**改變。因為蛋糕不可能再讓我變大了，我想一定會讓我縮小。」

所以她吞了一塊蛋糕，欣然發現她的身體直接縮小了起來。等她縮小到可以走出門口，她就衝出屋子，發現一大群小動物與小鳥在外面等著。那一隻叫做比爾的可憐小蜥蜴就在中間，被兩隻天竺鼠攙扶著，牠們正用瓶子餵牠喝某種東西。愛麗絲一現身，所有鳥獸全都衝過去，但是她拔腿狂奔，很快就發現自己已經來到安全的密林深處。

「我該做的第一件事，」愛麗絲一邊在林中遊蕩，一邊自言自語，「就是恢復正常身材，第二件事就是要設法進去那個可愛的花園。我想那才是最棒的計畫。」

無疑的，這計畫聽起來很棒，而且順理成章又很單純；唯一的難處是，她壓根就不知道該怎麼著手。當她在樹林裡焦急張望時，頭頂傳來了一個小小的尖銳吠叫

9 許多評論者都覺得,在愛麗絲的仙境裡,這隻小狗顯得很突兀,好像牠是從真實世界闖進仙境的。

丹尼斯·克拉奇表示,在《愛麗絲夢遊仙境》裡,這隻狗是唯一不曾跟愛麗絲說過話的重要角色。也有人補充了另一點:除了愛麗絲之外,這隻狗是唯一沒有瘋瘋癲癲的角色,請參閱:伯納·派頓(Bernard Patten),《愛麗絲的邏輯:仙境裡的清晰思考術》(*The Logic of Alice: Clear Thinking in Wonderland*)。從田尼爾的插畫看來,那小狗看起來像是諾福克㹴(Norfolk terrier)。

諾福克㹴,照片由法蘭柯·勞提艾瑞(Franco Lautieri)提供。

聲,這讓她趕快抬頭一看。

一隻巨犬用大大圓圓的眼睛看著她,輕輕伸出一支狗爪想要觸摸她[9]。「可憐的小狗狗!」愛麗絲用哄騙的口吻說,努力試著對牠吹口哨。但是她想到狗也許餓了,因此一直很害怕,唯恐自己哄不了狗,還被一口吃掉。

她幾乎不知道自己在做什麼,只是隨手拿起一小根樹枝,向小狗伸過去,這舉動逗得小狗立刻跳起來,高興地吠了一聲,往樹枝衝過來,擺出要追咬樹枝的模樣。愛麗絲隨即躲到一大片薊草後面,以免被狗壓扁,等到她從草叢另一邊出現時,小狗又衝向樹枝,因為太急著追樹枝而翻了一個跟斗。愛麗絲心想這根本就像是在跟一匹拖車用的巨馬玩躲貓貓,隨時都會被牠踩扁,所以她又繞到草叢後面,小狗不斷試著追咬樹枝,每次都往前衝刺一小段距離,然後遠遠地往後退,一邊衝刺一邊粗聲吠叫,最後退到遠處坐下,氣喘吁吁,舌頭掛在嘴邊,一雙大眼睛半張半闔。

愛麗絲覺得這似乎是脫身的大好時機,所以她拔腿就跑,跑到累了,喘不過氣了,小狗的叫聲聽起來也變得模糊而遙遠。

「不過，這小狗還真是可愛啊！」愛
麗絲自言自語，靠在一株毛茛上休息，用
一片葉子當扇子搧風，她說：「如果……
如果身材正常的話，我還真想教牠一些把
戲！喔，天啊！我幾乎忘記要再讓自己變
大！我看看……該怎麼辦才好？我想我應
該吃東西或喝東西，但最大的問題是，到
底要吃喝什麼？」

　　最大的問題當然就是：要吃喝什麼？
愛麗絲看著四周的花草，但看不出任何這
時候可以吃喝的東西。她身邊矗立著一大
朵蘑菇，高度與她的身高相仿。她先看看
蘑菇的下方、兩側與後方，想到最好也看
看上面有什麼。

　　她拉長脖子，踮著腳尖，看看蘑菇的
邊緣，立刻看見一隻藍色的大毛毛蟲，牠
坐在蘑菇頂端，手臂抱胸，靜靜地抽著水
煙筒，壓根兒沒有注意到她與周遭事物。

第五章

毛毛蟲的建議

① 在《幼童版愛麗絲夢遊仙境》裡面，卡洛爾要大家注意田尼爾插畫中毛毛蟲的鼻子與下巴，表示那其實是牠的兩條腿。在派拉蒙電影公司（Paramount）於 1933 年推出的電影版《愛麗絲夢遊仙境》裡，毛毛蟲是由奈德 · 史巴克斯（Ned Sparks）飾演，1951 年由迪士尼電影公司（Walt Disney）拍攝的動畫電影裡，則是由理查 · 海頓（Richard Haydn）幫毛毛蟲配音。動畫版《愛麗絲夢遊仙境》最驚人的視覺效果之一，就是毛毛蟲在講話的同時，也會吹出各種顏色的水煙煙圈，煙圈的形狀會變成牠說的話，還有牠提到的東西。

毛毛蟲[1] 與愛麗絲對望一陣子，都沒有講話。最後，毛毛蟲把嘴裡的水煙斗拿下來，用懶洋洋而充滿睡意的聲音跟她說話。

「妳是誰啊？」毛毛蟲說。

這開場白真是不太熱情。愛麗絲怯生生地回答：「先生，我……我也不太清楚自己**現在**是誰，但至少今天早上起床的時候還挺清楚的。不過，我想在那之後我已經變來變去好幾次了。」

「妳這是什麼意思？」毛毛蟲厲聲說，「給我好好解釋清楚！」

「先生，恐怕**我自己**沒辦法解釋清楚，」愛麗絲說，「您懂的，因為我現在並不是我自己。」

「我不懂。」毛毛蟲說。

「恐怕我沒辦法說得更明白了，」愛麗絲用很客氣的語調回答，「因為我自己一開始就不瞭解，而像我這樣一天之內不斷變大變小，令我感到非常困惑。」

「沒什麼好困惑的。」毛毛蟲說。

「唉，也許是您還不覺得困惑，」愛麗絲說，「但是，如果有哪一天您突然變成蟲蛹，您也知道自己有一天的確會那樣，然後又變成蝴蝶，我想您應該也會覺得有點奇怪，難道不會嗎？」

「一點都不奇怪。」毛毛蟲說。

「好吧，也許您的感覺不太一樣，」愛麗絲說，「**我**只知道自己覺得非常奇怪。」

「妳！」毛毛蟲不屑地說，「**妳**是誰？」[2]

對話又回到了原點。毛毛蟲的每一句話都**那麼**短，這有點惹惱了愛麗絲，於是她鼓起勇氣，非常嚴肅地問道：「我想，您應該先跟我說自己是誰。」

「為什麼？」毛毛蟲說。

這又是另一個令她困惑的問題，因為愛麗絲想不出好答案，而且毛毛蟲似乎心情**極度**不佳，所以她轉身就走。

烏瑞爾‧伯恩包姆（Uriel Birnbaum）繪。1923 年。

2 查爾斯‧麥凱（Charles Mackay）的經典之作《奇特的普遍錯覺與群眾的瘋狂》（*Extraordinary Popular Delusions and the Madness of Crowds*，1841 年出版）裡面有一章的章名是〈大都市居民做的蠢事〉（Popular Follies of Great Cities），其中提及各種突然出現在倫敦的流行用語。一個例子是「你是誰？」（Who are you?）這句話，說的時候重音要擺在第一與最後一個字。他說，這句話「像雨後春筍一樣突然出現。……前一天沒人聽過，沒人知道，還沒被發明出來，隔天就在倫敦流行了起來。……每一個新面孔走進酒館裡都會被

人很唐突地問一句：『你是誰？』」請參閱：Fred Madden, "Alice, Who Are You?" in *Jabberwocky* (Summer/Autumn 1988)。

也有人說卡洛爾擁有一本麥凱的書，當那一句話短暫地在倫敦流行時，也許他也曾被大聲質問過。當他寫到那一隻坐在蘑菇上的藍色毛毛蟲對愛麗絲說：「妳是誰？」心裡是否也想到那個瘋狂的現象？看來當然是有可能的。請參閱：John Clark, "Who Are You: A Reply" in *Jabberwocky* (Winter/Spring 1990)。我第一次得知麥凱與此有關，是因為潘恩與泰勒喜劇魔術團（Penn and Teller comedy/magic team）的泰勒在寫給我的信中所提及。

「回來！」毛毛蟲在身後叫住她。「我有重要的話要說！」

這聽起來當然挺有指望的，於是愛麗絲轉身回去。

「控制妳的脾氣。」毛毛蟲說。

愛麗絲說：「就這樣？」她盡可能忍住不發脾氣。

「不是。」毛毛蟲說。

愛麗絲心想，她大可以等看看，反正也沒別的事要做，也許牠最後會跟她說些值得一聽的話。有好幾分鐘牠都只是在吞雲吐霧，不發一語，最後牠張開原本交疊的雙臂，又把水煙斗拿下來，對她說：「所以，妳覺得自己變了一個人，是吧？」

「先生，恐怕就是那樣。」愛麗絲說，「我的記性大不如前……而且不到十分鐘就會變大或變小！」

「記不得什麼？」毛毛蟲說。

「唉，像我本來想說『小小蜜蜂啊好忙碌』，但說出來的話卻不一樣！」愛麗絲的聲音聽起來很憂鬱。

「背誦〈威廉老爹你老啦〉給我聽。」毛毛蟲說。

愛麗絲把兩手交疊[3]，開始背了起來：

「威廉老爹你老啦，」年輕人說，
「你已經一頭白髮，
卻怎還不停倒栽蔥——
依你這年紀，像話嗎？」

「年輕時，」威廉老爹對兒子說，
「我怕傷了腦袋，
但現在我很肯定我沒腦袋，
再怎麼倒立也無傷害。」

「你老啦，」年輕人說，「我已說過，
你變得腦滿腸肥，

③ 關於「把雙手交疊」的說法，還有第二章提到愛麗絲「像在朗誦課文時那樣，把雙手交叉」的地方（她在朗誦「小小鱷魚啊小鱷魚」那一段）。塞爾文·古艾柯曾提出有趣的評論（請參閱：*Jabberwocky*, Spring 1982）：

> 我跟一位退休的小學校長討論過這些段落……跟我確認，老師在學校裡就是那樣教孩子們的，也就是用背誦（請注意，這裡的用詞並非「朗誦」，因為那是在家裡開派對與進行居家娛樂活動時才會做的事）課本的方式死記硬背，所以旁人都會覺得她應該能把課文背出來，而且背誦時如果是坐著，就該把雙手交叉擺腿上，是站著就把雙手交疊放胸前，這兩種方式都是為了加強專注度，避免焦躁不安。

無疑的，〈威廉老爹你老啦〉是最經典的打油詩之一，作者巧妙地諧仿了羅伯·紹希（Robert Southey，1774年～1843年）那一首早已被人遺忘的說理詩（didactic poem）：〈安適的晚年及其取得方法〉（The Old Man's Comforts and How He Gained Them）：

> 「你老了，威廉老爹，」年輕人大聲說，
> 「頭髮稀疏斑白，
> 威廉老爹，你健壯而矍鑠，
> 請你把理由告訴我。」
>
> 「年輕時，」老爹答道，
> 「我知道青春飛逝，
> 只要一開始不虛耗健康活力，
> 就不會老來沒力。」
>
> 「你老了，威廉老爹，」年輕人大聲說，
> 「年輕時的享樂已成過往，

里歐納・威斯加德（Leonard Weisgard）繪。1949 年。

但進門時還是翻個觔斗——
我說，你怎會有這種身手？」
「年輕時，」老爹甩甩白髮，
「我塗這膏藥，
常保四肢靈活，
一盒一先令⁴，賣你兩盒怎麼樣？」

「你老啦，」年輕人說，「比牛羊肥油
硬的，

就咬得齒牙動搖，
但卻還是把鵝整隻吃掉，鵝骨鵝嘴都不
留——

我說，你到底怎麼辦到的？」

但你卻不曾唉聲嘆氣，
請你把理由告訴我。」

「年輕時，」老爹答道，
「我知道青春無法恆久，
凡事總會顧及未來，
只求老了不會悔恨。」

「你老了，威廉老爹，」年輕人大聲說，
「所剩人生迅速流逝，
說到死亡你總是快活有愛，
請你把理由告訴我。」

「我很快活，年輕人，」老爹答道，
「一心一意專注當下目標，
年輕時我總是牢記上帝，
老來祂也不會把我忘記。」

儘管紹希的散文與詩歌都曾聲譽斐
然，如今除了〈吋角岩〉（The Inchcape
Rock）與〈布倫亨之戰〉（The Battle of
Blenheim）等幾首短詩，還有他改寫的不
朽童話《歌蒂拉克絲與三隻熊》（Goldilocks
and the three bears）之外，已經沒多少人
讀他的作品。

④ 在原稿版《愛麗絲地底歷險記》裡面，
這首詩提及的膏藥價格是五先令一盒。

⑤ 田尼爾為這一個詩句畫的插畫,看起來似乎以一座橋為背景。有人主張:「那一座『橋』,其實是一個鰻魚陷阱,一般都是橫跨在小溪或河流中,陷阱像是圍欄,上面掛著一個個用燈心草編成的圓錐形籃子(有時候用柳條)。」請參閱:Philip Benham, in *Jabberwocky* (Winter 1970)。

羅伯・威克曼(Robert Wakeman)也提出補充說明,迄今在基爾佛(Guildford)附近仍然有一個鐵製的類似鰻魚陷阱:「每一個籃子尾端的小洞讓鰻魚得以逃進某個獨立的池塘中,其他種類的魚是沒辦法穿過小洞的。」關於更多細節與鰻魚陷阱的其他圖片,請參閱:麥可・漢薛,《愛麗絲系列小說插畫大師田尼爾的藝術》(俄亥俄州立大學出版社,1985 年出版)。

「年輕時,」老爹說,「我以法律為業,
所有案件都與老婆爭辯,
爭得肌肉長在嘴邊,
下顎終生有力。」

「你老啦,」年輕人說,「沒人會說
你的眼睛銳利如昔,
但鼻尖卻還是能頂著鰻魚 [5]——
你怎麼會如此靈巧?」

「人說事不過三,我已經回答夠了,」
他爹說,「別臭美了!
你以為我會整天聽你喋喋不休?
滾開,不然我把你端下樓!」

「妳背得不對喔。」毛毛蟲說。

「恐怕不太對,」愛麗絲膽怯地說,「有些字句改變了。」

「從頭到尾都不對,」毛毛蟲語氣堅定,接著他們沉默了幾分鐘。

愛麗絲夢遊仙境與鏡中奇緣

毛毛蟲打破沉默。

　　「妳到底想變成哪一種大小？」牠問道。

　　「喔，哪一種大小我倒是無所謂，」愛麗絲用猶豫的語氣回答，「您知道的，只要不是常常變大變小，我都可以。」

　　「我不知道。」毛毛蟲說。

　　愛麗絲不發一語：她這輩子還沒有被人這樣不斷質問過，她覺得自己的脾氣快發作了。

　　「現在妳滿意了嗎？」毛毛蟲說。

　　「唉，我真想再變大一點點，先生，如果您不介意的話，」愛麗絲說，「只有三英寸高也太可憐。」

　　「三英寸高很好啊！」毛毛蟲怒氣沖沖，在說話時把自己身體挺直起來（牠剛好就是三英寸高）。

　　「但我不習慣啊！」可憐的愛麗絲用慘兮兮的聲音自辯。她自己心想：「這些動物也太容易被冒犯了吧！」

6 在原稿版《愛麗絲地底歷險記》裡面，毛毛蟲跟愛麗絲說，吃下蘑菇頂端的部分會讓她變高，吃蘑菇梗則會讓她變矮。

許多讀者都跟我提及一些卡洛爾有可能讀過的陳年舊書，書裡描述了蘑菇所具有的迷幻藥效。最常被提及的是「毒蠅傘」（學名為 Amanita muscaria，俗稱 fly agaric）。吃了這種蘑菇，會產生時空扭曲的幻覺。然而，就像某篇令人愉悅的文章所說：

> 毒蠅傘的菌傘部位看起來像上面灑了茅屋起司的鮮紅色帽子。然而，毛毛蟲的棲息處，看起來卻像菌傘表面光滑的菇類，很像是無毒而味美的赤褐鵝膏菌（Amanita fulva）。也許我們可以就此推斷，無論田尼爾或卡洛爾都不希望孩子們模仿愛麗絲，最後吃下有毒的蘑菇。

結論是，田尼爾所畫的蘑菇不可能是「毒蠅傘」，請參閱：Robert Hornback, "Garden Tour of Wonderland," in *Pacific Horticulture* (Fall 1983)。

7 毛毛蟲看穿了愛麗絲的心思。卡洛爾並不相信唯靈論（spiritualism），但他的確認為超能力（E.S.P.）的存在，以及人可能用意志來移動東西（即所謂 psychokinesis）。在一封 1882 年的信件裡（請參閱：Morton Cohen, *The Letters of Lewis Carroll*, Vol. 1, pages 471–72），卡洛爾提及了一份由靈魂研究學會（Society for Psychical Research）出版的宣傳手冊，裡面提及「讀心術」，這更讓他深信超自然現象確有其事——「一切證據似乎都指向自然界有某種力量存在，它可以輔助電力與腦力（nerve-force），讓人腦對其他人

「時間到了就會習慣。」毛毛蟲說，接著牠把水煙斗放回嘴裡，繼續抽了起來。

這次愛麗絲想耐心等到牠自己開口。一會兒過後，毛毛蟲把水煙斗拿下來，打了一兩次哈欠，抖一抖身體。然後牠走下蘑菇，爬進草叢，只丟下了這樣一句話：「走這一邊妳會變高，走另一邊妳會變矮。」[6]

「什麼的這一邊？什麼的另一邊？」愛麗絲心想。

毛毛蟲好像聽見她大聲發問[7]，牠說：「蘑菇的。」過一會兒牠就不見蹤影了。

愛麗絲若有所思地打量蘑菇，片刻過後，試著搞清楚哪邊是哪邊；但是，因為那蘑菇是個正圓形，她覺得好難判斷。然而，她把雙臂盡可能伸長，雙手從蘑菇邊緣各扳下一小片來。

「到底哪邊是哪邊？」她自言自語，啃了一小塊右手那片蘑菇，看看結果如何，片刻間她感覺下巴被用力撞了一下，原來下巴撞到她的腳！

這突如其來的改變讓愛麗絲嚇壞了，但她覺得事不宜遲，因為她正在迅速縮小，所以趕緊啃了另一片蘑菇一小口。這時的愛麗絲已經縮小到下巴緊貼著腳，幾乎無法張嘴，不過她還是辦到了，咬下了一小塊左手的蘑菇。

*　　　*　　　*　　　*

　　*　　　*　　　*

*　　　*　　　*　　　*

「真棒！我的頭終於能動了！」愛麗絲的語氣愉悅，但立刻就轉為驚恐，因為她發現看不到自己的肩膀。當她低頭，她只看得到長長的脖子，好像一根樹幹，高高聳立在下方遠處一片綠色葉海中。

「那些綠綠的東西是什麼？」愛麗絲說。「還有我的肩膀跑到哪裡去了？喔，我可憐的手，怎麼我看不到你？」她講話時把手動來動去，結果似乎一樣看不到，只見遠處的綠葉裡輕輕搖晃了一下。

看來她沒辦法把雙手舉起來，於是她試著低頭看手，欣然發現她的脖子可以往輕易地任何一個方向彎曲，像蟒蛇似的。她把脖子往下彎，變成一個優美的之字型，但她只看到下方就是那一片剛剛在裡面遊蕩的樹林，此刻她聽見一陣尖銳的颼颼聲響，急忙把頭收回去，結果是一隻巨大鴿子飛到她的面前，用雙翅猛力拍打她的臉。

腦產生影響。我想不久後我們就可以把這種力量列為自然界的已知力量，將這種力量的法則表列出來，到時候那些本來抱持懷疑態度的科學唯物論者，再也不能漠視證據，必須承認它是自然界中已經獲得證明的事實。」

卡洛爾是靈魂研究學會的創會會員，而且終生都非常熱中學會活動，他的圖書室裡收藏了幾十本論及超自然力量的書籍，請參閱：R. B. Shaberman, "Lewis Carroll and the Society for Psychical Research," in *Jabberwocky* (Summer 1972)。

「蟒蛇！」鴿子大聲尖叫。

「我不是蟒蛇！」愛麗絲憤怒反駁。「別來煩我！」

「蟒蛇！妳就是蟒蛇！」鴿子又說了一遍，但聲音變小了，而且帶著一點啜泣聲，「我什麼方法都試過了，但好像都對付不了牠們！」

「我根本不懂妳在說些什麼。」愛麗絲說。

「我試過住在樹根、住在河岸，住在樹籬，」鴿子不理會她，接著說下去，「但是那些蟒蛇就是不放過我！」

她越說愛麗絲越疑惑了，但愛麗絲覺得再說什麼都沒有用，一定要等鴿子把話說完。

「孵蛋還不夠麻煩嗎？」鴿子說，「我還得整日整夜提防那些蟒蛇！唉，我已經三個禮拜沒有闔眼了！」

愛麗絲漸漸明白她的意思，於是她說：「妳這麼懊惱真是令人難過啊。」

「等我搬到了樹林最高處，」鴿子接著用尖叫般的音調說，「以為終於擺脫了牠們，這會兒居然從空中蠕動著身體，從天而降！唉，蟒蛇啊！」

「但我跟妳說，我**不是蟒蛇**！」愛麗絲說，「我是個……我是個……」

「哼！妳是**什麼**？」[8] 鴿子說。「我看得出來妳在胡扯！」

「我……我是個小女孩。」愛麗絲說，但她自己也很懷疑，因為想起了這一整天她自己已經變來變去好幾次。

「這故事還編得真好啊！」鴿子用最為不屑的語氣說。「我這輩子看過不少小女孩，但**沒有一個**的脖子跟妳一樣的！不！不是！妳是蟒蛇，否認也沒有用。我想下次妳要跟我說妳沒吃過蛋！」

「我的確**吃過蛋**，當然啊！」愛麗絲是個很誠實的孩子，「但小女孩跟蟒蛇一樣都常常吃蛋啊，妳知道的。」

「我才不信！」鴿子說，「如果她們也吃蛋，我只能說她們也是一種蟒蛇！」

這說法對於愛麗絲來講真是聞所未聞，所以她安靜了一兩分鐘，這讓鴿子有機會繼續講下去：「妳在找蛋，**我很清楚**，而且對我來講，無論妳是小女孩或蟒蛇，有差嗎？」

「這對**我**來講很重要，」愛麗絲猶豫

8 鴿子呼應了毛毛蟲的問題，將「妳是誰」改成「妳是什麼」。

拜倫・席維爾與其妻維多莉雅（Byron and Victoria Sewell）合繪。1990 年。

地說，「但我真的不是在找蛋，就算是真的，我也不要妳的，因為我不喜歡吃生蛋。」

「好，那妳就滾吧！」鴿子生氣地說，接著又飛回窩裡。愛麗絲想蹲在樹林裡，但很費力，因為她的脖子不斷跟樹枝纏在一起，每隔一段時間她都必須停下來解開。一會兒過後，她想起了雙手仍然拿著兩塊蘑菇，於是她開始小心翼翼地吃了起來，左一小口，右一小口，有時變更高，有時變更矮，直到終於變回正常的身高。

她的身材已經好久沒有那麼正常了，一開始感覺很怪，但幾分鐘內就習慣了，她又跟往常一樣開始自言自語：「好吧！我的計畫已經完成一半了！這樣變大又變小真是令人困惑啊！我都不知道下一分鐘自己會怎樣！不過，既然我已經恢復正常，接下來要做的就是進入那漂亮的花園⋯⋯但我該怎麼做呢？」說著說著，突然間她來到了一個空曠的地方，裡面有一間大約四英尺高的小屋子。「無論裡面住著誰，」愛麗絲心想，「我都不能用現在這樣子去見他們，肯定會把他們嚇死的！」所以她又開始吃起了右手的蘑菇，直到身高變成九英寸，才敢走近那屋子。

第六章

小豬與胡椒

　　愛麗絲站著看那屋子一兩分鐘，心裡盤算著接下來該怎麼辦，突然間一個身穿制服的僕人從樹林裡衝出來（因為他身穿制服，愛麗絲才覺得他是僕人，否則只是從那一張臉來判斷，她會認為他是一隻魚），用手指關節大聲敲門。開門的是另一個身穿制服的圓臉僕人，眼睛像青蛙一樣大；愛麗絲注意到，兩個僕人都是一頭捲髮，還灑了髮粉。她很好奇，想知道這是怎麼一回事，於是躡手躡腳走出樹林，聽他們在說什麼。

　　魚臉僕人從腋下拿出一個幾乎跟他一樣大的信封，遞給另一個僕人，用嚴肅的語調說：「來自紅心王后的邀約。請公爵夫人一起打槌球。」蛙臉僕人也用嚴肅語調把話複述一遍，只是把字句的順序調換了一下：「請公爵夫人一起打槌球，來自紅心王后的邀約。」

　　接著他們相互深深一鞠躬，兩人的捲髮纏在一起。

　　愛麗絲為此大笑，笑到她必須衝回樹林，唯恐笑聲被聽見。等到她再從樹林裡往外看，魚臉僕人已經不見了，另一個僕人坐在門邊的地上，呆望天際。

　　愛麗絲膽怯地走到門邊，敲敲門。

　　「那樣敲門沒有用，」僕人說，「理由有兩個。首先，因為我跟妳一樣都在門外。其次，因為他們在裡面大吵大鬧，不可能有人聽見妳的敲門聲。」門裡面的確是吵吵鬧鬧，不斷傳出嚎叫與噴嚏聲，偶爾又有猛烈的砰砰聲響，好像盤子或鍋子的碎裂聲。

「那麼，請問我該怎麼進去？」愛麗絲說。

「若是我們倆之間有一道門，」僕人沒有理會她，只管接著說，「那麼妳敲門可能還有點道理。例如，如果妳在**裡面**，妳也許就可以敲門，**讓**我放妳出來，妳知道的。」講話時他還是一直凝望天際，愛麗絲認定這實在是太沒禮貌。「不過，可能他也無可奈何，」她自言自語，「因為他的雙眼**幾乎**長在頭頂。但是，無論如何他還是可以回答問題。」於是她大聲複述問題：「我該怎麼進去？」

「我要在這裡坐著，」僕人說道，「直到明天……」

此刻屋子的門打開了，飛出一個大盤子，直接飛向僕人的頭，剛好擦過他的鼻子，朝往他身後的一棵樹上，砸個稀巴爛。

「……或者到後天，也說不定，」僕人繼續用同樣的語調說話，完全像沒發生過任何事。

「我該怎麼進去？」愛麗絲再問一遍，這次大聲一點。

彼得・紐威爾（Peter Newell）繪。1901 年。

① 一直要等到愛麗絲與公爵夫人於第九章再度見面，我們才聽到故事敘述者表示，愛麗絲試著與公爵夫人保持距離，因為她「很醜」。而且公爵夫人一直用她那「又尖又小的下巴」去頂愛麗絲的肩膀。在這一章裡面，她的尖下巴又被提及兩次。至於公爵的下落（如果他還在世），則始終是個謎。

田尼爾並未把公爵夫人的下巴畫得很小或很尖，但的確很醜。他所臨摹的，似乎是一幅被認定於十六世紀法蘭德斯地區的畫家昆汀·馬西斯（Quentin Matsys，他的名字有很多不同的拼法）的畫作。很多人都認為那一幅肖像畫裡摹繪的是十四世紀的瑪格麗特公爵夫人，其父親是卡林西亞公爵兼提洛伯爵（Margaret of Carinthia and Tyrol）。她以「史上最醜的女人」這個名號聞名於世（她有個外號叫做Maultasche，意思是「袋子嘴」）。在利翁·福伊希特萬格（Lion Feuchtwanger）的小說《醜陋的公爵夫人》（*The Ugly Duchess*）就是以瑪格麗特公爵夫人可悲的人生為題材。請參閱：W. A. Baillie-Grohman, "A Portrait of the Ugliest Princess in History," in *Burlington Magazine* (April 1921)。

就另一方面而言，還有好幾幅版畫與圖畫與馬西斯的肖像畫幾乎一模一樣，其中包括法蘭切斯柯·麥爾齊（Francesco Melzi，達文西〔Leonardo da Vinci〕的學生）的作品。麥爾齊的那一幅畫目前是白金漢宮的王室收藏品（Royal Collection），而且據說那是達文西某一幅已經佚失的作品的仿作。這些畫作的歷史令人感到疑惑，而且也許跟瑪格麗特公爵夫人根本沒有關

哈利·朗崔（Harry Rountree）繪。1916年。

「妳**到底**要不要進去？」僕人說，「那才是妳該問的第一個問題，妳知道的。」

這無疑是對的，只是愛麗絲不喜歡由別人嘴裡聽到這句話。她喃喃自語：「這些動物可真愛辯，好可怕。能把人逼瘋啊！」

僕人似乎認為應該趁機把自己的話複述一遍，只是要改個說法。「我要坐在這裡，」他說，「有時間就來，一天又一天這樣坐下去。」

「但**我**該怎麼辦？」愛麗絲說。

「想怎麼辦，就怎麼辦，」僕人說完就開始吹口哨。

「喔，跟他講話真是浪費時間，」愛

麗絲對僕人不抱希望了，「他是個大白癡！」接著她就開門進去了。

進門後就是個大廚房，裡面瀰漫著煙霧：公爵夫人[1]坐在中間的一張三腳凳上，抱著一個嬰兒，廚娘站在火爐前，攪拌著一個看起來裝滿湯的大鍋子。

「這鍋湯的胡椒一定加太多了！[2]」愛麗絲自言自語，但一邊說一邊打噴嚏。

空氣裡的胡椒味真是太濃了，就連公爵夫人偶爾也會打噴嚏。至於那嬰兒則是一會兒打噴嚏，一會兒嚎啕大哭，沒有停過。廚房裡**沒有**打噴嚏的只有那位廚娘，還有趴在火爐旁那一隻咧嘴笑的大貓咪。

「可否拜託妳告訴我，」愛麗絲說話時有點膽怯，因為她不確定先開口說話是否合乎禮儀，「為什麼妳的貓會那樣咧嘴笑呢？」

係。請參閱：麥可‧漢薛，《愛麗絲系列小說插畫大師田尼爾的藝術》第四章。

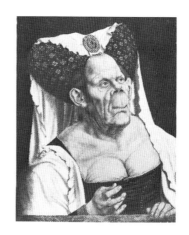

畫家昆汀‧馬西斯（Quentin Matsys）所畫的〈醜陋的公爵夫人〉（Ugly Duchess）。由倫敦國家藝廊（National Gallery）提供。

[2] 湯與空氣中的胡椒味暗示公爵夫人極其辛辣的壞脾氣。我們也可以自問：維多利亞時代英國下層階級人民是否會為了掩飾肉與菜的腐敗味，而在湯裡面多加一點胡椒？

薩維爾‧克拉克（Savile Clarke）把《愛麗絲夢遊仙境》改編製作成舞台劇時，卡洛爾為劇本加了下面這些台詞，讓廚娘一邊攪拌湯鍋，一邊講話：「我說啊，沒有東西比得上胡椒。……不到該放數量的一半。連四分之一都不到。」接著廚娘開始像女巫念咒一樣朗誦以下幾句話：

輕鬆煮一煮，
加油混一混，
攪拌到想打噴嚏，
一！二！三！

「一給夫人喝，二給貓咪喝，三給寶寶喝，」廚娘繼續說，打一下嬰兒的鼻子。

上述台詞引自：Charles C. Lovett, *Alice on Stage: A History of the Early Theatrical Productions of Alice in Wonderland* (Meckler, 1990)。那些台詞出現在舞台劇，後來劇本出版後也留在書裡面。

❸「像柴郡貓一樣咧嘴笑」是卡洛爾那個時代常見的成語，其來源不明。兩個最廣為接受的理論是：（1）柴郡的某位招牌畫師在當地幾家客棧的招牌上畫了咧嘴笑的獅子（順帶一提，卡洛爾就是在柴郡出生的），請參閱：*Notes and Queries*, No. 130, April 24, 1852, page 402；（2）柴郡的起司曾經都被製造成咧嘴貓的造型，請參閱：*Notes and Queries*, No. 55, Nov. 16, 1850, page 412。菲麗絲‧葛林艾克醫生（Dr. Phyllis Greenacre）曾針對卡洛爾進行心理分析，她在研究報告中表示：「這具有卡洛爾的獨特風格，因為柴郡貓（Chessy cat）唸起來很像『起司貓』（cheesy cat），這會讓人聯想到貓是吃了一隻偷食起司的老鼠才會變成『起司貓』。」原稿版《愛麗絲地底歷險記》裡面並沒有柴郡貓。

大衛‧葛林（David Greene）在寫給我的信裡，附上英國作家查爾斯‧藍姆（Charles Lamb）於1808年寫的一封信件內容：「那天我寫了一個雙關語在手掌上，給霍爾克洛夫特（Holcroft）看，他咧嘴笑得像一隻柴郡貓。為什麼柴郡的貓會咧嘴笑呢？因為柴郡曾經是個宮廷特別郡（county palatine），郡內的貓只要想起這件事就不禁笑了起來，不過我倒不覺得這是什麼笑話。」

漢斯‧海維曼（Hans Haverman）在寫給我的信裡面主張，卡洛爾也許是從月亮

「因為牠是柴郡貓！ [3]」公爵夫人說，「這還要問，豬啊！」

她說最後一個字時口氣突然變兇，嚇得愛麗絲差點跳起來；但不久後她發現那句話是對嬰兒說的 [4]，不是對她，所以她鼓起勇氣，又接著說下去：

「我本來不知道柴郡貓總是這樣咧嘴笑；應該說，我根本不知道貓會咧嘴笑。」

「只要是貓都辦得到，」公爵夫人說，「而且大多數都真的會咧嘴笑。」

愛麗絲很高興能與人對話，她非常禮貌地說：「我可沒見過會咧嘴笑的貓。」

「妳不知道的事多著呢，」公爵夫人說，「那是個事實。」

愛麗絲一點也不喜歡這句話的語氣，她覺得自己最好換個話題。當她還在想話題時，廚娘就把火爐上的湯鍋移開，立刻開始把手邊可以拿到的各種東西往夫人和嬰兒身上砸。先是把火鉗丟過去，然後是陣雨般的鍋碗瓢盆。夫人就算被打到也不在意，至於嬰兒，因為本來就在嚎啕大哭，因此根本看不出是否被打傷了。

「喔，拜託注意一下妳在幹嘛！」愛麗絲怕得大叫，跳上跳下。「喔，小心他的**寶貝鼻子**啊！」一個超大平底鍋從嬰兒的鼻子旁飛過去，差點把鼻子削掉。

「如果大家都能把自己的事管好，」公爵夫人用粗糙的聲音大叫，「地球就能轉得比現在快一點。」

「但這可**沒什麼好處**，」愛麗絲很高興有機會賣弄一下自己的知識，她說，「想想看，這樣會對白天黑夜造成什麼影響！妳懂吧，地球繞著軸心轉一圈要花二十四小時……」

公爵夫人說：「說什麼斧頭＊？給我砍掉她的頭！」

愛麗絲緊張了起來，她看看廚娘是不是真的要對她下手，但廚娘正忙著攪拌那一鍋湯，似乎沒在聽，所以她又接著說：「**我想**是二十四小時，或者是十二小時？我……」

＊軸心（axis）與斧頭（axes）發音相似。

的圓缺獲得了靈感，想出柴郡貓逐漸消失的情節（長久以來，月亮一直都被視為與瘋狂有關係），因為牠身體的其他部位漸漸消失，只剩咧開的月牙狀嘴巴，最後才全部消失。

詩人艾略特在創作〈窗邊的早晨〉（Morning at the Window）的時候，是否也想到柴郡貓呢？因為那一首詩結尾的對句是這樣的：

> 一個漫無目標的笑臉停留在空中
> 接著在一個個屋頂之間消失無蹤

關於那咧嘴笑臉的更多討論，可參閱：Ken Oultram, "The Cheshire Cat and Its Origins," in *Jabberwocky* (Winter 1973)。

1989 年曾有一本《路易斯·卡洛爾與其世界──柴郡貓》（*Lewis Carroll and His World—Cheshire Cat*）的小手冊在日本出版，作者是笠井勝子，她引述了薩克萊（Thackeray）小說《紐康一家》（*Newcomes*，1855 年出版）裡的話：「那個女人咧嘴笑，像隻柴郡貓似的。……誰是第一個發現柴郡貓這個特點的博物學家？」笠井勝子也引述了葛羅斯上尉（Captain Grose）寫的《時髦俚語、大學妙語與扒手的快語辭典》（*A Dictionary of the Buckish Slang, University Wit and Pickpocket Eloquence*，1811 年出版）：「他咧嘴笑得像柴郡貓，意思是有人大笑時露出牙齒與牙齦。」笠井勝子還討論了關於此成語的其於引文與各種理論。她曾於 1995 年寫了一封信給我，提出一個有趣的猜測。我們知道，柴郡起司曾經都是製造成咧嘴貓的形狀。古人在食用時，應該會先從貓的尾部開始切起司，直到盤子裡只剩帶著一張咧嘴笑臉的貓頭。

北美路易斯‧卡洛爾學會（The Lewis Carroll Society of North America）的官方刊物《騎士信件》曾經於 1992 年夏季號上面刊登一篇文章，篇名是〈我們是否終於找到了柴郡貓？〉（Have We Finally Found the Cheshire Cat?），作者喬爾‧畢倫包姆（Joel Birenbaum）表示，自己曾造訪蒂斯河畔克羅夫特村（Croft-on-Tees）的聖彼得教堂，卡洛爾的父親曾是當地教區牧師。畢倫包姆注意到教堂高壇的東牆上刻了一個貓頭，距離地板幾呎之遙。為了看仔細一點，他靠近後跪下並抬頭一看，貓的嘴看起來就像是在咧嘴笑。這項發現還登上了《芝加哥論壇報》（Chicago Tribune）的頭版（1991 年 7 月 13 日）。

1999 年 2 月 28 日，NBC 電視台播出了一齣不出色而無聊的《愛麗絲夢遊仙境》電視劇，柴郡貓是由女演員伍碧‧戈柏（Whoopi Goldberg）飾演。

❹ 十三歲的洛伊‧李普基斯（Roy Lipkis）注意到公爵夫人很像劇作《等待果陀》（Waiting for Godot）裡面的波佐（Pozzo）。公爵夫人粗暴對待那嬰兒，稱他為「豬」，還把嬰兒搖來搖去；波佐則是虐待像嬰兒一樣無助的拉奇（Lucky），常常叫他「豬」或是「跟豬一樣」。

❺ 這首打油詩模仿的對象是〈輕聲細語〉（Speak Gently）：一首來歷已被世人淡忘的輕快詩歌，有些專家說作者是喬治‧蘭佛（G. W. Langford），其他專家則說作者是費城一位叫做大衛‧貝茲（David Bates）的捐客。

1960 年 12 月，佛羅里達州立大學圖書

「喔，別煩我！」公爵夫人說，「我對數字從來都沒有概念！」說完後她又開始哄嬰兒，邊哄邊唱某一首搖籃曲，每唱一句就用力搖晃他一下[5]：

「對小孩說話粗聲粗氣，
打打罵罵只因他打噴嚏：
打噴嚏只為了讓人生氣，
他以為人家喜歡他淘氣。」

（合唱）
（廚娘與嬰兒也一起唱）：

「哇嗚！哇嗚！哇嗚！」

等公爵夫人唱到催眠曲的第二段，她一直用力上下搖晃嬰兒，那可憐的小東西嚎啕大哭，哭得愛麗絲幾乎聽不到唱什麼：

「我對兒子說話嚴厲，
每次打他只因他打噴嚏：
因為他喜歡得要命，
只要他高興，有胡椒就歡喜。」

（合唱）

「哇嗚！哇嗚！哇嗚！」

「來吧！！如果妳願意，就幫我哄一下他！」公爵夫人一邊對愛麗絲說，一邊把嬰兒丟給她，「我得走了，準備去跟王后打槌球，」說完公爵夫人就衝出廚房。出去的時候廚娘拿著一個煎鍋往她身後丟，但是沒打中。

愛麗絲抱嬰兒抱得很吃力，因為那小東西的形狀很奇怪，四肢往不同的方向伸出去，愛麗絲心想，「就像一隻海星」。被她抱到懷裡時，那可憐的小東西正像蒸汽機那樣嗚嗚嗚地打呼，身子不斷彎曲又伸直，所以總計剛開始的一兩分鐘之內，她最多也只能把他抱住而已。

哈利・朗崔（Harry Rountree）繪。1916 年。

館辦了一個展覽，特別出版了一份題名為《路易斯卡洛爾的打油詩與其原文》（*The Parodies of Lewis Carroll and their Originals*）的作品目錄兼說明文件，其作者約翰・蕭（John M. Shaw）表示，他找不到蘭佛寫的詩——應該說，他根本找不到蘭佛是誰。不過卻也發現，在貝茲於 1849 年出版的詩集《像風一樣》（*The Eolian*），書中第 15 頁就收錄了〈輕聲細語〉。蕭表示，貝茲的兒子幫父親的《詩歌作品集》（*Poetical Works*，1870 年出版）寫序，裡面就提到了那一首常常被人引述的詩作，其實就是他父親的作品。

> 輕聲細語！以愛服人
> 比用恐懼服人好多了；
> 輕聲細語；別用刺耳的言語破壞了
> 我們可能完成的美好事物！
>
> 輕聲細語！低聲呢喃愛的誓言
> 才能把兩顆真心結合在一起；
> 和善的友誼長長久久；
> 充滿感情的聲音親切體貼。
>
> 對小孩輕聲細語！
> 他們一定會愛你；
> 輕柔溫和地教誨；
> 童年短暫應珍惜。
>
> 對青年輕聲細語！
> 因為他們的苦難太多；
> 此生他們已全力以赴，
> 有太多需要焦慮關切！
>
> 對老人輕聲細語！
> 別讓充滿憂慮的心悲傷；
> 他們的來日無多，
> 就讓他們在安詳中離去！

對窮人輕聲細語！
別對他們太過嚴厲；
他們總是含辛茹苦，
卻從不曾口出惡言！

對犯錯的人輕聲細語！
也許他們辛苦付出卻徒勞無功；
可能是殘酷的現實所致；
喔，要再贏得他們的心！

輕聲細語！有些人全力以赴
只想改變別人的固執意志，
當環境不利充滿阻力，
請對他們說：「保持平靜，稍安勿躁。」

輕聲細語！舉手之勞
卻讓人點滴在心頭；
此舉良善，令人喜悅，
道理千古不變。

根據蘭佛家族留傳下來的說法，喬治‧蘭佛是在 1845 年造訪自己的出生地時寫下這首詩。1900 年以前，這首詩於在英國的印刷品裡時常出現，若非註明作者不詳，就是寫喬治‧蘭佛。到目前為止，任何早於 1848 年的印刷品中都找不到這首詩。

在 1986 年時，有人發現 1845 年 7 月 15 日《費城詢問者報》（Philadelphia Inquirer）的二版刊登了〈輕聲細語〉，作者的署名就是「D.B.」（大衛‧貝茲的縮寫），這也大幅提升了作者的確是他的可能性。除非能找到更早的英國或愛爾蘭報紙，顯示蘭佛的確寫了那一首詩，否則蘭佛似乎就不太可能是作者。只不過還有另一件事讓人納悶不已，為什麼在英國總是有人說那一首詩是他寫的？

等到她一發現哄嬰兒的訣竅（那就是要把他的身體像打結那樣扭曲，然後緊緊抓住他的右耳與左腳，以免被他掙脫），她就把他抱到室外。「如果我不把這孩子帶著，」愛麗絲心想，「一兩天內肯定會被他們弄死……如果不帶走他，不是等於謀殺嗎？[6]」最後那幾個字她脫口而出，那小東西也呼嚕了一聲，好像在回答她（此刻他已經不再打噴嚏了）。「別呼嚕了，」愛麗絲說，「沒人那樣講話的。」

嬰兒又呼嚕了一聲，愛麗絲心裡焦急，想知道他怎麼了，趕快看看他的臉。無疑的，他的確是長了一個朝天鼻，與其說是鼻子，不如說那是個豬鼻子，而且如果他是嬰兒，眼睛也未免太小了。整體而言，愛麗絲真的不喜歡這個小東西的外表。「但也許他只是在啜泣，」她心裡這麼想，看看他的眼睛，想知道他是否在流淚。

拜倫・席維爾（Byron Sewell）繪。1975 年。《愛麗絲夢遊仙境》被翻譯成澳洲原住民的語言之後，小豬也被改寫為一隻澳洲袋狸（bandicoot）。

關於此一爭議的詳細經過，請參閱我寫的文章：請參閱："Speak Gently," in *Lewis Carroll Observed* (Clarkson N. Potter, 1976), edited by Edward Guiliano；後來我又補充了一些內容，再度把文章收錄於我的著作裡，請參閱：*Order and Surprise*。

約翰・蕭在這一場爭論中扮演了非常重要的角色，可由以下出處看他自己是如何論述整個經過：John Shaw, "Who Wrote 'Speak Gently'?" in *Jabberwocky* (Summer 1972)。在此文章中，蕭列出了五十六首以「輕聲細語」開頭的詩作，其結論是，卡洛爾的打油詩「模仿的也許是這所有作品，而不只是其中任何一首。」作曲家艾爾佛列・史考特・蓋提（Alfred Scott Gatty）曾經把詩文配上音樂。樂譜請參閱：*Jabberwocky* (Winter 1970)。

6 律師喬伊・布萊本特（Joe Brabant）曾經在自己的著作中討論愛麗絲的這一句話，請參閱：*Wouldn't It Be Murder?* (Cheshire Cat Press, 1999)。

7 卡洛爾寫出男嬰變成豬的情節，當然也並非全無惡意，因為他向來討厭小男孩。在他的小說《西爾薇與布魯諾的結局》裡面，有個叫做烏古（Uggug，據其描述，是個「討人厭的胖男孩……外表長得像得獎的豬」）的小屁孩，最後變成了豪豬。卡洛爾偶爾會對於小男孩展現善意，但通常是因為他想認識男孩的姊妹。在他以藏韻詩寫成的一封信裡面（信的內容看起來像散文，但仔細一看其實是韻文），最後有個附註是這樣寫的：

對妳獻上我的摯愛——對妳的母親
我獻上最懇切的問候——對妳那

肥胖、莽撞又無知的弟弟
獻上我的厭惡——我想就這樣。

請參閱 Letter 21, to Maggie Cunnynghame, 收錄在《路易斯・卡洛爾與其幼童友人書信選集》（*A Selection from the Letters of Lewis Carroll to His Child-friends*, edited by Evelyn M. Hatch）。

卡洛爾於 1879 年 10 月 24 日寫給年幼友人凱薩琳・艾許衛吉（Kathleen Eschwege）的信件裡，就有常常被引用的一句話：「我喜歡小孩（男孩除外）。」然而，近年來也有人認為卡洛爾不一定真的討厭小男孩。2006 年曾有一場名為「路易斯・卡洛爾與童年的概念」（Lewis Carroll and the Idea of Childhood）的研討會在洛杉磯舉行。在此會議裡，國家藝廊（National Gallery of Art）照片組的助理館員黛安・瓦岡納（Diane Waggoner）曾於演說中論及「道吉森對於小男孩的謎一般態度」。她特別提到，事實上卡洛爾幫孩童拍攝的照片裡面有百分之二十五是男孩，無論是整群的男孩，或那些男孩是成年友人的兒子。例如，如今里德爾家三姊妹雖已眾所皆知，但是在幫她們拍照之前，他曾經先幫她們的哥哥哈利・里德爾（Harry Liddell）拍照。

愛麗絲抱著豬寶寶的插畫是由田尼爾繪製，後來又出現在「夢遊仙境郵票冊」的封套正面上（但是那豬寶寶已經被改畫成人類的嬰兒）。那個郵票冊由卡洛爾設計，並以厚紙板材質製成，由位於牛津鎮的一家公司負責販售。把郵票冊從封套裡抽出來之後，可以看見郵票冊正面就是愛麗絲抱著嬰兒的照片，只不過那嬰兒又變成了豬寶寶，跟田尼爾的原畫一樣。封套與郵

沒有，沒有流淚。「如果你變成豬，親愛的，」愛麗絲嚴肅地說，「那我就不想理你了。知道嗎？」那可憐的小東西又啜泣了起來（或者是呼嚕了起來，兩者很難分辨），他們倆就這樣走了一會兒，沒再說話。

愛麗絲開始在心裡盤算：「等到我回家，該拿這小東西怎麼辦呢？」結果他又大聲呼嚕了一下，她吃驚地低頭看他的臉。這次絕對**不會**弄錯了，那不折不扣就是一隻豬，她覺得自己如果繼續抱著牠，那就太荒謬了 7 [139頁] 。

所以她把那小東西放下，看著牠靜靜地跑進樹林裡，覺得鬆了一口氣。「我想，如果牠長大變成小孩，一定很醜，但會是一隻很漂亮的豬。」她開始想那些她認識的孩子們，看看哪些如果變豬的話會很好看。愛麗絲開始自言自語，「如果有人知道該怎麼改變他們就好了……」，此刻突然發現幾碼之外的樹枝上，趴著那一隻柴郡貓 8 [142頁] 。

柴郡貓看到愛麗絲時只是咧嘴一笑。牠看起來挺溫馴的，但她覺得牠爪長齒利，還是應該展現一點敬意。

「柴郡貓咪，」她說話時挺害怕的，因為不確定牠是否喜歡這個稱呼，不過那隻貓只是把嘴咧得更開一點。「還好，到目前為止牠還算高興，」愛麗絲心想，於是她接著說：「拜託你告訴我，我該往哪裡走。」

「那得先看看妳要往哪裡走。」貓對她說。

票冊的背面也是這樣：封套背面的圖是田尼爾畫的咧嘴柴郡貓，抽出來之後發現郵票冊背面變成了全身大部分都已經消失的柴郡貓。那郵票冊裡面還附了一個小冊子，題名為《關於信件書寫的一些提醒》（*Eight or Nine Words about Letter Writing*）。這一篇有趣的文章由卡洛爾撰寫，開頭兩段如下：

> 某位美國作家曾說：「這個地區的蛇可以區分為……一種，就是有毒的那種。」同樣的原則在此也適用。郵票冊也可以區分為……一種，就是「夢遊仙境」那種。無疑的，馬上會有許多人推出仿冒品，但是他們的產品中沒有這本郵票冊上那兩張令人驚訝的圖畫，因為它們是有版權的。
>
> 沒發現令人驚訝的地方？好吧，請拿起你左手的郵票冊，注意看看。你看見封套上的愛麗絲抱著公爵夫人的嬰兒了嗎？（順帶一提，這個組合是新的，書裡面沒有這一張插圖*。）現在，用你的右手拇指與食指夾住封套，突然把郵票冊抽出來。嬰兒變成一隻豬了！如果這沒有令你感到驚訝，那麼，我想如果某天你的岳母變成了陀螺儀，你也不會感到驚訝！

*指愛麗絲與人類嬰兒的組合；書裡面愛麗絲抱的是豬寶寶。

有人認為，「嬰兒變成豬」這件事的靈感也許來自於白金漢伯爵夫人（Countess of Buckingham）對英王詹姆斯一世（James I）開的知名玩笑。她安排國王去參觀某個嬰兒的洗禮儀式，沒想到受洗的居然是一隻豬，而豬剛好是詹姆斯一世最討厭的動物；請參閱：Frankie Morris, in *Jabberwocky* (Autumn 1985)。

田尼爾的插畫很少把愛麗絲的臉完整畫出來，她抱著豬的這一張是少數例外之一，她的臉是直接看著前方的。

⑧ 在《幼童版愛麗絲夢遊仙境》裡面，卡洛爾要大家注意一下田尼爾為這場景繪畫的插圖，裡面有一株毛地黃（Fox Glove；前一幅插圖也有）。卡洛爾跟他的年幼讀者們解釋，「狐狸是不會戴手套的」。「毛地黃應該是叫做 "Folk's Gloves" 才對。你們有沒有聽說過，以前神仙曾經被稱為 "the good Folk"（好人）。」然而，這種把 "foxglove" 等同於 "folk's gloves" 的說法*1，其實是民間以訛傳訛的；事實上，毛地黃這種花從一開始就是叫做 "fox glove"。

*1 "foxglove" 與 "folk's gloves" 相通，都是指毛地黃。

如果你想知道柴郡貓的眼睛是什麼顏色的，應該有些卡洛爾的專家可以告訴你：答案就在《幼童版愛麗絲夢遊仙境》的第三十頁，牠有一雙「可愛的淡綠色眼睛」。

⑨ 這一段人與貓的對話是愛麗絲系列小說中最常被引述的兩句話。傑克・凱魯亞克（Jack Kerouac）的小說《在路上》（*On the Road*）就呼應了卡洛爾的原文：

> 「……我們該走了，而且要走個不停，直到抵達那裡。」
>
> 「老兄，我們要去哪裡？」
>
> 「我不知道，但我們該走了。」

數學家約翰・凱梅尼（John Kemeny）寫的《哲學家的科學觀》（*A Philosopher Looks at Science*，1959 年出版）一書裡面有一章論及科學與價值，便將愛麗絲的問

「去哪裡我都不怎麼在意……」愛麗絲說。

「所以妳往哪裡走也就無所謂了⁹，」貓說。

「……只要我能走到**某個地方**，」愛麗絲又補充了一句。

「喔，妳一定可以的，」貓說，「如果妳走得夠久。」

愛麗絲覺得無法反駁，所以她試著換了一個問題：「這附近都住些什麼人呢？」

「**那個方向**，」貓說話時揮一揮右爪，「住了一個帽匠，**另一個方向**呢，」牠又揮一揮左爪，「住著一隻三月兔。去找哪個都無所謂，反正他們都是瘋子¹⁰。」

「但我不想待在瘋子身邊。」愛麗絲說。

「喔，那妳可沒辦法，」貓說，「我們這裡都是瘋子。我瘋了，妳也瘋了¹¹_{145頁}。」

「你怎麼知道我瘋了？」愛麗絲說。

「妳一定瘋了，」貓說，「否則妳不會來這裡。」

愛麗絲覺得這根本無法證明她瘋了，

不過她還是接著說：「那你怎麼知道你自己瘋了？」

「我先問妳，」貓說，「狗不是瘋的。同意嗎？」

「我想是的。」愛麗絲說。

「好，那麼妳也知道，」貓接著說，「狗生氣時會狂吠，高興時會搖尾巴。但是我高興時會狂吠，生氣時會搖尾巴。所以我瘋了。」

「那叫做呼嚕呼嚕，不是狂吠。」愛麗絲說。

「妳想要怎麼稱呼都無所謂，」貓說，「妳今天要跟王后玩槌球嗎？」

「我很想去，」愛麗絲說，「但我還沒受邀。」

「妳會在那裡見到我。」說完貓就不

題與柴郡貓的知名答覆放在此章的最前面。事實上，凱梅尼在這本書的每一章開頭處，都引述了卡洛爾小說裡的話，而且非常切題。柴郡貓的答案精確地表達出「科學」與「倫理學」之間永遠存在的歧見。就像凱梅尼闡明的，科學永遠不可能為我們指引方向，但是一旦基於其他理由做出決定後，科學就可以道出達成目標的最佳方式。

有一句諺語應該就是改寫自這兩句對話：「如果你不知道要到哪裡去，任何一條路都可以帶你前往某個地方」（If you don't know where you are going, any road will take you there），但這句話的來源不明，最早出現的時間是 1942 年。披頭四團員喬治・哈里遜（George Harrison）於 2002 年發表的歌曲〈任何一條路〉（Any Road）就引用了這個諺語。

⑩「跟帽匠一樣瘋狂」與「跟三月兔一樣瘋狂」，這些都是卡洛爾那個時代常用的成語，當然他就是為此而創造出帽匠與三月兔這兩個角色。「跟帽匠一樣瘋狂」可能是「跟蝰蛇一樣瘋狂」（mad as an adder）*2 這一句成語的訛傳。但可能性更高的另一種解釋是，在當時帽匠的確常常發瘋。保存製帽用的毛氈布需要用到水銀（目前美國大多數州與一部分歐洲國家都已經禁用水銀來保存毛氈），因此常發生水銀中毒的現象。受害者會出現一種被稱為「帽匠顫抖」（hatter's shakes）的抽搐現象，不僅雙眼四肢受到影響，講話也變得模糊不清。病重時，他們會出現幻覺與其他精神病的症狀。

*2 因為 "hatter" 與 "adder" 發音相似。

請參閱：H. A. Waldron, "Did the Mad Hatter Have Mercury Poisoning?" in *The British Medical Journal* (December 24–31, 1983)。上述文章的作者主張「瘋帽匠」並非水銀中毒的受害者，但是塞爾文·古艾柯醫生與另外兩位內科醫生投書同一份期刊反駁其看法，並於下一期（1984 年 1 月 28 日出版）刊出。

儘管民間相傳，野兔在三月的求偶季會發狂，但是在觀察大量野兔之後，兩位英國科學家安東尼·哈利（Anthony Holley）與保羅·格林伍德（Paul Greenwood）在他們的研究報告中指出，並沒有證據可以支持那種說法。（請參閱：*Nature*, June 7, 1984）。野兔的繁殖季有八個月，這段期間公野兔最常做的事就是追著母野兔跑，然後與牠們打打鬧鬧。在三月跟其他月份並無差異。古代學者伊拉斯默斯（Erasmus）曾在書裡面寫下「跟沼澤兔一樣瘋狂」（Mad as a marsh hare）的話。前述兩位科學家認為，因為以訛傳訛，「沼澤兔」在隨後的幾個世代當中輾轉變成了「三月兔」。

在田尼爾的插畫裡，三月兔的頭上被畫了幾根麥稈。雖然卡洛爾並未提及，但無論是在藝術界或者戲劇界，頭頂著麥稈都是瘋狂的象徵。在《幼童版愛麗絲夢遊仙境》裡面，卡洛爾寫道：「那就是耳朵長長的三月兔，牠的頭頂毛髮裡混雜著麥稈。有麥稈就表示牠瘋了——我也不知道為什麼。」請參閱：麥可·漢薛，《愛麗絲系列小說插畫大師田尼爾的藝術》第四章。這本書裡面有一整個章節討論著「麥稈象徵瘋狂」的相關問題。

見了。

愛麗絲不怎麼吃驚，她已經見怪不怪了。等到她再看一下剛剛貓趴的地方，突然間牠又出現了。

「順便問一下，那嬰兒後來怎麼了？」貓問她，「差一點忘記問妳。」

「嬰兒變成豬了，」愛麗絲靜靜地說，好像牠會再度出現是自然而然的。

「我想也是。」說完貓又消失了。

愛麗絲等了一會兒，隱約覺得牠會再現身，但是沒有，過了一兩分鐘後她按照貓的指示，朝著三月兔住的地方走過去。「帽匠我以前看多了，」她自言自語，「三月兔一定有趣多了，而且現在是五月，也許牠不會瘋瘋癲癲的——至少不會像在三月時那麼瘋。」說著說著，她抬起頭，發現貓又出現了，坐在一根樹枝上[12]146頁

「妳是說變成豬，還是無花果＊？」貓說。

「我是說豬。」愛麗絲答道，「真希

＊ 豬（pig）與無花果（fig）的發音相似。

望你不要這樣突然出現又消失，我都被你搞得頭昏眼花了。」

「那好吧。」貓說，於是這次牠慢慢消失，從尾巴尾端開始，最後等其他部位都消失後，那張笑臉過了一會兒才消失。

「唉喲！有貓沒有笑臉我常常看到，」愛麗絲心想，「但倒是第一次見識到有笑臉沒有貓 [13]！我一輩子見過的事情沒有比這更奇怪的！」

另外，在哈利・佛尼斯（Harry Furniss）幫卡洛爾的《西爾薇與布魯諾系列小說》繪製的插畫裡，我們也會看到瘋園丁的頭髮與衣服上有類似的麥穗。帽匠與野兔至少在《芬尼根守靈記》裡面出現過兩次，請參閱：Viking revised edition, 1959；第 83 頁第一行的 "Hatters hares"，還有第 84 頁第二十八行的 "hitters hairs"。

⓫ 可以比較一下柴郡貓的說法與卡洛爾於 1856 年 2 月 9 日寫的日記內容：

問題：當我們在作夢，常常隱約意識到自己在作夢，試著想要醒來，此刻我們不是都會有一些言行舉止是我們醒著時覺得瘋狂的？那我們是不是可以這樣去定義瘋狂：「無法分辨自己何時是清醒，何時是在睡夢中」。睡覺時，我們通常完全不會質疑夢境的真實性：「睡夢是另一個不同的世界」，而且通常跟另一個世界同樣栩栩如生。

在柏拉圖的著作《泰鄂提得斯篇》（Theaetetus）裡，蘇格拉底與泰鄂提得斯也曾針對此話題進行以下的討論：

泰鄂提得斯：瘋子或作夢的人有時候會把自己想像成神祇，或覺得自己會飛，而且在睡夢中真的飛了起來，但我當然不能說他們的想法是真實的。

蘇格拉底：你看得出針對這些現象可以提出另一個問題嗎？

泰鄂提得斯：什麼問題？

蘇格拉底：一個我想你肯定常常聽人提出的問題，也就是說，你怎麼判斷這一刻我們在睡覺，所有的想法都只是夢，而下一刻我們是清醒的，在清醒的狀態下彼此交談？

繪者不詳（荷蘭畫家）。大約是 1887 年之作。

泰鄂提得斯：蘇格拉底，我的確無法證明我們何時在睡夢中，何時又是清醒的，因為這兩種情況都很像是事實，同樣的我們也不難主張在討論的這當下其實是在睡夢中。當我們在睡夢中，我們所述說的就是夢，而「睡夢」與「清醒」這兩種狀態之間具有驚人的相似性。

蘇格拉底：那麼，你就應該看得出我們可以輕易針對現實感提出質疑，因為就連我們到底是醒是睡，都是可以質疑的。而且，我們睡覺與清醒的時間剛好各半，在這兩種不同的存在領域中，我們的靈魂都會覺得心智的思想是真實的。而且，睡覺時我們覺得思想是真實的，清醒時也是，對於兩者一樣有信心。

泰鄂提得斯：的確如此。

蘇格拉底：同樣的道理，難道不能適用於瘋狂與其他病症？唯一的差別在於，瘋狂與清醒的時間並不相等。

（關於此一問題，請參閱《愛麗絲夢遊仙境》第十二章注釋9，與《愛麗絲鏡中奇緣》第四章注釋10）

⓬ 塞爾文．古艾柯發現，儘管愛麗絲「朝著三月兔住的地方走過去」；但在田尼爾的插畫裡，柴郡貓再度出現時，還是趴在同一棵樹上。這也讓卡洛爾在《幼童版愛麗絲夢遊仙境》裡增添一點把書頁摺起來之後才能獲得的奇趣。卡洛爾把田尼爾的兩張插畫都放在左半頁，然後寫道：「如果你把這一頁的角落摺起來，會發現愛麗絲正看著那一張笑臉；然而她看起來好像還是剛看到柴郡貓的時候那樣，並沒有害怕，對吧？」有人主張，愛麗絲離開了那

沒走多遠，三月兔的屋子就在愛麗絲眼前出現了，她心想一定錯不了，因為兩根煙囪的造型就像兔耳朵，而屋頂還鋪著兔毛。那屋子好大間，所以她先吃了一點左手的蘑菇才敢走近，此刻她的身高大概是兩英尺。即便如此，走過去時她還是膽戰心驚，並對自己說：「如果牠真的瘋瘋癲癲，該怎麼辦！我幾乎後悔自己沒有去找帽匠了！」

一條筆直的路，暫時走進一條圓形的路，繞了一圈又回到原路。請參閱：Fernando J. Soto, in *The Carrollian* (Spring 1998)。當然，最簡單的解釋當然還是田尼爾沒有注意到愛麗絲已經「朝著三月兔住的地方走過去」。

⓭ 從純粹數學的角度看來，「有笑臉沒有貓」（grin without a cat）並不算太差勁的描述詞。儘管數學定理通常可以應用於外在世界的結構，用英國哲學家羅素（Bertrand Russell）令人難忘的那一句話說來，那些定理其實隸屬於另一個「遠離熱烈人情的」領域，「也遠離了自然的可悲事實……那是一個井然有序的宇宙，純粹思想在那裡可以安居於它原來的住家，而且至少是我們較為高貴的本能之一，在那裡也能夠逃離真實世界，避免在真實世界裡枯燥地流亡。」

數學物理學家向來喜愛用卡洛爾的相關辭彙來替各種東西命名。所謂「愛麗絲把手」（Alice handle），是指某個具有不可定向性的「蟲洞」，任何穿越它的東西原先所具有的「掌性」（chirality）都會被逆轉，而擁有這種蟲洞的「假設性宇宙」就是「愛麗絲宇宙」（Alice universe）。一個電荷如果只有量值，但是並沒有一直都可以辨認的極性，那就是柴郡電荷（Cheshire charge）。在「玻色－愛因斯坦凝聚」（Bose-Einstein condensate）向量中的半量子漩渦，則是被稱為「愛麗絲線」（Alice string）。

近來，法國格勒諾布爾市（Grenoble）勞厄-郎之萬研究所（Institut Laue Langevin）的科學家們首度成功地將分子與它的某種物理性質分離，創造出一種他們稱之為「柴郡貓量子」（quantum Cheshire Cat）的物質，做法是把「中子束」與「磁矩」（magnetic moment）分離開來。在超流體物理學裡面，所謂「怪物」（boojumis）*，是氦-3（helium-3）這個超流體在某個階段中會出現在表面的某種幾何圖案。至於就理論物理學來講，「卡洛爾分子」（the Carroll particle）是一種相對性的分子模型，在這模型的限制之下，光的速度會變成零。這種分子不會移動，而且這是根據紅心王后的一句：「妳懂的，在這裡妳得拼命地跑，才能夠留在原地。」來命名的。

＊指那些像「蛇鯊」一樣的怪物。

哈利・佛尼斯（Harry Furniss）繪。1908 年

第七章

瘋狂茶會

屋前樹下擺了一張桌子，三月兔與帽匠[1]在桌邊喝茶，一隻睡鼠[2]坐在兩者之間睡得很沉，他們倆把牠當成靠墊，將手肘擺在牠身上，隔著牠在聊天。「睡鼠應該很不舒服吧？」愛麗絲心想，「不過，既然牠在睡覺，我想牠大概不介意。」

桌子很大，但他們三個都擠在一個角落。他們看到愛麗絲走過去，對她大聲說：「沒位子啦！沒位子啦！」愛麗絲生氣地說：「位子還很多！」接著她就坐進了桌子一頭的大扶手椅。

「喝點葡萄酒吧。」三月兔殷勤地說。

愛麗絲看遍桌面，只看到茶[3]。她說：「沒有酒啊。」

「是沒有。」三月兔說。

「那你還叫我喝，沒禮貌。」愛麗絲怒道。

① 我們有充分的理由相信田尼爾採用了卡洛爾的建議，把帽匠畫成類似牛津鎮附近傢俱商席奧菲勒斯・卡特（Theophilus Carter）的模樣（儘管當時坊間盛傳帽匠是葛雷斯東首相〔Gladstone〕的諧仿，但始終沒有任何真實的根據）。卡特被當地人稱為「瘋帽匠」，或許是因為他總是戴著一頂高帽，也因為他總是有些古怪的觀念。他曾經發明過一張「鬧鐘床」，叫醒人的方式是把床上的人丟到地板上（1851 年，那一張床曾經在水晶宮〔Crystal Palace〕*1 裡展出），而這也許有助於瞭解卡洛爾筆下的帽匠為何如此在意「時間」，同時總是要把睡覺的睡鼠吵起來。讀者也會注意到這一章有許多關於傢俱，包括桌子、扶手椅與書桌的顯著描寫。

*1 1851 年倫敦海德公園舉行一場國際性大型展覽會，水晶宮是鋼骨結構的玻璃材質展館。

帽匠、三月兔與睡鼠都沒有出現在原稿的《愛麗絲地底冒險記》裡面，這一整章都是後來加進去的。後來到了《愛麗絲鏡中奇緣》第六章，三月兔與帽匠又分別以國王海爾（Haigha）與海特（Hatta）*2 的身分再度出現。到了 1933 年，派拉蒙電影公司推出電影版《愛麗絲夢遊仙境》時，飾演帽匠的是演員愛德華・艾佛瑞特・

霍頓（Edward Everett Horton），三月兔則是查爾斯・拉格斯（Charles Ruggles）。而在迪士尼於 1951 年推出的動畫版《愛麗絲夢遊仙境》中，則是由艾德・溫恩（Ed Wynn）幫帽匠配音，三月兔的配音者則是傑瑞・柯隆納（Jerry Colonna）。

*2 海爾與海特的發音分別相似於兔子（hare）與帽匠（hatter）。

諾伯特・維納（Norbert Wiener）在他的自傳《曾為神童》（*Ex-Prodigy*）第十四章裡面提及：「想描述哲學家羅素是不可能的，除非拿出瘋帽匠來舉例……我們幾乎可以說田尼爾的諷刺畫預示了羅素的出現。」維納還說，跟羅素一樣在劍橋大學任教的兩位哲學家麥塔加（J. M. E. McTaggart）與摩爾（G. E. Moore）則是分別很像田尼爾筆下的睡鼠與三月兔。劍橋的人都把他們稱為「瘋狂茶會的三大天王」（the Mad Tea Party of Trinity）。

「瘋帽匠到底是誰」這個問題，後來又出現一個新答案：他叫做薩謬爾・歐格登（Samuel Ogden），是個外號叫做「瘋狂山姆」的曼徹斯特帽匠，當俄國沙皇於 1814 年造訪倫敦時，歐格登還曾特別幫他設計過一頂帽子。請參閱：Ellis Hillman, "Who Was the Mad Hatter?" in *Jabberwocky* (Winter 1973)。

上述文章的作者艾利斯・希爾曼也猜測，如果把「瘋狂帽匠」（Mad Hatter）的 "H" 拿掉，聽起來就像「瘋狂的算術者」（Mad Adder）。他說，所以帽匠這角色也可能是暗指某位數學家，例如卡洛爾自己，抑或因為想要發明某種複雜計算機而變得有點瘋狂的劍橋大學數學家查爾斯・貝比

「妳沒被邀請就坐下，一樣沒禮貌。」三月兔說。

「我可不知道這桌子只有你們能坐，」愛麗絲說，「能坐得下的遠遠超過三個人。」

「妳的頭髮該剪了。」[4]帽匠說。他已經好奇地看著愛麗絲好一會兒了，這才開口。

「你應該學著不要做人身攻擊，」愛麗絲用嚴肅的口吻說，「這樣很不禮貌。」

這句話讓帽匠聽得瞠目結舌，但他只說了一句：「為什麼烏鴉像書桌？」[5]

「好耶！這應該好好玩！」愛麗絲心想，「很高興他們開始問我謎語，」於是她大聲說：「我想我猜得出來！」

「妳是說，妳能找出答案？」三月兔問她。

「一點也沒錯。」愛麗絲說。

「那妳就該把想法說出來。」三月兔接著說。

「我說啦!」愛麗絲急著答話,「至少我說的就是我的想法,不都一樣嗎?你知道的。」

「一點也不一樣!」帽匠說。「難道『我看見我吃的』跟『我吃我看見的』一樣?」

三月兔在旁邊幫腔:「難道『我喜歡我得到的』跟『我得到我喜歡的』也一樣?」

睡鼠也補了一句,牠似乎邊睡邊說:「難道『我睡覺時呼吸』跟『我呼吸時睡覺』還是一樣?」

吉(Charles Babbage)。

修・羅森(Hugh Rawson)在他的《偏僻的辭源》(Devious Derivations,1994 年出版)一書裡面寫道,小說家薩克萊曾在他的作品《潘德尼斯傳略》(Pendennis,1849 年出版)用過「跟帽匠一樣瘋狂」的說法。一位新斯科細亞(Nova Scotia)的法官湯瑪斯・錢德勒・海利伯頓(Thomas Chandler Haliburton)在《鐘匠》(Clockmaker,1837 年出版)一書裡面也曾寫過這樣一句話:「莎兒姑娘……走出房間,像個帽匠似地快急瘋了。」

❷ 英國睡鼠是一種住在樹上的齧齒類動物,外型近似一隻小型的松鼠,卻沒那麼像老鼠。睡鼠的名稱源自於拉丁文 "dormire"(睡覺),這與睡鼠的冬眠習性有關。與松鼠不同之處在於,睡鼠是夜行性動物,所以即便在五月(也就是愛麗斯冒險故事發生的那一個月),白天時牠們還是在昏睡的。根據《追憶威廉・麥可・羅塞提》(Some Reminiscences of William Michael Rossetti,1906 年出版)一書,睡鼠這個角色也許是以但丁・加百列・羅塞提(Dante Gabriel Rossetti)養的那一隻寵物袋熊為藍本,牠有在桌上睡覺的習慣。卡洛爾與羅塞提一族都認識,偶爾會造訪他們家。

塞爾文・古艾柯注意到,在茶會上我們還看不出這一隻睡鼠的性別,但是到了第十一章,就會知道「牠」是一隻公睡鼠。

來自英國的 J. 里托（J. Little）寄了一張英國發行的英國睡鼠郵票給我，郵票上註明睡鼠是一種瀕臨絕種的動物。這張郵票的發行時間是 1998 年 1 月。

❸ 卡洛爾與田尼爾顯然都忘記了，還有一個牛奶罐也在桌上。我們是因為後來三月兔在茶會上把牛奶罐打翻了，才知道它的存在。

❹ 在維多利亞時代，沒有人會跟任何一個小女孩說「妳的頭髮太長了」；不過，卡洛爾自己的頭髮倒是真的太長了。請參閱：R. B. Shaberman and Denis Crutch, *Under the Quizzing Glass*。從小就與卡洛爾成為朋友的女演員伊莎・包曼曾回憶道：「路易斯・卡洛爾的身高中等。我認識他的時候，他的頭髮是銀灰色，留得比一般人都還長，此外還有一對深藍色的眼睛。」請參閱：請參閱：伊莎・波曼，《路易斯・卡洛爾的故事》。

❺ 瘋帽匠並未說出答案的那一則謎語，在卡洛爾的時代非常有名，而且成為了茶餘飯後的熱議話題。關於這個謎語，他自己的答案出現在為 1896 年版小說寫的新序：

常有人問我：帽匠的謎語真的有答案嗎？因此我也許最好在這裡

帽匠對睡鼠說：「對你來講是一樣的。」他們的對話就此打住，大夥兒沉默片刻，此時愛麗絲心裡想著關於烏鴉與書桌的一切，但她能記得的不多。

帽匠打破沉默。「今天是這個月的幾號？」他轉身對愛麗絲說。這時帽匠先把懷錶掏了出來，看錶時顯得很不安，有時搖一搖，又拿到耳邊聽。

哈利・佛尼斯（Harry Furniss）繪。1908 年。

愛麗絲夢遊仙境與鏡中奇緣

愛麗絲想了一下，對他說：「四號。」[6]

「錯了兩天！」帽匠嘆著氣說，接著他怒視三月兔，又補了一句：「早跟你說奶油不適合拿來修理懷錶！」

「那是**最棒的**奶油。」三月兔怯懦地說。

「是最棒的，但肯定有一些麵包屑混了進去，」帽匠咕噥地說，「你不該拿切麵包的刀來抹奶油的。」

三月兔拿起懷錶，悶悶不樂地看著，然後把錶浸到他那一杯茶裡面，接著拿起來看一看。不過，他想不出還有什麼更好的話可以說，於是把剛剛的話又說了一遍：「那是**最棒的**奶油，你知道的。」

愛麗絲有點好奇，一直從他背後看著。「多奇怪的錶[7]啊！」她說，「上面有月份和日期，但卻沒有時間！」

把自己認為相當合理的答案公布出來：「因為烏鴉雖然跟書桌一樣都扁扁的，牠也會發出一些聲音[*1]；還有，牠也跟書桌一樣，絕對不能夠前後顛倒！」不過這答案只是事後想出來的；當初我發明這個謎語時，它根本沒有答案。

＊1「發出一些聲音」的原文是 "produce a few notes"，但也可以解釋為「用來寫一些字條」。

也有人提供其他答案，最知名的解答者之一是美國解謎專家山姆・洛伊德（Sam Loyd），答案出現在他的遺作《謎語百科全書》（*Cyclopedia of Puzzles*，1914 年出版）的第 114 頁裡。洛伊德維持卡洛爾常用的押頭韻風格，提出了最佳解答：因為烏鴉與書桌的 "notes" 都不是音符。洛伊德也提供了其他答案：因為詩人愛倫坡（Poe）「在書桌上創作，也曾寫過一首叫做〈烏鴉〉的詩[*2]」；因為「兩者都有 bills 和 tales[*3]」；因為兩者都用腳站立，書桌把鋼鐵的材質掩藏起來，烏鴉也要把偷來的東西藏好[*4]，而且書桌應該緊閉起來，烏鴉則是該閉嘴[*5]。

＊2 原文是 "Poe wrote on both"，介係詞 "on" 可以解釋為「在……上面」，也有「以……為主題」的意思。

＊3 書桌可以用來放帳單和故事書，但是 "bills" 也指鳥嘴，"tales" 則是與 "tails"（鳥尾）諧音。

＊4 "steels"（鋼鐵）和 "steals"（臟物）諧音。

＊5 緊閉與閉嘴都是 "shut up"。

1989 年，英國的路易斯・卡洛爾學會舉辦了一次競賽，徵求新的謎底，結果都刊登在該會會刊《蛇尾怪獸》（*Bandersnatch*）上。

阿道斯・赫胥黎（Aldous Huxley）曾經提供過兩個沒有道理的答案：因為 "writing desk" 與 "raven" 這兩個字裡面都有 "b"，也都沒有 "n"，請參閱：Aldous Huxley, "Ravens and Writing Desks" in *Vanity Fair*, September 1928。詹姆斯・米奇（James Michie）也提供了一個類似的答案：因為兩者都以 "e" 開頭。赫胥黎為自己的答案辯護說道：瘋帽匠的謎題跟「上帝存在嗎？」「我們有沒有自由意志？」「為何人類會受苦受難？」等形上學問題一樣，都是沒有意義的，都是「荒謬的謎題，問題本身與真實無關，而是關乎字詞」。

讀者大衛喬德瑞二世（David B. Jodrey, Jr.）提供的答案是：「兩者都有黑壓壓的羽毛[*1]」。西瑞爾・皮爾森（Cyril Pearson）所寫的《二十世紀標準謎語》*Twentieth Century Standard Puzzle Book*，出版年月不詳）裡提供的答案是：「因為烏鴉會拍拍翅膀溜走[*2]」。

[*1] "quills" 指羽毛，也是古代人用來當筆的羽毛管。

[*2] "slopes with a flap" 這句話也適用於書桌，因為 "flap" 也指書桌上那一塊活動的寫字板，那寫字板是斜斜的（slopes）。

丹尼斯・克拉奇曾經提出一個驚人的發現：在 1897 年版小說的序言裡，卡洛爾顯然是故意把 "raven"（烏鴉）倒著寫成了 "nevar"[*3]。這個字在後來印刷時都被改成了 "never"（絕對不能），也許修改者是某個覺得自己抓到錯字的編輯。然而這項修正毀了這個深具獨創性的答案，不久後卡洛爾也去世了，所以從來沒有人把那個字改回 "nevar"，而且我們無從得知卡洛爾是否知道自己的巧妙解答被人毀掉。請

「為什麼要有時間？」帽匠咕噥地說，「難道妳的錶看得出今年是哪一年嗎？」

「當然看不出來，」愛麗絲毫不猶豫地答道，「但那是因為有好長一段時間都是停留在同一年啊。」

「剛好跟我的情況一樣。」帽匠說。

愛麗絲困惑極了。帽匠講的每個字她都聽得懂，但就是搞不清他的意思。她用最客氣的口吻說：「我不太明白你的意思。」

「睡鼠又睡著了，」帽匠說，然後他在睡鼠的鼻子上倒了一點茶。

睡鼠不耐煩地甩甩頭，張開眼睛說：「當然，當然，我也正打算那麼說。」

「妳猜出答案了嗎？」帽匠再次轉身對愛麗絲說。

「沒有，我放棄了，」愛麗絲答道，「答案是什麼？」

「我壓根都不知道。」帽匠說。

「我也是。」三月兔說。

愛麗絲厭煩地嘆道：「我想你們該把時間拿來做更有用的事，不要浪費它，淨說一些沒有答案的謎題。」

「如果妳跟我一樣和時間熟得很，」帽匠說，「妳就不會說浪費它。應該說他。」

「我不知道你的意思。」愛麗絲說。

「妳當然不知道，」帽匠說，他不屑地甩甩頭，「我敢說妳甚至沒跟時間說過話！」

參閱克拉奇的文章：*Jabberwocky* (Winter 1976)。

*3 原文 "it is nevar put with the wrong end in front!"，這句話的意思是「絕對不能前後顛倒」，但如果不把 "nevar" 當成 "never" 的錯字，意思就變成「"nevar" 這個字是前後顛倒的」。

1991 年，英國的《觀察家週刊》（*The Spectator*）把瘋帽匠的謎語當成週刊的 1683 號競賽的題目，該年 7 月 6 號週刊公佈了登所有獲勝者的答案與姓名：

因為如果沒有兩者，小說《美麗新世界》（*Brave New World*）就寫不出來了。（答題者：洛伊·戴文波特〔Roy Davenport〕）

因為烏鴉會啪啪啪飛走，書桌則是有寫字板。（答題者：彼得·維爾〔Peter Veale〕）

因為書桌可以用來寫書，烏鴉會咬騙子。（答題者：喬治·西莫斯〔George Simmers〕）

因為書桌是歇筆處，烏鴉則是鷦鷯的天敵。（答題者：東尼·威斯頓〔Tony Weston〕）

因為烏鴉一詞有五個字母（letters），書桌裡一樣也可能會有五封信（letters）。（答題者：羅傑·巴若塞爾〔Roger Baresel〕）

因為烏鴉會把死屍分解，書桌則是用來寫作的。（答題者：諾艾爾·派提〔Noel Petty〕）

因為烏鴉的嘴不饒人，書桌裡的帳單一樣也不饒人。（答題者：M.R. 麥金泰爾〔M. R. Macintyre〕）

因為烏鴉會在橡樹林中啪啪啪飛翔，書桌的寫字板則是橡木做的。（答題

者：J. 泰巴特〔J. Tebbutt〕）

《烏鴉與書桌》（*The Raven and the Writing Desk*，1976 年出版）作者法蘭西斯・赫胥黎（Francis Huxley）提供另外兩個答案：

因為烏鴉的嘴會傷人，書桌裡積欠的帳單也會。

因為「烏鴉」與「書桌」這兩個詞裡面各藏了一條河：涅瓦河（Neva）和艾斯克河（Esk）。

6 愛麗絲在這裡說出當天是 4 號，而且透過前一章我們已經知道當時是 5 月，兩者湊在一起就顯示出愛麗絲是在 5 月 4 日進入地底歷險的。愛麗絲・里德爾生於 1852 年，生日就是 5 月 4 日。1862 年，卡洛爾初次述說故事，並且紀錄下來，當時她十歲，但我們幾乎可以肯定故事裡的愛麗絲是七歲（請參閱《愛麗絲鏡中奇緣》第一章注釋 2）。在卡洛爾親手書寫送給愛麗絲的故事草稿裡，也將他在 1859 年幫愛麗絲拍的照片黏在最後一頁上面，拍攝這張照片的那一年，愛麗絲就是七歲。

在《白騎士》（*The White Knight*）一書裡面，作者泰勒（A. L. Taylor）指出，陰曆與陽曆剛好相差兩天。泰勒認為，瘋帽匠的懷錶是以陰曆為標準，這足以解釋他說的：「錯了兩天！」如果書中的「仙境」位於地心，泰勒表示，太陽的位置不能用於報時，不過月亮的陰晴圓缺還是非常明確的。能夠支持此一猜測的，是 "lunar"（月球的）與 "lunacy"（瘋狂）向來被認為息息相關；不過我們很難相信卡洛爾曾經想過這一點。

「也許沒有，」愛麗絲小心翼翼地答道，「不過，我知道我學音樂時總是要按照時間來打拍子。」

「啊！這就對了。」帽匠說，「他最受不了拍打了。妳看，只要妳能跟他好好相處，他就會讓時鐘幾乎完全按照妳的意思去走。例如，假設現在是早上九點，該上課了，妳只要低聲對時間下個暗號，一眨眼時針就會開始轉圈圈！下午一點半，該吃午餐了！」

（「我還真希望能這樣。」三月兔低聲自言自語。）

愛麗絲若有所思地說：「那當然很棒，但你也知道，那時候我應該還不餓。」

「時鐘剛開始走到一點半時，也許妳還不餓，」帽匠說，「但妳想讓時間停留多久都可以。」

愛麗絲問道：「你向來都是這樣安排的嗎？」

帽匠悲傷地搖頭回答：「我不是！去年三月我們吵架了，妳知道的，就在他發瘋之前，」他用茶匙比了一下三月兔，「當時我們正在參加紅心王后舉辦的盛大演唱會，我演唱的歌曲是：[8]

『一閃一閃好忙碌！
滿天都是小蝙蝠！』

也許妳聽過這一首歌吧？」

「我聽過類似的。」愛麗絲說。

「妳知道的，下面還有，就像這樣」帽匠接著唱下去：

掛在天上飛來飛去，
好像茶盤丟來丟去！
一閃一閃──』」

哈利‧朗崔（Harry Rountree）繪。1916 年。

[7] 在卡洛爾筆下，還有一支更有趣的錶，它就叫做「怪錶」（Outlandish Watch），主人是小說《西爾薇與布魯諾》第二十三章裡面那一位德國教授。只要把錶的指針往回調，就能讓所有事件都回到指針所指的那一個時間，而且有趣的是這也預示了 H.G. 威爾斯的小說《時間機器》（The Time Machine）。但「怪錶」的功用不只如此：只要按下錶上的「逆轉栓」，所有的事件會開始往回逆轉，有點像是用鏡子來映射時間線，得出完全相反的影像。

藉此我們也聯想到卡洛爾曾寫過一篇作品，證明一個已經停下來的時鐘，若是與一個每天慢一分鐘的時鐘相比，還是比較準確。停下來的時鐘每二十四小時會有兩次是準確的，另一個鐘則是每兩年只會準確一次。卡洛爾還說，「接下來，也許有人會問我：『我們要怎樣才能知道已經八點鐘了？我的鐘可做不到。』要有耐心。如果你知道當八點鐘來臨時，你的時鐘就是準確的，那很好。規則如下：請緊盯著時鐘，等到它是準確的那一刻，那就是八點鐘了。」*

*這一段話感覺起來像是卡洛爾在耍嘴皮子，並不是真正回答了問題。

[8] 帽匠的歌謠仿了珍‧泰勒（Jane Taylor）的名詩〈小星星〉（The Star）：

一閃一閃小星星，
到底你是啥東西！
高掛在世界之外，
彷彿空中的星鑽。

等到艷陽已西下，
空中變得黑漆漆，
你的微光才閃爍，

閃啊閃啊一整夜。

夜裡趕路的旅人
感謝你的小小光芒：
讓他們分出南北西東，
只因你總是閃個不停。

你始終待在深藍夜空，
常透過窗簾偷偷看我，
因為直到太陽放光明，
你都不用閉上眼睛。

小小光芒是如此明亮，
為黑暗中的旅人帶路，
雖然我不知道你是誰，
一閃一閃小星星。

卡洛爾的諧仿之作也許暗藏了專業喜劇演員們所謂的「圈內人的笑話」。因為卡洛爾有個牛津大學的好友叫做巴瑟洛謬・普萊斯（Bartholomew Price），他是個知名的數學教授，被學生取了「蝙蝠」的外號。無疑的，他的授課內容對於台下的學生來講，就像蝙蝠一樣「掛在天上飛來飛去」，難以理解。

此外，卡洛爾寫這首詩的靈感，也可能來自赫爾穆・葛恩宣（Helmut Gernsheim）在《攝影家路易斯・卡洛爾》（*Lewis Carroll: Photographer*）一書裡面所描述的事件：

> 每當小朋友們來他寬敞住處玩的時候，卡洛爾這一位沉穩的基督教堂學院教授才會鬆懈下來，那裡可真是孩子們的天堂。裡面有各種很棒的玩偶和玩具，一面哈哈鏡，一隻可以上發條的熊，還有一隻他自製的蝙蝠模型。那蝙蝠曾經讓他非常尷尬，因為在某個炎熱的夏天午後，蝙蝠在他的房間裡盤旋了好幾圈，突然飛出窗戶，此時有個大學的僕人拿

此時睡鼠甩甩身子，開始邊睡邊唱：「一閃，一閃，一閃，一閃──」，接著牠又唱個不停，唱到被掐了一下才停。

「唉，我連第一節都還沒唱完，」帽匠說，「王后就跳起來咆哮，『他在謀殺時間 9 啊！給我砍掉他的頭！』」

「多麼野蠻殘忍啊！」愛麗絲大聲說。

「自從那件事之後，」帽匠用哀傷的語調繼續說，「他就再也沒有照我的話去做了。現在，時鐘永遠都是指向六點。」

愛麗絲的腦海掠過一個念頭。「這就是你們在桌上擺那麼多茶具的理由嗎？」她問道。

「是啊，沒錯。」帽匠嘆道，「時間就這樣永遠停留在午茶時間 10，我們也喝個不停，沒有空檔可以洗茶具。」

「我想，你們會一直移動位置吧？」愛麗絲說。

「就是啊！」帽匠說，「每當喝完茶，吃完點心後。」

「但是，等到你們又回到最開始的位子時，會怎樣？」愛麗絲鼓起勇氣問道。

「換個話題好不好？」三月兔打了個哈欠，開始插話，「這話題讓我有點煩了。我提議，請這位小姑娘跟我們說個故事。」

愛麗絲慌了起來，她說：「恐怕我沒什麼故事可以說。」

「那就叫睡鼠說吧！」帽匠與兔子都大聲說，「醒醒啊，睡鼠！」接著他們同時從兩邊掐睡鼠。

睡鼠慢慢張開眼睛。「我沒睡。」牠用粗糙而微弱的聲音說，「你們說的話我都聽到了。」

「說個故事來聽聽！」三月兔說。

「是啊！拜託嘛！」愛麗絲說。

「而且要說快一點，」帽匠補了一句，「否則妳還沒說完就又睡著了。」

「很久很久以前，有三個姊妹，」睡鼠一開始就說得很快，「她們叫做艾兒西、萊西，還有提莉[11]。她們住在井底⋯⋯」

愛麗絲說：「那她們靠吃什麼過活呢？」她對與飲食的相關問題總是很有興趣。

一兩分鐘過後，睡鼠說：「靠吃糖漿。」[12]

著茶盤穿越湯姆方庭（Tom Quad），蝙蝠剛好掉在他的茶盤上。僕人被那奇怪的鬼東西嚇一跳，托盤脫手而出，隨之而來的是一陣劈哩啪啦的茶具碎裂聲。

⑨ 所謂「謀殺時間」，是指打亂了歌曲的韻律。

⑩ 史黛芬妮・勒維特寫信告訴我，五點鐘的下午茶是從 1840 年代開始，於英格蘭地區開始流行起來的社交活動。然而，帽匠、睡鼠與三月兔的茶會似乎是一種「兒童茶會」（nursery tea），也就是在六點鐘幫兒童準備的少量餐點。也有可能是維多利亞時代知名家務專家伊莎貝拉・比頓（Isabella Beeton）推薦的「小型家庭茶會」（Little Teas for the family）。請參閱：Jane Pettigrew, *A Social History of Tea* (The National Trust, 2001), page 141。

亞瑟・史丹利・愛丁頓（Arthur Stanley Eddington）與其他比較不知名的相對論專家都曾經表示，這一場永遠維持在六點的瘋狂茶會，很像威廉・德西特（William De Sitter）提出來的「宇宙模型」裡面時間永遠靜止的部分。請參閱愛丁頓的專書：*Space Time and Gravitation*, Chapter 10。

⑪ 這三位小姊妹就是里德爾家的三姊妹。艾兒西就是 L.C.（羅芮娜・夏綠蒂的縮寫）；提莉則是暗指伊荻絲在家中的小名瑪提姐（Matilda）；最後只要把萊西的字母順序調換一下，就變成愛麗絲。

這是卡洛爾第二次利用「里德爾」一詞的雙關語。他第一次利用「里德爾」（Liddell）與「小」（little）的發音近似，

是在這本小說的序言詩裡面，他在第一段用了三次「小小」暗指下一段詩句的「殘酷的三個小孩」。我們之所以知道「里德爾」這個姓氏應該怎麼唸，是因為卡洛爾那個時代的牛津學生曾經創作出下面這一組對句：

我是院長，這是里德爾夫人。

她是首席，我是二號提琴手。

（I am the Dean and this is Mrs. Liddell.

She plays the first, and I the second fiddle.）

基於未知理由，田尼爾並未幫里德爾家三姊妹畫畫。彼得・紐威爾（Peter Newell）曾經畫出她們三個在井底的模樣，請參閱我編注的書籍：《增訂注釋版：愛麗絲小說》第 90 頁。

⑫ 在英式英文裡，糖漿是 "treacle"，而非 "molasses"。在卡洛爾那個時代，牛津附近的賓西村（Binsey）的確有一口「糖漿井」，第一個告訴我這件事的，是家住牛津的薇薇安・葛林（Vivien Greene；小說家格雷安・葛林〔Graham Greene〕的妻子），後來家住麻薩諸塞州的摩斯太太（Mrs. Henry A. Morss, Jr.）也告訴我類似的訊息。糖漿本來是用來治療蛇咬、中毒與各種疾病的藥水。有時候，某些井水因為人們相信具有療效，所以那些井就被稱為「糖漿井」。這當然也就讓睡鼠於後面的那一句話（他說，她們「病得很重」）變得更有意義。

麥薇絲・貝提（Mavis Batey）寫的《愛麗絲牛津歷險記》（*Alice's Adventures in Oxford*，1980 年出版）一書曾經提及八世

「那不可能，你知道的。」愛麗絲輕聲說，「她們會生病的。」

「她們的確生病了，」睡鼠說，「病得很重。」

愛麗絲試著想像一下怎麼用那種奇特的方式過日子，但實在是有太多疑問，所以她接著說：「但她們為什麼要住在井底呢？」

「再多喝一點茶吧。」三月兔熱心地對愛麗絲說。

「我到現在為止什麼都還沒喝，」愛麗絲用一種很受傷的語調說，「所以沒辦法多喝一點。」

「妳是說妳不能少喝一點吧？」帽匠說，「既然什麼都沒喝，想要**多喝一點**實在太容易了。」

「沒有人要你給意見。」愛麗絲說。

「現在是誰在做人身攻擊啊？」帽匠得意地說。

愛麗絲無言以對，所以她自己倒了一點茶，拿了一點奶油和麵包，然後轉身對睡鼠把問題覆述一遍：「她們為什麼要住在井底？」

睡鼠想了一兩分鐘才說：「那是一口糖漿井。」

「哪有那種鬼東西！」愛麗絲很生氣，但帽匠與三月兔都發出「噓！噓！」的聲音，睡鼠繃著臉說：「如果妳不能有禮貌一點，乾脆妳自己把故事講完吧？」

「不要嘛！拜託繼續講下去！」愛麗絲低聲下氣地說：「我不會再插嘴了。我敢說，也許真的有一口糖漿井。」

「當然有一口啊！」睡鼠說，牠的語氣憤怒，但同意繼續說下去，「所以這三個小姊妹，你們知道的，她們都在學打……」

愛麗絲把自己的承諾忘得一乾二淨，她說：「她們打什麼？」

這次睡鼠不假思索就說了：「打糖漿。」

「我想要換個乾淨的杯子，」帽匠說，「我們都換個位子吧。」

他邊說邊移動，睡鼠也跟著動了起來，所以三月兔挪到睡鼠的位子上，愛麗絲不太情願，但也挪到三月兔的位子。只有帽匠在挪位子後佔了便宜，而愛麗絲的位子比先前還糟，因為三月兔剛剛把牛奶罐打翻在盤子裡。

紀的賓西村糖漿井傳奇。艾爾加國王（King Algar）因為追求佛萊茲懷德公主（Princess Frideswide），甚至想要娶她而遭受天譴，上帝讓國王變成瞎子。公主向聖瑪格麗特（Saint Margaret）禱告求情，結果賓西村真的出現了一口神奇水井，裡面的井水可以醫治國王的盲症。後來聖女佛萊茲懷德返回牛津，據悉在基督教堂學院的現址成立了一間女修道院。整個中世紀時期，那一口糖漿井都是很受人們歡迎的取水治病地點。

" They lived on treacle."

查爾斯・羅賓遜（Charles Robinson）繪。1907 年。

佛萊茲懷德就是牛津鎮與牛津大學的守護聖女。牛津鎮聖佛萊茲懷德教堂（St. Frideswide's Church）的門板上面刻了一幅聖女乘船溯泰晤士河而上的圖像，作者是約翰・拉斯金（John Ruskin）的女弟子，也就是才華橫溢的愛麗絲・里德爾──小時候她也曾經在同一條河溯河而上，因此留名千古。她雕刻的作品如今仍在。

更早以前，"treacle" 一詞還有別的意義，一個有趣的例子是，1568 年的時候有一本

知名的《奇特聖經》（Curious Bible；指那些被印刷廠印錯，或者編輯選字方式很奇怪的《聖經》）問世，它就被稱為《糖漿聖經》（Treacle Bible）。在《欽定本聖經》（King James Bible）裡面，〈耶利米書〉第八章第二十二節最開始寫道：「在基列豈沒有乳香呢？」（Is there no balm in Gilead …?）但是到了《糖漿聖經》，那一句話就變成了：「在基列豈沒有糖漿呢？」牛津大學基督教堂學院大教堂的拉丁禮拜堂（Latin Chapel）裡面有一片彩繪玻璃窗，上面的圖畫就是描繪一群病人正在前往賓西村糖漿井的路上（麥薇絲·貝提的《愛麗絲牛津歷險記》一書就收錄了那一片彩繪玻璃的彩色照片）。

照片由瑞克斯·哈里斯（Rex Harris）提供。

⓭《捕獵蛇鯊》一書的插畫家亨利·哈勒戴（Henry Holiday）曾寫信詢問卡洛爾：為什麼所有船員的名字都是以 B 起頭的？結果卡洛爾的答覆是：「為什麼不呢？」

值得注意的是，回答愛麗絲的並非睡鼠，而是三月兔。塞爾文·古艾柯醫生曾經指出：因為「他自己*的名字也是以 M 起頭，而他希望能成為故事的一部分，所以才沒開口問。」

*指三月兔。

愛麗絲不想再惹毛睡鼠，所以她小心翼翼地說道：「但我不太懂。她們從哪裡打糖漿？」

「水井可以打水，」帽匠說，「糖漿井當然就能打糖漿？是吧？真笨。」

愛麗絲不理會帽匠，只是對睡鼠說：「但她們住在井裡耶。」

「當然啊，」睡鼠說，「而且是住在井裡深處。」

可憐的愛麗絲被這答案搞得迷迷糊糊，所以她讓睡鼠接著說下去，先不插嘴。

「她們學著從井裡打各種東西，」睡鼠快睏死了，於是打個哈欠，揉揉眼睛，「只要是字母 M 開頭的……」

「為什麼是字母 M 開頭的？」愛麗絲說。

「為什麼不？」[13] 三月兔說。

愛麗絲不發一語。

此刻睡鼠已經閉上雙眼，打起了盹，但是被帽匠掐了一下就小小尖叫一聲，醒過來繼續講下去：「只要是字母 M 開頭的，像是捕鼠器、月亮、記憶，還有大大，就是『大同小異』[14] 的大。你們見過有人從井裡面撈起大大這種東西的嗎？」

愛麗絲夢遊仙境與鏡中奇緣

「說真的，既然你問我，」愛麗絲真的非常困惑，她說，「我不覺得⋯⋯」

「既然如此，那妳就別開口。」帽匠說。愛麗絲已經受夠了他的無禮，厭惡之餘她起身離開，睡鼠立刻又睡著，帽匠與三月兔根本沒注意到她走了，不過她還是回頭一兩次，多少希望他們能把她叫回去，最後一次回頭時她看見他們正試著把睡鼠放進茶壺裡[15]。

⓮ 塞爾文・古艾柯還提醒我：事實上，因為糖漿（molasses）就是一個以 M 開頭的，所以女孩們當然可以從井裡面「打糖漿」。

「大同小異」一詞在英式英文裡面還是慣用語，意思是至少兩種東西很相像，或是具有相同價值；抑或可以指涉任何一種出現高度相似性的情況。

⓯ 多虧羅傑・葛林的告知，我才發現一個驚人的資訊：維多利亞時代的孩童的確會養睡鼠當寵物，並且把牠們養在鋪了草或者乾草的舊茶壺裡。

莉歐娜・索蘭斯・葛拉西亞（Leonor Solans Gracia）繪。2011 年。

愛麗絲夢遊仙境與鏡中奇緣

「無論如何，我都不會再回那裡去了！」愛麗絲在穿越樹林的時候說，「我這輩子還沒參加過那麼愚蠢的茶會[16]！」

話一出口，她發現樹林裡的一棵樹有門[17]可以進去。「真是奇怪！」她心想，「但我今天遇到的每一件事都很怪。我想我還是趕快進去好了。」說完她就進門了。

路易斯・卡洛爾畫。1864 年。

[16] 所謂「虛擬實境」（virtual reality）這種快速發展的科技剛剛誕生時，就曾經被用來建構瘋狂茶會的虛擬場景。想要體驗虛擬實境的人需戴上頭盔，頭盔裡的兩個視鏡讓眼睛看到一個與電腦程式連線的視效螢幕。此外還要戴上耳機、一件特別的套裝與配備了光纖感應器的手套，藉此讓電腦得知體驗者的身體與雙手是怎樣移動的，還有這些動作會如何改變視覺場景。所以，體驗者才有辦法在一個人造的三度「空間」裡面看東西與移動。體驗者可以選擇扮演愛麗絲的角色，或者瘋狂茶會中的其餘任何角色，而且隨著科技的持續發展，甚至應該可以跟其他角色有所互動。請參閱：Karen Wright, "On the Road to the Global Village" in *Scientific American*（March 1990）；還有：G. Pascal Zachary, "Artificial Reality" in *Wall Street Journal*, January 23, 1990, page 1。

YEW TREE, &c. IN IFLEY CHURCHYARD.

此圖引自約瑟夫・史凱爾頓（Joseph Skelton）寫的《牛津郡古物》（*Antiquities of Oxfordshire*，1823 年出版）一書。

巴瑞‧莫瑟（Barry Moser）繪。1982 年。

她發現自己又回到那個大廳，那一張小玻璃桌就在不遠處。「嗯，這次我不會再犯錯了，」她對自己說，接著就先拿起那一把小小的金鑰匙，打開那一扇通往花園的門。然後她吃了一點蘑菇（她在口袋裡留了一塊蘑菇），直到她的身高變成一英尺高。然後她穿越那一條小小的通道，**接著**發現自己終於進入了那個漂亮的花園，四周佈滿了鮮豔花床與一座座涼爽噴泉。

🔵 根據卡洛爾一開始為原稿版《愛麗絲地底歷險記》畫的插圖，愛麗絲正在看那一扇門。艾麗森‧高普尼克與艾爾維‧雷‧史密斯曾寫過一篇考證詳實的文章，說明卡洛爾是以伊佛利村的紫杉樹（Iffley Yew）當作那一棵樹的藍本。

請 參 閱：Alison Gopnik and Alvy Ray Smith, "The Curious Door: Charles Dodgson and the Iffley Yew" in *Knight Letter* 87 (Winter 2011)。

愛麗絲夢遊仙境與鏡中奇緣

第八章

紅心王后的槌球場

花園入口附近矗立著一棵巨大玫瑰樹，樹上長滿白玫瑰，但有三個園丁正忙著把花漆成紅色的。愛麗絲覺得這件事實在太奇怪，於是走過去看，一靠近就聽見其中某個園丁說：「小心啊，黑桃五！別再像那樣把顏料噴濺到我身上了！」

「我也無可奈何，」黑桃五繃著臉說，「是黑桃七撞到我的手肘。」

一聽見這句話，黑桃七就抬起頭說：「好樣的，黑桃五！你老是把錯怪在別人身上！」

「你最好別說話！」黑桃五說，「我聽王后說，昨天你做了該被砍頭的事！」

「什麼事？」第一個開口的園丁說。

「黑桃二，那不干你的事！」黑桃七說。

「干他的事啊，就是跟他有關！」

❶ 布魯斯‧畢文（Bruce Bevan）寫信向我反映，卡洛爾在寫這一部分情節時，靈感也許是來自於查爾斯‧麥凱（Charles Mackay）於 1841 年發表的一本書《奇異的流行幻覺與群眾瘋狂》（*Extraordinary Popular Delusions and the Madness of Crowds*），其中一章描述關於人們對於鬱金香的狂熱。

有個英格蘭人前往荷蘭旅行，並不知道某些罕見鬱金香品種的價格不斐，隨手拿起了一顆鬱金香的球根，以為是洋蔥就開始剝它。沒想到那一顆球根價值四千弗羅林（florin）。結果那可憐的傢伙被人逮捕囚禁，直到他有辦法付錢給鬱金香的主人。

2 莎翁名劇《亨利六世：第一部》（*Henry VI, Part I*）第二幕第四景是一場描述許多伯爵爭吵的戲碼，在其餘貴族的要求之下，他們必須在兩種玫瑰之間進行選擇：選紅玫瑰代表效忠約克公爵理查·普蘭塔吉奈（Richard Plantagenet），白玫瑰則是效忠桑莫塞公爵（Duke of Somerset）。這也預示了蘭卡斯特家族（House of Lancaster，家徽的圖案是紅玫瑰）與約克家族（House of York；家徽是白玫瑰）之間那一場玫瑰戰爭（War of the Roses）。在戲中，桑莫塞公爵曾經一度提出警告：「摘玫瑰時可別刺到了手指／否則白玫瑰恐怕會被你們的血染紅」。

黑桃五說，「我正要跟他說 —— 因為他本來該拿鬱金香的根給廚子，卻拿成了洋蔥[1]。」黑桃七把手上刷子一扔，他說：「唉，在這麼多沒有天理的事裡面……」結果才開口就碰巧看見愛麗絲在一旁盯著他們，突然間閉上嘴，另外兩個園丁也轉身一看，接著他們三個向愛麗絲深深一鞠躬。

「可不可以告訴我，」愛麗絲有點膽怯地問道，「你們為什麼要幫這些玫瑰花上色？」

黑桃五與黑桃七不發一語，但看著黑桃二。黑桃二低聲說：「小姐，這您也懂得，因為我們應該在這裡種一棵紅玫瑰樹，結果不小心種成了白玫瑰樹[2]。如果王后發現了，您知道的，我們就會被砍頭。所以啊，小姐，我們正在盡力，在她來之前，先……」此刻，先前一直緊張地看著花園另一頭的黑桃五大聲說：「是王后！王后來了！」三個園丁立刻把臉貼到地上。許多腳步聲傳來，愛麗絲東張西望，急著想看看王后的模樣。

愛麗絲夢遊仙境與鏡中奇緣

亞瑟‧瑞克翰（Arthur Rakham）繪。1907 年。

❸ 不同花色代表不同身分：黑桃是園丁，梅花是士兵，方塊是大臣，而紅心則是十個王室的小孩。至於那些花牌當然就是宮廷的王室成員。值得注意的是，在這整章裡，卡洛爾以巧妙的方式描寫那些活靈活現的撲克牌人物，讓他們的行為就像我們在打牌時一樣。他們趴著時總是臉貼著地面，而且從背面無法看出誰是哪一種花色，但很容易就能夠被翻過來，而且也可以彎曲自己的身體，變成槌球的球門。

戴夫 · 亞歷山大的夫人（Mrs. Dave Alexander）在讀過我編輯注釋的《增訂注釋版：愛麗絲系列小說》後來信告訴我，表示她注意到彼得 · 紐威爾在畫插畫時搞錯了，把園丁的花色畫成黑心，而非黑桃。

❹ 麥可 · 漢薛（Michael Hancher）在他那本關於卡洛爾的著作中，曾針對田尼爾為這一章畫的插畫進行令人欽佩的精湛分析。看起來稍微有一點酒糟鼻的紅心傑克手裡拿的（關於他的酒糟鼻請參閱《愛麗絲夢遊仙境》第十二章注釋7），是英國王室的聖愛德華王冠（St. Edward's crown）。在畫紅心國王與紅心傑克（打牌的人都知道，紅心傑克是兩位獨眼傑克之一）時，田尼爾當然是參考了撲克牌才畫出他們的頭。出現在紅心國王左手邊的，是黑桃國王、梅花國王與獨眼的方塊國王，不過方塊國王的臉是面向東邊，而不像一般撲克牌上那樣，都是臉朝西邊。

紅心王后那身洋裝的花紋比較像是黑桃王后的洋裝。漢薛問道：田尼爾是故意這樣畫，讓她成為傳統上被認為與死亡有關聯的那張撲克牌嗎？值得注意的是，這插畫後面遠方的背景裡畫了座玻璃圓頂溫室。

首先走過來的是十個手拿棍棒的士兵，他們的身形都跟三位園丁一樣是扁平的長方形，手腳在長方形的四個角落，接著出現的是十個朝臣，身上到處是方塊的裝飾，跟士兵一樣以兩人一排行進。再來則是王室的小孩，一共十個，這些小可愛們高興地蹦蹦跳跳，一路都是倆倆手牽手，他們身上的裝飾都是紅心❸。然後是賓客，大多是國王與王后，愛麗絲認出白兔就在其中，牠講話講得又急又緊張，不管旁人說什麼牠都露出微笑，經過愛麗絲時並未注意到她。跟在後面的是手捧深紅色絲絨墊子的紅心傑克，墊子上擺著國王的王冠。排在這華麗隊伍的尾端，最後面才現身的則是紅心國王與王后❹。

愛麗絲心裡猶豫著是否該像園丁們那樣趴下，把臉貼地，但是印象中她可沒聽過這種規矩，而且令她感到納悶的是，「如果大家都臉貼地趴著，看不見遊行隊伍，那為什麼還要遊行？」所以她還是站著等待。

走到愛麗絲對面時，隊伍停了下來，大家都看著她，王后厲聲詢問紅心傑克：「這誰啊？」他只是鞠躬，微笑不語。

「白癡！」王后不耐煩地甩甩頭，接著轉身問愛麗絲：「孩子，妳叫什麼名字？」

「回陛下，我叫做愛麗絲，」愛麗絲很有禮貌地說，但是她接著自言自語，「幹嘛啊？他們只不過是一堆紙牌。我不用怕他們！」

「那這些傢伙又是誰？」王后指著趴在玫瑰樹旁邊的園丁們；因為他們趴著，看不見臉，背上圖案跟其他紙牌都一樣，所以她分不出他們到底是園丁、士兵、大臣，或是她的小孩。

「我怎麼知道？」愛麗絲說，連她也對自己的勇氣感到意外，「這不干我的事。」

王后的臉因為暴怒而變紅 [5]，像野獸似的狠狠瞪愛麗絲，一會兒之後大聲吼叫：

在這裡要出一個謎題給大家：請找出藏在畫面中的白兔。

[5] 卡洛爾曾經撰文表示，「根據我自己對於紅心王后的想像，她象徵著某種無法控制的熱情，一種盲目而沒有目標的暴怒。」（請參閱前面多次在注釋中引用的那一篇文章：Alice on the Stage）。因為某些現代的兒童文學批評家主張，為小孩寫的小說應該避免暴力情節，特別是那種具有性暗示的暴力，所以看到紅心王后不斷下令砍人的頭，不免令他們感到震驚。即便是法蘭克・包姆寫的《綠野仙蹤》系列小說特別避開了格林童話與安徒生童話裡的那些恐怖情節，卻還是有許多砍頭的場景。就我所知，到目前都還沒有科學研究顯示孩童會對那些場景有所反應，並且造成心理創傷。我猜，一般的孩子都會覺得這很有趣，根本不會留下任何心理創傷，但是那些在接受心理分析治療的成人則不一定每個都適合閱讀《愛麗絲夢遊仙境》與《綠野仙蹤》。

在《幼童版愛麗絲夢遊仙境》裡面，田尼爾把這個場景裡的王后畫成滿臉通紅。克萊兒・殷霍爾茲（Clare Imholtz）表示，「在《幼童版愛麗絲夢遊仙境》裡面，卡洛爾的確強調王后看起來非常生氣，但是出版社最開始印製的一萬本書卻被他退貨，只因王后的臉被畫得太紅。在 1889 年 6 月 23 日寫給麥克米倫出版社（Macmillan）的信裡面，卡洛爾說：『令我失望透頂的是，這次必須把《幼童版愛麗絲夢遊仙境》的出版延後到聖誕節，但這絕對是有必要的。那些插圖實在畫得太鮮豔俗氣，把整本書搞得好粗俗。那些書都不准在英格蘭販售，如果賣出去了，到目前為止我在大眾面前

盡力維持的聲譽就毀了。伊文斯先生＊必須重新印製一萬本書，將田尼爾的插圖印製成彩色的，而且這次我將親自看一遍書的校樣，如此才能確保印出來的書適合讀者欣賞……光是第44頁那一張〔王后指著愛麗絲的〕圖就足以毀掉這整本書！』」

＊ Edmund Evans 負責把田尼爾的黑白插圖印製成彩色的。

「給我砍掉她的頭！砍——」

「胡說！」愛麗絲大聲說，她的語氣堅定，王后靜了下來。

國王把手搭在王后的手臂上，怯懦地說：「親愛的，考慮一下，她不過是個孩子！」

王后不理他，憤怒地轉身對紅心傑克說：「把他們翻過來！」

紅心傑克小心翼翼地照做了，用一隻腳去翻他們。

「起來！」王后尖聲大喊，三個園丁立刻跳了起來，開始對著國王、王后、王室子弟與所有人鞠躬。

「算了吧！」王后大聲說，「鞠躬鞠得我頭都昏了。」然後她轉身面對玫瑰樹，接著說：「你們在**這裡**幹什麼？」

「回陛下的話，」黑桃二單膝跪地，用卑微的語調說，「我們打算……」

「**我懂了，**」一直都看著玫瑰的王后說。「砍掉他們的頭！」接著隊伍繼續走下去，三個士兵留下來處決不幸的園丁們，不過他們往愛麗絲衝過去，想要尋求保護。

「你們不會被砍頭！」愛麗絲說。她把他們藏到附近的一個大花盆裡，三個士兵四處找了一兩分鐘，然後就靜靜地大步走開，跟在隊伍後面。

「把他們頭砍掉了嗎？」王后大叫。

「回陛下，頭都不見了。」士兵們大聲回答。

「很好！」王后大聲說，「妳會打槌球嗎？」

士兵不發一語，看著愛麗絲，因為王后顯然是在問她。

「會！」愛麗絲大聲說。

「那來吧！」王后大聲咆哮，愛麗絲加入隊伍，心裡很納悶接下來會怎樣。

「今天……今天天氣真好！」她身邊的人膽怯地說。原來白兔在旁邊看著她的臉，很焦慮的樣子。

「天氣很好，」愛麗絲說，「公爵夫人在哪？」

《幼童版愛麗絲夢遊仙境》（1890 年出版）裡的插圖。

6 在卡洛爾的原稿《愛麗絲地底歷險記》，還有親自繪製的素描圖裡面，球槌都是「鴕鳥」而非火鶴。

　　為了把一些耳熟能詳的遊戲翻新，可以用特別的方式去玩，在這之中卡洛爾花了很多時間去創作。他自己曾掏腰包印製過大約兩百份小手冊，裡面大約有二十份就是關於那些有創意的遊戲。他曾自創一種叫做城堡槌球（Castle Croquet）的複雜球賽，也常與里德爾家姊妹們一起玩；關於那種球賽的規則內容，還有其他與遊戲有關的小手冊，請參閱我編纂的書：*Universe in a Handkerchief: Lewis Carroll's Mathematical Recreations, Games, Puzzles, and Word Play* (1996)。

　　「噓！噓！」白兔用焦急的語調低聲說。說話時牠焦慮地往身後看，然後踮起腳尖，在她的耳邊輕聲說：「她被判處死刑了。」

　　「為什麼？」愛麗絲說。

　　「妳是說『多麼可惜！』嗎？」白兔問她。

　　「不是，我沒那麼說，」愛麗絲說，「我不覺得可惜。我是說：『為什麼？』」

　　「她打了王后一耳光……」白兔的話一脫口，愛麗絲小聲笑了出來，白兔用驚恐的語調說：「噓！王后會聽見的！總之，她遲到了，結果王后說……」

　　「各就各位！」王后用大發雷霆似的聲音說，大家開始往四面八方奔跑，許多人撞成一堆，不過最後還是在一兩分鐘內就了定位，比賽就此開始。愛麗絲心想，她這輩子還沒見過這麼奇怪的槌球場。球場上到處都是崎嶇不平的土堆土溝，由活生生的刺蝟充當球，火鶴則是槌子[6]，至於士兵們則是必須彎著腰，用雙手雙腳把身子撐起來，充當球門。

　　一開始，愛麗絲覺得最難的是控制不了她的火鶴；她可以輕易地把牠的身子夾在腋下，任由牠的雙腳下垂，但是每當她把牠的脖子弄直，打算要用鶴頭去撞擊刺

蝟時，火鶴總是會轉頭困惑地看著她的臉，
那表情讓她不禁放聲大笑。等到愛麗絲把
鶴頭往下按，要再擊球的時候，令她氣結
的是，那刺蝟就會把身子攤開，打算要爬
走。除此之外，不管她要把刺蝟往哪個方
向打過去，總是會有土堆或土溝擋住，或
者那些充當球門的士兵總是會站起來，走
到球場上的其他地方，很快愛麗絲就發現
這是一種很困難的比賽。

　　場上的球員都一起擊球，並未等待別
人就開始輪流出手，而且大家吵來吵去，
為了刺蝟而你爭我奪。王后很快地又發起
脾氣，暴跳如雷，大約每隔一分鐘都會說：
「給我砍了他的頭！」或是「給我砍了她
的頭！」

　　愛麗絲開始覺得不安。的確，到目前
為止她還沒有跟王后發生過任何爭執，但
她知道隨時都有可能出事，心裡想著：「況
且，我會有什麼下場呢？他們動不動就要
砍別人的頭。可是奇怪的是，居然還有那
麼多人沒被砍死！」

　　她正在尋思如何逃走，心想離開時要
怎樣才能不被看見，此刻她注意到空中出
現一張奇怪的臉。一開始她覺得很困惑，
但是看了一會兒之後，她發現那是一張咧
嘴而笑的臉，於是她自言自語：「那是柴
郡貓。我終於有可以說話的對象了。」

貓嘴成形之後，柴郡貓立刻問道：「近來可好啊？」

　　愛麗絲等到貓眼也出現，才點點頭。「跟牠講話也沒有用，」她心想，「要等到牠的貓耳現形，至少要有一隻貓耳才可以。」又過了一會兒，整個貓頭都出來了，愛麗絲才把火鶴放下，開始跟牠說起了比賽的事，很高興有傾訴的對象。柴郡貓似乎認為現身的部位已經夠多了，所以就沒讓其他部位繼續出現。

　　「我覺得這比賽根本就不公平，」她跟柴郡貓抱怨，「此外，他們全都在大吵大鬧，吵到每個人都聽不見自己的聲音，還有這球賽似乎沒有任何規則可言。如果真的有規則，也沒有人遵守，而且每一種球具都是活的，你一定不知道這有多讓人心煩。例如，我得把球打進球門，那球門卻站了起來，走到球場的另一個角落。還有剛剛我應該擊中王后的刺蝟，可是牠一看到我的刺蝟滾過去就逃開了！」

　　「妳喜歡王后嗎？」柴郡貓低聲說。

　　「一點也不喜歡，」愛麗絲說，「她非常非常…」此刻她注意到王后就在後面聽她說話，於是愛麗絲接著說，「…可能會贏球，不用打完比賽也知道。」

　　王后笑著走開了。

「妳在跟誰說話？」國王走到愛麗絲身邊問她，好奇地看著那一顆貓頭。

「容我介紹一下，」愛麗絲說，「牠是我的朋友，是一隻柴郡貓。」

「我一點也不喜歡牠的長相，」國王說，「不過，如果牠願意的話，可以親親我的手。」

柴郡貓說：「我可不想。」

「不得無禮，」國王說，「而且不要用那種眼神看我！」說話時他躲到了愛麗絲身後。

「貓也可以看國王，」愛麗絲說，「我曾經在某本書裡面看過，但不記得是哪一本了[7]。」

「哼，一定要把牠弄走，」國王用堅決的口氣說，於是他叫住了剛好經過的王后，「親愛的！可以把這隻貓弄走嗎？」

不管遇到大大小小各種難題，王后都只有一種解決方法。她連看都沒看就說：「砍掉牠的頭！」

「我自己去找劊子手，」國王急著殺貓，說完就匆匆走開了。

[7] 法蘭基・摩里斯（Frankie Morris）表示，愛麗絲讀的那一本書可能是《貓兒可以俯視國王》（*A Cat May Look Upon a King*，1652 年於倫敦出版），作者阿齊博德・威爾頓爵士（Sir Archibald Weldon）在書中嚴厲抨擊歷代英王。而所謂「貓兒可以俯視國王」，則是一個大家耳熟能詳的諺語，意指在下位者遇到了在上位者應該享有某些特權。請參閱：Frankie Morris, *Jabberwocky* (Autumn 1985)。

愛麗絲聽見遠處傳來王后激動的尖叫聲，心想也許她該回到場上，看看比賽進行得怎樣了。她已經聽見三個球員被判處死刑，只因為他們該上場時沒上場，而且她完全不喜歡現在的狀況，根本就搞不清楚是不是輪到她打球了。所以她開始找她的刺蝟球。

而牠正在跟其他刺蝟打架，愛麗絲發現機不可失，正好可以用牠去打另外一隻：唯一的難處是，愛麗絲的火鶴已經跑到花園的另一頭，她可以看到牠想要飛到樹上，卻怎麼飛也飛不上去。

等到她抓到火鶴，把牠帶回來，架已經打完了，兩隻刺蝟都已不見蹤影。「不過這也無所謂，」愛麗絲心想，「因為所有球門都已經到球場的另一邊去了。」所以她把火鶴夾在腋下，以免牠再逃走，然後她又再回去找朋友聊天。

等回到柴郡貓那裡，她驚訝地發現大家正聚在牠身邊，國王、王后與劊子手正在爭論，七嘴八舌的，其他人則是都不發一語，看起來很不安 [8]

愛麗絲夢遊仙境與鏡中奇緣

他們三個一看到愛麗絲現身，全都找她幫忙解決問題，只不過他們搶著把自己的理由說出來，人多嘴雜，她發現很難瞭解他們到底在說什麼。

劊子手說的理由是：除非有身體，否則要怎麼砍頭呢？他說他一輩子沒幹過那種事，也不打算在這個時候破例。

國王則是主張，只要有頭就可以砍，叫劊子手別說廢話了。

王后說，如果她的命令不能立刻執行，那麼她就會處死在場所有人。（就是最後這一句話，讓大家看起來那麼嚴肅而焦慮。）

愛麗絲實在想不出要說什麼，只能說：「貓是公爵夫人的，這件事你們最好去問她。」

「她在監獄裡，」王后對劊子手說，「去把她帶來。」劊子手就健步如飛地走了。

劊子手一走，貓頭也開始漸漸消失，等到他帶著公爵夫人回來，柴郡貓已經完全消失了。因此國王與劊子手發瘋似地找來找去，而其他人則是都回到球場上了。

⑧ 田尼爾在為這一個場景繪製插畫時，非常適切地把劊子手畫成梅花傑克（Knave of Clubs）。

凱特‧佛瑞里葛拉斯‐克洛克（Kate Freiligrath-Kroeker）寫的《愛麗絲與其他童話故事劇作集》（*Alice and Other Fairy Plays for Children*，1880 年出版）一書問世後，瑪莉‧希伯瑞（Mary Sibree）為那一本書所畫的這一張卷首插畫，是《愛麗絲夢遊仙境》裡的角色，第一次出現在田尼爾以外的畫家繪製的插畫裡。

第九章

假海龜的故事

「親愛的老朋友，妳絕對想不到我有多高興再見到妳！」說這句話時公爵夫人熱情地與愛麗絲手挽手，兩人一起走開。

愛麗絲樂於看見她的心情這麼好，心想先前她們倆於廚房相識時，都是因為空氣裡的胡椒才會讓她那麼暴躁。

「等到**我變成**公爵夫人，」她自言自語（不過語調聽起來並未帶著很高的期望），「我一定**不會**在廚房裡擺胡椒。沒有胡椒的湯也很好喝——也許都是因為胡椒，大家的脾氣才都那麼差，」她很高興自己發現了一個新規則，接著她說，「醋害人尖酸刻薄，甘菊[1]害人苦澀激烈，大麥糖[2]之類的東西讓小孩溫柔甜蜜。真希望大家都懂這個道理，如此一來就不會那麼吝嗇了，你知道的……」

此刻她差不多已經忘了公爵夫人，因此當她在耳際聽見公爵夫人的聲音，還有一點被嚇到：「親愛的，妳在想事情，想到都忘了說話。我現在無法跟妳說這其

[1] 在維多利亞時代的英國，「甘菊」（Camomile）是一種從甘菊花提煉而成的苦藥，用處很廣泛。

[2] 大麥糖是一種透明易碎的糖，通常都製作成外表有螺旋紋的棍狀，目前在英國仍能買得到。過去都是用蔗糖加入大麥調味熬煮而成。

中有什麼寓意，但是過一會兒就會想起來了。」

「也許根本沒有什麼寓意，」愛麗絲鼓起勇氣說。

「嘖！嘖！小孩懂什麼！」公爵夫人說，「所有事物都有寓意，只是看我們能不能體會而已。」[3] 說著說著，她把身子緊挨著愛麗絲。

愛麗絲不太喜歡跟公爵夫人靠那麼近，首先是因為她很醜，其次是因為她的身高剛好可以把下巴放在愛麗絲的肩膀上，那尖尖的下巴感覺起來並不舒服。然而，她不想失禮，所以只能盡可能忍耐。

為了繼續交談，愛麗絲隨便找個話題：「現在球賽進行得比較順利了。」

「的確如此，」公爵夫人說，「而這件事的寓意是……『喔，就是愛，就是愛讓這世界能運轉下去的！[4]』」

「我倒是聽某人[5]說過，」愛麗絲低聲說，「如果大家都能把自己的事管好，這世界就能轉得更快一點！」

③ 霍加特（M. J. C. Hodgart）提醒我注意，查爾斯・狄更斯的小說作品《董貝父子》（*Dombey and Son*）第二章裡有這麼一句話：「每一件事物都有寓意，只是看我們自己能不能善用而已。」在潘尼洛優出版社的《愛麗絲鏡中奇緣》（1983 年出版；由畫家巴瑞・默瑟〔Barry Moser〕繪製插畫）裡，詹姆斯・金凱德於注釋中引用卡洛爾所著專題論文《牛津大學基督教堂學院的新鐘塔》（*The New Belfry of Christ Church, Oxford*）的一段話：「每一件事物都有寓意，只是看我們自己要不要去尋找。華茲華斯（Wordsworth）寫的詩有一大半都是充滿寓意，至於拜倫（Byron），就少了一點，而塔柏（Tupper）則是整首詩都有寓意。」

④ 當時有一首很流行的法文歌曲裡面有這樣的歌詞：「就是愛，是愛，是愛／愛讓這世界能運轉下去」（C'est l'amour, l'amour, l'amour / Qui fait le monde à la ronde），但羅傑・葛林認為公爵夫人所引述的是年代一樣很久遠的英國歌曲〈愛情的黎明〉（The Dawn of Love）的第一句歌詞。他還要我們注意但丁《神曲》的〈天堂篇〉在結尾處也有類似的說法。

狄更斯小說《我們的共同友人》（*Our Mutual Friend*）第四卷第四章也有這樣的一句話：「是愛讓這世界運轉下去的，我的寶貝。」此外英國文學中還有無數作品傳達了一樣的訊息。

⑤ 這裡所謂的「某人」，指的就是公爵夫人自己，請參閱第六章。

A.E. 傑克森（A. E. Jackson）繪。1914 年。

「嘿！意思都差不多啦！」公爵夫人一邊繼續說，一邊用尖下巴戳著愛麗絲的肩膀，「而這件事的寓意就是……『只要意思正確，聲音不同也無所謂[6]』。」

愛麗絲心想：「她真是以找出事物的寓意為樂啊！」

公爵夫人頓了一下之後才說：「我敢說妳應該很納悶，為什麼我沒有摟妳的腰。理由是，我不知道妳那隻火鶴的脾氣好不好。我可以試試看嗎？」

[6] 應該沒有多少美國讀者能夠看得出這一句話（Take care of the sense, and the sounds will take care of themselves）的精妙之處，因為它是由作者巧妙地改寫自一句英國諺語：「聚沙成塔，攢錢致富」（Take care of the pence and the pounds will take care of themselves）。

有時候公爵夫人的話之所以會被引述，是因為它們堪稱寫散文甚或寫詩的人該遵循的典範。不過，內容當然是充滿謬論的。

⑦ 這句諺語似乎是卡洛爾發明出來的。就現代的博奕理論（game theory）而言，這就是所謂「兩個人的零和遊戲」（two-person zero-sum game）：贏家的收穫與輸家的損失剛好一樣。撲克則是一種多人的零和遊戲，因為贏家贏來的錢剛好等於輸家輸掉的錢。

⑧ 在此，愛麗絲依序提及動物、礦物與蔬菜。就像讀者珍・帕克（Jane Parker）來信中說的，卡洛爾所影射的是維多利亞時代頗受歡迎，一種名為「動物、蔬菜、礦物」（animal, vegetable, mineral）的客廳遊戲，玩法是參賽者必須試著猜出其他人在想什麼。

根據傳統的規則，第一個要問的問題是：是動物嗎？是蔬菜嗎？是礦物嗎？回答的人只能說是或不是，而且必須在二十個問題以內就把東西給猜出來。《愛麗絲鏡中奇緣》第七章則是更明顯地提及這個遊戲。

「牠也許會咬人喔，」愛麗絲小心翼翼地答覆，不過公爵夫人如果真想試試看，她倒也不怎麼緊張。

「很有道理，」公爵夫人說，「火鶴跟芥末一樣都是火辣辣的。而這件事的寓意是——『鳥以類聚』。」

「只不過，芥末可不是鳥。」愛麗絲說。

「妳又說對了，」公爵夫人說，「妳是個分類高手啊！」

「我想，芥末應該是礦物。」愛麗絲說。

「當然是，」公爵夫人說，她似乎毫不猶豫地同意愛麗絲的每一句話，「這附近有一個很大的芥末礦場*。而這件事的寓意是——『屬於我的越多，屬於你的就越少[7]』。」

「喔，我知道了，」愛麗絲並沒有注意公爵夫人最後那一句話，她大聲說，「芥末是蔬菜[8]。它看來不像，但的確是。」

「我完全同意妳說的，」公爵夫人說，「而這件事的寓意是——『你看起來像什麼人，實際上就應該成為那種人』。簡而

* 「礦場」與「屬於我的」都是 "mine"。

言之，就是『千萬別以為你自己有何不同，其實你不過就是別人眼裡的過去的你，或者你可能成為的那個模樣，而這跟更早以前的你也沒有不同[9]』。」

「如果我能把那句話寫下來，」愛麗絲講話還是客客氣氣的，「我想應該會比較好懂，但是我現在不太懂妳的意思。」

「那實在沒什麼，我有辦法把那句話說得再複雜一百倍。」公爵夫人用愉悅的聲音答道。

「拜託別麻煩，不要把那句話講得更長了。」愛麗絲說。

「喔，這有什麼麻煩的！」公爵夫人說，「剛剛每一句話都是我送妳的禮物。」

「這禮物未免也太便宜了！」愛麗絲心想，「很高興沒有人送我那種生日禮物！」但是她不敢大聲說出心聲。

「又在想事情了？」公爵夫人問她，又用尖下巴戳她的肩膀。

「我有權想事情。」愛麗絲不客氣了起來，因為她開始覺得有點悶悶不樂。

「說得沒錯，」公爵夫人說，「就像豬也有飛的權力[10]，而這寓……」

[9] 公爵夫人並未「簡而言之」。她囉囉嗦嗦了一堆，意思其實就是「做你自己」。

[10] 此處為何提及「會飛的豬」？在《愛麗絲鏡中奇緣》中的叮噹叮（Tweedledee）唱歌的時候。歌詞中的海象質疑豬怎麼會有翅膀。有一句蘇格蘭諺語就是這樣的：「豬也許會飛，但可能性很低。」在亨利・哈勒戴為《捕獵蛇鯊》第五部〈海狸的教誨〉（The Beaver's Lesson）繪製的插畫裡，就有許多長翅膀的豬。

羅夫‧史戴曼（Ralph Steadman）繪。1967年。

但是，讓愛麗絲大感意外的是，儘管公爵夫人還沒把她最喜歡的「寓意」一詞說完，她的聲音突然減弱，挽著愛麗絲的手也顫抖了起來。愛麗絲抬頭一看，紅心王后就站在她們前面，雙臂交疊胸前，眉頭深鎖，像要大發雷霆似的。

「今天天氣真好，王后陛下！」公爵夫人用微弱的聲音說。

「現在我鄭重警告妳，」王后一邊跺腳一邊咆哮，「如果妳不用最快的速度離開，那就等著被砍頭吧！自己決定！」

公爵夫人做了決定，馬上就消失無蹤了。

「我們繼續打球吧！」王后對愛麗絲說，愛麗絲怕到不敢說任何話，只能跟她緩緩走回槌球場。

其他賓客早已趁王后不在時跑到陰涼的地方休息。然而，他們一看見她，就又衝回球場上比賽，王后只是撂了一句話：誰敢耽擱片刻，格殺勿論。

打球時王后不斷跟其他球員吵嘴，一吵她就大喊：「給我砍了他的頭！」或是「給我砍了她的頭！」被她判死刑的人就會遭士兵帶走看守，而士兵當然就不能繼續充當球門，如此一來才過了半小時，球門就都不見了。除了國王、王后與愛麗絲

之外，所有球員也都被判了死刑，由士兵看守著。

然後王后停了下來，氣喘噓噓地對愛麗絲說：「妳見過假海龜了嗎？」

「沒有，」愛麗絲說，「我連假海龜是什麼都不知道。」

「是假海龜湯[11]的材料。」王后說。

「我沒看過，也沒聽過。」愛麗絲說。

「那來吧，」王后說，「牠會把牠的故事說給妳聽。」

她們倆離開時，愛麗絲聽見國王低聲對大家說，「你們都被赦免了。」她自言自語：「唉，這真是一件好事啊！」先前她還覺得很難過，只因王后下令處決的人實在太多了。

很快她們就遇上了一隻在太陽底下熟睡的鷹頭獅[12]。（如果你不知道鷹頭獅是什麼，看看第188頁的插圖吧。）「起來啦！懶鬼！」王后說，「帶著這個小姑娘去聽假海龜說牠的故事。我該回去監督他們執行死刑的情況。」說完就離開了，留下愛麗絲與鷹頭獅獨處。愛麗絲不太喜歡那隻怪獸的長相，但是整體而言，與其要去追那殘暴的王后，不如還是跟牠在一起比較安全，所以她就在那邊等待著。

[11] 「假海龜湯」仿效的是通常以小牛肉為食材的「綠龜湯」（green turtle soup）。所以，在田尼爾的插畫裡，「假海龜」才會有小牛的頭、後蹄與尾巴。

[12] 鷹頭獅（gryphon；又名 griffin）是一種鷹頭獅身的奇妙怪獸，身上有老鷹的翅膀。在但丁《神曲》的〈煉獄篇〉（Purgatorio）裡面（儘管大家比較不會聯想到，《神曲》一樣也是從地洞進入「仙境」漫遊），第二十九首詩中教會馬車就是由一隻鷹頭獅拉動的。蓋瑞・巴赫倫（Gary Bachlund）提醒我們，在十六世紀的史詩作品《瘋狂奧蘭多》（Orlando Furioso）裡面也有一個名為 Gryphon 的騎士，他身穿白色盔甲（出現在第三十七首詩裡），也許間接地預示了《愛麗絲鏡中奇緣》裡的白騎士。

鷹頭獅在中世紀期間常被認為象徵著基督結合了人與神。這裡的「鷹頭獅」與「假海龜」顯然是用來諷刺那些多愁善感的大學校友，牛津大學就有很多那種人。

感謝薇薇安・葛林告知我，牛津大學三一學院的徽紋就是「鷹頭獅」。三一學院的大門上面就有一隻，這當然是卡洛爾與里德爾家三姊妹都熟知的。

讀者詹姆斯・貝修恩（James Bethune）認為，鷹頭獅在睡覺這件事深具諷刺性。鷹頭獅本來是守衛著古代斯基提亞國（Scythia）所屬金礦的猛獸，所以牠們才會成為象徵著勇猛卓絕的徽飾。請參閱：Anne Clark, "The Griffin and the Gryphon" in Jabberwocky (Winter 1977)。

13 鷹頭獅說："they never executes nobody"，
也可解讀為「沒人」沒被處決，所以到了
《愛麗絲鏡中奇緣》第七章，愛麗絲說：
"I see nobody on the road"＊，才會被白棋國
王解讀成她在路上看到「沒人」。

＊ 這裡並非把 "nobody" 當成代名詞，而是視其為
　 專名（proper name），意思是某個叫做「沒人」
　 的人。

鷹頭獅坐起來，揉揉眼睛，然後牠看著王后的背影，直到她消失才咯咯笑了起來。「真好笑啊！」鷹頭獅自言自語，同時也是像在對愛麗絲說。

「有什麼好笑的？」愛麗絲說。

「這還用說，她啊！」鷹頭獅說，「那全都是她的幻想，從來都沒人被處決[13]，我想妳也知道。來吧！」

愛麗絲緩緩跟在後面，她心想：「在這裡大家老是說『來吧！』我這輩子從來沒有被這樣使喚過，從來沒有！」

走沒多久，他們就看到假海龜坐在遠處的一小塊岩石上，看起來悲傷而孤寂，等到走近一點，愛麗絲聽見牠彷彿心碎的嘆息聲。她覺得假海龜好可憐，「牠為何那麼悲傷？」她問鷹頭獅。得到的答覆跟先前聽見的差不多：「那全都是牠的幻想，牠才沒有悲傷呢！我想妳也知道。來吧！」

所以他們向假海龜走過去，牠用含淚的大眼睛看著他們，但是不發一語。

「這裡有一位小姑娘，」鷹頭獅說，「她想知道你的故事，真的想。」

「我來說給她聽，」假海龜用低沉而空洞的聲音說：「你們倆都坐下，等到我講完了才能開口。」

所以他們就坐下來，幾分鐘過去了，誰也沒開口。愛麗絲心想：「如果不開始講的話，牠怎麼講得完。」不過她還是耐心等待。

「曾經，」假海龜深深地嘆了一口氣，終於開口了，「我是一隻真的海龜。」

這句話講完後，牠又沉默了好久，期間偶爾聽見鷹頭獅發出「喝喀喝！」的叫聲，假海龜則是卯起來啜泣個不停。愛麗絲幾乎想要站起來說：「假海龜先生，感謝你的故事。」但她不禁覺得還是有更多

14 在愛麗絲那個年代，"tortoise" 一詞通常是指「陸龜」，用來區別 "turtle"，也就是住在海裡的「海龜」。

15 後來卡洛爾在寫一篇文章時，再度用到這個雙關語，請參閱："What the Tortoise said to Achilles" in *Mind* (April 1895)。卡洛爾寫道，陸龜向阿基里斯（Achilles）解釋了一個令人困惑的邏輯悖論，接著牠表示：「不知道你是否介意幫我一個小忙？有鑑於剛剛我們的一席話對於十九世紀的邏輯學家們而言可說受教良多，你能不能借用我堂兄弟假海龜用過的一個雙關語，把自己改名為『教我們 *2』？」

*2 「教我們」（Taught-Us）是海龜（Tortoise）的諧音。

瑪格莉特 · 塔蘭特（Margaret）繪。1916 年。

東西可以聽，所以她坐著不動，什麼話也沒說。

「小時候，」假海龜終於繼續講了，儘管偶爾還是抽抽咽咽，但語氣已經較為平靜，「我們會到海裡去上學。老師是一隻老海龜……那時候我們都叫牠陸龜老師……」

「既然牠不是陸龜，你們怎麼還是叫牠陸龜[14]呢？」愛麗絲問道。

「我們叫牠陸龜老師，因為牠是我們的老師 *1 啊！」[15]假海龜怒道，「妳真的很笨耶！」

「真丟臉，怎麼會問一個如此簡單的問題？」鷹頭獅又補了一句，然後牠們靜靜地坐在那看著可憐的愛麗絲，她真的很想找個洞鑽進去。最後鷹頭獅對假海龜說：「老兄，繼續說吧！別整天耗在這兒！」

接著假海龜又說了起來：「是啊，我們到海裡去上學，信不信由妳……」

愛麗絲打斷他：「我沒說不信啊！」

「妳說了。」[16]假海龜說。

*1 作者在此處把 "tortoise" 當雙關語使用，它的音聽起來很像 "taught us"，意思是「當我們的老師」。

「別說了！」鷹頭獅在愛麗絲還沒開口前就要她住嘴。假海龜接著說下去。

「我們接受最棒的教育，事實上，我們每天都得去上學……」

「我也是每天白天都要去學校，」愛麗絲說，「你不必那麼得意。」

假海龜有點緊張，牠問愛麗絲：「還有要額外收費的活動嗎？」

阿基里斯雙手掩面，用低沉絕望的聲音丟出另一個雙關語，反將一軍：「如你所願！前提是，我希望你可以採用一個假海龜沒有用過的雙關語，把自己改名為『煩人的傢伙*3』！」

*3 「煩人的傢伙」（A Kill-Ease）是阿基里斯（Achilles）的諧音。

16 彼得・希斯曾在《哲學觀點解讀愛麗絲》一書裡表示，假海龜所謂「妳說了」，是針對愛麗絲所說的："I never said I didn't"，意思是她說了 "didn't"。希斯還提醒我們，到了《愛麗絲鏡中奇緣》一書，蛋頭先生也抓到了愛麗絲的類似語病，結果把她沒說過的話栽贓到她頭上。

⑰ 所謂「法文、音樂與洗衣費——額外收費」，通常都會出現在寄宿學校的帳單上。意思當然就是，因為法文與音樂教學，還有幫住校生洗衣服，而加收費用。

⑱ 無庸贅述的是，假海龜在此列出來的許多科目其實都是雙關語：無庸贅述的是，假海龜在此列出來的許多科目其實都是雙關語：

「旋轉」（reeling 音似 reading，閱讀課）

「蠕動」（writhing 音似 writing，寫作課）

「野心」（ambition 音似 addition，加法）

「分心」（distraction 音似 subtraction，減法）

「醜化」（uglification 音似 multiplication，乘法）

「嘲弄」（derision 音似 division，除法）

「神祕學」（mystery 音似 history，歷史課）

「海洋學」（seaography 音似 geography，地理課）

「慢條斯理學」（drawling 音似 drawing，繪畫課）

「伸展學」（stretching 音似 sketching，素描課）

「捲曲昏厥學」（fainting in coils 音似 painting in oils，油畫課）

「歡笑學」（laughing 音似 Latin，拉丁文課）

「悲傷學」（grief 音似 Greek，希臘文課）

「有啊，」愛麗絲說，「我們還學了法文和音樂。」

「也包括洗衣服的錢？」假海龜說。

「當然沒有！」愛麗絲怒道。

「啊！那你的學校還不是真的非常好，」聽得出假海龜鬆了一大口氣，「妳聽好了，我們的繳費單後面有寫：『法文、音樂與洗衣費——額外收費[17]』。」

「既然你們住在海底，」愛麗絲說，「不可能常常需要洗衣服。」

「我沒辦法付錢學額外的東西，」假海龜嘆氣說，「我只上一般的課程。」

「學了些什麼？」愛麗絲問道。

「一開始學的，當然是『旋轉』和『蠕動』[18]，」假海龜說，「然後是算術的不同領域，包括『野心』、『分心』、『醜化』和『嘲弄』。」

「我可沒聽說過什麼『醜化』，」愛麗絲大膽地問，「那是什麼？」

鷹頭獅舉起兩隻爪子，驚訝地大叫：「什麼！居然沒聽過『醜化』！我想妳應該知道什麼是美化吧？」

「知道，」愛麗絲猶豫地說，「就是……就是……把東西……變漂亮一點。」

「那就是，」鷹頭獅接著說，「如果妳還是不知道『醜化』是什麼，妳就是個笨蛋。」

愛麗絲不敢再問更多相關問題，所以她轉身對假海龜說：「你還學了些什麼？」

「嗯，有『神祕學』，」假海龜一邊扳著自己的爪子，一邊把學科數出來，「古代和現代的『神祕學』，還有『海洋學』，然後是『慢條斯理學』，這門課的老師是老海鰻，一週來上一次課。牠教我們『慢條斯理學』、『伸展學』，以及『捲曲昏厥學』[19]。」

「都教一些什麼？」愛麗絲說。

「呃，我沒辦法示範給妳看，」假海龜說，「我太僵硬了。鷹頭獅則是從來沒有學過。」

「沒時間啊，」鷹頭獅說，「不過，我跟過一個教『經典學』的老師。牠是一隻老螃蟹，貨真價實的。」

「我沒跟過牠，」假海龜嘆道，「據說牠還教『歡笑學』與『悲傷學』。」

事實上，這一章與下一章充滿了各種各樣的雙關語。孩子們都覺得雙關語很有趣，但是研究兒童應該喜歡什麼東西的當代專家大多認為雙關語會減損兒童少年讀物的文學價值。

[19] 這一位每週來教一次「慢條斯理學」、「伸展學」與「捲曲昏厥學」的老師指的不是別人，就是藝術批評家約翰·拉斯金（John Ruskin）。拉斯金每週到里德爾家去一趟，是孩子們的繪畫、素描與油畫老師。他把他們教得很出色，只要看一眼愛麗絲與哥哥亨利的許多水彩畫，還有妹妹薇歐蕾（Violet）的一幅油畫，就可以看出他們承襲了父親的藝術天分。關於里德爾一家的許多藝術作品，請參閱刊登在以下書籍的照片（有很多張彩照）：Colin Gordon, *Beyond the Looking Glass* (Harcourt Brace Jovanovich, 1982)。

透過拉斯金於當時拍的許多照片，還有作家麥克斯·畢爾邦（Max Beerbohm）的一幅諷刺畫，我們可以看出拉斯金又高又瘦，活像一條海鰻。他跟卡洛爾一樣深受小女孩吸引，因為她們是如此純潔無邪。他娶了小他十歲，綽號艾菲的憂斐蜜亞·格雷（Euphemia "Effie" Gray），但他們悲慘的六年婚姻生活以離婚告終，因為拉斯金有「無法治癒的性無能問題」。艾菲很快就嫁給了拉斯金曾經給予很高評價的前拉斐爾派年輕畫家約翰·米萊（John Millais）。她幫米萊生了八個小孩，其中一個就是米萊名畫《我參加的第一次佈道會》（*My First Sermon*）裡面的小女孩。請參閱本書《愛麗絲鏡中奇緣》第三章注釋4。

四年後，拉斯金又迷戀上了銀行家的女兒蘿西・拉圖許（Rosie La Touche），她母親是拉斯金的畫迷。當時蘿西年僅十歲，拉斯金已經四十一。到了她十八歲，拉斯金向她求婚，但遭到拒絕。這實在是莫大的打擊。始終是個處男的拉斯金後來仍然持續愛上了許多純真的小女孩，到了七十歲還向一個女孩求婚。歷經十年的嚴重躁鬱症病史後，他在 1900 年辭世。在他一本自傳中表示自己仰慕愛麗絲・里德爾，但並未提及路易斯・卡洛爾。

⒇ 愛麗絲這問題棒極了，讓鷹頭獅備感困惑，因為問題可能涉及神秘的負數（就連早期的數學家對於負數的概念也很頭痛），不過這概念似乎並不適用於這個每天遞減一小時的「奇怪」課表。到了第十二天以及後面的日子，難道要換成學生開始教老師嗎？

這次換鷹頭獅嘆氣說，「沒錯，沒錯。」然後兩隻怪獸都用爪子掩面。

愛麗絲急忙改變話題：「你們每天上幾小時課？」

「第一天十小時，」假海龜說，「隔天九小時，每天就這樣遞減。」

愛麗絲大聲說：「真是奇怪的課表啊！」

鷹頭獅說：「所以才叫做『功課』啊！因為每天『減少』*。」

這對於愛麗絲來講可真是新鮮，想了一會兒之後她又說：「那麼到了第十一天，一定是放假日囉？」

「當然啊。」假海龜說。

愛麗絲急著問道：「那第十二天怎麼上課？ ²⁰」

「上課的事說夠了吧！」鷹頭獅用堅定的語氣打斷她，「現在，跟她說一些關於遊戲的事。」

*功課（lesson）與減少（lessen）諧音。

第十章

龍蝦方塊舞

假海龜深深嘆了一口氣,用前鰭擦擦雙眼。牠看著愛麗絲,想要說話,一時之間卻又泣不成聲。「真像喉嚨裡卡著骨頭啊,」說完後鷹頭獅開始搖晃假海龜,幫牠搥背。最後假海龜的聲音才恢復,淚流滿面的牠接著說:「也許妳沒有在海底住過,」(愛麗絲說:「我沒有,」)「也許根本沒有人介紹妳認識任何一隻龍蝦,」(愛麗絲說:「我吃過……」,但是急著改口說:「沒有,不曾那樣,」)「所以妳壓根兒就不知道龍蝦方塊舞[1]有多好玩!」

「我的確不知道,」愛麗絲說,「那是什麼舞?」

「這妳也不知道,」鷹頭獅說,「先在海邊站成一排……」

「兩排!」假海龜大聲說,「海豹、海龜、鮭魚等等,然後等到把所有的水母都清除掉之後……」

[1] "Quadrille" 是一種五段式的方塊舞,是卡洛爾寫這故事時很流行的一種交際舞,且難度最高。里德爾家的孩子們都跟一位家裡聘的教練學過這種舞。

卡洛爾曾在寫信給某個小女孩時如此描述自己的舞技:

> 親愛的,說到跳舞,應該說我沒有跳過,除非別人允許我用特有的方式跳。光描述是沒有用的——一定要親眼看見妳才會相信。上次我試跳時,把別人家裡的地板給跳破了。不過,是他們家地板的橫樑太爛,只有六吋厚,根本沒資格被稱為橫樑;任誰要跳我這種特別的舞,在石頭材質的地板跳比較合理。妳看過犀牛、河馬一起在動物園裡跳舞嗎?那真是嘆為觀止。

「龍蝦方塊舞」有可能是諧仿「騎兵方塊舞」(Lancers Quadrille):一種給八到十六隊舞伴跳的方塊舞,在卡洛爾創作愛麗絲系列小說那些年頭,這是在英格蘭各大舞廳都非常流行的舞蹈。騎兵方塊舞是一種五段式的方塊舞,每一段的韻律各自不同。根據《葛洛夫音樂與音樂家辭典》(*The Grove Dictionary of Music and Musicians*),騎兵舞(跟騎兵舞曲一樣稱為 Lancers)是都柏林的一位舞蹈大師所發

明的，後來被介紹到巴黎之後開始在國際之間流行起來。假海龜之歌的最後一段歌詞，也許反映出騎兵舞在法國的流行，至於丟龍蝦這件事，也許是影射戰鬥中丟擲長矛的動作。但我不知道在真正的舞蹈中是否有這投擲的動作。

 有一位署名「讀者 R」的女性英國讀者來信指出，所謂 "set to partners" 是指與舞伴面對面，用一隻腳跳一跳，然後換腳跳一跳。

「一般而言，**那得**花點時間，」鷹頭獅打斷牠。

「……然後向前走兩步……」

「兩步都是跟著龍蝦舞伴一起走的！」鷹頭獅大聲說。

「當然了，」假海龜說，「向前走兩步，面對舞伴[2] 站好……」

「……交換龍蝦舞伴，然後退兩步回原位。」鷹頭獅接著說。

查爾斯・佛卡德（Charles Folkard）繪。1929 年。

愛麗絲夢遊仙境與鏡中奇緣

「作證吧，」國王說，「不要緊張，否則我就當場把你處死。」

國王的這一番話似乎沒辦法讓證人安心，帽匠一下用左腳站，一下又換成右腳，不安地看著王后，驚慌失措之餘把茶杯當成奶油麵包，咬掉了一大塊[3]。

就在這一刻，愛麗絲突然感到怪怪的，為此困惑不已，直到她發現自己的身體又開始變大了，一開始她想起身離開法庭。但是再想一下，決定只要法庭裡空間還夠，就留下來。

「希望妳別再擠我了，」坐在她身邊的睡鼠說，「我都沒辦法呼吸了。」

「我也沒辦法，」愛麗絲很溫和地說，「我在長大。」

「妳沒有在這裡長大的權力，」睡鼠說。

「別胡說八道，」愛麗絲大膽地說，「你知道你自己也在長大。」

「是啊，但是我長大的速度比較合理，」睡鼠說，「不像妳這麼荒謬。」說完後牠生氣地站了起來，走到法庭的另一頭。

[3] 一直以來都有人注意到，在田尼爾為這一個場景而畫的插畫中，帽匠身上領結的尖尖尾端是指向他的右邊，跟紐威爾的插畫一樣。在《愛麗絲夢遊仙境》裡，帽匠也曾出現在第七章的兩幅插畫裡，田尼爾卻是把領結的尖尖尾端畫成指向帽匠的左邊。麥可・漢薛在他的專書裡曾指出田尼爾的畫作有許多前後不一之處，這只是其中一個例子，請參閱：麥可・漢薛，《愛麗絲系列小說插畫大師田尼爾的藝術》。

④ 王后在這裡所說的演唱會，曾在第七章裡面提到。在那場演唱會裡，帽匠曾演唱〈一閃，一閃小蝙蝠〉（Twinkle, twinkle, little bat!），結果被王后說：「他在謀殺時間啊！」

⑤ 如果帽匠沒有被國王打斷，他應該是要說「閃閃發亮的茶盤（tea tray）」。帽匠在這裡想起了自己在「瘋狂茶會」唱的那首歌，歌詞提到小蝙蝠在空中飛著，一閃一閃像是亮晶晶的茶盤。

王后從剛剛就一直盯著帽匠，就在睡鼠穿越法庭時，她對著法庭上一個差役說，「把上一場演唱會 ④ 的歌手名單拿給我！」此話一出，帽匠開始渾身顫抖，抖到兩隻鞋都掉了。

「作證吧！」國王憤怒地覆述了一遍，「否則我不管你緊不緊張，都要當場把你處決。」

「陛下，我是個可憐人，」帽匠用顫抖的聲音說，「……而且我喝茶才喝了……不到一個禮拜……因為奶油麵包變得那麼薄……還有閃閃發亮的茶……」⑤

「閃閃發亮的什麼？」國王說。

「**閃閃發亮的茶**。」帽匠答覆。

「廢話，茶當然是**閃閃發亮**的，你當我笨蛋嗎？繼續說。」

「我是個可憐人，」帽匠接著說，「在那之後大多數東西都閃閃發亮……只是三月兔說……」

「我沒說！」三月兔急忙打斷他。

「你有說，」帽匠說。

「我否認！」三月兔說。

「牠否認了，」國王說，「那個部分就不用說了。」

「總之，睡鼠說……」帽匠接著說下去，同時也焦慮地東張西望，深怕也被睡鼠否認，但睡鼠睡得很熟，沒有否認任何事。

「在那之後，」帽匠繼續說，「我又切了一些奶油麵包……」

「但是，睡鼠到底說了什麼？」某位陪審員問道。

「我不記得了，」帽匠說。

「你一定要想起來，」國王說，「不然我就把你處死。」

可憐的帽匠丟掉茶杯與奶油麵包，單膝跪地，他說：「陛下，我是個可憐人。」

「你很不會講話，」國王說。

"Where shall I begin, please your Majesty?"

貝西・皮斯（Bessie Pease）繪。1907 年。

此刻，其中一隻天竺鼠歡呼了起來，但很快被差役制止。（「制止」這個詞有點難度，所以容我解釋一下他們的做法。他們拿了一個大帆布袋，把天竺鼠頭下腳上地塞進去，袋口用繩子封起來，然後坐在上面。）

「真高興我親眼看見了，」愛麗絲心想。「我常在報上看到類似的描述，『裁決時，有些人想要鼓掌，卻立刻被法庭上的差役制止了』，但我到現在才知道『制止』是怎麼一回事。」

「如果你就只知道那麼多，你就可以退下了，」國王接著說。

「我現在已經在地板上，」帽匠說，「不可能再往下退。」

「那你可以**坐下**吧，」國王答道。

此刻又有另一隻天竺鼠歡呼了起來，也被制止了。

「終於啊，天竺鼠都完蛋了，」愛麗絲心想，「我們可以進行得順利一點。」

「我寧願先把茶喝完，」帽匠說，他焦慮地看著正在瀏覽歌手名單的王后。

國王說，「你可以走了。」帽匠連鞋都沒穿上就匆匆離開法庭。

「……趕快去外面把他的頭砍掉，」王后對著一位差役說，但差役還沒走到門邊，帽匠就已經消失無蹤了。

「傳喚下一位證人，」國王說。

下一位證人是公爵夫人的廚娘。她手裡拿著一個胡椒罐，還沒走進法庭，愛麗絲就猜到是她，因為門邊的人都同時開始打起了噴嚏。

「作證吧，」國王說。

「不作，」廚娘說。

國王焦慮地看著白兔，白兔低聲說：「陛下一定要盤問這位證人。」

「嗯，如果一定要盤問的話，就問吧，」國王憂鬱地說，他把雙臂交疊在胸前，皺眉皺到雙眼幾乎都不見了，這才用低沉的聲音說：「水果塔是什麼做的？」

「主要的食材是胡椒，」廚娘說。

「糖漿井水，」廚娘身後傳來一個很睏的聲音。

「逮捕那一隻睡鼠，」王后尖聲咆哮，「把睡鼠斬首！把睡鼠趕出去！制止牠！掐牠！拔掉牠的鬍鬚！」

為了把睡鼠趕出去，整個法庭亂了一陣子，等到大家都坐定了，廚娘已經不見了。

國王好像鬆了一大口氣，他說：「算了！傳喚下一位證人。」接著他低聲對著王后說：「說真的，親愛的王后，下一位證人一定要由妳來盤問。我的額頭都已經痛了起來。」

愛麗絲看著白兔笨拙地把名單翻來翻去，心裡正好奇著下一位證人是誰，她對自己說：「……到現在根本還沒出現太多證據呢！」等到白兔用牠那微小而尖銳的聲音唸出「愛麗絲！」可想而知，她心裡一定非常驚訝。

第十二章

愛麗絲的證詞

1 在《幼童版愛麗絲夢遊仙境》裡,卡洛爾指出,田尼爾把十二個陪審員都畫進了這個場景的插畫裡,其中包括:青蛙、睡鼠、老鼠、雪貂、刺蝟、蜥蜴、矮腳公雞、鼴鼠、鴨子、松鼠、小鸛鳥與幼鼠各一隻。針對

「在這兒!」愛麗絲大叫,慌忙之餘完全忘記過去幾分鐘之內自己變得好高大,因為匆匆忙忙,一跳她的裙襬就掠過陪審團席,把所有陪審員都給掃翻了,害得牠們跌到下方群眾的頭上,滿地打滾,讓她聯想到前一個禮拜被她不小心打翻的那一缸金魚 1。

「喔,**抱歉啊!**」她驚慌地大聲說,開始盡快把牠們扶起來,因為金魚事件還是在她腦海裡打轉,她隱約覺得自己必須趕快把牠們一一放回陪審席,否則牠們就會死掉。

「審判無法繼續進行了,」國王用嚴肅的聲音說,「我們要等全部陪審員都就位——**全部**。」他複述「全部」兩個字的時候還加重語氣,用力瞪著愛麗絲。

愛麗絲看著陪審席，發現自己在匆忙之餘把蜥蜴給擺反了，那可憐的小東西完全無法動彈，只能悲傷地搖擺尾巴。不過很快地，她就把牠弄出來放好，然後她對自己說：「我想，不管是頭上腳下，或頭下腳上，牠對於審判而言都沒有**太大**用處。」

等到陪審團驚魂稍定，石板與石筆都物歸原主之後，牠們又很快地開始振筆疾書，把這件意外的經過寫下，只有蜥蜴例外，因為牠似乎被嚇呆了，只能瞠目張嘴，抬頭盯著法庭天花板。

「關於這件事，妳知道些什麼？」國王對愛麗絲說。

「什麼都不知道，」愛麗絲說。

「真的**完全**都不知道？」國王追問。

「完全都不知道，」愛麗絲說。

「這很重要，」國王轉身對陪審團說，牠們才剛開始要用石板把這句話記下，就聽見白兔打岔：「陛下的意思，想必是『這**不**重要』，」牠的語調充滿敬意，但講話時卻對著國王皺眉做鬼臉。

「當然，我的意思就是『這**不**重要』，」國王趕緊改口，接著開始喃喃自語，「重要——不重要——不重要——重要」，好像

最後兩者，卡洛爾寫道：「田尼爾先生說，那一隻在尖叫的鳥是小鸛鳥（我想你們應該知道什麼是小鸛鳥吧？）幼鼠則是指有露出一個白色的頭。牠是不是個小可愛呢？」

2 "42" 是一個對卡洛爾而言特別有意義的數字。《愛麗絲夢遊仙境》有四十二張插圖；在航海的領域裡，第四十二條規則很重要，卡洛爾曾在《捕獵蛇鯊》前言裡引述，至於第一部第七節裡面，烘焙師（Baker）這個角色則是帶了四十二個小心包裝好的盒子上船。在詩作〈幻象〉第一章第十六節裡，卡洛爾自稱已經四十二歲（不過，他實際年齡只有三十七歲）。在《愛麗絲鏡中奇緣》裡面，愛麗絲的年紀是七歲又六個月大，七乘以六也是四十二。如同菲利浦‧班翰（Philip Benham）所觀察到的，兩本愛麗絲系列小說都有十二章，兩者相加等於二十四章，而二十四反過來剛好又是四十二，不過這很可能只是巧合。

無論是在卡洛爾的生平，在《聖經》、神探福爾摩斯（Sherlock Holmes）系列故事以及很多其他地方，都有很多關於 "42" 的巧合，相關論述請參閱英國路易斯‧卡洛爾學會會刊《蛇尾怪獸》的數字 "42" 專刊。（那一期的出版時間是 1984 年 1 月，年份就是四十二加四十二！）也可以參閱：Edward Wakeling, "What I Tell You Forty-two Times Is True!" in *Jabberwocky* (Autumn 1977)；Edward Wakeling, "Further Findings About the Number Forty-two," *Jabberwocky* (Winter/Spring 1988)。也可以參閱我為《注釋版：捕獵蛇鯊》（*Annotated Snark*）一書撰寫的注釋 32，收錄於：*The Hunting of the Snark* (William Kaufmann, Inc., 1981)。在道格拉斯・亞當斯（Douglas Adams）極受歡迎的科幻小說《銀河便車指南》（*The Hitchhiker's Guide to the Galaxy*）裡，"42" 這個數字被視為「萬物的終極答案」（Ultimate Question about Everything）。在《愛麗絲夢遊仙境》裡，與 "42" 相關的另一件事，請參閱本書第一章注釋5。至於《銀河便車指南》一書中，那一部名為「深思」（Deep Thought）的超級電腦為什麼會得出 "42" 這個「萬物的終極答案」？作者亞當斯早已否認在寫這部小說時想到卡洛爾。那只是一個笑話而已，一個突然從他的腦海中浮現的無意義數字。請參閱：*Knight Letter* 75 (Summer 2005)。

關於數字 "42" 的更多揣測，請參閱：Articles by Charles Ralphs, Alan Holland, Alan Hooker, and Edward Wakeling in *Jabberwockyby* (Winter/Spring 1989)；Articles by Ellis Hillman, Brian Partridge, and George Spence in *Jabberwockyby* (Spring 1993); *The Alice Companion*, by Jo Elwyn Jones and J. Francis Gladstone (New York University Press, 1998), pages 93–94。

小幡友里子（Yuriko Kobata）*1 寫信告訴我，如果把作者的姓氏 DODGSON（道吉森）轉換成英文字母裡的序數（例如 A 是 1，B 是 2……，依此類推），我們可以得出：「4、15、4、7、19、15、14」，如果再把這一串數字拆開相加，就會得出：「4+1+5+4+7+1+9+1+5+1+4 = 42」這個等式，於是我們又得到了數字 "42"。

*1 此日文名字為英文音譯而得。

他想要比較一下哪個字最好聽。

有些陪審員寫「重要」，也有些寫「不重要」。愛麗絲靠得夠近，可以看到牠們在石板上寫什麼。於是她心裡便想著：「牠們怎麼寫都無所謂。」

國王剛剛一直都忙著在寫自己的筆記本，此刻突然高喊：「肅靜！」然後宣讀筆記本裡面寫的：「第四十二條規則 2 ²²³頁。**身高超過一英里的，一律要離開法庭。**」

所有人都看著愛麗絲。

「我沒有一英里高，」愛麗絲說。

「妳有，」國王說。

「快要兩英里了，」王后補了一句。

「哼，反正我不會走的，」愛麗絲說。「而且那也不是一般的規定，是你剛剛自

米莉森・索爾比（Millicent Sowerby）繪。1907 年。

己編出來的。」

「那是這筆記本裡最老的一條規定。」

「如果是那樣，就應該叫做**規則一**，」愛麗絲說。

國王臉色變得慘白，趕緊把筆記本闔起來。「請宣讀你們的裁決。」國王對陪審團用微弱而顫抖的聲音說。

「陛下，還有許多呈堂證供沒有提出來呢，」白兔急得跳腳，牠說，「這一張紙是剛剛撿起來的。」

「裡面寫什麼？」

「我還沒打開，」白兔說，「但似乎是一封信，是由囚犯寫給……寫給某人的。」

「一定是那樣，」國王說，「除非是寫給沒有人的，那就不尋常了，你知道的。」

「收件人是誰？」一位陪審員說。

「沒有收件人，」白兔說。「事實上，**外面**根本什麼都沒寫。」牠一邊說，一邊把那一張紙打開，接著說，「結果並非一封信，而是一首詩。」

在某次談話中，艾倫・坦能包姆（Alan Tannenbaum）向我表示，"42" 這個十進位數字如果用二進位的方式改寫，就會變成「0101010」，是一個「二進位迴文」（binary palindrome）。

自從 2009 年以來，美國職棒大聯盟（Major League Baseball）為了慶祝每年 4 月 15 日的「傑基・羅賓遜日」（Jackie Robinson Day）*2，要求所有人員（包括球員、總教練、教練與裁判）在這天都必須穿上同一個號碼的制服。這是一個相當具有卡洛爾色彩的弔詭觀念，而那個數字也因此就變成沒有用了。毋庸多說，那個號碼就是 "42"。

*2 羅賓遜是美國職棒第一位黑人球員。

❸ 對此，塞爾文‧古艾柯提出一個疑問：「如果詩不是紅心傑克寫的，他怎麼知道上面沒有簽名呢？」

「是囚犯的筆跡嗎？」另一個陪審員問道。

「不是，」白兔說，「而這就是最奇怪的地方。」（陪審員看起來都很困惑。）

「他一定是模仿別人的筆跡，」國王說。（陪審員又全都恍然大悟了。）

「陛下，」紅心傑克說，「那不是我寫的，沒有人能證明那是我寫的，因為最後沒有我的簽名[3]。」

「要是你沒有簽名，」國王說，「那就更糟了。你**一定**是要搞鬼，否則就會跟一般老實人一樣簽名。」

此話一出，大家都鼓掌了，因為這是整天下來國王說的第一句聰明話。

「這就**證明**他有罪了，」王后說。

「這根本證明不了什麼！」愛麗絲說。「就連裡面寫了什麼，你們都還不知道！」

「唸出來，」國王說。

白兔戴上眼鏡。「陛下，我該從哪裡開始唸起？」他問道。

愛麗絲夢遊仙境與鏡中奇緣

「從頭開始，」國王說，「然後一直唸到最後，接著就停下來。」

白兔唸出來的詩如下：[4]

「他們說你去過她家，
而且在他面前提到我：
她說了我的許多好話，
但說我就是不會游泳。

他跟他們說我沒去
（我們都知道這是真的）：
如果她真的窮追不捨，
你會有什麼下場？

我給她一，他們給他二，
你給我們三或更多；
結果全部透過他還給你，
不過當初全部都是我的。

如果我和她恰巧
涉入這件倒楣事，
他請你把他們釋放，
就跟我們一樣。

我認為你已經
（在她還沒發脾氣以前）

❹白兔提出的證據裡面有六節詩文，文句中有許多代名詞，全都混淆在一起，讓人不知道有何意義。這是卡洛爾取材最初於 1855 年發表在《倫敦漫畫時報》（*The Comic Times of London*）的打油詩〈她是我靠幻想畫出來的他〉（She's All My Fancy Painted Him）。原詩的第一行詩文取自當時由威廉・米伊（William Mee）創作的哀傷流行歌曲〈愛麗絲・葛雷〉（Alice Gray），是那一首歌的第一句歌詞。其餘詩文除了韻律之外，跟整首歌沒有任何相似之處。卡洛爾在原來那一首打油詩的前面有一段介紹文，介紹文與原詩詩文如下：

這一部令人感動的殘篇來自於某位知名作家的草稿，該作家曾寫過一部名為《是你或是我》（*Was it You or I?*）的悲劇，還有兩部備受歡迎的小說：《姊妹與兒子》（*Sister and Son*）與《姪女的遺產——又名，感激的祖父》（*The Niece's Legacy, or the Grateful Grandfather*）：

「她是我靠幻想畫出來的他，
（我絕對不是隨便吹牛）；
如果他或你失去了一隻手或腳，
哪一隻會是最痛苦的？

他說你去找過她，
而且曾在這裡看過我；
但是就另一個性格而言，
她仍是一如往昔。

街上行人如山如海，
沒有人跟我們說話：
所以他悲傷地搭上巴士，
然後徒步快速行走。

他們跟他說我沒有走
（我們知道這是真的）；
如果她真的窮追不捨，
你會有什麼下場？

他們給她一，他們給我二，
他們給我們三或更多；
結果全部透過他還給你，
不過當初全部都是我的。

如果我和她恰巧
涉入這件倒楣事，
他請你把他們釋放，
就跟我們一樣。

我認為你已經
（在她還沒發脾氣以前）
成為一個阻礙
在他、我們自己與它之間。

別讓他知道她最喜歡他們，
因為這一定要永遠
保密，只有你知我知，
別讓其餘所有人得知。」

　　為什麼卡洛爾會把這首詩寫進《愛麗絲夢遊仙境》裡？難道是因為與這打油詩相關的歌曲，訴說的是一個男人，愛上一個叫做愛麗絲的女孩，但是無法得償所願的故事？以下是那一首歌曲〈愛麗絲・葛雷〉開頭兩節歌詞，引述自約翰・蕭寫的小書《路易斯・卡洛爾的打油詩與其原文》（在《愛麗絲夢遊仙境》第六章注釋5也曾提及該書）：

她就像我用幻想畫出的她，
她可愛，他神聖，
但她的芳心已被別人偷走，

成為一個阻礙
在他、我們自己與它之間。

別讓他知道她最喜歡他們，
因為這一定要永遠
保密，只有你知我知，
別讓其餘所有人得知。」

　　「這是目前為止我們聽到的最重要證據，」國王搓著手說，「所以現在就讓陪審團……」

　　因為過去幾分鐘之內愛麗絲已經變得非常高大，大到她敢打斷國王的話。她說：「如果有誰能把詩解釋給我聽，我就給他六便士[5]。我不認為這首詩有一丁點意義。」

陪審員全都在石板上寫下：「她不認為這首詩有一丁點意義，」但是沒有半個打算解釋詩文給她聽。

「如果沒有意義，」國王說，「你知道的，那就省去了許許多多麻煩，因為我們也不用試著去尋找意義。但我不確定耶，」他接著說，把那一張紙攤開擺在膝蓋上，瞇著一隻眼睛讀詩，「我似乎看得出一點端倪，『但說我就是不會游泳』，」他轉身對紅心傑克說，「你不會游泳，對吧？」

紅心傑克悲傷地搖頭說：「我看起來會游嗎？」（他當然不會，因為他的身體是一片紙板。）

「那就是，」國王接著喃喃自語，繼續唸詩：「『我們都知道這是真的』，這當然是指陪審團，至於『我給她一，他們給他二』，那一定是指他怎麼處理那些水果塔……」

「但後面有一句是『結果全部透過他還給你』，」愛麗絲說。

「唉呀，就在這裡！」國王指著桌上的水果塔，得意洋洋地說。「還有什麼比這更明顯的？不過，接下來是『在她還沒發脾氣以前』，親愛的，我想妳從未發脾

再也不可能屬於我。

但我這未曾被愛的男人仍愛她，
我的愛永垂不朽，
喔，我的心，我的心已碎
為了愛上愛麗絲・葛雷而碎。

❺ 針對愛麗絲說：「如果有誰能把詩解釋給我聽，我就給他六便士。」塞爾文・古艾柯表示，「透過這句話我們可以看出她越來越有自信」、「因為我們知道她口袋裡根本沒有錢」。在第三章時，愛麗絲跟多多鳥說過，她的口袋裡只剩一枚頂針。請參閱：Jabberwocky (Spring 1982)。

透過左頁插圖，還有田尼爾為《愛麗絲夢遊仙境》所繪製的卷首插畫（見本書第54頁），這個傑克其實並非紅心傑克，而是「梅花傑克」。為什麼？因為從傑克上衣上的小小標誌看來像是梅花。然而，如果仔細看看任何一副現代紙牌裡的紅心傑克，我們也會發現同樣的標誌。但那個標誌並非梅花，而是「三葉苜蓿」，也就是愛爾蘭酢醬草（Irish shamrock），這種植物在愛爾蘭普遍地被基督徒當成是「神聖三位一體」的象徵。

❻ 卡洛爾曾兩度提及把墨水丟到某人臉上，這是第一次。接下來，到了《愛麗絲鏡中奇緣》的第一章，愛麗絲則是會為了把白棋國王喚醒而打算潑他墨水。

F.Y. 柯瑞（F. Y. Cory）繪。1902 年。

7 蛇鯊有五大特色，其中一項就是對於雙關語的反應很慢，卡洛爾的《捕獵蛇鯊》第二「部」裡也曾提及此事：

第三個特色是對於笑話的反應很慢；
如果你剛好對牠說笑話，
牠會像傷心欲絕那樣嘆氣：
而且聽到雙關語總是非常嚴肅。

在田尼爾為法庭場景繪畫的插圖裡（見本書第 228 頁），我們看到國王環顧四周，臉上微微浮現笑意。這幅插圖的場景顯然只比卷首插圖（見本書第 54 頁）的場景稍晚片刻。在此章節的這幅插圖中，儘管紅心傑克還是一副不屑的模樣，但（就像塞爾文‧古艾柯注意到的那樣）紅心國王則是已經更換了王冠、戴上眼鏡，不再手持寶球與權杖（orb and scepter），法庭上的三位差役則已經睡著。值得注意的是，兩

氣吧？」他對王后說。

「從來沒有！」王后怒道，說話時把墨水瓶朝蜥蜴丟過去。（倒楣的小比爾本來發現用手指寫石板沒有用，已經放棄了，但現在因為墨水從他的臉上不斷流下[6]，牠就以手沾墨，又開始寫了起來。）

「所以這一句就不**適用***於妳，」國王環顧法庭，微笑著說。法庭裡一片沉寂[7]。

「唉，這是雙關語啊！」國王說明了一下，語氣聽起來有點受傷，所有人這才哄堂大笑，「請陪審團宣讀裁決！」這大概是整天下來國王第二十次講這句話。

「不行，不行，」王后說，「得先判刑，再裁決。」

「胡說八道！」愛麗絲大聲說，「什麼叫做『先判刑，再裁決』？」

「住嘴！」王后說，她氣到臉色鐵青。

「偏不！」愛麗絲。

「給我砍了她的頭！」王后扯開嗓子高喊。沒有人行動。

「誰理妳啊？」愛麗絲說。（此刻她

*「發脾氣」和「適用」都是 "fit"。

已經恢復原本的正常身材。）「你們不過只是一副紙牌！」

此話一出，所有的紙牌全都飛到空中，落在她身上[8]。愛麗絲輕聲尖叫了一下，一半是因為害怕，另一半是因為生氣，想要打退這些紙牌，這才發現自己躺在河畔，頭倚在姊姊的大腿上，姊姊正輕輕地把一些從樹上落在她臉上的枯葉給撥開。

「醒醒啊，親愛的愛麗絲！」姊姊說。「怎麼啦？妳睡得可真久啊！」

幅插圖都幫紅心傑克畫上了酒糟鼻，藉此暗示他是個酒鬼。維多利亞時代的人，向來把罪犯與酒鬼畫上等號，無論當時或現在，漫畫家都習慣用酒糟鼻來描繪酒鬼。田尼爾也幫公爵夫人（見第六章愛麗絲走進廚房的插圖，本書第133頁）與紅心王后（見第八章紅心王后初次登場的插圖，本書第170頁）畫上了酒糟鼻，因此也暗示她們是女酒鬼。《幼童版愛麗絲夢遊仙境》裡的插圖是由田尼爾親手上色的，在本書第54頁的卷首插圖中，他把紅心傑克的鼻子畫成了玫瑰色，同樣的在第八章插圖裡面，我們也可以看到正要把王冠交給國王的紅心傑克也被畫了酒糟鼻。

傑佛瑞・史騰（Jeffrey Stern）曾撰文提醒大家，此一卷首插圖與《伊索寓言》（*The Fables of Aesop and Others Translated into Human Nature*，1857年出版）的卷首插圖有許多相似之處，而《伊索寓言》那一幅畫的作者，是跟田尼爾同樣為《潘趣》雜誌作畫的畫家查爾斯・亨利・班奈特（Charles Henry Bennett）：

在《伊索寓言》的卷首插畫裡，法院書記官（那一隻貓頭鷹）的表情看起來跟紅心國王一樣震驚，在《伊索寓言》的卷首插畫裡，獅子臉上那種皺眉的陰沉表情也跟紅心王后一模一樣（而且兩者都是看著正前方）。某些陪審員與戴假髮的鳥（牠們是律師）有類似的姿勢，而出庭答辯的那一隻狗跟紅心傑克也擺出差不多同樣的姿勢。要不是班奈特的書出現於1857年（《愛麗絲夢遊仙境》問世的八年前），這一切都沒有多大意義。非常恰巧的是，插畫所畫的那一則寓言剛好就是〈因為虐待馬兒，人類在獅子的法

庭上受審）（Man tried at the Court of the Lion for the Ill-treatment of a Horse）。

史騰的文章之內容請參閱：*Jabberwocky* (Spring 1978)。

查爾斯・班奈特為《伊索寓言》繪的卷首插畫。

❽ 田尼爾幫這一幕繪畫插圖時（見本書第231頁），已經把那些紙牌畫成了一般的撲克牌，不過其中三張仍然有尚未完全消失的鼻子痕跡。後來彼得・紐威爾畫的新插畫裡，有些紙牌甚至還保有頭、手與腳。在許多版本的《愛麗絲夢遊仙境》裡，被紙牌黑桃六掩蓋住的那一張紙牌在左側邊緣上面有 "B. ROLLITZ" 的字樣。那是木製版畫家羅里茲（B. Rollitz）留下的署名，因為限定版俱樂部（Limited Editions Club）於1932年出版《愛麗絲夢遊仙境》，就是請他製作新的版畫，後來許多出版社也沿用羅里茲的作品，而非由達爾吉爾（Dalziel）兄弟製作的原始木頭版畫。

「喔！我做了一個好奇怪的夢！」愛麗絲說，接著她把你們剛剛看到的所有奇遇經過，只要是還記得的，就一股腦告訴姊姊，說完後姊姊親親她，對她說：「**還真是個怪夢**，親愛的。現在，把妳的茶喝一喝吧，時間不早了。」所以愛麗絲就站起來跑開，邊跑心裡邊想著：這真是個奇怪的夢。

愛麗絲離開後，姊姊坐在原地，頭倚著手，看著夕陽，心裡想的卻是小愛麗絲

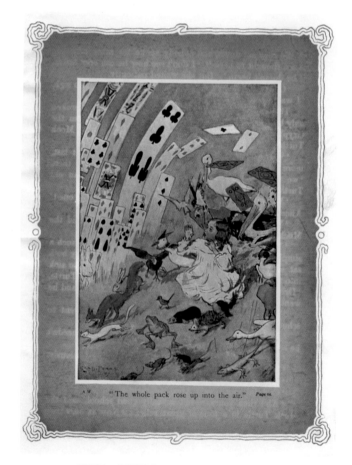

"The whole pack rose up into the air."

查爾斯・佩爾斯（Charles Pears）繪。1908年。

與她所有的奇遇，最後她也開始進入夢鄉，以下是她的夢：

　　姊姊先夢到小愛麗絲，只見她的小手環抱著膝蓋，一雙明亮熱切的眼睛往上與姊姊四目相交。姊姊聽得見小愛麗絲的聲音，看得見她一如往常，做出那甩甩頭的奇怪小動作，**以免亂跑的頭髮掉進眼睛裡**，而且還是聽得見，或似乎聽得見小妹夢中那些怪人怪物出現在周遭，栩栩如生。[9]

　　白兔匆匆走過，她腳邊的長草沙沙作響，受到驚嚇的老鼠游過附近的水池，激起了許多水花，她也聽到三月兔與朋友們還在喝那不會結束的下午茶茶宴，茶杯碰來碰去發出咯咯聲響，還有王后用尖銳的聲音下令處死她那些可憐的賓客們，而豬寶寶又在公爵夫人的大腿上不停打噴嚏，四周不斷有大大小小的盤子落下砸爛，她還聽見鷹頭獅的嘶吼，蜥蜴的石板發出吱嘎聲響，天竺鼠被制止時快喘不過氣的聲音在四處此起彼落，混雜其間的是遠方傳來的假海龜悲戚哭聲。

為了彰顯愛麗絲離開夢境，重返現實的事實，就像里查‧凱利（Richard Kelly）曾撰文提出的，田尼爾筆下的白兔已經沒有穿衣服了。請參閱：Richard Kelly's Article in *Lewis Carroll: A Celebration*, edited by Edward Guiliano。

也有人發現，頭一張掉下來的牌是梅花A，也就是劊子手。

9 此一「夢中夢」的主題（愛麗絲的姊姊夢到愛麗絲的夢），將會在小說的續集中，以較為複雜形式再現。請參閱：《愛麗絲鏡中奇緣》第四章注釋 11。

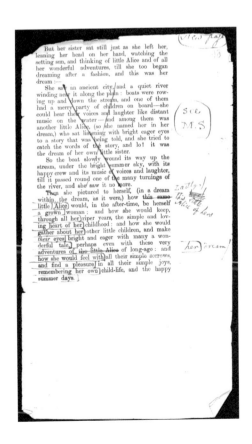

10 《愛麗絲夢遊仙境》的校對稿目前只有一頁仍然存留於世,請參閱本書 233 頁照片。關於校對前後改變的詳細討論請參閱:Matt Demakos, "From Under Groundto Wonderland" in *Knight Letter* 88 (Spring 2012) and 89 (Winter 2012)。

路易斯・卡洛爾 繪。

愛麗絲・里德爾本人照片。

11 卡洛爾徒手寫完原稿版《愛麗絲地底歷險記》之後,在最後一頁黏貼了他在 1859 年幫愛麗絲・里德爾拍攝的大頭照後(當時她七歲,就是小說女主角愛麗絲的年紀),才將原稿送給愛麗絲。一直到 1977 年,莫頓・科亨(Morton Cohen)才發現黏貼的照片底下,藏了一張愛麗絲臉部的素描畫像。目前我們只知道道吉森曾經為真人愛麗絲畫過這一張素描像。

所以她一直坐著,差一點也相信自己就在那仙境裡,不過她也知道,只要她打開雙眼,沉悶的現實世界就會降臨身邊,只有微風拂草的沙沙聲響,蘆葦擺動時在池面引發陣陣漣漪,茶杯的咯咯碰撞聲被叮叮噹噹的羊鈴聲取代,還有王后的尖叫聲也變成了牧童的聲音,她也知道豬寶寶的噴嚏聲、鷹頭獅的嘶吼聲與其他怪聲都會化為忙碌農場上的喧囂聲,假海龜抽抽噎噎的哭聲消失了,從遠處傳來的只有牛群的哞哞叫聲。[10]

最後,她想像她這個小妹妹假以時日也會長大變成女人,想像她在那些成熟的歲月裡可以純真依舊,童心未泯,把許多小孩都叫到身邊來,跟他們述說許多奇怪的故事,甚或她自己在多年前的仙境奇夢,讓他們的明亮雙眼也流露出熱切的眼神,並且想像她會跟孩子們一樣,淡淡哀傷與純真喜樂都油然而生,同時也回想起自己童年的快樂夏日時光。[11]

The Annotated

Alice

愛麗絲鏡中奇緣

—— 1871年 ——

目次

白子（愛麗絲）既出，走到第十一步時獲勝

紅方

白方

1. 愛麗絲與紅棋王后見面。

2. 愛麗絲穿越王后的第三格（搭火車）
　前往王后的第四格（嚀叮噹與叮嚀叮）

3. 愛麗絲與白棋王后見面（披著披肩）

4. 愛麗絲到達王后的第五格（小店、小河、小店）

5. 愛麗絲到達王后的第六格（蛋頭先生）

6. 愛麗絲到達王后的第七格（森林）

7. 白騎士吃掉紅騎士

8. 愛麗絲到達王后的第八格（加冕典禮）

9. 愛麗絲成為女王

10. 愛麗絲入堡（宴會）

11. 愛麗絲吃掉紅棋王后而獲勝

1. 紅棋王后前往國王城堡的第四格

2. 白棋王后前往后座的第四格（追逐披肩）

3. 白棋王后前往后座的第五格（變成綿羊）

4. 白棋王后前往王座的第八格（把蛋留在架上）

5. 白棋王后前往后座的第八格（飛離紅騎士）

6. 紅騎士前往國王的第二格（將軍）

7. 白騎士前往王座的第五格

8. 紅棋王后前往國王的廣場（考試）

9. 王后們入堡

10. 白棋王后前往紅棋王后的第六格（湯）

1897 年版前言

① 在王后城堡裡，棋子不用動。在此卡洛爾只是要解釋，當三位王后（紅棋王后、白棋王后與愛麗絲女王）「入堡」時，她們移往了第八排，在那裡兵變成了王后。

② 此一棋譜足以用來說明這本小說裡發生了哪些事件，而卡洛爾對於棋譜的描述是精確的。悉尼‧威廉斯（Sidney Williams）與法肯納‧馬丹（Falconer Madan）在《道吉森的文學作品手冊》（*A Handbook of the Literature of the Rev. C. L. Dodgson*）第 48 頁中聲稱，道吉森「並未嘗試著」像一般人下棋那樣去下「將死」的棋步，但這說法令人感到困惑。因為最後的將軍棋步完全是符合規定的。不過，就像卡洛爾自己也曾指出的，他並未正常地讓紅方與白方輪流下棋，而且列出來的某些棋步也不是實際棋局中會使用的（例如，愛麗絲的第一、第三、第九、第十步，還有王后們的「入堡」）。

棋譜走到快結束時，出現了最嚴重犯規的狀況：白棋國王被紅棋王后將軍（check）時，雙方都沒有理會此一事實。「從棋局的觀點看來，幾乎沒有任何一個棋步具有合理的目的，」馬丹先生寫道。雙方在下棋時的確都非常隨便，但是我們對於鏡中世界裡的瘋狂人物還能夠有什麼期待？白

因為有些讀者對前一頁的棋譜感到困惑，我想我最好解釋一下：就棋子的**步法**而言，棋譜是正確的。紅白棋的**順序**或許並未遵守嚴格的規定，三位王后的「入堡」（castling）也只是為了說明她們進入王宮[1]；但是，如果讀者不覺得麻煩，按照棋譜來下，就會發現第六步（紅騎士把白棋國王將軍）、第七步（白騎士吃掉紅騎士）以及紅棋國王最後被「將死」（checkmate），都是嚴守棋戲規則的[2]。

〈炸脖龍〉（Jabberwocky）這首詩裡面出現的那些新詞該怎麼發音？這問題引發了某些人的不同意見，所以我最好也就這**方面**說明一下。例如，「滑溜蠕動」（slithy）是把 "sly" 和 "the" 連在一起發音，好像兩個字一樣，至於「螺轉」（gyre）和「錐鑽」（gimble），則是把 "g" 都發比較硬的音，「綠豬」（rath）與 "bath" 同韻。

在過去已經賣出六萬本之後，這新版的一千本是從木刻版改製為電鑄版印製而成的（那些木刻版未曾用來印刷，跟當初於 1871 年剛剛刻出來的時候一樣），而且

也重新排版過。如果這個新版本在印刷品質不及原版，應該並非因為作者、出版商或印刷廠沒有全力以赴。

我也趁機在此聲明，到目前為止售價都維持在四先令整的《幼童版愛麗絲夢遊仙境》就此調降成一先令，跟一般插畫書價格相同，不過我可以肯定的是，我的書在各方面的品質都比那些書籍還要優越（文字部分除外，因為那並非我個人所能置喙的）。四先令是個非常合理的書價，因為我在初期已經投入重金製作。

不過，大家都說：「無論書有多漂亮，我們都**不會**花超過一先令買插畫書」，因此我寧願認賠也不想讓我的小讀者們沒有書可以看，畢竟這書就是為他們寫的，所以我才肯用幾乎像**贈送**的價格來賣書。

1896 年聖誕節，路易斯・卡洛爾

棋王后兩度有機會「將死」對方，卻讓機會溜走，還有一次是她有機會抓住紅騎士，但卻逃走了。然而，這兩個疏忽之舉都與她心不在焉的個性相符。

不過，想要讓棋局與有趣而不合理的幻想故事緊密結合在一起，是極度困難的；有鑑於此，卡洛爾的表現已經算非常出色了。例如，愛麗絲只與自己同一方的棋子交談。紅白王后都忙來忙去，但她們的丈夫卻只待在原地，無所事事，這也是與真實棋局的情況相符的。白騎士的古怪個性非常恰當，因為騎士的棋步本來就很奇怪；就連雙方騎士常常摔下馬這件事，也暗示了騎士的棋步：他們必須先向某個方向走兩格，然後再向右或左走一格。為了讓讀者瞭解故事裡出現的棋步，每次有棋步出現時，我都會加上注釋。

將巨大棋盤的紅白雙方分隔開來的是「小河」。橫的一排排棋格則是由「樹籬」隔開。棋譜中，愛麗絲從頭到尾都待在白棋王后的縱列棋格（file）裡，唯一的例外是她的最後棋步，也就是當她變成女王後，她抓了紅棋王后，藉此把打瞌睡的紅棋國王將死。有趣的是，勸愛麗絲走到她那一列的第八格的人，是紅棋王后。藉由此舉，紅棋王后是想要保護自己。因為，儘管姿態不太優雅，白棋王后從一開始就輕輕鬆鬆地用三個棋步就將死了對方。白騎士先在 KKt.3 棋格「將軍」*。如果紅棋國王走到 Q6 或 Q5，白騎士就可以在 QB3 把紅棋王后將死。紅棋國王的唯一選擇，是走到 K4。白棋王后就會在 QB5「將軍」，將紅棋國王逼往 K3。白棋王后便能在 Q6 把紅棋國王將死。當然，這些棋步都是需要保持警覺的人才能夠下得出來的，但無論國

安德魯・歐格斯（Andrew Ogus）繪。2010 年。
（關於本張插畫的說明，請參閱《愛麗絲夢遊仙境》第二章注釋 10）

愛麗絲夢遊仙境與鏡中奇緣

純真的孩童，眉宇之間無憂無慮[3 245頁]

好奇的雙眼，迷濛似夢！
儘管時間飛逝，妳我的歲數
相差大半輩子，
但是聽了我這出自愛心，為妳而寫的
童話故事
還是會報以甜美笑臉。

看不到妳的開朗臉龐，
也聽不見妳那銀鈴般笑聲：
往後妳那年輕的生命裡
永遠不可能容得下對我的思念[4 245頁]——

想到妳現在應該不至於聽不到我的故事
吾願已足。

一個發生在往日的故事，
當時夏日的驕陽燦爛——
簡單的樂章，剛好可以搭配
划船的節奏——
那聲音依舊在我的記憶裡迴響著，
儘管歲月因為妒忌而要我們「忘了吧」。

來聽故事吧，趁可怕的訓斥聲
還沒叫妳上那不受歡迎的床去睡覺[5 245頁]
憂鬱的少女！
我們都只是年紀大一點的孩子，親愛
的，
只是不喜歡聽見催我們上床的聲音。

王或王后都不是那種人。

*所謂「將軍」，是指朝對方的國王發動攻擊。

　　曾有許多人試著找出一方面符合故事內容，另一方面又能遵守棋局規則的更好棋步。就我所知，最具企圖心的是我在《英國西洋棋雜誌》（*British Chess Magazine*，第三十卷，1910 年 5 月，第 181 頁）上面看到的一次嘗試。唐諾‧里德爾（Donald M. Liddell）模擬了一個完整棋局，一開始採用「伯德開局」（Bird Opening）的棋步，最後一樣是愛麗絲把紅棋國王將死，整個過程居然花了六十六個棋步！這種開局方式是很恰當的，因為沒有任何西洋棋專家的棋步風格比英格蘭佬 H.E. 伯德（H. E. Bird）更為荒謬而怪異。至於唐諾‧里德爾與里德爾家是否有親戚關係，到目前為止我都還無法確定。

　　中世紀與文藝復興期間，西洋棋的玩法通常是以真人為棋子，把原野當棋盤來用（請參閱拉伯雷〔Rabelais〕小說《巨人傳》〔*Gargantua and Pantagruel*〕第五卷二十四、五章）。但就我所知，卡洛爾是第一個在故事裡以擬人化的棋子當故事角色的小說家。自卡洛爾以降，又有許多人嘗試過，其中大多是科幻小說家。與現在最接近的一個例子，是波爾‧安德森（Poul Anderson）寫的奇妙短篇故事〈不朽的棋局〉（The Immortal Game），請參閱：*Fantasy and Science Fiction*, February 1954。

　　基於許多理由，對於這第二本愛麗絲小說而言，以棋子為故事角色可說是特別恰當的安排。首先，棋子接續了前一本小說裡的撲克牌角色，讓國王與王后得以重返

故事裡；沒有了撲克牌裡的幾位傑克，紅白騎士是更棒的替代品。前一本小說裡，愛麗絲的身材大小變來變去，令人困惑；到了這一本，她則是持續移動（她當然要移動，因為她也是棋盤上的棋子），同樣讓人搞不清楚頭緒。一個令人感到有趣的巧合是，用西洋棋來寫故事也完美地呼應了這本小說母題——「鏡射」（mirror-reflection）。非但雙方都有兩個城堡、主教與騎士，而且棋局一開始時，雙方棋子的位置也展現出鏡射式的不對稱關係（之所以會不對稱，是因為國王與王后的位置）。最後要說的則是，這棋局之所以會亂七八糟，剛好反映出鏡中世界的瘋狂特質。

屋外霜雪令人無法睜眼，
陰鬱的暴風狂哮——
屋內火光紅通通，
孩子安居家裡樂陶陶。
神奇的故事令人陶醉，
不在乎屋外狂風暴雪。

儘管聲聲嘆息讓整個故事蒙上陰影
因為「快樂的夏日」[6]244頁已逝，
夏天的光輝也已消失——
但悲傷的嘆息[7]246頁並不會影響，
我們聽故事的愉悅[8]246頁心情。

棋局裡登場的人物
（棋局開始前的情況）

白方		紅方	
棋子	兵	兵	棋子
叮噹叮	雛菊	雛菊	蛋頭先生
獨角獸	海爾	信差	木匠
綿羊	牡蠣	牡蠣	海象
白棋王后	「莉莉」	虎皮百合	紅棋王后
白棋國王	小鹿	玫瑰	紅棋國王
老先生	牡蠣	牡蠣	烏鴉
白騎士	海特	青蛙	紅騎士
噹叮噹	雛菊	雛菊	獅子

在早期的版本裡面，小說裡本來擺了上面這一張登場人物表，直到 1896 年才被卡洛爾的序言取代。把人物表拿掉是明智之舉，因為它只會讓棋局顯得更為令人困惑。只需要舉一個例子就可以說明這點：正如

同丹尼斯‧克拉奇曾在某次演講裡提出的質疑，如果叮噹兄弟是兩個白棋城堡，那麼在卡洛爾的圖表裡面，哪一個才是第一排的白棋城堡＊？請參閱：*Jabberwocky*, Summer 1972。

＊這句話有點語病，因為兩個城堡都是在第一排（row）上面。我想作者要問的是：哪一個是在棋格 A 裡，哪一個在棋格 H 裡？

左頁圖表裡，把故事中的人物都擺在棋局開始時的位置上，這讓我們可以輕易看出哪一些是棋子，哪一些是兵。值得注意的是，雖然故事中並未提及主教，卡洛爾還是把綿羊、老先生、海象與烏鴉擺在主教的棋格上，只不過我們看不出理由何在。

麥特‧德馬可斯（Matt Demakos）表示，「1831 年 4 月在路易斯島（Isle of Lewis）海灘上出土的十二世紀古物『路易斯島西洋棋』，裡頭有著手持寶劍與盾牌的『守衛』，他們站在角落的棋格裡。就許多方面而言，被卡洛爾安排在角落棋格裡的叮噹兄弟，其實也可以被當成『守衛』，因為他們也是手持假的寶劍與盾牌。絕大部分路易斯西洋棋的材質都是 "morse ivory"，也就是海象的長牙」。

曾有許多人試著說明卡洛爾的故事中那些奇怪的棋步其實是有道理的。請參閱："Looking-Glass Chess," by Rev. J. Lloyd Davies, in *The Anglo-Welsh Review*, Vol. 19, No. 43 (Autumn 1970)；"Looking Glass Chess," by Ivor Davies, in *Jabberwocky* (Autumn 1971)。最仔細的分析請參閱 A.S.M. 迪金斯（A. S. M. Dickins）的演講〈仙靈國度裡的愛麗絲〉（Alice in Fairyland），演講內容經過編輯與擴充後，收錄在 *Jabberwocky* (Winter 1976)。

所謂仙靈國度，在這裡指的是「仙靈棋謎」（fairy chess），也就是並未採用正統棋子與規則的「變種西洋棋」。稍後我在第三章注釋 1 以及第九章的注釋 1，都會引用迪金斯的演講內容。非常巧合的是，先前提及的「伯德開局」就是把兵移到國王主教那一行的第四格。

❸ 因為這首序言詩的校樣仍然流傳於世，我們才得以看見卡洛爾在上面修改的筆跡。他在第一版進行的諸多文字更動，請參閱：Sidney Williams and Falconer Madan, *The Lewis Carroll Handbook* (Oxford, 1931), page 60。詩的第四節第四行本來是寫：「倔強厭煩的少女」（A wilful weary maiden），後來被改成了「憂鬱的少女」（A melancholy maiden）；第五節第一行本來是寫「外面颳著颼颼風雪」（Without, the whirling wind and snow），改成了「屋外霜雪令人無法睜眼」（Without, the frost, the blinding snow），而下一行則是從「怒吼狂哮」（That lash themselves to madness）變成了「陰鬱的暴風狂哮」（The storm-wind's moody madness）。

❹ 儘管卡洛爾的許多兒童友人變成青少年後便與他斷了關係（或者是他主動跟他們斷了關係），這些詩句的悲傷情緒，事實上並沒有實際的根據。對於卡洛爾的許多讚美之詞，其實都出現在愛麗絲晚年的回憶裡。

❺ 「討厭的床」（unwelcome bed）：影射那一位憂鬱少女的死亡，另外也帶有基督教的含意，把死亡當成睡覺似的；還有，

就像許多尊奉佛洛伊德學說的學者不厭其煩地指出的，就下意識的層次而言，這個詞也許暗指夫妻的床。

⑥ 括號裡三個英文單字（happy, summer, days）是《愛麗絲夢遊仙境》的最後三個字。

⑦ "breath of bale"：即「悲淒的嘆息」（breath of sorrow）。

⑧ "pleasance"：在書稿的校樣裡面，這裡的用字本來還是 "pleasures"（愉悅）。但是被卡洛爾巧妙地改成字義相同，但已經沒有人使用的古字 "pleasance"，如此一來他就可以把愛麗絲・里德爾的中間名「普莉桑絲」（Pleasance）寫進這本書裡面。

亞森・朱瑟雷夫（Iassen Ghiuselev）繪。2014 年。

第一章

鏡中屋[1]

1 根據《愛麗絲鏡中奇緣》一份早期初稿的目錄顯示（那初稿目前收藏於哈佛大學霍夫頓圖書館〔Houghton Library〕），這一章的章名本來是叫做〈玻璃簾幕〉（The Glass Curtain），至於第五章〈老綿羊與小河〉，本來則是分為兩章：〈倒著活回去〉（Living Backwards）與〈芳香的燈心草〉（Scented Rushes），很有可能是從「她看著白棋王后……」（見本書第336頁）那一段斷開。第八章的名稱是〈將軍〉（Check!）。第十二章的章名也稍有不同，叫做〈這是誰的夢〉（Whose Dream Was It?）。請參閱：Matt Demakos's "The Annotated Wasp," *Knight Letter* 72 (Winter 2003)。

　　唯一可以確定的，就是小白貓與這件事毫無瓜葛：全都是小黑貓的錯。因為，過去的一刻鐘之內，老貓一直都在幫小白貓洗臉（而且就各方面而言，洗得還真是一乾二淨）；所以任誰都知道，小白貓不可能插手搗蛋。

　　黛娜是這樣幫孩子們洗臉的：首先，用一隻爪子按住那可憐小東西的耳朵，然後用另一隻爪子從鼻子開始，按著逆時針方向把整張臉都搓一搓。剛剛啊，正如我所說，她正認真地幫小白貓洗臉，小貓靜靜地躺著，小聲喵喵叫——無疑的，她也知道這是為她好。

愛麗絲夢遊仙境與鏡中奇緣

但是，小黑貓的臉在那個下午稍早時就洗好了。所以，此刻的愛麗絲正蜷縮著身子坐在那一張大扶手椅的角落，喃喃自語而且昏昏欲睡。而小黑貓則正在玩愛麗絲辛辛苦苦捲起來的那些毛線球，把它們滾來滾去，滾到全部又都散了開來。毛線球全都在壁爐前的地毯上散了開來，還打了許多結，糾纏在一起，小貓則是在毛線之間追著自己的尾巴繞圈圈。

愛麗絲抓起小貓，大聲說：「喔，妳這小壞蛋！」她輕輕地親了小貓一下，讓她知道自己做了壞事。「說真的，黛娜**應該**把妳教得規矩一點！妳應該的，黛娜，妳也知道自己應該的，」她用責備的眼神看著老貓，故意用最生氣的聲音再補了兩句。說完後她抱起小貓，拿起毛線，又縮回扶手椅上，開始捲起毛線球。但是她捲毛線的速度不快，因為她邊捲邊說話，有時候對貓說，有時候自言自語。小黑貓凱蒂乖乖地坐在她的膝蓋上，假裝看著她捲毛線的樣子，偶爾伸出一隻爪子摸摸毛線球，好像在表示著她如果有辦法的話，也樂於幫忙似的。

根據上述文章，《愛麗絲夢遊仙境》是根據故事發生地點命名的，第一章章名〈掉入兔子洞〉顯示出進入仙境的門徑；到了《愛麗絲鏡中奇緣》則是相反，書名是進入故事中那個世界的門徑（鏡子），第一章章名〈鏡中屋〉則是故事的發生地點。

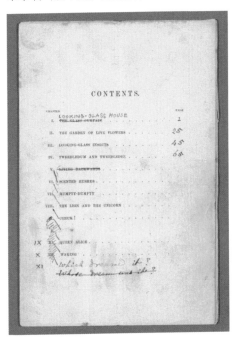

❷ 卡洛爾對於「強烈對比」有所偏好，所以算是續集的小說的《愛麗絲鏡中奇緣》，以嚴冬的室內場景開場，就非常符合他的特色。（前一本小說則是以室外場景開頭，時間是五月某天的溫暖下午。）再者，因為在這本小說的序言詩以及結尾詩作，都以嚴冬象徵老年以及死亡的逼近，與此處的冬天場景也是相符的。生營火的準備，還有愛麗絲問說：「妳知道明天是什麼日子嗎，凱蒂？」都意味著隔天的日期是11月4日，煙火節（Guy Fawkes Day）的前一天。（每年這一天，基督教堂學院的派克沃特方庭〔Peckwater Quadrangle〕裡都

會升起巨大的營火，以示慶祝。）能夠印證此事的，是愛麗絲在第五章裡，向白棋王后表示她剛好七歲半——因為愛麗絲·里德爾的生日是 5 月 4 日，她上次前往仙境時也是在 5 月 4 日，想必當時她剛好七歲整（請參閱《愛麗絲夢遊仙境》的第七章注釋 6）。如同羅伯·米契爾（Robert Mitchell）在一封信裡面說的，因為 5 月 4 日與 11 月 4 日剛好相隔六個月，應該不會是別的日子了。

不過，有個待解的問題是：這一年到底是 1959 年（愛麗絲·里德爾七歲時），或者 1860、1861 年，還是 1862 年，也就是卡洛爾把第一個愛麗絲冒險故事說完並且寫下來那一年。1859 年 11 月 4 日是禮拜五。如果是 1860、61 或 62 年，則依序是禮拜天、禮拜一與禮拜二。從愛麗絲與小貓說的話看來（也就是在下下個段落裡），最後一個日期應該是可能性較高的：她說要等到下一個星期三再跟小貓算帳。

麥薇絲·貝提女士在她寫的小書《愛麗絲牛津歷險記》裡面主張，這天應該是 1863 年 3 月 10 日，也就是威爾斯王子大婚的日子。這一天牛津鎮以生營火與放煙火來慶祝，卡洛爾在日記裡面提到，當晚他帶著愛麗絲在牛津校園裡到處參觀：「很高興看到愛麗絲樂不可支的模樣，整個晚上都很享受」。然而，卡洛爾在 3 月 9 日、10 日的日記卻沒有提及愛麗絲所說的雪。不過，貝提女士的猜測可以透過一個事實來印證：11 月初之後，英格蘭很少降雪，但 3 月雪倒是常見的。

「妳知道明天是什麼日子嗎，凱蒂？」愛麗絲說。「先前妳如果跟我一起到窗戶邊，應該就能猜得出來。只不過，那時候黛娜在幫妳洗臉，所以妳也辦不到。我看到男孩們正為了生營火而撿柴，而且他們需要撿很多樹枝呢，凱蒂！可是天氣變冷，又在下雪，他們得先走了。凱蒂，這也沒關係，明天我們去看他們生營火。」說到這裡，愛麗絲在小貓的脖子上繞了兩三圈毛線，只是為了想看看是什麼模樣，一不小心毛線球掉在地板上，一條又一條長長的線又都散開來了。

與小貓又舒服地坐定後，愛麗絲再次對她說：「凱蒂，我好生氣，妳知道嗎？當我看到妳胡鬧時，我差一點打開窗戶，把妳丟到雪地裡！妳這淘氣的小親親，根本是自作自受！妳還想為自己辯解嗎？別打斷我！」她豎起一根手指頭說，「我來數一數妳犯了哪些錯。第一個錯，今天早上黛娜在幫妳洗臉時，妳叫了兩聲。妳賴不掉吧，凱蒂。我可是聽見了！妳說什麼？」（她假裝貓咪跟她說了話。）「她的爪子抓到妳的眼睛了？哼，那也是妳的錯，誰叫妳把眼睛打開呢？如果妳緊閉雙眼，就不會發生那種事了。別再找藉口了，好好聽我說！第二個錯：我把一碟牛奶擺在雪花[3]面前時，妳居然抓住她的尾巴，把她給拉走！什麼，妳說妳口渴？是嗎？妳怎麼知道她不渴？第三個錯：妳趁我不注意時把毛線球都拆散了！」

「這是妳犯的三個錯，凱蒂，而且妳都還沒受到任何處罰呢。妳知道我要把那些處罰都存起來，等到下週三[4]再跟妳算帳——也許大人也把**我該受**的處罰都存了起來。」愛麗絲接著說下去，與其說在對貓咪說話，不如說是在自言自語。「到了年終他們**會**怎樣呢？等那一天到了，我想我應該會被關進監獄。或者，我看看，如果每次的處罰都是罰我不能吃晚餐，等到那悲慘的一天來臨時，我就會有連續五十天不能吃晚餐啦！哼，**我才不擔心呢**！要我吃飯，我寧可挨餓！」

3 卡洛爾早期一位兒童友人瑪莉・麥唐納（Mary MacDonald）的小貓就是叫做「雪花」。瑪莉的父親是卡洛爾的好友喬治・麥唐納（George MacDonald），他是蘇格蘭詩人兼小說家，同時也是知名童話故事書，例如《公主與妖精》（*The Princess and the Goblin*）以及《北風後面》（*At the Back of the North Wind*）的作者。卡洛爾之所以決定出版《愛麗絲夢遊仙境》，麥唐納的孩子們也有一點貢獻。為了驗證故事是否吸引人，他請麥唐納太太唸書稿給孩子們聽，他們都很愛。六歲的葛雷維爾（Greville）宣稱，那一本書應該印個六萬本。（後來他在《喬治・麥唐納與其妻》〔*George MacDonald and His Wife*〕一書裡面也提起這件事。）

小黑貓凱蒂與小白貓雪花，分別代表棋盤上的黑棋格與白棋格，還有本書棋局中的紅子與白子。

4 下週三：卡洛爾在這裡的原文用詞是 "Wednesday week"。

⑤ 用「歪歪扭扭」（Wriggling）形容騎士在棋盤上的棋步，可說是非常恰當。

⑥ 鏡子這個主題似乎是後來才添加到故事裡的。根據愛麗絲・里德爾的說法，這本小說有一大部分都是來自於卡洛爾跟里德爾姊妹說過的西洋棋故事，當時她們正熱衷地學下棋。多年來許多人都認為是另一個愛麗絲，也就是卡洛爾的遠房表親愛麗絲・雷克斯（Alice Raikes）建議他使用鏡子的母題。以下是她的說法，引自 1932 年 1 月 22 日的倫敦《泰晤士報》：

> 小時候我們都住在昂斯洛廣場（Onslow Square），房屋後面的那一座花園是我們玩耍的地方。查爾斯・道吉森曾經到那裡跟一位年紀不小的

「凱蒂，妳聽見雪花不停打在窗格上的聲音了嗎？那聲音真是輕柔好聽！好像有人從外面不斷親吻整個窗戶。我在想，雪花是不是很愛樹木與原野，所以才會輕輕地親吻它們？然後雪花像一條白色被子把它們舒舒服服地蓋起來，也許還會跟它們說：『去睡吧，親愛的，一直睡到夏天回來吧。』凱蒂，等到它們在夏天醒來了，會都換上綠色衣裳，每當風起，就會隨之起舞——喔，那景象多美麗！」愛麗絲大叫，為了拍手而把手裡那顆毛線球丟掉。「真希望這一切是真的就好了！每當樹葉在秋天變黃，樹林看起來也都昏昏欲睡的。」

勞倫斯・梅爾尼克（Lawrence Melnick）繪。1956 年。

「凱蒂，妳會下棋嗎？親愛的，別笑啊，我是說真的。因為剛剛我們在下棋時，妳在旁邊好像都看得懂的樣子。當我說，『將軍』，妳就喵一聲！凱蒂，那一步還真是精彩，要不是那討人厭的騎士歪歪扭扭[5]地殺過來，搞不好贏的人是我呢！凱蒂，我們來假裝……」愛麗絲老是喜歡用「我們來假裝……」這個句型，多到我無法在此一一細數。前一天，愛麗絲才剛剛跟姊姊爭論了好久，只因為愛麗絲說了一句，「我們來假裝國王們與王后們」，但是她姊姊向來一絲不苟，跟她說她們辦不到，因為她們只有兩個人，最後愛麗絲只好改口，「好吧，妳可以當他們其中一人，其他都由我來當吧。」有一次她的老奶媽被她嚇一大跳，因為愛麗絲突然在奶媽耳邊大叫：「奶媽！我們來假裝我是飢餓的土狼，妳是一根骨頭！」

但這已經離題了，還是來看看愛麗絲跟小貓說了些什麼話。「我們來假裝妳是紅棋王后！妳知道嗎？我想如果妳能夠坐直起來，把雙手交叉，看起來就跟紅棋王后一模一樣。來試試看嘛，乖喔！」接著愛麗絲把紅棋王后拿下桌，擺在小貓前面，以便讓小貓照著擺樣子，不過並未成功。愛麗絲說，主要是因為小貓不肯乖乖把手交叉起來。所以，為了處罰小貓，她把小貓抱到鏡子前面，讓她看看自己繃著臉的模樣——「如果妳不趕快乖乖照做，」她接著說，「我就把妳丟進鏡中屋裡。妳覺得怎樣呢？」

叔叔住在一起，在當地一塊狹長的草坪上走來走去，雙手擺在身後。某天他聽見我的名字，把我叫過去說：「喔，妳是另一個愛麗絲。我很喜歡叫愛麗絲的女孩。妳想來我這裡看看一個奇怪的東西嗎？」我們跟他回家，他家的門跟我們的都一樣，都是面對著花園的。我們走進一個房間，裡面到處都是傢俱，某個角落裡立著一面鏡子。

他給了我一顆柳橙，然後說：「現在，妳先說說柳橙在哪一隻手裡。」我說：「右手。」他說：「好，那妳走到鏡子前面，然後跟我說鏡中小女孩是哪一隻手拿著柳橙。」困惑的我想了一會兒之後，對他說：「左手。」他說：「一點都沒錯。妳怎麼解釋這件事？」我無法解釋，但是既然他希望我解答，我就大膽答道：「如果我在鏡子裡面，難道柳橙不會還在我的右手裡？」我還記得他一聽之後大笑。「說得好，小愛麗絲，」他說。「這是我到目前為止聽過最棒的解答。」

他沒有再說些什麼，不過多年後有人跟我說，就是我的答案讓他獲得了《愛麗絲鏡中奇緣》一書的靈感，後來他還送了一本《愛麗絲鏡中奇緣》給我，也常常送我其餘他寫的書。

儘管這故事很有趣，但根據卡洛爾的日記顯示，他是在 1871 年 6 月 24 日與雷克斯小姐初識的。但在那之前，卡洛爾早把《愛麗絲鏡中奇緣》的書稿拿到印刷廠付印，所以這一定只是雷克斯一廂情願的想法，就像瑪莉·希爾頓·巴得考克一樣（請參閱《愛麗絲夢遊仙境》第一章注釋1）。

在鏡中，所有不對稱的物體（那些在鏡像中不會疊在一起的物體）「都是相反的」。在《愛麗絲鏡中奇緣》裡有許多這種左右相反的例子。例如，叮噹叮和噹叮

嚙就是宛如鏡像一樣的雙胞胎；白棋騎士唱歌時，也提到把右腳擠進一隻左腳的鞋子裡；而且，在這本小說裡會數度提及「拔塞鑽」（corkscrew），也非出於巧合，因為那螺旋狀鑽子的結構不對稱，左右側形狀顯然不同。值得注意的是，就連田尼爾為《愛麗絲鏡中奇緣》畫插圖的時候，他的署名都是簽反的！如果我們仔細觀察這本小說，會發現故事裡有許多被倒過來的不對稱關係，因此鏡像反射可說是貫串整本書的主題。由於篇幅限制，無法在此把所有例子都列出來，僅舉出其中一部分。

要靠近紅棋王后時，愛麗絲是用倒著走的。在火車車廂裡，守衛跟她說她要去的方向在另一邊。國王有兩個信差，「一個送信過來，一個送信出去」。白棋王后說明了時間倒著過有哪些優點，因為鏡中世界的時光倒流，所以水果蛋糕是先在所有人之間傳來傳去，然後才切片。奇數與偶數的區別與左右的差異，可說有異曲同工之妙，故事裡也數度用到了奇偶數的橋段（例如，白棋王后每隔一天才會要求要吃果醬）。就某方面而言，胡說八道本身也是一種清醒與瘋狂的倒轉。正常的世界被變成上下顛倒，而且時間是往回走的；在這個世界裡，所有的事物可以朝任何方向運轉或移動，但就不是依照它們原先該走的方向。

在卡洛爾所有秉持胡鬧精神的作品裡，當然都有「顛倒」的主題。在《愛麗絲夢遊仙境》裡，愛麗絲就曾經想過到底是貓吃蝙蝠，還是蝙蝠會吃貓；而且還有人跟她說，「把她的想法說出來」與「說出她的想法」是不一樣的 *1。當愛麗絲吃了蘑菇的左邊，身體就變大，吃了右邊就縮小。

「凱蒂，妳好好聽著，不要說話。我來告訴妳鏡中屋是什麼模樣。首先，往鏡子裡面看，有個房間跟我們的客廳一模一樣，只不過所有東西都是相反的 6。我站到椅子上，就可以看到那邊的整個房間——只有壁爐後面看不到。喔！真希望我連那一小部分也**看得到**！我真想知道他們那邊到冬天時是否也會生火；妳也知道的，除非我們這裡的火冒煙，那個房間也冒煙，否則**根本**看不出來。不過那也有可能是假裝的，只是讓人以為他們也生了火。還有，他們的書跟我們這裡的一樣，只不過字是相反的。**這我知道**，因為我曾經把一本書拿到鏡子前面，那個房間也拿了一本出來。」

巴瑞．莫瑟（Barry Moser）繪。1982 年。

「凱蒂，妳想住在鏡中屋裡面嗎？不知道在那裡面他們會不會拿牛奶給妳喝？搞不好鏡中世界的牛奶不好喝[7]——喔，凱蒂！現在我們看到走廊了。現在妳只能**看到**那鏡中屋走廊的一小部分，但如果把客廳的門整個打開，就可以看到我們這邊門外的那個走廊，只是妳知道裡面的走廊也許不太一樣。喔，凱蒂，如果我們能夠進入鏡中屋該有多好！我很肯定裡面有許多漂亮的東西，喔！我們來假裝有辦法進去吧，凱蒂。我們來假裝鏡子軟得像薄紗一樣，可以穿過去。真的，它已經變成像薄霧一樣，很容易就可以穿過去……」說著說著，儘管她不知道自己怎麼辦到的，她已經爬上了壁爐檯面[8]。鏡子也的確開

這些常在第一章出現的身材變化，本身就是一種顛倒（例如女孩的身材應該比較大，狗比較小，但故事裡面卻出現一隻巨大的狗，還有身材變小的愛麗絲）。在卡洛爾的小說《西爾薇與布魯諾》裡面，我們看到一種叫做「輕不可測」（imponderal）的羊毛，它具有反重力的效果，將其塞進任何郵包裡，郵包重量就會變成負的。該本小說裡面還有時間倒轉的手錶、黑色的光線，還有佛圖納特斯的皮包（Fortunatus's purse），也就是一種以投影式平面（projective plane）為概念，內外相反的皮包。我們也學到了，把「邪惡」（E-V-I-L）一字倒著寫，就是「活著」（L-I-V-E）。

*1 請參閱第七章，帽匠與愛麗絲的對話。

在真實生活中，卡洛爾也常常利用顛倒的觀念來取悅幼童朋友們。他在一封信裡提及，有一個洋娃娃的左手掉了下來，所以右手就變成「剩下來的那一隻手」（left）***2**。在另一封信裡面，他提到有時候自己起床後會很快地又上床，結果發現自己起床「之前」就回到床上了。他會寫那種字母都相反過來的信，得要擺在鏡子前面才能夠看得懂。他也會寫那種必須倒過來讀的信件，從最後一個字讀到第一個字。他收集了許多音樂盒，最喜歡玩的花招之一，就是把音樂倒過來放。他也畫了許多有趣的圖畫，如果把它們上下顛倒過來看，就會變成不同的圖畫。

*2「左邊的」跟「剩下來的」都是 "left"。

即便沒在胡鬧，卡洛爾的腦袋跟白棋騎士一樣，似乎透過上下顛倒的思考方式才能夠發揮最大功效。他發明出一種新的乘法，是把乘數倒過來寫，而且要擺在被乘

數上面。他說，他的《捕獵蛇鯊》也是倒過來創作的，最先出現於腦海裡的，是整本書的最後一行詩句：「因為蛇鯊是怪物，你也明白的」。這靈感突然出現後，才想到一整個節來搭配那一行詩句，最後寫出搭配整個詩節的完整詩作。

卡洛爾這種以「顛倒」為主題的幽默元素和邏輯矛盾密切相關。紅棋王后說她知道有一個山丘非常大，大到若是與它相較，這個山丘就變成了山谷；吃餅乾可以止渴；信差低聲說話的方式是大聲喊叫；為了停留在同一個地方，愛麗絲必須用最快速度跑步。毫不令人意外的是，卡洛爾向來喜歡自相矛盾的說法（Irish bull），這種說法正是最具有邏輯矛盾精神的。他曾經寫信給某位姐妹，在信中表示：「請用邏輯的方式來分析以下的推論：小女孩說，『我很高興我不喜歡蘆筍。』朋友說，『親愛的，為什麼呢？』女孩說，『因為如果我喜歡，我就必須要吃蘆筍，但是我根本就忍受不了！』」卡洛爾的某個友人記得卡洛爾曾說過他認識某個朋友，那朋友的腳好大，大到每次穿褲子時，都要從頭部穿。

把「零指涉對象的類別」（null class，也就是沒有任何實例存在的類別）當成真實存在的，也是卡洛爾大量使用的邏輯性荒謬元素。例如，三月兔叫愛麗絲喝葡萄酒，但實際上並沒有酒；愛麗絲曾經心想，當蠟燭沒有燃燒時，燭火都在哪裡？還有，《捕獵蛇鯊》中的地圖上面根本是「一片空空如也」；至於紅心國王則是認為寫信給「沒有人」是一件不尋常的事，白棋國王恭維愛麗絲，說她目光銳利，路上的遙遠處連「沒有人」她都可以看得見。

始融化，變成一團閃亮亮的銀色薄霧。

片刻過後，愛麗絲就進入鏡子世界[9]，輕輕地跳進鏡中房間。她做的第一件事，是看看房裡的火爐裡有沒有火，她欣然發現裡面的確有火，而且跟原來那個房間裡的火一樣燒得熱烈明亮。「所以我在這裡會很溫暖，跟我在原來房間裡一樣，」愛麗絲心想。「應該說更溫暖才對，因為這裡沒有人會因為我太靠近火爐而責罵我。喔，等到他們看見我在鏡子裡，但卻管不著我，一定很有趣！」

接著她開始四處張望，發現原來房間裡的東西在這裡看起來大多一樣普通而無趣，但也有一些截然不同。例如，火爐旁牆上的那一幅畫看來栩栩如生，壁爐檯面上的時鐘（你也知道，在鏡中世界裡你只能看到時鐘的背面）出現了一張小老頭的臉，正咧嘴對她微笑。

「這個房間可沒像另一邊的房間被保持得那麼整潔，」愛麗絲看到壁爐灰燼裡面有幾個棋子，心裡浮現這想法，但在片刻間她被嚇得「喔！」了一下，因為她趴下去仔細一看，發現那些棋子正倆倆並肩地走來走去！

「這是紅棋國王與紅棋王后，」她壓低聲音自言自語，唯恐嚇到他們，「那裡坐在鐵鏟邊邊上的是白棋國王和白棋王后，這裡還有兩個城堡棋手挽著手走來走去[10][262頁]……我想他們應該聽不到我說話，」她一邊接著說，一邊把頭靠過去，「而且我幾乎可以肯定他們看不見我。我覺得我好像快要變成隱形人了……」

此刻，愛麗絲身後的桌子傳來吱嘎作響的聲音，她不禁回過頭，剛好看見一顆白棋士兵在桌面上滾動，雙腳開始踢來踢去；她非常好奇地緊盯著，想知道接下來會怎樣。

為什麼卡洛爾在搞幽默時，總是喜歡利用各種邏輯上荒謬的東西大做文章？卡洛爾對於「邏輯」與「數學」的濃厚興趣便足以解釋此一現象嗎？還是他總是於無意之間有股衝動，想要把正常的世界予以扭曲延伸，壓縮顛倒，並且倒置歪曲？在這裡我不打算討論上述兩個問題。佛蘿倫絲・貝克・藍儂曾在她那本令人肅然起敬的卡洛爾傳記《鏡中的維多利亞時代》（*Victoria Through the Looking Glass*）提出個不怎麼適切的說法。她主張，因為卡洛爾天生是左撇子，但被硬改成使用右手，所以「他也把自己稍為顛倒一下，以示報復」。不幸的是，有關卡洛爾是左撇子的證據非常薄弱而沒有說服力。即便他真是左撇子，要以此解釋他總是喜歡用荒謬的東西大做文章，恐怕也是一種令人遺憾的不當做法。

R.B. 薛柏曼曾經撰文論述喬治・麥唐納對於卡洛爾的影響（請參閱：*Jabberwocky*, Summer 1976），文中引述了麥唐納於1858年寫的小說《仙緣》（*Phantastes*），下列引文出自該書第十三章：

> 鏡子是多麼奇怪的東西！它與人類的想像力之間的相似性是多麼奇妙啊！以我這個房間為例，如果我從鏡子裡面看它，它可以說是一樣，但又不全然一樣。它變成我所居住的房間的鏡像，但看起來好像我在讀某個故事時看到自己的房間出現在裡面。所有的共通性都消失了。鏡子讓房間脫離事實，進入藝術的領域。……如果我真能進入鏡中，還真想住在那個房間裡。

❼ 就連卡洛爾也不知道，愛麗絲對於鏡中世界的牛奶之揣測具有非常重要的

塔提雅娜・亞諾夫絲卡伊雅（Tatiana Ianovskaia）繪。2007 年。

意義。一直要等到《愛麗絲鏡中奇緣》出版的幾年之後，人們才透過立體化學（stereochemistry）的研究發現，的確有證據顯示有機物質的原子具有某種不對稱結構。所謂「同分異構體」（Isomer）是指那種分子由完全一樣的原子組成的物質，只是這些不同物質的原子結構截然不同。至於所謂「立體異構體」（Stereoisomers）則是指，儘管原子結構一樣，但是兩種物質的原子結構是不對稱的，宛如鏡像。有生命的有機物體內大部分物質都是立體異構體。糖是常見的例子：它有右旋糖（dextrose）與左旋糖（levulose）的區別。因為有機體對於食物的吸收涉及不對稱性食物與不對稱性物質在體內的複雜化學反

「那是我孩子的聲音！」白棋王后大喊，衝過國王身邊，只是用力過猛而把他撞倒在灰燼裡。「我親愛的莉莉！我的小公主！」接著她開始手忙腳亂地爬上火爐欄杆。

「狗屁公主！」國王摸摸因為跌倒而受傷的鼻子。他當然應該有點生氣，因為王后害他從頭到腳都沾滿了灰燼。

愛麗絲急於幫忙，而且可憐的小莉莉哭叫到都快昏過去了，她趕快把王后拿起來擺桌上，放在她那哭鬧的小女兒身邊。

王后倒抽一口氣，坐了下來；這一趟快速的空中之旅讓她快喘不過氣，有一兩分鐘她什麼也做不了，只能默默抱著小莉莉。稍稍恢復正常呼吸後，她對著悶悶不樂地坐在炭灰中的白棋國王大叫，「小心火山啊！」

「什麼火山？」國王抬起頭，焦急地看著爐火，好像他覺得火山很可能就在那裡。

「把我——噴——上來的火山，」王后說話時還是有點氣喘吁吁。「請你上來——用走的——別被噴上來了！」

應過程，所以左旋結構的有機物質在滋味、氣味與可消化性等方面都與右旋結構的同樣物質有顯著不同。到目前為止，天生的牛奶並沒有左右旋之區別，實驗室也還做不出來那種牛奶，但是如果真能製造出一種與一般牛奶具有不對稱結構的牛奶，我們幾乎可以肯定那種牛奶並不好喝。

按照前述方式去評斷鏡中世界的牛奶，只是針對牛奶原子結構的不對稱性進行考量而已。如果真的有這種原子結構有如鏡像的牛奶存在，兩種不同牛奶的基本粒子（elementary particle）結構也會是相反的。已經歸化美籍的中國物理學家李振道與楊振寧於 1957 年獲得諾貝爾獎，是因為他們的理論研究導致了歐本海默所謂「有趣而奇妙的發現」，也就是某些基本粒子的結構是不對稱的。從現在的科學看來，粒子與「反粒子」（結構不對稱的粒子）跟立體異構體一樣，都只是具有鏡像形式的結構。果真如此，那麼鏡中世界的牛奶應該就會是由「反物質」（anti-matter）組成的，所以愛麗絲連喝都不能喝，她只要一碰到那種牛奶，她與牛奶就都會爆炸。不過，在鏡中世界的「反愛麗絲」，則是會認為「反牛奶」跟一般的牛奶同樣營養好喝。

讀者們如果想要進一步瞭解左撇子與右撇子的哲學與科學意涵，請參閱：Hermann Weyl, *Symmetry* (1952)；Philip Morrison, "The Overthrow of Parity," in *Scientific American* (April 1957)。我也曾經用較為輕鬆的方式撰文探討同樣的問題，請參閱：*The Scientific American Book of Mathematical Puzzles and Diversions* (1959), the last chapter；"Left or Right? " in *Esquire* (February 1951)。H.G. 威爾斯的〈普拉特

納的故事〉（The Plattner Story）是一篇以左右顛倒為主題的經典科幻短篇小說。另一篇不該錯過的文章出現在：*The New Yorker*, December 15, 1956, page 164。撰文者愛德華・泰勒博士（Dr. Edward Teller）針對前一期《紐約客》雜誌刊出來的詩作（請參閱：*The New Yorker*, November 10, 1956, page 52）進行充滿卡洛爾式風格的評論，他說如果泰勒博士與反泰勒博士（Dr. Edward Anti-Teller）握手的話，一定會發生大爆炸。

也有一些以時空的對稱性與不對稱性為主題的非技術性書籍或文章，請參閱：Bryan Bunch, *Reality's Mirror: Exploring the Mathematics of Symmetry* (Wiley, 1989)；Martin Gardner, *New Ambidextrous Universe* (W. H. Freeman, 1990)；Roger Hegstrom and Dilip Kondepudi, "The Handedness of the Universe,＂in *Scientific American* (January 1990)。是否有可能在實驗室中創造出反物質，並且用磁力讓其懸浮在空中，然後將反物質與物質結合在一起，讓核子質量完全轉化為能量？（與此相對的，核融合與核分裂都只有一小部份質量會被轉換成能量。）原子科學家們對此問題提出了諸多揣測。也許，在鏡中世界裡，的確可以找到產生終極核能的方式。

⑧ 在此特別向美國讀者解釋，所謂壁爐檯面（chimneypiece）就是我們說的 "mantel"。曾經有幾位科幻小說家把鏡子當成我們的世界與平行世界之間的通道，例如亨利・懷德海（Henry S. Whitehead）的〈陷阱〉（The Trap）、唐諾・汪德雷（Donald Wandrei）的〈上色的鏡子〉（The Painted Mirror），還有佛里茲・萊伯（Fritz

愛麗絲看著白棋國王沿著一根根欄杆慢慢爬 [11]，很是辛苦，最後她終於說話了：「唉，像你這樣慢吞吞的，要爬幾個小時才到得了桌上？還是我來幫幫你，好不好？」但是國王完全沒有理會愛麗絲的問題，顯然他聽不見也看不到她。

於是愛麗絲將他輕輕地拎起來，速度比先前拎王后時慢很多，以免他也被嚇得喘不過氣。但是，在還沒把他擺到桌上之前，她想到最好把他渾身的灰撢一撢。

國王不但被一隻看不見的大手高舉在空中，那隻手還幫他撢灰，他被嚇得瞠目結舌，連叫都叫不出來，眼睛與嘴巴都越來越大，越來越圓，這讓愛麗絲笑到全身晃動，連手都抖到差一點讓國王掉在地上。事後她說她未曾見過那種表情。

「喔！請不要做那種鬼臉好嗎？親愛的！」她大聲說，壓根就忘了國王聽不見她說話。「你害我笑到差一點抓不住你！嘴巴不要張那麼大，以免吃到一嘴的灰——好了，我想你應該夠乾淨了！」她邊說邊幫國王整理頭髮，把他擺到桌上的王后身邊。

國王馬上往後倒下[12][263頁]，躺著完全不動，愛麗絲被自己幹的好事嚇了一跳，趕緊在房間裡四處找水，想要把他潑醒。但她只找得到一瓶墨水，回來後她發現國王已經甦醒，正驚慌地與皇后竊竊私語，聲音小到愛麗絲幾乎聽不到。

國王說，「親愛的，我沒有騙妳，我真的全身發冷，連絡腮鬍的尾端都冷了！」

王后答道：「你本來就沒有啊。」[13][263頁]

國王接著說：「我絕對永遠不會忘記剛剛那恐怖的一刻！」

「如果你不記在備忘錄裡，」王后說，「你還是會忘記的。」

Leiber）的〈鏡中世界的午夜〉（Midnight in the Mirror World）。

⑨ 田尼爾筆下愛麗絲穿越鏡子的模樣值得細究。請注意，他在本書第 257 頁的插圖裡，時鐘的背面加了一張咧嘴笑臉，瓶子後面的下半部也是。維多利亞時代的人習慣把時鐘和人造花擺在鐘形玻璃罩（glass bell jars）裡。較不明顯的是壁爐頂端雕花上面有一隻伸出舌頭的滴水獸（gargoyle）。

我們也看得出插畫中的愛麗絲並不是相反的。她舉起的仍是右臂，也是右膝跪著。

請注意，跟這兩本愛麗絲系列小說的大多數插畫一樣，這張壁爐插畫底部都有「達爾齊爾」（Dalziel）這個姓氏。儘管我們常聽見「達爾齊爾兄弟」（Brothers Dalziel）這個稱呼，但事實上達拉齊爾家有兄弟四人，還有一個夾在中間的姊妹，田尼爾所有的圖畫都是交給他們製作木刻版，五人包括：喬治（1815 ～ 1902 年）、愛德華（1817 ～ 1905 年）、瑪格莉特（1819 ～ 1894 年）、約翰（1822 ～ 1869 年），還有湯瑪斯（1823 ～ 1906 年）。值得注意的是，田尼爾在第二張插畫上的簽名，也是簽反的。

後來，故事敘述者說：「火爐旁牆上的那幅畫看來栩栩如生」。彼得・紐威爾後來在插圖中描繪愛麗絲從鏡中出來的樣子時，也把這一點畫出來了。派拉蒙於 1933 年推出電影版《愛麗絲夢遊仙境》＊裡面，牆上的圖畫真的活了過來，並對著愛麗絲說話。

＊電影其實是包含了《愛麗絲夢遊仙境》與《愛麗絲鏡中奇緣》的故事。

在所有的標準版小說裡，這兩張插圖都
是擺在一張紙上的左右兩頁，讓那一張紙
看起來就好像是愛麗絲穿越的鏡子（見本
書255與257頁）。在帕芬出版社（Puffin）
於1948年推出的《愛麗絲鏡中奇緣》裡，
把兩張插圖分別擺在封底，讓整本書看起
來就像鏡子一樣。

⑩ 值得注意的是，田尼爾在這個場景的
插圖中，把棋子畫成鏡像似的兩兩成雙。
儘管卡洛爾未曾提及主教（也許是為了尊
重神職人員），但是在田尼爾的插畫裡
可以清楚地看見主教們。卡洛爾略去主教
棋子不論，令人好奇，這也引發科幻小說
家以撒・艾西莫夫（Isaac Asimov）寫出
一則名為〈神秘的省略〉（The Curious
Omission）的怪誕故事，收錄在他的故事
集《黑寡婦們的故事》（Tales of the Black
Widowers）當中。

基於某個我們尚未明瞭的奇怪理由，在
這一章、下一章插圖，還有在第七章裡面，
田尼爾筆下國王頭頂的王冠居然跟王后一
樣！這只是因為他的筆誤嗎？如果是這樣，
卡洛爾想必知道國王王冠上應該有十字架，
但他為什麼不糾正田尼爾？有可能是因為
卡洛爾認為這個嚴肅的基督宗教元素不該
被牽扯進如此輕佻的故事脈絡裡。對此，
本小說第二章注釋2有相關討論。請參閱：
August A. Imholtz, Jr., "King's Cross Loss," in
Jabberwocky (Winter 1991/92)。

⑪ 像白棋國王這樣沿著一根根欄杆慢慢
爬，反映出一個事實：下西洋棋時，儘管
國王跟王后一樣可以朝任何方向移動，卻
也只能一格格慢慢走。王后一次最多可以
走七格，這足以解釋稍後王后為什麼可以

So Alice picked him up very gently.   Peter Blake. 1970.

彼得・布萊克（Peter Blake）繪。1970年。

國王從口袋裡拿出一大本備忘錄，開
始做紀錄，愛麗絲看得興味盎然。她突發
奇想，因為石筆比國王高彎多的，她就抓
住石筆尾端，開始幫他寫了起來。[14]

可憐的國王看起來如此困惑而痛苦，
悶不吭聲，和石筆掙扎了好久，但愛麗絲
的力氣比他大太多了，搞得國王氣喘吁吁，
最後對王后說：「親愛的！我真的**該換一
根比較細的石筆**，這一根完全不聽我使喚，
寫出來的字都不是我想寫的……」。

王后問道：「寫了些什麼啊？」探頭看看備忘錄之後，她說：「備忘錄裡面寫的都不是你的想法啊！」因為愛麗絲寫的是，「白騎士從火鉗上滑下來。他划得搖搖晃晃。」[15]

愛麗絲坐在那裡緊盯著國王（因為她還是有點擔心他，並把墨水準備好，只要他又暈了過去，就要拿墨水潑他），看到桌上不遠處有一本書，她隨手拿起來翻閱，看有沒有自己能讀懂的，「…這是哪一國文字，我看不懂，」她對自己說。

在空中飛；國王如果想要從棋盤的一邊走到另一邊，卻要走七次。

⑫ 下西洋棋時，輸家通常把國王往後推倒，以示投降。接著我們馬上會看到，國王在驚慌失措之餘渾身發冷，好像戰鬥中被殺死的人一樣。王后要國王把這件事記在備忘錄裡，這也反映出棋士的棋步都會被記錄下來，以免他們忘記下到哪裡了。

⑬ 美國讀者可能會被王后的這一句話給搞混了，因為從田尼爾為這個場景與第七章畫的插圖看來，白棋國王嘴巴上下都有鬍子（mustache and beard）。但就像丹尼斯·克拉奇所說的，王后是說國王沒有留鬢腳（sideburns）。克拉奇引述卡洛爾在《西爾薇與布魯諾》一書第十八章裡用來形容男人面相的一句話：「北邊有頭髮，東西兩邊有鬢腳（whiskers），南邊有絡腮鬍。」英格蘭人要說鬢腳時都是用 "whiskers" 這個字 *，而非美式英文裡面的 "sideburns"。

* 換言之，國王是把 "whiskers" 當成 "beard" 的同義字，指下巴的絡腮鬍；但王后的用法則是英式英文，"whiskers" 是指鬢腳。

⑭ 自動書寫（automatic writing）是十九世紀唯靈論風潮中非常重要的部分。唯靈論者深信，沒有形體的靈魂可以抓住靈媒的手（偵探小說家柯南·道爾〔Conan Doyle〕的妻子是個很厲害的自動書寫者），能寫下來自未知世界的訊息。卡洛爾對於唯靈論的興趣何在？我在本書《愛麗絲夢遊仙境》第五章注釋7裡曾提出我的看法。

⑮ 白騎士搖搖晃晃地從火鉗滑下來，這也預示了他與愛麗絲在第八章相遇時，在馬背上也是搖搖晃晃的。

16 卡洛爾本來打算把整首〈炸脖龍〉（Jabberwocky）都用左右顛倒的字印出來，但最後還是只有印出第一段。書裡面的文字左右顛倒這個事實，足以印證愛麗絲雖然已經進入鏡中世界，自己卻沒有變顛倒。如前所述，目前已經有科學理由足以讓我們懷疑，如果愛麗絲沒有顛倒的話，在鏡中世界裡她可能只會存在極其短暫的一瞬間。（也可以參閱本小說第五章注釋 10。）

　　還有其他理由讓我們認定愛麗絲並未因為鏡射效應而變顛倒。在《愛麗絲夢遊仙境》裡，田尼爾的許多插畫都把愛麗絲畫成右撇子，到了這裡她還是右撇子。彼得‧紐威爾的插畫較沒明確地傳達出他的看法，只不過在他為第九章畫的插畫裡面，愛麗絲是左手拿著權杖，而非像田尼爾筆下那樣，是右手拿著。在曾經失傳非常久的〈假髮黃蜂〉篇章裡，愛麗絲在閱讀黃蜂的報紙時，也沒有看不懂，因為報紙內文跟〈炸脖龍〉不同，並未左右顛倒。同樣沒有顛倒的，還包括叮噹兄弟衣領上面的「噹」（DUM）與「叮」（DEE）兩字、瘋帽匠帽子上的標籤，還有第九章裡門上的「愛麗絲女王」幾個字。布萊恩‧克蕭（Brian Kirshaw）把這本書裡面所有關於「左右」的問題進行了仔細的分析，所有寄給我的分析結果都顯示，無論是田尼爾或卡洛爾，他們對於誰或什麼東西應該在鏡中世界裡變成左右顛倒，並未保持前後一貫的立場。

```
TWAS BRYLLYG, AND Yᵉ SLYTHY TOVES
DID GYRE AND GYMBLE IN Yᵉ WABE:
ALL HIMSY WERE Yᵉ BOROGOVES;
AND Yᵉ MOME RATHS OUTGRABE.
```

17 卡洛爾年輕時曾經私底下寫過許多只給他的姊妹和弟弟傳閱，當作樂子的手寫「期刊」，其中最後一份被他命名為《雜

她看到的那一段文字是像這樣的：

镜中奇緣（鏡像字）

犖斑蝥的涂蠟，暗影正直，
刜觸體狀上立于山中：
然不此呕菲艱譠，
卜尖蟲綠絲蠡的羸蠶。

　　她納悶了好久，突然頓悟。「哎呀！當然囉，這是鏡中世界的書！只要把書拿到鏡子前面，字就又會變正了 [16]。」以下是她讀到的那一首詩：

炸脖龍 [17] 時值傍晚，滑溜的 [18]₂₇₀頁 白
獲 [19]₂₇₀頁 在山丘上抓癢 [20]₂₇₀頁 鑽洞 [21]₂₇₀頁：

鸚鵡 [22]₂₇₀頁 都如此不悅 [23]₂₇₀頁，
嚴肅的 [24]₂₇₀頁 綠龜 [25]₂₇₀頁 尖叫 [26]₂₇₀頁 。*

「小心炸脖龍 [27]₂₇₀頁，吾子！
巨顎撕咬，利爪捕捉！
提防加布怪鳥 [28]₂₇₁頁，躲開
會噴怒火 [29]₂₇₁頁 的蛇尾怪獸 [30]₂₇₁頁 ！」

屠龍利劍 [31]₂₇₁頁 在手：
與來自曼島的 [32]₂₇₁頁 仇敵酣戰——
在騰騰樹 [33]₂₇₂頁 下方休息，
站著沉思片刻。

*以上這一段的翻譯根據注釋 17。

此刻他憤怒不已[34]，
雙眼噴火的炸脖龍
穿越塔爾基森林，渾身冒煙[35]而來，
一路低鳴怪叫[36]！

一二！一二！咻咻咻
屠龍利劍來回舞動！[37]
他屠龍成功，取其首級
得意地揚長而去，蹦蹦跳跳[38]。

「汝已手刃炸脖龍[39]？
來到我懷裡，我笑容燦爛的[40]孩子
多麼傳奇而美好的日子！呀呼[41]！呀嘿！
快樂的他笑得咯咯哼哼[42]。」

「似乎寫得很美，」讀完後她說，「但很難理解！」（你看看！她根本看不懂，還要騙自己。）「不過，我覺得我的腦海裡似乎充滿了各種想法，但我卻搞不清楚那些想法是什麼！總之，某人殺了某個東西，這是很清楚的……」[43]

「但是，哎唷！」愛麗絲突然跳了起來，因為她想到：「我的動作要快一點，否則還沒看完這個鏡中房間的其他東西，我就得要穿越鏡子，回到另一邊了！我先去看看花園吧！」她立刻走出房間跑下樓，或者說她不是用跑的，而是像愛麗絲對自己說的，以她自己新發明的方式，輕鬆地快快下樓。她只是把指尖擺在樓梯扶手上，

七雜八》（Mischmasch），而這一份期刊也是〈炸脖龍〉這首詩初次問世的地方。1855 年，在一期主題為〈英美詩歌的詩節〉的《雜七雜八》裡面，卡洛爾刊出了下面這一段「奇特的殘詩」（curious fragment）：

緊接著，卡洛爾如此詮釋上述詩句：

Bryllyg（衍生自動詞 Bryl 或是 Broil），意思是「烹煮晚餐的時間，也就是接近下午結束時」。

Slythy（Slimy 與 Lithe 兩個字的合體），意思是「滑溜溜而活跳跳的」。

Tove 是某一種獾屬動物，身上的白毛柔順光滑，後腳長長的，長著鹿角似的短角，以起司為主食。

Gyre，動詞（衍生自 Gyaour 或 Giaour，指「一隻狗」）。意思是像狗一樣抓癢。

Gymble（源自於 Gimblet）。「在任何東西上面鑽出洞來」。

Wabe（源自於動詞 Swab 或者 Soak）。「山坡」（因為山坡會被雨水浸濕）。

Mimsy（源自於 Mimserable 與 Miserable）。「不快樂」。

Borogove。一種已經絕種的鸚鵡。牠們沒有翅膀，鳥嘴往上彎，在日晷下方築巢，以牛肉維生。

Mome（源自於 Solemome、Solemone 以及 Solemn）。「嚴肅的」。

Rath，一種陸龜。頭是挺直的：嘴如鯊魚，前腳彎曲，因此這種陸龜是用膝蓋走路，綠色的身體極為光滑，以燕子和牡蠣為主食。

Outgrabe，動詞 Outgribe 的過去式。（與舊時的動詞 Grike 或 Shrike 有關，

這兩者又衍生出 Shriek 與 Creak）。
「尖叫」。

因此，這一段詩文的意思就是：「傍晚時分，滑溜溜活跳跳的白獾在山坡上挖洞鑽孔；鸚鵡悶悶不樂；嚴肅的陸龜持續尖叫。」

山丘頂端可能有日晷，鸚鵡害怕牠們的巢穴會被毀壞。山丘上可能有許多陸龜的巢穴，牠們一聽見白獾在外面鑽洞，紛紛爬出來，驚恐地尖叫。這是一首文義隱晦不明的古詩殘篇，但是令人非常感動。

如果把這裡的解釋，與蛋頭先生在第六章提出的解釋加以對照，結果相當有趣。

應該沒有多少人會質疑〈炸脖龍〉是所有英語打油詩裡面最棒的一首。因為在英格蘭的小學生之間相當有名，所以詩中有五個隨便編出來的字彙還被吉卜林（Rudyard Kipling）在小說《智多星與夥伴們》（Stalky & Co）裡面隨意引用。至於愛麗絲本人，我們則是可以從詩歌的後一段文字裡看出她已經掌握那首詩如此迷人的秘密：「…我覺得我的腦海裡似乎充滿了各種想法，但我卻搞不清楚那些想法是什麼。」儘管那些怪字沒有精確的意義，卻都有微妙的弦外之音。

這種荒謬的打油詩與抽象主義畫作之間顯然具有某種相似性。寫實主義畫家不得不臨摹自然，把賞心悅目的形式與色彩強加在畫作上面。但是抽象畫畫家卻能夠隨心所欲地運用顏料。相似的，打油詩的作者不需要試著以創新的方式把「形式」和「意義」結合在一起。在《愛麗絲夢遊仙境》第九章，公爵夫人曾經對此提出建議（請參閱該章注釋 6），但打油詩作者只需要反其道而行，也就是只要顧及音韻，文義自然會隱然成形。他們的措詞也許會

輕輕飄下樓，連腳都沒有碰到階梯。然後她繼續飄過大廳，如果沒有抓住門框，就會用一樣的方式飄出門。因為飄了太久，她的頭有點暈，等到她又能用正常的方式走路，才高興了起來。

文義模糊，就像畢卡索（Picasso）的抽象畫被畫成這邊一顆眼睛，那邊一隻腳，亂七八糟，或毫無意義可言，只是文字的音韻悅耳，就像油畫畫布上有許多無意義的色塊。

當然，卡洛爾不是第一個懂得使用這種「話中有話」（double-talk）技巧來寫幽默詩的人。在他之前已經有愛德華・李爾（Edward Lear）。自從李爾與卡洛爾以降，許多人都曾試圖把這種詩歌當成值得認真創作的文類，例如達達主義、義大利的未來主義，還有葛楚・史坦因（Gertrude Stein），但也許因為他們太看重技巧，反而讓寫出來的詩變得有點無聊。我知道有許多卡洛爾的研究者就算沒有認真背誦，也能夠把〈炸脖龍〉背出來，但是卻沒遇過有誰能夠背得出史坦因女士的打油詩。歐格登・納許（Ogden Nash）的打油詩〈天南地北〉（Geddondillo）：「夏拉特在夜裡疾走發問，多林恩在冷霜中緩步，堅持不懈……」）寫得不錯。即便如此，似乎還是寫得有點太過刻意，而〈炸脖龍〉卻是如此瀟灑寫意，渾然天成，因此才具有獨特性。

〈炸脖龍〉是英國天文學家亞瑟・史丹利・艾丁頓（Arthur Stanley Eddington）的最愛，因此在他的著作中數度提及。在《科學的新途徑》（*New Pathways in Science*）裡，他認為這首詩的抽象句構與現代數學中所謂「群論」（group theory）非常相似。透過《物理世界的本質》（*The Nature of the Physical World*）一書，則是指出物理學家對於基本粒子的描述方式就是一種「炸脖龍」：用文字來描繪「某種未知的東西」，也就是「去做一件他們自己也不知道的事情」。因為對於粒子的描述涉及數字，科學才有辦法用某種程度的

秩序來規約現象，對現象進行正確的預測。

艾丁頓寫道，「他們的做法是透過想像，把原子描繪成外面有八個電子環繞著，另一個原子則有七個環繞著，」

> 藉此開始瞭解氧與氮之間的差異。氧的山丘上有八隻滑溜的白獾在抓癢鑽洞，氮的山丘上則是有七隻。只要加上一些數字，就算是「炸脖龍」也變得具有科學性。我們現在可以試著預測：如果有一隻白獾逃走了，氧就會換上一襲看似氮的服裝。在星辰與星雲之間，我們的確發現這種披著羊皮的狼，而且也許會因此被嚇一跳。如果我們把物理學的基本實體比擬成「炸脖龍」，其實還不錯，這可以提醒我們，那些實體充滿了未知性——前提是所有的數字，也就是所有可測量的性質都不加以改變，那就不會有任何缺點。

《愛麗絲鏡中奇緣》一書問世後，各種譯文也像雨後春筍一樣陸續湧現。關於各種外語譯文，特別是拉丁文和希臘文譯本的討論，請參閱：*Knight Letter* 70 (Winter 2002)。上述期刊中那篇文章的作者是奧古斯都・殷霍爾茲二世（August A. Imholtz, Jr.），原先出處請參閱："The Rocky Mountain Review of Language and Literature" (Vol. 41, No. 4, 1997)。在文章中討論的六個拉丁譯文，有兩個都是具有歷史意義而且知名度很高的。其中一位譯者是劍橋大學三一學院的院士奧古斯特斯・文斯塔特（Augustus A. Vansittart），於1881年由牛津大學出版社以小手冊的形式出版，在史都華・柯靈伍為卡洛爾寫的傳記第144頁可以看見。另外一個譯文則是由卡洛爾的叔叔哈薩德・道吉森（Hassard H. Dodgson）翻譯，可參閱：《路易斯・卡洛爾圖畫書》第364頁。這本由哈薩德

翻譯的書是一個叫做「炸脖龍出版社」的
奇怪出版社出版的，該社名稱源自於哈薩
德·道吉森為「炸脖龍」一詞發明的拉丁
文名稱：" Gaberbocchus "。

　下列法文譯文的譯者是法蘭克·瓦林
（Frank L. Warrin），最初刊登在《紐約客》
雜誌上（1931 年 1 月 10 日出刊）。（我
是引述自佛蘿倫絲·貝克·藍儂女士的
書。）

Le Jaseroque

Il brilgue: les tôves lubricilleux
Se gyrent en vrillant dans le guave,
Enmîmés sont les gougebosqueux,
Et le mômerade horsgrave.

Garde-toi du Jaseroque, mon fils!
La gueule qui mord; la griffe qui prend!
Garde-toi de l'oiseau Jube, évite
Le frumieux Band-à-prend.

Son glaive vorpal en main il va
T-à la recherche du fauve manscant;
Puis arrivé à l'arbre Té-Té,
Il y reste, réfléchissant.

Pendant qu'il pense, tout uffusé
Le Jaseroque, à l'œil flambant,
Vient siblant par le bois tullegeais,
Et burbule en venant.

Un deux, un deux, par le milieu,
Le glaive vorpal fait pat-à-pan!
La bête défaite, avec sa tête,
Il rentre gallomphant.

As-tu tué le Jaseroque?
Viens à mon cœur, fils rayonnais!
O jour frabbejeais! Calleau!
Callai! Il cortule dans sa joie.

Il brilgue: les tôves lubricilleux
Se gyrent en vrillant dans le guave,
Enmîmés sont les gougebosqueux,
Et le mômerade horsgrave.

　有一個德文譯文極為出色，譯者是曾
與里德爾院長（愛麗絲之父）一起編纂
希臘文詞典的知名希臘文學者羅伯·史
考特（Robert Scott），其出處請參閱：
Thomas Chatterton, "The Jabberwock Traced
to Its True Source," *Macmillan's Magazine*
(February 1872)。上述文章就是史考特用筆
名撰寫的，他表示在某次通靈大會上，有
位德國人赫曼·馮·史溫戴爾（Hermann
von Schwindel）的靈魂堅稱卡洛爾只是把
以下的古代日爾曼歌謠翻譯成英文而已：

Der Jammerwoch

Es brillig war. Die schlichte Toven
Wirrten und wimmelten in Waben;
Und aller-mümsige Burggoven
Die mohmen Räth' ausgraben.

Bewahre doch vor Jammerwoch!
Die Zähne knirschen, Krallen kratzen!
Bewahr' vor Jubjub—Vogel, vor
Frumiösen Banderschnätzchen!

Er griff sein vorpals Schwertchen zu,
Er suchte lang das manchsam' Ding;
Dann, stehend unten Tumtum Baum,
Er an-zu-denken-fing.

Als stand er tief in Andacht auf,
Des Jammerwochen's Augen-feuer
Durch tulgen Wald mit wiffek kam
Ein burbelnd ungeheuer!

Eins, Zwei! Eins, Zwei!
Und durch und durch
Sein vorpals Schwert zerschnifer-
schnück,

Da blieb es todt! Er, Kopf in Hand,
Geläumfig zog zurück

Und schlugst Du ja den Jammerwoch?
Umarme mich, mien Böhm' sches Kind!
O Freuden-Tag! O Halloo-Schlag!
Er chortelt froh-gesinnt.

Es brillig war, &c.

愛蘭諾 · 亞伯特（Elenore Abbott）繪。1916 年。

愛麗絲系列小說的各國譯本持續問世。根據《愛麗絲夢遊仙境的世界：路易斯 · 卡洛爾經典之作的譯本》（*Alice in a World of Wonderlands: The Translations of Lewis Carroll's Masterpiece*, Oak Knoll, 2015）一書，目前世上總計有六十五種語言的《愛麗絲鏡中奇緣》譯本，三百五十個譯本，大約有一千五百個版本，每本幾乎都把〈炸脖龍〉這首詩翻譯出來。（至於《愛麗絲夢遊仙境》的部分，則是有

一百七十四種語言與方言的譯本，兩本小說總計有八千四百個版本。）

曾有許許多多人想要諧仿〈炸脖龍〉。其中最棒的三首被收錄在卡洛琳 · 威爾斯（Carolyn Wells）編的文集《打油詩大全》（*Such Nonsense*，1918 年出版）裡，三首分別是：〈歐洲某處的炸脖龍〉（Somewhere-in-Europe Wocky）、〈足球炸脖龍〉（Footballwocky）以及〈出版社的炸脖龍〉（The Jabberwocky of the Publishers）。（分別是哈潑、小布朗，以及狄霍頓 · 米夫林所出版。）但是我的看法與切斯特頓一樣悲觀（在本書導讀裡提及的那篇文章裡，他提出了自己的看法），並不看好這些詩作可以用幽默的方式模仿幽默的〈炸脖龍〉。

至於在路易斯 · 帕傑特（Lewis Padgett；這是已故的亨利 · 卡特納〔Henry Kuttner〕與妻子凱薩琳 · 摩爾〔Catherine L. More〕共用的筆名），最有名的科幻小說之一《不快樂的鸚鵡》（*Mimsy Were the Borogoves*）裡面，〈炸脖龍〉這首詩裡的辭彙則是被揭示為未來語言的象徵。只要用正確的方式加以理解，那些辭彙便可用來解釋某種可以進入四度空間連續體的技術。相似的概念由弗雷德里克 · 布朗（Fredric Brown）在他那極其有趣的怪誕小說《炸脖龍之夜》（*Night of the Jabberwock*）提出。布朗筆下的故事敘述者是個很熱衷的卡洛爾研究者。另一個角色葉胡迪 · 史密斯（Yehudi Smith）所隸屬的協會，顯然是由卡洛爾愛好者們組成的「屠龍劍協會」（The Vorpal Blades），他向敘述者透露，卡洛爾的所有奇幻故事都不是虛構的，而是關於另一個世界的寫實描寫。卡洛爾把那些奇

幻故事的線索，巧妙地隱藏在許多數學著作中，特別是他的《數學奇論》（*Curiosa Mathematica*）一書，還有他的許多非離合詩（nonacrostic poems）裡面，而那些詩其實只是一種比較不明顯的離合詩。任何喜歡研究卡洛爾的人都不該錯過《炸脖龍之夜》。那是一本與愛麗絲系列小說密切相關的出色作品。

⑱ 根據《牛津英語詞典》，"slithy" 是 "sleathy" 的變體，而 "sleathy" 是一個廢字，意思是「邋遢的」，但是在《愛麗絲鏡中奇緣》第六章，蛋頭先生為 "slithy" 一字進行了不同的詮釋。

⑲ 「白獾」（toves）應該與「樹叢」（groves）押韻，這是卡洛爾在《捕獵蛇鯊》一書的前言裡說的。從第 357 頁的插畫看來，田尼爾把白獾長長的鼻子畫成螺旋狀，看起來就像「拔塞鑽」。為了配合這本小說的「對稱鏡像」母題，螺旋狀有兩種形式，是彼此對稱的鏡像。請參閱《愛麗絲鏡中奇緣》第二章注釋 1，還有〈假髮黃蜂〉注釋 13。

⑳ 根據《牛津英語詞典》，"gyre" 一字最早可以追溯到 1420 年，意思是「轉過來」或者「迴轉」，這與蛋頭先生的詮釋相符。現代讀者可能只會在另一個地方看到這個怪字，也就是葉慈（W. B. Yeats）的詩作〈再臨〉（The Second Coming）。

㉑ 根據《牛津英語詞典》，"gimble" 是「平衡環」（gimbal）的另一種拼法。平衡環有好幾層鐵環，中間有個樞軸，有很多功能，其中包括讓船隻的羅盤懸空，即便船隻搖搖晃晃，羅盤還是可以保持水平。然而，若按照蛋頭先生的說法，"gimble" 這個動詞在此顯然有不同意義。

㉒ 卡洛爾在《捕獵蛇鯊》一書的前言裡面寫道：「"borogoves" 一字裡面第一個 "o" 的發音與 "borrow" 的 "o" 一樣。我曾經聽過有人想要試著把第一個 "o" 發成跟 "worry" 的 "o" 一樣的音。人類真是固執啊。」卡洛爾研究界的新人常常把 "borogoves" 一字誤唸成 "borogroves"，有些美國版的《愛麗絲鏡中奇緣》更是把字給拼錯了，就連紐約中央公園那一座由喬治・德拉科特（George Delacorte）捐贈的愛麗絲雕像上，一樣把 "borogoves" 給拼錯，這就更是不在話下了。

㉓ 〈炸脖龍〉裡有八個怪字，後來再度被用在《捕獵蛇鯊》一書，「不悅」（mimsy）是其中第一個。它出現在該書第七章的第九節：「用最不悅的音調唱歌」。根據《牛津英語詞典》，在卡洛爾那個時代，"mimsey"（多了一個 "e"）的意思是：「呆板的、拘謹的、可鄙的」。也許卡洛爾也有想到這一點。

㉔ 「嚴肅的」（mome）有許多不再被人使用的字義，包括「母親」、「笨蛋」、「吹毛求疵的批評者」還有「丑角」，但若是從蛋頭先生的詮釋看來，那些都不是卡洛爾想到的字義。

㉕ 根據蛋頭先生所言，"rath" 是一種綠色的豬，但是在卡洛爾的時代，大家都知道那是個愛爾蘭古字，意思跟 "enclosure" 一樣。通常指某種圓形的土牆，其功能是碉堡，還有部族首領的住處。

㉖ 請參閱《捕獵蛇鯊》第五部第十節，「但牠已經神智不清，在絕望中尖叫」。

㉗ 《捕獵蛇鯊》裡並未提及炸脖龍，但在卡洛爾寫給幼童友人之母查特威夫人（Mrs. Chataway）的信件裡曾經解釋道，《捕獵蛇鯊》的場景「是一個加布怪鳥（Jubjub）與蛇尾怪獸（Bandersnatch）常去的地方，

而且無疑的，也就是炸脖龍被殺掉的那個島嶼」。曾有一間專攻少女就讀的波士頓拉丁文學校去函給卡洛爾，請求他准許該校將校刊命名為《炸脖龍》，曾在 1888 年 2 月 6 日的回信中寫道：

> 路易斯．卡洛爾先生非常樂於允許來信所提校刊之編輯按照己意為刊物命名。他發現 "wocer"（或 "wocor"）這個盎格魯-薩克遜古字的意思是「子孫」或「果實」。至於 "jabber"，通用的字義則是指「興奮而滔滔不絕地談論」，因此兩者合併後就是指「興奮談論的結果」。這個字是否適用於你們將要成立的校刊，就要交由未來的美國文學史家去決定了。卡洛爾先生希望你們即將推出的校刊能夠順利成功。

"wocer" 這個盎格魯-薩克遜古字的意思是正確的，但無疑的卡洛爾在此追溯「炸脖龍」的字源，應該也不無開玩笑的意味。

28 《捕獵蛇鯊》裡曾五度提及加布怪鳥，分別是：第四部第十八節、第五部第八、九、二十一與二十九節。

29 《捕獵蛇鯊》第七部第五節寫道：「……那些噴著怒火的巨顎……」。在《捕獵蛇鯊》的前言裡面，卡洛爾表示：

> 就以「冒煙」（fuming）與「憤怒」（furious）兩字為例。你可以打定主意一次要把這兩個字說出口，但別決定要先說哪一個。現在，打開你的嘴巴，把兩個字說出來。如果你心裡稍稍傾向於 "fuming"，你就會說 "fuming-furious"；如果你只要有一點點偏向於 "furious"，那你就會說成 "furious-fuming"。但如果你擁有那種罕見的天分，心思可以毫不偏向哪一邊，你就會說成 "fruminous"。畢斯托爾（Pistol）曾說過那一句名言：

> 在哪一個王手下，老東西？
> 快說，不然就殺了你！

> 假設夏祿法官（Justice Shallow）肯定自己要說的若非威廉就是理查，但無法決定是哪一個，所以他沒辦法先說一個，再說另一個，在不想死的情況下，他可不可能脫口說出「里廉！」（Rilchiam!）呢？

卡洛爾在此引用了莎翁名劇《亨利四世》下篇（Henry IV, Part II）的典故，因此夏祿必須選擇的，實際上是亨利四世或五世。如果把這兩個名字混在一起說，就沒那麼有趣了，結果會變成：「亨利四五世」（Henry the Fourfth）。

30 蛇尾怪獸將會在《愛麗絲鏡中奇緣》第七章再度被提及，並且於《捕獵蛇鯊》第七部的第三、四、六節重現。

31 在關於卡洛爾的《白騎士》一書裡面，作者泰勒指出在「屠龍利劍」（vorpal blades）一詞裡面 "vorpal" 一字是由 "verbal" 與 "gospel" 兩者的字母穿插合併而成，但並沒有證據顯示卡洛爾曾經用這種複雜的方式造字。事實上卡洛爾曾經寫信給某位幼童友人表示：「恐怕我無法向你解釋 "vorpal blades" 一詞，"tulgey wood" 也是一樣。」

32 "Manx" 是居爾特語裡面的「曼島」（Isle of Man），因此在英格蘭的英語中，"manxome"（曼島的）是指「任何與曼島有關的」。曼島的語言是 "Manx"，島民則可以稱為 "Manxmen"，依此類推。但是卡洛爾在自創 "manxome" 時是否有想到曼島，那就不得而知了。

33 「騰騰」（tum-tum）在卡洛爾的時代是一種慣用的口語，是指弦樂樂器的聲音，特別是那種單調的樂音。

㉞ 《捕獵蛇鯊》第四部第一節如此寫道：「搖鈴人（Bellman）看來憤怒不已（uffish），眉頭深鎖」。1877年，卡洛爾寫信給他的幼童友人莫德·史丹登（Maud Standen），表示所謂 "uffish"，是一種「聲音粗啞、體態粗魯與脾氣粗暴的狀態」。

㉟ 「冒煙」（whiffling）並非卡洛爾自創的字。在他那個時代，"whiffling" 有許多不同的意義，通常是指斷斷續續地緩緩吹氣，因此它變成了某種多變而難以捉摸的俚語。在更早以前，"whiffling" 的意思是抽菸與喝酒。

㊱ 卡洛爾在前述信件（注釋34）裡面寫道，「就 bleat（咩咩叫）、murmur（呢喃）與 warble（鳴叫）這三個動詞而言，如果分別將我強調的字母拿出來，當然就可以組成 "burble" 一字：不過，恐怕我也不記得自己曾經同時咩咩叫、呢喃與鳴叫。」這個字（顯然是由 "burst" 與 "bubble" 組成）長期以來在英格蘭被當成 "bubble" 的變體（例如，冒泡泡的小河〔the burbling brook〕），另外《牛津英語詞典》則是引述卡萊爾女士（Mrs. Carlyle）* 的信件裡的句子："His life fallen into a horribly burbled state"（他的人生陷入一種極度混亂的狀態），表示 "burble" 的意思是「使人感到困惑、混亂或者糊塗」。在現代的航空術之中，"burble" 則是指因為某個物體四周的空氣流動不順而產生的亂流。

*卡萊爾是英國著名史家。

㊲ "snickernee" 是個古字，意思是「大刀」。它同時也指「用大刀戰鬥」。《牛津英語詞典》引述輕歌劇作品《日本天皇》（The Mikado）裡的句子："As I gnashed my teeth, when from its sheath I drew my snicker-snee."（我咬牙切齒，把大刀抽出刀鞘）。

㊳ 《捕獵蛇鯊》第四部第十七節：「海狸得意洋洋地到處蹦蹦跳跳」。這是被收錄在《牛津英語詞典》裡的卡洛爾自創字，字典也註明是他自創，定義是把 "gallop" 與 "triumphant" 兩個字結合在一起，意為「歡欣鼓舞地大步前進，不時蹦蹦跳跳」。

㊴ 田尼爾為這一節詩畫的插畫令人怵目驚心，原本是要拿來當作卷首插畫，但是因為畫得太可怕，卡洛爾有所顧慮，覺得翻開書的第一頁應該擺一張比較溫和的插圖。1871年，卡洛爾印了一封信，把信寄給大約三十個母親，私下進行一次民調，信件內容如下：

我在這封信裡面附上了預選的《愛麗絲鏡中奇緣》卷首插畫。有人向我建議，預選的插畫太過可怕，可能會嚇到敏感而容易東想西想的孩子們，無論如何我們都該選一個主題比較愉快的插畫擺在卷首。

所以我想向幾位朋友詢問此一問題，為此才會先把卷首插圖印出來。

眼前有三條路可以選擇：

彼得・紐威爾（Peter Newell）繪。1901 年。

（1）保留原先預選的卷首插畫。

（2）把預選的卷首插畫擺到書中其餘恰當的地方（也就是插畫所描繪的那一首歌謠那裡），用一個新的卷首插畫取而代之。

（3）把預選的卷首插畫拿掉不用。

若非真的必要不應選擇最後一條路，否則那插畫所需的時間與心血就全都白費了。

哪一條路才是最佳選擇？如您能夠提供意見（把您認為適合的孩童當成試驗對象，拿這張插圖給他們看），本人將會非常感激。

顯然大多數母親都偏好第二個選項，因為卷首插畫改成了白騎士騎在馬背上那一張。與我通信的亨利・摩斯二世夫人（Mrs. Henry Morss, Jr.）指出一個驚人的事實：田尼爾筆下的炸脖龍與保羅・烏切洛（Paolo Uccello）畫的那一隻被聖喬治（Saint George）殺掉的惡龍十分相似。（烏切洛的畫作目前收藏在倫敦的國家藝廊〔National Gallery〕裡。）關於其他有可能影響田尼爾筆下炸脖龍的其他畫作，請參閱：麥可・漢薛，《愛麗絲系列小說插畫大師田尼爾的藝術》第八章。

㊵《捕獵蛇鯊》第三部第十節：「但是，喔，笑容燦爛的姪兒啊，今天可要小心了！」這個字並非卡洛爾發明的。根據《牛津英語詞典》，"beamish" 一字最早出現在 1530 年，是 "beaming" 的變體，意思是「光芒閃耀燦爛」。

㊶蘇格蘭北部冬天有一種北極鴨類因為會在夜裡發出「Calloo! Calloo!」的叫聲，因此就被稱為「呀呼」。但就像亞伯特・布萊克威爾（Albert L. Blackwell）與卡爾頓・海曼夫人（Mrs. Carlton S. Hyman）所指出的，卡洛爾心裡想到的比較有可能是希臘文 "kalos" 一字的兩個形式，其字義是「漂亮的、良好的或者美好的」。發音方式就跟卡洛爾拼出來的 "callooh" 一樣，其字義與詩句的上下文非常相符。

㊷ "chortled" 是卡洛爾自創的字，一樣也被收錄到《牛津英語詞典》裡面，其定義是「咯咯笑」（chuckle）與「發出哼哼聲響」（snort）的合併字。

㊸迄今我們仍然完全不清楚的一個問題是：〈炸脖龍〉是不是一首諧仿其他詩作的打油詩？有一種說法是，卡洛爾想要諧仿的是一首很長的德國歌謠〈大山的牧人〉（ *The Shepherd of the Giant Mountains* ），歌詞敘述一位年輕牧羊人殺死巨獸鷹頭獅的故事。請參閱：Roger Green, in *London Times Literary Supplement* (March 1, 1957)，以及： *The Lewis Carroll Handbook* (1962)。卡洛爾的表親馬涅拉・布特・史麥德利（Manella Bute Smedley）曾將歌詞翻譯成英文，其刊登處請參閱："Sharpe's London Magazine" (March 7 and 21, 1846)。「我們不能完全確定兩者之間的相似性，」羅傑・葛林寫道。「相似之處大多是感覺與氛圍，諧仿的則是一般的風格與觀點。」

卡洛爾在十三歲時寫了第一本書《有用處而有啟發性的詩歌》（ *Useful and Instructive Poetry* ），書裡面諧仿了《亨利四世》下篇的一個段落，劇中的威爾斯王子（Prince of Wales）使用了「夜帽」（biggen）一字。在卡洛爾改寫的版本裡，他向困惑的國王解釋道，所謂 "biggen" 是指「一種羊毛製成的夜帽」。後來他又用了 "rigol" 一字。

「"rigol" 是什麼意思？」國王問道。

「吾王，我也不知道，」王子答道，「只知道這個字非常符合格律。」

「的確如此，」國王也同意。「但為什麼要用沒有意義的字呢？」

王子的答案預示了〈炸脖龍〉裡會出現那些沒有意義的自創字：「吾王，既然那個字已經脫口而出，這世上的任何力量都無法把它收回了。」

關於〈炸脖龍〉這首詩的更多討論，包括卡洛爾那個時代的人有何反應，以及它對於文學與法律的影響，請參閱：Joseph Brabant, *Some Observations on Jabberwocky* (Cheshire Cat Press, 1997)。

《炸脖龍的國度：穿越塔爾基森林的仿作 》（*Jabberland: A Whiffle Through the Tulgey Wood of Jabberwocky Imitations*）是一本仿作選集，收錄了兩百多篇模仿〈炸脖龍〉的作品。這本選集是由黛娜・麥考斯蘭（Dayna McCausland）與已故的西爾妲・波罕（Hilda Bohem）擔任編輯，於2002年印行。因為版權問題，那本書已經無法販售，但是美國與加拿大兩地的路易斯・卡洛爾學會的會員都可以拿到一本免費的限定版選集。

想要寫出諧仿〈炸脖龍〉的打油詩並不難，只要把卡洛爾那些沒有意義的自創字換掉就可以。比較難的是把那些字換掉之後，整首詩必須還是一首合情合理的抒情詩。例如，哈佛大學教授哈利・勒文（Harry Levin）就曾經做到這一點，寫出下列這一段可愛的四行詩（出處請參閱他寫的文章："Wonderland Revisited," in *Jabberwocky*〔Autumn 1970〕）：

時值四月大雨之際
路上雨水答答滴滴：

窗戶一片霧氣迷離，
排水管也已經滿溢。

（'Twas April and the heavy rains
Did drip and drizzle on the road:
All misty were the windowpanes,
And the drainpipes overflowed.）

第二章

花園的花兒會說話

「如果能到那山丘頂端，」愛麗絲自言自語，「應該就可以把這花園看得更清楚。這裡有一條直接通往山丘的小路……」（於是她沿著那條小路走了幾碼，數度急轉彎）「哎呀，**這邊**不通。但我想最後一定會通的。只是現在，路怎麼會彎來彎去，好奇怪！不像是路，倒是像拔塞鑽[1]！好吧，我想這邊應該能通往山丘……唉，又不行！這是通往屋子的路！好吧，我試試另一個方向。」

所以她就這樣走來走去，轉了一個又一個彎，但總是回到鏡中屋。事實上，她還曾一度因為轉彎的速度太快，停不下來，撞上了屋子。

「沒什麼好說的，」愛麗絲抬頭看著屋子說，假裝在跟它爭論。「我還沒打算再進去。我知道我一定會再次穿越鏡子，回到另一邊的房間，到時候我的冒險就結束了！」

里歐納‧威斯加德（Leonard Weisgard）繪。1949 年。

❷卡洛爾本來要把西番蓮（passion flower）寫進這一段故事，但是他發現所謂 "passion" 並非指人類的熱情，而是耶穌基督在十字架上受難，所以就改成了虎皮百合（tiger-lily）。這整個插曲其實就是諧仿詩人田尼生的長詩《莫德》（*Maud*）的第二十二段。

所以她打定主意，背對著屋子，再次踏上那一條小路，決心要持續走下去，直到她走到山丘。幾分鐘內她走得很順利，就在她說「這次應該沒有問題了——」之際，那小路又突然轉個彎，甩一甩（她自己後來是這樣描述的），片刻間她又發現自己其實正要走進鏡中屋的大門。

「喔，真糟糕！」她大聲說。「我從來沒有看到這種專門擋路的屋子！從來沒有！」

然而，她還是可以完整地看到山丘，所以她也不能怎樣，只好再度出發。這一次她走到一大片花圃前，花圃四周以雛菊為界，中間矗立著一棵柳樹。

「喔，虎皮百合[2]，」愛麗絲看到一株虎皮百合在風中搖曳生姿，她就樣對自己說，「我真希望妳能說話！」

「我們能說話，」虎皮百合說，「但也要有談得來的對象。」

愛麗絲被嚇了一跳，嚇到暫時說不出話：好像無法呼吸。虎皮百合繼續搖來擺去，最後愛麗絲終於用非常膽怯，幾乎像耳語的聲音問道：「所有的花兒都能說話嗎？」

「說的跟妳一樣好，」虎皮百合說。

「而且聲音比妳大多了。」

「妳知道的，由我們先開口並不合乎禮儀，」玫瑰說，「剛才我還一直在想妳到底什麼時候才會說話！我還自言自語，『她那一張臉**看起來**是挺明理的，只是不太聰明！』不過妳的顏色還算正常，這對妳大有幫助。」

「我不在乎顏色，」虎皮百合說。「倒是她的花瓣可以再捲一點，就更棒了。」

愛麗絲不喜歡被說三道四，所以她開始問問題。「像你們這樣被種在室外，沒有人照顧，有時候不會覺得害怕嗎？」

「中間有一棵樹啊！」玫瑰說。「不然妳以為它還有什麼用處？」

「但是，萬一發生危險，它能幹嘛？」

「它會像狗汪汪＊叫！」一株雛菊說。「這是樹枝這個名字的由來。」

「妳連這個都不懂？」另

＊卡洛爾在這裡把「汪汪叫」（bow-wow）寫成了同音的 "bough-wough"，而 "bough" 就是樹枝。

③ 羅伯‧何恩貝克認為，這裡的雛菊是英格蘭野生雛菊，「它們的花瓣是傘狀的，花瓣上白下紅。這種雛菊於晨間開花時，看起來會從粉紅色變成白色。請參閱：Robert Hornback, "Garden Tour of Wonderland," in *Pacific Horticulture* (Fall 1983)。

一株雛菊大聲說，接著所有的雛菊都大聲叫了起來，許多小小的尖銳叫聲齊發。「大家安靜！」虎皮百合大聲喊叫，左右用力搖晃，氣到發抖。「它們知道我抓不到它們！」它講話時氣喘吁吁，把搖搖晃晃的頭往愛麗絲靠過去，「否則的話就不敢這樣吵鬧！」

「算了！」愛麗絲安慰它，接著彎下身子對那些又要開始吵鬧的雛菊低聲說，「如果你們不住嘴，就把你們都拔光！」

它們馬上安靜下來，其中幾株粉紅雛菊被嚇得變白了[3]。

「這就對了！」虎皮百合說。「這些雛菊最糟糕了。只要有一株開口，就全都叫了起來，光聽這聲音就足以讓人枯萎！」

「你們為什麼都這麼會講話？」愛麗絲刻意恭維它，希望它的心情能好一點。「我去過許許多多花園，可沒見過會說話的花兒。」

「用妳的手摸摸地上，」虎皮百合說。「摸完妳就知道為什麼了。」

愛麗絲照著做。「地面硬硬的，」她說，「但跟這又有什麼關係呢？」

「大部分花園的地面都太軟了，」虎皮百合說，「所以花兒都睡著了。」

這聽起來挺合理的，愛麗絲樂於得知原因。「我以前從來沒想到這一點！」她說。

「在**我**看來，是妳**根本**就不會思考，」玫瑰用非常嚴厲的語氣對她說。

「我沒見過比她笨的人，」一株紫羅蘭 [4] 說，而且它突然開口還把愛麗絲嚇了一跳，因為它一直都沒講話。

「住嘴！」虎皮百合大聲說。「說得好像你們見過任何人似的！妳還是跟以前在當花苞時一樣，躲在葉子下面睡大頭覺就好，不要再過問世事！」

愛麗絲故意不理會玫瑰的話，只是問道：「這花園裡除了我還有其他人？」

「還有一株花跟妳一樣可以走來走去，」玫瑰說。「我很納悶你們怎麼辦到的……」（虎皮百合說，「有什麼是妳不納悶的？」）「但是她長得比妳茂盛。」

愛麗絲閃過一個念頭：「這花園裡某處還有另一個小女孩！」於是她急著問道：「她跟我一樣嗎？」

「嗯，她的形狀跟妳一樣奇怪，」玫瑰說，「但是顏色比較紅，我想花瓣也比較短。」

4 除了卡洛爾鐘愛的三姊妹之外，里德爾家還有另外兩個年紀較小的女兒，分別叫做蘿姐（Rhoda）與薇兒莉特（Violet；與紫羅蘭是同一個字）。她們就是這一章裡面的玫瑰與紫羅蘭，這也是愛麗絲系列小說裡唯一提及她們的地方。

❺ 在初版《愛麗絲鏡中奇緣》裡,這句話本來是寫成「她是那種長滿荊棘的花。」(She's one of the thorny kind),而不是這裡看到的「她是那種長了九根刺的花。」(She's one of the kind that has nine spikes)

田尼爾畫筆下的王后都是帶著有九根尖刺的王冠,等愛麗絲走到了第九格,成為女王,她的金色王冠也是有九根尖刺。

❻ 我們可以把這句話跟田尼生詩作《莫德》的下列這一節做個比較:

大門邊的百香花
有一滴晶瑩淚水落下。
她來了,我的鴿子,我親愛的;
她來了,我的生命,我的命運;
紅玫瑰大聲說,「她快到了,她快到了;」
白玫瑰啜泣道,「她遲到了;」
飛燕草仔細傾聽,「我聽見了,我聽見了;」
百合低聲呢喃,「我願等待。」

「她的花瓣是密合的,幾乎就像一株大理花,」虎皮百合打斷玫瑰,「不像妳的花瓣這麼凌亂。」

「不過,花瓣凌亂也不是**妳的**錯,」玫瑰好心地補了一句,「因為妳要凋謝了,花瓣難免會亂一點。」

愛麗絲不喜歡這種說法,想改變話題,所以她問道:「她來過這裡嗎?」

「我敢說妳很快就會看到她了,」玫瑰說。「她是那種長了九根刺[5]的花。」

愛麗絲非常好奇,她問道:「她的刺長在哪裡?」

「這還用問?當然是長在頭上,」玫瑰答道。「我很納悶**妳**為什麼沒有長刺。我還以為這是慣例。」

「她來了!」一株飛燕草大叫。「我聽見她那砰砰砰的腳步聲,從石子路走過來了[6]。」

愛麗絲急忙東張西望,發現是紅棋王后。「她長高好多!」愛麗絲一看到她就說。的確如此:愛麗絲初次看到她時,她還在灰燼裡,身長僅僅三寸,現在卻比愛麗絲高出半個頭!

「是因為空氣新鮮，」玫瑰說，「這室外的空氣真棒啊。」

「我想我該去跟她見個面，」愛麗絲說。儘管這裡的花都挺有趣的，但如果能跟一位真正的王后交談，愛麗絲覺得自己應該會更開心。

「妳走不過去的，」玫瑰說。「我建議妳該走另一頭。」

愛麗絲覺得這是一派胡言，所以她沒有搭腔，只是立刻朝紅棋王后走過去。讓她驚訝的是，片刻間她就看不見王后了，發現自己面前又是屋子前門。

她有點生氣，又往回走，四處都看看之後才發現王后在遠處。她覺得這次她該試試看，從反方向走過去。

這方法果然奏效了[7]。她才走不到一分鐘，就和紅棋王后面對面了，而且她打算走上去的山丘就出現在她眼前。

「妳打哪裡來的啊？」紅棋王后問她。「妳要去哪裡？抬頭看我，好好說話，不要一直玩手指[8]。」

愛麗絲遵從所有指示，然後盡可能解釋，說她找不到自己的路。

⑦ 這裡顯然暗示著鏡子具有把「向前」與「向後」兩個動作顛倒的作用。朝鏡子走過去，鏡像卻朝相反方向移動。

⑧ 卡洛爾曾經撰文表示（請參閱：Alice on the Stage）：

> 我把紅棋王后描繪成一位復仇女神（Fury），不過是另一種類型。她的情緒必須是冷靜平淡的；她必須講求形式而嚴格，但又不刻薄；她極度喜歡賣弄學問，簡直是集所有女家教的本質於一身！

曾有人猜測，紅棋王后的原型就是里德爾家孩子們的女家教普列基特小姐（孩子們根據她的名字幫她取了「笨蛋」〔Pricks〕的外號）。

劍橋鎮曾經流傳著卡洛爾和普列基特小姐的緋聞，因為他常常造訪里德爾家，但很快大家就看得出卡洛爾喜歡的是孩子們，不是普列基特小姐。在派拉蒙公司拍的電影版愛麗絲故事裡，紅棋王后是由艾德娜‧梅伊‧奧利佛（Edna May Oliver）飾演。

⑨數學家所羅門‧格倫布（Solomon Golomb）曾經針對紅棋王后的一番話提出評論：「紅棋王后說，『妳說山丘，我可以帶妳去看真正的山丘，相較之下那只能算是山谷。』愛麗絲反駁她，『妳也知道，山丘跟山谷是不一樣的。這實在沒有道理。』」我懷疑，道吉森是針對安徒生（Hans Christian Andersen）的童話故事〈精靈山〉（Elverhøj；這是安徒生童話故是裡面的名篇，甚至還被改編成芭蕾舞劇）做出回應。挪威的巨魔王（山中魔王，也就是後來易卜生〔Ibsen〕劇作《皮爾金》〔Peer Gynt〕裡的多佛古本〔Dovregubben〕）前往丹麥造訪精靈王，巨魔王的兒子桀傲不遜，對『精靈山』這個名號很有意見，他說，『你說這是山丘？在挪威，我們都稱之為洞！』（丹麥地勢平坦，挪威則是崎嶇多山。）

道吉森透過愛麗絲表達他的數學觀念：「凸面不可能是凹面。」（不過我們必須調查一下〈精靈山〉的英譯本是在什麼時候傳到牛津的，還有道吉森是否可能讀過。）

「我不懂妳所謂『自己的路』是什麼意思，」王后說，「這裡所有的路都是**我的**……不過，妳到底為什麼會在這呢？」她用比較溫和的語氣補了一句：「妳可以一邊行屈膝禮，一邊想怎麼回答。這樣可以節省時間。」

這番話讓愛麗絲覺得有點納悶，但是她太過敬畏紅棋王后的威嚴，不得不相信。「回家後我再試試看，」她心裡這樣想，「下次我吃晚餐遲到時，再一邊想理由，一邊行屈膝禮。」

「該回答問題了，」王后看著錶說，「說話時嘴巴張大一點，別忘了要先說陛下……」

「我只想看看花園是什麼模樣，陛下……」

「這就對了，」王后拍拍她的頭，但愛麗絲一點也不喜歡這樣。「不過，說到『花園』——跟我**見過**的花園比起來，這裡可說是一片荒野。」

愛麗絲不敢與她爭論這一點，於是接著說：「…我想找一條通往那一座山丘的路…」

「妳說山丘，」王后[9]打斷她，「**我可以帶妳去看真正的山丘**，相較之下那只能算是山谷。」

「不，不對吧，」愛麗絲說，她很驚訝自己居然敢反駁王后，「妳也知道，山丘跟山谷是**不一樣的**。這實在沒有道理……」

紅棋王后搖搖頭。「如果妳說我的話沒道理，隨妳的便，」她說，「但是**我**曾經聽過許多沒道理的話，相較之下，我的話跟字典一樣有道理！」[10]

愛麗絲再度行屈膝禮，因為從那語調聽起來，她覺得王后有一點被她冒犯了。她們走到小山丘頂端，一路無語。

愛麗絲站著往四面八方眺望，有好幾分鐘沒有講話，發現眼前的這一片田野很奇怪。上面有幾條小河，從田野的一邊流往另一邊，河與河之間的土地被一排排綠色樹籬分隔成許多小方格。

「我說啊，這地方被隔成了一個大棋盤！」愛麗絲終於開口說話。「應該要有些棋子到處走動才對——還真的有欸！」

[10] 在《物理世界的本質》一書最終章，艾丁頓談起了物理學家必須面對的「沒有道理的問題」（problem of nonsense），為此他引述紅棋王后的這一句話。簡而言之，艾丁頓的主張是：要物理學家承認的確有某些現象不符合物理學法則，也許是很沒有道理的事；但是就另一方面而言，如果說不承認那些現象是沒有道理的，也可以說是跟字典一樣有道理的事。

[11] 我們常常可以看到許多名言把人生比擬為一個非常大的棋局，這種名言的數量多到可以編成一本文集。有時候，我們人類就是棋手，把其他人當成棋子那樣操弄。以下這段文字引自喬治・艾略特（George Eliot）的小說《菲利克斯・霍爾特》（*Felix Holt*）：

想像一下，如果所有的棋子都有熱情與理解力，而且多多少少都有點卑劣狡猾，那會怎樣？如果你不只無法完全掌握對手的棋子，連自己的都無法完全掌握，那會怎樣？如果你的騎士無法移動到另一個棋格，你的主教因為不滿你使出國王入堡（Castling）的棋步，騙你的小兵離開他們的位置，而你的小兵不滿自己小兵的身分，因而撤離了他們被指派的棋格，這一切都會讓你突然間被人將死，你又該怎麼辦？也許你是棋局中思考能力最屬害的，但還是有可能敗在自己的小兵手裡。如果你只是傲慢地依賴自己的數學想像力，鄙視手下那些充滿熱情的棋子，那麼你就會特別容易被擊敗。

然而，我們不難想像，人生就是常常要下這種想像的棋局，與其他人為敵，為了要手段而跟另外的人聯手……

有時候，棋手同時扮演上帝與撒旦的

角色。威廉‧詹姆斯（William James）曾經在他的散文〈決定論的兩難〉（The Dilemma of Determinism）裡品評玩味這個主題，至於 H.G. 威爾斯（H. G. Wells）那一本探討教育問題的出色小說《不死之火》（*The Undying Fire*）也呼應此主題。《不死之火》以《舊約聖經》中〈約伯記〉（Book of Job）為藍本，以上帝和惡魔之間的對話開啟故事。祂們正在下西洋棋。

　　但祂們下的棋並非那種源自於印度的精巧小遊戲：那格局是完全不同的。造物主創造了棋盤、棋子與規則，棋步也都是祂創造的，祂想要創造多少棋步都可以。不過祂也許可對手讓每一個棋步都稍稍具有無法言喻的不精確性，每一步都需要更多棋步來修正。造物主決定棋局的目標，並且將其掩藏起來，在這高深莫測的計畫中，從來沒有人能搞清楚祂的對手到底是要阻礙或幫助祂。對手顯然是無法勝出的，但只要能夠把棋局持續下去，也不可能輸。但這對手所關切的重點，似乎是要讓棋局無法發展出任何經過理性思考的計畫。

　　有時候，神明也可能是一個更高明棋局裡面的棋子，這種棋局的棋手也一樣，會在更高明的棋局裡變成棋子。就像詹姆斯‧布蘭奇‧凱伯爾（James Branch Cabell）小說作品《尤爾根》（*Jurgen*）裡的角色女神塞芮妲（Mother Sereda）在詳述此一主題之後所說的，「我們的頭頂總是有人能享受到樂趣，只是祂們都在九重天外」。

12 愛麗絲已經在前一章看過白棋王后的女兒莉莉。在選擇「莉莉」這個名字時，卡洛爾可能是想到了他的幼童友人

她的語調愉快極了，而且一邊說她的心也興奮地蹦蹦跳。「這真是個超大棋局，如果這是個世界的話，就等於整個世界都在下棋 11 285頁。喔，真有趣！我*真希望*我也是棋子，只要能下場，我不介意當個小兵。不過，如果能當女王，當然就最棒了。」

　　此話一出，她也害羞地看著身邊的王后，但王后只是開心地微笑說：「那簡單得很。妳可以當白棋王后的兵，因為莉莉 12 年紀太小，還不能下棋。妳就從第二格開始走，走到第八格，就會變成女王了……」就在這一刻，不知為什麼她們就開始跑了起來。

　　事後回想起來，愛麗絲也想不通這一切是怎麼開始的。她只記得，她們倆手牽手一起奔跑，紅棋王后跑得好快，快到她只能勉強跟上，王后卻還是一直大聲說「快一點！快一點！」但愛麗絲覺得她不能再快了，只是她喘得說不出這句話。

這件事最怪的部分在於，周圍樹木與景物都完全沒有改變，無論她們跑得多快，好像都沒有超越任何東西。「難道所有的東西都跟著我們一起移動？」可憐的愛麗絲感到很納悶。王后似乎也猜中她的心思，因為她大聲說：「跑快點！別想說話！」

愛麗絲壓根沒想到要說話。因為實在喘得快受不了，她反而覺得自己再也不可能講話了，但王后還是拖著她一直跑，同時不斷高喊「快一點！快一點！」最後，愛麗絲總算喘著氣，勉強把一句話說出口：「快到了嗎？」

「什麼快到了？」王后說。「十分鐘前就已經跑過頭了。」她們又跑了一段時間，兩人都不發一語，愛麗絲只聽見風聲在耳邊颼颼作響，她覺得頭髮都快被吹掉了。

「跑啊！跑啊！」王后大叫。「快一點！快一點！」她們跑得好快，好像御風而行，腳不落地，就在愛麗絲快要筋疲力盡之際，她們突然間停了下來，她才坐在地上，覺得喘不過氣，頭暈目眩。

王后把她扶到一棵樹旁邊靠著，和藹地說：「現在妳可以休息一下了。」

愛麗絲看看四周，驚訝不已。「怎麼會這樣？我覺得我們一直都在這棵樹下。一切都沒改變啊！」

莉莉雅・史考特・麥唐納（Lilia Scott MacDonald），也就是喬治・麥唐納的長女（請參閱《愛麗絲鏡中奇緣》第一章注釋 3）。喬治把女兒暱稱為「我的白色百合花」（My White Lily），後來在她過了十五歲以後，卡洛爾開始寫信給她，信中常常取笑她年紀漸長。這裡所謂「莉莉年紀太小，還不能下棋」，很可能是用反話來取笑她。根據史都華・柯靈伍所寫的卡洛爾傳記，卡洛爾曾經送給他某位幼童友人一隻叫做莉莉的小貓（在前一章裡面，白棋王后曾經說莉莉是她的 "imperial kitten"）。然而，送貓這件事也許是在《愛麗絲鏡中奇緣》寫完之後才發生的。

烏瑞爾・伯恩包姆（Uriel Birnbaum）繪。1925 年。

花園的花兒會說話

米洛・溫特（Milo Winter）繪。1916 年。

⓭ 在愛麗絲系列的幾本小說裡，這一段話可能是最常被引述的，通常是用來說明政治情勢的迅速變遷。

「當然啊！」王后說。「不然咧？」

「可是，在**我的國家**，」愛麗絲還是有點喘，「要是像我們那樣拼命快跑了那麼久，通常會跑到某個地方才對。」

「妳的國家還真慢啊！」王后說。「妳看看，在我們**這裡妳**非得要像剛剛那樣拼命跑，才能維持在原地不動 ⓭。如果要到別的地方，速度至少必須是剛剛的兩倍！」

「拜託，我不要再跑了！」愛麗絲說。

「光是待在這裡我就很滿意了，不過我真是又熱又渴！」

「我知道妳想要什麼！」王后的語氣充滿善意，從口袋裡拿出一個小盒子。「吃塊餅乾吧？」

儘管那塊蛋糕壓根就不是愛麗絲想要的，但如果說「不」又怕失禮。所以她拿了一塊，勉強吃下去。結果那餅乾好乾，讓她覺得自己一輩子從來沒像這樣差點被噎死。

「妳休息一下，」王后說，「我來丈量一下。」於是她從口袋裡拿出一條標好英寸的緞帶，開始丈量土地，四處釘起了小小的木樁。

「等我走到距離這裡兩碼的地方，」她一邊說一邊釘木樁，標示距離，「我會給妳指令──再來塊餅乾？」

「不了，謝謝妳，」愛麗絲說。「一塊就夠了！」

「我想，已經幫妳解渴了吧？」王后說。

愛麗絲不知道該怎麼回答，所幸王后也沒有等她回答，只是繼續丈量距離。「等我走到了三碼的地方，我會重複指令，以

14 關於王后提出的建議，傑拉德‧韋恩伯格（Gerald M. Weinberg）曾在一封信裡，提出兩個很有趣的觀察結果。因為紅棋王后指點愛麗絲的，是小兵這種棋子必須遵守的規則，所謂「要是有什麼東西想不起用英語怎麼說，就用法語」，是指 "en passant"（吃過路兵）這個沒有英文替代詞的棋步，至於「走路時腳尖朝外」，可能是指小兵吃子時要移往左邊或右邊的斜角棋格。

M.L. 柯克（M. L. Kirk）繪。1905 年。

免妳忘記。到了**四碼**，我就要跟妳說再見。到了**五碼**，我就要離開了！」

此刻王后已經把所有木樁都釘好了，她先走回那棵樹，然後開始沿著那一排木樁往下走，這一切都讓愛麗絲看得興味盎然。

走到兩碼處，她回頭說：「小兵第一步要走兩格，妳知道吧。所以妳經過第三格的時候，速度一定要**非常快**，我想就搭火車吧，如此一來妳會發現自己很快就到了第四格。**第四格**是噹叮噹跟叮噹叮的，第五格大多是水，第六格是蛋頭先生的。但是妳怎麼都不說話呢？」

「我……我不知道剛剛該說話，」愛麗絲結結巴巴地說。

「**妳該說：『謝謝王后的指點。』**算了，就當妳已經說過好了。第七格都是森林，但是有一位騎士會為妳帶路。到了第八格妳會變成女王，到時候就可以吃喝玩樂啦！」愛麗絲起身行屈膝禮，然後又坐下。

到了下一根木樁，王后再度轉身，這次她說：「要是有什麼東西想不起用英語怎麼說，就用法語。走路時腳尖朝外 [14]。還有，別忘了妳是誰！」這次她沒有等愛

麗絲行屈膝禮，很快就走到下一根木樁，轉身說了一聲再見，立刻就趕往最後一根木樁。

　　走到最後一根木樁的當下，王后就不見了 [15]，愛麗絲也搞不清楚是怎麼回事。到底是憑空消失，還是飛快跑進樹林（「她**真的能**跑得很快！」愛麗絲心想），她也無從猜測，總之王后不見了。愛麗絲想起了自己是**小兵**，很快她就該下第一步棋了。

[15] 很快看一下卡洛爾在前言提供的棋子位置表格，我們會發現愛麗絲（白棋小兵）與王后待在相鄰的兩個棋格裡。這個棋局的第一步在此刻出現：王后移往 KR4。（從棋盤紅色那一邊出發，移往國王左側城堡那一縱列的第四格。根據這種棋譜的標記法，棋格的編號總是從棋子出發的那一邊算起。）

勞倫斯・梅爾尼克（Lawrence Melnick）繪。1956 年。

花園的花兒會說話

第三章

鏡中世界的昆蟲

①根據 A.S.M. 迪金斯（A. S. M. Dickins）在他那篇關於《愛麗絲鏡中奇緣》棋局的文章（請參閱第九章注釋 1）裡所說，字母 B（除了是卡洛爾最愛的字母之外）是西洋棋中主教的象徵，而且大概在六百年前左右，西洋棋主教這個棋子是被稱為「大象」（elephant）。如迪金斯所言：「這種棋子在回教棋局中稱為 "Alfil"（大象），印度稱為 "Hasti"（大象），中國象棋則稱之為『相』或者『象』。俄國人到今天還是稱之為 "Slon"，意思就是大象。所以，路易斯·卡洛爾的確把主教擺進故事裡，只是放在這個非常奇怪的段落，而且用大象這個隱密的代號把主教掩飾起來。」

卡洛爾曾為幼童友人伊莎·波曼寫過一個迷人而有點荒謬的故事，名稱是〈伊莎的牛津之旅〉（Isa's Visit to Oxford），後來被波曼收錄在她寫的《路易斯·卡洛爾的故事》一書裡面。故事中，卡洛爾與伊莎一起在牛津大學伍斯特學院（Worcester College）裡散步。他們看不到「天鵝」（牠們應該出現在湖面上才對），也看不到那些不應該在花叢中散步，像蜜蜂一樣忙碌採花蜜的河馬」。

愛麗絲該做的第一件事，當然就是把她即將四處遊歷的整片田野好好勘查一番。「好像在上地理課，」愛麗絲心想，此刻她正踮腳尖站著，希望藉此能看遠一點。「主要的河流，**沒有**。至於主要的山峰，就是我正站在頂端這一座，我想應該也沒有名字。主要城鎮……下面那些正在採蜜的，是什麼動物？不可能是蜜蜂，因為沒有人能在一哩之外就看到蜜蜂的……」她就這樣靜靜站著看了一會兒，只見其中一隻動物在花叢裡忙來忙去，把長長的吸管插進花朵，如同愛麗絲心裡想的，「就像普通的蜜蜂一樣」。

然而，那根本不可能是普通的蜜蜂。事實上，愛麗絲很快就發現那是一隻大象 [1]，這念頭讓她驚訝得喘不過氣。她的下一個念頭是：「那朵花該有多大啊！簡直就像被拿掉屋頂的小屋，在下面裝上花梗……而且那種花的花蜜一定很多！我想我該下去了，」她正要開始往山下衝，卻突然停下腳步，她接著說：「不，**還不行**，」她要試著為自己突然畏縮找藉口。「要到

象群裡面，首先要有一根用來把牠們趕開的長長樹枝才行……萬一有人問我，在那裡步行有什麼感覺，應該很有趣。我會說，『喔，我很喜歡啊……』」（說到這裡她把頭微微甩一甩，這是她最喜歡的小動作）「只是塵土飛揚又太熱，而且大象惱人啊！」

「我想我從另一邊下去好了，」她頓了一下才說，「或許稍後再去看看象群。而且我真的很想趕快到第三格！」

以此為藉口，她就從丘頂往下衝，跳過六條小河中的第一條[2]

*   *   *   *

*   *   *

*   *   *   *

「請出示車票！」車長把頭伸進車窗說。片刻間大家手裡都拿著車票，車票的大小差不多和人一樣，整個車廂似乎被票給塞滿了。

「好吧！拿出妳的票，孩子！」車長接著說，他怒目盯著愛麗絲。車廂裡許多人齊聲大喊（「真像在合唱啊！」愛麗絲心想），「別讓他等那麼久，孩子！他的時間一分鐘價值一千英鎊！」

[2] 這六條小河就是六條水平線，它們把愛麗絲與第八個棋格隔開，她得越過那些小河，抵達第八棋格才能被封為女王。每次她越過一條線，故事內文就會出現三條以「*」構成的虛線，以茲紀錄。她的第一個棋步被記錄為「P-Q4」，走了兩格，這也反映出小兵只有在起步時才能走兩格的規則。她在此處跳進第三個棋格，接著將會搭乘火車，進入第四個棋格。

彼得・紐威爾（Peter Newell）繪。1901 年。

❸ 我曾撰文向大家提問：「對我來講，愛麗絲系列小說有許多重要的未解之謎，也許貴刊的讀者們可以為我解答其中一個謎題。在火車車廂的場景中，『＿＿＿一＿＿＿價值一千英鎊』的句型出現了好幾次（畫底線的空格裡面的字換了好幾次）。我覺得卡洛爾在此肯定是訴諸於當時讀者非常熟悉的某個東西（例如，一句廣告標語？），但我無法找出那是什麼。」請參閱：*Jabberwocky* (March 1970)。

隔一期的《炸脖龍》（*Jabberwocky*）季刊登出許多讀者的回應，大夥的共識是：那個句型源自於彼朕氏大補丸（Beecham's pills）的流行廣告口號：「一盒價值一基尼（guinea）」。R.B. 薛柏曼與丹尼斯‧克拉奇則是在合著的《鏡中謎》裡提出不同的理論。他們認為那個句型應該是為了呼應詩人田尼生用來描述懷特島（Isle of Wight）的空氣新鮮無比的名言：「一品脫價值六便士」。

威爾佛列德‧薛伯（Wilfred Shepherd）則是在來信中陳述他自己的揣測，認為「一千英鎊」與眾所皆知的知名英國船艦大東方號（Great Eastern）的造價有關。大東方號是一艘於 1858 年下水的巨大遊輪，根據《大英百科全書》（*Encyclopaedia Britannica*）記載，該船「也許是史上討論度最高的汽船，也是史上最失敗的船艦。」薛伯在詹姆斯‧杜根（James Duggan）寫的《偉大的鐵船》（*The Great Iron Ship*，1953 年出版）裡找到相關紀錄。書裡屢次提及大東方號的成本往往以一千英鎊為單位：就下水的花費而言，每航行一英尺就要花一千英鎊，每一天的資本投資額也是一千英鎊等等。也許我們可以考證一下卡

「可是我沒有票，」愛麗絲怯懦地說，「我上車的地方沒有售票亭。」那宛如合唱的聲音再度響起：「她上車的地方沒地方設售票亭，那裡的土地一吋價值一千英鎊！」

「別找藉口，」車長說，「妳該向火車司機買票。」大家又像合唱一樣齊聲說：「就是駕駛火車頭的那個人。火車噴的黑煙，每一次都價值一千英鎊[3]！」

愛麗絲心想，「看來我說話也沒有用。」因為她沒開口，這次大家沒有齊聲大喊，但讓她非常訝異的是，大家「**齊聲在想**」（我希望你聽得懂什麼叫做「**齊聲在想**」，因為坦白講，我就不懂）：「最好什麼都不要說。一句話價值一千英鎊！」

「今晚我肯定會夢到一千英鎊，我知道我一定會的！」愛麗絲心想。

車長從剛剛開始一直都在看她，先用望遠鏡，再用顯微鏡，後來又用看歌劇專用的望遠鏡。最後他說，「妳坐錯方向啦！」說完就把窗戶關上離開。[4]

「年紀這麼小的孩子，」坐在她對面的紳士說（他身穿一襲紙質白衣[5]），「就算不知道自己的名字，也該知道自己要往哪裡去。」

坐在白衣紳士旁的是一頭山羊，牠閉上雙眼大聲說：「就算認不得字母，她也該知道售票亭在哪裡。」

山羊旁邊坐著一隻甲蟲（這節車廂載滿了各種奇怪的乘客），好像有規則要牠們輪流說話似的，牠接著說：「應該把她當行李一樣載回去！」

愛麗絲看不到甲蟲旁邊是誰，但接下來出現一個沙啞的聲音：「換火車頭——」[6]說到這裡那聲音就哽住了，不得不停了下來。

「聽起來像馬的聲音，」愛麗絲心想。接著有一個很微弱的聲音靠到她的耳邊說：「或許妳可以用『馬兒』和『沙啞』來說個雙關語笑話，妳知道的。」[7]

然後遠處傳來一個很溫和的聲音說：「應該在裝她的行李箱上面貼一張『內裝小姑娘，小心輕放』[8]的標籤——」

洛爾所謂「每噴一次黑煙價值一千英鎊」的說法，是否曾經出現在他可能看過的報紙上。法蘭基‧摩里斯曾撰文表示，「噴一次」（puff）一字在維多利亞時代常指「藉由廣告或者個人背書的方式來促銷某種產品」。請參閱：" 'Smiles and Soap:' Lewis Carroll and the 'Blast of Puffery', "in *Jabberwocky* (Spring 1997)。他說曾有一家藥丸製造商向小說家狄更斯（Dickens）提議，「幫忙打一次廣告就付他一千英鎊」（a thousand pounds for a puff），他的資料來源請參閱：E. S. Turner, *The Shocking History of Advertising* (1953, Chapter 3)。

❹ 田尼爾為這車廂內場景畫的插畫，也許是故意要諧仿約翰‧艾佛瑞特‧米萊（John Everett Millais）的名畫《我參加的第一次佈道會》（*My First Sermon*）。火車上的愛麗絲與畫中小女孩相似性極為明顯：兩個人都戴著有羽毛的豬肉派帽（porkpie hat）、腳穿條紋長襪與尖頭黑鞋、裙襬都有打摺，也都拿著一個暖手筒（muff）。畫中長椅上女孩左手邊的那一本《聖經》被愛麗絲身邊的包包取代。根據卡洛爾於1864年4月7日在日記中記載，他在這天造訪米萊家，與米萊的六歲女兒愛菲（Effie）相識，而愛菲就是名畫中那個女孩的原型。

第一個指出此一相似性的，是史班塞‧布朗（Spencer D. Brown）。如果把田尼爾的插畫當成融合了米萊的《我參加的第一次佈道會》，還有他後來的另一幅畫《我參加的第二次佈道會》（畫中女孩在教堂的長椅上睡覺），相似性就更驚人了。

《我參加的第一次佈道會》在英格蘭是常常被複製的一幅畫。在美國，克利爾與伊福斯公司（Currier and Ives）曾經賣出一幅名為《小艾拉》（*Little Ella*）的黑白畫（有些是手工上色的）。《小艾拉》完全臨摹米萊的名畫，唯一差異在兩者是左右相反的（對此卡洛爾肯定覺得很有趣），《小艾拉》裡女孩的臉也被修改過，變成比較像洋娃娃。這一張複製畫的製作年分與仿製修改者的姓名都不詳。也沒有人知道這複製畫是克利爾與伊福斯盜印的，或者該公司印製前已經取得授權了。

羅傑・葛林說服我，讓我相信田尼爾的插畫之所以相似於米萊的那兩幅畫，純粹是出於巧合。他把那個年代的《潘趣》雜誌給我看，指出當時火車車廂裡小女孩的穿著都跟愛麗絲一樣，雙手也都擺在暖手筒裡。麥可・赫恩也寄了一張類似的照片給我，照片取自瓦特・克萊恩（Walter Crane）於 1869 年出版的一本書《小安妮與傑克在倫敦》（*Little Annie and Jack in London*）。

此後又有許多聲音陸續出現（「這車廂裡的人可真多啊！」愛麗絲心想），有人說：「她跟郵票一樣有人頭[9]，該用郵寄的……」，還有「應該把她當電報發回去……」，還有「應該叫她拉著火車，走完剩下的路程……」等等。

但是白衣紳士靠過去跟她耳語，「別管他們說什麼，親愛的，倒是火車停下來的時候妳要買一張回程票。」

「我才不買！」愛麗絲相當不耐煩地說。「我本來就不想搭這一趟火車……我剛剛還在樹林裡……真希望能夠回去那裡。」

她耳邊那小小的聲音說：「或許妳可以用『辦得到就去做』來說個笑話，妳知道的。」[10]
298 頁

「別吵我，」愛麗絲說，她四處張望，但看不到那聲音從何而來。「你老是叫我說笑話，怎麼不自己說一個？」

那小小的聲音深深嘆了一口氣[11]。聽來**顯然**很難過，愛麗絲本來想說些同情的話來安慰它，但是一個念頭浮現腦海：「要是它能像一般人那樣嘆氣就好了！」但那嘆氣聲是如此好聽而微小，要不是就在她耳邊，她也不會聽到。結果那聲音把她的耳朵弄得好癢，癢得她忘記那可憐的小東西有多麼難過。

「我知道妳是個朋友，」那小小的聲音接著說。「一個親愛的老朋友。也知道，即便我是一隻昆蟲，妳也不會傷害我。」

「哪一種昆蟲，」愛麗絲有點著急地問道。她真正想知道的是那昆蟲會不會叮人，但她覺得那是個不太禮貌的問題。

「什麼？所以妳不……」剛剛開口，那小小的聲音就被火車頭的尖銳汽笛聲給掩蓋過去，大家都嚇得跳了起來，愛麗絲也是。

那匹馬剛剛把頭伸出窗外，靜靜地縮回來之後說：「只是一條小河罷了，我們得跳過去。」大家似乎都放心了，但一想到火車居然要跳過小河，愛麗絲有點緊張。「至少火車還是會把我們帶往第四格，這倒是挺讓人安心的。」她對自己說。片刻

儘管如此，田尼爾筆下的愛麗絲與米萊畫中教堂裡的女兒之間，有著非常驚人的相似性，田尼爾至少應該知道這件事，說他不知道實在是令人難以置信。讀者可以看看田尼爾的插圖與米萊的畫（都收錄在左頁），自行比較一下，想想自己有何看法。

⑤ 只要將這白衣人與田尼爾在《潘趣》雜誌上發表的政治諷刺畫加以比較，可以確定那位戴著摺紙帽的白衣人應該就是班傑明·迪斯雷利。無論是田尼爾或卡洛爾（或者兩者），也許都想到了迪斯雷利這一類政治家往往都是「白紙」纏身：所謂 "white papers"（白紙），也是指政府文件。

⑥ 我們很容易就忽略這個段落所含藏的幽默元素：火車車廂裡的馬乘客並不是說「換馬……」，而是說「換火車頭……」。

⑦ 有一個陳年笑話是以 "horse"（馬兒）與 "hoarse"（沙啞）這兩個雙關語為根據："I'm a little hoarse," a person says, then adds, "I have a little colt."（聽起來像「有個人說：我聲音有點沙啞，因為我感冒了」，但也可以解釋為「我是一隻小型馬，我生了一隻小馬」。）

⑧ "Lass, with care." 的形與音都類似 "Glass, with care."（內有玻璃，小心輕放。）在英格蘭，裡面裝有玻璃的包裹，通常會貼上有這一句話的標籤。

⑨ 所謂「頭」（head），在維多利亞時期的俚語中是「郵票」的意思。而所有郵票上都印有某位君主的肖像。因為愛麗絲有頭（郵票的雙關語），所以車廂裡大家異口同聲，說應該把她用來郵寄。

⓾ 所謂「辦得到就去做」（you would if you could）也許是引述自某首「鵝媽媽」樂曲的第一句歌詞：

　　辦得到我就會去做，
　　如果我辦不到，怎麼去做？
　　如果我辦不到，怎麼能夠，對不對？
　　如果你辦不到，怎麼能夠，對不對？
　　你辦得到嗎？辦得到嗎？
　　如果你辦不到，怎麼能夠，辦得到嗎？

⓫ 在〈假髮黃蜂〉（本書所收錄的最後一篇故事）裡，年邁的黃蜂喟然長嘆一聲，也許就是代替卡洛爾表達心中的傷悲，感嘆他與愛麗絲之間的年歲差距太大。喬治・加辛（George Garcin）來信表示，他認為巨蚊的嘆息也帶有類似的弦外之音。象徵著時間的火車正帶著愛麗絲（他「親愛的老朋友」）前往「錯誤的方向」：也就是她即將成為女人，讓卡洛爾很快就會失去她了。卡洛爾在《愛麗絲鏡中奇緣》序言詩的最後一節寫道：「聲聲嘆息讓整個故事蒙上陰影」，也許就是暗指時間的消逝。

佛列德・麥登（Fred Madden）曾撰文，以引人入勝的方式解釋為什麼卡洛爾會在火車車廂裡安排山羊，還有一隻巨蚊。請參閱："Orthographic Transformations in Through the Looking-Glass," in *Jabberwocky* (Autumn 1985)。在卡洛爾的這個文字遊戲裡，只要換一個字母，"gnat" 就會變成 "goat"。麥登還引用卡洛爾想出來的一個字梯（word ladder）來支持他的看法：GNAT 只要六個步驟就能變成 BITE，也就是 GNAT、GOAT、BOAT、BOLT、BOLE、BILE、BITE。引自卡洛爾寫的小手冊：*Doublets: A Word Puzzle* (Macmillan, third

間，她感覺到車廂好像直接往空中衝，驚駭之餘她抓住最近的東西，沒想到抓到的是一把山羊鬍。¹²

但那山羊鬍好像一碰就融化消失了，她發現自己正靜靜地坐在一棵樹下，剛剛一直在跟她說話的那隻蚊子則是站在她頭頂的樹枝上，正用翅膀在幫她搧風。

那的確是一隻**巨蚊**，「差不多有一隻雞那麼大，」愛麗絲心想。不過，因為他們剛剛講話講了那麼久，她一點也不怕牠。

「所以妳不喜歡所有的昆蟲？」巨蚊若無其事地把剛剛的話靜靜講完。

「我喜歡會說話的昆蟲，」愛麗絲說。「**我們**那裡的昆蟲都不會說話。」

「妳喜歡**你們**那裡的哪一種昆蟲？」巨蚊問她。

「我根本就**不喜歡**昆蟲，」愛麗絲解釋道，「因為我怕蟲，至少我怕那些大隻的。但是我可以告訴你某些昆蟲的名字。」

「妳叫他們的名字，他們肯定會回應吧？」巨蚊隨口問道。

「我沒聽過他們回應我。」

「那要名字有什麼用？」巨蚊說。「如果他們都不回應的話。」

「對他們來講沒有用，」愛麗絲說，「但是我想對幫他們命名的人就有用了。如果不是這樣，為什麼所有東西都有名字呢？」

「這我也不知道，」巨蚊答道。「更何況，下面那一片樹林裡的昆蟲就沒有名字。總之，跟我說說那些昆蟲的名字吧，別浪費時間。」

「嗯，我們那裡有馬蠅，」愛麗絲開始說了起來，邊說手指邊數。

「對了，」巨蚊說，「沿著那一片灌木叢往上走到一半，仔細看的話，妳可以

edition, 1880), page 31。

⑫ 火車的跳躍讓愛麗絲來到棋格 P-Q4。在卡洛爾的原始書稿裡，愛麗絲在火車車廂裡抓住一個老太太的頭髮，但是田尼爾於 1870 年 6 月 1 日寫信給卡洛爾：

親愛的道吉森：

我想，當火車飛起來時，你大可以安排愛麗絲抓住手邊的東西，像是山羊的鬍子，而非老太太的頭髮。這突然的顛簸的確是會讓他們撞在一起的。

別怪我無禮，但我不得不告訴你，「黃蜂」那一章根本引不起我的興趣，而且我也想不出要怎麼畫圖。我不禁這麼覺得：依我的鄙見，如果你想要減少這本書的篇幅，這就是你的大好機會。

勿忙間寫就，甚感苦惱
J. 田尼爾敬上

卡洛爾接受了田尼爾的兩個意見，將老

太太與第十三章〈假髮黃蜂〉都刪掉了。

⓭「火蜻蜓」（snapdragon 或是 flapdragon）是維多利亞時期孩童於聖誕佳節期間最喜歡的一種娛樂活動。方法是把白蘭地倒進一個淺淺的碗裡面，將葡萄乾丟進去，用火把白蘭地點燃。參加這遊戲的人必須試著從閃爍的藍色火焰裡快速拿出還在燃燒的葡萄乾，丟進嘴巴裡。燃燒的葡萄乾也被稱為 "snapdragon"。

⓮ 麥片布丁（frumenty）是一種做成布丁狀的麥片粥，裡頭通常有糖、香料與葡萄乾等材料。

看到一隻搖木馬蠅＊。整隻都是木頭做的，在樹枝之間搖來搖去。」

愛麗絲好奇極了，她問道：「牠靠什麼維生？」

「樹的汁液和木屑，」巨蚊說。「接著說下去。」

愛麗絲抬頭看那一隻搖木馬蠅，看得興味盎然，心想牠一定剛剛油漆過，看起來又亮又黏。接著她才往下說。

「還有蜻蜓。」

「看看妳頭頂的樹枝，」巨蚊說，「妳會看到有一隻火蜻蜓。牠的身體是葡萄乾布丁做的，翅膀是冬青樹葉，頭是燃燒的白蘭地葡萄乾。」[13]

「牠靠什麼維生？」

「麥片布丁 [14] 還有碎肉餅，」巨蚊答道，「牠會在聖誕禮盒裡築巢。」

愛麗絲仔細看一看那隻頭頂著火的昆蟲，心想：「難道就是因為昆蟲都想要變成火蜻蜓，牠們才會喜歡往燭火撲過去？」接著她才說：「還有蝴蝶。」

＊「搖木馬蠅」（Rocking-horse-fly）是把搖木馬跟馬蠅結合在一起的字，當然是胡亂編出來的。

「現在爬在妳腳邊的，」巨蚊說，（這話嚇得愛麗絲把兩隻腳縮回去），「就是一隻奶油麵包蝶。牠的翅膀是薄片奶油麵包，身體是麵包皮，頭是一塊方糖。」

「牠靠什麼維生？」

「加了奶油的淡茶。」

愛麗絲想到一個新問題，於是問道：「如果找不到奶油淡茶呢？」

「當然就會餓死啦！」

愛麗絲若有所思地說：「那種事一定常常發生。」

「的確常常發生，」巨蚊說。

接下來愛麗絲不發一語，思考了一兩分鐘。巨蚊在她頭頂上嗡嗡嗡地繞來繞去，藉此自娛，最後終於停下來說：「我猜妳應該不想把名字給丟掉吧？」

愛麗絲有點焦慮地說：「不，當然不想。」

「我不懂妳為什麼不想，」巨蚊用一種毫不在乎的語調繼續說，「如果妳回家時沒有名字，想想看會有多方便啊！例如，如果妳的女家教叫妳去上課，她會先大聲說：『來吧——』，但是她得在這裡停下來，

以色列人憂希 · 納坦森（Yossi Natanson）在來信中指出，愛麗絲知道她不能回去，因為她是小兵，而西洋棋中小兵是不能夠往回走的。

因為妳沒有名字讓她叫。當然妳也就不用上課了。」

「我肯定那絕對行不通的，」愛麗絲說。「我的家教才不會因為這理由而讓我不用上課。如果她不記得我的名字，她會跟家僕們一樣，叫我『小姐！』」

「可是，如果她只是叫妳『小姐＊！』」巨蚊說，「妳當然就可以錯過妳的課啦。這是個笑話。真希望這個笑話是妳說出口的。」

「你為什麼希望是我講的？」愛麗絲問道。「那笑話很糟耶。」

巨蚊只是深深嘆了一口氣，兩大滴眼淚從牠的臉頰往下流。

「如果講笑話讓你那麼難過，」愛麗絲說，「你就不該講笑話。」

接著牠又憂鬱地輕輕嘆了幾口氣，這次可憐的巨蚊好像真的隨著嘆息聲消逝了，因為當愛麗絲抬頭一看，樹枝上什麼也沒有。她坐久了，漸漸感到一陣涼意，所以就站起來繼續走。

＊「小姐」與「錯過」都是 "miss"，只是前者字首需要大寫。

很快的她來到一片曠野，有樹林在另一頭，這樹林看起來比剛剛那一座看起來更陰暗，愛麗絲**有點**怕怕的，不太敢走進去。然而，仔細想想，她還是下定決心往下走，心裡想著：「**我才不要往回走**」[15]，更何況這是前往第八棋格的唯一一條路。

「這一定就是那片樹林了，」她若有所思地自言自語，「裡面的東西都沒有名字。難道我進去後**名字**也會不見？我不想失去名字，因為一定會有人給我另外取名，新名字肯定很難聽。好玩的是，要怎樣才能找到使用我的舊名的動物？難不成要像找狗那樣刊登廣告：『**叫牠戴許會有反應，脖子上戴著銅項圈**』[16]？想像一下，到時候豈不是要見到所有動物都叫一聲『愛麗絲』，直到其中一隻回應！只不過，如果牠們夠聰明的話，一定不會回應的。」

16 查爾斯・勒維特提醒我，維多利亞女王養的西班牙獵犬「戴許」在英格蘭是一隻名犬。無論請人拍照或繪製肖像時，女王常常安排戴許待在身邊或她的大腿上。

17 愛麗絲也許是想到了名字是 L 開頭的莉莉，因為莉莉是被她取代的白方小兵，而且她自己的姓氏里德爾也是 L 開頭的。如同約瑟芬・范・迪克（Josephine van Dyk）與卡爾頓・海曼夫人主張的，也許愛麗絲隱約想起自己名字的部分發音，從 L 開始，因此變成了 "L-is"。艾妲・布朗（Ada Brown）此一理論，因此在來信中附上了卡洛爾的小說《西爾薇與布魯諾的結局》裡面的下列對話（引自〈布魯諾的野餐〉〔Bruno's Picnic〕）：「蘋果樹想說話時，會先說什麼？」西爾薇問道。敘述者答道：「蘋果樹不都是從 'Eh!' 開始嗎？」

根據羅伯・沙瑟蘭（Robert Sutherland）在《語言與路易斯・卡洛爾》（*Language and Lewis Carroll, Mouton, 1970*）一書中指出，卡洛爾的作品裡常常會提及忘記自己名字的角色。例如，毛毛蟲曾經問愛麗絲「妳是誰？」當時她困惑到答不出來。紅棋王后還告誡愛麗絲：「別忘了妳是誰！」白衣人也跟她說，「年紀這麼小的孩子，就算不知道自己的名字，也該知道自己要往哪裡去。」白棋王后則是被雷聲嚇到忘記自己的名字。《捕獵蛇鯊》裡的烘焙師忘記了自己的名字，《西爾薇與布魯諾》裡的教授也是。也許此一主題反映出卡洛爾也搞不清楚自己到底是牛津大學教授查爾斯・道吉森，或是擅長寫童話與荒謬詩文的路易斯・卡洛爾。

18 佛列德・麥登（請參閱本章注釋 11）發現，卡洛爾在這裡又玩了一個文字遊戲：小兵愛麗絲遇上一隻小鹿 "pawn" 遇上了 "fawn"，而且小兵只要換掉一個字母就變成了小鹿）。根據卡洛爾在《愛麗絲鏡中奇緣》序言中所提供的登場人物表，小鹿也

她邊說邊走，就這樣來到了樹林，裡面看起來非常陰涼。「至少裡面挺舒服的，」走進去後她說，「剛剛那麼熱，走進這個……這個**什麼**啊？」她接著說，很訝異居然想不起要說的字。「我是說，走進這個……走進這**個**……你知道的！」她把手擺在樹幹上。「這裡**到底**叫做什麼？我想它本來就沒有名字——一定沒有！」

她站著沉思片刻，不發一語，突然間又開始說：「畢竟還是讓我碰到了這種事！那我是誰呢？我會想起來的，一定要！我已經下定決心！」但就算下定決心又怎樣？差點想破頭，她也只是想到：「是 L，我**知道**我的名字是 L 開頭的！」[17]

此刻有一隻小鹿 [18] 漫步過來，牠用溫柔的大眼睛看著愛麗絲，但似乎不害怕。「過來！過來！」愛麗絲說，她伸出一隻手，想要摸摸小鹿，但牠只是往後跳了一下，然後還是站著看她。

「妳叫什麼名字呢？」小鹿終於開口說話。那聲音好甜美！

「我要是知道就好了！」可憐的愛麗絲心想。她用相當悲傷的口吻答道：「現在我沒有名字！」

「再想想，」小鹿說。「沒名字可不行」

愛麗絲想了一會兒，但想不到。「拜

託，你可以告訴我你叫做什麼嗎？」她膽怯地說。「我想那應該會有幫助。」

「再跟我走一小段路，我就會告訴妳，」小鹿說。「在這裡我想不起來。」

所以他們一塊穿越樹林[19]，愛麗絲親密地環抱著小鹿柔軟的脖子，直到他們走出樹林，又來到另一片曠野，此刻小鹿突然跳起來，掙脫愛麗絲的雙臂。「我是小鹿！」牠高興得大叫，「而妳，天啊！妳是個小孩！」牠那一雙漂亮的棕色眼睛突然流露出驚恐眼神，一瞬間牠就飛也似的狂奔而去了。

是這個棋局裡的小兵。愛麗絲與小鹿都是屬於白方的小兵，兩者在棋盤上緊鄰彼此。

[19] 沒有名字的樹林，事實上就是宇宙本身，因為宇宙是宇宙，它與人類這種利用象徵符號來命名一部分宇宙事物的動物截然有別：理由是，就像愛麗絲先前所提出的實用主義雋語，名字「對於命名的人有用」。此一頓悟讓我們瞭解世界本身並沒有符號，而且事物與其名號之間沒有任何關聯，只是我們的心智覺得名號這種標籤有用罷了——而且這絕對並非只是一種微不足道的哲學洞見（也可以參閱《愛麗絲鏡中奇緣》第六章注釋 13）。小鹿想起自己的名字之後興奮不已，這讓我們想起了一個陳年笑話：亞當之所以把老虎命名為老虎，是因為牠看起來像老虎。

⑳ 讀者葛雷格・史東（Greg Stone）提醒我，這兩個路標的寫法，一個是 "TO TWEEDLEDUM'S HOUSE"，另一個則是相反，變成 "TO THE HOUSE OF TWEEDLEDEE"，這反映出卡洛爾把叮噹兄弟塑造成左右相反的兩個鏡像。

㉑ 卡洛爾顯然想要把這最後的子句還有下一章的標題寫成押韻的對句：

心想他們肯定是
噹叮噹與叮噹叮
（Feeling sure that they must be Tweedledum and Tweedledee.）

愛麗絲只能站著看牠離去，因為突然間失去親愛的小小旅伴而懊惱不已，差點哭了出來。「不過，現在我知道自己叫做什麼了。」她說，「真是鬆了一口氣。愛麗絲……愛麗絲，我再也不會忘記。問題是，現在我該照哪一個手指狀的路標走？」

這問題不難回答，因為只有一條路穿越樹林，兩個路標都指著這條路的方向。「等到路出現分岔，路標指向不同方向，」愛麗絲自言自語，「我再來想要走哪一條。」

但情況似乎並不如她所想的那樣。她走了又走，這一條漫長的路上，只要出現岔路，就一定會有兩個手指狀路標指著同一個方向，其中一個路標寫著「通往噹叮噹之家」，另一個則是「通往叮噹叮之家」。[20]

「我想他們一定就住在同一間屋子裡！」最後愛麗絲說。「先前我怎麼沒有想到？但是我不能在那裡待太久。我只會去拜訪一下，說聲『你們好嗎？』然後問他們該怎樣走出樹林。希望能在天黑前就抵達第八棋格！」所以她就這樣一邊走一邊喃喃自語，繞過一個急轉彎之後，就碰到兩個胖胖的小矮子，因為太過突然，被嚇得往後跳，但很快就回過神來，心想他們肯定是那兩個人[21]。

　　　　　　　　　　　　愛麗絲夢遊仙境與鏡中奇緣

第四章

叮噹兄弟

他們站在一棵樹下，兩人各用一隻手摟著對方的脖子，愛麗絲在片刻間就搞清楚誰是誰了，因為其中一人的衣領上繡了一個「噹」字，另一個則是繡著「叮」。「我想他們的衣領後面還各自繡著『叮噹』與『噹叮』，」她對自己說。

她繞到後面去看兩人的衣領是否還有繡別的字，因為他們倆一直站著不動，讓她差點忘記他們是活人，所以還被其中一人開口說話的聲音嚇一跳。說話的是衣領上繡著「噹」的那個。

「如果妳覺得我們是蠟像，」他說，「那就該付錢。妳該知道蠟像不是做來給人免費看的。絕對不是！」

「反之亦然，」衣領上繡著「叮」的那個補了一句，「如果妳覺得我們是活人，就開口說話。」[1]

愛麗絲只說得出：「我真的很抱歉。」因為有一首老歌的歌詞在她的腦海裡繞來

[1] 高德納（Donald Knuth）曾經引述喬治・布爾（George Boole）的《思維規律的研究》（*Investigation of the Laws of Thought*，1854 年出版）一書：「如此一來，容我們這樣設想一個代數算式中有 x、y、z、c 等符號，其數值一律相當於 0 與 1，抑或只相當於 0，或者是 1。」接著他請讀者思考「如何理解叮噹叮的評論」，然後引述了 C. 薩特納（C. Sartena）對此一問題的解答：「叮噹叮所說的，是 $x \Rightarrow y$（x 蘊涵著 y），而此一『蘊涵』分別代表著 y、x、x、y、y、x，但也不排除有其他可能的解答。」（所謂「蘊涵」的定義是：若 A 蘊涵著 B〔$A \Rightarrow B$〕為真，則若非 A 為假，就是 B 為真，或兩者皆成立。）請參閱：Donald Knuth, "The Art of Computer Programming," Vol. 4, Pre-fascicle 0B, Section 7.1.1, *Boolean Basics*。

[2] 1720 年代期間，日爾曼裔英國作曲家韓德爾（George Frederick Handel）與義大利作曲家喬瓦尼・巴提斯塔・博農奇尼（Giovanni Battista Bononcini）之間競爭激烈。十八世紀的聖歌作家兼速記法教師約翰・拜羅姆（John Byrom）曾這樣描繪他們之間的爭議：

有人說，與博農奇尼相較
韓德爾先生只是笨蛋；
也有人說兩相比較
他連幫韓德爾拿蠟燭都不夠資格；
這差異如此奇怪
簡直像八兩半斤，半斤八兩 *1

*1 噹叮噹與叮噹叮（tweedle-dum and tweedle-
dee）原本就是指很難分辨的兩種東西。

　　沒人知道愛麗絲唸的這首關於叮噹兄弟
的童謠，與那兩位音樂名家的競爭是否
有關係，抑或愛麗絲唸的童謠之年代更
為久遠，反而是拜羅姆那一首打油詩的
尾句借用了童謠歌詞。（請參閱：*Oxford
Dictionary of Nursery Rhymes*, 1952, edited
by Iona and Peter Opie, page 418。）

　　另一首短詩的年代遠比前述童謠與打油
詩還晚，值得在此一提：

有個姓推德（Tweedle）*2 的神學院博
士生
拒絕接受學位
「姓推德已經夠糟了，」他說，
「後面加上神學博士頭銜還得了。」

*2 推德神學博士（Tweedle D.D.）唸起來跟
"tweedle-dee-dee"一樣。

　　有時候「推德」也會被替換成「菲德」
（Fiddle）。關於那首童謠的各種原始
版本，請參閱：Jon Lindseth's "A Tale of
Two Tweedles," in *Knight Letter* 83 (Winter
2009)。

❸ 田尼爾畫的叮噹兄弟身穿當時流行的學
童制服（skeleton suit），身形很像他筆下
的約翰・布爾（John Bull，即「英國佬」）。
約翰・布爾曾屢屢出現在他幫《潘趣》雜

繞去，簡直像時鐘滴答滴答響個不停，於
是她不禁大聲唸了出來：[2]

噹叮噹與叮噹叮
兩人同意打一架
只因噹叮噹說叮噹叮
弄壞了他新的手搖鈴

一隻巨大烏鴉飛落地
渾身烏漆又嘛黑
兩位英雄嚇破膽
忘了剛剛在吵嘴

　　「我知道妳在想什麼，」噹叮噹說，
「但不是那樣的。絕對不是！」

　　「反之亦然，」叮噹叮接著說，「如
果是妳想的那樣，就有可能是那樣。如果
是那樣，就是那樣。但因為不是那樣，所
以就不是那樣。這就是邏輯。」

「我是在想，」愛麗絲很有禮貌地說，「要怎樣才能趕快離開這黑漆漆的樹林，因為天色漸暗。拜託你們教我好嗎？」

但那兩個矮肥的傢伙只是對看一下，咧嘴微笑。

他們看起來好像兩個塊頭特別大的小學男生，愛麗絲忍不住用她的手指指著噹叮噹說：「一號男生！」[3]

「絕對不是！」噹叮噹連忙大聲說，說完立刻閉上嘴巴。

「二號男生！」愛麗絲接著指向叮噹叮，不過她早就知道他應該只會大聲說「反之亦然！」而且果然也被她料中了。

「妳不應該這樣啦！」噹叮噹大聲說。「拜訪人家要先說一句『你好嗎？』然後握握手。」說到這裡兄弟倆抱了一下，然後伸出空著的手跟她握握手。[4]

誌畫的許多漫畫裡面。請參閱：麥可・漢薛，《愛麗絲系列小說插畫大師田尼爾的藝術》第一章。

艾佛瑞特・布萊勒在一封來信中表示，所謂「一號男生」（first Boy）過去在英國曾是指班上最聰明的小學學童，或者是負責監督整個班級的年紀較大的學童。

❹ 叮噹兄弟是幾何學裡面所謂的「對映體」（enantiomorphs），兩者是彼此的鏡像。卡洛爾的這個構想充分反映在兩件事上面：一是叮噹叮的口頭禪「反之亦然」，還有他們在與愛麗絲握手時，分別伸出了左右手。田尼爾一樣也是把這雙胞胎兄弟當成「對映體」，這一點我們可以從他為兩人準備打鬥場景的插圖看出：他們倆站姿一樣，只是一左一右，彼此對應。在插圖中，噹叮噹（或者那是叮噹叮？從他脖子上的墊枕看來，應該是叮噹叮，但他頭戴燉鍋，卻又顯示他是噹叮噹）的右手手指手勢，與其兄弟的左手手指手勢一模一樣。

喬伊斯小說《芬尼根守靈記》也提及了叮噹兄弟，請參閱：*Finnegans Wake* (Viking, 1959), page 258。

1882 年，《愛麗絲的鏡中奇緣與其他童話故事》（*Alice Thro' the Looking-Glass and Other Fairy Tales for Children*；倫敦：W. Swan Sonnenschein & Allen 出版社出版）一書問世，圖為該書的卷首插畫，畫家署名為「艾爾托」（ELTO）；這是第一次有出自田尼爾以外畫家筆下的《愛麗絲鏡中奇緣》插畫被收錄在書裡。

一開始，愛麗絲不太想跟他們倆握手；因為先跟某一個握，就怕會傷了另一個的心。所以，這難題的最佳解決之道，就是同時握住他們倆的手，結果他們三個立刻就圍成一個圈圈跳起舞來。她事後回想起來，這似乎是自然發生的，就連聽見音樂聲響起也不感到意外。音樂聲好像是從他們旁邊的那一棵樹上傳來，根據她努力猜想的結果，應該是樹枝互相摩擦發出的聲音，就像小提琴的琴弓摩擦琴弦一樣。

事後在跟姊姊描述這整件事時，她說：「我發現自己竟然唱起了〈**我們繞著桑樹叢轉圈圈**〉，真是有趣。我不知道自己什麼時候開始唱的，但感覺起來好像很久很久了。」

另外兩個舞者長得胖，沒多久就喘了起來。「一首舞曲跳個四圈就夠了，」噹叮噹氣喘吁吁地說，所以就像剛剛突然開始跳起舞，他們也突然停了下來，音樂聲一樣也戛然而止。

他們放開愛麗絲的手，站在那裡盯了她一會兒；場面有點尷尬，因為愛麗絲想開始跟剛剛的舞伴說話，卻不知道用什麼開場白。「**現在**我們似乎已經有點交情了，」她對自己說，「說『你好嗎？』肯定是行不通的。」

最後她說：「希望你們沒有累壞了。」

「絕對不會！非常感謝妳的關心，」噹叮噹說。

「感激不盡！」叮噹叮也補了一句。「妳喜歡詩嗎？」

「嗯，很喜歡……某些啦，」愛麗絲的語氣有點猶豫。「你們可以告訴我哪一條路可以走出這樹林嗎？」

叮噹叮沒有理會愛麗絲的問題，他一臉嚴肅，轉頭問噹叮噹：「我該朗誦什麼給她聽呢？」

噹叮噹熱情地抱一抱自己的兄弟，對他答道：「〈海象與木匠〉是最長的一首。」

叮噹叮立刻開始朗誦了起來：

「太陽照耀——」

此刻愛麗絲斗膽打斷他。「如果詩很長的話，」她盡可能很有禮貌地說。「能不能拜託你先告訴我哪一條路……」

叮噹叮對她溫和地笑一笑，接著又開始朗誦：[5]

布蘭琪·麥克馬努斯（Blanche McManus）繪。1889 年。她是田尼爾之後第一個幫愛麗絲系列小說畫插畫的英格蘭插畫家（但她在創作前並未取得授權）。

⑤ 1872 年，卡洛爾寫信給他的某位舅舅，表示自己在創作〈海象與木匠〉的時候：「並未想到其他任何一首詩。它的詩韻是極其常見的，而且我覺得，與我讀過具有同樣詩韻的詩歌相較，〈海象與木匠〉並沒有更為近似於〔湯瑪斯·虎德（Thomas Hood）的詩作〕〈尤金·阿朗〉（Eugene Aram）。」請參閱：*The Letters of Lewis Carroll*, edited by Morton Cohen, Vol. 1, page 177。

在閱讀愛麗絲系列小說時，常有人傾向於為每個故事元素尋找象徵意義。但值得注意的是，並非卡洛爾筆下的任何東西都是某種象徵。他曾於 1889 年 9 月 27 日寫過一封短信給小說《西爾薇與布魯諾》的插畫家哈利·佛尼斯，與他討論該本小說

第十二章裡面的一張插畫,並論及田尼爾
的〈海象與木匠〉插畫:「至於『信天翁』
(Albatross)一詞,如果你想得出任何一
個三音節的東西可以讓你比較好下筆,請
告訴我。舉例說來,我們也可以改用『鸕
鷀』(cormorant)或『蜻蜓』(dragon-fly)
等等,只要是重音在第一音節即可。當年
田尼爾先生曾苦勸我不應該採用『海象與
木匠』這種行不通的組合,要我把『木匠』
拿掉,我就曾經做過這種事。還記得我曾
向他提議把木匠改成『準男爵』(baronet)
或『蝴蝶』(butterfly),但他最後還是選
擇了木匠。順道一提,你覺得把信天翁改
成『蝴蝶』可以嗎?」

　　田尼爾在木匠頭上畫了一頂看似紙盒的
帽子,那是當時木匠常常拿來戴在頭頂的
摺紙帽,只是現在已經沒有木匠會戴了。
不過,報社印刷廠裡面的工人還是會用空
白的新聞用紙,摺成那種帽子,以免頭髮

「太陽照耀海面上,
灑下光芒萬丈:
他盡心又盡力
想讓海浪平靜又輝煌——
但這很奇怪,只因
此刻是三更半夜。

月光光,心悶悶,
因為她覺得太陽
未免多管閒事
現在可不是大白天——
『他可真沒禮貌,』她說,
『破壞了這快樂時光!』

海上到處水汪汪,
沙灘四周乾巴巴。
雲朵不見蹤影,只因
天上萬里無雲:

大約在 1880 年,《歌謠國度:威廉・哈奇森編選作曲的民俗小調》(*Song-Land, A Series of Ditties for Small Folks, selected,*
arranged and composed by William M. Hutchison;倫敦:George Routledge and Sons 出版社出版)一書問世,其中收錄了這一幅創
作者不詳的插畫;這是第一次有田尼爾以外的畫家從愛麗絲系列小說取材作畫。

飛鳥也沒有半隻──
不知去向。[6]

海象與木匠
連袂而來；[7]
看到眼前的無盡沙土，
他們哭哭啼啼：
『如果能把沙土都清空，』
他們說，『真能叫人心情舒暢！』

『如果七個女僕帶著七條拖把
來這裡拖啊拖個大半年，
你覺得，』海象問道，
『能把沙土清得一乾二淨？』
『恐怕不行，』木匠答道，
說完又流下傷心的淚。

沾到油墨。J. B. 普列斯利（J. B. Priestley）
曾寫過一篇有趣的文章，把海象與木匠
分別詮釋為兩種政治人物的原型，請參
閱："The Walrus and the Carpenter," in *New
Statesman* (August 10, 1957), page 168。

[6] 里查 • 布斯（Richard Boothe）在來信
中指出，彼得 • 紐威爾將這個場景的插圖
畫錯了：天空中有雲也有鳥。請參閱我編
輯的《增訂注釋版：愛麗絲系列小說》，
第 219 頁。紐威爾筆下的海象身穿維多利
亞時代的泳衣，並在背景裡面畫了一輛更
衣車，車門鑰匙就掛在海象的脖子上。

[7] 卡洛爾曾於信中表示，「你們所引述
的詩句本來是寫成『海象與木匠手牽手而
來』，但是為了因應插畫家的要求而做了
修改」。請參閱：Carroll, letter to Edith
A. Goodier and Alice S. Wood (March 20,
1875)。

『喔牡蠣，牡蠣跟我們走！』
海象認真懇求。
『沿著這海灘，
我們開心散步，盡情聊天：
因為只有四隻手，
只能帶四個一起走。』

牡蠣長老望著他。
什麼話也沒有說：
牡蠣長老眨眨眼，
然後搖搖沉重的頭──
意思是他絕不離開
牡蠣的家鄉。

但四隻年輕牡蠣躍躍欲試，
全都渴求這難得的樂事：
他們將外套刷乾淨，也把臉洗淨，
鞋兒整齊又潔淨──
但這很奇怪，只因
他們沒腳可穿鞋。

另外四隻牡蠣跟在後面，
後面的後面又另有四隻：
最後牠們蜂擁而至，
一隻一隻又一隻──
全都跳過滔滔白浪，
爬啊爬的到岸上。

海象與木匠
走了一哩左右，
他們來到一塊矮岩邊
用來休息好方便：
小小牡蠣旁邊站
排成一排在等候。

葛楚德・凱伊（Gertrude Kay）繪。1929 年。

[8] 歐·亨利（O. Henry）的第一本短篇故事集《甘藍與國王》（*Cabbages and Kings*）。這一節詩的前四行詩句，也許是整首詩裡面最常被引述的。在艾勒里·昆恩探案系列（The Adventures of Ellery Queen）的最後一本小說《瘋狂的下午茶》（*The Adventure of the Mad Tea Party*）裡，探長最後用一種奇怪的手法去嚇唬兇手，逼其招供，上述四行詩句就是那奇怪手法的重要元素。

珍·歐康納·克里德（Jane O'Connor Creed）於來信中表示，卡洛爾的詩句與莎翁名劇《理查二世》（*Richard the Second*）第三幕第二景裡面英王理查的部分演說內容相互呼應：

讓我們聊一聊墳墓、蛆虫和墓碑吧；
讓我們以泥土為紙，用我們淋過雨的眼睛

在大地的胸膛上寫下我們的悲哀；
讓我們找幾個遺產管理人，商議我們的遺囑

．．．．．．．．．．．．．．．．．．．．．．．

為了上帝的緣故，讓我們坐在地上
講些關於國王們的死亡的悲慘故事。

[9] 薩維爾·克拉克（Savile Clarke）把《愛麗絲鏡中奇緣》改編成輕歌劇時，卡洛爾在這首詩的後面添加下列詩句：

木匠不再嗚咽；
海象不再哭泣；
他們把所有牡蠣吃下肚；
躺下安睡——
為了他們的詭計與殘忍
他們付出了被懲罰的代價。

海象與木匠入睡後，兩隻牡蠣的鬼魂出

『該是聊一聊的時候，』海象說，
『談天說地不設限：
鞋子、船隻與封蠟
還有甘藍與國王 [8]

也聊海水為何熱呼呼
豬兒是否有翅膀。』

『想要聊天的話，』牡蠣一齊大聲說，
『是不是能等一下；
因為我們都好肥，
其中有些已經喘不過氣！』
木匠說，『不急啊，不急！』
為此牠們感謝他。

『一條吐司是我們最需要的，』海象說，
『此外還有：
胡椒與醋
也都很不錯——

愛麗絲夢遊仙境與鏡中奇緣

親愛的牡蠣們準備好，
我們就要開始吃大餐。』

『但可別吃我們！』牡蠣高聲大喊，
臉色全都變鐵青，
『剛才不是還很高興，
瞬間翻臉也太慘！』
『夜色如此美妙，』海象說，
『這美景你們是否喜歡？』

『你們能跟來實在太好心！
而且個個肥又美！』
木匠沒有別的話，只說：『幫我們再切一片：
希望你們別裝聾賣傻──
我已經開口問兩遍！』

『這樣似乎很丟臉，』海象說，
『帶他們走了那麼遠，
逼他們加快腳步，
結果還使出如此騙術！』
木匠沒有別的話，只說
『奶油抹得太厚了！』

『我為你們啜泣，』海象說。
『我深深同情你們。』
他一邊挑出最大的牡蠣
一邊哭得聲淚俱下。
從口袋拿出手帕，
擺在不停流淚的雙眼前。

『喔，牡蠣們！』木匠說。
『這一趟你們玩得真開心！
我們這就走回家可好？』
但沒有任何答覆聲──

現在舞台上，唱歌跳舞，在熟睡的兩者胸口用力跳來跳去。卡洛爾覺得，此一情節讓故事的收尾比較完滿，觀眾顯然也都同意他，而且這也能稍稍撫慰那些同情牡蠣的人。

第一隻牡蠣的鬼魂跳了一首馬祖卡舞（mazurka），舞曲歌詞如下：

木匠在睡覺，臉上有奶油，
還有滿地的醋與胡椒！
讓牡蠣幫你搖搖籃，哄你進入夢鄉；
如果那沒有用，我們就坐在你的胸口！

我們就坐在你的胸口！我們就坐在你的胸口！
最簡單的方式就是坐在你的胸口！

第二隻牡蠣的鬼魂跳了一首角笛舞（horn-pipe），舞曲歌詞如下：

喔，悲傷痛哭的海象，你的眼淚只是騙局！
你喜歡吃牡蠣，更勝於孩子們喜歡果醬。
你就愛吃牡蠣，吃飯才來勁──
邪惡的海象，原諒我在你的胸口
跳來跳去！
跳來跳去！
跳來跳去！
邪惡的海象，原諒我在你的胸口
跳來跳去！

（以上所有歌詞都引述自羅傑・葛林為卡洛爾的日記所寫的注釋，請參閱：*The Diaries of Lewis Carroll*, Vol. II, pages 446–47。）

也可以參閱：Matthew Demakos's "The Fate of the Oysters: A History and Commentary on the Verses Added to Lewis Carroll's 'The Walrus and the Carpenter,'" in Mills College's *The Walrus*, 50th Anniversary Issue, 2007。

⑩ 愛麗絲所面對的，其實是一個傳統的倫理學難題：「我們到底該根據行為，還是根據意圖來評斷其他人？」

不過這可一點也不奇怪，只因每一隻都已在他們肚中。」⑨₃₁₈ᴵᴵ

「我最喜歡的是海象，」愛麗絲說，「因為你們也看得出他對那些可憐的牡蠣感到**有點抱歉**。」

「不過，他吃的牡蠣比木匠多，」叮噹叮說。「他用手帕擋著臉，木匠就沒辦法數他吃了幾隻，反之亦然。」

「真卑鄙！」愛麗絲憤慨地說。「如果木匠吃得比較少，那我最喜歡的應該是他。」

噹叮噹說：「但他也是卯起來吃。」

這難倒了愛麗絲¹⁰。頓了一下之後她才說，「好吧！那他們**都是**討厭鬼……」說到這兒，附近樹林傳來一陣巨響，像是巨大蒸汽機的噴氣聲，但她覺得恐怕更像是野獸，一聽那聲音就被嚇得閉上嘴巴。

「這一帶有獅子或老虎嗎？」她膽怯地問道。

「那只是紅棋國王在打鼾，」叮噹叮說。

「走吧，我們去看看他！」兄弟倆大聲說，他們牽著愛麗絲的雙手，帶她前往國王在睡覺的地方。

「他很可愛吧？」噹叮噹說。

老實說，愛麗絲不覺得他可愛。他帶著一頂高高的紅色睡帽，帽尖綴著流蘇，整個人在地上癱倒成一團，鼾聲如雷——就像噹叮噹說的，「鼾聲大到可以把頭震下來！」

愛麗絲是個很體貼的小女孩，她說：「草地潮濕，我真怕他會著涼。」

烏瑞爾・伯恩包姆（Uriel Birnbaum）繪。1925 年。

⓫ 這一段有關紅棋國王夢境之討論非常有名（此刻紅棋國王盤據著愛麗絲東邊緊鄰著她的棋格，在那上面呼呼大睡），而且常常被引述，可憐的愛麗絲也就此被牽扯進嚴肅的形上學領域裡。叮噹兄弟為英國哲學家柏克萊主教（Bishop Berkeley）的立場辯護；就像他們說所有東西（包括他們自己）都只存在於國王的夢裡，柏克萊也認為，這世間所有實質物體都存在於上帝的心靈裡。愛麗絲則是站在約翰遜博士（Samuel Johnson）的常識立場：她反駁柏克萊主教的方式是踢一踢身邊的一塊大石頭，也認為自己的反駁有效。哲學家羅素（Bertrand Russell）曾經參加某個討論愛麗絲系列小說的廣播節目，表示小說中針對紅棋國王夢境進行的討論「從哲學觀點看來深具啟發性。但要不是作者用這麼幽默的方式去討論，我們也會覺得挺痛苦的。」

柏克萊主教提出的觀念不只讓所有的柏拉圖主義者（Platonists）感到困擾，卡洛爾也有同感。愛麗絲的兩次歷險到頭來都只是一場夢，而且在小說《西爾薇與布魯諾》裡，故事敘述者也是在真實世界與夢境裡穿梭來穿梭去。「所以，要不是我夢到了西爾薇，而此刻我在真實世界裡，」故事敘述者在小說剛開始就表示，「就是我在真實世界裡與她在一起，現在則是在夢裡！難道，人生本來就是一場夢？」在《愛麗絲鏡中奇緣》裡，卡洛爾屢屢提出這個問題，包括第八章第一段、最後幾句話，還有故事最後那首詩的最後一行詩句。

愛麗絲與紅棋國王都夢到對方，如此也形成了一種無限回歸（infinite regress）的奇怪現象。愛麗絲夢到國王，國王也夢到愛麗絲，但在這夢裡的愛麗絲又夢到國王……，我們可以如此不斷推衍下去，就

「他正在作夢，」叮噹叮說，「妳覺得他夢到了什麼？」

愛麗絲說，「這誰也猜不到的。」

「這還用猜，他夢到了妳！」叮噹叮得意地鼓掌大聲說。「如果他不再夢到妳，妳覺得自己會在哪裡？」

愛麗絲說：「當然還是會在這裡啊。」

「才怪！」叮噹叮不屑地反駁她。「那妳就哪裡都不在啦！這還用說，妳只是他夢裡的一個東西罷了！」[11]

「如果國王醒來，」噹叮噹又補了一句，「妳就會呼的一聲不見，就像蠟燭突然熄滅！」[12]

「我才不會！」愛麗絲怒道。「更何況，如果我只是他夢裡的一個東西，那你們呢？我還真想知道。」

「跟妳一樣。」噹叮噹說。

「一樣，一樣，」[13] 叮噹叮大聲說。

他的聲音大到愛麗絲忍不住對他說：「噓！別那麼大聲，你會把他吵醒的！」

「唉，妳說妳擔心他會被吵醒，但這是沒有用的，」噹叮噹說，「因為妳只是他夢裡的一個東西而已。妳也很清楚自己不是真的。」

愛麗絲說：「我是真的！」說完就哭了起來。

「哭吧，妳再哭也不會把自己哭成真的，」叮噹叮說，「沒什麼好哭的。」

「如果我不是真的，」愛麗絲半哭半笑，這一切感覺起來好荒謬，「我應該就沒辦法哭啊！」

噹叮噹用非常不屑的語氣打斷她：「難道妳以為那些是真的眼淚？」

「我知道他們在胡說八道，」愛麗絲心想，「而且因為這樣就哭，也太愚蠢了。」所以她擦擦眼淚，盡可能打起精神說，「總之，我最好離開這樹林，因為天色越來越黑了。你們覺得會下雨嗎？」

噹叮噹張開一把大傘，遮住他們兄弟倆，抬頭看著傘說，「不，我覺得不會。

好像拿兩面鏡子擺在對面，也會形成彼此照映對方的景像，或者像索爾‧斯坦伯格（Saul Steinberg）的荒謬漫畫也有相同效果：畫中的胖女士正在畫一幅畫，畫中有個瘦女士正在畫畫，她畫的就是胖女士在畫畫……，如此一來也可以不斷推衍下去。

詹姆斯‧布蘭奇‧凱伯爾在「惡夢三部曲」（Smirt, Smith, Smire）的第三部《斯麥爾》（Smire）裡，也使用同樣的故事元素：兩個人彼此夢到對方。斯麥爾與斯麥克（Smike）在小說第九章槓上對方，他們都宣稱自己在睡覺，對方都在自己的夢裡面。在為此三部曲寫的序言中，凱伯爾表示，那是一個「以夢境為主題的完整故事」，他企圖藉此「延伸路易斯‧卡洛爾的自然主義」。

在整個故事中，紅棋國王始終處於睡眠狀態，直到愛麗絲女王在第九章結尾抓到紅棋皇后，他才被將死。任何會玩西洋棋的人都清楚，在大多數的棋局中，國王一直都是處於睡眠狀態，有時候要等到使出「國王入堡」的棋步之後，國王才會移動。偶爾也有些錦標賽規定國王必須從棋局一開始就始終維持在起步的棋格上，直到棋局結束。

⓬ 愛麗絲在《愛麗絲夢遊仙境》第一章已經預示了噹叮噹這裡所說的話：愛麗絲也曾想過自己會不會持續縮小，最後「像蠟燭熄滅一樣」完全不見。

⓭ 茉莉‧馬丁（Molly Martin）在來信中指出，叮噹叮在此說的「一樣，一樣」（Ditto, ditto）同時呈現出雙胞胎是彼此分身的意涵，也反映出物體形式的同一性，

以及兩者的鏡像特質。

14 在田尼爾為此場景畫的插畫裡，地上的確畫了一個壞掉的手搖鈴。1886 年 11 月 29 日，卡洛爾寫信向亨利‧薩維爾‧克拉克抱怨，表示田尼爾偷偷把手搖鈴畫成了「更夫」（watchman）用的那種手搖鈴：「在這張描繪叮噹兄弟吵架的插圖裡，田尼爾先生故意引入了一種『誤讀』。我可以肯定的是，在那一首歷史悠久的童謠裡面，所謂『我那新買的好搖鈴』應該是指小孩玩的搖鈴，而非更夫的搖鈴。」

在那年代，更夫的手搖鈴裡面有一片薄薄的木片，每當搖鈴轉動時，木片就會不停打在一個棘輪的輪齒上，因為震動而發出嘎嘎巨響，具有示警作用。這種工具至今仍買得到，但功用已經變成在派對上用來製造噪音的道具。讀者 H. P. 楊恩（H. P. Young）來信指出，那種手搖鈴非常脆弱，很容易損壞。

至少在這**傘裡面**不會。絕對不會！」

「但是**傘外**可能下雨吧？」

「可能，如果老天爺要下雨的話，」叮噹叮說，「我們也不反對。反之亦然。」

「自私鬼！」愛麗絲心想，本來她打算說聲「晚安」就離開，但是噹叮噹從傘底下跳出來，一把抓住她的手腕。

他說：「妳看到**那個**了嗎？」他因為太激動，連聲音都哽住了，眼睛變大的同時流露出驚恐眼神，用顫抖的手指指著樹下一個白色的小東西。

「只是個手搖鈴，」愛麗絲仔細看看那白色的小東西之後說。「可不是**響尾蛇**，」她趕緊又補了一句，唯恐嚇到了他，「只是個老舊的手搖鈴 * 又舊又破。」

「我就知道是手搖鈴！」噹叮噹大聲說，開始卯起來跺腳，拉扯頭髮。「而且一定被弄壞了！」說到這兒，他看看叮噹叮，叮噹叮立刻坐在地上，想要躲進傘底下。

愛麗絲把手搭在他的手臂上，溫和地安慰他：「你沒必要為一個老舊的手搖鈴發那麼大脾氣。」

* 手搖鈴是 "rattle"，響尾蛇則是 "rattlesnake"，聽起來很像。

「但那**不是舊的**！」噹叮噹大聲說，口氣比剛剛更憤怒了。「我跟妳說，那可是新的，昨天才買的**好搖鈴**！」[14] 他的聲音變高，好像在尖叫。

叮噹叮一直忙著在收傘，而且要把自己也收在裡面，因為這件事實在太奇特，讓愛麗絲不再那麼注意他那在鬧脾氣的兄弟。只不過他都收不起來，結果只把他自己捲進傘裡面，在地上滾動，只有頭伸到外面。他躺在那裡，嘴巴與一雙大眼一張一闔的，愛麗絲心想：「看起來可真像一條魚啊。」

「你應該同意跟我打一場囉？」噹叮噹用比較平靜的語調說。

根據珍妮絲・拉爾（Janis Lull）指出，《愛麗絲鏡中奇緣》第八章那兩幅白棋騎士的插畫裡面，都可以看出固定在馬頭馬韁上的那個東西，就是一個很大的更夫手搖鈴。請參閱第八章注釋 8。我們可以在三張插畫還有《愛麗絲鏡中奇緣》卷首插畫中（見本書第 236 頁）看到那個手搖鈴。更早之前田尼爾也曾畫過那種搖鈴，請參閱以下他幫某一期《潘趣》雜誌（1858 年 1 月 19 日出版）繪製的漫畫。

「我想是吧，」叮噹叮從傘裡面爬出來，氣呼呼地回答，「只是，必須要由她幫我們著裝。」

所以兄弟倆手牽手走進樹林，一會兒

⑮ 從田尼爾為了這個場景畫的插圖看來，愛麗絲已經把墊枕圍在叮噹叮的脖子四周，因此圖中的另一人應該是嚀叮噹。問題在於，仔細看看插圖，可以發現她的雙手正拿著一條帶子的兩端，幫圖左那個人綁起充當頭盔的燉鍋，就此看來那個人卻應該是嚀叮噹。而且，就像麥可・漢薛在那本關於田尼爾插圖的專著中指出的，這插圖還有一個很明顯的錯誤：拿木劍的人應該是左邊的嚀叮噹，但在田尼爾筆下，卻變成了叮噹叮。請參閱：麥可・漢薛，《愛麗絲系列小說插畫大師田尼爾的藝術》。

M.L. 柯克（M. L. Kirk）繪。1905 年。

過後他們抱著許多東西回來，包括墊枕、毯子、爐邊地毯、桌布、盤子護套與炭火鉗。「希望妳很會扣別針與綁帶子，」嚀叮噹說。「妳必須設法把這些東西穿戴到我們身上。」

事後，愛麗絲表示，她這輩子還沒見過如此混亂的場面，只見他們倆忙東忙西，把一大堆東西穿戴上身，她為了幫他們綁帶子與扣鈕扣也費了一番工夫。「等到整裝完畢，他們倆真的很像兩大團破舊的衣服！」她自言自語。愛麗絲幫叮噹叮用一個墊枕護住脖子周圍時，他還說「這是為了避免讓自己的頭被砍掉。」[15]

「妳知道的，」他用嚴肅的語氣補了一句，「作戰時最慘的事，莫過於頭被砍掉了。」

愛麗絲大聲笑了出來，但她假裝自己是在咳嗽，唯恐傷了他的心。

嚀叮噹走過來讓她綁頭盔。（他說那是頭盔，但怎麼看都像是一個有鍋柄的平底燉鍋。）他問說：「我的臉色很白嗎？」

「嗯，是**有一點**。」愛麗絲溫和地答道。

「平常我都很勇敢的，」接著他低聲說，「只是今天剛好頭痛。」

　　　　　　　　　　　　　　　愛麗絲夢遊仙境與鏡中奇緣

「我是牙痛，」叮噹叮無意間聽見他的話。「我痛得比你厲害多了！」

　　愛麗絲覺得該趁機勸他們休戰，她說：「那我看你們今天就別打了。」

　　「我們必須打一場，但我不在乎時間長短，」噹叮噹說「現在幾點了？」

　　叮噹叮看看錶，答道：「四點半。」

　　「我們就打到六點再吃晚餐吧，」噹叮噹說。

　　「很好，」叮噹叮用很難過的口氣說，「可以讓她在旁邊看，只不過，最好別靠太近，」他特別補了一句，「每次我打得起勁了，只要看到什麼都會打下去。」

　　「我則是手伸到哪裡就打到哪裡，」噹叮噹說，「無論有沒有看到。」

　　愛麗絲笑道：「我想你們應該常常打到樹。」

　　噹叮噹左顧右盼，臉上露出得意的微笑，他說：「我想，等我們打完了，這附近應該沒有任何一棵樹還沒有被我們打倒的！」

　　愛麗絲說：「而且這一切都是為了一支手搖鈴！」她覺得叮噹兄弟居然為了這

⓰ J. B. S. 霍爾丹（J. B. S. Haldane）認為，童謠裡的巨大烏鴉是用來描述某次日蝕的一種方式。例如，叮噹兄弟相約打一架，卻被烏漆麻黑的巨大烏鴉打斷。在真實的故事裡，對戰的雙方是呂底亞國（Lydia）知名國王克羅伊斯（Croesus）的父王阿呂亞泰斯（Alyattes），還有米底王國（Medes）的君主基亞克薩雷斯，他們鏖戰了五年之久。到了第六年，也就是在西元前 588 年 5 月 28 日這天，大戰被一次知名的日全蝕給打斷。兩位國王不但沒繼續打仗，而且還接受停戰協商結果。兩位協商者之一就是尼布甲尼撒二世（Nebuchadnezzar II）：他才剛在前一年摧毀耶路撒冷城，俘虜了該城所有居民。請參閱霍爾丹的書：J. B. S. Haldane, *Possible Worlds* (Chapter 2)。

種小事而打鬥，仍然希望讓他們因此感到有點丟臉。

「如果那不是新的手搖鈴，」噹叮噹說，「我應該不會那麼介意。」

「真希望那一隻巨大烏鴉飛過來！」愛麗絲心想。

「你知道，我們只有一把劍，」噹叮噹對兄弟說，「但你可以用傘當劍，傘還蠻銳利的。只是我們得快一點開始。天色已經很暗了。」

「而且越來越暗，」叮噹叮說。

天色變暗變得如此突然，以至於愛麗絲認為一定是有雷雨要來了。「這烏雲真厚啊！」她說。「而且來得好快！我想烏雲一定是長了翅膀！」[16]

「是烏鴉！」噹叮噹驚慌尖叫，叮噹兄弟拔腿就跑，一溜煙就失去了蹤影。

愛麗絲跑進樹林，跑了一小段路之後就停在一棵大樹下。「**在這裡**烏鴉就絕對抓不到我了，」她心裡想，「牠的身體那麼大，根本擠不進樹林裡。但我希望牠可不要用力拍打翅膀，否則一定會在林子裡掀起一陣颶風——有人的披肩被吹來這裡了！」

第五章

綿羊與小河

話還沒說完，她就一把抓住了披肩，東張西望，看看誰是披肩的主人；接著馬上看到白棋王后從樹林裡某處狂奔而來，高舉張開的雙手，像在飛一樣，愛麗絲拿著披肩走過去，舉止非常有禮貌。[1]

「幸好被我撿到了，」愛麗絲說，一邊幫她把披肩披上。

白棋王后只是用無助驚恐的眼神看著她，不斷喃喃自語，好像一直在說「麵包和奶油，麵包和奶油」[2]，而愛麗絲則是覺得，如果要和王后交談，她就一定得自己找個話題。於是她怯生生地問道：「您可是白棋王后嗎？」

[1] 一陣狂奔過後，白棋王后到了棋格QB4，位置在愛麗絲的西邊，緊鄰著她的棋格。紅白王后在這故事裡之所以常常跑來跑去，其實是暗指她們可以在棋盤上任意遊走，方向與距離都不受限制。白棋王后的特色是非常不小心，因此她已經錯過移往棋格K3，藉此把紅棋國王將死的機會。卡洛爾曾在文章中提及他對白棋王后的看法（請參閱：Alice on the Stage）：

> 最後，在我的幻想中，白棋王后似乎是溫柔、愚蠢、白白胖胖的，像嬰兒一樣無助，渾身散發出一種慢吞吞、喜歡胡扯而且困惑的氣息，藉此暗示她的愚昧，但又不是很明顯地呈現出來——如果太明顯，我想可能就不會有她這個角色帶來的趣味效果了。奇特的是，在威爾基・柯林斯（Wilkie Collins）的小說《沒有名分》（No Name）裡有個角色與她很像：我跟柯林斯可說是「殊途同歸」，分別用白棋王后與瑞格女士（Mrs. Wragg）這兩個角色呈現同個概念，說她們倆是雙胞胎姊妹也不為過。

在派拉蒙拍的電影裡面，白棋王后是由女演員露易絲・法岑達（Louise Fazenda）飾演。

②艾德溫・馬斯登（Edwin Marsden）曾於一封來信中回憶，童年期間在美國麻州大人曾教他，每當有黃蜂、蜜蜂或其他昆蟲於身邊環繞，可以低聲默念「麵包和奶油，麵包和奶油」，藉此避免被叮咬。如果維多利亞時代英格蘭地區有這種習俗，也許就能解釋白棋王后為什麼要默念那句話——因為有一隻巨大烏鴉正在追她。

另一個可能性是，王后正張開雙臂狂奔，好像在飛一樣，所以她把自己想像成愛麗絲在《愛麗絲鏡中奇緣》第三章裡聽說過的「麵包奶油蝶」（Bread-and-butter-fly）。王后心裡似乎常常想到「麵包和奶油」。例如在第九章她問愛麗絲：「一條麵包除以 *2 一把刀子，答案等於多少？」紅棋王后打斷愛麗絲，搶先回答：「當然是奶油與麵包」，意思是切一塊麵包下來後還要抹上奶油。

*2 英文中「除以」與「切割」都是用 "divide" 一字。

在美國，每當兩個人走路時因為遇到樹、柱子或類似障礙物而被迫必須分開之後，必須補說一句「麵包和奶油」*3。

*3 通常是情侶才會這樣說，意思是要像麵包和奶油一樣不要再分開了。

根據艾瑞克・帕崔吉（Eric Partridge）所編的《英語俚語與非正式用語詞典》（Dictionary of Slang and Unconventional English），"bread and butter" 在維多利亞時代英格蘭地區的口語中有許多不同意義。例如，「看起來像中小學女生的」（schoolgirlish）；如果有個年輕女孩的行徑像個中小學女生，就會被稱為「麵包與奶油小姐」（bread-and-butter miss）。白

「嗯，如果妳說剛剛那樣也算是伺候我的話，」王后說。「但那與我所認為的伺候根本不一樣 *1。」

愛麗絲認為，如果一開始就要爭論，那就談不下去了，所以她只是微笑答道：「如果王后陛下願意告訴我該怎樣開始，我一定會盡力做到好。」

「但我根本不需要妳伺候！」可憐的白棋王后呻吟著說，「過去這兩個小時以來我都是靠自己打理衣服。」

愛麗絲心想，如果有人能幫她打理衣服，應該會好很多，因為她看起來好邋遢。「身上到處亂七八糟的，」愛麗絲心想，「而且身上怎麼都是別針！」於是她大聲說，「可以讓我幫您把披肩弄整齊嗎？」

「真不知道這披肩是怎麼搞的！」白棋王后用憂鬱的聲音說。「我想它應該是發脾氣了。我把它別在這裡，別在那裡，但怎麼弄它都不滿意！」

「您知道嗎，如果光是把它別在同一邊，是不會整齊的，」愛麗絲一邊說一邊輕輕地幫她弄好，她還說，「天啊！您的頭髮怎麼會這麼亂！」

*卡洛爾在此使用 "addressing" 與 "dressing" 的雙關語；愛麗絲說自己是否要跟王后講話（addressing），但王后是說，剛剛愛麗絲幫她披上披肩的動作，根本不算是幫她穿衣服（a-dressing）。

「有一把梳子梳到纏在頭髮裡，」白棋王后嘆氣說。「昨天又掉了另一把。」

愛麗絲小心翼翼地把梳子解開，盡可能把頭髮弄整齊。把大多數別針重新夾好後，她說：「看吧，您現在真好看！但您真的需要一個貼身宮女啊！」

「我很樂意雇用妳！」白棋王后說。「週薪兩便士，每隔一天給妳果醬吃。」

愛麗絲忍不住大笑，她說：「我不要您雇用我，而且我也不喜歡吃果醬。」

白棋王后說：「那是很好吃的果醬喔。」

「唉，總之我今天不想吃果醬。」

「現在就算妳想吃，也吃不到，」白棋王后說。「昨天有果醬，明天有果醬[3]，但今天永遠不會有──這是規則。」

愛麗絲反駁她：「總有些時候應該是『今天有果醬』吧！」

「不，不行，」白棋王后說。「規則就是每隔一天有果醬：今天跟每隔一天不一樣，這妳也知道。」

棋國王口中所說的「麵包與奶油」，指的也有可能就是愛麗絲這個小女生。

3 在編注《注釋版：愛麗絲系列小說》時，我完全沒有注意到卡洛爾使用「果醬」（jam）一詞時，其實是在玩關於拉丁文辭彙 "iam"（在古典拉丁文裡面，具有子音性質的 "i" 後來都被改寫為 "j"，所以 "iam" 就變成了 "jam"）的文字遊戲，它的意思是「現在」。"iam" 一字用於過去式與未來式，但在使用現在式，必須改以 "nunc" 來指稱「現在」。在我收到的讀者來信中，數量最多的莫過於關於此一文字遊戲的信件，寫信的人大多是拉丁文教師。據說他們常在課堂上引用白棋王后的話，藉此提醒學生應該注意 "iam" 一字的正確使用方式。

❹ 在卡洛爾的小說《西爾薇與布魯諾的結局》裡，有個非常瘋狂的插曲是，德國教授手上那一支「怪錶」的逆轉栓被轉動了，因此所有事件開始以逆轉的方式發生。

《路易斯‧卡洛爾的故事》一書作者伊莎‧波曼表示，卡洛爾除非對於「鏡像」這個有關顛倒的主題非常入迷之外，也很喜歡事件在時間中顛倒逆轉的主題。她在那本書裡面曾經提及卡洛爾很喜歡把音樂盒的樂曲倒過來播放，藉此變成他所謂「頭上腳下的樂曲」（music standing on its head）。在他為伊莎寫的故事〈伊莎的牛津之旅〉第五章裡面，他曾提及用顛倒的方式演奏迷你手搖簧風琴（orguinette）。這種美國人發明的樂器之原理跟自動演奏鋼琴（player piano）一樣，裡面都裝有一捲打好洞的紙，可以用一個手搖桿轉動：

> 他們先把一捲紙倒過來裝，音樂也就倒過來播放了，很快地他們發現自己回到了前天。所以他們也就不敢再繼續這樣了，唯恐把伊莎變得年紀太小，小到無法講話。「老老人」（A.A.M.）不喜歡那種從早到晚只會鬼叫，叫到滿臉通紅的訪客。

卡洛爾曾於 1879 年 11 月 30 日寫信給孩童友人伊荻絲‧布萊克摩爾（Edith Blakemore），表示他又忙又累，搞得他先起床後又馬上回到床上，他還說「有時候我起床的前一分鐘會再上床」。

自從卡洛爾使用這種「顛倒生活」的情節之後，許多奇幻故事與科幻小說也都曾運用過。其中知名度最高的故事，是美國小說家費茲傑羅（F. Scott Fitzgerald）寫的〈班傑明的奇幻旅程〉（The Strange Case of Benjamin Button）。

「我不懂您說的，」愛麗絲說。「真是把我搞得糊里糊塗的！」

白棋王后慈藹地說：「這是因為妳剛剛開始倒著過日子，總是會有點頭昏腦脹的……」

「倒著過日子！」❹ 愛麗絲非常驚訝地複述一遍。「我可沒聽過這種事！」

「……但這倒是有一個優點，如此一來記憶就會有兩個方向。」

「我很肯定我的記憶只有一個方向，」愛麗絲說。「我可記不得還沒發生過的事。」

白棋王后說：「如果妳只記得過去的事，那就表示妳的記性很差。」

愛麗絲斗膽問道：「您記得最清楚的是哪一種事？」

「喔，就下下週發生的事啊，」白棋王后用毫不在乎的語氣說。「例如，紅棋國王的信差❺目前被關在監獄裡受罰，」她邊說邊在手指上貼了一塊 OK 繃，「審判要到下星期三才會進行，而且他當然要等到最後才會犯罪。」

「假設他最後沒有犯罪呢？」愛麗絲問道。

「那不是更好？對不對？」白棋王后一邊說，一邊用緞帶纏住貼著 OK 繃的那根手指。

愛麗絲覺得這句話**實在**無可反駁。「那當然更好，」她說，「但是他沒犯罪卻遭到懲罰，對他而言可沒有更好。」

「總之，是妳**搞錯**了，」白棋王后說。「**妳曾被處罰過嗎？**」

「只有犯錯時，」愛麗絲說。

 從田尼爾的插畫我們可以看出，國王的信差其實就是《愛麗絲夢遊仙境》裡的瘋帽匠，後來他又出現在《愛麗絲鏡中奇緣》第七章。

曾有人提出一個異想天開的想法：田尼爾在描繪瘋帽匠的時候，已經預示了哲學家羅素的臉，與此相應的，彼得・希斯宣稱瘋帽匠蹲坐牢裡的插圖（圖左）簡直就像大約 1918 年正在撰寫《數學哲學導論》（*Introduction to Mathematical Philosophy*）一書的羅素，當時他因為反對英國參加第一次世界大戰而鋃鐺入獄。這幅插畫完成後，顯然卡洛爾曾經要求田尼爾重畫，因為還有另一個版本流傳於世（見下圖）。麥可・赫恩（Michael Hearn）寫的文章收錄了那一張後來沒有被使用的重繪插畫，請參閱：Michael Hearn, "Alice's Other Parent: Sir John Tenniel as Lewis Carroll's Illustrator," in *American Book Collector* (May/June 1983)。

未被使用的田尼爾插畫。

瘋帽匠為何會受罰？看來是因為某樁他還沒有犯下的罪行，但也有可能他已經犯罪，因為鏡中世界的時間可以朝兩個不同方向運轉。也許他是因為「謀殺時間」（參閱《愛麗絲夢遊仙境》第七章：所謂「謀殺時間」是指他在紅心王后的演唱會上，沒有按照節奏亂唱歌）而正在等待執行死刑。別忘了，紅心王后曾經下令砍他的頭。

與白棋王后所謂「下下週」相互呼應的是《愛麗絲鏡中奇緣》第九章的情節。有一隻長著長長鳥嘴的生物跟愛麗絲說：「此刻不得入內，下下週才開放」，接著就把門關上了。

白棋王后得意洋洋地說：「犯錯受罰，我知道這對妳比較好！」

「是沒錯，但那是因為我做了該被處罰的事，」愛麗絲說。「情況完全不一樣。」

「但如果妳**沒有**犯錯，」白棋王后說，「那還是比較好啊！更好又更好，好上加好！」她的聲音隨著每一個「好」字變得越來越高，高到最後幾乎變成了尖叫。

「我總覺得哪裡不對勁……」愛麗絲才說到這兒，白棋王后就開始大聲尖叫，這讓她被迫沒能把一句話講完。

「喔喔喔！」白棋王后不斷用力搖手，好像想要把手搖掉似的。「我的手指在流血！喔喔喔喔！」

她的聲音聽起來跟火車汽笛聲一樣尖銳，愛麗絲不得不用雙手搗住耳朵。

「**怎麼了**？」一有機會讓白棋王后聽見她的話，她就開口說。「您扎到手指頭了嗎？」

「我**還沒有**扎到，」白棋王后說。「但很快就會了——喔喔喔！」

「那您估計什麼時候會扎到？」這話讓愛麗絲自己都很想笑。

約翰・維農・洛爾德（John Vernon Lord）繪。2011 年。

　　「等到我再把披肩固定好，」可憐的
白棋王后呻吟道，「胸針就會直接鬆開。
喔喔！」說著說著，胸針就彈開了，白棋
王后趕緊抓住，試著要把它扣好。

　　「小心！」愛麗絲說。「針都被您弄
歪了！」等到她的手碰到胸針，已經太晚
了：針已經滑開，白棋王后扎到了自己的
手指。

　　「妳看，這就是流血的原因，」她微
笑著對愛麗絲說。「現在妳明白了吧？我
們這裡的狀況就是如此。」

　　「但是，您**現在**為什麼不尖叫呢？」
愛麗絲問道，一邊也舉起手來，準備搗住
耳朵。

綿羊與小河

⑥ 卡洛爾每天都會根據白棋王后的建議進行練習。他在《枕邊數學難題集》（*Pillow Problems*）一書的導讀中曾表示，每逢夜裡失眠，總是在腦海中演練數學習題，當作一種療癒心智的方式，以免被一些無益身心健康的雜念侵擾。他寫道：「在這當下，即使是最堅定的信仰也會被某些懷疑的念頭給連根拔除；即使是最尊貴的靈魂也會遭到一些不請自來的褻瀆念頭入侵；即使是純粹的幻想也會受到那些令人厭惡的邪念折磨。讓腦筋真的能夠動一動，才是對抗一切雜念的良方。」

「為什麼要叫？我都已經叫完了，」白棋王后說。「再叫一次有什麼好處呢？」

此刻天色漸亮。「我想烏鴉一定已經飛走了，」愛麗絲說。「真高興牠不見了。剛才我還以為天黑了。」

「真希望**我**能高興起來，」白棋王后說。「但我就是從來都記不得這規則。像妳這樣住在樹林裡，想高興就可以高興起來，一定很快活吧！」

愛麗絲用落寞的聲音說，「只是在這裡很孤獨！」一想到自己很孤獨，兩顆大大的淚珠隨即順著她的雙頰滾下來。

「喔，別那樣！」可憐的白棋王后大聲說，她急得擰著雙手。「想想看妳這女孩有多棒。想想看妳今天走了多遠。想想看現在幾點了。想什麼都可以，就是別哭！」

儘管流著淚，愛麗絲忍不住笑了出來。「**想東想西**就能不哭嗎？」她問道。

「大家都是這麼做的，」白棋王后堅決地說。「妳知道的，沒有人可以同時做兩件事⑥。我們先想想妳的年紀。妳幾歲啦？」

「我剛好七歲半。」

「妳不用說『剛好真的*』七歲半，」白棋王后說。「妳不那樣說，我也相信妳。現在我也要妳相信我。我才一百零一歲五個月又一天。」

愛麗絲說：「我才不信！」

「妳不信？」白棋王后用可憐她的語氣說。「那就再試試看：深深吸一口氣，然後閉上雙眼。」

愛麗絲笑道：「試試看有沒有用，」她說。「任誰都**不會**相信不可能的事啊。」

「我敢說妳一定是不常做才會這樣，」白棋王后說。「我在妳這年紀時，我每天都會做個半小時。有時候，在吃早餐之前我就已經相信了六件不可能的事情[7]。披風又飛走了！」

就在她講話時，胸針已經彈開，突如其來的一陣風，把王后的披風吹到一條小河的對岸。白棋王后再度張開雙臂，以飛快的速度追過去[8]，這次她自己抓住了披風。「我抓住了！」她用得意洋洋的聲音大聲說。「現在妳會看到我自己用胸針別披風，靠我自己喔！」

[7] 古代神學家特土良（Tertullian）有句常常被引述的名言：「我相信它，只因它是荒謬的」，藉此他想要為某些看起來自相矛盾的基督宗教教義辯護。卡洛爾曾於 1864 年寫信給幼童友人瑪莉‧麥唐納（Mary MacDonald），對她提出勸戒：

下次可不要那麼快就相信了。我來告訴妳為什麼：如果妳打算勉強自己相信所有的事情，肯定會把自己搞得思慮枯竭，如此一來就連最簡單的東西也沒辦法相信了。上禮拜我有個朋友勉強自己相信歷史上曾經存在巨人殺手傑克（Jack-the-giant-killer）這號人物。他辦到了，但是因為已經思慮枯竭，等到我跟他說外面在下雨時（當時的確在下雨），他也沒有辦法相信，沒戴帽子也沒帶雨傘就衝上街頭，結果把頭髮都弄濕了，幾乎兩天後才恢復原來捲曲的髮型。

[8] 白棋王后往前移動一格，抵達棋格 QB5。

---

*王后把 "exactly"（剛好）聽成了 "exactually"，等於是 "exactly" 加上 "actually"（真的）。

⑨ 愛麗絲也同樣前進一格。藉此她再度來到白棋王后旁邊（此時她變成了老綿羊），抵達棋格 Q5。

⑩ 悉尼・威廉斯與法肯納・馬丹在兩人合寫的《道吉森的文學作品手冊》裡，揭露了一件事（而且還在書中附了一張照片，以茲佐證）：田尼爾為那間小店畫的兩張插圖，如實地重現了牛津鎮某家小雜貨店的門窗，那家店的地址是：聖阿爾德蓋特街（Saint Aldgate's Street）83 號。然 而，田尼爾非常細心，還特地想到應該把門與窗的位置顛倒，貨架上面寫著茶葉價格兩先令的標誌也是顛倒的。這些顛倒的安排足以佐證愛麗絲並非「反愛麗絲」（anti-Alice）。

那一家小店（如下圖）如今已經被改名為「愛麗絲仙境小店」（The Alice in Wonderland Shop），裡面販售各種各樣與愛麗絲系列小說有關的書籍與物件。

如同出現在真實世界的愛麗絲仙境小店。

「希望您的手指好一點了。」愛麗絲很有禮貌地說，同時尾隨著白棋王后，渡過那小河 ⁹。

「喔，好多了！」王后大喊，而且音調漸高，變成吱嘎聲響。「好多……了！比……較好了！比………較好了！比……咩！」說到最後一個字，尾音變成咩咩叫聲，因為實在太像綿羊，還把愛麗絲嚇了一跳。

她看著白棋王后，她全身似乎突然被包裹在一團羊毛裡。愛麗絲揉揉眼睛，再看一遍，完全搞不清楚這是怎麼一回事。她在一間店裡嗎？坐在櫃檯另一邊的，真的……真的是一隻綿羊嗎？她再揉揉眼睛，但再怎麼揉還是一樣：她在一間暗暗的小店裡 ¹⁰，雙肘靠在櫃台上，對面是一隻坐在扶手椅裡面打毛線的老綿羊，戴著一副厚重眼鏡，時不時停下來看著她。

「想買什麼啊？」最後，老綿羊暫時停手，抬起頭對她說。

「我還不太清楚，」愛麗絲輕聲說。

「如果可以的話，我想先四處看看再說。」

「如果願意的話，妳可以看看前面，看看兩邊，」老綿羊說，「但妳不可能看得到**四面**，除非妳的後腦勺長了眼睛。」

愛麗絲的後腦勺的確**沒**長眼睛，所以她也只能轉身走向貨架，看看有些什麼。

這家店裡似乎擺滿了各種稀奇古怪的東西，但最奇怪的是，每當她仔細看著某個貨架，想看清楚上面有什麼，貨架上總是什麼都沒有：儘管旁邊貨架擺滿了東西 [11] 。

大衛・匹金斯（David Piggins）與 C. J. C. 菲利浦斯（C. J. C. Phillips）曾經撰文討論老綿羊的眼鏡是不是近視眼鏡，因為她只有在打毛線時才會戴。後來她跟愛麗絲共乘小船時就沒戴了。（但根據彼得・紐威爾幫那個場景畫的插圖，她還是戴著眼鏡。）兩位作者寫道，根據研究顯示，綿羊眼睛的調適力很差（聚焦的視力），因此他們的結論是，綿羊戴的眼鏡並不能發揮光學效用。請參閱：David Piggins and C. J. C. Phillips, "Sheep Vision in Through the Looking Glass," in *Jabberwocky* (Spring 1994)。

[11] 許多量子論（quantum theory）的提倡者，都以愛麗絲在小店裡沒辦法直接看清楚貨架上的東西闡釋量子論的重點：任何電子在繞行原子核四周的時候，其位置是無法確定的。這也讓人想起我們視野周圍有時候會有一些微小的東西，眼睛是無法直接看清楚的，因為眼睛移動它們也跟著移動。

12 卡洛爾非常欽佩巴斯卡（Pascal）寫的《沉思錄》（*Pensées*）。傑佛瑞・史騰（Jeffrey Stern）曾撰文主張，卡洛爾寫到老綿羊雜貨店裡一切事物都流動不居這個情節時，心裡應該也想到了《沉思錄》的下列片段（請參閱：Jeffrey Stern, "Lewis Carroll and Blaise Pascal" in *Jabberwocky* [Spring 1983]）：

> 我們沒有辦法確認自己到底是能夠獲得某些知識，或是真的完全無知。我們好像在一艘大船裡，不確定地到處漂浮，被吹來吹去；每當我們自以為已經停下來也穩定了，船又轉向，離我們而去；若是要跟著它，它是如此無法掌握，在我們面前不斷溜走逃離。沒有任何東西為我們穩固下來。這是我們理所當然的處境，卻也是我們最不願面對的。我們興沖沖地尋找一個穩固地盤，一個永恆的最終基地，想要在上面建構永遠屹立不搖的高塔，但整個地基卻都崩塌了。

13 「骰子陀螺」（teetotum）是一種小型陀螺，很像如今英美地區所謂的「六角陀螺」（put-and-take top）。維多利亞時期的英格蘭孩童在玩遊戲時，常常以「骰子陀螺」為道具。陀螺上的平面印有字母或者數字，等陀螺停下時，玩遊戲的人必須根據最上面的字母或數字做出動作。更早時這種陀螺是方形的，各平面寫有字母。其中一面的字母是 T，代表拉丁文的「全部」（totum），意思是贏者全拿。

數學家所羅門・格倫布在來信中寫道：「你的許多讀者對此肯定會感到很訝異：這種東西其實就是猶太兒童在光明節（Chanukah）那一天會拿來玩的四面陀螺，他們稱之為 "dreidel"。陀螺的四個平面上分

她大概看了一分鐘，始終緊盯著一個又大又亮，有時候看來像洋娃娃，有時候卻又像針線盒的東西，但不管她怎麼看都看不清楚，因為那東西總是會出現在上面那一層貨架上，最後她用哀傷的口吻說：「這裡的東西會自己動來動去！而且就數這個東西最令人生氣！不過，我打算……」[12] 說到這兒她靈機一動，接著說：「我打算持續緊盯，盯著它跑到最上層貨架。難不成它會穿越天花板嗎？」

但是這計策還是失敗了。那個東西靜悄悄地穿越天花板而去，好像經常那樣做似的。

「妳到底是小孩，還是骰子陀螺？[13]」老綿羊一邊拿起另一對棒針，一邊說。「如果妳再那樣轉來轉去，我都要被妳弄得頭昏眼花了。」此刻她手上用來打毛線的棒針已經有十四對，愛麗絲不禁看得瞠目結舌。

「她怎麼能用同時用那麼多根棒針？」困惑不已的愛麗絲心想。「她越來越像一隻豪豬了！」

「妳會划船嗎？」老綿羊一邊問她，一邊遞給她一對棒針。

「會，會一點，但是不會在陸地上划，也不會用棒針划⋯⋯」說到這裡，她手裡的棒針突然變成船槳，而且她們來到了一艘小船上，沿著兩邊河岸往下流，所以她只能盡力划船。

「羽毛！ [14] 」*1 老綿羊大聲下令，同時又拿起另一對棒針。

這話聽起來不像需要回答，所以愛麗絲不發一語，只是繼續划。但她覺得這河水有點不對勁，因為船槳時不時會卡在水裡，很難抽出來。

「羽毛！羽毛！」老綿羊又大聲下令，也拿起更多棒針。「妳快要抓到螃蟹 [15] 啦！」*2

「可愛的小螃蟹！」愛麗絲心想。「我倒是很喜歡。」

「妳沒聽到我說『羽毛』嗎？」老綿羊怒道，同時又拿起了更多棒針。

別寫著四個希伯來文字母：ה、נ、ג、ש，轉到這些面的時候，玩遊戲的人分別要做的是：（一）什麼也拿不到（二）拿走所有賭金（三）拿走一半賭金（四）放錢到賭金裡。」

[14] 在《愛麗絲夢遊仙境》序言詩裡，卡洛爾表示里德爾姊妹划船時幾乎沒有任何技巧。也許當年常跟卡洛爾去划船的真人愛麗絲·里德爾，也跟小說裡的愛麗絲一樣，搞不清楚 "feather" 就是划船術語裡的「平槳」。老綿羊的意思是要愛麗絲在抽回槳葉，準備再讓船槳入水時，讓槳葉和河面維持水平，如此一來槳葉的下緣才不會浸在水裡而影響船速。

[15] 所謂「抓到螃蟹」（catching a crab），在划船的術語裡是指下槳的動作出錯，因為船槳浸入水中的深度太深，如果船速夠快的話，划船者會被船槳把手打到胸口，跌落座位。愛麗絲後來的確遇到這種狀況。根據《牛津英語詞典》：「這個詞彙也許是一種幽默語，暗指滑船者抓到了螃蟹，船槳被水面下的螃蟹掌握住了。」偶爾也有人會用「抓螃蟹」一詞來指稱其他足以讓划船者跌落座位的錯誤，但這種用法並不正確。

*1 「羽毛」（feather）是划船術語，指划船手把船槳從水裡抽回來，讓船槳與水面保持平行，準備進行下一個動作。

*2 「抓到螃蟹」（catch a crab）是划船術語，指划船手動作有誤，無法很快地把船槳從水裡抽回來。

「我有聽到，」愛麗絲說。「妳說了好幾遍，又好大聲。請問螃蟹在哪裡啊？」

「當然在水裡！」老綿羊一邊說，一邊把幾根棒針插進自己的羊毛裡，因為雙手已經忙不過來。「我說，羽毛啊！」

「妳幹嘛一直說羽毛？」困惑的愛麗絲終於忍不住問道。「我又不是鳥！」

「妳是。」老綿羊說。「妳是一隻小鵝*。」

約翰・尼爾（John R. Neill）繪。1916 年。

這稍稍觸怒了愛麗絲，所以有一兩分鐘她們倆都沒交談，只是小船持續往下緩緩滑動，有時候會遇到一片水草，導致船槳被卡在水裡，比先前還難抽出來，有時則是經過樹下，但沿途的河岸高聳，岸壁崎嶇不平，像怒視著她們。

「好棒喔！那裡有一些香香的燈心草！」愛麗絲突然愉悅地大聲說。「真的有耶，而且好漂亮！」

「妳大可以不用對我說什麼『好棒』，」老綿羊仍然打著毛線，沒有抬頭就說。「那不是我種的，我也沒打算要摘走。」

*鵝（goose）也有笨蛋的意思，意即呆頭鵝。

「不，妳誤會了……我是說，好棒喔，
我們可以摘一些嗎？」愛麗絲懇求她。「如
果妳不介意暫時把船停下來。」

　　「我哪有辦法把船停下來？」老綿
羊說。「如果妳不划，船就會自動停下來
了。」

　　所以她們就任由小船沿河隨波逐流，
在搖曳生姿的燈心草草叢之間緩緩漂動。
愛麗絲小心翼翼地捲起她小小的衣袖，從
船邊彎腰屈身，糾結髮絲的尾端沾到了
水，細小的雙臂有一半也都伸進水裡，從
燈心草的下方把它們拔斷，就此
暫時忘掉了老綿羊與她打毛線的
事，只顧著摘取許多她喜愛的燈
心草，明亮的雙眼看來如此熱切。

　　「但願小船別因此翻覆！」
她對自己說。「多可愛的草啊！
只是我摘不到。」她覺得真是
有點氣人（「幾乎像是為了氣她
才會有這種事，」她心想），雖
然她已經摘到了許多漂亮的燈心
草，但是小船所經之處，總是會
有一株更漂亮的，而且她就是摘
不到。

綿羊與小河

巴瑞・莫瑟（Barry Moser）繪。1982 年。

最後她說，「最漂亮的總是在更遠處！」那些非得長在遠處的燈心草讓她嘆了一口氣，雙頰泛紅而且頭髮與雙手都已沾濕的她只能坐回原位，開始整理剛剛獲得的寶貝。

從被她摘下那一刻起，燈心草就已經開始枯萎，不像剛剛那樣又香又美，但這對她來講重要嗎？ 16 你應該知道，就算是真正的燈心草也只能維持一下子，這些堆在她腳邊的因為是夢裡的燈心草，它們枯萎的速度幾乎像融雪一樣快，只是愛麗絲幾乎沒有注意到，因為她要留神的其他怪事實在太多了。

再划沒多遠，有一支船槳就卡在水裡，怎麼抽也**抽不出來**（事後愛麗絲是這麼解釋的），結果船槳的柄打到了愛麗絲的下巴，可憐的愛麗絲也「喔喔喔！」微微尖叫了好幾聲，但她還是被打得直接離開座位，跌到那一堆燈心草裡面。

只不過，她一點也不痛，很快又坐了起來，老綿羊始終持續打著毛線，就像什麼事都沒發生似的。愛麗絲復位後，心想還好自己沒有跌到小河裡，此時老綿羊對她說：「妳抓到的螃蟹可真棒啊！」

 卡洛爾可能認為這些夢裡的燈心草，就像是他的幼童朋友們。最可愛的似乎對他來講也是最遙不可及，一旦摘採後，很快就枯萎，不再又香又美。當然，它們也象徵著這世間一切美好事物，總是像曇花一現，如此短暫，難以持久。

在卡洛爾那個時代，牛津大學基督教堂學院的大學部學生都堅稱，如果他們點一個水煮蛋當早餐，通常會拿到兩個，其中一個好吃，另一個不好吃。請參閱：*The Diaries of Lewis Carroll*, Vol. I, page 176。

愛麗絲說：「是嗎？我可沒看見。」她從船邊小心翼翼地往暗暗的河水裡看。「希望牠沒有跑掉，我很想帶一隻小螃蟹跟我回家！」但老綿羊只是輕蔑地大笑，又接著打毛線。

「這裡有很多螃蟹嗎？」愛麗絲說。

「螃蟹，還有各種東西，」老綿羊說，「選擇很多，只怕妳沒辦法打定主意。說吧，妳想買什麼？」

「買什麼！」愛麗絲複述了最後三個字，語調聽來又怕又驚，因為船槳、小船、小河都在瞬間消失了，她又回到那暗暗的小店裡。

「我想買一顆蛋，」她怯生生地說。「怎麼賣？」

「一顆五點二五便士，兩顆兩便士，」老綿羊答道。

「兩顆比一顆便宜？」愛麗絲從皮包掏錢出來，用驚訝的口吻說。

「只是妳如果買兩顆，**就要**把兩顆都吃掉，」老綿羊說。

愛麗絲把錢擺在櫃台上，她說：「那我只要買**一顆**就好。」因為她心想，「搞不好兩顆都不好。」[17]

老綿羊拿了錢，把錢放進盒子裡，接著說：「我從來不拿東西給顧客的，那樣絕對行不通。妳必須自己拿。」說完後她就走到小店的另一邊[18]，把一顆蛋立在貨架上[19]。

小店的另一頭非常暗，愛麗絲必須在桌椅之間摸黑前進，她邊走邊想：「**為什麼**行不通呢？怎麼會我越走那顆蛋卻離我越遠？我看看，這是椅子嗎？咦，怎麼會有樹枝？真奇怪，這店裡居然有樹！而且還真的有一條小河！啊，我這輩子還沒見過這麼奇怪的一家店！」[20]

＊　　　　＊　　　　＊　　　　＊

　＊　　　　＊　　　　＊

＊　　　　＊　　　　＊　　　　＊

所以她繼續往下走，越走越疑惑，因為每當她往任何東西靠過去，那東西就會變成一顆樹，想必那顆蛋也會。

18 老綿羊移往小店的另一頭，顯示出白棋王后在棋盤上移動到棋格 KB8。

19 值得注意的是，老綿羊把貨架上的蛋給立了起來：如果沒有像哥倫布船長（Columbus）那樣耍詐，用蛋去敲桌面，把蛋殼下端稍稍弄碎，其實並不容易做到。

20 三排由點構成的線再度出現，顯示愛麗絲已經越過小河，來到棋格 Q6。此刻她來到了白棋國王右邊的棋格，不過她要等到在第六章與蛋頭先生見過面之後，才會在第七章與白棋國王相遇。

綿羊與小河

第六章

蛋頭先生

① 英國傳統童謠裡的 "Humpty Dumpty"（在此譯為「蛋頭先生」）是誰？或者說是什麼？關於這兩個問題有許多理論。曾有人於 1956 年主張，"Humpty Dumpty" 原指 1642 到 51 年英格蘭內戰期間一門位於科爾切斯特鎮（Colchester）的巨砲。這巨砲被裝設在塔頂，後來遭到炸毀，因此為寫童謠的人帶來靈感。根據《牛津童謠詞典》（*Oxford Dictionary of Nursery Rhymes*）記載，後來 "Humpty Dumpty" 一詞又衍生出「祭酒儀式」與「某種兒童遊戲」等意義。到了 1785 年，這個詞彙首次被應用在人物身上。然而，就現在所知，"Humpty Dumpty" 最開始被描繪成人形的「蛋頭先生」是在 1843 年問世的一本摺頁圖冊（accordion-style frieze）裡，作者自稱 "Aliquis Fecit"（此一假名在拉丁文裡就是「作者本人」的意思）；但其實就是曾就讀牛津大學基督教堂學院的薩謬爾‧愛德華‧梅伯利（Samuel Edward Maberly）。也許就是他的畫作（請參閱本書第 348 頁）給了卡洛爾靈感，如今 "Humpty Dumpty" 在大家心中會留下根深蒂固的「蛋頭先生」形象，則主要是因為卡洛爾的緣故。

但那顆蛋只是越變越大，越來越像人。等她來到了幾碼之外，她發現那顆蛋有眼睛與鼻嘴；到了距離夠近了，她才看出那顯然就是**蛋頭先生**本人。「不然還會是誰！」她自言自語。「我非常確定，就像他的臉上寫了名字。」

他的臉好大好大，**可以寫上一百遍他自己的名字都沒問題。**蛋頭先生的兩腳交叉[1]，像個土耳其人那樣盤腿坐在一堵高牆上，而且那牆壁窄到讓愛麗絲覺得疑惑，心想他到底是怎樣維持平衡的[2]。他的雙眼始終緊盯著相反方向，壓根都沒有注意到愛麗絲，讓她覺得他應該只是個填充玩具。

「他長得跟蛋一模一樣啊！」她深怕他隨時會掉下來，於是站在雙手隨時可以伸出去接到他的地方。

「真的很氣人啊！」蛋頭先生打破長久的沉默，說話時還是沒有看著愛麗絲。「居然被人說是一顆蛋——真氣人！」

在《愛麗絲神奇的鏡中世界》（*Alice, ou le miroir des merveilles*，1994 年出版）一書裡面，米榭‧威拉赫（Michel "Mixt" Villars）筆下這幅蛋頭先生的插畫裡，有許多足以混淆視覺的效果以及不合常理的地方。

「先生，我只是說你**長得像一顆蛋，**」愛麗絲溫和地解釋。「而且，有些蛋長得很漂亮的，這你應該知道。」她又補上了一句，希望把自己的話變成一種恭維。

「有些人，」蛋頭先生說，還是跟剛剛一樣沒有看著她，「跟嬰兒一樣什麼也不懂！」

2 根據艾佛瑞特‧布萊勒來信中指出，無論是田尼爾或紐威爾的插畫，都沒有畫出蛋頭先生雙腳交叉的坐姿。這個坐姿較為不穩，因此愛麗絲才會感到困惑，心想他到底是怎樣維持平衡的。

3 麥可‧漢薛在他那本關於田尼爾插畫藝術的專書裡，提醒我們注意一個細節：在田尼爾的插畫中，我們可以看出牆頭是非常窄的。在田尼爾畫的插圖右側是縱向與橫向牆面的交叉處。上面的遮簷頂端幾乎是尖的！

蛋頭先生

4 無論蛋頭先生，或者紅心傑克、叮噹兄弟、獅子與獨角獸的故事，卡洛爾都是利用某一首童謠來詳述他們的相關事件。到了法蘭克‧包姆推出他第一本童書《鵝媽媽故事集》（*Mother Goose in Prose*，1897年出版），雖然也把蛋頭先生寫了進去，但他的故事又不一樣了。近年來，蛋頭先生又變成一本兒童雜誌的靈魂人物，也就是教養出版集團（Parents Institute）推出的《蛋頭先生雙月刊》（*Humpty Dumpty's Magazine*）。我也有幸曾經在那裡工作過八年，為他的兒子蛋頭先生二世（Humpty Dumpty Junior）寫出許多冒險故事。派拉蒙版愛麗絲故事電影的高潮之一就是蛋頭先生的出現，飾演他的演員是 W.C. 菲爾茲（W. C. Fields）。

5 愛麗絲朗誦的蛋頭先生童謠與原版童謠不同，但她朗誦的版本的確曾經出現在一本於 1843 年在倫敦出版的書裡，書名為《蛋頭先生圖畫書》（*Pictorial Humpty Dumpty*）。請參閱：Brian Riddle, "Musings on Humpty Dumpty," in *Jabberwocky* (Summer/Autumn 1989)。一般而言，原版童謠的最後一行都是「沒辦法把蛋頭先生

愛麗絲不知道該怎麼回應：她心裡想，這樣不像是在對話，因為他根本還沒對她講任何一句話。事實上，蛋頭先生的最後一句話是對一棵樹講的。所以她只能站在那裡，輕輕地朗誦一首詩歌給自己聽 4：

「蛋頭先生坐在高牆上：
蛋頭先生摔下來，
國王派出所有兵馬
也沒辦法把蛋頭先生放回原位。」

「最後一行詩句太長了，」5 她大聲又補了一句，忘記蛋頭先生會聽到她的話。

「別站在那裡自言自語的，」蛋頭先生說，這次他終於看著愛麗絲了，「趕快報上名來，跟我說妳要做什麼。」

據悉，這是歷史上第一幅把蛋頭先生畫成人形的圖畫，在 1843 年間世（這裡只收錄了那一幅畫的局部）。

「我叫做愛麗
絲，但是……」

「這名字真是有
夠愚蠢的！」蛋頭先
生不耐地打斷她。
「是什麼意思？」

「名字一定要有意思的嗎？」愛麗絲
疑惑地問道。

「當然要，」蛋頭先生笑了一下，對
她說：「我的名字的意思就是我的形狀，
一個漂漂亮亮的形狀。哪像妳的名字？妳
幾乎可以是任何形狀。」[6]

愛麗絲不想跟他爭論，於是說：「你
為什麼會自己坐在這裡呢？」

拼在一起」（Couldn't put Humpty together
again）。

6 彼 得 ・ 亞 歷 山 大（Peter Alexander）
曾在一篇出色的論文中提醒大家：卡洛
爾在這裡置入了一個與現實世界顛倒的原
則，但常被忽略了。一般而言，現實世界
中的「專名」（proper name）本身幾乎
沒有任何意義，它們只是被用來指涉某個
各別人事物，至於其他字詞則是具有一
般的普遍意義。不過，在蛋頭先生的世界
裡，上述原則卻被顛倒了。一般的字詞可
以根據他的意願，用來指涉任何東西，至
於像「愛麗絲」與「蛋頭先生」這種專名
卻必須具有一般的意義。任誰都會懇切地
同意亞歷山大先生的主張：他認為，此一
幽默元素與卡洛爾對於形式邏輯（formal
logic）的興趣有密切的關聯性。請參閱：
Peter Alexander, "Logic and the Humor of
Lewis Carroll" in *Proceedings of the Leeds
Philosophical Society*, Vol. 6, May 1951,
pages 551-66。

蛋頭先生

7 茉莉・馬丁在來信中指出，這裡提及蛋頭先生「突然變得激動了起來」（breaking into a sudden passion），「裂開」（breaking）預示了他會掉下碎裂。

「為什麼？因為沒有人跟我在一起啊！」蛋頭先生大聲說。「妳以為我不知道該怎麼回答啊？換個問題。」

「你不覺得坐在地上比較安全嗎？」愛麗絲接著說，她並沒打算問他謎語，只是好心腸的她為那奇怪的傢伙感到很憂慮。「那一道牆很窄耶！」

「妳問的謎語實在都是簡單到不行！」蛋頭先生大聲咆哮。「我當然不覺得！這還用說，雖然根本不可能，但假設我真的跌了下去……」說到這裡他噘起嘴巴，露出嚴肅神氣的表情，害愛麗絲幾乎笑了出來。「假設我真的跌了下去，」他接著說，「國王早就答應我了……啊，說出來妳可別被嚇到臉色發白！妳一定不知道我要這麼說吧？國王早就親口答應我……要……要……」

「要派出他所有的兵馬，」愛麗絲輕率地打斷他。

「哼！真是太糟糕了！」蛋頭先生大叫，突然變得激動了起來[7]。

「妳一定是躲在門後偷聽，不然就是躲在樹林或從煙囪溜下來，否則妳怎麼會知道！」

「我可沒有！」愛麗絲輕聲說。「那是書裡寫的。」

「好吧！這種事的確有可能會被寫在**書裡面**，」蛋頭先生用比較平靜的語氣說。「這就是你們所謂的**英國歷史**，的確如此。現在，好好看著我！我可是當面跟國王說過話的人：搞不好妳再也沒有機會看到像**我這種人**了。為了表明我一點也不驕傲，妳可以跟我握握手！」[8] 他咧嘴一笑，笑得幾乎合不攏嘴，把身體往前傾（這動作讓他差一點掉下來），把手伸出去給愛麗絲。她拿起他的手，有點焦慮地看著他，心裡想著：「如果他的嘴再咧得開一點，兩邊的嘴角都要到後面去會合了。真不知道他的頭**會怎樣**！恐怕會掉下來吧！」

　　「沒錯，所有的兵馬，」蛋頭先生接著說。「他們會在片刻間就把我扶起來。**他們會的**！不過，這對話進行得好像有點太快。我們先回到上一句話吧。」

　　愛麗絲很有禮貌地說：「恐怕我已經忘了。」

　　「要不然我們重頭開始好了，」蛋頭先生說。「這次輪我挑選話題……」（愛麗絲心想，「他講話的語氣好像在跟我玩遊戲！」）「我來問問妳。妳剛剛說妳幾歲？」

❽ 這一番話（也值得注意的是，在蛋頭先生與愛麗絲談話的過程中，屢屢用到「驕傲」一詞），可以顯示出他在跌落碎裂之前有多驕傲。

❾ 如同許多其他人指出的，在愛麗絲系列小說中，這是最狡詐、惡劣也最容易錯過的一句諷語。也難怪愛麗絲很快就發現蛋頭先生的暗諷，便馬上改變了話題。

愛麗絲很快算出答案，她說：「七歲六個月。」

「錯了！」蛋頭先生得意地大叫。「妳剛剛不是這樣說的！」

「我以為你是問我，『妳**現在**幾歲？』」愛麗絲解釋道。

「如果我是那個意思，我就會那麼說，」蛋頭先生說。

愛麗絲不想再度與他爭論，所以她不發一語。

「七歲六個月！」蛋頭先生若有所思地複述一遍。「真是麻煩的年紀。如果妳問我**有**什麼意見，我會說，『停在七歲就好』，但現在已經太遲了。」

「我不曾為了長大的事而問別人的意見，」愛麗絲怒道。

「因為太驕傲？」蛋頭先生問她。

這話讓愛麗絲更生氣了，她說：「我是說，長大這種事是沒辦法停下來的。」

「**一個**人也許沒辦法，」蛋頭先生說，「但**兩個**人就有辦法。在適當的協助下，妳大可停留在七歲。」❾

「你的皮帶可真好看啊！」愛麗絲突然說。（她心想，關於年紀的問題他們已經說得夠多了，而且如果他們倆可以輪流挑選話題，那應該也輪到她了。）「我是說，」三思過後又糾正自己，「你的領巾真好看，不是皮帶，真抱歉！」驚慌之餘她又補了一句。蛋頭先生看起來好像覺得被冒犯了，她已經開始後悔，心想不該挑選那個話題的。她浮現這樣一個念頭：「誰分得出那到底是他的脖子還是腰部啊！」

顯然蛋頭先生已經氣到不行，不過有一兩分鐘他都沒有說話。等到他開口時，聲音變成了低沉的咆哮。

「這真是**最讓人生氣**的事！」最後他說。「怎麼會有人連領巾跟皮帶都分不出來！」

愛麗絲說：「我知道是我無知。」她的語調謙卑，讓蛋頭先生也溫和了下來。

「孩子，那是領巾，而且就像妳說的，是好看的領巾。那可是白棋國王與王后送我的禮物。妳看看！」

「真的嗎？」愛麗絲很高興她終於挑對了話題。

⑩ 蛋頭先生是個語文學家兼哲學家，對於語言的相關事物特別有一套。無論當年或現在，這種人在牛津大學那一帶都非常多，也許卡洛爾想說的是，其中有數學天分的人很少。

「他們送給我，」蛋頭先生若有所思地接著說，他把一條腿疊在另一條上面，雙手抱膝，「是他們送給我當非生日禮物的。」

「對不起？」愛麗絲困惑地問道。

「妳可沒冒犯我，」蛋頭先生說。

「我是說，什麼是非生日禮物？」

「那還用說，就是並非為了生日而送的禮物。」

愛麗絲想了一下，最後她說：「我最喜歡的還是生日禮物。」

「妳不知道自己在講什麼！」蛋頭先生說。「一年有多少天？」

「三百六十五天，」愛麗絲說。

「那妳有幾天生日？」

「一天。」

「三百六十五減一，剩多少？」

「當然是三百六十四。」

蛋頭先生看來滿腹疑惑。「妳在紙上算給我看，」他說。[10]

愛麗絲忍不住露出微笑，她拿出記事本來算給他看。

$$
\begin{array}{r}
365 \\
-1 \\
\hline
364
\end{array}
$$

蛋頭先生拿起記事本，仔細看看。他說：「似乎沒有錯……」

「你拿顛倒啦！」愛麗絲打斷他。

「我的確拿反了！」蛋頭先生喜孜孜地說，愛麗絲幫他把本子倒過來。「難怪我看起來有點怪。就像我說的，似乎沒有錯，只是我現在沒有時間仔細看。總之妳有三百六十四天可能拿到非生日禮物……」

「當然囉，」愛麗絲說。

「而妳只有一天可以拿到生日禮物。這是妳該自豪的！」

「我不知道你說的『自豪』是什麼意思？」愛麗絲問道。

蛋頭先生不屑地微笑說：「妳當然不知道。我來告訴妳吧，意思是『提出無可駁倒的論證』。」[11]

⓫ 威爾伯·加夫尼（Wilbur Gaffney）曾撰文主張（請參閱：Wilbur Gaffney, "Humpty Dumpty and Heresy; Or, the Case of the Curate's Egg," in *Western Humanities Review*〔Spring 1968〕），蛋頭先生對於「自豪」（glory）一詞的定義，也許受到利己主義英國理論家，也就是哲學家湯瑪斯·霍布斯（Thomas Hobbes）的影響：

> 驟發的自豪是一種激情，它足以造成大笑這種奇怪面容，而且其成因不外乎兩個：人們因為自己突然的行動而感到愉悅*，或者是由於知道別人有什麼缺陷，相比之下，突然覺得該為自己喝彩。最容易產生這種情形的人，是知道自己能力最小的人。為了寵幸自己，這種人總是不得不刻意在別人身上尋找不完美的地方。

* 英文版編者注：例如，想出一個沒人能駁倒的絕佳論證顯然就是這樣。

珍妮絲·拉爾觀察到，在《愛麗絲鏡中奇緣》第八章裡，紅白兩位騎士爭論時，白棋騎士宣稱自己以「無可駁倒的論證」勝出，並且視之為一次「令他自豪的勝利」。請參閱：Janis Lull, *Lewis Carroll: A Celebration*。

在《打結的故事》一書的第六個「難解的結」裡面，卡洛爾發現，從 "glory" 一詞拿掉字母 "l" 之後，就會變成「殘酷的」（gory）。所以，任何無可駁倒的論證被提出後，結果都是殘酷的？

⓬ 在〈舞台與崇敬精神〉（The Stage and the Spirit of Reverence）一文中，卡洛爾是這麼說的：「沒有任何一個字獨自具備固有的字義；所有的字義都取決於說話者的意圖，也取決於聽話者的理解，如此而已。……如果能這麼想，某些下層階級使用的語言也就沒那麼可怕了。只要記得那些話語對於講話者與聽話者而言，都只是一些沒有意義的聲音，心裡就能覺得舒坦一點。」

⓭ 蛋頭先生這番關於語意學的言論看似怪異，但路易斯・卡洛爾非常瞭解其中的深意。蛋頭先生的立場，其實就是中世紀所謂的唯名論（nominalism），這種理論認為普遍的語詞並不指涉客觀存在物，只是"flatus vocis"而已，也就是「空虛的聲音」。哲學家威廉・奧坎（William of Occam）是此一論點的有力辯護者，當代幾乎所有邏輯實證論哲學家也都抱持同樣看法。

儘管邏輯與數學使用的語詞，通常比其他領域還要精確，但因為無法瞭解蛋頭先生在此所謂「不多也不少」（neither more nor less）的四字訣，也就是字詞的意義完全取決於使用者的用意，所以往往會衍生許多混淆不清的情況。在卡洛爾的時代，形式邏輯研究領域中有一個高度爭議性的話題存在著：亞里斯多德（Aristotle）的四個基本命題是否具有「存在預設」（existential import）？「所有 A 都是 B」與「沒有任何 A 是 B」這兩個全稱命題（universal statement）是否蘊涵著 A 是一個具有成員的集合（set）？「某些 A 是 B」與「某些 A 不是 B」這兩個特稱命題（particular statement）是否也蘊涵著 A？

「但『自豪』的意思可不是『提出無可駁倒的論證』！」愛麗絲反駁他。

「每一個我使用的字，」蛋頭先生用蔑視的口吻說，「字義都是取決於我要讓它們表達什麼意思，不多也不少。」

「問題是，」愛麗絲說，「你真的能讓字詞表達那麼多不同的東西嗎？」[12]

「問題是，」蛋頭先生說，「誰才是主宰？如此而已。」[13]

愛麗絲困惑到不知道該說什麼，因此片刻過後，蛋頭先生又說話了：「有些字詞是有脾氣的，特別是動詞最驕傲。妳可以隨意處置形容詞，但不能這樣對待動詞。不過，我還是有辦法主宰所有字詞！難以理解！我說了算！」

愛麗絲說：「可不可以拜託你跟我解釋那是什麼意思？」

「現在聽起來妳倒是像個講理的孩子，」蛋頭先生說，他看起來很高興。「我所謂『難以理解』，意思是我們在這個話題上已經講得夠多了，而且妳最好說說看妳接下來要做什麼，因為我想妳應該不會一輩子都停在這裡。」

「一個字居然能夠包含那麼多意義，」愛麗絲用若有所思的語調說。

「每當我讓一個字做那麼多工作，」蛋頭先生說，「我總是會付多一點錢給它。」

愛麗絲實在是困惑不已，因此只能說：「喔！」

在《符號邏輯》（Symbolic Logic）一書的 165 頁，卡洛爾花了一些篇幅回答上述問題。在此，那幾段話是值得引述的，因為它們與蛋頭先生的言論如出一轍：

對於這個議題，那些稍後將被我稱為「邏輯學家」的邏輯教科書作者與編輯們所採取的，在我看來是一種沒有必要的卑微立場。每當提及命題的繫辭時，他們就好像「快喘不過氣」，幾乎像是把它當成某種有意識的活生生實體，有辦法選擇自己要具有什麼意義，而我們可憐的人類只能確認它的主觀意志與意願為何，無條件接受。

與此一觀點相對的，我主張任何一本書的作者都有權力隨意為任何他們打算使用的字詞賦予任何意義。如果真的有作者在書裡面開宗明義就宣示：「我打算一直用『黑』這個字來表達『白』的意思，用『白』來表達『黑』」，那我也只能乖乖接受此一規定，無論我認為它有多麼不合理。

還有，關於命題中主詞是否真正存在的問題，我認為每一個作家都可以採用他自己的規則，不過前提當然是命題必須前後一貫，而且以邏輯學中已經被接受的事實為根據。

只有合乎邏輯的觀點才有必要讓我們仔細檢視，接著從中挑選出哪些是可以合理地主張的觀點；然後，我才得以自由地宣布哪一個是我打算主張的觀點。

總之，卡洛爾的看法是，命題中如果有「所有」與「某些」，就是蘊涵著命題聲明的人事物存在，如果出現「沒有」一詞，那是否存在就仍有待討論。不過卡洛爾的論述最後並未獲得勝利。現代邏輯認為，只有包含「某些」的命題才蘊涵著某個類

蛋頭先生

並非「空類」（null class）。不過這當然沒有辦法徹底否定卡洛爾與蛋頭先生的唯名論態度之有效性。邏輯學家之所以採用現有之觀點，只因那是最有用的。

邏輯學家早已對於亞里斯多德那種以「類」為基礎的邏輯失去興趣，轉而聚焦在以「真值」（truth-value）為重點的命題演算，在這過程中又出現了另一個有趣的激烈爭辯（儘管參與爭辯者大多不是邏輯學家）：「實質蘊涵」（material implication）的意義是什麼？各種混淆不清的狀況主要是因為爭辯者並不瞭解，「A蘊涵B」這個命題中的「蘊涵」一詞，在命題演算的領域裡其實是具有某種特殊意義，並不意味著A與B之間具有任何因果關係。另一個類似的混淆狀況也仍然存在，也就是在多值邏輯（multivalued logics）中，「而且」、「不」與「蘊涵」等用詞並不具有常識性或直覺性的意義。事實上，它們具有什麼意義完全取決於「矩陣表」（matrix table），而且它們這些「連繫詞」（connective）就是矩陣表衍生出來的。一旦人們能夠充分理解上述道理，大家也就不再覺得這種奇怪的邏輯有何神祕難解之處。

許多數學家一樣也把大量精力浪費在無謂的爭辯上，為的只是要搞清楚「虛數」（imaginary number）、「超限數」（transfinite number）等詞彙有何意義。這種爭辯之所以沒有意義，是因為它們的意義取決於他們如何被定義，「不多也不少」。

話說回來，如果我們希望能進行精確的溝通，那就有義務避免像蛋頭先生那樣，

「唉，妳該看看它們禮拜六晚上圍繞在我身邊的樣子，」蛋頭先生繼續說，他的頭嚴肅地左右搖晃，「我是說，他們來找我領工錢的樣子。」

（愛麗絲不敢問他拿什麼來付工資，所以我也沒辦法告訴大家。）

「先生，你好像很會解釋字詞的涵義呢！」愛麗絲說。「那可否拜託你解釋那一首叫做〈炸脖龍〉的詩給我聽呢？」

「唸來聽聽，」蛋頭先生說。「我可以解釋所有已經被寫出來的詩，就連許多還沒被寫出來的也可以。」

這聽起來挺有希望的，所以愛麗絲把第一節背出來：

> 時值傍晚，滑溜的白獾
> 在草地上繞圈鑽洞：
> 鸚鵡都如此不悅，
> 嚴肅的綠豬尖叫。*

＊第一章參考注釋的解釋，翻譯與這裡有所不同：

1. 第二句：第一章是翻譯成「在山丘上抓癢鑽洞」；

2. 第四句：在第一章裡面，把 "rath" 翻譯成綠龜，而非綠豬。

蛋頭先生打斷她:「一開始先講這段就夠了。這裡面有許多難字。『傍晚』是指下午四點,也就是開始煮晚餐的時間。」

「解釋得很好,」愛麗絲說。「那*滑溜*呢?」

「嗯,『*滑溜*』就是柔軟而滑不溜丟。『柔軟』跟『生動』一樣。妳懂吧,這就是所謂的混成字——一個字有兩個字義。」[14]

「現在我懂了,」愛麗絲若有所思地說。「那『白獾』呢?」

「嗯,『白獾』是一種獾類動物。有點像蜥蜴,又有點像拔塞鑽。」

「那種動物看起來一定很奇怪。」

「的確,」蛋頭先生說。「還有,牠們會在日晷下方築巢,以起司為主食。」

「那『繞圈』跟『鑽洞』呢?」

「『繞圈』是跟平衡環一樣轉圈圈。『鑽洞』是跟螺絲椎一樣打洞。」

為一般的用字賦予他自己的意義。羅傑・福爾摩斯(Roger W. Holmes)曾經撰文表示,「我們可以……隨意規定字詞的定義嗎?」他說,「舉例說來,聯合國正進行爭辯時,某位蘇聯代表用了『民主』一詞,其定義為何?我們可以為我們使用的字詞賦予額外的意義?或者,如果添加了額外意義,那就變成了政治宣傳?我們是否必須遵守字詞在過去的用法?就某方面來講,字詞可說是我們的主人,否則溝通就無法進行了。但就另一方面而言,我們自己也是主人,否則就不會有詩歌存在了。」請參閱:Roger W. Holmes, "The Philosopher's *Alice in Wonderland*," (*Antioch Review*, Summer 1959)。

⓴ 在許多現代的詞典裡都可以查到「混成字」(Portmanteau word)這個詞彙。它已經變成常見的措詞,意指那種宛如旅行箱,具有不只一種意義的字詞。在英語文學中,最厲害的混成字大師當然是小說家喬伊斯。在他的《芬尼根守靈記》中,跟愛麗絲系列小說一樣都是在述說夢境裡的經歷,其中曾出現過的混成字可說數以萬計。

為了描繪主角提姆・芬尼根(是個愛爾蘭的磚瓦搬運工)從梯子上重重跌下的聲音,他創造出十個由一百個字母組成,具有劈哩啪啦音效的混成字。蛋頭先生的 "Humpty Dumpty" 兩個字也被融入其中第七個混成字:

"Bothallchoractorschumminaroundgansumuminarumdrumstrumtruminahumptadumpwaultopoofoolooderamaunsturnup!"

從第 1 頁開始,"Humpty Dumpty" 就出現在《芬尼根守靈記》裡面,後來又屢屢被提及,直到最後一頁都可以看見。

⑮ 讀者們也許無法像愛麗絲那樣，這麼快就聽懂蛋頭先生的文字遊戲。所謂「草坪」（Wabe）之所以說是「往前」與「往後」延伸，是因為 "Wabe" 一詞可說是取 "way before"（或 "way behind"）兩個字的前面兩個字母構成的。愛麗絲舉一反三，又多說了一個「往兩側延伸」（way beyond）。

⑯ 唸「遠離家裡」（From home）一詞的時候，如果把 "h" 的音略去不唸，就會變成 "mome" 的音。

愛麗絲說：「我想『草地』是指日晷四周的草坪吧？」對於自己那麼聰明，她也感到很訝異。

「當然是。之所以叫做『草地』，是因為它往前與往後各延伸了一大段距離——」

「也往兩旁延伸，」[15] 愛麗絲補了一句。

「完全正確。那麼，所謂『不悅』則是指『脆弱而悲慘』（又出現了另一個混成字）。『鸚鵡』是一種看起來醜醜的瘦鳥，羽毛四處亂長，簡直像活拖把。」

「那『嚴肅的綠豬』呢？」愛麗絲說。「我真怕給你帶來很多麻煩。」

「『綠豬』就是一種綠色的豬，但『嚴肅的』我就不太確定了。我想應該是『遠離家裡』的簡稱，意思是綠豬迷路了。」[16]

「那麼，『尖叫』呢？」

「『尖叫』是一種介於咆哮與吹口哨之間的叫聲，當中還夾雜著像打噴嚏的聲音。不過，也許妳在那遠處的樹林裡可以聽到那種聲音，聽到時妳會覺得很滿足。誰把這麼難的詩唸給妳聽的？」

「我從一本書裡面看來的，」愛麗絲說。「但我也聽過有人唸詩給我聽，簡單多了——我想是叮噹叮唸的吧。」

「說到詩歌，」蛋頭先生伸出一隻大手，「我也可以唸得跟其他人一樣好，如果真要我唸的話……」

「喔，你不用真的唸給我聽！」愛麗絲急忙對他說，希望能夠阻止他開始。

「我要唸的這一首，」他接著說下去，完全不理會她的話，「是完全為了取悅妳而寫的。」

愛麗絲覺得，如果真是這樣，那她還真的應該聽聽看，所以就坐了下來，用無奈的語氣說了一聲「謝謝」。

「冬天的原野，白雪皚皚，
我唱這首歌，只因妳喜歡——」[17]

「不過我並非用唱的，」他解釋道。

「這我知道，」愛麗絲說。

「如果妳看得出我是不是在唱歌，那妳的眼光比大多數人都還要銳利。」蛋頭先生的語氣嚴肅。愛麗絲不發一語。

[17] 尼爾·菲爾普斯（Neil Phelps）寄了一首名為〈夏日〉（Summer Days）的詩給我，它可能就是蛋頭先生之歌的靈感來源，作者是位已被世人淡忘的維多利亞時代詩人瓦森·馬克·威爾克斯·凱爾（Wathen Mark Wilks Call，1817-70）。這首詩在許多維多利亞時代詩集裡都被註明為作者不詳，以下版本的來源請參閱：*Everyman's Book of Victorian Verse* (1982), edited by J. R. Watson。

炎炎夏日，白晝漫長，
兩個好友，相偕漫步原野上與樹林裡，
心情輕鬆，腳步強健，
大好人生，如此美妙，
炎炎夏日，白晝漫長。

從早到晚，鎮日閒逛，
我們採花，編成花冠，
罌粟花田，紅如火海，
來到黃色丘陵，我們席地而坐，
總是希望，人生如常。

炎炎夏日，白晝漫長，
我們跳過樹籬，穿越小河；
她的歌聲，悠揚流暢，
朗讀的書籍優雅不已，
炎炎夏日，白晝漫長。

高大樹下，我倆相依，
午間樹蔭，已漸稀少；
陽光下微風中，輝煌六月，
我們如癡如醉，
雲雀在草地上高歌。

炎炎夏日，白晝漫長，
紅熟野莓，任我們摘採，
或不顧優雅，只管盡情享受歌曲，
瓊漿玉液，雪白麵包，
炎炎夏日，白晝漫長。

我們相愛，卻渾然不覺，
只因當時，愛就像呼吸，
我們發現處處有天堂，
好人都是天使，
夢見樹林與洞穴中的神。

炎炎夏日，白晝漫長，
我獨自漫步，靜默冥想；
伊人已去，獨留老歌，
清風徐徐，帶來芳香，
炎炎夏日，白晝漫長。

樹林中我獨自漫步，
但有美妙仙女，聽見我的嘆息；
她的衣帽，隱約可見，
髮絲璀璨，眼神平靜愉悅，
人生如夏日，令我如癡如醉。

炎炎夏日，白晝漫長，
我愛伊人，一如往昔；
心情輕鬆，腳步強健，
因為愛已帶回金黃色時光，
炎炎夏日，白晝漫長。

這幅插畫名為〈我送信給魚兒〉（I Sent a Message to the Fish）。創作者瓦特‧凱利（Walt Kelly）。1955年。

「春光美好，樹木翠綠，
我會試著把意思告訴妳：」

「非常謝謝你，」愛麗絲說。

「炎炎夏日，白晝漫長，
也許你會了解這首歌的深意：
秋意濃濃，樹葉枯黃，
拿起筆墨，全部寫下去。」

「我會的，如果過了那麼久我還記得的話，」愛麗絲說。

「妳不用像這樣一直發表意見，」蛋頭先生說，「妳的話根本沒有道理，這樣會干擾我。」

「我送出一個訊息給了魚：
告訴他們『我的心意』。

海裡的小小魚兒，
他們也回覆我的訊息。

小魚告訴我
『先生，我們辦不到，只因──』」

「恐怕我聽不太懂，」愛麗絲說。

「會越來越簡單的，」蛋頭先生答道。

「我再度送出訊息
要他們最好能夠遵循。

愛麗絲夢遊仙境與鏡中奇緣

魚兒們咧嘴回應，
『看來你沒有好心情！』

我說了一次，我說了兩次：
他們不願聽我的建議。

我拿出新的大大水壺，
只為完成必要的任務。

我的心兒蹦蹦又砰砰：
用唧筒把壺兒灌滿水。

接著有人找上門
說什麼『小魚都已上床。』

我對他說得明明白白，
『那請你把他們都叫醒。』

我說得大聲又清楚；
在他的耳邊狂咆哮。」

　　蛋頭先生唸這一節詩的時候特別提高
音調，幾乎像在尖叫，愛麗絲心頭一驚，
對自己說：「無論給我什麼好處，我**都**不
想當那個傳話的人。」

　　「但他是如此堅挺又驕傲；
　　他說『我沒必要大吼大叫！[18]』」

⑱ 麥可‧漢薛在撰寫田尼爾插畫藝術的專
書裡，提醒我們注意，田尼爾為這幾行詩
句畫了一幅蛋頭先生的插圖，那畫裡像極
了田尼爾曾為《潘趣》雜誌（1871 年 7 月
15 日出刊）畫的巨大的鵝莓（gooseberry）。

〈巨大的鵝莓〉（The Gigantic Gooseberry）巨大的鵝
莓說：「蛙仔，珍貴的機會來了！本來我還以為這個
沒有勁爆新聞的季節我們可以休假，因為報紙有提希
本疑案（Tichborne Case）可以報導，就不需要關於巨
大鵝莓與天降蛙群的故事。但現在提希本疑案已經延
期，所以又該我們上場了。」

田尼爾的漫畫作品〈巨大的鵝莓〉（The Gigantic
Gooseberry）。取材自 1871 年 7 月 15 日出刊的《潘趣》
雜誌。

理查・凱利在《路易斯・卡洛爾》（*Lewis Carroll, Twayne*, 1977）一書裡寫道：「在愛麗絲系列小說裡，這肯定是最糟糕的一首詩」「詩的語言平淡乏味，無用的情節令人提不起興趣，對句並不動人，無法讓讀者感到驚訝或愉悅，除了敘述者並未提及自己的願望，作品也沒有結論之外，沒有任何真正屬於荒謬詩的元素。」

貝芙莉・里昂・克拉克（Beverly Lyon Clark）曾撰文提醒大家，這首詩結尾的幾行詩句草草結束，與此相呼應的則是故事中蛋頭先生很突兀地跟愛麗絲說「再見」，而且她也在這一章最後一段留下了沒有講完的評語：「在我見過所有不討喜的人裡面……」，請參閱：Beverly Lyon Clark's article in *Soaring with the Dodo* (Lewis Carroll Society of North America, 1982), edited by Edward Guiliano and James Kincaid)。

1995 年 9 月 9 日，英國《觀察者報》刊登了第 1897 次徵文比賽的結果。比賽內容是請讀者幫蛋頭先生那首詩的後面，加上八組對句。其中有兩位獲勝者的作品轉載於英國卡洛爾學會會刊《蛇尾怪獸》上，首先是安德魯・吉本斯（Andrew Gibbons）寫的：

門把打到我的手！
我說，門把也要講道理

我要進到門裡去，
把門打開，別如此無趣！

他是如此驕傲又堅挺：
他說『我可以把他們叫醒，
只要——』

我從架上拿了一把拔塞鑽：
打算自己把他們叫醒。

沒想到房門已上鎖
我拉拉扯扯，踢踹敲打。

等我發現房門已經關閉，
我試著轉動門把，但是——[19]」

接著他頓了好久。

「就這樣？」愛麗絲怯生生地問道。

「就這樣，」蛋頭先生說。「再見了。」

愛麗絲心想，這真是事出突然。但既然對方已經強烈地暗示要她離開，她也覺得再留下來就不禮貌了。所以她站了起來，伸出手說：「再見了！希望能再見面！」她盡量讓語氣保持愉快。

蛋頭先生伸出一根手指給她握[20]，用不滿的語調說：「就算我們真的**見面**，我應該也會認不出妳，妳長著一張大眾臉。」

門把也有臭脾氣，
滿懷不屑的它嗤之以鼻

只說一句，要考慮考慮，
只要你能等到兩點鐘。

哪能等待那麼久？換我大聲抗議！
門把說，沒讓你等一天已算客氣。

我曾讓人等一年：
他就在你站的地方死去。

請你忍耐到兩點，
到時也別踹又推，只能輕聲敲一敲。

不過我當然無法承諾你⋯⋯
也許先唱首歌來給我聽？

其次則是理查・路西（Richard Lucie）
的作品：

眼見半小時就快過去
門上有人擦了油漆。

一陣聲響喀噠噠
轉身一看只看見

王后親戚的手上
拿著牛軋糖二十盤。

「我想裡面還有空間？」
他嚴肅地問道，我只對他說，

「也許還有，但我無法確定。
那些魚今天有點不對勁。」

他小心翼翼把話寫在書裡。
「我想我該去看一看，

愛麗絲若有所思地說：「一般而言，大家都是用臉來認人的。」

「我要抱怨的就是這一點，」蛋頭先生說。「妳的臉跟大家都一樣，有一對眼睛，還有⋯⋯」（他用大拇指比一比五官在臉上的位置）「中間有鼻子，下面有嘴巴，總是一模一樣。舉例說來，如果妳的雙眼長在鼻子的同一邊，或是嘴巴長在上面，那應該有助於讓我認出妳。」

蛋頭先生

雖然我是王后的親戚
看到什麼一定都忘記。

告訴我你想吃煮魚或煎魚？」
笑笑問我後，他就走了進去。

20 住在艾塞克斯郡米爾巷（Mill Lane）的約翰·魯斯佛（John Q. Rutherford）來信提醒我，在維多利亞時代某些貴族有個令人不悅的習慣，遇到社會地位較低的人要與他們握手時，他們都只會伸出兩根手指。驕傲的蛋頭先生更是過分到了極點，只對愛麗絲伸出一根手指頭。

在毛姆（Somerset Maugham）的小說《蛋糕與麥酒》（*Cakes and Ale*）第九章裡，有個人物在跟故事敘述者握手時「伸出了兩根軟軟的手指頭」。

21 任誰只要熟稔《芬尼根守靈記》，一定知道蛋頭先生是該本小說最主要的象徵之一：那一顆可笑的大蛋跌倒了，就跟芬尼根的跌倒一樣，都象徵著大天使路西法（Lucifer）與人類的墮落。

卡洛爾於十三歲時曾寫過一首有十四個詩節的詩作，名叫〈固執的人〉（The Headstrong Man）。這作品預示了蛋頭先生將會從牆頭重重摔落。〈固執的人〉收錄在卡洛爾為了娛樂弟妹們而寫的第一本書《有用處而有啟發性的詩歌》，這書在他過世數十年後，才在 1954 年出版。那首詩的開頭是這樣的：

「那就不好看了，」愛麗絲反駁他。但蛋頭先生只是閉上雙眼，對她說：「等妳試過了再說吧。」

愛麗絲等了一下子，看看他會不會再開口，但他連眼睛都沒再打開，也沒再注意她，她只能再度說一聲「再見！」因為對方沒有回應，她就靜靜走開了；但是一邊走她不禁一邊對自己說，「在我遇過這麼多令人不滿意的人裡面……」（因為能夠講出這麼長的字讓她覺得很舒服，於是又把「令人不滿意」大聲複述一遍）「在我遇過這麼多令人不滿意的人裡面……」但她終究沒有把這句話講完，因為此刻傳來一陣碰撞破裂的巨響，震動了整片森林 21。

有個男人站高高，
在那高聳的牆壁上；
所有路過的人都大叫，
「真怕你會跌一跤！」

　　一陣強風吹來，那個人果然跌落牆頭。
隔天他又爬到樹上，樹枝斷裂後他又跌了
下來。

　　在潘尼洛優出版社出版的《愛麗絲鏡中
奇緣》裡，插畫家巴瑞·莫瑟把蛋頭先
生的臉，畫成美國總統尼克森（Richard
Nixon）的模樣＊。

＊暗諷水門案後下台的尼克森跟蛋頭先生一樣，
　都是從高處重重摔落。

約翰·維農·洛爾德（John Vernon Lord）繪。2011 年。

蛋頭先生

第七章

獅子與獨角獸

　　過了一會兒，只見一群士兵疾步穿越樹林，一開始三三倆倆，接下來則是十個或二十個一群，最後人數多到似乎佔滿了整座森林。愛麗絲害怕被他們撞倒踐踏，躲到樹後面看他們經過。

　　她心裡想：她一輩子可還沒有看過腳步這樣亂七八糟的士兵，他們總是被某樣東西給絆倒，而且每當有一個倒下，總是有其他幾個也被他絆倒，所以地上很快就佈滿了一堆又一堆士兵。

　　接下來是馬群。儘管馬兒有四隻腳，步伐卻比那些步兵好多了，但**牠們**偶爾也會被絆倒，而且每當有一隻馬倒下，騎士也會立刻掉下來，似乎無一例外。情況越來越混亂，愛麗絲很高興自己能離開森林，來到一塊空地，她發現白棋國王就坐在地上，忙著寫他的記事本。

　　一見到愛麗絲，白棋國王就愉悅地高聲大叫：「我已經把兵馬都派出去了！親

羅夫・史戴曼（Ralph Steadman）繪。1973 年。

愛的，妳剛剛經過森林時有沒有碰到我的士兵呢？」

「嗯，我有，」愛麗絲說。「我想有幾千個吧。」

「精確數字是四千兩百零七，」國王參考了記事本之後說。「妳知道我不能把所有的馬都派出去，因為有兩匹是要參與棋局的[1]。而且我也還沒派出兩位信差，他們都進城去了。幫我看看路上，可以看到其中任何一位嗎？」

[1] 棋局中，兩位白棋騎士各需要一匹駿馬。

❷ 許多數學家、邏輯學家與形上學家總是喜歡把零、空類、沒有東西（Nothing）當成某種東西，卡洛爾也不例外。在《愛麗絲夢遊仙境》裡面，鷹頭獅對愛麗絲說，「『沒人』沒被處決」，在這裡我們看到沒被處決的「沒人」在路上走動，接下來又會發現「沒人」的腳程比信差海爾還快（或慢）。

　　卡洛爾寫信給他的某位幼童友人表示，「如果妳看到『沒人』走進房間，請幫我親親他。」卡洛爾曾經出版過一本數學專書《歐基里德與其現代敵手》（Euclid and His Modern Rivals），裡面有個虛構的德國教授名字叫尼曼德（Herr Niemand），他的姓氏在德文裡面是「沒人」的意思。「沒人」這個角色是從什麼地方開始出現在愛麗絲系列小說的呢？在〈瘋狂茶會〉裡，愛麗絲曾經跟瘋帽匠說「『沒人』要你給意見。」到了該故事最後一章，他再度出現，白兔拿出一封信，說是紅心傑克寫給「某人」的。對此，國王則是說了一句：「除非是寫給『沒人』的，那就不尋常了。」

　　許多批評家也會想起史詩《尤里西斯》（Ulysses）裡的情節：尤里西斯騙獨眼巨人波呂斐摩斯，說他叫做「諾曼」（Noman；可直譯「沒人」），後來他把巨人的眼睛戳瞎。波呂斐摩斯高聲呼救，他說「諾曼想要殺掉我」，但他的同伴都把這句話聽成「沒人想要殺掉我」，因此並未理會他。

「我看路上沒人，」愛麗絲說。

　　「我真希望有妳的眼力，」白棋國王用焦躁的語氣說。「妳居然連『沒人』[2]都看得到！而且還距離那麼遠！唉，在這種光線之下，我只看得到一般人。」

　　這些話愛麗絲都沒有聽進去，她仍然用一隻手遮在眼睛上方，認真地看著路上。「現在我看到有一個人了！」最後她高聲說。「但是他走得很慢，而且姿勢好奇怪！」（因為信差走路時蹦蹦跳跳，像鰻魚一樣扭來扭去，把兩隻大手張開，像扇子一樣擺在兩側。）

「一點也不怪，」白棋國王說。「他是個盎格魯 - 薩克遜信差，那就是盎格魯 - 薩克遜人走路的姿勢[3]。他只有高興的時候才會那樣。他名叫海爾。」（國王把那個名字唸得跟「梅爾」[4]押韻。）

「我喜歡名字開頭有個 H 的人[5]，」愛麗絲不禁開始玩起了遊戲，「因為他叫做快樂。我討厭名字開頭有個 H 的人，因為他叫做醜陋。我給他吃……給他吃……給他吃火腿三明治和乾草。他的名字叫做海爾，他家住在……」*

愛麗絲還在想哪一個城鎮的名字以 H 開頭，白棋國王隨口說：「他家住在山丘上。」他渾然不知自己已經加入了這個遊

*中文版編者注：此段譯句之原文 "because he is Happy. I hate him with an H, because he is Hideous. I fed him with—with—with Ham-sandwiches and Hay. His name is Haigha, and he lives—"

[3] 卡洛爾在此提及盎格魯 - 薩克遜姿勢（姿態），是為了取笑當時的盎格魯 - 薩克遜研究風潮。哈瑞・摩根・艾爾斯（Harry Morgan Ayres）曾在其專書中收錄幾張描繪盎格魯 - 薩克遜人服裝與姿勢的圖畫，其來源是由牛津大學博德利圖書館（Bodleian Library）所收藏的《凱德曼詩稿》（Caedmon Manuscript；又被稱為「尤尼烏斯手抄稿」〔Junian codex〕），並且宣稱卡洛爾與田尼爾在創作時也許就是參考那些圖畫。請參閱：哈瑞・摩根・艾爾斯著，《卡洛爾的愛麗絲》（Carroll's Alice）(Columbia University Press, 1936)。在出版《盎格魯 - 薩克遜姿態》（Anglo-Saxon Attitudes）時，作者安格斯・威爾森（Angus Wilson）就在小說的書名頁上引述《愛麗絲鏡中奇緣》的這個段落。

[4] 海特就是剛剛出獄的瘋帽匠，而海爾的名字如果唸成了與「梅爾」（mayor）押韻的話，聽起來就像 "Hare"，所以他當然就是三月兔（March Hare）。哈瑞・摩根・艾爾斯在上個注釋提及的那本書裡表示，卡洛爾筆下這個叫「海爾」的角色，也許是暗指跟他同樣生於十九世紀的知名薩克遜人魯恩文（rune）專家，曾寫過兩本薩克遜學術著作的丹尼爾・亨利・海爾（Daniel Henry Haigh）。

詹姆斯・特修斯・德凱（James Tertius DeKay）與所羅門・格倫布分別都曾在來信中表示，海爾與海特這兩個角色的靈感，也許是來自於五世紀的兩位日爾曼族兄弟亨吉斯特和霍薩（Hengist and Horsa）。早期的薩克遜人認為這兩位兄弟檔戰士是他們的先祖。

「盎格魯-薩克遜姿勢」的畫像，取材自大約在西元一千年間世的《凱德曼詩稿》（*Caedmon Manuscript*）

奇怪的是，愛麗絲居然認不出她的這兩位老朋友。

為什麼卡洛爾要把海特與海爾打扮成盎格魯-薩克遜信差（而且田尼爾也把他們的服飾與姿態，畫成了具有盎格魯-薩克遜人的特色，強化了卡洛爾的奇想）？這個問題迄今仍讓我們感到困惑。根據羅伯‧沙瑟蘭在《語言與路易斯‧卡洛爾》（*Mouton*, 1970）一書指出，「在愛麗絲的夢境裡面，他們像鬼魂一樣現身，掃了許多學者的興」，他還說：

　　愛麗絲的夢境裡面出現了許多來自童謠的角色、會說話的動物，還有各種更為奇怪的生物，但這些都是很容易就能理解的。他們要不是與愛麗絲的真實經驗有對應關係，就是她在作夢時想像出來的。唯獨那兩個盎格魯-薩克遜信差不是這樣！透過第一章對

戲。「另一個信差名叫海特。妳知道，我一定要有**兩個**信差，一來一去。一個送信過來，另一個送出去。」

「請再說一遍？」愛麗絲說。

「求人是很沒格調的，」白棋國王說。

「我只是說我聽不懂，」愛麗絲說。「為什麼一來一去？」

「我不是說了嗎？」白棋國王不耐煩地再說了一遍。「我一定要有**兩個**信差來找我拿信跟送信給我。一個拿信給我，另一個幫我送信。」

此刻信差來了：他喘到說不出話，只能胡亂揮舞雙手，對可憐的白棋國王做出最可怕的鬼臉。

「這小姑娘說喜歡你的名字以 H 開頭，」白棋國王介紹愛麗絲，希望信差能夠不要注意他，但是沒有用。信差的盎格魯-薩克遜姿態越來越奇怪，他那兩顆大大的眼睛不斷向左向右滾來滾去。

「你嚇到我了！」白棋國王說。「我頭暈腦脹──給我一個火腿三明治！」

愛麗絲覺得很有趣：一聽到命令，信差就打開掛在他脖子上的包包，拿出一個三明治給白棋國王，國王立刻狼吞虎嚥似

地吃掉了。

「再來一個！」白棋國王說。

「只剩乾草了，」信差看過包包後說。

白棋國王有氣無力，低聲說：「那就給我乾草。」

愛麗絲樂於看到他精神變好。「頭昏腦脹時，吃什麼都不像吃乾草這麼好，」他一邊嚼乾草一邊對她說。

愛麗絲提出建議：「我想，如果能夠用冷水淋在你身上，或給你聞嗅鹽[6]，應該會更好。」

「我不是說吃什麼都比不上吃乾草，」白棋國王答道。「我是說吃什麼都不像吃乾草這麼好。」愛麗絲不敢反駁他[7]。

「你在路上遇到了誰？」白棋國王一邊伸手去跟信差要乾草，一邊問他說。

「沒人，」信差說。

「對耶，」白棋國王說。「這小姑娘也看到他了。所以說，肯定『沒人』走得比你慢。」

「我已經盡力了，」信差用惱怒的語調說。「我確定沒人走得比我快！」

於愛麗絲的客廳之描繪，我們已經預先看到了她的夢境的許多面向，但第一章並未提及他們倆。我們該認為兩位信差是源自於愛麗絲學校課本裡的盎格魯-薩克遜歷史嗎？或者卡洛爾只是無端地把這兩個角色加進去，藉此形成了這本小說嚴謹結構中的小缺陷？還是卡洛爾只是想要開開玩笑，嘲諷當時的盎格魯-薩克遜研究風潮，同時反映出他自己對於英國古代史的研究興趣？除非有更深入的資訊被挖掘出來，否則道吉森為何要創造出信差角色的理由仍然會是令我們感到困惑的問題。

羅傑·葛林則是曾撰文提出以下猜測。根據卡洛爾日記記載，他在那天（1863 年 12 月 5 日）去看了基督教堂學院的戲劇表演，其中一個戲碼是齣叫做「阿爾佛列大帝」（Alfred the Great）的諷刺劇，里德爾院長夫人也帶孩子們去看戲。葛林認為那齣諷刺劇有許多盎格魯-薩克遜時代的布景與服裝，也許這給了他靈感，把海特與海爾變成盎格魯-薩克遜信差。請參閱：Roger Green in *Jabberwocky* (Autumn 1971)。

⑤「我喜歡名字開頭有個 A 的人」（I love my love with an A）是維多利亞時代流行於英格蘭地區的客廳遊戲（parlor game）。第一個玩遊戲的人先朗誦下列句型：

我喜歡名字開頭有個 A 的人，因為他是 ____。

我討厭他因為他是 ____。

他帶我到 ____ 的標誌。

拿 ____ 招待我。

他的名字是 ____。

他住在 ____。

上述空格裡都必須填進適當的字詞，而且字首是字母 A。第二位玩遊戲的人也朗誦同樣的句型，只是把字母 A 全都換成 B，遊戲依此方式進行，每個玩遊戲的人依序改用不同字母。如果沒有辦法說出被接受的字詞就會被淘汰。句型的措詞或許稍有不同，上述句型出處請參閱卡洛爾那個時代非常流行的一本書：James Orchard Halliwell, *The Nursery Rhymes of England*。聰明的愛麗絲特別從 H 開始玩遊戲，而不是 A，因為那兩位盎格魯 - 薩克遜信差肯定不會使用 H 開頭的句型。

⑥ 「嗅鹽」的原文是 "sal-volatile"。

⑦ 鏡中世界人物與動物的特別之處在於，他們往往用直白的方式理解話語，而非一般人普遍接受的意義，這也是卡洛爾書中許多幽默元素的基礎。另個範例出現在第九章：紅棋王后告訴愛麗絲，即使她用兩隻手 * 也無法否認「孩子比笑話重要」這個事實。

*「用兩隻手」（try with both hands）是個片語，指「盡全力」。

卡洛爾最有趣的惡作劇之一同樣也反映出他喜歡玩荒謬文字遊戲的特性。1873 年，他的少女友人艾拉・摩尼耶 - 威廉斯（Ella Monier-Williams）把自己的旅遊日記借給他看，還書時卡洛爾附上了下列信件：

親愛的艾拉：

還日記的同時我要向妳說聲非常感謝。妳也許會覺得疑惑，為什麼我要借那麼久？據我所知，妳曾說妳沒打算把日記出版，但我已經把三篇短篇日記的摘文送到《每月訊息》雜誌那邊去投稿，希望妳別為此生我的氣。

「他不可能比你快，」白棋國王說，「否則他會比你先到這裡。不過，既然你已經不喘了，就跟我們說說城裡發生了什麼事。」

信差說：「我要低聲說。」他把雙手擺成小號的形狀，放在嘴巴前面，彎腰湊到白棋國王的耳朵旁邊。愛麗絲覺得很遺憾，因為她也想聽聽有什麼消息。不過，信差並沒有低聲說，而是扯開嗓門大聲說：「牠們又打起來了！」

「你說這叫做低聲說？」可憐的白棋國王跳起來大叫，全身顫抖。「如果你再那樣，我就找人把你的身上塗滿奶油！現在我的腦袋裡面像地震一樣，你的聲音轟隆隆響個不停！」

「那應該是個很小的地震！」愛麗絲心想。「誰又打了起來？」她斗膽問道。

「唉，當然是獅子和獨角獸，」白棋國王說。

「為王冠而打了起來？」

「嗯，的確，」白棋國王說，「而且最好笑的是，牠們爭奪的竟然是**我**的王冠！我們趕快過去看看牠們吧！」接著他們就快步走開，愛麗絲一邊跑一邊小聲背誦起了那一首老歌的歌詞 [8]：

獅子與獨角獸為了王冠打起來：
獨角獸被獅子打得在城裡逃竄。
有人給牠們白麵包，也有人給黑
的；
還有人給牠們水果蛋糕，打鼓把牠
們趕出城。

「打贏的⋯⋯就可以⋯⋯可以獲得王
冠嗎？」儘管跑得快喘不過氣，她還是設
法開口問道。[9]
_{376頁}

「天啊！當然不可以！」白棋國王說。
「太離譜了！」[10]
_{376頁}

「可不可以⋯⋯行行好，」又跑了一
會兒，愛麗絲喘著說，「停下來一分鐘⋯⋯
讓我喘口氣？」

「我很好啊！」白棋國王說，「只是
還不夠壯。一分鐘的速度快得嚇人，是停
不下來的。叫蛇尾怪獸停下來也許還比較
容易點！」

愛麗絲已經喘得說不出話了，所以就
這樣默默跟著跑，直到看見一大群人圍觀
才停下來，這些人正在看獅子與獨角獸打
架。牠們打到塵土飛揚，一開始愛麗絲分
不出誰是誰，但很快就先看出哪一個是獨
角獸，因為牠頭上有角。

另一位信差海特也站著觀戰，雙手各
拿著一杯茶與一塊奶油麵包，他們走到他
附近。

我並未透露作者的全名，幫妳下的文
章標題沒有別的，只是〈艾拉日記：
一位牛津大學教授之女遊歷異國一個
月的遊記〉而已。

到時候如果我從《每月訊息》雜
誌的編輯揚吉小姐（Miss Yonge）那
裡收到稿費，我一定如數奉上。

　　妳的好友

　　　C.L. 道吉森

艾拉懷疑他在開玩笑，但收到第二封信
之後就開始覺得卡洛爾是認真的，信件內
容如下：

親愛的艾拉：

很遺憾的是，我這封信裡面的所
有字句都屬千真萬確。現在，容我多
向妳透露更多細節：揚吉小姐還沒有
退稿，但她每一篇最多只能給一基尼
稿費。這樣夠嗎？

後來卡洛爾又寫了第三封信澄清自己是
在惡作劇：

親愛的艾拉：

恐怕我的惡作劇是太過分了。我
之所以說「希望妳別生我的氣」云云，
其實是因為我根本什麼都還沒做。而
且我不只沒有幫妳下〈艾拉日記〉以
外的標題，連那個標題都沒下。揚吉
小姐的確也還沒退稿，因為她還沒看
到稿子。而且我也不需多做解釋了，
她當然也還沒給我三基尼！

在我向妳承諾不會給任何人看之
後，就算給我三百基尼，我也不會食
言。

　　妳的好友

　　　C.L.D. 匆匆寫就

⑧ 根據《牛津童謠詞典》的記載，「獅子與獨角獸之爭」這個主題可回溯到幾千年前。一般認為，這首童謠應該是在十七世紀初期問世，當時因為蘇格蘭與英格蘭合併為不列顛聯合王國，新國徽上面同時出現了英格蘭獨角獸與英國獅子。在國徽上面牠們倆同時扶持著英國王室的盾形徽章，圖案持續延用至今。請參閱：Jeffrey Stern, "Carroll, the Lion and the Unicorn," by in *The Carrollian* (Spring 2000)。

⑨ 白旗國王跑向獅子與獨角獸打鬥的地方觀戰，其實已經違反西洋棋的國王棋步規定，因為他只能一格格慢慢移動。不過，此一情節安排的理由不明。

⑩ 如果卡洛爾的確想用獅子與獨角獸來暗諷葛雷斯東（Gladstone）與迪斯雷利（Disraeli），那麼這段對話的含意就很明顯了（請參閱本章注釋13）。卡洛爾的政治觀點保守，不喜歡葛雷斯東，他甚至用葛雷斯東的全名 "William Ewart Gladstone"，創造了兩個很特別的顛倒字謎（anagram）。一個是「您將拆毀所有形象嗎？」（Wilt tear down all images?）還有「亂來的煽動者！心存好意卻一事無成。」（Wild agitator! Means well.）請參閱：*The Diaries of Lewis Carroll*, Vol. II, page 277。

⑪ 白棋王后從紅棋騎士正西方的棋格移往棋格 QB8。事實上她沒有必要逃竄，因為紅棋騎士也吃不了她，反而是她可以吃掉騎士。不過這個棋步剛好也反映出白棋王后的愚蠢。

「他才剛剛出獄，入獄時連茶都還沒喝完，」海爾低聲對愛麗絲說。「在監獄裡他們只給他牡蠣殼，所以他現在又餓又渴。你還好嗎，小兄弟？」海爾接著說，並用手臂親暱地摟住海特的脖子。

海特轉頭看了一眼，點點頭，繼續吃他的奶油麵包。

「小兄弟，你在牢裡還開心嗎？」海爾說。

海特再轉頭看了一次，這次有一兩滴茶從臉頰流了下來，但他還是不發一語。

海爾不耐煩地大聲說：「說話啊，你變啞巴啦？」但海特只是嚼嚼嚼，又喝了一點茶。

「說吧，好不好？」白棋國王大聲說。「牠們打得怎樣啦？」

海特使勁吞下一大塊奶油麵包，他用好像噎到的聲音說：「打得很起勁，兩個大概都各自倒下了八十七次。」

愛麗絲斗膽問道：「那我想牠們很快就會有白麵包與黑麵包可以吃囉？」

「麵包已經準備好，」海特說，「在等牠們了。我吃的就是那種麵包。」

此刻打鬥暫時停了下來，獅子與獨角獸坐在地上喘氣，白棋國王大聲宣布：「休息十分鐘吃點心！」海特與海爾立刻動了起來，拿出一個個堆滿黑白麵包的盤子。愛麗絲拿一塊來吃，但那麵包實在很乾。

　　「我想牠們今天應該不會再打了，」白棋國王對海特說，「傳我的命令，開始打鼓。」海特蹦蹦跳跳地離開，像隻蚱蜢似的。

　　片刻間愛麗絲只是站著看他。她的眼睛突然一亮，急著把手指向某處，大聲說：「看啊！看啊！白棋王后從原野上跑過去了 [11]！她從那邊的森林狂奔出來——王后們跑得**可真快啊**！」

　　白棋國王連頭都沒轉過去，只是說：「一定是有敵人在追她。森林裡到處都是敵人。」

　　愛麗絲問道：「但是你不用趕快過去幫她嗎？」對於白棋國王的冷靜感到非常訝異。

　　「追不上！追不上！」白棋國王說。「她跑步的速度實在快得嚇人。抓蛇尾怪獸也許還比較容易點！不過，如果妳要我在記事本裡寫上一筆的話，我可以照做，她真是個可愛的生物，」他一邊打開記事本，一邊輕聲說。

「生物這個字有兩個 "e" 嗎？」

此時獨角獸閒晃到他們身邊，手還插在口袋裡。他經過時瞄了白棋國王一眼，對國王說：「這是我表現最好的一次吧？」

「還可以⋯⋯還可以，」白棋國王很緊張地答道。「你知道你不該用角去頂牠的。」

「我的角沒有傷到牠，」獨角獸毫不在乎地說，正要走開時，牠碰巧看到愛麗絲，立刻轉身過去，站著一直看她，流露出極度厭惡的神態。

最後牠終於說：「這⋯⋯這是什麼？」

海爾走到愛麗絲前面，朝著她張開雙手，用盎格魯-薩克遜的站姿熱情地介紹她：「這是個小孩！我們今天才發現的。她跟真的小孩一樣大，而且自然到不行啊！」[12]

「我一直都認為小孩只是傳說中的怪獸呢！」獨角獸說。「是活的嗎？」

「她會說話，」海爾嚴肅地說。

獨角獸用做夢似的表情看著愛麗絲說：「說話啊，小孩！」

愛麗絲講話時，雙唇不由自主地噘起

12 「跟真的⋯⋯一樣大，而且自然到不行」（as large as life and *quite* as natural）是卡洛爾那個時代常用的片語，在《牛津英語詞典》裡收錄了一個 1853 年的出處。但第一個把片語裡原有的 "twice" 替換成 "quite" 的人，顯然就是卡洛爾。如今這被他改過的片語在英格蘭地區與美國都已經非常通用了。

愛麗絲夢遊仙境與鏡中奇緣

嘴唇，露出微笑：「你知道嗎？我也一直以為獨角獸是傳說中的怪獸呢！我沒看過活生生的獨角獸！」

「唉，那是因為我們沒有見過面，」獨角獸說。「如果妳相信我，我就相信妳。一言為定？」

「嗯，就照你說的，」愛麗絲說。

「來吧，把水果蛋糕拿出來，老傢伙！」獨角獸轉身對白棋國王說。「我不吃你的黑麵包！」

「那當然……那當然！」國王喃喃低語，向海爾招手示意，低聲說：「打開包包！趕快！不是那個……那裡面都是乾草！」

海爾從包包裡拿出一個大蛋糕，要愛麗絲捧著，他則是再拿出一個盤子跟一把刀。愛麗絲想不通包包怎麼裝得下那些東西。她心想，那大概是魔術吧。

獅子早已過來了，牠看起來又睏又累，眼睛快閉起來

田尼爾是否打算用獅子與獨角獸來諷刺當時時常爭論不休的政治人物葛雷斯東與迪斯雷利？漢薛在自己撰寫田尼爾插畫藝術的專書裡表示，無論是卡洛爾或田尼爾，都不打算用獅子與獨角獸的爭鬥來暗諷葛雷斯東與迪斯雷利。他在書裡面收錄一張田尼爾幫《潘趣雜誌》畫的漫畫，裡面有一隻蘇格蘭獨角獸與英國獅子，牠們針鋒相對的模樣就跟《愛麗絲鏡中奇緣》裡的獨角獸與獅子完全相同。

14 請參閱《愛麗絲夢遊仙境》第九章注釋8。

了。「這什麼啊？」說話時牠懶洋洋地眨眼，低沉音調聽來悶悶的，好像大鐘低鳴 14 。

「哈，這是什麼？」獨角獸興致高昂地大聲說。「你永遠猜不到！我剛剛也沒猜到。」

獅子疲倦地看著愛麗絲說：「妳是動物……蔬菜……還是礦物 14 ？」牠每說一樣東西就打個哈欠。

「她是傳說中的怪獸！」獨角獸搶在愛麗絲回答前就大聲說。

「怪獸，那就由妳來分發蛋糕，」獅子說完趴了下來，把下巴放在前爪上。「還有你們兩個，都給我坐下，」牠對著國王與獨角獸說。「切蛋糕時要公平一點，知道吧！」

國王顯然很不自在，但牠不得不坐在兩頭巨獸之間，因為沒有別的地方可以讓他坐。

「現在，我們可以為王冠再大戰一場了！」獨角獸說話時狡猾地抬頭看著王冠，可憐的國王則是嚇得渾身顫抖，抖到王冠差一點掉下頭。

「我會輕易獲勝，」獅子說。

M.L. 柯克（M. L. Kirk）繪。1905 年。

獅子與獨角獸

⑮ 這就是所謂「最大的一份」（lion's share）。這個片語源自於《伊索寓言》，是個關於野獸如何分配獵物的故事。獅子說牠是老大，所以應得四分之一份，而且牠勇氣卓絕，又該獲得四分之一份，還有四分之一份應該分給牠的妻兒。獅子還說，至於剩下的四分之一份，如果有人想要跟牠爭，牠樂於接受。

「打過才知道，」獨角獸說。

「哼，你這膽小鬼！我不是把你打得在城裡四處逃竄嗎？」獅子怒道，講話時身子快要站了起來。

國王打斷兩人，不讓牠們繼續吵下去；他很緊張，聲音抖得很厲害。「在城裡四處逃竄？那應該跑了很長一段距離。你有經過舊橋，或是市場嗎？舊橋上的景觀是最棒的。」

「我肯定不知道，」獅子又趴下，大聲咆哮說。「塵土多到我看不見任何東西。那怪獸切蛋糕怎麼切了那麼久！」

愛麗絲早已坐在一條小河的岸邊，把大盤子擺在膝蓋上，努力用刀切蛋糕。「真讓人生氣啊！」她對獅子答道。（她已經很習慣被稱為「怪獸」了。）「我已經切了好幾塊，可是蛋糕又一直合了起來！」

「妳真不懂該怎樣處理鏡中世界的蛋糕，」獨角獸說。「妳要先分蛋糕，再切蛋糕。」

這聽起來真是胡說八道，但愛麗絲很聽話，站起來拿著盤子走了一圈，過程中蛋糕自行分為三塊。等她拿著空盤回到原位，獅子才說：「現在，切蛋糕吧。」

愛麗絲手拿刀子坐在那裡，對於該怎麼切蛋糕感到很困惑：「我說啊，這不公平！怪獸分給獅子的蛋糕足足有我的兩倍大！」[15]

「不過她沒有分給自己，」獅子說。「怪獸，妳喜歡水果蛋糕嗎？」

但愛麗絲還來不及回答，鼓聲就響了起來。

她搞不清楚聲音來自何方，只聽見鼓聲處處，在她的腦海裡不斷迴響著，直到她覺得自己快要聾了。驚恐之餘，愛麗絲拔腿就跑，快速越過那一條小河。[16]

     * * *

* * * *

在此同時，她也剛好看見獅子與獨角獸都站了起來，因為吃東西被打斷而滿臉怒容，接著她才跪了下來，把雙手搗在耳朵上，想要把這可怕的騷動聲隔絕起來，但卻沒有用。

「如果**那鼓聲**沒辦法把牠們趕出城，」愛麗絲心想，「那也沒有其他方法可辦到了！」

16 愛麗絲前往棋格 Q7。

第八章

「我自己發明的」

1 紅棋騎士移往棋格 K2。在傳統棋局中，這是一食二鳥的高招，因為白棋國王被他將軍，王后也遭受攻擊。除非能設法吃掉紅棋騎士，否則白棋王后就輸了。

瓦特・凱利（Walt Kelly）繪。1955 年。

過一會兒，鼓聲似乎逐漸消失，最後只剩四下一片沉寂，驚魂未定的愛麗絲抬起頭來。因為看不到任何人，她的第一個念頭就是：獅子與獨角獸，還有那兩個奇怪的盎格魯 - 薩克遜信差肯定是她夢到的。不過那個她用來切水果蛋糕的大盤子仍然在她腳邊，「所以我真的不是在作夢啊，」她自言自語，「除非……除非我們都在別人的夢裡。只是我非常希望這是我自己的夢，不是紅棋國王的！我不想要活在別人的夢裡，」她用像在發牢騷的語氣說，「我可真想把他叫醒，看看會怎樣！」

此刻，她的思緒被一陣嘈雜的叫聲給打斷：「啊哈！啊哈！將軍！」一位身穿深紅色盔甲的騎士騎著馬朝她馳騁過來，手裡揮舞著巨大棒槌。紅棋騎士來到她面前時[1]，馬突然停了下來：「妳是我的俘虜！」騎士大叫著，同時也從馬上摔下來。

儘管愛麗絲驚詫不已，但在那當下她比較不擔心自己，而是擔心那騎士，看著他重新爬上馬之際她的眼神有點焦慮。在馬鞍上坐穩後，他正打算再對她說：「妳是我的……」，卻被另一個聲音打斷：「啊哈！啊哈！將軍！」愛麗絲有點訝異，轉身去看新的敵人是誰。

　　這次是白棋騎士[2]。他把馬停在愛麗絲身邊，跟紅棋騎士一樣從馬上摔下來，然後又騎上馬，兩位騎士就這樣在馬上對看了一會兒，不發一語。愛麗絲有點困惑，看了某一個，又看看另一個。

　　「你知道她是**我的**俘虜吧！」最後紅棋騎士終於開口說。

　　「知道，但是她已經被**我**解救了！」白棋騎士答道。

　　「哼，那我們就為她打一架吧！」紅棋騎士一邊說，一邊拿起原本掛在馬鞍上的馬頭形頭盔，戴了起來。

　　「你一定會遵守戰鬥規則吧？」白棋騎士也是一邊說一邊戴起了頭盔。

　　「我向來都會遵守，」紅棋騎士說完，兩人就開始陷入一場惡鬥，愛麗絲也躲到樹的後面去，以免遭到波及。

2 白棋騎士走到紅棋騎士的棋格（與愛麗絲相連，位於她東邊的棋格），心不在焉地喊了一聲「將軍！」但事實上只有他自己的（白棋）國王被他給將軍了。在棋局中，打敗紅棋騎士的棋步可以被記載為：Kt. X Kt。

　　儘管大多數卡洛爾的研究者都認為，白棋騎士就是他自己的化身，但唐吉軻德（Don Quixote）也有可能是他的靈感來源。關於白棋騎士與唐吉軻德的相似性，請參閱以下這篇極具說服力的文章：John Hinz, "Alice Meets the Don," in the *South Atlantic Quarterly* (Vol. 52, 1953, pages 253–66), reprinted in *Aspects of Alice* (Vanguard, 1971), edited by Robert Phillips。

　　查爾斯・愛德華茲（Charles Edwards）於來信中向我表示，在西班牙作家塞萬提斯（Cervantes）的小說《唐吉軻德》裡（第二部第四章），唐吉軻德要求一個詩人幫他寫一首藏頭詩，每一行詩句的第一個字母湊起來必須變成 "Dulcinea del Toboso" 這個女性的名字，但詩人感到為難，因為 "17" 是個沒有辦法除盡的質數，一般的詩不可以寫成十七行。唐吉軻德要他再多費點心思，原因是：「如果不是一眼就能看出自己的名字藏在每一行詩的第一個字母，任何女人都不會相信詩作是為她們寫的」。愛麗絲的名字 "Alice Pleasance Liddell" 有二十一個字母，這讓卡洛爾得以把這本小說的結尾詩寫成七節，每節七行，總計二十一行。

　　白棋騎士的另一個可能的靈感來源是化學家兼發明家奧古斯都・維農・哈爾科特（Augustus Vernon Harcourt），他是卡

帕特 • 安德瑞安（Pat Andrea）繪。2006 年。

洛爾常在日記中提及的友人。請參閱：M. Christine King, "The Chemist in Allegory: Augustus Vernon Harcourt and the White Knight," in *Journal of Chemical Education* (March 1983)。其他可能的靈感來源請參閱：麥可 • 漢薛的《愛麗絲系列小說插畫大師田尼爾的藝術》第七章。因為田尼爾晚年留了一副翹鬍子（而且他的鼻子跟白棋騎士很像），也有人主張田尼爾畫白棋騎士來嘲諷自己。但這種說法似乎過於牽

「真納悶，什麼是戰鬥規則呢？」愛麗絲一邊從藏身處偷偷觀戰一邊自言自語。「其中一條規則似乎是，某位騎士打中另一位，就得將他打下馬，如果沒打到，就會自己從馬上掉下來。另一條似乎是，他們要用雙臂夾住棒槌，好像木偶戲裡的潘奇與茱迪[3]。他們掉下來的聲音可真大啊！簡直像一整組火鉗掉進火爐欄杆裡！

　　　　　　　　　　　　　　　　　愛麗絲夢遊仙境與鏡中奇緣

還有，他們的馬好安靜啊！好像兩張桌子似的，任由騎士爬上爬下。」

不過，有一條愛麗絲沒有注意到的規則是，他們掉下來時似乎都是頭下腳上。最後，他們倆以同樣的方式一起掉下來，戰鬥也隨之結束。等到他們站了起來，兩人便握握手，紅棋騎士就此上馬，馳騁而去。

「這是一次令人自豪的勝利 [4]，不是嗎？」白棋騎士走過來，邊喘邊說。

「我不知道，」愛麗絲遲疑地說。「我不想成為任何人的俘虜。我想成為女王。」

「等妳越過下一條小河，妳就會成為女王。我會確保妳安全抵達森林盡頭，然後我就必須往回走了。那是我最後的棋步。」

「非常感謝你，」愛麗絲說。「我可以幫你把頭盔拿下來嗎？」顯然他沒辦法自己來，連愛麗絲都費了一番力氣才終於幫他拿下來。

THE KNIGHT AND HIS COMPANION.

杜勒（Dürer）筆下的騎士。

強，因為他在畫插畫時還沒有留翹鬍子。

田尼爾為白棋騎士畫的卷首插畫（本書第 236 頁）在許多方面都相似於阿爾布萊希特 · 杜勒（Albrecht Dürer）的蝕刻版畫作品〈騎士、死神與惡魔〉（Knight, Death and the Devil）裡的騎士。這是故意的嗎？我曾寫信給麥可 · 漢薛諮詢此事，他提

醒我注意田尼爾為《潘趣》雜誌畫的卡通（1887年3月5日出刊那一期），題名是：〈騎士與其同伴（靈感來自杜勒的知名畫作 ）〉（The Knight and His Companion [Suggested by Dürer's famous picture]）。騎士代表的是德國首相俾斯麥（Bismarck），其同伴則是社會主義。「田尼爾在畫那幅漫畫時，顯然擺了一幅杜勒的複製畫在他前面供參考，」漢薛在信裡寫道，「我的直覺告訴我，當他在畫《愛麗絲鏡中奇緣》的卷首插畫時就不需要複製畫了，因為他對於圖像的記憶力特別厲害，只要靠回想即可」。

卡洛爾寫信向田尼爾表示：「白棋騎士絕對不可以有鬢角，不能讓他看起來是個老頭。」卡洛爾在小說裡面完全沒有提及白棋騎士留有鬢角，行文也讓人看不出騎士的年紀。不管是田尼爾筆下白棋騎士的翹鬍子或者紐威爾版白棋騎士的濃膩八字鬍，都是畫家們自己加上去的。也許田尼爾感覺到白棋騎士就是卡洛爾的化身，特別把他畫成禿髮老頭的模樣，藉此來強化他與愛麗絲的年紀差距。

根據近期的發現，卡洛爾曾經親手畫一個可以用來玩遊戲的紙板。我們無從得知那遊戲的性質，但是在紙板的下側有卡洛爾寫的一行字：「獻給奧莉薇・巴特勒（Olive Butler），來自白棋騎士。1892年11月21日。」撰文描述此一發現的傑佛瑞・史騰寫道：「所以，最後我們終於可以確定，白棋騎士的確就是卡洛爾的分身」。請參閱：Jeffrey Stern, "Carroll Identifies Himself at Last" in *Jabberwocky* (Summer/Autumn 1990)。

「現在我的呼吸總算順暢多了，」白棋騎士說，他用雙手把亂亂的頭髮整理好，轉頭過去看愛麗絲，只見他的臉色和善，大大的雙眼也很溫柔。她覺得她自己一輩子還沒看過長相這麼奇特的軍人。[5]

他那一身盔甲似乎很不合身，肩頭倒掛著一個奇形怪狀的小木盒[6]，盒蓋往下掀開著。愛麗絲好奇地看著小木盒。

「我看得出妳在欣賞我的小木盒。」白棋騎士用友善的語氣說。「那是我自己發明的，可以用來擺放衣服和三明治。妳看，我隨身攜帶時把它放顛倒，雨水就進不去了。」

「但是裡面的東西就會**掉出來**了，」愛麗絲輕聲說。「你知道蓋子是打開的嗎？」

「我不知道，」白棋騎士說，一絲苦惱的表情在臉上稍閃即逝。「那所有東西一定都掉出來了！沒了那些東西，盒子也就沒有用了。」他一邊說一邊解下木盒，就在要把它丟進灌木叢裡的時候，靈機一動，轉而把它小心地掛在樹上。他對愛麗絲說：「妳猜得出我在做什麼嗎？」

愛麗絲搖搖頭。

「我希望會有一些蜜蜂在盒裡築巢，那我就可以採蜂蜜了。」

❸ 透過木偶戲角色潘奇與茱迪（Punch and Judy）這個故事的元素，也許卡洛爾是想要暗指紅白兩位騎士，都只是被看不見的棋手操縱的棋子而已，與木偶無異。值得注意的是，田尼爾與二十世紀的許多插畫家不同，因為他忠於原文，所以把兩位騎士手持棒槌的樣子畫成傳統木偶拿東西的模樣。

❹ 麥特・德馬可斯在來信中寫道，「別忘了蛋頭先生將自豪定義為『無可駁倒的論證』（a nice knock-down argument）」，也許白棋騎士在這裡就是把 "knock-down" 直白地理解為「擊倒」，所以才會說「這是一次令人自豪的勝利」。

❺ 許多研究卡洛爾的學者都推測，卡洛爾用白棋騎士來諷刺自己，而且這是有充分理由的。跟白棋騎士一樣，卡洛爾也是留了一頭蓬鬆亂髮，眼珠顏色淡藍，面容慈藹溫和。他跟白棋騎士一樣，非常擅長用顛三倒四的方式看待世間事物。而且也跟白棋騎士一樣喜歡奇怪的器具，都「擅長發明東西」。他總是思考著能不能用稍稍不同的方式來做各種事情。白棋騎士有許多發明都很靈巧，只是做出來的可能性不高，吸墨紙布丁就是一例（不過，有些東西在幾十年後經過別人重新發明，結果並非全然無用）。

卡洛爾的發明包括一個供旅人專用的西洋棋棋組，棋盤上有洞可以用來固定棋子；還有一種上面有十六個方格的紙板，是專門用於黑暗中的書寫工具，被他稱為「夜間速寫器」（Nyctograph）；還有一本上面有「兩張令人驚訝的圖畫」的郵票冊（請參閱本書《愛麗絲夢遊仙境》第六章注釋7）。他的日記裡充斥著各種關於發明的記

載，例如：「我想到可以製作一個遊戲，讓字母在棋盤上來回移動，直到形成字彙」（1880 年 12 月 19 日）；「我構思出一種新的『比例式圖畫』系統，是到目前為止我最棒的發明。……還發明出一套利用 17 與 19 來測驗數字是否除得盡的規則。今天真是充分發揮創造力的一天啊！」（1884 年 6 月 3 日）；「發明了一種膠水的替代物，一樣可以用來黏信封……還有把一些小東西固定在書上等等用途，也就是一種兩面都有膠水的紙張」（1896 年 6 月 18 日）；「想到一種更簡單的郵政匯票，做法是讓開立匯票的人填寫兩張一樣的表格，把其中一張交給郵局局長轉發出去，裡面有一組序號，收到匯票的人必須提供序號才能夠領錢。我想把這個構想，還有禮拜天加收兩倍郵資的建議都提供給政府」（1880 年 11 月 16 日）。

卡洛爾的房間裡有各種各樣玩具可供他的幼童友人玩樂，像是音樂盒、玩偶、發條動物（包括一隻會走的熊，還有一隻可以在房間裡飛來飛去，叫做鮑伯的蝙蝠）、各種遊戲，還有一個「美國的迷你手搖簧風琴」，只要用把手捲動裡面一張打了洞的紙，就能發出音樂聲。透過史都華・柯靈伍為卡洛爾寫的傳記，我們得知每逢旅行時，卡洛爾總是把每個小東西用一張紙「單獨」包好，所以他的旅行箱裡除了紙張之外，也有很多那些更有用的東西。

另一點值得注意之處在於，愛麗絲兩度於夢境歷險，在她遇見的所有人物與動物裡面，唯獨白棋騎士似乎真的很喜歡她，也特別幫助她。兩次歷險過程中幾乎只有他會用尊敬有禮的口氣跟愛麗絲講話，而且稍後在這章裡面我們也會聽到故事敘述

「但是，你的馬鞍上已經綁了一個蜂窩——或者像蜂窩的東西，」愛麗絲說。

「嗯，那是個很棒的蜂窩，」白棋騎士用不滿的語氣說。「最棒的。但還沒有任何一隻蜜蜂靠過去。另一個東西是捕鼠器。我想，若不是老鼠嚇得蜜蜂不敢靠近，就是蜜蜂嚇到了老鼠，不知道是誰嚇跑了誰。」

「我還在想那捕鼠器有什麼作用。」愛麗絲說。「馬背上不太可能有老鼠才對。」

「也許不太可能吧，」白棋騎士說。「但如果老鼠**真的**來了，我可不願意看牠們到處亂跑。」

「妳看，」他頓了一下後又說，「這樣等於有了**萬全**準備。所以我才會在馬腳上裝護環。」

愛麗絲非常好奇，她問道：「但那些護環的作用是什麼？」

「避免被鯊魚咬[7]，」白棋騎士答道。「那是我自己發明的。現在扶我上馬。我會陪妳走到森林盡頭——那盤子是幹什麼用的？」

「本來是裝水果蛋糕的，」愛麗絲說。

「盤子我們最好帶著，」白棋騎士說。「如果我們發現水果蛋糕，就派得上用場了。幫我把它放進這袋子裡。」

儘管愛麗絲小心翼翼地拉著袋口，他們還是花了很久時間才裝進去，因為白棋騎士實在是笨手笨腳的：頭兩三次還搞得自己從馬背上掉下去。「妳看，袋子裡面好擠，」終於裝進去之後他說，「裡面裝了好多燭臺啊。」接著他把袋子掛到馬鞍上，鞍上早已掛著幾捆紅蘿蔔、火鉗以及許多其他東西。[8]

他們出發時，他接著說：「妳的頭髮綁得夠牢吧？」

「只是用一般的方式綁起來而已，」愛麗絲微笑說。

「那應該不夠，」他擔心地說。「妳看，這裡的風『很濃』*耶。跟濃湯一樣濃。」

「你有發明能夠讓頭髮不被吹散的方法嗎？」愛麗絲問道。

「還沒，」白棋騎士說。「但我有辦法讓頭髮不要掉下來。」

---

*白棋騎士把 "strong" 的兩個意思「風很大」、「湯很濃」混在一起了。

者說，在鏡中世界遇到的那麼多角色裡面，白棋騎士是她記的最清楚的一個。騎士悲傷地與愛麗絲道別，也許就是暗指卡洛爾也該與愛麗絲道別，因為她長大了（成為女王），棄他而去。總之，卡洛爾在序言詩裡面說：「聲聲嘆息讓整個故事蒙上陰影」，其中最大的嘆息聲就出現在騎士與愛麗絲在夕陽下道別的場景。

在 1933 年的派拉蒙版《愛麗絲夢遊仙境》電影裡，白棋騎士一角是由賈利‧古柏（Gary Cooper）飾演。

6 這種小木盒（deal box）通常是冷杉或松木材質。

7「我認為，這裡白棋騎士說他用護環避免馬兒的腳被鯊魚咬，第一版校樣的排字工人不慎把『鯊魚』（shark）一詞裡的 "h" 字母排成 "n"，這讓卡洛爾開始想像被『蛇鯊』咬到會怎樣……而這一連串幻想也促成《捕獵蛇鯊》一書在日後問世，那本書就是這樣寫出來的。」以上引自：A. A. Milne, *Year In, Year Out* (1952)。

8 珍妮絲‧拉爾主張（請參閱：Janis Lull, *Lewis Carroll: A Celebration*），駿馬上面那些東西都是兩本愛麗絲系列小說中提及或者出現在插畫裡的，卡洛爾與田尼爾一起決定在此把它們全都畫進插畫裡：木劍與雨傘很像叮噹兄弟的木劍與雨傘，馬頭上的更夫手搖鈴也很像造成兄弟倆準備打架的手搖鈴；捕鼠器讓我們聯想到《愛麗絲夢遊仙境》的老鼠，燭臺則是預示了《愛麗絲鏡中奇緣》第九章最後出現像煙火一樣爆開的蠟燭，第九章的門上有兩個鈴，馬上也掛著一個鈴鐺；火鉗與風箱也曾出

現在愛麗絲家客廳裡鏡子的下面；至於用來防鯊魚咬的護環，則是讓我們想到愛麗絲在《愛麗絲夢遊仙境》第九章朗誦的那首詩裡也有鯊魚出現；兩把刷子與《愛麗絲鏡中奇緣》第五章裡愛麗絲用來幫白棋王后梳頭髮的梳子有關；至於水果蛋糕盤，當然就是獅子與獨角獸為王冠打架時，三月兔從小袋子裡像變魔術似地拿出來的盤子；紅蘿蔔可能是三月兔的食物；空的葡萄酒酒瓶也許暗指瘋狂茶會上三月兔要愛麗絲喝一點，但實際上卻不存在的葡萄酒，還有《愛麗絲鏡中奇緣》第九章宴會上真實的葡萄酒。

「白棋騎士有點像一位道具管理員，」拉爾簡而言之，「他身上的行頭可以用來回顧過去，也會預示接下來的事件。」

本書第 388 頁紅白騎士打鬥的插畫裡，可以看見一把傘尖是紅蘿蔔的雨傘。田尼爾筆下白棋騎士的特色原本是帶著一把雨傘，原畫請參閱：《創造仙境的藝術家》第十章，法蘭基・摩里斯著。該書作者提醒我們：「有些人仍然記得 1839 年那一場因為豪雨大水而被毀掉的艾格靈頓堡（Eglinton Park）騎士比武大會，穿盔甲的騎士與雨傘形成非常有趣的關聯性。接下的二十年之間，不斷有諷刺畫家用執傘騎士來進行創作。」

關於卡洛爾筆下白棋騎士的更多發明物，請參閱：《奧茲國的客人》第九章，馬丁・加德納著。

「我很想聽聽看。」

「首先要拿一根筆直的樹枝，」白棋騎士說。「然後，把頭髮纏上去，讓樹枝看起來像果樹一樣。如此一來，妳就不能說自己的頭髮掉**下來**，因為頭髮只是垂掛著——妳也知道，沒有東西**會**往**上**掉的。這是我自己發明的辦法。喜歡的話可以試試看。」

愛麗絲心想，這辦法聽起來不太舒服。接下來幾分鐘路程裡她始終不發一語，思索著那個辦法，時不時還得停下來幫助可憐的白棋騎士，他的騎術顯然**不怎麼樣**。

馬一直都走走停停的，每停一次他就摔一次。而且，因為馬都是突然起步，每次起步他也會往後摔。除此之外他都還算應付得來，只是他會習慣性地往左右兩邊摔下去，而且摔的剛好都是愛麗絲走路的那一邊，所以她很快就發現自己最好走得不要離馬**太**近。

當他摔到了第五次，愛麗絲又扶他上馬，並且斗膽問道：「我想你應該不常練習騎馬。」

這句話讓白棋騎士感到很意外，而且有點惹惱了他。「妳怎麼會那樣說？」他一邊說，一邊爬回馬鞍，手裡一直抓著愛麗絲的頭髮，以免從另一邊摔下去。

　　「因為常常練習的人就不會一直落馬啊。」

　　「我常常練習，」白棋騎士用嚴肅的口吻說，「常常練習！」

　　除了「真的喔？」之外，愛麗絲實在不知道該說什麼，但她盡可能讓語氣親切一點。接著他們又走了一小段路，兩人都不發一語，白棋騎士閉著眼睛，嘴裡唸唸有詞，愛麗絲則是一直盯著他，擔心他再摔下來。

　　「出色騎術的訣竅……」白棋騎士突然開口，一邊大放厥詞一邊揮舞右臂，「在於保持……」說到這裡他突然停下來，狗吃屎似地重重摔在愛麗絲行進的路線上。這次她真是被嚇到了，把他扶起來時她用很擔心的語氣問道：「你可沒摔斷骨頭吧？」

　　白棋騎士說：「沒什麼大不了的，」聽他的語氣好像斷個兩三根骨頭也無所謂似的。「如我所說，出色騎術的訣竅在於好好保持平衡。就像這樣……」

「我自己發明的」

他放開韁繩，伸出左右臂，把他所謂
的訣竅示範給愛麗絲看，這次他摔下來後
整個人躺平在馬腳邊。

「要常常練習！」愛麗絲扶他站起來，
過程中他一直複述這句話。「要常常練
習！」

「太誇張了！」愛麗絲大聲說，這次
她的耐性已經消磨殆盡。「你應該騎那種
有輪子的木馬才對，真的應該！」

「那種馬走得平穩嗎？」白棋騎士用
興味盎然的語氣問道，講話時及時用雙臂
摟住馬的脖子，差一點又掉下去。

愛麗絲說：「比活生生的馬平穩多
了。」儘管她想要盡力忍住不笑，最後還
是小聲笑了出來。

愛蘭諾・亞伯特（Elenore Abbott）繪。1916 年。

「我想弄一隻來騎，」白棋騎士若有所思地自言自語。「一兩隻，或者幾隻。」

接著他們沉默了一下下，後來白棋騎士又繼續說：「我很擅長發明。我敢說妳應該也注意到了。上一次妳扶我起來的時候，我看起來是不是若有所思呢？」

愛麗絲說：「你**的確**有點嚴肅。」

「嗯，因為我剛剛在構思一種翻越柵門的新方式。妳想聽聽看嗎？」

愛麗絲很有禮貌地說：「很想。」

「我打算跟妳說我怎麼想出來的，」白棋騎士說。「我對自己說：『想要翻過去，唯一的難處是腳太低，**頭**已經夠高了。』所以，首先我可以把頭擺在柵門頂端，然後頭下腳上倒立起來，如此一來腳就夠高了。然後我翻過去了，妳明白吧。」

「嗯，我想如果你辦得到，的確就能翻過去，」愛麗絲若有所思地說，「但你不覺得用頭倒立很難嗎？」

「我還沒試過，」白棋騎士嚴肅地說，「所以我無法確定，但我的確擔心**那**有點難。」

這念頭似乎**讓**他非常困擾，於是愛麗絲趕緊換個話題。「你的頭盔可真奇怪啊！」愛麗絲興高采烈地說。「那也是你的發明嗎？」

白棋騎士一臉驕傲地低頭看著掛在馬鞍上的頭盔。「是啊，」他說，「但我發明過一個比這一頂更好的，是糖堆狀的頭盔[9]。」

「以前戴那種頭盔落馬時，頭盔總是會先著地，所以我摔得不會太**重**。但的確也**有個**風險，那就是我會**掉進**頭盔裡。我遇過最糟的狀況是，有一次我還沒有從頭盔裡爬出來，另一位白棋騎士就走過來拾起頭盔並戴上了。他以為那是他自己的。」

白棋騎士看來完全不像在說笑，所以愛麗絲也不敢笑。「恐怕你弄傷他了吧，」她忍笑忍得聲音有點發抖。「因為你整個人都在他頭上。」

[9] 在卡洛爾那個時代，精緻糖會被製做成圓錐狀的「糖堆」（sugar loaf）。因此「糖堆」一詞才會普遍地被用來形容圓錐狀的帽子與山丘。

⑩ 法蘭基‧摩里斯猜測，白棋騎士之所以一直落馬，也許是為了反映出英王詹姆斯一世（James I）惡名昭彰的糟糕騎術。請參閱：Frankie Morris, in *Jabberwocky* (Autumn 1985)。史考特爵士（Sir Walter Scott）在小說《奈傑爵士要債記》（*The Fortunes of Nigel*）中曾提及詹姆斯一世曾打造過能夠把他固定在馬背上的特製馬鞍，而狄更斯則是在《兒童版英國史》（*Child's History of England*）裡面把詹姆斯一世封為「史上最爛騎士」。

詹姆斯一世曾於 1692 年因為馬兒失足而被摔進結冰的河水裡，當時他整個人陷了進去，只剩靴子露在外面。田尼爾筆下愛麗絲從深溝裡把白棋騎士救出來的模樣，靈感也許就來自於詹姆斯一世的那樁意外。

「我當然得踹他，」白棋騎士很認真地說。「於是他把頭盔拿了下來，但花了好幾個小時的工夫才把我弄出來。我被緊緊地卡在裡面，像閃電一樣緊。」*1

愛麗絲反駁他：「沒有人用很緊來形容閃電的吧！」

白棋騎士搖搖頭。「我可以跟妳保證，當時我就是被卡得又緊又快的。」他說這句話時，因為有點激動而高舉雙手，結果立刻從馬鞍滾了下去，一頭栽進一道深溝裡。⑩

愛麗絲立刻衝到水溝邊察看。這一摔讓她突然嚇到，因為白棋騎士已經有一段時間騎得還不錯，而且她也害怕這次他真的會受傷。不過，儘管她只能看到他的腳底，但聽見他講話聲調如常，這讓她鬆了一大口氣。「我就是被卡得又緊又快的。」他重複了剛剛的話。「但另一位白棋騎士真是粗心大意，才會把頭盔和頭盔裡的人一起戴到了頭上。」

「都已經一頭栽進溝裡了，你講話的語氣怎麼還可以保持平靜啊？」愛麗絲一邊問道，一邊拉著他的腳，把他拖到溝邊的土堆上。

*1 這又是另一個文字遊戲。"fast" 的意思是「快速的」，但也有「緊固的」這個意思。騎士把兩者混在一起了。

白棋騎士似乎對她的問題感到很訝異。「我的身體在哪裡又有什麼關係？」他說。「我還是在動腦筋。事實上，如果我能倒栽越多次，我發明的新東西就會越多。」

「其實啊，我最巧妙的一項發明是，」他頓了一下之後繼續說，「是在吃一道肉食的時候想出一種新布丁。」

「所以你就找人幫你煮布丁，變成你的下一道菜？」愛麗絲說。「喔，那你的動作還真是很快啊！」

「唉，不是當成**下一道菜**啦！」白棋騎士用若有所思的音調慢慢說。「絕對不是下一道菜。」

「那就是隔天吃囉。我想你一餐應該不會有兩個布丁吧？」

「也不是**隔天**，」白棋騎士說，「不是**隔天**。事實上，」他的頭低垂著，聲音也越來越低，「我不認為有人**曾煮過**那種布丁！而且我也不認為往後有人**會煮**那種布丁！不過那布丁還是一種很巧妙的發明。」[11]

可憐的白棋騎士似乎為此感到非常沮喪，愛麗絲想要讓他打起精神，於是問他：「那種布丁的材料有哪些？」

[11] 卡洛爾是否藉由此一插曲來暗示「布丁好不好吃，只有吃了才知道。」（The proof of the pudding is in the eating.）*2 這句諺語。

*2 意思是空談不如實證。

⓬ 在「雙值邏輯」（two-valued logic）中，這就是所謂「排中律」的例子：任何命題都只有真假可言，沒有第三種選項。有些歷史悠久的打油詩就是以「排中律」為根據而創作出來的，例如：「有個老婦住在山丘上／如果她沒搬家，就是還在山丘上」。

「首先要拿吸墨紙來當材料，」白棋騎士用悶悶的聲音答道。

「味道恐怕不會很好吧……」

「光用吸墨紙當然不好，」他急著打斷她，「但是妳不明白，只要把吸墨紙跟其他東西……例如跟火藥和封蠟混在一起，味道就會大不同。」他們剛好來到了森林盡頭。

愛麗絲不知道該說什麼，只是露出疑惑的表情。她還想著那布丁。

「妳在難過，」白棋騎士用擔心的語調說，「容我高歌一曲，安慰妳一下。」

「歌很長嗎？」愛麗絲問道，因為這一天她已經聽過很多詩歌了。

「很長，」白棋騎士說，「但非常非常美。聽過我唱這首歌的人，要不是熱淚盈眶，就是……」

「就是怎樣？」愛麗絲問道，因為白棋騎士突然停了下來。

「就是根本沒哭[12]。那首歌的歌名被稱為〈鱈魚之眼〉。」

愛麗絲想要表現出興味盎然的樣子，她說：「喔，那是歌名，對吧？」

「不是，妳有所不知，」白棋騎士看起來有點困惑地說。「我只是說那首歌的歌名**被稱為**那樣。真正的歌名叫做〈**老老先生**〉。」

「那我剛剛應該說，『那首**歌**被稱為那樣？』對吧？」愛麗絲糾正她自己。

「不，不是那樣的，那又是另一回事了！那首歌被稱為〈**方法與手段**〉[13]，但它只是被**稱為**那樣而已！」

此刻已經完全被搞糊塗的愛麗絲說：「好啦，那一首歌到底是什麼？」

「我正要說呢，」白棋騎士說。「那首歌實際上就是〈**坐在柵門上**〉[14]，曲調是我自己發明的。」

話說完後，他把馬停下來，任由韁繩落在馬的脖子上，然後慢慢地用一隻手打拍子，他那一張溫和的傻臉上露出一抹淡淡的微笑，好像對自己的歌感到陶醉不已，就此唱了起來。

在這一趟鏡中世界之旅中經歷過的所有怪事裡面，這是她永遠都記得最清楚的。多年後她還是可以回想起全部的經過，恍

[13] 卡洛爾曾於日記中寫道（1862年8月5日）：「晚餐後哈爾科特（Harcourt）與我到院長家去安排明天河上活動的相關事宜，然後留在那裡與孩子們玩一個叫做『手段與方法』的遊戲。」據說卡洛爾的後人收藏了一份由他親自書寫的遊戲規則，但似乎沒有人知道那遊戲到底是由他或別人發明的。

[14] 學過邏輯學和語意學的人都會覺得上述段落非常合理。有一首歌「本身」是〈坐在柵門上〉；那歌曲「被稱為」〈方法與手段〉；那歌曲的「名稱」是〈老老先生〉；那歌名又「被稱為」〈鱈魚之眼〉。

卡洛爾在這裡區分了幾樣東西：事物本身、事物的名號，還有事物名號的名號。〈鱈魚之眼〉是歌名的名號，因此對於邏輯學家來講，是所謂的「後設語言」（metalanguage）。如今，各種層級的後設語言，已經形成一種邏輯學家共同遵循的慣例，藉此設法避開那些自從希臘時代以來就困擾著邏輯學界的某些悖論（paradox）。恩尼斯特・奈吉爾（Earnest Nagel）曾把白棋騎士的話轉譯成邏輯符號語言，請參閱他寫的文章：Earnest Nagel, "Symbolic Notation, Haddocks' Eyes and the Dog-Walking Ordinance," in Vol. 3 of James R. Newman's anthology, *The World of Mathematics* (1956)。

羅傑・福爾摩斯寫的文章比較不那麼技術性，但對於白棋騎士那段話的分析內容一樣出色怡人，請參閱：Roger W. Holmes, "The Philosopher's *Alice in Wonderland*" in *Antioch Review* (Summer 1959)。曼荷蓮學院（Mount Holyoke College）哲學系系主任福爾摩斯教授認為，卡洛爾安排白棋騎士向讀

者表示，那一首歌就是〈坐在柵門上〉，但那卻是騙人的。因為，〈坐在柵門上〉顯然又只是另一個名稱而已。「如果要維持前後一致，」福爾摩斯教授的結論是，「當白棋騎士說，那首歌是……的時候，他只能夠立刻開始唱歌。但無論是否前後一致，白棋騎士都是路易斯・卡洛爾送給邏輯學家們的珍貴禮物。」

白棋騎士的歌一樣也展現出某種階層性，就像是某個物體的鏡像之鏡像。愛麗絲難以忘懷的白棋騎士跟歌裡的「老老先生」，他們一樣都是怪人：騎士也許是卡洛爾的鏡像，他藉由騎士來嘲諷自己，至於騎士難以忘懷的「老老先生」，則也與騎士相呼應，所以「老老先生」可說是鏡像的鏡像。也許「老老先生」也反映出卡洛爾對自己的看法——一個寂寞而沒人愛的老頭。

⓯ 卡洛爾有一雙淡藍色眼睛嗎？根據紀錄，可不是這麼一回事！有人說他有藍色的眼睛，也有人說是灰色的。他的眼睛可能是灰色中稍稍著一點藍色，所以有時候看起來是灰色的，有時候因為光線改變，就變成淡藍色。請參閱：Matt Demakos, "To Seek It with Thimbles, Part II," in *Knight Letter* 81 (Winter 2008)。

⓰ 1856 年，《火車》（*The Train*）雜誌用卡洛爾這個筆名刊出一首詩歌，後來經過修正擴充後，就變成了白棋騎士在這裡吟唱的詩歌。原版的詩歌如下：

〈寂寞的沼澤上〉
（Upon the Lonely Moor）

在寂寞的沼澤上
我遇見一位老老先生：
我知道我是紳士，

如昨日，包括白棋騎士的淡藍色眼睛 ⓯ 與暖暖的微笑，夕陽餘暉灑在他頭髮上的樣子，還有映射在盔甲上，讓她覺得好刺眼的光芒。馬兒走來走去，韁繩垂掛在脖子上，靜靜地吃著腳邊的草。還有後面那座森林的一片片黑色陰影，這一切都像一幅畫那般讓她銘記在心，而此刻她用一隻手遮掩住雙眼上方，背靠著一棵樹，看著奇怪的騎士與馬兒，像半夢半醒似地傾聽著陣陣憂鬱歌聲。⓰

「但那曲調並**不是他自己發明的啊**，」她對自己說，「那是〈**我已付出所有，毫無保留**〉。」她站著仔細傾聽，但是並未流淚。

我來跟你說個故事：
但沒什麼特別的意思。
只見有個老老先生，
坐在柵門上。
「老先生，您哪位？」我說，
「您靠什麼過活？」
他的答案從我左耳進，右耳出，
有如流水穿越篩子。

他說，「我在找蝴蝶，
它們沉睡於麥田裡，
我把它們做成羊肉派，
拿到街上去賣，
把派賣給人，」他說，
「賣給討海人，
這是我的謀生之道——
微不足道，請別嫌棄。」

但我內心打著算盤
打算把人們的鬍子染綠，
而且總是用一把巨扇
把綠鬍子給遮起來。[17]407頁
所以我對老人的話
可說是無言以對，
只能大聲說，「說出你的謀生之
道！」
砰砰重擊他的頭。

老人柔聲娓娓道來：
他說，「我總是四處奔波，
每當發現山裡有小河，
一把大火燒乾淨。
出現一種東西，

他們稱為羅藍牌望加錫髮油[18]408頁——
辛辛苦苦忙一場，
只到拿小錢一點點。」

他卻只是個老粗。
所以我停下來質問他，
「喂，跟我說你靠什麼過活！」
但他的話我毫無印象
我的耳朵如篩，聽完即忘。

他說，「我在麥田裡
尋找肥皂泡泡，
把它們烤成羊肉派，
拿去街上賣。
把派賣給人，」他說，
「賣給討海人，
這是我的謀生之道——
微不足道，請別嫌棄。」

但我內心打著算盤
想找出用十乘以任何東西的方式，
而且總是能在答案中，
把問題找回來。
我沒把老人的話聽進去，
只是一腳踢下去，要他安靜，
接著又對他說，「喂，說出你的謀生
之道！」
用力掐他的手臂。

老人柔聲娓娓道來：他說，
「我總是四處奔波，
每當發現山裡有小河，
一把大火燒乾淨。
出現一種東西，
他們稱為羅藍牌望加錫髮油——
辛辛苦苦忙一場，
只到拿小錢一點點。」

但我內心打著算盤
打算把人們的鞋子染綠，
與草地的綠色如此相似
讓鞋子不會被看見。
所以我突然給了老人一巴掌，
再次質問他，

「我自己發明的」

只能大聲說，「說出你的謀生之道！」
用力拉扯他的灰白頭髮，
讓他疼痛不已。

他說，「石楠叢中我尋覓，
鱈魚眼睛一雙雙，
靜靜的夜裡我幹活，
眼睛做成背心鈕扣。
背心鈕扣金不換
也不用銀幣閃亮亮
只需銅幣半便士，
就能買到九個鈕扣。」

「有時我挖奶油蛋捲，
或用黏膠樹枝抓螃蟹：
有時候我在長花的小丘上
尋找計程馬車的車輪。」
他對我眨眼說，
「我賺錢的方式就是如此——
而且我樂於舉杯暢飲啤酒
祝閣下無病又健康。」

這回我有聽進去，只因我
剛剛完成一發明
若要美奈大橋不生鏽
只需把它用酒煮。
臨別前我有好好感謝他，
儘管他的故事如此奇怪，
但主要是感謝他的好心
舉杯祝我無病又健康。

如今每當我偶然間
把手指插進漿糊，
或匆忙間把右腳
擠進左邊鞋子裡，
或是我說了什麼
自己也不確定的話，
我總會想起寂寞沼澤上
那奇怪的老老先生在閒晃。

「但我內心打著算盤
打算把麵糊當三餐，
一天一天又一天，
每天都胖一點點。」
我把他用力左搖右晃，
直到他的臉色鐵青：
「說出你的謀生之道！」
我大叫，「還有你都在幹什麼！」

他說，「石楠叢中我尋覓，
鱈魚眼睛一雙雙，
靜靜的夜裡我幹活，
眼睛做成背心鈕扣。
背心鈕扣金不換，
也不用銀幣閃亮亮，
只需銅幣半便士，
就能買到九個鈕扣。」

「有時我挖奶油蛋捲，
或用黏膠樹枝[19]抓螃蟹：
有時候我在長草的小丘上
尋找計程馬車的車輪[20]。」
他對我眨眼說，
「我賺錢的方式就是如此——
而且我樂於舉杯暢飲
祝閣下無病又健康。」

這回我有聽進去，只因我
剛剛完成一發明，
若要美奈大橋[21]不生鏽，
只需把它用酒煮。
我感謝他把謀生方式，
一五一十向我說明，

更感謝他希望舉杯，
祝我無病又健康。

如今每當我偶然間
把手指插進漿糊，
或匆忙間把右腳
擠進左邊鞋子裡，
或是有東西
重重摔在腳趾上，
我總是會哭泣流淚，
只因想起相識一場的老老先生——

他的面容溫柔，講話慢吞吞，
他的頭髮潔白更勝皚皚白雪，
他的臉似烏鴉，
炯炯眼神如炬23，
  409 頁
悲傷似乎讓他分心，
身體前後搖來搖去，
喃喃低語含含糊糊，
如果嘴裡都是麵糊，
就會像隻水牛打呼——
在很久以前的夏夜裡，
老老先生坐在柵門上。

唱到最後幾個字時，白棋騎士拿起韁繩，牽著馬往他們的來時路走過去。「只要從山丘往下再走個幾碼，」他說，「越過小河，妳就會變成女王了。不過，妳會待在這裡，目送我離開吧？」此刻愛麗絲往他指的方向看過去，眼神熱切，他又補了幾句：「我不會花妳太多時間。妳會等

〈寂寞沼澤上〉是卡洛爾為了詩人田尼生之子萊諾（Lionel）而寫的。卡洛爾對於這一首詩的來源之所以說明，原來是出現在他 1862 年 4 月某一天的日記裡。跟他的一部分日記一樣，那一篇日記如今已經佚失，但在史都華·柯靈伍為卡洛爾寫的傳記裡仍可以看見：

> 午餐過後，我去田尼生他家，要哈蘭（Hallam）和萊諾在相簿上簽名*。我也和萊諾約定好要交換我們倆的詩歌草稿。這次協議可真難敲定，一開始我幾乎絕望，因為他訂了好多條件：首先，我要陪他玩一盤棋，最後我好不容易把一整盤棋縮減為兩邊各下十二步棋。不過這沒什麼差別，因為我在第六步就把他給將死了。其次，我要讓他用木槌搥一下頭（最後他同意放棄這條件）。我忘記是否還有其他條件，但最後我真的拿到了他的詩稿，為此我也寫出了〈寂寞沼澤上〉給他。

＊當時田尼生的兩個兒子分別只有十歲與八歲，卡洛爾幫他們拍了照片。

「寫〈坐在柵門上〉的時候，」卡洛爾在一封信裡面表示，「儘管風格與詩韻不像，但在情節方面我諧仿了華茲華斯的詩作〈決心與獨立〉（Resolution and Independence），這首詩總是讓我覺得很有趣（不過，它絕對不是什麼打油詩），因為華茲華斯持續質問那可憐而年邁的捕水蛭人，要他把自己的故事都說出來，但卻又不注意聽，實在是太荒謬。華茲華斯讓那首詩以道德教誨收尾，不過我並未遵守他提出的行為規範。」請參閱：*The Letters of Lewis Carroll*, edited by Morton Cohen, Vol. 1, page 177

過去我在編第一版《注釋版：愛麗絲系列小說》（1960年出版）的時候，曾經把華茲華斯的那一首詩完整收錄在書裡。這次因為篇幅的關係，已經被我刪掉了。

卡洛爾肯定是把自己比擬為歌裡的那一位「老老先生」，而且與白棋騎士相較，他與愛麗絲的年齡差距又更大了。在創作短篇故事〈伊莎的牛津之旅〉時，卡洛爾就是自稱為「老老先生」，整篇日記裡都使用 "the A.A.M." 這個簡稱。當時卡洛爾的年紀是五十八歲。在寫信給他那些孩童友人時，他也常常自稱為「老老先生」。

整體而言，華茲華斯的那首詩還算不錯，不過我也知道它曾被節錄在一本很好笑的詩集《貓頭鷹標本》（The Stuffed Owl）裡，編者是溫漢・路易斯（D. B. Wyndham Lewis）與查爾斯・李伊（Charles Lee），他們收錄了許多爛詩在書中。

白棋騎士那首歌的頭幾行諧仿了華茲華斯的詩句，包括「我會把一切告訴你」，還有「我會盡可能提供幫助」，不過出處是他比較不喜歡的一首詩〈荊棘〉（The Thorn）的原版。白棋騎士吟唱老老先生的故事時，旋律是採用一首叫做〈我已付出所有，毫無保留〉（I give thee all, I can no more）的歌曲，而華茲華斯的詩句也呼應了這首歌的主題。〈我已付出所有，毫無保留〉只是那一首歌的別稱，真正曲名應該是〈我的心與魯特琴〉（My Heart and Lute），原本是湯瑪斯・摩爾（Thomas Moore）寫的詩，後來被配上了英格蘭作曲家亨利・羅利・畢夏普爵士（Sir Henry Rowley Bishop）的音樂。卡洛爾的歌曲遵循了摩爾原始詩作的格律與詩韻。

我走到路上那個轉彎處的時候，對著我揮揮手帕吧？我想我會歡欣鼓舞的。」

「我當然會等你，」愛麗絲說，「我也很感謝你陪我走了那麼遠，也感謝你唱歌，我很喜歡。」

「希望如此，」白棋騎士的語氣有點疑慮，「但妳沒有哭，跟我想的不一樣。」

於是他們倆握握手，騎士便慢慢地走進森林了。「我想，就算目送他離開也花不了多少時間的，」愛麗絲站著看他時對自己說。「他又摔下來了！一樣是摔了個倒栽蔥！不過他很容易又爬了上去……因為馬上面實在掛了太多東西……」她就這樣一邊看著馬兒在路上漫步，一邊自言自語，白棋騎士則是持續摔下來，一會兒從這邊，一會兒又從另一邊。等摔到第四、五次時，他已經來到了轉彎處，於是她對著他揮揮手帕，直到他不見蹤影。[24]
409頁

「希望這能讓他歡欣鼓舞，」她一邊轉身從山丘往下走，一邊說，「越過這最後一條小河，我就是女王了！聽起來好氣派！」走個幾步路她就來到了小河邊。[25] _{409頁} 「終於到了第八格！」她跳過小河時這樣大聲說著。

＊　　　＊　　　＊　　　＊
＊　　　＊　　　＊
＊　　　＊　　　＊　　　＊

她就這樣倒在一片苔蘚似的柔軟草地上休息，身邊處處佈滿了花床。「喔，真高興能夠來到這裡！咦，我頭上的東西是什麼？」她於驚慌之餘大叫一聲，雙手往上一摸，那東西沉甸甸的，緊緊套在她的頭上。

「可是，這東西怎會不知不覺就來到我頭上？」她對自己說，同時她把那東西拿起來，擺在大腿上，看看是什麼。

結果，是一頂金色王冠 [26] _{409頁}。

「白棋騎士的性格，」卡洛爾在一封信裡面寫道，「與那首詩的敘述者是相互呼應的。」從原版〈寂寞沼澤上〉第三節提及敘述者在想乘法問題看來，那個敘述者的確就是暗指卡洛爾本人。很可能卡洛爾把摩爾的抒情詩當成一首白棋騎士（或者說他本人）想要唱，但卻不敢唱給愛麗絲聽的情歌。摩爾那首詩的全文如下：

> 我已付出所有——毫無保留——
> 儘管我給的不多；
> 我能給妳的
> 只有我的心與魯特琴。
> 琴音溫柔，歌聲流瀉出
> 靈魂的滿滿愛意；
> 我的心意更非琴音可及，
> 裡面藏著多少心緒。
>
> 唉！愛意與歌曲也許無法
> 阻擋人生的烏雲，
> 但至少它們可以讓烏雲快快散去，
> 若是烏雲不走，也可以設法閃避。
> 人生在快樂之際，難免因為擔憂，
> 偶爾會突然出現嘈雜噪音，
> 且讓愛意從琴弦輕輕掠過，
> 自然會再次甜蜜得像水果！

⑰ 哲學家羅素在《相對論入門》（*The ABC of Relativity*）一書第三章引述了這四行詩句，把它們應用在所謂的羅倫茲-費茲傑羅收縮假設（Lorentz-Fitzgerald contraction hypothesis）上。這種假設是針對邁克生-莫雷實驗（Michelson-Morley experiment）所做出的最早回應之一，其目的是說明該實驗為何無法偵測出地球轉動對於光的速度有何影響。根據該假設，物體的確會順著自身運動的方向縮小，但是因為所有測量桿也都縮短了，所以它們跟

「我自己發明的」

白棋騎士的扇子一樣，無法測量出物體長度的改變。

亞瑟‧史丹利‧艾丁頓也在《物理世界的本質》第二章裡引述同樣的四行詩，但那些詩句在他的論述中具有更重大的暗喻功能：大自然顯然有一種自我隱藏的慣性，永遠會設法讓我們無法看出自然界的基本結構性方案。

在本章注釋 16 所引述的卡洛爾較早詩作〈寂寞的沼澤上〉裡，被漆成綠色的是鞋子。

⑱ 根據《牛津英語詞典》的描述，這種髮油是一種「用於頭髮的油膏，曾於十九世紀初期由製造商（羅藍父子公司〔Rowland and Son〕）進行誇張不實的廣告，他們聲稱油膏裡含有來自望加錫（Macassar）的材料。」拜倫（Byron）曾於其長詩《唐璜》（Don Juan）第一部第十七節寫道：

> 她的優點是沒有任何塵俗事物可以比擬的，
> 只有你那無與倫比的望加錫髮油除外！

因為這種髮油實在太流行，所以也衍生出 "antimacassar" 一詞：那是某種放在椅背上或沙發上方的布套，避免椅子與沙發被望加錫髮油弄髒。

萊斯里‧克林格爾（Leslie Klinger）在他編釋的福爾摩斯系列小說裡曾收錄了一份羅藍父子公司的望加錫髮油廣告。請參閱：New Annotated Sherlock Holmes (Norton, 2004), page 428。他在注釋裡面寫道，那種髮油包含依蘭香油（ylang-ylang；從某種亞洲熱帶樹木提煉出來的香油）成分。他還說，"macassar" 衍生自 "Makasar"，就是位於印尼的望加錫城 *，如今已經改名為烏戎潘當（Ujung Pandang）。

*目前名字又已經改回望加錫。

⑲ 黏膠樹枝是指上面有鳥膠（或任何有黏性的物質）的樹枝，其用途是捕鳥。

⑳ 計程馬車是指 "Hansom-cab"，一種有加蓋式乘客座位的雙輪馬車，車夫的座位比乘客座位高，設在馬車後方。這種馬車是維多利亞時代英格蘭地區的計程馬車。

㉑ 美奈大橋（Menai Bridge）是一座橫跨威爾斯北部美奈海峽的橋，一開始這座橋的主結構是兩道可供火車通行其中的鑄鐵材質巨大方型鋼管。卡洛爾小時候曾經與家人一起穿越美奈大橋，到某處去度長假。到了 1938 至 1946 年之間，美奈大橋才被改建為鋼鐵材質的吊橋，沿用迄今。請參閱：Ivor Wynne Jones, "Menai Bridge," in Bandersnatch 127 (April 2005)。

㉒ 在此卡洛爾是不是暗指一個古代迷信？在《探掘巫術》（The Discovery of Witchcraft，1584 年出版）一書裡面，雷吉諾‧史考特（Reginald Scot）寫道：「遭逢厄運的人應該想想看自己的襯衫是否裡外穿反了，或是右腳穿到了左邊的鞋。」根據記載，羅馬皇帝奧古斯都（Augustus Caesar）也有拉丁文中 "praepostere" 的迷信，但如果是根據老普林尼（Pliny the Elder）的《博物志》（Natural History，大約西元 77 到 79 年間問世）一書之譯文，是指他忌諱鞋子左右腳穿反，但若是根據蘇埃托尼烏斯（Suetonius）的《羅馬十二

帝王傳》（*De vita Caesarum*，大約西元121 年），那就是指穿鞋的順序顛倒了。此外，薩謬爾・巴特勒（Samuel Butler）的敘事詩《休迪布拉斯》（*Hudibras*，1663到 1668 年之間問世）也曾提到這件事：

> 奧古斯都一看見
> 左邊的鞋穿在右腳上
> 就覺得那天他會遭人弒殺……

關於此一議題的詳盡討論，請參閱日本路易斯・卡洛爾學會會刊上的一篇文章：August A. Imholtz, Jr., "'A Left-Hand Shoe': A German Pun in *Through the Looking-Glass*," in *Mischmasch*, No. 5 (2001)。上述文章提及的雙關語涉及了「左邊的鞋」（left-hand shoe）一詞與德文中「手套」（Handschuh）一詞之間發音的相似性。

㉓ 物理學家大衛・佛瑞雪（David Frisch）提醒我注意這詩句與華茲華斯的詩〈決心與獨立〉有相似之處。那首詩第十二節最後兩行在還沒修改付印之前，是這樣寫的：

> 他用愉悅與驚訝的語氣回答我，
> 說話時眼神如火炬炯炯有神。

㉔ 白棋騎士回到了棋格 KB5，那是他抓到紅棋國王之前待的地方。

因為騎士在棋盤上只能走「L 型」的路線，如同他在幾個段落前所說的，他的棋步是在路上「轉彎」。透過此一場景，卡洛爾顯然打算描繪自己的心境：他希望愛麗絲長大後也能有這種感覺，並且願意與他道別，而這可以說是英國文學史上最令人惟心的小故事之一。對此，沒有人說得比唐諾・瑞金（Donald Rackin）更

具說服力：「在這場景中，只見愛意稍縱即逝，若有似無，而且又是如此複雜與矛盾；在這一段忘年之愛裡面，那孩子是如此充滿潛力，自由自在，變動不居，持續長大，而那個男人卻非常無能，畫地自限，人生陷入停滯，甚至往下墜落。」請參閱他的文章：Donald Rackin, "Love and Death in Carroll's *Alices*" in *Soaring with the Dodo: Essays on Lewis Carroll's Life and Art*, edited by Edward Guiliano and James Kincaid。

㉕ 本來此處有個〈假髮黃蜂〉的插曲被卡洛爾擺在這裡。田尼爾在一封信件中勸卡洛爾把「那一章」刪掉，儘管如此，根據各種證據顯示，其實那只是這整章裡面的較長段落，即便把它刪掉了，本章還是《愛麗絲鏡中奇緣》裡最長的一章。本書也將〈假髮黃蜂〉收錄了進來，由我為它寫了一個引言，還有一些注釋。

㉖ 愛麗絲已經跳過最後一條小河，如今來到了棋格 Q8，也就是女王那一縱列的最後一格。在此該對不熟悉西洋棋的讀者交代一下：當棋子走到棋盤的最後一排，那棋子就可以被棋士拿來當成任何一種棋子使用，通常是變成整個棋盤上威力最強大的棋子，也就是「女王」。

羅夫・史戴曼（Ralph Steadman）繪。1973 年。

第九章

愛麗絲女王

① 因為紅棋王后移往白棋國王的棋格，如此一來，愛麗絲左右兩側都各有一位王后。此一棋步讓白棋國王被紅棋王后給將軍了，只是紅白雙方似乎都沒有注意到這一點。

紅棋王后移到白棋國王的棋格後，為什麼沒有人注意到白棋國王被她給將軍了？艾佛‧戴維斯（Ivor Davies）曾撰文討論過「鏡中世界棋局」的問題。卡洛爾圖書室中收藏的西洋棋書籍之一是喬治‧沃克（George Walker）寫的《棋局之藝術》（*The Art of Chess-Play*，1846年出版），根據這本書第二十條規則的記載，「將對手將軍時，為了對對手表示敬意，你一定要大聲說出『將軍』，否則他不必然會注意到，還是會繼續下棋，好像沒有被將軍一樣。」

「紅棋王后並未大聲說『將軍』，」戴維斯評論道，「但她的沉默是很合理的，因為她在抵達白棋國王那個棋格時曾對愛麗絲說……『有人跟妳講話妳才能開口！』既然沒有人跟她講話，如果她大聲說『將軍』，那就打破了自己立下的規矩。」請參閱：Ivor Davies, *The Anglo-Welsh Review* (Autumn 1970)。

A.S.M. 迪金斯是世界級的「仙靈棋謎」

「哇，好棒喔！」愛麗絲說。「真沒想到我這麼快就變成女王了——女王陛下，請聽我說，」她改用嚴肅的口吻繼續說（她向來喜歡責罵自己），「像妳這樣懶洋洋地躺在草地上，成何體統！女王要展現出尊貴氣勢啊！」

所以她站起來四處走一走。剛開始因為怕王冠掉下來，走路的姿勢還有點僵硬，但她安慰自己：反正也沒有人在旁邊看她，坐下時她對自己說，「而且，假使我真的是個女王，應該很快就能應付得來的。」

這裡的每一件事本來就都很奇怪，所以當她發現紅白兩位王后正坐在她的兩側，她可是一點也不覺得訝異[1]：她還真想問她們是怎麼到那裡去的，唯恐太不禮貌而作罷。不過，她覺得若是問問這一盤棋是否已經結束，倒是無傷大雅，所以她怯生生地看著紅棋王后問道：「可否請您

告訴我⋯⋯」

「有人跟妳講話妳才能開口！」紅棋王后厲聲打斷她。

「但如果大家都遵守這規則，」總是喜歡跟人抬槓一下的愛麗絲說，「如果只有別人先跟我們開口，我們才能講話，那麼就會變成所有人都在等待別人先開口，到時候也就不會有任何人開口說話了，所以⋯⋯」

「太荒謬了！」紅棋王后說。「怎麼，妳這孩子還不懂嗎⋯⋯」說到這裡她皺皺眉頭，停了下來，一會兒過後才突然改變話題。「妳說，『假使我真的是個女王』，那是什麼意思？妳有資格稱呼自己為女王嗎？妳應該知道，除非經過嚴格考驗，妳是不能成為女王的。考驗越快開始越好。」

「我只是說『假使』而已！」愛麗絲用可憐兮兮的語調幫自己辯解。

紅白王后對看了一下，紅棋王后身體微微顫動地說，「她**說**她剛剛只是說『假使』而已⋯⋯」

「但她**說**的話肯定不只那樣而已！」白棋王后雙手互擰，低聲地說。「喔，遠遠超過那兩個字！」

專家，他也曾經寫過一篇文章，透過分析來說明卡洛爾的棋局裡，混合了各種不同「仙靈棋謎」的規則。他請我們注意沃克在《棋局之藝術》一書提出的第十四條規則，令人難以置信的是，根據該規則，如果對手並未反對的話，棋手可以一次連續走許多棋步！請參閱：A. S. M. Dickins, "Alice in Fairyland" in *Jabberwocky* (Winter 1976)。

彼得・布萊克（Sir Peter Blake）繪。1970 年。

愛麗絲女王

「所以啊，」紅棋女王對愛麗絲說，「永遠都要講真話，三思過後再開口，講完後要記下來。」

「我很確定我的意思不是……」愛麗絲才講到這裡，紅棋王后就不耐煩地打斷她。

「這就是我要抱怨妳的地方！妳應該說有意義的話才對！一個說話沒有意義的小孩有什麼用？就連笑話也該有一些意義才對——而且，我想孩子應該比笑話還重要才對。就算妳用兩隻手，也不能否認這一點吧。」

「我可不會用**兩隻手**來否認事情，」愛麗絲反駁道。

「沒有人說妳用雙手，」紅棋王后說。「我是說，就算妳用雙手，也辦不到。」

愛麗絲夢遊仙境與鏡中奇緣

「現在她的心態就是那樣，」白棋王后說，「她想要否認些**什麼**——只是不知道自己該否認什麼。」

「這種個性可真是卑鄙惡毒啊，」紅棋王后說完後，四周陷入一兩分鐘的沉默，令人感到不自在。

打破沉默的是紅棋王后，她對白棋王后說：「我邀請妳來參加今天下午為愛麗絲女王辦的盛宴。」

白棋王后微微笑道：「我也邀請妳。」

「我還不知道有為我辦的宴會，」愛麗絲說，「但如果真的**有**，我想**我**應該邀請其他賓客。」

「我們已經給妳邀請賓客的機會了，」紅棋王后說，「但我敢說妳應該還沒上過多少禮儀課吧？」

「課程不是用來教禮儀的，」愛麗絲說。「課程教的是算數之類的東西。」

「那妳會加法嗎？」白棋王后問。「一加一加一加一加一加一加一加一加一，等於多少？」[2]

「我不知道，」愛麗絲。「我來不及算。」

2 范・巴列塔（Van Barletta）主張，白棋王后持續逼問愛麗絲的情節，也許是用來諧仿當時非常流行的《262個問答：孩童的知識指南》（*262 Questions and Answers, or The Children's Guide to Knowledge*）一書。這本書的作者原本署名「某位女士」（a Lady），但實際上就是芬妮・恩菲比（Fanny Umphelby，1788到1852年）*，此書在1828年初版，最後一共發行了六十幾版。

＊原文寫1728年，係誤植。

「她不會加法，」紅棋王后也來插嘴。「妳會減法嗎？八減九等於多少？」

「八減九我不會，」愛麗絲立刻答道，「但是……」

「她不會減法，」白棋王后說。「那妳會除法嗎？一大塊麵包除以一把刀──答案是多少？」

「我想……」愛麗絲開口說，但紅棋王后搶著幫她回答，「答案當然是奶油麵包。再換個減法的題目。一隻狗減掉一根骨頭，答案是多少？」

愛麗絲想了一下才說：「如果被我拿走，骨頭當然就不在了，而且狗也不在了。牠會來咬我──所以我也確定**我**不該繼續待在那裡！」

「所以妳覺得沒有東西會剩下來？」

「我想那就是答案。」

「妳又錯了，」紅棋王后說，「狗的脾氣還在。」

「我不懂，怎麼會……」

「當然，妳自己想一想！」紅棋王后大聲說。「狗會發脾氣，對吧？」

「也許會，」愛麗絲小心翼翼地答道。

　　紅棋王后很得意，她大聲說：「所以說，如果狗走了，牠的脾氣就會留下來啊！」

　　愛麗絲盡可能用嚴肅的語氣說，「牠們也可能會分頭走掉。」但她心裡不禁這麼想：「我們都在胡說八道些什麼啊！」

　　紅白王后異口同聲地強調：「她根本就不會算數！」

　　「那妳會嗎？」愛麗絲突然轉身對白棋王后說，因為她不喜歡像這樣一直被挑毛病。

　　白棋王后倒抽一口氣，閉上雙眼。「我會加法，但是必須多給我一點計算時間——但無論時間多寡，我都不會減法！」

　　「妳應該會背英文字母吧？」紅棋王后說。

　　愛麗絲說：「我當然會。」

　　「我也會，」白棋王后低聲說，「親愛的，以後我們會常常一起背的。告訴妳一個祕密……我會唸那種只有一個字母的單字喔！很棒吧！不過，妳可別洩氣。遲早妳也可以學會的。」

法蘭西絲卡・特莫森（Franciszka Themerson）繪。1946 年。

說到這，紅棋王后又開口了：「妳會回答一些常識問題嗎？」她說。「麵包是怎麼做出來的？」

　　「**這我知道**！」愛麗絲興沖沖地大聲說。「拿一些麵粉⋯⋯」

　　「要去哪裡摘花？」白棋王后問她。「到花園裡，還是樹叢裡？」

　　「唉，我說的不是用**摘**的花，」愛麗絲解釋道，「是**磨**出來的──」

　　「土地？有多少畝？」* 白棋王后說。「像妳這樣講得丟三落四，不可以喔。」

　　「幫她的頭搧搧風！」紅棋王后急著打岔。「這樣一直想東西，她會發燒的。」所以她們開始拿一大把樹葉幫她搧風，直到她拜託她們停下來，因為頭髮都被搧亂了。

　　「她現在沒事了，」紅棋王后說。「妳懂外語嗎？fiddle-de-dee 的法文是什麼？」

　　愛麗絲一本正經地答道：「fiddle-de-dee 可不是英文。」

＊「磨」（過去分詞）跟「土地」同音，都是 "ground"。

③ 塞爾文・古艾柯與其他幾位來信者都猜測，紅棋王后的話可能是暗指棋局中「起手無回」的規矩。一旦出手，「就得接受後果」。現代西洋棋的規則甚至更為嚴格，光是不小心碰到某個棋子，它就算是已經被動過了。

④ 卡洛爾特別喜歡星期二這個日子。「今天都待在倫敦，」他曾在 1877 年 4 月 10 日星期二這天在日記裡寫道。「（就像我一生中許多星期二一樣，）今天是個令人愉悅的日子。」卡洛爾之所以那麼高興，是因為他在這天認識一個很乖的小女孩，他說：「大概是我這輩子見過最漂亮的小孩（無論是就臉蛋或身形而言）。任誰都會想幫她拍個一百張照片。」

「有人說那是英文嗎？」紅棋王后說。

這一次，愛麗絲心想她找到了解套的方式。「如果妳告訴我 fiddle-de-dee 是什麼文，我就跟妳說它的法文是什麼！」她得意地大聲說。

但紅棋王后只是挺直身子說：「王后從不跟人談條件的。」

愛麗絲心想：「我倒希望王后從來不問問題。」

「別鬥嘴了，」白棋王后用焦慮的語氣說。「閃電的成因是什麼？」

「閃電的成因，」愛麗絲覺得自己挺有把握，於是用堅定的語氣說，「是打雷——喔，不對！」她趕緊糾正自己。「我的意思是，是因為有閃電才會打雷。」

「說過後再修正就太晚了，」紅棋王后說。「所謂『覆水難收』，妳必須承擔後果。」[3]

「說到雷電，倒讓我想起……」白棋王后一邊說，一邊低頭往下看，緊張地一會兒雙手互摶，一會兒又鬆開，「**上個星期二下了一場大雷雨**……妳知道吧，我說的是上一組星期二裡面的某一天。」[4]

愛麗絲夢遊仙境與鏡中奇緣

愛麗絲困惑地說：「在我們的國家，日子都是一天天算的，不能用一整組來算。」

紅棋王后說：「那你們的規矩也太糟糕，太淺薄了。我們這裡大多是兩三個白天或者晚上一起過的，有時候在冬天，為了要取暖，最多甚至可以連續五個晚上一起過。」

愛麗絲斗膽問道：「那五個晚上連在一起過，就比一個晚上暖和嗎？」

「當然，暖和五倍。」

「但是，根據同樣的規則，應該也會寒冷五倍——」

「就是這樣！」紅棋王后大聲說。「暖和五倍，也寒冷五倍——就像我比妳有錢五倍，也聰明五倍！」[5]

愛麗絲嘆口氣，認輸了。「就像在猜沒有謎底的謎題啊！」[6] 她心想。

「蛋頭先生也遇上了那一場雨，」白棋王后低聲繼續說，好像在自言自語似的。「他來到門前，手裡拿著一支拔塞鑽……」

「他想幹嘛？」紅棋王后說。

[5] 很容易忽略的一點是，紅棋王后在此其實暗指「有錢」與「聰明」是相反的，就像「暖和」與「寒冷」一樣。

[6] 「沒有謎底的謎題」：瘋帽匠提出「烏鴉與書桌」謎題一樣也是沒有解答。

7 愛麗絲在此處回想起第六章蛋頭先生唱的那首歌,他在歌裡面提及要拿拔塞鑽去叫醒魚兒,因為牠們不聽他的話。

在此,愛麗絲也許並未被打斷。因為她回想起到的,可能是那首詩歌裡的以下這一組不完整對句:

小魚告訴我
先生,我們辦不到,只因——

8 茉莉・馬丁在來信中向我表示,白棋王后想起雷雨時屋頂被掀開,雷還打進了屋裡,這也許是暗指西洋棋棋盒的蓋子被打開,棋子在盒裡滾來滾去,棋士隨即開始把棋子拿出來,或者全部倒在桌上。

「他說他想進去,」白棋王后接著說,「因為他想要找一隻河馬。結果,那天早上屋子裡根本沒有河馬。」

愛麗絲用驚訝的語氣問道:「那平常有囉?」

「嗯,只有每週四有,」白棋王后說。

「我知道他去幹嘛,」愛麗絲說。「他想要去懲罰那些魚,因為……」[7]

此刻白棋王后又回到剛剛的話題:「妳絕對想像不到那一場雷雨**有多大**!」(紅棋王后說,「她**根本就沒有**思考的能力啊!」)「有一部分屋頂被掀掉了,好多雷跑了進去……在屋裡一堆堆滾來滾去[8]……撞倒了許多桌子和其他東西……害我怕到連自己的名字都記不得了!」

愛麗絲心想:「發生意外的時候,我從來沒有去**想**過自己叫做什麼名字!想那有什麼用?」但她沒有說出這想法,唯恐可憐的白棋王后傷心。

「女王陛下,請您原諒她,」紅棋王后一邊對愛麗絲說,一邊把白棋王后的一隻手拉過去,輕輕地拍打,「她沒有惡意,只是常常忍不住會說一些蠢話。」

白棋王后怯生生地看著愛麗絲，愛麗絲覺得自己該說一些話來安慰她，但在那當下還真的不知道要說些什麼。

　　「自小她沒有受過什麼好的教養，」紅棋王后接著說，「但她的脾氣真是好得沒話講！妳可以拍拍她的頭，就知道她會有多高興。」但愛麗絲還是不敢這麼做。

　　「只要對她好一點……用紙捲幫她捲頭髮 [9]……對她會有很大的好處……」

　　白棋王后嘆了一大口氣，把頭靠在愛麗絲的肩上。「我好睏，」她低聲說。

　　「她累了，好可憐喔！」紅棋王后說。「把她的頭髮順一順……借妳的睡帽給她……唱一首搖籃曲哄她入睡。」

　　「我沒帶睡帽，」她一邊順順白棋王后的頭髮，一邊說，「我也不會唱任何一首能哄人入睡的搖籃曲。」

　　「那我就得自己來了，」紅棋王后說完後就開始唱： [10]

　　寶寶睡喔，快快睡在愛麗絲的大腿上！
　　快快睡喔，到宴會準備好前都可以睡！

　　宴會完了我們開舞會——
　　紅白王后與愛麗絲，還有其他所有人！

[9] 紙捲：用來捲在一搓搓頭髮上的紙，其效果是讓頭髮得以捲起來。

[10] 這首搖籃曲顯然是在諷刺知名的童謠〈寶寶睡喔，睡在樹梢……〉（Hush-a-by baby, on the tree top ...）。

「現在妳知道歌詞了，」她一邊接著說，一邊把頭擺在愛麗絲的另一邊肩膀上，「唱一遍給**我**聽，我也越來越睏了。」片刻間紅白王后都已熟睡，鼾聲大作。

「我**該**怎麼辦？」愛麗絲大聲說，她環顧四周，感到困惑不已，此時兩位王后的頭先後從她的肩膀上掉下來，沉甸甸地壓在她的大腿上。「我想這大概是歷史上頭一遭吧？沒有人**曾**經像我這樣必須同時照顧兩位王后！沒有，英格蘭歷史上沒發生過這種事，因為不可能同時有兩位王后。醒一醒，妳們倆好重啊！」她用不耐煩的語調接著說，但她們沒有回應，只是發出輕微鼾聲。

鼾聲越來越清楚，聽起來也越來越像樂曲：至少她聽得出歌詞，而且聽得好專心，專心到紅白王后的兩顆大頭消失了，她也幾乎不以為意。

此刻她站在一道拱門前，門拱上刻著大大的幾個字是「愛麗絲女王」，兩側各有一個門鈴把手，其中一邊寫著「賓客鈴」，另一個寫著「僕役鈴」。

「等那首歌唱完好了，」愛麗絲心想，「到時候我再拉鈴——我該拉**哪一個**鈴呢？」她接著說，拉鈴的名稱讓她困惑不已。「我不是賓客，也不是僕役。**應該**要有個『女王鈴』才對……」

這時，那拱門開了一點點縫隙，有一隻長著長長鳥嘴的生物對愛麗絲說：「此刻不得入內，下下週才開放！」接著就把門關上了。

愛麗絲敲門又拉鈴，但有好一陣子都沒有用，到最後，有一隻老老青蛙本來坐在樹下，突然起身慢慢往她的方向一跛一跛走過去；牠身穿鮮黃色衣服，腳上穿著大大的靴子。[11]

「有事嗎？」老老青蛙的聲音低沉沙啞，他輕聲說。

愛麗絲轉過身來，無論看到誰都已經打算要好好抱怨一番。「看門的僕役跑到哪裡去了？」她怒道。

[11] 就像麥可・漢薛曾在他的書裡說的（本書的注釋大量引述他那一本書），田尼爾為這個場景畫的羅馬風格拱門，先前已經出現在另一個地方：他為 1853 年 7 月到 12 月《潘趣》雜誌合訂本畫的書名頁插畫。漢薛的書裡也收錄了田尼爾那一張插畫的初稿，愛麗絲在畫裡面穿了一件裙子，像極了西洋棋裡王后棋子的蓬蓬裙，藉此搭配她頭上的王冠，而且那王冠也與西洋棋棋子上的王冠一樣。

卡洛爾曾在信件中寫道，「我討厭蓬蓬裙的風格」，因此當田尼爾把五張插畫裡的愛麗絲女王都畫成身穿蓬蓬裙，就被卡洛爾退稿了。最後田尼爾接受了卡洛爾的要求，把五張插畫的裙子都重畫。那五張原畫收錄在：*Alice's Adventures in Wonderland: An 1865 Printing Redescribed*, by Justin Schiller and Selwyn Goodacre (privately printed for The *Jabberwock*, 1990)。

田尼爾畫的愛麗絲系列小說插畫，後來由達爾吉爾兄弟製作為木頭版畫，到了 1985 年秋天，他們製作的九十二幅原始木頭版畫被人於無意間發現，發現地點是國家西敏銀行（National Westminster Bank）柯芬園分行的一個黑暗地窖裡，版畫的狀況幾近完好無缺。1988 年，麥克米倫出版社出版了一套豪華盒裝版畫冊，把那些木頭版畫都收錄其中；本書的田尼爾插畫都是來自那一盒畫冊。那些木頭版畫的唯一缺陷是，上述的五張愛麗絲女王插畫被切割過，割下來的部分被替換成新的木片（這木頭就是所謂的 "plug"），藉此修改愛麗絲身上的服裝式樣。那些替換過後的木片因

為與原來的版畫長期分離，因此新舊木片間有一條看得出來的隙縫。

根據查爾斯‧勒維特向我表示，同樣的羅馬風格拱門（上面有極具特色的 Z 字形飾紋）也曾出現在田尼爾第一次受人委託而繪製的一套插圖裡，也就是《英國歌謠之書》（*Book of British Ballads*）的第二個系列。在他為歌謠作品〈艾斯特米爾國王〉（*King Estmere*）畫的插畫裡，那拱門就出現在背景中。

田尼爾的原畫（愛麗絲穿的是蓬蓬裙）。

在《愛麗絲牛津歷險記》（1980 年出版）一書裡面，作者麥薇絲‧貝提表示，那一扇門「顯然是愛麗絲她父親的教會議事廳（Chapter House）的門」，那裡是用來處理基督教堂教會教堂事務的地方。

⓬ 老老青蛙的喉嚨裡面有一隻青蛙。

「什麼門？」老老青蛙說。

牠講話速度好慢，慢到愛麗絲幾乎氣得跳腳。「當然是**這扇門**啊！」

老老青蛙用呆滯的大眼看著那一扇門，一會兒過後才走過去，用大拇指搓搓門板，好像在檢查會不會掉漆，然後才看著愛麗絲。

「看門？」牠說。「這門有什麼好看的？」牠的聲音沙啞，愛麗絲幾乎聽不到他再說什麼。[12]

「我不知道你是什麼意思，」她說。

「我說的不是英語嗎？」老老青蛙接著說。「還是妳聾了？門有什麼好看的？」

「沒什麼！」愛麗絲不耐煩地說。「只是我敲門敲好久了！」

巴瑞‧莫瑟（Barry Moser）繪。1982 年。

「妳不該敲門……不該敲門……」老老青蛙喃喃地說。「妳知道嗎？門可是會被惹毛 [13] 的。」接著牠走向前，用一隻大

[13] 「惹毛」（wex）就是 "vex"。在維多利亞時代的倫敦方言裡，倫敦人會把字首 "w" 換成 "v" 或字首 "v" 換成 "w"。就像狄更斯小說裡《匹克威克外傳》（*Pickwick Papers*）匹克威克先生的僕人山姆‧威勒（Sam Weller）也是把 "vexes" 唸成了 "wexes"。

⓮ 這首歌諧仿的是史考特爵士的歌曲〈邦尼‧丹迪〉（Bonny Dundee），出處是他的劇作《戴佛戈爾家族的厄運》（The Doom of Devorgoil）。

〈邦尼‧丹迪〉

對議會諸位大人說話的，是克萊佛豪斯的領主，
國王的王冠如果掉下，就該碎裂；
所以任何喜愛榮譽與我的騎士，
請跟隨著邦尼‧丹迪的呢帽。

「把我的杯子斟滿，把我的罐子斟滿，

幫馬穿上馬鞍，把你的手下都找來；
來西門集合，我們團結在一起，
戴上呢帽，效忠邦尼‧丹迪！」

丹迪登馬上街，
鐘聲響起，鼓聲大作；
但鎮長是個嚴肅的人，只說「別理他，
我們這善良城鎮已經厭倦那可惡的丹迪。」

把我的杯子斟滿，把我的罐子斟滿

他驅馬走在西拱門區的那些神聖彎路上，
每個老嫗都吵吵鬧鬧，搖頭晃腦；
但那些美好的年輕人看來都如此快樂愉悅，
他們心想，「祝你好運，戴呢帽的邦尼‧丹迪！」

把我的杯子斟滿，把我的罐子斟滿

草地市場上擠滿了滿臉怒氣的輝格黨黨徒，
好像都要來看他被吊死；
他們臉上充滿不屑，也充滿恐懼，
他們目送著戴著呢帽的邦尼‧丹迪離去。

腳踹門。「妳不惹它，它也不會惹妳，」牠一跛一跛走回樹下時邊喘邊說。

此刻大門突然打開，一陣尖銳的歌聲流瀉而出：14

對著鏡中的世界，愛麗絲這麼說，
「手執權杖，頭戴王冠，
敬邀鏡中世界的生物，不管動物還是人，
全部一起來吃飯，有紅白王后與我作伴。」

接著是幾百個人一起合唱的聲音：

快快把杯子給裝滿，
鈕扣和麥麩灑滿桌：
貓兒丟進咖啡裡，茶中擺老鼠——
歡迎愛麗絲女王，高聲歡呼三十乘三次！15 430頁

隨之而來的是一陣亂糟糟的歡呼聲，愛麗絲心想：「三十乘三等於九十。難道真的有人在數幾次嗎？」過一會兒，屋裡安靜了起來，同一個尖銳的聲音又唱起了另一段歌：

「喔，鏡中世界的臣民，」愛麗絲說，「全部靠過來！
與我相見是榮寵，聽我說話是恩賜：
吃飯喝茶是特權
除了紅白王后還有我！」

然後又是合唱的歌聲：

他們在杯裡裝滿糖漿與墨水，
只要愛喝的都無所謂：
沙子摻進蘋果汁，羊毛加在美酒
裡──
歡迎愛麗絲女王，高聲歡呼九十乘
三次！

「九十乘三次！」愛麗絲著急地說，
「喔，真是沒完沒了！我最好趕快進
去……」於是她就進去了，那一刻全場陷
入一片死寂。

愛麗絲走進大廳，緊張地瞥望餐桌四
周，注意到形形色色的賓客大約有五十個：
有些是鳥獸，其中甚至有幾朵花。「真好，
他們居然能夠不請自來，」愛麗絲心想，
「我肯定搞不清楚該請哪些賓客比較恰
當！」

餐桌的主位有三張椅子，紅白兩位王
后已經坐在其中兩張上面，但中間那一張
還是空的。愛麗絲坐好，滿場的沉寂讓她
感到很不自在，希望有人能先開口。

最後，紅棋王后開口了。「妳錯過了
湯和魚，」她說。「來啊，把肉拿上來！」
侍者把一大條羊腿拿到愛麗絲面前，她焦
慮地看著，因為她從來沒有切過這麼大塊
的肉。

把我的杯子斟滿，把我的罐子斟滿

這些身穿斗篷的基爾馬諾克人有叉子
有長矛，有長柄大刀可以殺掉騎士們；
但是邦尼‧丹迪的呢帽一丟，
他們全都躲起來，把路讓開。

把我的杯子斟滿，把我的罐子斟滿

他策馬來到自豪的岩堡下，
和愉悅的高登豪情萬丈地對話；
「讓城頭巨砲和她的手下先說個兩三
句話，
只因你們愛邦尼‧丹迪的呢帽。」

把我的杯子斟滿，把我的罐子斟滿

高登問他往哪裡走──
「哪個方向都好，總之我要去蒙特洛
斯！
閣下很快就會聽我的消息，
否則就是我邦尼‧丹迪已長眠於地。」

把我的杯子斟滿，把我的罐子斟滿

潘特蘭過去還有山丘一座座，佛斯過
去還有土地一片片，
低地地區若有許多大人，北方也會有
很多首領；
高地上狂放不羈的紳士，有三千乘以
三那麼多，
他們會為邦尼‧丹迪的呢帽高聲歡
呼！

把我的杯子斟滿，把我的罐子斟滿

乾牛皮製成的小圓盾上有黃銅；
垂掛一旁的刀鞘上有鋼鐵；
該將黃銅擦亮，讓鋼鐵閃耀光矛，
只要邦尼‧丹迪把呢帽一丟。

把我的杯子斟滿，把我的罐子斟滿

「到山上去，到洞穴裡，到岩石上——
我這裡有個篡位者，我會跟狐狸一起
躲起來；
虛假的輝格黨徒且慢歡天喜地，顫抖
吧，
因為你還沒看到我的呢帽與我消失！」

把我的杯子斟滿，把我的罐子斟滿

自豪的他揮揮手，勝利的號角已吹起，
鑼鼓喧天，騎兵持續前進，
直到瑞佛斯頓懸崖，到克萊米斯頓的
背風處，
都可以看到邦尼‧丹迪為戰爭發出的
激烈召集令。

把我的杯子斟滿，把我的罐子斟滿

幫馬穿上馬鞍，把你的手下都找來，
打開你的城門，讓我進去，
因為你要與邦尼‧丹迪一起挺身而
戰！

⑮ 時至今日，在敬酒時如果要歡呼九次（3
×3＝9），仍然常有人說「三乘三次」。
田尼森的詩作〈紀念〉（In Memoriam）某
個詩節就是這樣寫的：

飲宴、致詞、歡呼，一如往昔
……
高舉的酒杯，歡呼三乘三次。

⑯ 任何維多利亞時代的讀者都不會錯過
這個雙關語。在這句話裡面，「切」（to
cut）也可以意指「故意不理會認識的人」。
根據《布氏英文成語與寓言詞典》（Brewer's
Dictionary of Phrase and Fable）指出，「故
意不理會認識的人」可以分為四種不同類別：
"to cut direct" 是指盯著某個認識的人看，
但就是裝作不認識對方；"the cut indirect"

「妳看來有點害羞，我介紹你們認識
一下，」紅棋王后說。「愛麗絲，這是羊腿。
羊腿，這是愛麗絲。」盤子裡的羊腿站了
起來，向愛麗絲微微鞠躬。愛麗絲不知道
該害怕或覺得好笑，也向羊腿鞠躬答禮。

她拿起刀叉，看看紅白王后，對她們
說：「我可以幫妳們各切一片肉嗎？」

「當然不可以，」紅棋王后用堅定語
氣說。「都已經介紹你們認識了，還切人
家，這不合禮節 ⑯。把肉撤走！」侍者們
把肉拿走，換上一大盤葡萄乾布丁。

「拜託別介紹布丁跟我認識啊！」愛
麗絲趕緊說，「否則我們晚餐就沒有東西
吃了。我可以分一點布丁給妳們嗎？」

紅棋王后慍怒咆哮：「布丁，這是愛
麗絲。愛麗絲，這是布丁。撤掉布丁！」
但是侍者們撤得太快，愛麗絲還來不及鞠
躬答禮。

不過，為什麼只有紅棋王后可以下
令？她實在覺得沒道理，所以也試著發號
施令：「侍者！把布丁拿回來！」像魔術
似的，布丁真的又回來了。那布丁好大一
塊，就像她在面對那一大塊羊肉時一樣，
她不禁感到**有點**害羞。不過，她努力克服
害羞的感覺，切一塊布丁交給紅棋王后。

指假裝沒有看到某個人；"the cut sublime"
指假裝在欣賞某處（例如建築物頂端），
直到認識的人走過；還有 "the cut informal"
則是故意彎腰調整鞋帶。

⑰ 羅傑・葛林認為，卡洛爾撰寫愛麗絲
與布丁這一段對話時的靈感來源，可能是
一幅刊登在《潘趣》雜誌（1861 年 1 月 19
日出刊）上的漫畫。畫裡有個葡萄乾布丁
站在盤子裡，對要吃它的人說：「請容許
我表達與你不同的意見。」那幅漫畫也收
錄在麥可・漢薛的書裡。根據漢薛指出，
那漫畫裡的布丁，後來又重新出現在田尼
爾為了《愛麗絲鏡中奇緣》第九章畫的最
後一章插圖裡面，仔細看看左下角就能發
現布丁摔倒在地，兩腳朝天的模樣 *1。

*1 請參考第 434 頁插圖。

所羅門・格倫布在來信中表示，在英式
英文裡面，"pudding" 一詞比較模稜兩可。
他說，"pudding"「可能是任何一種甜食或
甜點，甚或是另一種完全不同的食物，例
如約克夏布丁（Yorkshire pudding）*2。」

值得注意的是，在第八章裡白棋騎士發
明布丁時，是把它當成「一道肉食」。

*2 約克夏布丁的形狀與布丁完全不同，而且並
非甜食。

「多無禮啊！」布丁說。「如果我也
從妳身上切下一塊肉，我看妳還高興得起
來嗎？妳這混帳！」[17]

布丁的聲音渾濁油膩，愛麗絲無言以
對，只能坐在那裡看著布丁，瞠目結舌。

「說話啊！」紅棋王后說。「讓布丁
自言自語，實在太荒謬了！」

「你們知道嗎，今天有好多人朗誦詩
歌給我聽呢，」愛麗絲一開口，四周就陷
入一片死寂，所有的眼睛都盯著她看，這
讓她感到有點害怕。「而且讓我覺得有點
奇怪的是，每一首詩都跟魚有點關係。妳
知道為什麼這裡的人都那麼喜歡魚嗎？」

彼得・紐威爾（Peter Newell）繪。1901 年。

最後一句話是對紅棋王后說的，王后的回答卻有點不著邊際。「說到魚啊，」她慢吞吞地說，又一本正經，跟愛麗絲咬耳朵，「白棋王后殿下知道有一則很可愛的謎語——是一首跟魚很有關係的詩歌。可以請她朗誦一下嗎？」

「感謝紅棋王后提起此事，」白棋王后對著愛麗絲的另一個耳朵喃喃低語，聲音就像鴿子一樣咕咕叫。「真是我的**榮幸**！我可以嗎？」

「請。」愛麗絲很客氣地說。

白棋王后笑得很燦爛，她輕撫愛麗絲的臉頰，接著就開始朗誦了起來：

「首先得抓到魚。」
我想很簡單，嬰兒也會抓。
「其次得買到魚。」
我想很簡單，一便士也買得到。

「現在幫我煮魚！」
我想很簡單，不用一分鐘。
「擺進盤子裡！」
我想很簡單，本來就在盤裡。

「拿來給我吃！」
我想很簡單，擺盤並不難。
「幫我掀盤蓋！」
喔，我想很困難，恐怕辦不到！

因為盤蓋就像有黏膠,緊貼盤子
上——
盤蓋緊貼盤子上,魚兒躺在盤中
間:
是揭蓋吃魚,還是揭開謎底
比較簡單? [18]

「先想一下子再猜,」紅棋王后說。
「在此同時,我們一起舉杯,祝愛麗絲女
王健康!」她扯開嗓子大聲說,所有賓客
就直接開始喝了,大家為了喝酒各顯本

事：有些賓客把酒杯像滅燭罩[19]那樣倒蓋頭上，把從臉上留下來的酒都喝掉，也有人把酒壺打翻，喝那些從桌邊流下去的酒——其中三個看起來像袋鼠一樣，擠進烤羊肉的盤子裡，狼吞虎嚥地舔食肉汁，愛麗絲心想：「可真像飼料槽裡的豬！」

「妳應該簡單地致詞一下，感謝大家，」紅棋王后皺著眉對愛麗絲說。

愛麗絲很聽話，但站起來時有點怯場，白棋王后低聲說：「我們會把妳撐住。」

烏瑞爾・伯恩包姆（Uriel Birnbaum）繪。1925 年。

[18] 謎底是：一隻牡蠣。根據 1962 年出版的《路易斯・卡洛爾手冊》（*The Lewis Carroll Handbook*）指出（該書第 95 頁），1878 年 10 月 30 日出版的英國期刊《趣味》（*Fun*）曾經刊登某人匿名投稿的謎底，投稿者以一首四節的詩來解答白棋王后的謎題，而且採用跟那謎題一樣的格律。

在出刊前，投稿者就已經把那一首詩交給卡洛爾，他還幫忙潤飾了一下詩作的格律。《路易斯・卡洛爾手冊》引述了第四節的詩句如下：

拿一把堅固的牡蠣刀
插進蓋子與盤子的中間；
用不了多久
你就能挖出牡蠣，也揭開了謎底！

[19] 原文用的 "extinguisher" 一詞就是指「滅燭罩」。這是一種小小的圓錐狀罩子，用來把蠟燭悶熄，同時也能避免滅燭時的煙火在房間裡四處飄散。

「非常謝謝妳，」她也低聲答道，「不過，就算沒有妳們撐著我，我也可以做得很好。」

「絕對不行，」紅棋王后的語氣甚為堅定，所以愛麗絲只能試著以優雅的姿態接受她們的支撐。

（「她們好**用力**推擠我！」事後她在跟姊姊描述這一場宴會的經過時表示，「好像要把我給擠扁似的！」）

致詞時，她實在很難站穩：紅白王后從兩側用力推擠她，差點把她拱到半空中：「在此起身在大家致謝——」愛麗絲開始致詞時，她的腳已經離地幾英寸，但是她抓住餐桌邊緣，又把自己給拉了下來。

「妳自己要小心啊！」白棋王后用雙手抓住愛麗絲的頭髮，大聲說。「要出事了！」

根據愛麗絲在事後的描述，接下來有很多事都同時發生了。蠟燭全都往上長高，頂到天花板，看來像一根根頂端有火苗的燈心草。至於每一支酒瓶，則是都拿起了一對盤子，裝在身上當翅膀，並且用叉子充當腿部，往各個方向振翅亂走，儘管愛麗絲害怕又困惑，但她心裡還是想著：「看起來還真像一隻鳥。」

此刻，她聽見身邊傳來一陣沙啞的大笑聲，本來她轉身想看看白棋王后怎麼了，但卻看到坐在椅子上的是那一隻羊腿。「我在這裡！」愛麗絲聽見湯碗裡有個聲音對她說，轉頭一看，剛好看到白棋王后那一張和藹的臉，在湯碗邊緣對她咧嘴一笑，但片刻間就消逝在湯裡面了。[20]

情況危急，片刻都不能耽擱。有好幾位賓客已經在盤子裡躺下，湯勺上了餐桌，朝愛麗絲走過去，不耐煩地要她讓路。

「我再也受不了了！」愛麗絲跳起來大叫，抓住餐桌桌布，用力一拉，所有餐盤碟子還有賓客與蠟燭全都重重掉在地板上，擠成一堆。

「至於妳，」愛麗絲凶巴巴地轉身看紅棋王后，認為她是這一切的罪魁禍首，但此刻紅棋王后已不在她旁邊，身體突然縮成跟小洋娃娃一樣，在桌上愉快地跑來跑去，追著拖曳在自己身後的披肩。

若是在平時，對這一切愛麗絲肯定會感到非常驚訝，但這當下她已經激動到沒有辦法感到驚訝。「至於妳，」愛麗絲又說了一遍，只見變小的紅棋王后為了閃避落在餐桌上的酒瓶而跳了起來，於是趁機一把抓住她，接著說，「我一定要拼命搖晃妳，把妳變成一隻小貓！」[21]

[20] 白棋王后已經離開愛麗絲，移往棋格QR6。在正統的棋局裡面，此一棋步並不合規則，因為無法解救被將軍的白棋國王。

[21] 愛麗絲抓到紅棋王后。根據規則，這也表示整個棋局中始終在睡覺，沒有移動的紅棋國王被愛麗絲將死了。

透過愛麗絲的勝利，一個「邪不勝正」的道德教誨在這故事裡隱然浮現，因為白棋都是善良而溫和的人物，相較之下紅棋人物的氣質則是兇狠且不懷好意。愛麗絲將死紅棋國王後，整個夢境就結束了，只是問題仍沒有解答：這到底是愛麗絲的夢，還是紅棋國王的夢？

第十章

搖晃 [1]

[1] 美國作家兼批評家艾佛瑞特‧布萊勒在為《圖書世界》雜誌（*Book World*；1997年8月3日出刊）寫的頭版專文〈用星座解讀愛麗絲〉（Alice Through the Zodiac）裡提出一個令人好奇的猜測。因為這章與下章特別短，藉此把《愛麗絲鏡中奇緣》變成十二章，所以卡洛爾是不是想要把小說跟十二星座扯上關係？例如，叮噹兄弟也許是暗指雙子座，獅子就是獅子座，老綿羊是牡羊座，山羊是摩羯座，白棋國王是射手座，蛋頭先生是天秤座，依此類推。儘管這種關聯性非常驚人，但是認同這種猜測的卡洛爾研究者不多。他們特別指出卡洛爾對於占星學沒有興趣，而且他只是想讓第二本愛麗絲系列小說的章數跟第一本一樣而已。

愛麗絲一邊說一邊把她抓下桌，使盡吃奶的力氣前後搖晃她。

紅棋王后完全沒有抵抗。只是她的臉變得很小，雙眼變得又大又綠，而且愛麗絲在搖晃時她還是持續變矮，也變得更胖、更軟、更圓，也——

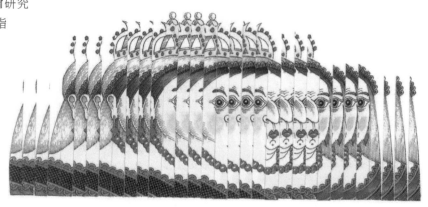

約翰‧維農‧洛爾德（John Vernon Lord）繪。2011年。

第十一章

甦醒

———結果，那還真的
是一隻小貓啊。[1]

1 卡洛爾的幼童友
人蘿絲‧富蘭克林
（Rose Franklin）
曾在回憶錄裡面表
示，卡洛爾曾跟她
說：「我沒辦法決
定要讓紅棋王后變成
什麼。」蘿絲答道，「她
看起來好生氣的樣子，就讓她變成小黑貓
吧。」據說，卡洛爾的答覆是：「這個安
排太棒了，那白棋王后就該變成小白貓。」
別忘了，在愛麗絲睡著以前，她曾經對家
裡的小黑貓說，「我們來假裝妳是紅棋王
后！」

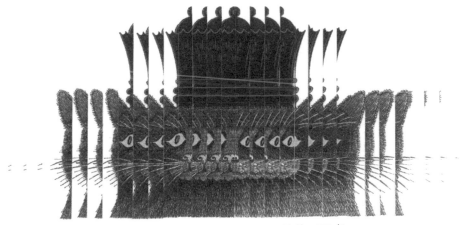

約翰‧維農‧洛爾德（John Vernon Lord）繪。2011 年。

第十二章

是誰的夢？

在一封來信中表示，愛麗絲講的這句話可
說是「資訊理論」（information theory）
的基本要點。至少要有「是／非」或「真
／假」這種二元區分，才可以紀錄或者傳
送訊息，光憑單值邏輯（one-value logic）
是辦不到的。在電腦中，就是靠電路裡的
許多開關來夠成上述的二元區分。

「王后殿下，您不可以這樣大聲喵喵
叫，」愛麗絲一邊揉眼睛，一邊用尊敬中
又帶有一點嚴厲的語氣對小黑貓說。「妳
吵醒了我。喔，多棒的美夢啊！而且啊，
在夢境的鏡中世界裡面，凱蒂妳一直都跟
我在一起。妳知道嗎，小貓貓？」

愛麗絲曾經說，小貓有個很不討喜的
習性：不管你跟牠們說些什麼，牠們總是
只會喵喵喵。「如果牠們可以用喵喵來表
達『是』，用咪咪來表達『不是』，或者
有其他類似規則，」她曾說，「那我們就
可以跟貓對話了！可是如果有人總是講一
樣的話，**哪有可能跟他交話呢？**」[1]

對於這個問題，小黑貓也只是喵了一
下，所以不可能猜得出她到底是說「是」
或者「不是」。

於是，愛麗絲開始在桌上的棋子裡面
翻找，把紅棋王后找出來，接著她跪在爐
邊地毯上，把紅棋王后擺成跟小黑貓對看
的姿勢。「說吧，凱蒂！」她得意地拍手

大聲說。「趕快承認紅棋王后就是妳變成的！」

（「但是小貓根本就不看那棋子，」事後她在向姊姊解釋的時候說，「她把頭轉開，假裝沒看見棋子，但是她看起來有一點慚愧的樣子，所以我想一定是她變成了紅棋王后的。」）

「親愛的，坐挺一點！」愛麗絲非常開心地笑說。「妳可以一邊行屈膝禮，一邊想怎樣——怎樣喵喵叫。別忘了這樣可以節省時間！」她抓起小貓親一下，接著說，「這是為了慶祝妳當過紅棋女王。」

「雪花，我的小親親！」她轉頭看著還是乖乖地讓貓媽媽清洗的小白貓，「白棋王后殿下，黛娜到底要什麼時候才能把您清洗完畢？我想，就是因為這樣，妳在我的夢裡才會一直都邋邋遢遢的。黛娜！妳知道自己正在幫白棋王后洗澡嗎？妳真是太不敬了！」

「那黛娜變成了什麼呢？我來想想看。」她一邊喃喃自語，一邊舒服地趴下，一隻手的手肘撐在地毯上，用手撐著下巴，看著黑白小貓。「說吧，黛娜，妳是不是變成了蛋頭先生？[2] 我想那就是妳——不過，妳還先別跟朋友說比較好，因為我還不確定。」

❷ 為什麼愛麗絲會覺得黛娜就是蛋頭先生呢？艾利斯・希爾曼曾撰文提出一個巧妙的理論：蛋頭先生曾向愛麗絲說，「我可是當面跟國王說過話的人」。再加上《愛麗絲夢遊仙境》第八章裡，愛麗絲曾經引述過一個古老的諺語：「貓可以看國王」，也就是說蛋頭先生是貓。請參閱：Ellis Hillman, "Dinah, the Cheshire Cat, and Humpty Dumpty," in *Jabberwocky* (Winter 1977)。

佛列德・麥登也曾指出，如果把蛋頭先生的名字（Humpty Dumpty）之縮寫反過來，就便成了 D.H.，也就是黛娜這個名字（Dinah）的第一個和最後一個字母。

❸「怪魚」（queer fish）一詞，意指某個被認為很奇怪的人。這種說法在卡洛爾那個時代就已經有了。透過詩歌來強調魚，卡洛爾是不是暗指這本小說裡有很多怪人呢？或者，他那些胡說八道的故事元素有一點「靠不住」（fishy）？非常巧合的是，在美國的俚語裡，"fish" 一詞是指棋藝平凡無奇的棋手。

「還有啊，凱蒂，如果妳真的跟我一起去過夢裡，有一件事妳肯定很喜歡的——我聽人唸了好多詩歌，全都是跟魚有關的！³ 明天早上妳可就有福了。等妳吃早餐的時候，我會唸〈海象與木匠〉給妳聽，到時候妳可以假裝自己早餐吃的是牡蠣，親愛的！」

「凱蒂，現在我們來想一下那個夢到底是誰做的。親愛的，那是個嚴肅的問題，還有妳不該繼續像那樣舔爪子——又不是今天早上黛娜沒幫妳洗澡！妳明白的，凱蒂，做夢的要不是我，就是紅棋國王。當然，他是我夢境的一部分——但我也是他夢境的一部分！凱蒂，夢是紅棋國王做的嗎？親愛的，妳是他的妻子，所以妳應該知道——喔，凱蒂，幫我解答這個問題吧！妳不舔爪子，爪子也不會跑掉啊！」但那氣人的小黑貓只是開始舔另一隻爪子，假裝沒有聽到問題。

你覺得做夢的是誰呢？

金黃餘暉下
船兒持續前行，如夢似幻
那是七月的傍晚——

三個小孩靠過來
眼神熱切，把耳朵張開
求我把故事說出來——

朗朗晴空早已變黯淡：
迴音消逝，記憶遠去。
秋霜一來，七月死絕。

伊人身影，仍令我著迷，
愛麗絲栩栩如生
只是清醒的人與她無緣。

孩子們等著聽故事，
眼神熱切，把耳朵張開，
可愛的她們靠過來。

仙境裡面她們待，
如夢似幻日復一日，
待到夏日已不再：

小河上持續飄飄盪盪——
金色光芒下任徜徉——
人生難道不是夢一場？[1]

❶ 這首結尾詩是卡洛爾最棒的詩作之一，他在詩中回憶起 1862 年 7 月 4 日與里德爾家三姊妹一起划船到泰晤士河上游探險，航程中他第一次說出《愛麗絲夢遊仙境》這個故事的往事。此一詩作與《愛麗絲鏡中奇緣》整首詩裡面不斷出現的「冬天」與「死亡」兩大主題相互呼應。白棋騎士透過他的詩歌追憶過往的愛麗絲，隨後她就這樣轉身而去，衝下山丘，跳過最後一條小河，成為一個女人，她那熱切的雙眼並未因為騎士的歌而含淚。至於這一首詩，則是一首藏頭詩，擷取每一行的第一個字就可以拼出愛麗絲的全名：Alice Pleasance Liddell。

A boat, beneath a sunny sky
Lingering onward dreamily
In an evening of July—
Children three that nestle near,
Eager eye and willing ear,
Pleased a simple tale to hear—
Long has paled that sunny sky:
Echoes fade and memories die:
Autumn frosts have slain July.
Still she haunts me, phantomwise,
Alice moving under skies
Never seen by waking eyes.
Children yet, the tale to hear,
Eager eye and willing ear,
Lovingly shall nestle near.
In a Wonderland they lie,
Dreaming as the days go by,
Dreaming as the summers die:
Ever drifting down the stream—
Lingering in the golden gleam—
Life, what is it but a dream?

住在英格蘭的馬修‧霍加特提醒我，卡洛爾在寫這首藏頭詩的最後一節時，應該是有意識地呼應當時英格蘭非常有名，但作者是誰已經不可考的童謠，因為兩者的氛圍非常相似：

> 划啊划啊划小船
> 沿著小河慢慢流；
> 快樂無比真高興，
> 人生如夢又如何。

羅夫‧拉茲（Ralph Lutts）也在信中表示，上述經典童謠裡面使用的「快樂地」（merrily）一詞，也出現在《愛麗絲夢遊仙境》的序言詩裡面，倒數第二節裡面也提到「歡樂盡興」。

在卡洛爾那兩本西爾薇與布魯諾系列小說裡面，真實世界與「詭異的」夢境穿插出現。「要不是我夢到了西爾薇，而此刻我在真實世界裡，」他藉由故事敘述者的嘴巴對自己說，「就是我在真實世界裡與她在一起，現在則是在夢裡！難道，人生本來就是一場夢？」

《西爾薇與布魯諾》的序言詩也是一首藏頭詩，暗藏了伊莎‧波曼的名字，詩的主題也是類似的：

> 難道我們的人生如夢
> 籠罩著朦朧金色光芒
> 穿越無法抵擋的黑暗時間之流？
>
> 拜倒在苦澀的悲哀之下，
> 或向著某些盒中戲發笑，
> 我們無所事事地來回撲空，
>
> 人的小日子在匆忙間擲去，
> 而且是從歡快的正午送出，
> 一眼也看不到那沉默的結局。

《愛麗絲月球歷險記》（*Alice's Journey Beyond the Moon*；Telos, 2004）的作者R.J.卡特（R. J. Carter）在小說的一個注釋裡面表示，里德爾院長唸 "university" 時，總是與 "sky" 押韻，同樣的韻腳也出現在卡特所引述的下列打油詩裡。在卡洛爾那個時代，這是一首牛津大學校園內人人朗朗上口的詩：

> 我是基督學院院長；先生
> 那是我太太，好好看看她。
> 她身材寬闊，我長得高挑：
> 我們在大學裡。

The Annotated
Alice

假髮黃蜂

原在《愛麗絲鏡中奇緣》中，被刪除的段落

目次

前言

1974 年 6 月 3 日的拍賣會上，倫敦蘇富比拍賣公司（Sotheby Parke Bernet and Company）在拍賣物品目錄裡，列出了一項非常不顯眼的項目：

道吉森（C.L.），即「路易斯・卡洛爾」。小說《愛麗絲鏡中奇緣》中，一個被刪除段落的校對稿，包括六十四到六十七頁，還有六十三與六十八頁的一部分，上面有作者用黑色墨水親自寫上去的修改字樣，同時作者還用紫色墨水註明那過長的段落應該被刪除。

從現存文字看來，被刪除部分敘述著愛麗絲遇到一隻脾氣暴躁的黃蜂，其中還有一首分為五節的短詩，以「年少時我一頭長長的捲髮有如波浪」開頭。那些被刪除的文字，本來應該擺在小說初版第183頁「走個幾步路她就來到了小河邊」這一句話的後面。1898 年，這些校對稿與作者的一批傢俱、私人財產與大批藏書一起在牛津被賣掉，顯然沒有留下任何紀錄，也未曾公開發表過。

最後一句話的「顯然」兩個字並不能充分描述當時的狀況。實際上，那些被刪除的部分不僅未曾公開發表過，研究卡洛爾的專家們根本不知道那些文字曾經被製作成打字稿，更別說還有那一批校對過的打字稿被保存下來。不光是對於卡洛爾的專家來講，就連對所有研究英國文學的人而言，這實在是一件意義重大的事。如今在《愛麗絲鏡中奇緣》已經出版了一百多年以後，這佚失多年的刪除段落終於首次正式問世。

直到 1974 年以前，世人對於那刪除段落的唯一消息來源，只有卡洛爾的外甥史都華 · 道吉森 · 柯靈伍。他曾在為舅舅寫的傳記《路易斯 · 卡洛爾的生平與信函》（1898 年出版）裡提及那被刪除的段落。柯靈伍寫道：

> 《愛麗絲鏡中奇緣》原本有十三章，但是出版時只剩十二章。我想，那被刪除的一章是有關一隻被寫成法官或律師角色的黃蜂，因為田尼爾先生曾經寫道，「假髮黃蜂是完全無法用藝術手法表現出來的」。除了插圖很難繪畫之外，「黃蜂」那一章的品質也被認定為不如小說的其餘部分，這可能就是它被刪減的主因。

柯靈伍寫完這幾句話之後，在書裡面擺了一封信的副本，是約翰 · 田尼爾於 1870 年 6 月 1 日寫給卡洛爾的（那一封信也收錄在本章節中）。在田尼爾為火車車廂場景繪畫的草圖裡面，愛麗絲對面坐著山羊和身穿白色紙質衣服的男人，窗口的車長則是用看歌劇專用的望遠鏡觀察愛麗絲。最後把插圖畫出來時，田尼爾把紙衣男士的臉，畫成英國首相迪斯雷利的模樣，過去田尼爾也常常在《潘趣》雜誌裡用漫畫嘲諷他。

田尼爾的兩個建議都被卡洛爾接受了。原本在第三章裡面有個稱作「老太太」的角色，但最後在故事與田尼爾的插畫裡都消失了，假髮黃蜂也被刪掉了。在編注《注釋版：愛麗絲系列小說》的時候，於此處我是這樣收尾的：「唉！被刪除的段落竟沒有任何蛛絲馬跡留存於世。」柯靈伍自己也沒有讀過那一個部分。為什麼說他沒讀過？因為他認為，如果黃蜂戴著假髮，那一定是個法官或者律師。事實證明，他錯了。

對於〈假髮黃蜂〉這一段故事與裡面的詩，卡洛爾最後有何看法？他沒有留下任何紀錄。不過，卡洛爾還是小心翼翼地把校對稿保存下來，而且看來他還打算著未來的某一天讓那份稿子能夠派上用場。別忘了，卡洛爾也曾決定把原版的《愛麗

絲夢遊仙境》（也就是他幫愛麗絲・里德爾親筆書寫，並且繪製插畫的草稿版故事）拿來出版。他有許多早期的詩作，要不是刊登在名不見經傳的期刊裡，就是根本沒有問世過，最後都被他放進他寫的書裡面。即便卡洛爾並沒有打算使用那被刪除的段落或者裡面的詩歌，難道那些東西最後有機會出版，他不會為此感到高興嗎？我們很難相信答案是否定的。

　　卡洛爾於 1898 年逝世後，那些校對稿被一位無名氏買走，至少截至目前為止，我們幾乎不知道在蘇富比的拍賣會之前，那一批稿件落在誰手裡。1898 年的卡洛爾遺產清單裡面也未列出那些稿件，顯然是因為它們被擺在某個許久沒有整理的雜物堆裡面。蘇富比在目錄中只註明了那是「某位紳士的財物」。因為賣家希望保持匿名，所以蘇富比並未透露其身分，但該公司向我表示，賣家是從道吉森家族中的一位年長成員手裡取得那些稿件的。

　　後來那些校對稿落入住在紐約的諾曼・亞莫二世（Norman Armour, Jr.）手裡，出面為他代購的人是曼哈頓的一位珍本書書商約翰・佛萊明（John Fleming）[1]。要不是亞莫先生慨然允許我將校對稿出版，那些稿件也就沒有透過這一本書問世的機會了。我對他的感謝實在是難以言喻。

---

[1] 購得那些校對稿的場合，是一場由佳士得拍賣公司（Christie's）在紐約市舉辦的拍賣會，時間是 2005 年，成交價是五萬美金。

Interior of Railway carriage.
(1st Class). Alice on seat
by herself. Man in white
paper. reading, & Goat.
very shadowy & indistinct (with opera.glass)
sitting opposite. Guard
looking in at windows.

My dear Dodgson.

I think that where
the jump occurs in the

Railway scene you might
very well make Alice lay
hold of the Goat's beard
as being the object nearest
to her hand - instead of
the old lady's hair. The
jerk would naturally
throw them together.
Don't think me brutal, but
I am bound to say that
the 'wasp' chapter does'nt
interest me in the least; &
that I can't see my way
to a picture. If you
want to shorten the book.

田尼爾寫給道吉森的信件，其文字內容抄錄如下

親愛的道吉森：

　　我想，當火車飛起來時，你大可以安排愛麗絲抓住手邊的東西，像是山羊的鬍子，而非老太太的頭髮。這突然的顛簸的確是會讓他們撞在一起的。

　　別怪我無禮，但我不得不告訴你，「黃蜂」那一章根本引不起我的興趣，而且我也想不出要怎麼畫圖。我不禁這麼覺得：依我的鄙見，如果你想要減少這本書的篇幅，這就是你的大好機會。

　　匆忙間寫就，甚感苦惱

J. 田尼爾敬上

於波茨頓路自宅
1860 年 6 月 1 日

＊田尼爾寫給卡洛爾，建議假髮黃蜂那個段落刪除的信件；這一段文字先前已經出現在《愛麗絲鏡中奇緣》第三章注釋裡。

引言

　　在〈假髮黃蜂〉的故事問世以前，大部分研究卡洛爾的人都認為，那佚失的段落應該是與火車車廂場景相連接的，或至少兩者不會相隔太遠。理由是，田尼爾在那一封抱怨信裡，似乎是把兩件事給連結在一起了。愛麗絲在第三章跳過第一條小河，接著火車又跳過第二條，過程中她遇見了很多昆蟲，包括跟大象一樣大的蜜蜂。她在棋盤上的這一個區域遇到一隻黃蜂，難道有什麼不合理的嗎？

　　不過，卡洛爾顯然沒打算讓愛麗絲在棋局開始沒多久後就遇到假髮黃蜂，證據之一是那些校對稿的編號，之二是黃蜂告訴愛麗絲，過去他的捲髮捲得像波浪一樣，她腦海裡浮現了奇怪的想法。卡洛爾寫道：「愛麗絲有了一個奇怪的想法。先前她遇到的每一個人幾乎都會朗誦詩歌給她聽，此時她心裡想著，如果黃蜂不唸詩歌，那就換她來唸。」第一個唸詩歌給她聽的是叮噹叮，第二個是蛋頭先生。因此，那佚失的段落出現的地方絕對不會早於第六章。

　　從校對稿中不完整的第一行文字看來，蘇富比公司的目錄正確地指出了卡洛爾本來希望把假髮黃蜂的段落擺在哪裡。（本章節後附的《愛麗絲鏡中奇緣》初版第 183 頁副本，箭頭所指的地方就是那個段落原本的位置。）愛麗絲才剛揮手表示與白棋騎士的最後一次道別，接著她將衝下山丘，跳過最後一條小河，成為女王。「走個幾步路她就來到了小河邊。」但是在原稿裡，這個句子後面並沒有句號，而是出現了「逗號」。而且句子還接著寫

下去，第一份校對稿的最上面是這樣寫的：「就在她要跳過去之際，她聽見一聲深深的嘆息，好像是從她身後森林裡傳出來的。」

田尼爾與柯靈伍都把那個段落稱為「章」，但是此一論點難以成立。從校對稿看來，那些文字只是出自第八章的摘文。而且，既然第一本愛麗絲系列小說有十二章，卡洛爾似乎不太可能讓第二本出現十三個章節。莫頓‧柯亨認為，因為田尼爾的信是「匆忙間寫就」，所以「章」這個字可能是「節」（episode）的筆誤。柯靈伍的那一番話也不難解釋，可以將其視為對於田尼爾的信件內容之闡釋。（柯靈伍手裡一定還有田尼爾的其他信件，因為他在傳記裡收錄的信件內容裡，並沒有「無法用藝術手法表現出來」這種措詞）。

也許有人會質疑，如果假髮黃蜂的段落原本被放在與白棋騎士有關的第八章，那這一章的篇幅豈不是特別長，但田尼爾為什麼在信裡寫道「如果你想要減少這本書的篇幅」，而不是減少「這一章」的篇幅？就另一方面看來，這一章篇幅太長也許就是卡洛爾願意刪掉那個段落的理由之一。不幸的是，因為《愛麗絲鏡中奇緣》的其他校對稿都沒有流傳於世，我們只能被迫根據間接證據來決定上述兩個觀點何者才是正確的。

愛德華‧顧里亞諾（Edward Guiliano）也認為「章」是「節」的筆誤。他支持其他人已經提出的主張，也覺得假髮黃蜂的故事能為白棋騎士那一章增添主題上的連貫性。白棋騎士是一位仍然充滿活力的上層階級紳士，在與他交談後，愛麗絲又遇到一個年老力衰的下層階級勞工[1]。她在與白棋騎士道別時揮動著她的手帕，後來又遇到臉上蒙著手帕的黃蜂。白棋騎士提及蜜蜂與蜂蜜，黃蜂則是把愛麗絲當成蜜蜂，問她有沒有蜂蜜。顧里亞諾深

---

[1] 如果光從卡洛爾的原文看來，白棋騎士有可能是個二十幾歲的年輕人。但是，在卡洛爾的允許之下，田尼爾卻把白棋騎士畫成一個年長的紳士，但絕對不像他的歌裡面那個「老老先生」那麼老。

信，如果能按照原來的安排，把假髮黃蜂的故事裡關於「梳子／蜂巢」（comb）的雙關語擺在這一章的脈絡中，那雙關語的涵義也會變得更為深刻。黃蜂的故事裡有許多事件都與白棋騎士的這一章有所關連，藉此我們也可以看出它並非獨立的篇章。

黃蜂的故事有保存之價值嗎？從歷史的角度來看，它的保存價值當然很高，但那不是我的重點。我要問的是：它本身是否有優點？田尼爾說自己對這個故事一點興趣都沒有，近來許多讀過的人也同意，如果借用柯靈伍的話說來，黃蜂的故事「不如小說的其餘部分」。那麼為何這個故事不像小說的其他部分那麼地生動活潑？彼得・希斯認為，理由之一是它重複了整本小說的許多其他主題。在遇見假髮黃蜂之前，愛麗絲曾在第三章與悶悶不樂的巨蚊對話。到了第九章，與愛麗絲對談的青蛙，跟黃蜂一樣也是個年長的下層階級男性。黃蜂批評愛麗絲的臉，這讓人想起了蛋頭先生的批評。愛麗絲眼見黃蜂一身凌亂，也想幫他整理一下，就像她在第五章曾打算幫白棋王后整理儀容。彼得・希斯還指出了其他相互呼應的主題元素。「卡洛爾的原創力看似有點減退，」他在一封信裡面寫道，「故事的動能暫時消失了。」

上述一切有可能無誤，但我深信，若能細讀黃蜂的故事，讀過後再重讀幾次，其優點會變得越來越明顯。首先，這故事的氣氛、幽默感、文字遊戲，還有胡說八道的元素，跟卡洛爾的其餘作品顯然一致。包括黃蜂叫愛麗絲「別再唸了！」還有他說愛麗絲的眼睛靠得太近（與他兩眼的距離相較，當然比較近），大可以不用兩眼看東西，用一眼就可以了，這兩點都具備純粹的卡洛爾式風格。這也許並非卡洛爾最出色的文字遊戲，但我們可別忘了，卡洛爾的習慣是在開始認真修正作品以前，就請人把書稿打字排版。如果卡洛爾在還沒潤飾校對稿之前便將黃蜂的故事抽掉了，那就可以解釋為什麼有時候黃蜂那段文字乍看之下比小說裡的其他部分較為粗糙。

在我看來，黃蜂的故事有兩處特別有趣：卡洛爾展現出色的文字技巧，光憑幾頁對話就把黃蜂塑造成易怒但也有點可愛的老人，另一點則是無論黃蜂如何對待她，愛麗絲總是非常溫柔。

在《夢遊仙境》與《鏡中奇緣》這兩本小說裡，愛麗絲通常能對她所遇到的奇怪人物與動物保持溫柔與敬意，無論他們有多令人不悅；儘管如此，也有一些例外。在眼淚池塘裡，愛麗絲曾提及她的貓會追老鼠，還有鄰居的狗喜歡殺老鼠，因此兩度冒犯了池裡的老鼠。過不久，在委員會賽跑大會之後，她講話時又太過忘我，在鳥群面前提到自己的貓很喜歡吃老鼠，因此惹毛了牠們。還有，別忘了愛麗絲也曾用力一踹，把小蜥蜴比爾從煙囪踢飛出去。（屋外的動物們異口同聲地說：「比爾出來了！」）

到了《愛麗絲鏡中奇緣》，愛麗絲的年紀只大了六個月，她已經不像先前那樣思慮不周，但是我們可以看出，在面對不討人喜歡的動物時，也只有假髮黃蜂能夠讓她始終特別有耐性。在這兩本小說裡面，此一故事中的愛麗絲是最為栩栩如生的，充分展現出一個小女孩聰明有禮而且非常體貼的面貌。儘管假髮黃蜂持續批評愛麗絲，但她在面對黃蜂時不曾失去同理心。

我還需要多說些什麼嗎？我們都知道棋局中，隸屬於白方的愛麗絲有多麼想要成為女王。也知道她輕而易舉就能跳過最後一條小河，進而占領棋盤的最後一排棋格。但是，在聽見那一聲哀怨嘆息之後，愛麗絲就沒有跳過小河了。儘管她溫言以對，但黃蜂一直把脾氣發在她身上，愛麗絲仍試著為對方找藉口，說他是因為痛苦才會生氣。接著，愛麗絲先幫助黃蜂繞過一棵樹，走向比較暖和的地方，黃蜂卻不識好歹，居然說「能不能別煩我？」愛麗絲不以為忤，還提議為他朗讀他腳邊的黃蜂報紙。

儘管黃蜂一直批評個不停，愛麗絲離開他時還是覺得「挺高興的，因為她才回到森林裡幾分鐘，就能讓那可憐的老黃蜂心裡好過一點。」對於卡洛爾這個虔誠的基督教徒與愛國的英格蘭人而

言，在即將戴上王冠之前，愛麗絲能夠做出這最後的慈善之舉，無異於讓她的加冕獲得了正當性，而那王冠也是正義的象徵。藉此，愛麗絲這個小女孩展現出如此可愛而吸引人的一面，顧里亞諾教授也在驚訝之餘發現，看過這個故事後居然讓他對於整本小說的觀感有了些微的改變。

儘管那老黃蜂因為骨頭疼痛而脾氣很大，但說到底，他可是不折不扣的昆蟲。母黃蜂（包括蜂后與工蜂）會獵殺毛毛蟲、蜘蛛與蒼蠅等其他昆蟲，第一件事就是用尾刺麻痺牠們。母黃蜂會用堅固的大顎拖行獵物的頭腳與翅膀，然後把身體嚼成黏膠狀來餵食幼蜂。卡洛爾的安排也許並非偶然：因為在黃蜂的社會結構裡，充滿攻擊性且權勢的女王蜂，一如棋局裡的王后，還有英格蘭的那些女王。

與此相對的，公黃蜂（雄蜂）並不會使用蜂刺。某些種類的雄蜂一旦被人抓到，就會做出螫人的動作，希望藉此產生嚇阻效果。（博物學家約翰・巴勒斯〔John Burroughs〕曾經把這種嚇阻行徑拿來比擬戰場上的士兵：他們就像雄蜂那樣，就算彈匣沒子彈還是會開槍，試著嚇唬敵人。）卡洛爾的假髮黃蜂跟一般雄蜂一樣，儘管看來嚴肅，卻跟棋局裡的國王沒兩樣，都是友善而無害的。

除了少數蜂后能夠冬眠，一般黃蜂都是在夏天活動的昆蟲，到冬天就會死去。在炎熱的那幾個月裡，牠們辛勤工作，為的是讓後代有足夠的食物，等到秋天的冷風逼近，牠們就會身體變硬而死。在如今已經普遍被世人淡忘的好書《地球與生動大自然的歷史》裡，作者奧立佛・高德史密斯是這麼說的：

> 炎熱的夏季期間，黃蜂大膽、貪吃而且勤奮；但是等到驕陽漸漸衰退，牠們的勇氣與活動力似乎也被奪走了。隨著天氣越來越冷，牠們會越來越少外出；牠們很少離巢，就算離家冒險也不會太久，趁著中午還有熱氣在外活

動，回到蜂巢後身體很快就變冷變虛。……等到天氣越來越冷，牠們開始討厭蜂巢，因為裡面沒有足夠的熱氣，所以牠們會飛往民宅還有其他可以取暖的地方。但牠們始終熬不過冬天，等到新年來臨前，黃蜂們就會衰弱死亡。

跟許多老人一樣，黃蜂想起自己年少時的長髮飄逸，還是很快樂的。透過一首五節的打油詩，他跟愛麗絲提起被朋友慫恿，為了戴假髮而剃掉頭髮的可怕錯誤，他把後來的許多不快樂都怪罪在這愚蠢的失誤上。黃蜂知道此刻自己的相貌很荒謬，他的假髮與自己並不搭，他無法讓假髮保持整齊，他討厭被人嘲笑。假髮黃蜂宛如奧立佛・溫德爾・福爾摩斯（Oliver Wendell Holmes）筆下的「殘葉」（last leaf），儘管被世人嘲笑，卻還是守在那「老舊的孤枝上」。

儘管假髮黃蜂「假裝」不希望讓愛麗絲幫助他，卻還是因為她的來訪而精神變好，也有機會說出自己的悲傷身世。事實上，在愛麗絲離開前，黃蜂已經變得精神抖擻而且多話。最後當愛麗絲道別時，黃蜂也說了一句「謝謝妳」。他是鏡中世界裡唯一對她道謝的角色。

十七、八世紀期間，戴假髮的荒謬風潮在英法兩國達到了最高點。在安妮女王（Queen Anne）統治英國時，幾乎每個英格蘭的上層階級男男女女都會戴假髮，而且光是看一眼假髮的樣式，便能悉知這男人的職業。有些男人的假髮披肩，遮住了背部與胸口，到了維多利亞女王當政，此風潮才開始退卻。等到了卡洛爾的時代，除了法官、律師開庭時，演員演戲時，還有禿子為了掩飾禿頭才會戴起假髮，一般人已經不會戴了。儘管黃蜂很年輕就開始戴，但假髮顯然是他上了年紀的象徵。

為什麼要戴黃色假髮？如果他的長髮本來就是黃色的，自然會戴上黃色假髮，不過卡洛爾似乎為了其他理由而強調髮色，才特別提到「鮮黃色」。當愛麗絲與黃蜂初見面時，因為他的頭上

面繫著一條手帕，那黃色假髮也被遮住了。

這兩本愛麗絲小說裡，都包括了一些僅有愛麗絲・里德爾在內的圈內人才懂得的笑話。我想，卡洛爾的黃蜂也有可能是用來嘲笑某個人的角色，也許是牛津鎮當地某位戴著海草般凌亂黃色假髮的年長商人吧。

另一個理論是，那頂假髮髮色與英格蘭當地許多黃蜂身體的顏色有關。而且，卡洛爾心裡想到的是，美國人所謂的 "yellow-jacket" 一詞，也就是那種無論在當年或現在都被稱為「大黃蜂」（hornet）的群居性昆蟲。"yellow-jacket" 一詞也傳到了英格蘭，而英國也有許多種類的黃蜂，他們的身體是黑色的，上面環繞著許多鮮黃色條紋。黃蜂的觸角是由許多細小的關節組成，那些關節被稱為 "ringlet"，也有「長捲髮」的意思。年輕黃蜂的觸角當然可以動來動去，捲曲收縮，就像那一首詩裡面所說的。如果被砍掉，也許就沒辦法再長出來了。

牛津鎮可能也有許多卡洛爾與愛麗絲・里德爾常見的黃蜂，牠們黑色的頭上面，環繞著一條黃色條紋，任誰看起來都像臉上纏著一條黃色手帕。就算沒有黃色條紋，黃蜂的臉看起來的確也像人臉纏著手帕，牠們頭上的兩根觸角乍看就像手帕打結後往外突出來的尾端[2]。希斯教授也回想起自己童年在英格蘭看到黃蜂時，也有同樣的想法。

第三個理論則是認為，黃蜂在黃色假髮上還纏著黃色手帕，看起來類似愛麗絲變成女王之後的模樣——淡黃色的頭髮上戴著金色王冠。

---

[2] 路易斯・卡洛爾死時，他的藏書裡面有一本書是約翰・伍德（John G. Wood）寫的《充滿奇蹟的小小世界：居家昆蟲之書》（*A World of Little Wonders: or Insects at Home*）。根據書裡的描述，有一種常見群居性黃蜂的特色就是，觸角的第一道關節「前端是黃色的」。

第四個理論是（當然，上述的各種理論並非彼此不相容的），卡洛爾之所以選擇黃色，是因為這種顏色長期以來，在文學與一般用語裡面常與秋天和老年有關係。黃色是老人的臉色，黃疸病的患者尤其如此。黃色是秋天枯葉、成熟玉米與「陳年舊紙」的顏色。喬叟（Chaucer）在他的《玫瑰傳奇》（*Romance of the Rose*）一書裡則是寫道，「哀愁、多慮與悲痛讓她渾身泛黃。」

莎士比亞也常常以「黃色」作為老年的象徵。莫頓‧柯亨教授表示，卡洛爾至少曾兩度在寫信時引述《馬克白》（*Macbeth*）裡的話：「我的生命已日漸枯萎，宛如凋謝的黃葉。」莎翁第73首十四行詩的下列詩句特別恰當：

在我身上，你將看見那季節
黃色枯葉或已全然凋謝
有的是幾片垂掛枝頭，在冷風中搖晃……

《愛麗絲鏡中奇緣》的序言詩和結尾詩都是以「冬天」和「死亡」為主題。鏡中世界之夢也許是愛麗絲在十一月做的，當時她坐在熊熊爐火的前方，外面的風雪正「親吻著」窗戶。卡洛爾在結尾詩裡面，回憶起當年他在7月4日的餘暉中，與里德爾三姊妹徜徉在愛西絲河（Isis）上，當時他第一次跟愛麗絲述說「夢遊仙境」的故事，在詩中他寫道「秋霜一來，七月死絕」。

儘管在寫《愛麗絲鏡中奇緣》時卡洛爾還不到四十歲，但他畢竟比自己最愛慕的幼童友人愛麗絲‧里德爾年長二十歲。在序言詩裡他提及自己與愛麗絲「相差大半輩子」。他還提醒愛麗絲，不久後就會有「可怕的訓斥聲」叫她到「那不受歡迎的床」去睡覺，他還比喻自己為年紀比較大一點的孩子，也不喜歡被人催著上床睡覺。

許多研究卡洛爾的學者相信，白棋騎士是他用來嘲諷自己的角色，就像他一樣，那騎士也是容易尷尬但充滿發明巧思的紳

士，有一雙淡藍色眼睛與溫柔笑臉，他不像鏡中世界的其他人，對待愛麗絲特別殷勤有禮。難道卡洛爾是用假髮黃蜂來嘲諷四十年後的自己嗎？柯亨教授說服我那是不可能的。卡洛爾以自己的維多利亞時代紳士的身分自豪。他絕對不會把自己比擬為一隻下層階級的雄蜂。儘管如此，在我看來，卡洛爾在寫這個故事時，絕對不可能沒有意識到愛麗絲與黃蜂之間的年紀差距極大，就像愛麗絲・里德爾與已到中年的他一樣。

我深信，儘管卡洛爾並沒有意識到，但就像腹語表演者透過玩偶說話那樣，當黃蜂說「煩人啊！真煩人！真沒見過妳這種小孩！」的時候，這句在黃蜂與愛麗絲的對話看似奇怪而不著邊際，卻是作者的心聲。

"IT'S MY OWN INVENTION."　　183

comes of having so many things hung round the horse——" So she went on talking to herself, as she watched the horse walking leisurely along the road, and the Knight tumbling off, first on one side and then on the other. After the fourth or fifth tumble he reached the turn, and then she waved her handkerchief to him, and waited till he was out of sight.

"I hope it encouraged him," she said, as she turned to run down the hill: "and now for the last brook, and to be a Queen! How grand it sounds!" A very few steps brought her to the edge of the brook. "The Eighth Square at last!" she cried as she bounded across,

and threw herself down to rest on a lawn as soft as moss, with little flower-beds dotted about it here and there. "Oh, how glad I am to get here! And what *is* this on my head?" she

箭頭指向的位置，就是卡洛爾原本希望讓「假髮黃蜂」這個故事出現的地方（圖為初版《愛麗絲鏡中奇緣》的內文）。

假髮黃蜂

愛麗絲每次跳過小河,場景就會突然改變,這就像棋局中只要有一個棋步出現,局勢就會截然不同,也像夢境的突然轉變。

……就在愛麗絲要跳過去之際,她聽見一聲深深的嘆息,好像是從身後森林裡傳出來的。「那裡有人很不快樂呢,」她心想,也急著回頭看看是怎麼一回事。結果是有位老老先生坐在地上(只是那張臉更像一隻黃蜂),他倚靠著樹幹,全身縮成一團發抖,好像很冷。

「我想我**應該幫**不了他,」這是愛麗絲的第一個念頭,就在她打算轉身回頭跳過小河時,她在小河邊停下來,轉念一想:「但問問他怎麼了也無妨。如果我跳過去了[1],一切都會改變,那我也就幫不了他了。」

儘管她**急著**想要變成女王,百般不情願,但還是轉身回去找那一隻黃蜂。

「喔,我的老骨頭,我這一身老骨頭啊!」愛麗絲走向他之際,他正在呻吟個不停。

「應該是風濕犯了吧,」愛麗絲對自

己說，接著她在他身前彎腰，溫言問道：「很痛嗎？」

黃蜂只是甩一甩肩膀，把頭轉開。「唉，可憐的我啊！」他對自己說。

「我可以為你做什麼嗎？」愛麗絲接著說。「在這裡你會不會很冷？」

「妳說完沒！」黃蜂帶著怒氣說。「煩人啊！真煩人[2]！真沒見過妳這種小孩！」

這答案讓愛麗絲很火大，差點一走了之，但她心想：「也許他只是因為風濕痛才會愛發脾氣。」所以她又嘗試地詢問了一下。

「要不要讓我扶你到另一邊？那裡吹不到冷風。」

黃蜂讓她攙扶，繞到樹的後面，但坐下來之後他仍然跟先前一樣，只是說了一句：「煩人啊！真煩人！能不能別煩我？」

「要我唸一小段新聞給你聽嗎？」愛麗絲一邊說一邊拿起他腳邊的報紙[3]。

「妳想唸就唸吧！」黃蜂氣沖沖地說。「可沒人礙著妳啊。」

於是，愛麗絲就坐在他身邊，把報紙擺在膝蓋上攤開，開始唸了起來。

[2] 在卡洛爾那個時代的俚語裡，"Worrit" 是個名詞，意思是「煩人的事或心裡苦惱。」《牛津英語詞典》引述了狄更斯小說《孤雛淚》（*Oliver Twist*）裡面邦伯先生（Mr. Bumble）的話：「太太，教區裡的生活是令人煩悶苦惱的，每個人都膽大妄為。」當時英國下層階級也常用 "Worrity" 這個字，同樣也是名詞。

[3] 如果有哪一種昆蟲會出報紙，那應該就是群居性的黃蜂。黃蜂很會造紙。牠們在樹洞裡築巢的方式是，把葉子與樹木纖維嚼成黏膠狀，做成很像薄紙構成的蜂巢。

④「黑糖」：黃蜂特別喜歡各種人造的甜食，尤其是糖。莫頓・柯亨指出，維多利亞時代的下層階級跟黃蜂一樣喜歡黑糖，因為黑糖比白砂糖便宜。

⑤十六、十七世紀期間，"engulph" 是 "engulf" 一字常見的拼法。到了卡洛爾的時代，那種拼法還是偶爾可見。卡洛爾也許是透過黃蜂來表達對這種拼法的不滿，或許也是因為愛麗絲發音不正確（唸成 "en-gulphed"，兩音節被拆成三音節），讓黃蜂覺得很奇怪。

唐諾・霍斯頓（Donald L. Hotson）認為，卡洛爾在此也許是利用當時大學校園裡常見的一個俚語來玩文字遊戲。根據《俚語字典》（The Slang Dictionary；Chatto & Windus, 1974）的記載，"gulfed"（有時候也拼成 "gulphed"）「原本是劍橋大學校園常用的詞彙，意指學生因為數學被當，所以不能去參加古典語文學考試。……現在，此一詞彙在牛津大學校園裡也已經常見，表示某個學生參加考試時打算拿前幾名，結果成績卻只夠通過考試而已。」

「最新消息：探險隊又去了一趟食物儲藏室，並且發現了五大塊狀況極佳的白方糖。回來的路上……」

「有黑糖嗎？」黃蜂打斷她。

愛麗絲很快地往下瀏覽，看完後對他說：「沒有。沒提到黑糖。」

「沒有黑糖④！」黃蜂抱怨了起來。「這什麼爛探險隊啊！」

「回來的路上，」愛麗絲接著唸下去，「他們發現一個糖漿湖。湖畔是藍白相間的，看來像是瓷器。在品嚐糖漿時，發生的一樁悲劇：兩位探險隊成員被湖水吞噬……」

「被怎樣？」黃蜂用很生氣的聲音問道。

「ㄊㄨㄣ……ㄕˋ⑤，」愛麗絲把字拆成一個個音節慢慢說。

「沒聽過這種說法！」黃蜂說。

「但報紙上就是這麼寫的，」愛麗絲用有點膽怯的聲音說。

黃蜂說：「別繼續唸了！」接著煩躁地把頭轉過去。

愛麗絲把報紙放下。「我看你好像身體不太舒服，」她用安慰的語氣說。「我

可以為你做什麼嗎？」

「都是因為 [6] 這假髮！」黃蜂的聲音突然柔和了許多。

「都是因為這假髮？」愛麗絲問道，她很高興黃蜂不再發脾氣了。

「如果妳跟我一樣戴著這種假髮，也會生氣，」黃蜂接著說。「他們取笑我，讓我憂煩 [7]，所以我才會生氣，我才會對人都冷冰冰的，我才會來到這樹下，我才會有這黃色手帕 [8]。就像現在這樣——把臉包起來。」

愛麗絲同情地看著他。「用手帕包臉，可以減緩牙痛 [9]，」她說。

「也可以減少自負，」黃蜂又補了一句。

愛麗絲不太懂「自負」是什麼。「那是一種牙病嗎？」她問道。

黃蜂想了一下。「喔，不是，」他說。「自負就是像這樣，仰著頭——不彎著脖子。」

「喔，你是說脖子僵硬 [10]，」愛麗絲說。

[6] 「都是因為」：在這裡，卡洛爾的用詞是 "all along of"，相當於 "all because of"。這又是當時下層階級慣用的措詞。

[7] 「使……憂煩」（worrit）：這又是一個不太文雅的動詞。《匹克威克外傳》裡桑德斯太太（Mrs. Saunders）曾說，「別讓你那可憐的母親憂煩。」從黃蜂的措詞習慣看來，在黃蜂的社會階層裡，他顯然是一隻雄蜂。

這一隻年邁的雄蜂，不只愛發脾氣，大家都害怕討厭，而且還來自下層階級，與愛麗絲的上層階級背景形成強烈對比。因為這一切事實，愛麗絲能對他始終保持善意，也就更顯得了不起了。

[8] 黃色絲質手帕在當時的口語裡也被稱為 "yellowman"，是維多利亞時代英格蘭地區的流行物品。

[9] 在卡洛爾那個時代，這是世界各國通用的治牙痛方式。利用手帕把臉包起來，裡面包著糊狀膏藥。覺得自己長得好看的人，牙痛一定會常常像這樣用手帕包臉，但肯定不會讓他們更為自負。

[10] "stiff neck" 同時意指「頸部僵硬」這種身體疾病，還有傲慢、驕傲與自負的人之姿態。也許黃蜂是想要提醒愛麗絲，別成為傲慢的女王，跟象牙材質的王后棋子一樣變成「頸部僵硬」。事實上，當愛麗絲發現自己頭上戴了王冠之後，為了不讓王冠掉下來，她走路的姿勢就開始變得僵硬。到了最後一章，她想像小貓凱蒂就是夢裡的紅棋王后，還叫她要「坐挺一點」（sit up a little more stiffly）。蛋頭先生的詩歌

裡面也有個「堅挺又驕傲」（proud and stiff）的信差。

柯亨教授發現，黃蜂說 "stiff neck" 是個新名詞，但他事實上是把歷史給顛倒了。"stiff neck" 一詞的歷史比 "conceit"（自負）還要悠久得多。《舊約聖經》裡〈出埃及記〉第三十三章第五節就有這樣的說法：天主命令摩西，要他轉告以色列人，「你們是個驕傲的民族」（You are a stiff-necked people）。

⑪「鮮黃色」：到了這本小說第九章，卡洛爾再度使用此一與老年有關的顏色。「老老青蛙」就是身穿「鮮黃色」衣服。

⑫ "comb"：這又是一個雙關語。可以指梳子，也有蜂巢的意思。請注意，如果愛麗絲是一隻蜜蜂，那她即將成為一隻女王蜂。

黃蜂說：「這倒是個新名詞。我們那個年代都是說自負。」

「自負可不是一種疾病，」愛麗絲說。

「的確是一種病，」黃蜂說。「等妳開始自負之後就知道了。得病後，妳可以用黃色手帕把臉包起來。很快就會好了！」

他一邊說，一邊解開手帕，他的假髮讓愛麗絲感到很驚訝。假髮跟手帕一樣都是鮮黃色⑪的，髮絲雜亂糾結，像是一團海草。「你可以把假髮弄得整齊一點，」她說。「只要有梳子就好。」

「啊，妳是**蜜蜂**嗎？」黃蜂更為興味盎然地看著她。「妳說妳有蜂巢⑫。蜂蜜多嗎？」

「不是蜂巢，」愛麗絲趕緊解釋道。「是梳頭髮的梳子……你也知道，你的頭髮很亂。」

「我來跟妳說說我怎麼戴上假髮的，」黃蜂說。「我年輕時，也是留著一頭波浪狀長髮……」

羅夫‧史戴曼（Ralph Steadman）繪。1973 年

假髮黃蜂

13 這兩本愛麗絲系列小說有這麼多諧仿的打油詩，那這首也是嗎？當時有許多詩作與歌曲都以「年少時……」開頭，但我似乎找不到任何一首是卡洛爾諷刺的對象。他也許有意識到詩人米爾頓（John Milton）在《失樂園》（*Paradise Lost*）第四卷描繪夏娃的裸身美姿時，曾經用到「長髮如波浪」的措詞：

薄紗落到纖腰
未經修飾的金黃秀髮
如此凌亂，但長髮如波浪嬉鬧
藤蔓捲著髮絲……

另外，亞歷山大・波普（Alexander Pope）的〈莎孚〉（*Sappho*）也有如下的詩句：

我的髮絲如波浪，不再捲曲……

然而，既然 "ringlet" 本來就是指如波浪般捲曲的長髮，這些相似性也許是偶然的。

如前所述，值得一提的是，所謂 "ringlet" 並非短捲髮，而是「螺旋狀的長髮」，就像米爾頓提及的藤蔓。身為數學家，卡洛爾應該也深知螺旋是一種不對稱結構，就像愛麗絲所說的，在鏡中世界是「完全相反的」。

我在前面也提過，《愛麗絲鏡中奇緣》之所以會有那麼多顛倒的鏡像故事元素以及不對稱的物體，並非偶然。「螺旋」一詞就被提及好幾次，蛋頭先生還把白獾比擬為拔塞鑽，而且田尼爾在描繪白獾時，也把牠們的尾巴與口鼻畫成螺旋狀的。蛋頭先生在詩歌裡還提及要用拔塞鑽把魚兒叫醒，而白棋王后則是在第九章回想起蛋頭先生曾經手拿拔塞鑽去屋裡找河馬。在

此刻愛麗絲有了一個奇怪的想法。先前她遇到的每一個人幾乎都會朗誦詩歌給她聽，此時她心裡想著，如果黃蜂不唸詩歌，那就換她來唸。「你願意把故事編成詩歌唱出來嗎？」她很有禮貌地問道。

「我沒那種習慣，」黃蜂說。「不過可以試試看，等一下。」他停頓了一陣子，接著就開始唱了起來：

年少時長髮如波浪 [13]
在我頭上又捲又皺：
後來他們說：「你該剃光頭，
戴上黃色假髮。」

但我照做以後，
他們發現效果不好，
說我看起來
沒他們想像中帥。

他們說假髮與我不配
讓我看來平凡無比：
但我該怎麼辦？
一頭波浪長髮再也長不出來。

如今我年邁灰白，
頭髮幾乎剩下沒半根，
他們拿走我的假髮，對我說：
「你戴這種垃圾幹嘛？」

不過，每當我出現，
他們還是會罵我「豬啊！」[14]
親愛的，妳問他們為何那樣做，
只因我頭戴著黃色假髮。

「我很遺憾，」愛麗絲衷心地說。「我想，如果你的假髮與你合適一點，他們就不會老是嘲笑你了。」

「妳的假髮倒是很合適，」黃蜂低聲說，用羨慕的眼神看著她，「緊貼著妳的腦袋。只是，妳下顎的形狀不怎麼好——咬東西的力道應該不大吧？」

愛麗絲小聲笑出來[15]，勉強裝成在咳嗽。最後她終於能說話，一本正經地表示：「我想咬什麼，就咬什麼[16]。」

「妳嘴巴那麼小，應該辦不到，」黃蜂堅持他的說法。「如果要跟人打鬥……妳咬得住對方的後頸嗎？」

「恐怕沒辦法，」愛麗絲說。

「嗯，那是因為妳的下顎太短，」黃蜂接著說。「但妳的頭頂可是又圓又漂亮啊。」他一邊講話，一邊拿下自己的假髮，把一隻爪子伸向愛麗絲[17]，好像想要把她的「假髮」拿下來，但是她躲開了，假裝不懂他要做什麼。於是黃蜂繼續批評下去。

田尼爾的插畫裡，獨角獸與山羊的角也是螺旋狀的。第三章裡面通往山丘頂端的路也被他畫成了螺旋狀。卡洛爾一定也有意識到，假髮黃蜂年輕時（也許當時還頗為自負？）一照鏡子就會看到自己的長捲髮「往相反方向」捲曲。

無論我們怎麼看，這首詩寫在一本給小孩看的書裡面，可說是一首怪詩，只是奇怪的程度也許並不亞於蛋頭先生在第六章朗誦的那首高深難測的詩。剃髮與砍頭、拔牙一樣，在佛洛伊德（Freud）精神分析中都是被閹割的象徵。從精神分析的角度出發，也有可能對這一首詩進行某些有趣的詮釋。

[14] 在《愛麗絲夢遊仙境》第六章〈小豬與胡椒〉裡，愛麗絲一開始以為公爵夫人大聲喊一聲「豬啊！」的時候，是在罵她。結果，那個罵人的字眼是用來形容夫人在照顧的小嬰兒，沒多久那嬰兒就變成一隻豬了。根據《牛津英語詞典》記載，維多利亞時代英格蘭地區的人常用「豬」這個字來罵人。令人訝異的是，當時的人常常用「豬」這個字來罵警察。一本於1874年出版的俚語詞典則是表示：「這個字眼幾乎只會被倫敦的小偷拿來罵便衣警察。」

英國打油詩詩人J.A. 林登（J. A. Lindon）表示，假髮黃蜂之所以會被罵「豬」，是因為他頂著大光頭（公爵夫人照顧的小嬰兒也是光頭）；林登還提出「豬」與「假髮」的關聯性：根據《牛津英語詞典》表示，"piggywiggy"這個由「豬」與「假髮」組成的複合字同時可以用來指稱豬與小孩。英國詩人愛德華 · 李爾（Edward Lear）在詩作〈The Owl and the Pussycat〉裡面寫道：

森林裡站著一隻豬
鼻子尾端穿著鼻環

⑮ 愛麗絲「小聲笑出來」，但怕惹到黃蜂，勉強裝成在咳嗽。不久前在她遇到白棋騎士時，她也曾「盡力忍住不笑，最後還是小聲笑了出來」。當然，我們無法確定這種相似性是否在原稿裡面就存在了。也有可能是卡洛爾在刪掉〈假髮黃蜂〉的段落之後，在潤飾小說稿件時，把裡面的一些措詞與意象借用到小說其他地方。

⑯ 愛麗絲曾經在奶媽的耳邊大叫，把奶媽嚇一跳：「奶媽！我們來假裝我是飢餓的土狼，妳是一根骨頭！」（請參閱《愛麗絲鏡中奇緣》第一章。）

⑰ 此情景有點嚇人：一隻巨大的黃蜂居然伸出「爪子」，要把愛麗絲的頭髮掀下來。這讓我們聯想到同一本小說裡的三個插曲。白棋騎士在登上馬背時，為了穩住身子，也曾抓住愛麗絲的頭髮。本小說第九章裡面，白棋王后曾經用兩隻手抓住愛麗絲的頭髮。而且我們透過田尼爾的信件也得知，在火車跳越第二條小河之際，卡洛爾本來的安排是反過來的，要讓愛麗絲抓住一位坐在附近的老太太的頭髮。

⑱ 假髮黃蜂跟愛麗絲有所不同，他的眼睛長在頭的兩側，而且眼球具有複眼結構，大大的下顎強而有力。跟愛麗絲相同的是，黃蜂的頭頂也是「又圓又漂亮」。其他鏡中世界的生物也都曾根據自己的身體特徵來打量愛麗絲（包括玫瑰、虎皮百合和獨角獸）。二十歲時，田尼爾在與父親練習擊劍時傷了眼睛，單眼從此失明。當時他父親劍上的鈍劍頭意外掉下來，劍刃的尖

「還有妳的眼睛，真的長得太前面了。如果兩個眼睛**那麼**接近，乾脆用一隻眼睛就可看東西了 [18]……」

愛麗絲不喜歡一直被人批評，而且黃蜂的精神也變好了，開始越來越多話，所以她想如果離開應該也沒有關係了。

「我想我得走了，」她說。「再見了。」

「再見，而且也謝謝妳。」黃蜂說。愛麗絲則是再度輕快地跑下山丘，心裡挺高興的，因為她才回森林裡幾分鐘就能讓那可憐的老黃蜂心裡好過一點。[19]

端畫過田尼爾的右眼，當時的驟然劇痛肯定很像被黃蜂螫到。據此，我們可以理解為何田尼爾會因為假髮黃蜂的話而被冒犯；如果真是這樣，那他對於這一段故事勢必會有成見。

⑲ 1978 年，英國路易斯‧卡洛爾學會贊助了一個研討會，主題是讓來自各地的卡洛爾研究者真對以下問題辯論：〈假髮黃蜂〉的校對稿究竟是真品，還是模仿得很像的偽造品？會議的發言內容請參閱：*Jabberwocky* (Summer 1978)。

正反兩方意見都有，但大多數人都認為是真品。然而，大家也都同意，儘管這故事讓大家能用新的角度看待愛麗絲，但從文字品質看來卻不是卡洛爾最棒的作品，因此田尼爾提出的刪減建議是有充分理由，是可以被支持。另外一個在會中辯論的問題是：卡洛爾原本打算把〈假髮黃蜂〉當成獨立的一章，或是白棋騎士那一章的一部分？有關〈假髮黃蜂〉這個故事應該擺在哪裡，在該次會議並未達成共識。

想要更全面瞭解研討會的經過，請參閱：Matthew Demakos, "The Authentic Wasp," in *Knight Letter* 72 (Winter 2003)。上述文章收錄了與相關問題及其關連的新發現文件。

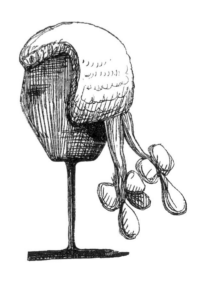

塔提雅娜・亞諾夫絲卡伊雅（Tatiana Ianovskaia）繪。2007 年

各國路易斯 ‧ 卡洛爾學會簡介

　　北美路易斯 ‧ 卡洛爾學會（簡稱 LCSNA）是個非營利組織，宗旨是提倡關於查爾斯 ‧ 拉特維吉 ‧ 道吉森的研究，其內容囊括他的生平、作品、時代背景與影響。該學會成立於 1974 年，創會成員有十幾人，其中包括馬丁 ‧ 加德納與莫頓 ‧ 柯亨，會員人數從幾十人成長到如今的幾百人，他們來自北美各地與海外。目前會員中，有卡洛爾研究的頂尖權威、收藏家、學生、一般愛好者與許多圖書館。在會員的齊心協力之下，該會已經憑藉其研究專業成為卡洛爾研究與各種相關活動的核心。

　　LCSNA 每兩年聚會一次，集會通常在春秋兩季舉行，地點是美加各地的城市。每次集會都會邀請知名人士來演講，有趣的報告與演出也是常見的，還有出色的展覽。

　　LCSNA 的出版活動極其活躍，由知名會員組成的委員會負責監督。會員每年都會收到兩期會刊《騎士信件》，還有一本會員專屬贈書，例如《卡洛爾的木偶芭蕾舞劇「布萊蕭火車指南」》（*Lewis Carroll's La Guida di Bragia*）、《卡洛爾與法國》（*Voices from France*）以及《獻花給園丁：馬丁 ‧ 加德納紀念文集》等等。本會也曾率先將卡洛爾的故事《假髮黃蜂》出版問世。其他出版品還包括與維吉尼亞大學出版社合作推出的《路易斯 ‧ 卡洛爾的小手冊作品》（*The Pamphlets of Lewis Carroll*），一套總共六本。過期的《騎士信件》內容都可以從以下網路資料庫取得，網址是：archive.org/details/knightletters。

LCSNA 的官網與部落格目前仍維持積極的運作，網址是：www.lewiscarroll.org。想與本會連絡者可以直接透過網站，或是寫信給本會秘書，地址是：Secretary, LCSNA, P. O. Box 197, Annandale, VA 22003。

英國路易斯卡洛爾學會的歷史比本會更悠久，創立於 1969 年。該會的出版品包括學術性的《卡洛爾學刊》（原名《炸脖龍》），會訊《蛇尾怪獸》，還有《路易斯·卡洛爾書評》（*The Lewis Carroll Review*）。想進一步瞭解該會的相關資訊，可以參閱官網，網址是：lewiscarrollsociety.org.uk，或直接寫信給該會秘書：Secretary, The Lewis Carroll Society, Flat 11 Eastfields, 24-30 Victoria Road North, Southsea PO5 1PU, UK。

日本路易斯卡洛爾學會創立於 1994 年，其出版品，包括會訊《鏡中世界通訊》（*The Looking-Glass Letter*），還有年刊《雜七雜八》（*Mischmasch*），刊物中的文章主要以日文撰寫，偶爾會出現英文文章。該會每年聚會六次。進一步資訊可洽該會官網：www2.gol.com/users/kinosita/lcsj/，或是寫信給該會會長安井泉教授（日本千葉縣松戶市聖德大學英文系教授），地址是：c/o Professor Izumi Yasui, Department of Literature, Faculty of Literature, Seitoku University, Iwase 550, Matsudo, Chiba 271-8555, Japan。

巴西路易斯卡洛爾學會成立的時間最短，於 2009 年才由雅德莉雅娜·佩里亞諾（Adriana Peliano）成立的。該會官網與部落格的活動非常活躍，設有葡萄牙文與英文版，網址為：lewiscarrollbrasil.com.br。創會會長佩里亞諾的連絡地址為：Rua Saint Hilaire, 118, ap. 81, Jardim Paulista, São Paulo / SP 01423-040, Brazil。

主要參考書目

路易斯 · 卡洛爾著作品 （按照出版年份排列）

1865 年：《愛麗絲夢遊仙境》。為了紀念那趟划船之旅，卡洛爾刻意把初版兩千本小說的出版日期訂在 7 月 4 日當天，他就是在三年前的 7 月 4 日向愛麗絲述說那個故事的。後來，因為品質有問題，卡洛爾與田尼爾要求出版社把這一批書回收。那些還沒有裝訂但已經印好的紙，後來被賣到紐約的艾伯頓出版社（Appleton），由該社印製一千本，裡面還有一張在牛津鎮印製的全新書名頁，出版年份為 1866 年。這是第一版的第二刷。第三刷是剩餘的九五二本，書裡的書名頁是在美國印製的。卡洛爾不在乎美國版《愛麗絲夢遊仙境》的印刷品質，因為他曾經遇過一個八歲大的紐約女孩，對她的行為舉止非常不認同，甚至為此在日記裡面寫道：「看來，美國這個地方的確沒有小孩可言」（1880 年 9 月 3 日）。

1867 年：《行列式概論》（*An Elementary Treatise on Determinants*）。

1871 年：《愛麗絲鏡中奇緣》（*Through the Looking-Glass, and What Alice Found There*）。

1876 年：《捕獵蛇鯊》（*The Hunting of the Snark, An Agony in Eight Fits*）。

1879 年（1973 年再版）：《歐基里德與其現代敵人》（*Euclid and His Modern Rivals*）。

1886 年（1965 年再版）：《愛麗絲地底歷險記》（*Alice's Adventures Under Ground*）。這本書是將原始草稿用複印技術重製而成的，而所謂草稿就是卡洛爾親手寫字與繪製簡單插圖，送給愛麗絲 · 里德爾當禮物的原稿。其內文長度只有《愛麗絲夢遊仙境》的一半再多一點。

1889 年（1966 年再版）：《幼童版愛麗絲夢遊仙境》（*The Nursery "Alice"*）。將《愛

麗絲夢遊仙境》改寫刪減而成，主要是給「零到五歲」的年幼讀者閱讀的。書裡使用田尼爾的插畫，但將其放大上色。

1889 年（1988 年再版）：《西爾薇與布魯諾》（*Sylvie and Bruno*）。

1893 年：《西爾薇與布魯諾的結局》（*Sylvie and Bruno Concluded*）。

1899 年（1961 年再版）：《路易斯 · 卡洛爾圖畫書》（*The Lewis Carroll Picture Book*，由史都華 · 道吉森 · 柯靈伍編輯），一本非常珍貴的卡洛爾雜文集，書中收錄許多他原創的遊戲、謎題與其他數學遊戲。

1926 年：《胡說胡鬧詩文集》（*Further Nonsense Verse and Prose*. Edited by Langford Reed）。

1935 年（1977 年再版）：《路易斯 · 卡洛爾俄國遊記與其他作品選集》（*The Russian Journal and Other Selections from the Works of Lewis Carroll*. Edited by John Francis McDermott）本書收錄卡洛爾於 1867 年與亨利 · 李登牧師（Canon Henry Liddon）一起前往俄國旅行時寫的日記。

1937 年：《路易斯 · 卡洛爾全集》（*The Complete Works of Lewis Carroll*，亞歷山大 · 伍爾考特導言）這是一本名過其實的書：就算把卡洛爾許多以原名發表的書排除在外（如同這本書的做法），這也絕對不是完整的全集。不過，因為它是美國現代圖書館出版社（Modern Library）推出的，所以到目前為止還是最容易取得的卡洛爾詩文集。

1958 年再版：《枕邊數學難題集與打結的故事》（*Pillow Problems and a Tangled Tale*）。這本書是把卡洛爾的《枕邊數學難題集》與《打結的故事》兩本書合併出版的，其內容都是一些數學遊戲。

1958 年再版：《符號邏輯與邏輯遊戲》（*Symbolic Logic and the Game of Logic*）。同樣是把卡洛爾的兩本書合併重出的一本書，那兩本書都是他專門為兒童寫的。

1971 年再版：《自宅雜誌與雜七雜八》（*The Rectory Umbrella and Mischmasch*）。將卡洛爾兩份早年手稿合併在一起重新出版的書。

1993 ～ 2007 年：《路易斯 · 卡洛爾的日記：查爾斯 · 拉特維吉 · 道吉森私人日誌》（*Lewis Carroll's Diaries: The Private Journals of Charles Lutwidge Dodgson*，由愛德華 · 威克林編輯）這是任何研究卡洛爾的人都不可以錯過的書。由英國路易斯 · 卡洛爾學會出版，總計九冊，包括卡洛爾所有留存於世的日記內容（第十冊是索引，還有試圖還原佚失日記的一些文字），以及詳細注釋。這個版本取代了更早以前於 1953 年出版的《路易斯 · 卡洛爾的日記》（*Diaries of Lewis Carroll*，一共兩冊，由羅傑 · 葛林編輯）。

1993 〜 2015 年：《路易斯·卡洛爾短論集》（*The Pamphlets of Lewis Carroll. Vol. 1: The Oxford Pamphlets, Leaflets, and Circulars The Oxford Pamphlets, Leaflets, and Circulars*〔1993〕, edited by Edward Wakeling; Vol. 2: *The Mathematical Pamphlets*〔1994〕, edited by Francine Abeles; Vol. 3: *The Political Pamphlets*〔2001〕, edited by Francine Abeles; Vol. 4: *The Logic Pamphlets*〔2010〕, edited by Francine Abeles; Vol. 5: *Games, Puzzles, and Related Pieces*〔2015〕, edited by Christopher Morgan）總計五冊，依序為牛津時代短論、數學短論、政治短論、邏輯短論以及遊戲與謎題等。

1998 年：《千變萬化》（*Phantasmagoria*，由馬丁·加德納編輯）再版的卡洛爾打油詩，內容是關於一個鬼魂的種種。

各種注釋版的愛麗絲系列小說

1971 年：《愛麗絲夢遊仙境》（*Alice in Wonderland.* Edited by Donald J. Gray）。

1971 年：《愛麗絲夢遊仙境與鏡中奇緣》（*Alice in Wonderland and Through the Looking-Glass*，由羅傑·蘭斯林·葛林編輯）。

1974 年：《哲學觀點解讀愛麗絲》（*The Philosopher's Alice*，由彼得·希斯編輯）。

1982 〜 83 年：《愛麗絲的仙境與鏡中世界歷險記》（*Alice's Adventures in Wonderland and Through the Looking-Glass.* 2 volumes，由詹姆士·金凱恩編輯）。

1998 年：《愛麗絲夢遊仙境與鏡中奇緣》（*Alice in Wonderland and Through the Looking-Glass.* Edited by Hugh Haughton）。

插畫版愛麗絲小說

世界各地有超過一千個畫家曾經從愛麗絲系列小說取材作畫。關於這方面的豐富研究，請參閱《繪製愛麗絲》（2013 年由 Artist's Choice Editions 出版）一書。《繪製愛麗絲》的內容特別可觀，只要是討論到的書，至少都會收錄其中的一幅插畫。其他這一類的書包括：

1972 年：《愛麗絲夢遊仙境的插畫家們》（*The Illustrators of Alice in Wonderland.* Edited by Graham Ovenden and Jack Davis）。

1989 年：《愛麗絲夢境歷險：終極插畫版》（*Alice's Adventures in Wonderland:*

The Ultimate Illustrated Edition. Compiled by Cooper Edens）

1998 年：《愛麗絲夢遊仙境的藝術》（*The Art of Alice in Wonderland*. Stephanie Lovett Stoffel）。

2000 年：《愛麗絲夢境歷險：經典插畫版》（*Alice's Adventures in Wonderland: A Classic Illustrated Edition*. Compiled by Cooper Edens）

2012 年：《插畫中的愛麗絲》（*Alice Illustrated*. Edited by Jeff Menges）。

關於各國愛麗絲譯本的專書

1964 年：《各種語言的愛麗絲》（*Alice in Many Tongues*. Warren Weaver）

2015 年：《置身仙境的愛麗絲：路易斯‧卡洛爾經典之作的翻譯》（*Alice in a World of Wonderlands: The Translations of Lewis Carroll's Masterpiece*. Edited by Jon Lindseth）。這三冊學術論文集討論總計一百七十四種語言與方言的譯本特有風格，還把〈瘋狂茶會〉那章某個段落的不同譯本重新翻譯回去，變成英文，書中並收錄了不同語言譯本的書單，總共有八千四百多本書。

流行文化中的愛麗絲

2004 年：《愛麗絲歷險記：流行文化中的卡洛爾與愛麗絲》（*Alice's Adventures: Lewis Carroll and Alice in Popular Culture*. Will Brooker）

2004 年：《關於愛麗絲的一切：路易斯‧卡洛爾的雋語、智慧與仙境》（*All Things Alice: The Wit, Wisdom, and Wonderland of Lewis Carroll*，琳達‧山帥恩著）。

2014 年：《愛麗絲的仙境：路易斯‧卡洛爾筆下瘋狂世界的視覺之旅》（*Alice's Wonderland: A Visual Journey Through Lewis Carroll's Mad, Mad World*. Catherine Nichols）。

路易斯‧卡洛爾的信函

1933 年：《路易斯‧卡洛爾與其幼童友人書信選集》（*A Selection from the Letters of Lewis Carroll to His Child-Friends*. Edited by Evelyn M. Hatch）

1979 年：《路易斯‧卡洛爾的信函》（*The Letters of Lewis Carroll*. 2 volumes，由莫頓‧柯亨編輯）。

1980 年：《路易斯‧卡洛爾與基群一家人的往來信函》（*Lewis Carroll and the Kitchins*，由莫頓‧柯亨編輯）。

1987 年：《路易斯‧卡洛爾與麥克米倫出版社》（*Lewis Carroll and the House of Macmillan*，由莫頓‧柯亨與阿尼塔‧甘道夫編輯）。

1990 年：《路易斯‧卡洛爾寫給史凱芬頓舅舅的書》（*Lewis Carroll's Letters to Skeffington.* Edited by Anne Clark Amor）。

2003 年：《路易斯‧卡洛爾與他的插畫家們：1865 到 1898 年之間的合作關係與書信往來》（*Lewis Carroll and His Illustrators: Collaborations and Correspondence 1865–1898.* Edited by Morton Cohen and Edward Wakeling）。

愛麗絲系列小說改編而成的劇作

1990 年：《舞台上的愛麗絲》（*Alice on Stage.* Charles C. Lovett）。

1999 年：〈論路易斯‧卡洛爾的作品之戲劇改編〉（"Dramatic Adaptations of Lewis Carroll's Works." Dietrich Helms. *The Carrollian* 4）。

2005 ～ 2013 年：〈舞台上的愛麗絲：針對勒維特的清單進行的補充〉（"Alice on Stage: A Supplement to the Lovett Checklist." August A. Imholtz, Jr. Four parts. *The Carrollian* 14, 16, 20, and 24）。

路易斯‧卡洛爾的傳記

1898 年：《路易斯‧卡洛爾的生平與信函》（*The Life and Letters of Lewis Carroll*，史都華‧道吉森‧柯靈伍著）。卡洛爾的外甥幫他寫的傳記，是關於其生平的重要參考資料。

1899 年（1972 年再版）：《路易斯‧卡洛爾的故事》（*The Story of Lewis Carroll.* Isa Bowman）。作者是女演員伊莎‧波曼，她曾經演過薩維爾‧克拉克取材自愛麗絲系列小說的音樂舞台劇，因而成為卡洛爾最主要的幼童友人之一。

1932 年：《路易斯‧卡洛爾》（*Lewis Carroll.* Walter de la Mare）。

1932 年：《路易斯‧卡洛爾的生平》（*The Life of Lewis Carroll.* Langford Reed）。

1936 年：《卡洛爾的愛麗絲》（*Carroll's Alice*，哈瑞‧摩根‧艾爾斯著）。

1945 年（1972 年再版）：《鏡中的維多利亞時代》（*Victoria through the Looking-Glass*，佛蘿倫絲‧貝克‧藍儂著）。

1949 年（修訂版於 1969 年問世）：《攝影家路易斯 · 卡洛爾》（*Lewis Carroll: Photographer*，赫爾穆 · 葛恩宣著）。收錄了由卡洛爾拍攝的六十四張精彩照片。

1949 年：《路易斯 · 卡洛爾的故事》（*The Story of Lewis Carroll*，羅傑 · 葛林著）。

1954 年（1977 年推出修訂版）：《路易斯 · 卡洛爾》（*Lewis Carroll*. Derek Hudson）。

1960 年：《路易斯 · 卡洛爾》（*Lewis Carroll*，羅傑 · 葛林著）。

1966 年：《蛇鯊是一種怪物》（*The Snark Was a Boojum*. James Plasted Wood）。

1974 年：《路易斯 · 卡洛爾》（*Lewis Carroll*. Jean Gattégno）。

1977 年（1990 年推出修訂版）：《路易斯 · 卡洛爾》（*Lewis Carroll*，里查 · 凱利著）。

1979 年：《路易斯 · 卡洛爾》（*Lewis Carroll*，安 · 克拉克著）。

1984 年：《路易斯 · 卡洛爾》（*Lewis Carroll*. Graham Ovenden）。

1989 年：《路易斯 · 卡洛爾：訪談與回想》（*Lewis Carroll: Interviews and Reflections*，由莫頓 · 柯亨編輯）。

1994 年：《路易斯 · 卡洛爾的俄國之旅》（*Lewis Carroll in Russia*. Fan Parker）。

1995 年：《路易斯 · 卡洛爾》（*Lewis Carroll*，莫頓 · 科亨著）。

1996 年：《路易斯 · 卡洛爾》（*Lewis Carroll*. Michael Bakewell）。

1996 年：《仙境裡的路易斯 · 卡洛爾》（*Lewis Carroll in Wonderland*. Stephanie Stoffel）。

1998 年：《路易斯 · 卡洛爾》（*Lewis Carroll*. Donald Thomas）。

1998 年：《鏡中倒影》（*Reflections in a Looking Glass*，莫頓 · 科亨著）。收錄許多卡洛爾拍攝的照片，畫質出色，其中包括四張當年他幫小女孩拍的裸照。

1999 年：《揭開戀童癖好的神話：路易斯 · 卡洛爾新傳》（*In the Shadow of the Dreamchild: A New Understanding of Lewis Carroll*，卡洛琳 · 李區著）。

2005 年：《路易斯 · 卡洛爾的圖書世界》（*Lewis Carroll Among His Books*. Charlie Lovett）。這本書完整地列出卡洛爾的藏書，也指出他曾經讀過或推薦過哪些書。

2005 年：《路易斯 · 卡洛爾與維多利亞時代的舞台：戲劇性的平凡人生》（*Lewis Carroll and the Victorian Stage: Theatricals in a Quiet Life*. Richard Foulkes）。

2005 年：《路易斯 • 卡洛爾的銀行帳目》（*Lewis Carroll in His Own Account.* Jenny Woolf）。透過卡洛爾的銀行帳目資料來瞭解他的性格。

2010 年：《謎樣的路易斯 • 卡洛爾》（*The Mystery of Lewis Carroll.* Jenny Woolf）。

2015 年：《路易斯 • 卡洛爾與其密友》（*Lewis Carroll: The Man and His Circle*，愛德華 • 威克林著）。

關於卡洛爾的文學批評之作

1936 年：《卡洛爾的愛麗絲》（*Carroll's Alice*，哈瑞 • 摩根 • 艾爾斯著）。

1952 年：《白棋騎士》（*The White Knight.* Alexander L. Taylor）。

1963 年：《符號學家查爾斯 • 道吉森》（*Charles Dodgson, Semiotician.* Daniel F. Kirk）。

1969 年：《愛麗絲的仙境歷險》（*Alice's Adventures in Wonderland*，由唐諾 • 瑞金編輯）。

1970 年：《語言與路易斯 • 卡洛爾》（*Language and Lewis Carroll*，羅特 • 沙瑟蘭著）。

1971 年：《愛麗絲的各種面向》（*Aspects of Alice.* Edited by Robert Phillips.）。

1974 年：《娛樂、遊戲與運動：路易斯 • 卡洛爾的文學作品》（*Play, Games, and Sports: The Literary Works of Lewis Carroll.* Kathleen Blake）。

1976 年：《旁人眼中的路易斯 • 卡洛爾》（*Lewis Carroll Observed*，由愛德華 • 顧里亞諾編輯）。

1976 年：《烏鴉與書桌》（*The Raven and the Writing Desk*，法蘭西斯 • 赫胥黎著）。

1982 年：《路易斯 • 卡洛爾紀念文集》（*Lewis Carroll: A Celebration*，由愛德華 • 顧里亞諾編輯）。

1982 年：《與多多鳥高飛》（*Soaring With the Dodo*，由愛德華 • 顧里亞諾與詹姆士 • 金凱德編輯）。

1987 年：《現代批評文集：路易斯 • 卡洛爾》（*Modern Critical Reviews: Lewis Carroll.* Edited by Harold Bloom）。

1991 年：《愛麗絲夢遊仙境與鏡中奇緣》（*Alice's Adventures in Wonderland and Through the Looking-Glass*，唐諾 · 瑞金著）。

1994 年：《從愛麗絲的世界看符號學與語言學》（*Semiotics and Linguistics in Alice's World*. R. L. F. Fordyce and Carla Marcello）。

1995 年：《路易斯 · 卡洛爾與喬治 · 麥唐納的情誼與文學合作成果》（*The Literary Products of the Lewis Carroll–George MacDonald Friendship*. John Docherty）。

1997 年：《愛麗絲系列小說的創作過程：路易斯 · 卡洛爾如何使用先前的兒童文學元素》（*The Making of the Alice Books: Lewis Carroll's Use of Earlier Children's Literature*. Ronald Reichertz）。

1998 年：《愛麗絲夢遊仙境的藝術》（*The Art of Alice in Wonderland*. Stephanie Lovett Stoffel）。

1998 年：《愛麗絲伴讀資料》（*Lewis Carroll: The Alice Companion*. Jo Elwyn Jones and J. Francis Gladstone.）。

2008 年：《卡洛爾與法國》（*Lewis Carroll: Voices from France*，伊麗莎白 · 塞維爾著）。

2009 年：《仙境之外的愛麗絲》（*Alice Beyond Wonderland*. Edited by Christopher Hollingsworth）。

2010 年：《路易斯 · 卡洛爾在兒童文學中的地位》（*The Place of Lewis Carroll in Children's Literature*. Jan Susina）。

期刊

《卡洛爾學刊》（*The Carrollian*）。英國路易斯 · 卡洛爾學會會刊。可以在網站上查閱完整的文章索引，網址是：thecarrollian.org.uk。

《騎士信件》（*Knight Letter*）。北美路易斯 · 卡洛爾學會會刊。可以在網路檔案庫上面查閱過期期刊內容，網址是：archive.org/details/knightletters。

從心理分析的角度詮釋卡洛爾

1933 年：〈愛麗絲夢遊仙境與心理分析〉（"Alice in Wonderland Psycho-Analyzed." A. M. E. Goldschmidt. *New Oxford Outlook*〔May 1933〕）。

1935 年：〈愛麗絲夢遊仙境：愛麗絲即作者〉（"Alice in Wonderland: the Child as Swain." William Empson. In *Some Versions of Pastoral*. 1935）。威廉‧燕卜蓀的這一篇文章收錄在他的論文集《田園詩的幾種版本》裡面，該書的美國版被改名為《英國田園詩》（*English Pastoral Poetry*）。〈愛麗絲夢遊仙境：愛麗絲即作者〉一文後來又被收錄在 1957 年出版的《文藝與心理分析》（*Art and Psychoanalysis*. Edited by William Phillips）一書中。

1937 年：〈對愛麗絲進行心理分析〉（"Psychoanalyzing Alice." Joseph Wood Krutch. *The Nation* 144〔Jan. 30, 1937〕：129–30）。

1938 年：〈關於路易斯‧卡洛爾與《愛麗絲夢遊仙境》的一些心理分析看法〉（"Psychoanalytic Remarks on *Alice in Wonderland* and Lewis Carroll." Paul Schilder. *The Journal of Nervous and Mental Diseases* 87〔1938〕：159–68.）。

1947 年：〈《愛麗絲夢遊仙境》的象徵分析〉（"About the Symbolization of *Alice's Adventures in Wonderland*." Martin Grotjahn. *American Imago* 4〔1947〕：32–41）。

1947 年：〈路易斯‧卡洛爾夢遊仙境〉（"Lewis Carroll's Adventures in Wonderland." John Skinner. *American Imago* 4〔1947〕：3–31）。

1955 年：《史威夫特與卡洛爾》（*Swift and Carroll*，菲麗絲‧葛林艾克著）。

1956 年：〈陽光燦爛的午後〉（"All on a Golden Afternoon." Robert Bloch. *Fantasy and Science Fiction*〔June 1956〕）。這是一篇從心理分析的角度來嘲諷愛麗絲的短篇故事。

關於卡洛爾的邏輯與數學論述

1932 年：〈邏輯學家路易斯‧卡洛爾〉（"Lewis Carroll as Logician." R. B. Braithwaite. *The Mathematical Gazette* 16〔July 1932〕：174–78）。

1933 年：〈數學家路易斯‧卡洛爾〉（"Lewis Carroll, Mathematician." D. B. Eperson. *The Mathematical Gazette* 17〔May 1933〕：92–100）。

1938 年：〈路易斯‧卡洛爾與某個幾何學悖論〉（"Lewis Carroll and a Geometrical Paradox." Warren Weaver. *The American Mathematical Monthly* 45〔April 1938〕：234–36）。

1954 年：〈路易斯‧卡洛爾的數學手稿〉（"The Mathematical Manuscripts of Lewis Carroll." Warren Weaver. *Proceedings of the American Philosophical Society* 98〔October 15, 1954〕：377–81）。

1956 年：〈數學家路易斯・卡洛爾〉（"Lewis Carroll: Mathematician." Warren Weaver. *Scientific American* 194〔April 1956〕: 116–28）。

1960 年：〈數學遊戲〉（"Mathematical Games"，馬丁・加德納，*Scientific American*〔March 1960〕: 172–76）。討論卡洛爾原創的遊戲與謎題。

1973 年：《路易斯・卡洛爾的魔術》（*The Magic of Lewis Carroll.* Edited by John Fisher）。

1977 年（1986 年推出修訂版）：《路易斯・卡洛爾與符號邏輯》（*Lewis Carroll: Symbolic Logic.* William Warren Bartley, III）。

1982 年：《路易斯・卡洛爾的遊戲與謎題》（*Lewis Carroll's Games and Puzzles*，由愛德華・威克林編輯）。

1994 年：《查爾斯・拉特維吉・道吉森與其數學短論和其他相關作品》（*The Mathematical Pamphlets of Charles Lutwidge Dodgson and Related Pieces.* Edited by Francine Abeles）。

1995 年：《重探路易斯・卡洛爾的謎題》（*Rediscovered Lewis Carroll Puzzles*，由愛德華・威克林編輯）。

1996 年：《手帕裡的宇宙》（*The Universe in a Handkerchief*，由馬丁・加德納編輯）。

2008 年：《數字國度裡的路易斯・卡洛爾》（*Lewis Carroll in Numberland.* Robin Wilson）。

2009 年：《愛麗絲的邏輯：仙境裡的清晰思考術》（*The Logic of Alice: Clear Thinking in Wonderland*，伯納・派頓著）。

關於愛麗絲・里德爾

1981 年：《真人愛麗絲》（*The Real Alice*，安・克拉克著）。

1982 年：《鏡中世界以外：回想愛麗絲與其家人》（*Beyond the Looking Glass: Reflections of Alice and Her Family.* Colin Gordon）。

1982 年：《路易斯・卡洛爾與愛麗絲：1832 ～ 1982 年》（*Lewis Carroll and Alice: 1832–1982*，莫頓・柯思著）。

1993 年：《另一位愛麗絲》（*The Other Alice.* Christina Bjork）。

2010 年：《仙境裡的真人愛麗絲：時代典範》（*The Real Alice in Wonderland: A Role Model for the Ages*. C. M. Rubin with Gabriella Rubin）。

參考書目專書

1931 年：《路 易 斯 · 卡 洛 爾 手 冊》（*The Lewis Carroll Handbook*. Sidney Herbert Williams and Falconer Madan）。曾於 1962 年推出羅傑 · 葛林修正的版本，後來由丹尼斯 · 克拉奇再度修正，於 1979 年重出。

1980 年：《各國路易斯 · 卡洛爾相關書目彙編與注釋：1960 到 1977 年》（*Lewis Carroll: An Annotated International Bibliography, 1960–77*，愛德華 · 顧里亞諾著）。

1982 年：《路易斯 · 卡洛爾：一百五十年來的研究指南》（*Lewis Carroll: A Sesquicentennial Guide to Research*，愛德華 · 顧里亞諾著）*。

*這一年是卡洛爾的一百五十歲冥誕。

1984 年：《路易斯 · 卡洛爾的愛麗絲：勒維特收藏清單的注釋》（*Lewis Carroll's Alice: An Annotated Checklist of the Lovett Collection*，查爾斯 · 勒維特與史黛芬妮 · 勒維特著）。

1988 年：《路易斯 · 卡洛爾參考資料指南》（*Lewis Carroll: A Reference Guide*. Rachel Fordyce）。

1999 年：《路易斯 · 卡洛爾與期刊：查爾斯 · 道吉森投書期刊的作品清單與注釋》（*Lewis Carroll and the Press: An Annotated Bibliography of Charles Dodgson's Contributions to Periodicals*，查爾斯 · 勒維特著）。

2005 年：《圖畫與對話：與路易斯 · 卡洛爾相關之漫畫作品清單與注釋》（*Pictures and Conversations: Lewis Carroll in the Comics: An Annotated International Bibliography*，由馬克 · 伯斯坦、拜倫 · 席維爾與艾倫 · 坦能包姆合著）。

2013 年：《路易斯 · 卡洛爾的愛麗絲小說之出版史》（*Lewis Carroll's Alice's Adventures in Wonderland and Through the Looking-Glass: A Publishing History*. Zoe Jaques and Eugene Giddens）。

關於卡洛爾的胡說胡鬧詩文

1901 年：〈為胡說胡鬧辯護〉（"A Defence of Nonsense," Gilbert Chesterton. In *The Defendant*）。

1925 年：《胡說胡鬧詩歌》（*The Poetry of Nonsense*. Emile Cammaerts）。

1945 年：〈胡說胡鬧詩歌〉（"Nonsense Poetry." George Orwell. In *Shooting an Elephant*）。

1952 年：《荒謬的原野》（*The Field of Nonsense*，伊麗莎白 · 塞維爾著）。

1953 年：〈路易斯 · 卡洛爾〉與〈欣然瞭解李爾先生〉（"Lewis Carroll" and "How Pleasant to Know Mr. Lear." Gilbert Chesterton. In *A Handful of Authors*）

1980 年：《胡說胡鬧》（*Nonsense*. Susan Stewart）。

關於田尼爾與其他插畫家

迷人的愛麗絲！黑白插畫讓妳的魅力永遠留存；

如今能把妳與田尼爾分開的，只有「混亂的深夜」。

——引自奧斯丁 · 多伯森（Austin Dobson）詩作

1901 年：〈約翰 · 田尼爾爵士的生平與作品〉（"The Life and Works of Sir John Tenniel." W. C. Monkhouse. *Art Journal*〔Easter Number, 1901〕）。

1934 年：《仙境的創造者們》（*Creators of Wonderland*. Marguerite Mespoulet）。這一本書主張田尼爾受到法國藝術家 J.J. 格蘭威爾（J. J. Grandville）影響。

1948 年：《約翰 · 田尼爾爵士》（*Sir John Tenniel*. Frances Sarzano）。

1985 年：《愛麗絲系列小說插畫大師田尼爾的藝術》（*The Tenniel Illustrations to the "Alice" Books*，麥可 · 漢薛著）。

1990 年：〈彼得 · 紐威爾〉（"Peter Newell."，麥克·派崔克·赫恩作）。加德納編的《增訂注釋版：愛麗絲系列小說》裡完整收錄了紐威爾為愛麗絲系列小說繪製的八十張插畫。

1991 年：《約翰・田尼爾爵士：愛麗絲的白棋騎士》（*Sir John Tenniel: Alice's White Knight.* Rodney Engen）。

1994 年：《約翰・田尼爾爵士：作品面面觀》（*Sir John Tenniel: Aspects of His Work.* Roger Simpson）。

2005 年：《創造仙境的藝術家：田尼爾的生平、政治漫畫與插畫》（*Artist of Wonderland: The Life, Political Cartoons, and Illustrations of Tenniel*，法蘭基・摩里斯著）。

插畫家簡介

愛蘭諾 · 亞伯特（Elenore Abbott；1875 ～ 1935 年）：

美國新藝術（art nouveau）風格圖書插畫家、佈景設計師與畫家。著有《夢遊仙境／鏡中奇緣》（*Wonderland／Looking-Glass*；1916 年由 George W. Jacobs & Co. 出版），其作品收錄在本書第 269、395 頁。

帕特 · 安德瑞安（Pat Andrea；1942 年～）：

生於海牙，如今定居於巴黎與布宜諾斯艾利斯兩地。他的豪華雙語書《夢遊仙境／鏡中奇緣》（*Wonderland／Looking-Glass*；內文有法文與英文；2006 年由 Éditions Diane de Selliers 出版，2015 年由紐約 Artists Rights Society 與巴黎 ADAGP 再版）。感謝安德瑞安慨然同意本書第 386 頁使用其畫作。

烏瑞爾 · 伯恩包姆（Uriel Birnbaum；1894 ～ 1956 年）：

奧地利畫家、諷刺畫畫家、作家與詩人。著有《愛麗絲夢遊仙境》（*Wonderland*）與《愛麗絲鏡中奇緣》（*Looking-Glass*）兩本書（由 Sesam Verlag 分別於 1923 與 1925 年出版），其作品收錄在本書第 117、287、319、435 頁。

彼得 · 布萊克爵士（Sir Peter Blake；1932 年～）：

英國普普藝術家，最知名的作品是披頭四專輯《比伯軍曹寂寞芳心俱樂部》（*Sgt. Pepper*）的封面。1970 年，他幫《愛麗絲鏡中奇緣》畫了一組水彩插畫，後來被製作成絹印版畫。2004 年，他的原始水彩畫作品初次以畫冊形式出版（出版社為 D3 Editions）。感謝布萊克爵士慨然同意本書第 262、413 頁使用其畫作。

路易斯 · 卡洛爾（Lewis Carroll；1832 ～ 1898 年）：

1864 年，卡洛爾親手書寫原稿版《愛麗絲地底歷險記》，送給他的「幼童支持者」（infant patron）愛麗絲 · 里德爾當禮物，裡面的插畫也都是由他本人親手繪製的。到了 1886 年，原稿版《愛麗絲地底歷險記》才由麥克米倫出版社出版。其作品收錄在本書第 75、95、165、234 頁。

查爾斯・柯普蘭（Charles Copeland；1858～1945年）：

美國圖書插畫家。波士頓出版商湯瑪斯・克洛威爾（Thomas Crowell）於1893年出版了未經正式授權的《愛麗絲夢遊仙境》，書中幾幅卷首插畫都是柯普蘭的作品，其中之一收錄在本書第63頁。

F.Y. 柯瑞（Fanny Young Cory；1877～1972年）：

藝術家、漫畫家與插畫家，著有《愛麗絲夢遊仙境》（*Wonderland*）一書（在1902由Rand McNally出版），其作品收錄在本書第230頁。

查爾斯・佛卡德（Charles Folkard；1878～1963年）：

英國漫畫家、插畫家，著有《愛麗絲夢遊仙境》（*Wonderland*；1929年由A & C Black出版），其作品收錄在本書第196、207頁。

哈利・佛尼斯（Harry Furniss；1854～1925年）：

英國藝術家兼《潘趣》雜誌漫畫家，也是卡洛爾兩本《西爾薇與布魯諾系列小說》的插畫家（小說分別於1889、1893年出版），後來倫敦教育圖書公司（Educational Book Company）於編製《兒童百科全書》（*The Children's Encyclopedia*；1908年出版）時曾受該公司委託，繪製二十張取材自《愛麗絲夢遊仙境》的圖畫，其作品收錄在本書第62、148、152、211頁。

亞森・朱瑟雷夫（Iassen Ghiuselev；1964年～）：

作品產量豐富，曾經屢屢得獎的保加利亞插畫家。他先為《愛麗絲夢遊仙境》與《愛麗絲鏡中奇緣》各繪製了一大幅畫作，再予以分割，成為小說的插畫。他的《愛麗絲夢遊仙境》一書已經被翻譯成六國語言（英語版於2003年由溫哥華的Simply Read Books出版），感謝朱瑟雷夫慨然同意本書第247頁使用其畫作。

莉歐娜・索蘭斯・葛拉西亞（Leonor Solans Gracia；1980年～）：

西班牙藝術家。她為《愛麗絲地底歷險記》畫了一組圖畫，用於她在2012年自費印製的Aventuras de Alicia Bajo Tierra（《愛麗絲地底歷險記》的西班牙文版，文字由其父親莫德斯特・索蘭斯〔Modest Solans〕翻譯）。感謝葛拉西亞慨然同意本書第68、164頁使用其畫作。

塔提雅娜・亞諾夫絲卡伊雅（Tatiana Ianovskaia；1960年～）：

生於俄羅斯，如今在加拿大定居。她曾經幫卡洛爾的《愛麗絲夢遊仙境》（2005

與 2008 年由 Tania Press 出版）與《愛麗絲鏡中奇緣》（2003 年由俄羅斯梁贊市 Uzorochie 出版，2009 年由 Tania Press 再版），還有其他詩集與文集畫過插畫。感謝亞諾夫絲卡伊雅慨然同意本書第 258、472 頁使用其畫作。

A.E. 傑克森（Alfred Edward Jackson；1873 ～ 1952 年）：

英國插畫家，著有《愛麗絲夢遊仙境》（1914 年由 Henry Frowde 出版，後來在 1915 年由 George H. Doran 再版），其作品收錄在本書第 182 頁。

葛楚德 · 凱伊（Gertrude Kay；1884 ～ 1939 年）：

美國插畫家與風景畫畫家，她著有《愛麗絲夢遊仙境》與《愛麗絲鏡中奇緣》（兩者都由 Lippincott 出版，前者於 1923 年，後者於 1929 年問世），其作品收錄在本書第 315 頁。

瓦特 · 凱利（Walt Kelly；1913 ～ 1973 年）：

最知名的作品是他的連環漫畫《波哥》（*Pogo*）。他的書裡面常常會出現卡洛爾小說裡的插畫，或是提及與卡洛爾有關的題材。感謝 OGPI 慨然同意本書第 362、384 頁使用凱利的作品。

M.L. 柯克（Maria Louise Kirk；1860 ～ 1938 年）：

美國插畫家。她著有《愛麗絲夢遊仙境》與《愛麗絲鏡中奇緣》（兩者都由 F. A. Stokes 出版，前者於 1904 年，後者於 1905 年問世），其作品收錄在本書第 290、324、381 頁。

約翰 · 維農 · 洛爾德（John Vernon Lord；1939 年～）：

英國插畫家、作家兼教師。著有《捕獵蛇鯊》、《愛麗絲夢遊仙境》與《愛麗絲鏡中奇緣》（三者都由 Artists' Choice Editions 出版，依序於 2006、2009 與 2011 年問世），感謝洛爾德慨然同意本書第 333、367、438、439 頁使用其作品。

伊恩 · 麥克凱格（Iain McCaig；1957 年～）：

擁有美加雙重國籍的插畫家、作家、電影導演、編劇與分鏡表畫家。他的代表作是幾部《星際大戰》（*Star Wars*）系列電影的主角設定。感謝麥克凱格慨然同意本書第 98 頁使用其作品。

布蘭琪 · 麥克馬努斯（Blanche McManus；1869 ～ 1935 年）：

美國作家與藝術家。著有《愛麗絲夢遊仙境》與《愛麗絲鏡中奇緣》（兩者都由 M.

F. Mansfield & A. Wessels 出版，在 1899 年問世），其作品收錄在本書第 311 頁。

勞倫斯・梅爾尼克（Lawrence Melnick）：
就讀柯柏聯盟學院（Cooper Union）期間，曾於 1956 年從《愛麗絲鏡中奇緣》一書取材，徒手繪製課程作業，畫作後來並未出版，其作品收錄在本書第 252、291 頁。

巴瑞・莫瑟（Barry Moser；1940 年～）：
美國藝術家，畫作已經有兩百多幅。1982 年，他的《愛麗絲夢遊仙境》與《愛麗絲鏡中奇緣》分別以豪華版（由 Pennyroyal Press 推出）與普及版（由 University of California Press 推出）兩種形式上市，並且贏得了美國國家圖書獎（American Book Award）的設計與插畫獎殊榮。感謝莫瑟慨然同意本書第 166、254、342、427 頁使用其作品。

約翰・尼爾（John Rea Neill；1877 ～ 1943 年）：
美國的雜誌與童書插畫家，他是《綠野仙蹤》系列童書的原創畫家，其中四十幾本都是他畫的。1916 年，一本節錄本《夢遊仙境／鏡中奇緣》問世（由 Reilly & Lee 出版），其插畫就是由他繪製的，其作品收錄在本書第 340 頁。

彼得・紐威爾（Peter Newell；1862 ～ 1924 年）：
美國藝術家、作家與漫畫家，他的《愛麗絲夢遊仙境》與《愛麗絲鏡中奇緣》（由 Harper & Brothers 出版）於 1901 年問世，《捕獵蛇鯊》（也是由 Harper & Brothers 出版）則是在 1903 年推出，其作品收錄在本書第 131、273、293、432 頁。

安德魯・歐格斯（Andrew Ogus；1948 年～）：
美國藝術家、書籍與雜誌設計師，也是本書的美術顧問。感謝歐格斯慨然同意本書第 242 頁使用其作品。

查爾斯・佩爾斯（Charles Pears；1873 ～ 1958 年）：
英國畫家、插畫家與藝術家。1908 年由柯林斯出版社（Collins）推出的《愛麗絲夢遊仙境》，就是使用佩爾斯的整頁彩色插圖，還有 T.H. 羅賓森（T. H. Robinson）的小張黑白插圖。其作品收錄在本書第 232 頁。

貝西・皮斯（Bessie Pease，婚後冠夫姓 Gutmann；1876～1960年）：

美國藝術家與插畫家，著有《愛麗絲夢遊仙境》與《愛麗絲鏡中奇緣》（分別於 1907 年與 1909 年由 Dodge Publishing 出版）。其作品收錄在本書第 218 頁。

雅德莉雅娜・佩里亞諾（Adriana Peliano；1974年～）：

巴西藝術家，是巴西路易斯‧卡洛爾學會創辦人。她的《夢遊仙境／鏡中奇緣》一書於 2015 年問世（內文為葡萄牙文，由 Zahar 出版）。感謝佩里亞諾慨然同意本書第 495 頁使用其作品。

威爾莫斯・安德雷斯・帕加尼（Vilmos Andreas "Willy" Pogány；1882～1955年）：

著有採用裝飾藝術風格（art deco）的《愛麗絲夢遊仙境》（1929 年由 Dutton 出版），其作品收錄在本書第 109 頁。

碧雅翠絲・波特（Beatrix Potter；1866～1943年）：

英國作家、插畫家、博物學家以及生態保育理念的提倡者，最知名的作品就是《彼得兔故事》（The Tale of Peter Rabbit）。曾於 1893 到 95 年之間為某個版本的《愛麗絲夢遊仙境》畫過「設計圖」，但那本書後來並未出版。她為「蜥蜴小比爾」畫的插圖是在 Frederick Warne & Co. 的同意之下收錄於本書第 112 頁。

亞瑟・瑞克翰（Arthur Rackham；1867～1939年）：

在英國圖書插畫史上，瑞克翰普遍被認為是「黃金年代」（Golden Age）的璀璨明星。著有《愛麗絲夢遊仙境》（於 1907 年由 Heinemann 出版），其作品收錄在本書第 169 頁。

查爾斯・羅賓遜（Charles Robinson；1870～1937年）：

非常多產的英國圖書插畫家。著有《愛麗絲夢遊仙境》（於 1907 年由 Cassell & Co. 出版），其作品收錄在本書第 70、79、161 頁。

哈利・朗崔（Harry Rountree：1878～1950年）：

生於紐西蘭的英國插畫家。曾三度為《愛麗絲夢遊仙境》繪製插畫，分別在 1908 年（由格拉斯哥的 Children's Press 出版）、1916 年（由 Nelson 出版）以及 1928 年（由 Collins 出版，與《愛麗絲鏡中奇緣》合併為一冊），其作品收錄在本書第 88、132、137、157 頁。

拜倫・席維爾（Byron Sewell；1942 年～）：

作家與插畫家，與卡洛爾有關的作品不計其數。1975 年，阿德雷德大學出版《愛麗絲夢遊仙境》，由席維爾繪製插畫，把人物換成澳洲原住民中皮詹塔佳若族（Pitjantjatjara）族人的形象（請參閱本書第 139 頁）；後來在 1990 年，他又與妻子維多莉雅合作，為一個韓英雙語版《愛麗絲夢遊仙境》作畫（Sharing-Place 出版；請參閱本書第 127 頁）。感謝席維爾慨然同意本書使用其作品。

瑪莉・希伯瑞（Mary Sibree）：

為凱特・佛萊里葛拉斯 - 克洛克（Kate Freiligrath-Kroeker）寫的《愛麗絲與其他童話劇本》（*Alice and Other Fairy Plays for Children*；1880 年由紐約的 Scribner and Welford 與倫敦的 W. Swan Sonnenschein & Allen 出版）繪製卷首插畫，其作品請參閱本書第 179 頁。

馬亨德拉・辛（Mahendra Singh；1961 年～）：

加拿大插畫家兼《騎士信件》的編輯，曾於 2010 年推出取材自《捕獵蛇鯊》的圖像小說（由 Melville House 出版），其作品收錄在本書第 57 頁。

喬治・索伯（George Soper；1870 ～ 1942 年）：

英國畫家，也會製做蝕刻畫，著有《愛麗絲夢遊仙境》（1911 年由 Headley Bros. 出版），其作品請參閱第 102、206 頁。

米莉森・索爾比（Millicent Sowerby；1878 ～ 1967 年）：

著有《愛麗絲夢遊仙境》（1907 年由 Chatto 出版，後來在 1908 年由 Duffield 再版），其作品請參閱第 224 頁。

羅夫・史戴曼（Ralph Steadman；1936 年～）：

英國漫畫家與插畫家，最有名的是他與作家杭特・湯普森（Hunter S. Thompson）合作的作品。著有《愛麗絲夢遊仙境》（1967 年由 Dobson Books 出版，請參閱本書 186 頁）、《愛麗絲鏡中奇緣》（1973 年由 Mac-Gibbon & Kee 出版，請參閱本書第 369 頁與第 410-411 頁）、《捕獵蛇鯊》（1975 年由 Dempsey 出版），至於他為〈假髮黃蜂〉畫的插畫則是刊登在 1977 年 9 月 4 日的倫敦《週日電訊雜誌》（*Sunday Telegraph Magazine*），請參閱本書第 467 頁。

瑪格莉特・塔蘭特（Margaret Tarrant；1888 ～ 1959 年）：

英國插畫家。著有《愛麗絲夢遊仙境》（1916 年由 Ward Lock & Co. 出版），其作品收錄在本書第 190 頁。

法蘭西絲卡・特莫森（Franciszka Themerson；1907 ～ 1988 年）：

原籍波蘭的英國插畫家、電影製作人、插畫家、佈景設計師與出版商（她成立了 Gaberbocchus Press），1946 年在倫敦 Harrap & Co 出版社的委託之下繪製了《愛麗絲鏡中奇緣》一書，但是一直到 2001 年才由 Inky Parrot Press 出版。感謝特莫森的遺產管理人慨允本書第 418 頁使用其作品。

約翰・田尼爾爵士（Sir John Tenniel；1820 ～ 1914 年）：

英國插畫家與政治漫畫家。儘管曾於 1850 到 1901 年之間幫《潘趣》雜誌畫了兩千多幅漫畫，他的名氣之所以會那麼大（即便還沒有達到名留青史的地步），主要還是因為幫路易斯・卡洛爾的愛麗絲系列小說畫過九十二幅插圖。

米榭・威拉赫（Michel "Mixt" Villars；1952 年～）：

瑞士藝術家。1994 年，戲劇節目《愛麗絲神奇的鏡中世界》（*Alice, ou le miroir des merveilles*）問世，他那一幅收錄於本書第 347 頁的畫作就是為該節目繪製的。感謝威拉赫慨允本書使用其作品。

W.H. 渥克（William Henry Romaine-Walker；1854 ～ 1940 年）：

英國插畫家與建築師。著有《愛麗絲夢遊仙境》（1907 年由 John Lane 出版），其作品收錄在本書第 82 頁。

里歐納・威斯加德（Leonard Weisgard；1916 ～ 2000 年）：

美國作家與插畫家，曾創作過兩百多本童說，最有名的是與兒童文學家瑪格麗特・懷茲・布朗（Margaret Wise Brown）合作的作品。著有《夢遊仙境／鏡中奇緣》（1949 年由 Harper & Brothers 出版），感謝他的三位孩子們慨允本書第 120、277 頁使用其作品。

米洛・溫特（Milo Winter；1888 ～ 1956 年）：

美國插畫家。著有《夢遊仙境／鏡中奇緣》（1916 年由 Rand McNally 出版），其作品收錄在本書第 288 頁。

雅德莉雅娜・佩里亞諾（Adriana Peliano）畫。2015 年。

《愛麗絲系列小說》改編之影視作品

　　大衛 · 薛佛（David Schaefer）是一位住在馬里蘭州銀泉市的卡洛爾研究學者，他收藏了大批與愛麗絲系列小說有關的影片。感謝他慷慨地為本書提供了以下的影視作品清單。

新聞短片

1932 年：《愛麗絲親臨美國》（*Alice in U.S. Land*），派拉蒙電影公司拍攝。
為了慶祝卡洛爾的百歲冥誕，已經高齡八十歲的愛莉絲 · 里德爾（當時她已經冠上夫姓「哈格瑞夫斯」〔Hargreaves〕）來到美國。她談到了當年與「道吉森先生」一起划船遊玩的往事。影片中還可以看到她的兒子凱若 · 哈格瑞夫斯（Caryl Hargreaves）與妹妹蘿姐 · 里德爾（Rhoda Liddell）。影片的拍攝地點是冠達郵輪公司（Cunard Line）所屬的貝倫格麗亞號（Berengeria）上面，當時船已經進了紐約港，拍攝時間為 1932 年 4 月 29 日。片長 75 秒。

劇情片

1903 年：《愛麗絲夢遊仙境》（*Alice in Wonderland*），製片塞西爾 · 赫普沃斯（Cecil Hepworth）與派西 · 史托（Percy Stow）。
拍攝地點在英國，愛麗絲一角由梅 · 克拉克（May Clark）飾演。這是電影史上第一部取材自愛麗絲系列小說的電影。在電影中，愛麗絲時而縮小，時而變大。電影一共有十六個場景，全都來自於小說《愛麗絲夢遊仙境》裡。片長 10 分鐘。

1910 年：《愛麗絲夢遊仙境：一部童話喜劇》（*Alice's Adventures in Wonderland: A Fairy Comedy*），由位於紐澤西奧蘭治鎮的愛迪生製造公司（Edison Manufacturing Company）製作拍攝。
愛麗絲一角由葛萊蒂絲 · 哈利特（Gladys Hulette）飾演。電影一共有十四個場景，全都來自於小說《愛麗絲夢遊仙境》裡。電影的拍攝地點在紐約市的布朗克斯。葛萊蒂絲後來成為百代電影公司（Pathé）的大明星。片長 10 分鐘（一捲影片）。

1915 年：《愛麗絲夢遊仙境》（*Alice in Wonderland*），由極品劇情片公司（Nonpareil Feature Film Company）製作拍攝，W.W. 楊恩（W. W. Young）執導，「圖片特效」由德威特 · 威勒（Dewitt C. Wheeler）負責。
愛麗絲一角由薇歐拉 · 薩伏伊（Viola Savoy）飾演，大部分場景都是在紐約長島地區的一個莊園拍攝的。在拍攝過程中，這部電影原本包含了《愛麗絲夢遊仙境》與《愛麗絲鏡中奇緣》的場景，但最後只把前者放進去。片長 50 分鐘（五捲影片）。

1927 年：《愛麗絲鏡中奇緣》（*Alice thru a Looking Glass*），百代電影公司製作。前一部 1915 年問世的電影拍攝了《愛麗絲鏡中奇緣》的場景，但並未使用；這部片的內容就是那些未使用的影片，但默片字幕（intertitle）是新製作的。

1931 年：《愛麗絲夢遊仙境》（*Alice in Wonderland*），聯邦電影公司製作拍攝（Commonwealth Pictures Corporation），巴德 · 波拉德（"Bud" Pollard）執導。劇本由約翰 · 高森（John F. Godson）與艾許利 · 米勒（Ashley Miller）負責。這部片的拍攝地點在位於紐澤西州李伊堡的大都會影城（Metropolitan Studios），愛麗絲一角由露絲 · 吉爾伯特（Ruth Gilbert）飾演，所有場景都來自於小說《愛麗絲夢遊仙境》裡。這是第一部取材自愛麗絲系列小說的有聲電影，電影中常常可以聽見操作攝影機時的碰撞聲。到了 1950 年代，露絲 · 吉爾伯特曾參與知名電視喜劇節目《米爾頓 · 伯利秀》（*The Milton Berle Show*）的演出，飾演米爾頓 · 伯利的祕書。

1933 年：《愛麗絲夢遊仙境》（*Alice in Wonderland*），派拉蒙電影公司製作拍攝。製片由路易斯 · 萊頓（Louis D. Leighton）擔任，諾曼 · 麥克洛伊德（Norman McLeod）執導，編劇為約瑟夫 · 曼凱維奇（Joseph J. Mankiewicz）與威廉 · 卡麥隆 · 孟席斯（William Cameron Menzies），配樂是迪米崔 · 迪歐肯（Dimitri Tiomkin）。
愛麗絲一角由夏綠蒂 · 亨利（Charlotte Henry）飾演。此外，本片的卡司堪稱全明星陣容，總計有四十六個角色：蛋頭先生由 W.C. 菲爾茲（W. C. Fields）飾演，愛德華 · 艾佛瑞特 · 霍頓（Edward Everett Horton）是瘋帽匠，卡萊 · 葛倫（Cary Grant）是假海龜，賈利 · 古柏（Gary Cooper）是白棋騎士，艾德娜 · 梅伊 · 奧利佛（Edna May Oliver）是紅棋王后，梅 · 羅布森（May Robson）是紅心王后，貝比 · 勒洛伊（Baby LeRoy）是紅心二。這部片的內容包括來自《愛麗絲夢遊仙境》與《愛麗絲鏡中奇緣》的場景。夏綠蒂 · 亨利的境遇與鏡中世界那種「時間倒著過」的風格頗為相似，她因為這部片一炮而紅，但後來星運越來越黯淡。

1948 年：《愛麗絲夢遊仙境》（*Alice au pays des merveilles*），在法國的維克多希恩影城（Victorine Studios）拍攝，製片是盧 • 蒲寧（Lou Bunin），由馬克 • 莫瑞特（Marc Maurette）與達拉斯 • 包爾斯（Dallas Bowers）執導，劇本由亨利 • 麥爾斯（Henry Myers）、愛德華 • 佛利森（Edward Flisen）與亞伯特 • 塞爾文（Albert Cervin）執筆。

這部蒲寧製作的電影由木偶與真人合演，飾演愛麗絲一角的是卡蘿 • 馬許（Carol Marsh）。幫木偶配音的包括喬伊斯 • 葛倫菲爾（Joyce Grenfell）、彼得 • 布爾（Peter Bull）以及傑克 • 川恩（Jack Train）。為電影揭開序曲的場景是路易斯 • 卡洛爾在基督教堂學院的生活，潘蜜拉 • 布朗（Pamela Brown）飾演維多利亞女王，史丹利 • 貝克（Stanley Baker）飾演其夫亞伯特親王。這一部彩色電影有英語與法語發音的兩個版本。序曲結束後，所有場景除了愛麗絲由成年女演員飾演，其餘角色都是木偶。迪士尼電影公司曾經試圖阻止這部電影的製作、發行與放映。

1951 年：《愛麗絲夢遊仙境》（*Alice in Wonderland*），迪士尼電影公司製作拍攝，由班恩 • 夏普史丁（Ben Sharpsteen）監製。

這是一部彩色動畫片，愛麗絲一角由凱薩琳 • 波蒙（Kathryn Beaumont）配音。題是取材自《愛麗絲夢遊仙境》與《愛麗絲鏡中奇緣》。剛剛推出時市場反應不佳，但後來幫迪士尼賺了很多錢。片長 75 分鐘。

1972 年：《愛麗絲夢遊仙境》（*Alice's Adventures in Wonderland*），由約瑟夫 • 薛夫特爾（Joseph Shaftel）擔任執行製做，製作人是德瑞克 • 荷姆（Derek Home），威廉 • 史特林（William Sterling）執導，約翰 • 貝瑞（John Barry）是音樂總監，歌詞由唐恩 • 布萊克（Don Black）填寫。

愛麗絲一角由費歐娜 • 富勒頓（Fiona Fullerton）飾演，彼得 • 謝勒（Peter Sellers）是三月兔，弗蘿拉 • 羅博森夫人（Dame Flora Robson）是紅心王后，丹尼斯 • 普萊斯（Dennis Price）是紅心國王，羅夫 • 李察遜爵士（Sir Ralph Richardson）是毛毛蟲。這是一部寬銀幕彩色電影。這部片的製作成本很高，電影畫面漂亮，劇情進展較慢。故事取材自小說《愛麗絲夢遊仙境》與《愛麗絲鏡中奇緣》，並且忠實地以田尼爾的插畫為拍攝根據。片長 90 分鐘。

1976 年：《愛麗絲夢遊仙境：一部限制級的音樂喜劇》（*Alice in Wonderland, an X-Rated Musical Comedy*）。愛麗絲一角由克莉絲汀 • 德貝爾（Kristine DeBell）飾演。

1977年：《炸脖龍》（*Jabberwocky*），派森電影公司（Python Pictures）製作拍攝，由泰瑞・吉利安（Terry Gilliam）執導編劇。
電影的故事取材自《愛麗絲鏡中奇緣》裡的詩作〈炸脖龍〉，由蒙帝・派森劇團（Monty Python）團員麥可・帕林（Michael Palin）主演。

1985年：《夢童》（*Dreamchild*）。
已經八十歲的愛麗絲・哈格瑞夫斯一角由柯若・布朗（Coral Browne）飾演，妮可拉・柯伯（Nicola Cowper）飾演她的年輕看護。年輕的愛麗絲與路易斯・卡洛爾分別由艾米莉雅・申克利（Amelia Shankley）與伊恩・何姆（Ian Holm）飾演。電影故事的靈感來自於愛麗絲在1932年的美國之行。

1988年：《關於愛麗絲》（*Neco z Alenky*），由捷克斯洛伐克的揚・斯凡克梅耶（Jan Svankmajer）執導與編劇。真人參與演出的動畫電影。英文片名為《愛麗絲》（*Alice*）。

2010年：《魔境夢遊》（*Alice in Wonderland*），迪士尼電影公司製作拍攝，由提姆・波頓（Tim Burton）執導，編劇為琳達・伍爾佛頓（Linda Woolverton）。
這是一部結合真人演出與電腦動畫的電影，「愛麗絲・金恩斯萊」（Alice Kingsleigh）一角由蜜雅・娃絲柯思卡（Mia Wasikowska）飾演，其他演員還有強尼・戴普（Johnny Depp）、安・海瑟薇（Anne Hathaway）以及海倫娜・波漢・卡特（Helena Bonham Carter）。故事敘述已經19歲的愛麗絲回到「魔境」（Underland）裡。本片續集《魔境夢遊：時光怪客》（*Alice Through the Looking Glass*）已於2016年上映。

將愛麗絲的故事融入情節中的其他劇情片

1930年：《麗池酒店的狂歡舞會》（*Puttin' on the Ritz*），由約翰・康舍丁二世（John W. Considine, Jr.）製作，愛德華・史洛曼（Edward H. Sloman）執導。艾文・伯林（Irving Berlin）作曲填詞。
瓊・班奈特（Joan Bennett）飾演愛麗絲，出現在電影中一個6分鐘的場景裡，許多來自《愛麗絲夢遊仙境》裡面的角色一起載歌載舞。

1938 年:《我的幸運之星》(*My Lucky Star*);二十世紀福斯公司製作拍攝。宋雅 · 海尼(Sonja Henie)在片尾大約 10 分鐘的場景裡搖身一變成為愛麗絲,跟許多來自《愛麗絲夢遊仙境》裡面的角色一起溜冰跳舞。

卡通

1933 年:《貝蒂娃娃版愛麗絲夢遊仙境》(*Betty in Blunderland*),導演戴夫 · 佛萊雪(Dave Fleischer),動畫由羅蘭 · 克蘭德爾(Roland Crandall)與湯瑪斯 · 強森(Thomas Johnson)製作。
知名卡通人物貝蒂娃娃(Betty Boop)跟著從拼圖中跳出來的白兔進入鏡中世界,然後從一個地鐵站跳進兔子洞裡。片長 10 分鐘。

1936 年:《米老鼠版鏡中奇緣》(*Thru the Mirror*)。迪士尼電影公司製作。一部故事取材自《愛麗絲鏡中奇緣》的精彩米老鼠(Mickey Mouse)卡通片。片長 9 分鐘。

1955 年:《大力水手版鏡中奇緣》(*Sweapea Thru the Looking Glass*)。國王影像企業(King Features Syndicate)製作,執行製作為艾爾 · 布洛達克斯(Al Brodax),由傑克 · 基尼(Jack Kinney)執導。
大力水手系列的卡通影片,小甜豆(Sweapea)在片中進入鏡中世界,從一個高爾夫球球洞掉進「仙境高爾夫球俱樂部」(Wunnerland Golf Club)。片長 6 分鐘。

1965 年:《柯利夢遊仙境》(*Curly in Wonderland*)。
取材自知名喜劇電影人物「三個臭皮匠」(the Three Stooges),以柯利(Curly)一角為主角的卡通片。片長 4 分鐘。

1966 年:《愛麗絲夢遊仙境》(*Alice in Wonderland*),製作人山迪 · 葛拉斯(Sandy Glass)。
為了電視節目《家庭經典戲劇百匯》(Festival of Family Classics)製作的卡通片。片長 30 分鐘。

1967 年:《高腳七與矮冬瓜夢遊仙境》(*Abbott and Costello in Blunderland*),由漢納 - 巴伯拉動畫公司(Hanna-Barbera Productions)製作。
取材自知名喜劇電影人物「高腳七與矮冬瓜」(Abbott and Costello)的卡通片。片長 5 分鐘。

1971 年：《炸脖龍與胡伯特的小衣服》（*Zvahlav aneb Saticky Slameného Huberta*），由布拉格卡特基電影公司（Katky Film）製作。編劇、企劃與導演都是揚 · 斯凡克梅耶。

這部彩色動畫片以朗讀〈炸脖龍〉揭開序幕。接下來是「進行一連串動作的畫面，看起來荒謬不已」。片長 14 分鐘。

1973 年：《仙境愛麗絲遊巴黎》（*Alice of Wonderland in Paris*），由金恩 · 戴許（Gene Deitch）製作。

主角是愛麗絲，但是一部分故事取材自路德威 · 白蒙（Ludwig Bemelmans）創造出來的「瑪德琳」（Madeline）系列童書。片長 52 分鐘。

1980 年：《史酷比夢遊仙境》（*Scooby in Wonderland*），由漢納 - 巴伯拉動畫公司製作。

影片是卡通節目《瑞奇與史酷比》第一季的某一集，收錄在該節目的第一張 DVD 裡面（*The Richie Rich / Scooby-Doo Show: Volume One DVD*）。片長 22 分鐘。

1987 年：《愛麗絲的鏡中奇緣》（*Alice Through the Looking-Glass*），由伯爾班克電影公司（Burbank Films）與詹伯製作公司（Jambre Productions）共同製作。

澳洲卡通片，片中幫愛麗絲配音的是當時已經六十三歲的明星珍妮 · 瓦爾多（Janet Waldo）。

1987 年：《彩虹熊遊仙境》（*The Care Bears Adventure in Wonderland*）。片長 76 分鐘。

1989 年：《獵殺蛇鯊與炸脖龍》（*The Hunting of the Snark and Jabberwocky*），由麥可 · 史波恩（Michael Sporn）製作。

故事旁白由知名黑人演員詹姆斯 · 厄爾 · 瓊斯（James Earl Jones narrates）錄製。片長 27 分鐘。

1993 年：《凱蒂貓夢遊仙境》（*Hello Kitty in Alice in Wonderland*），由三麗鷗公司（Sanrio）製作。

收錄在《凱蒂貓與朋友：經典故事集第三集》DVD（*Hello Kitty & Friends: Timeless Tales, Volume 3*）裡面。片長 30 分鐘。

1995 年：《美幸夢遊仙境》（*Miyuki-chan in Wonderland*），由索尼音樂娛樂公司（Sony Music Entertainment）製作。動畫片，片長 30 分鐘。

1996 年:《愛麗絲夢遊仙境》(*Alice in Wonderland*),由時差動畫公司(Jetlag Productions)製作。片長 47 分鐘。

2007 年:《愛麗絲夢遊仙境:帽匠你怎麼了?》(*Alice in Wonderland: What's the Matter with Hatter?*),由 BKN 國際動畫公司(BKN International)製作。片長 47 分鐘。

2008 年:《艾比夢遊仙境》(*Abby in Wonderland*)。角色取材自兒童教育節目《芝麻街》(*Sesame Street*),是布偶演出的動畫影片。片長 41 分鐘。

2009 年:《米老鼠夢遊仙境》(*Mickey's Adventures in Wonderland*),由迪士尼頻道(Disney Channel)製作。片長 50 分鐘。

2010 年:《神奇寵物夢遊仙境》(*The Wonder Pets: Adventures in Wonderland*),由小尼克頻道(Nick Jr.)製作。片長 22 分鐘。

2014 年:《朵拉的仙境探險》(*Dora in Wonderland*),由尼克動畫工作室(Nickelodeon)製作。瘋帽匠是由知名老演員梅爾 • 布魯克斯(Mel Brooks)配音。片長 30 分鐘。

為電視台製作的節目

1950 年:《愛麗絲夢遊仙境》(*Alice in Wonderland*),為了「福特戲劇集」(Ford Theatre)而製作的電視影片,於 1950 年 12 月間播放。愛麗絲由童星艾芮絲 • 曼恩(Iris Mann)飾演,白兔則是由女星桃樂絲 • 賈內克(Dorothy Jarnac)飾演。

1966 年:《愛麗絲夢遊仙境:妳這小乖乖在這種地方幹嘛?》(*Alice in Wonderland, or What's a Nice Kid Like You Doing in a Place Like This?*),由漢納-巴伯拉動畫公司製作,由比爾 • 戴納(Bill Dana)編劇,李 • 亞當斯(Lee Adams)與查爾斯 • 史特勞斯(Charles Strauss)負責詞曲創作。
彩色卡通片,珍妮 • 瓦爾多幫愛麗絲配音,柴郡貓是小山米 • 戴維斯(Sammy Davis, Jr.)、白棋騎士是比爾 • 戴納,紅心王后是莎莎 • 嘉寶(Zsa Zsa Gabor)。愛麗絲跟在她家小狗後面,一起跑到電視裡面,進入仙境。片長 50 分鐘。

1966 年：《愛麗絲的鏡中奇緣》（*Alice Through the Looking Glass*），1966 年 11月播出。由亞伯特・席蒙斯（Albert Simmons）編劇，愛兒喜・席蒙斯（Elsie Simmons）作詞，與穆斯・查拉普（Moose Charlap）負責配樂。

真人演出的影片，朱蒂・羅琳（Judi Rolin）飾演愛麗絲，吉米・杜蘭特（Jimmy Durante）是蛋頭先生，娜尼特・法伯瑞（Nanette Fabray）是白棋王后，艾格妮絲・摩爾海德（Agnes Moorehead）是紅棋王后，傑克・帕蘭斯（Jack Palance）是炸脖龍，斯慕德斯兄弟（The Smothers Brothers），里卡多・蒙特爾班（Ricardo Montalban）是白棋國王。片長 90 分鐘。

1967 年：《愛麗絲夢遊仙境》（*Alice in Wonderland*），BBC 電視台製作，由強納森・米勒（Jonathan Miller）執導。

真人演出影片，經過導演的詮釋，故事重點是在批判維多利亞時代的社會。影片耗費鉅資，演出者都是明星：約翰・吉爾古德爵士（Sir John Gielgud）飾演假海龜、麥可・瑞德葛瑞夫（Sir Michael Redgrave）飾演毛毛蟲，彼得・謝勒飾演紅心國王，彼得・庫克（Peter Cook）是瘋帽匠，馬爾孔・馬格里吉爵士（Sir Malcolm Muggeridge）是鷹頭獅，愛麗絲由初次演戲的英國中學生安 - 瑪莉・馬利克（Anne-Marie Mallik）飾演。

1970 年：《愛麗絲夢遊仙境》（*Alice in Wonderland*），由法國廣播電視台（O.R.T.F.）製作，尚 - 克里斯多夫・亞維提（Jean-Christophe Averty）執導。

紅心國王與王后分別由法蘭西斯・布蘭雪（Francis Blanche）與愛麗絲・沙普里奇（Alice Sapritch）飾演。

1973 年：《愛麗絲鏡中奇緣》（*Through the Looking-Glass*），由 BBC 電視台製作，蘿絲瑪莉・希爾（Rosemary Hill）擔任製片，詹姆斯・麥克塔加特（James MacTaggart）改編撰寫劇本與執導。

由十二歲女童星莎拉・薩頓（Sarah Sutton）飾演愛麗絲，布蘭姐・布魯斯（Brenda Bruce）是白棋王后，佛萊迪・瓊斯（Freddie Jones）是蛋頭先生，茱蒂・帕菲特（Judy Parfitt）是紅棋王后，還有理查・皮爾森（Richard Pearson）飾演白棋國王。

1985 年：《愛麗絲夢遊仙境與鏡中奇緣》（*Alice in Wonderland and Through the Looking Glass*），由厄文・艾倫（Irwin Allen）製作，史蒂夫・艾倫（Steve Allen）撰寫歌曲。

娜塔莉・葛雷哥萊（Natalie Gregory）飾演愛麗絲，全片群星匯集，還有珍・梅鐸斯（Jayne Meadows）、羅伯・莫利（Robert Morley）、瑞德・巴頓斯（Red Buttons）小山米・戴維斯參與演出。

1986 年:《愛麗絲夢遊仙境》（*Alice in Wonderland*），由 BBC 電視台製作，巴瑞 · 萊茲（Barry Le tts）執導兼撰寫改編劇本。凱特 · 多寧（Kate Dorning）飾演愛麗絲。

1991 年:《愛麗絲夢遊仙境》（*Adventures in Wonderland*），由迪士尼電視台製作。
真人演出的音樂連續劇，伊莉莎白 · 哈諾伊斯（Elisabeth Harnois）飾演的愛麗絲可以藉由她的鏡子穿梭真實世界與仙境之間。總共播出一百集，其中一集劇名為〈白兔不會跳〉（White Rabbits Can't Jump），以白兔為主角。改行當演員的退休美式足球員 O.J. 辛普森（O. J. Simpson）客串演出。這一部連續劇從 1991 年開播，演到 1995 年。

1999 年:《愛麗絲夢遊仙境》（*Alice in Wonderland*），片長 3 小時，執行製作是老羅伯 · 哈爾米（Robert Halmi, Sr.）與小羅伯 · 哈爾米（Robert Halmi, Jr.）父子檔，導演為尼克 · 威靈（Nick Willing），劇本由彼得 · 巴恩斯（Peter Barnes）撰寫。
這是第一部大量使用電腦特效的愛麗絲系列小說影片，總共用了 875 個後製特效。由提娜 · 瑪裘蓮諾（Tina Majorino）飾演愛麗絲，伍碧戈柏（Whoopi Goldberg）飾演柴郡貓，馬丁 · 肖特（Martin Short）是瘋帽匠，班 · 金斯利（Ben Kingsley）是毛毛蟲，克里斯多夫 · 洛伊德（Christopher Lloyd）是白棋騎士，彼得 · 烏斯提諾夫（Peter Ustinov）是海象，米蘭姐 · 李察遜（Miranda Richardson）是紅心王后，金 · 懷德（Gene Wilder）是假海龜，而羅比 · 寇特蘭（Robbie Coltrane）與喬治 · 溫特（George Wendt）則是叮噹兄弟。

2009 年:迷你影集《愛麗絲》（*Alice*），是現代版的愛麗絲故事，在美國的超自然科幻頻道（Syfy）上播出。
卡崔娜 · 史高森（Caterina Scorsone）飾演愛麗絲，凱西 · 貝茲（Kathy Bates）飾演紅心王后。愛麗絲是本片中二十幾歲的主角，極為獨立自主，某天突然發現自己進入了鏡中世界。

2013 年:《童話小鎮:愛麗絲重遊仙境》（*Once Upon a Time in Wonderland*），由 ABC 電視台製作，是從更早的連續劇《童話小鎮》（*Once Upon a Time*，2011 年開播迄今）衍生出來的。蘇菲 · 洛（Sophie Lowe）飾演愛麗絲，約翰 · 李斯高（John Lithgow）飾演白兔。

直接製作成 DVD 的影片

上述影片與電視劇後來幾乎都曾以 DVD 形式問世。以下是一些直接製作成
DVD 的影片。

1999 年：《愛麗絲夢遊仙境》（*Alice in Wonderland*），由新科技數位公司（Nutech
Digital；又名金丘家庭媒體公司〔Goldhill Home Media〕）製作的動畫 DVD。
有英語、西班牙語、德語、義大利語、葡萄牙語、國語等各種發音與字幕。片
長 51 分鐘。

2004 年：《炸脖龍》（*Jabberwocky*），由喬伊斯媒體公司（Joyce Media）製作。
美國手語影片 DVD，手語由路易 • 方特（Louie Fant）演出，使用的影片是更
早之前拍攝製作的舊片。

2004 年：《純情男子路易斯 • 卡洛爾》（*Sincerely Yours: A Film About Lewis
Carroll*），由喬治 • 帕斯提克（George Pastic）與安迪 • 馬孔（Andy Malcom）
製作。真人演出的影片，故事敘述卡洛爾的生平。片長 24 分鐘。

2009 年：《路易斯 • 卡洛爾／愛麗絲小傳》（*The Life of Lewis Carroll / Alice*），
由藝術魔力公司（Arts Magic）製作，製作人為麥可 • 莫瑟（Mike Mercer），愛
麗絲的部分是在 2010 年推出的。背景研究與劇本撰寫由蓋瑞 • 梅里爾（Gerry
Malir）負責。兩部紀錄片，第一部敘述卡洛爾的生平，第二部探討他與愛麗絲 •
里德爾的關係。

2009 年：《愛麗絲夢遊仙境》（*Alice in Wonderland*），由數位電影公司
（Cinematronics）製作的卡通片。
原本是 NBC 公司於 1948 年製播的「空中大學系列」（NBC University Theater）
廣播劇之一，音樂與配音演出都非常出色，配音的包括黛娜 • 索爾（Dinah
Shore）、亞瑟 • 布萊恩（Arthur Q. Bryan）與羅夫 • 穆迪（Ralph Moody）等人，
但是片中使用的卡通影片品質不佳。片長 57 分鐘。

2010 年：《愛麗絲的仙境啟蒙之旅：路易斯 • 卡洛爾的鏡中世界》（*Initiation
of Alice in Wonderland: The Looking Glass of Lewis Carroll*）。由真人參與演出的
紀錄片，不過片中錯誤百出。片長 75 分鐘。

教育影片

1972 年：《好奇的愛麗絲》（*Curious Alice*）。由華盛頓特區的設計中心公司（Design Center, Inc.）負責編寫劇本、企畫與製作，提供給美國國家心理衛生研究院（National Institute of Mental Health）使用的彩色動畫片，是為小學學生設計的反毒課程之一部分。

在片中，愛麗絲由真人飾演，她碰到了許多繪製出來的角色：毛毛蟲會抽大麻菸，瘋帽匠服用 LSD 迷幻藥，睡鼠吃巴比妥類鎮定劑，三月兔則是嗑安非他命。已經有毒癮的白兔想帶壞愛麗絲，柴郡貓則是愛麗絲內在的良心，提醒她別誤入歧途。片長約 15 分鐘。

1978 年：《愛麗絲夢遊仙境：一個教你如何欣賞別人的故事》（*Alice in Wonderland: A Lesson in Appreciating Differences*），由迪士尼電影公司製作。

一開始由真人演出的教育影片，最後擷取了迪士尼公司於 1951 年推出的《愛麗絲夢遊仙境》動畫片片段，藉此討論該如何欣賞別人的不同之處：在那片段中，《愛麗絲鏡中奇緣》故事裡的花兒因為愛麗絲長相不同就對她說三道四的，此即討論的重點。

致謝

我的感謝與感激之意如此之深，首先要向馬丁之子吉姆致敬，因為他向諾頓出版社建議我應該可以承繼其父之遺志，完成這項令人卻步的無比艱難任務。

此外也要感謝諾頓的編輯們，包括菲爾・馬瑞諾（Phil Marino）、傑夫・許瑞夫（Jeff Shreve）以及唐恩・瑞夫金（Don Rifkin）的持續支持。審稿編輯瑪莉・巴布考克（Mary Babcock）的工作表現無與倫比，值得讚許；負責設計本書的造型的艾德里安・基辛格（Adrian Kitzinger）也是表現出色，排版人員則是將設計理念予以實現。

此外也要感謝其他卡洛爾研究者常常為我獻策，或是幫忙研究注釋的相關問題，特別要感謝繼任我成為北美路易斯・卡洛爾學會會長的史黛芬妮・勒維特（Stephanie Lovett），還有麥特・德馬可斯。同時也必須向一些卡洛爾研究者致敬，包括塞爾文・古艾柯醫生、奧古斯都・殷霍爾茲二世（August A. Imholtz, Jr.）、克萊兒・殷霍爾茲（Clare Imholtz）、法蘭基・摩里斯（Frankie Morris）、雅德莉雅娜・佩里亞諾、雷・史莫里安（Ray Smullyan）、艾倫・坦能包姆（Alan Tannenbaum），還有愛德華・威克林。感謝里歐納・馬可斯（Leonard S. Marcus）在他的紐約公共圖書館展覽 *The ABC of It* 裡面使用蛋頭先生的形象。感謝大衛・薛佛幫我編寫出一份取材自愛麗絲系列小說的所有電影之清單。感謝《騎士信件》的編

輯馬亨德拉・辛，他不但幫忙完成注釋，也為本書最開頭的詩繪製插畫，忠實地描繪出那一趟愛西絲河之旅的氛圍。

感謝才華橫溢的安德魯・歐格斯，他是《騎士信件》的設計師，與我一起篩選本書要使用的圖畫，思考要擺在哪裡，同時也負責校稿，為設計提供了許多出色建議，實在是勞苦功高。

此外也要感謝許多慨然允許我們使用其作品的藝術家，包括帕特・安德瑞安、彼得・布萊克爵士、強納森・迪克森（Jonathan Dixon）、亞森・朱瑟雷夫、莉歐娜・索蘭斯・葛拉西亞、塔提雅娜・亞諾夫絲卡伊雅、法蘭柯・羅提耶里（Franco Lautieri）、約翰・維農・洛爾德、伊恩・麥克凱格、巴瑞・莫瑟、史考特・戴利（Scott Daley）、OGPI 公司（瓦特・凱利的部分）、雅德莉雅娜・佩里亞諾、拜倫・席維爾與其妻維多莉雅、羅夫・史戴曼、潔西雅・萊西亞特（Jasia Reichardt，法蘭西絲卡・特莫森的部分）、米榭・威拉赫，以及里歐納・威斯加德的三位兒女：愛比、伊森與克莉絲。

感謝那些協助我徵求允許與獲得圖畫影像的人：ARS 公司的艾倫・巴格里亞（Alan Baglia）、Bodleian 公司的布魯斯・貝克-班菲爾德（Bruce Barker-Benfield）、海瑟・柯爾（Heather Cole）、艾麗森・戈普尼克（Alison Gopnik）、艾格妮絲・古伊莫（Agnès Guillemot）、瑪莉・海格特（Mary Haegert）、查爾斯・霍爾（Charles Hall）、丹尼斯・霍爾（Dennis Hall）、卡洛琳・路克（Caroline Luke）與 C.L. 道吉森遺產的信託委員會、珍妮・麥克穆林（Janet McMullin）、梅麗莎・敏提（Melissa Minty）、克莉絲提娜・尼亞谷（Cristina Neagu）、奧瑞里・拉辛包德（Aurélie Razimbaud）、ARS 公司的漢娜・拉德根（Hannah Rhadigan）、艾爾維・雷伊・史密斯（Alvy Ray Smith）、莎迪・威廉斯（Sadie Williams），還有道格拉斯・威爾森（Douglas Wilson）。

就數位影像的處理方面，要感謝舊金山的山姆・霍夫曼（Sam Hoffman）與其所屬的 LightSource 公司，他們非常妥善地使用我那些珍貴的書籍。

感謝我的家人，從我父親山多・伯斯坦（Sandor Burstein）開始。父親也曾是北美路易斯・卡洛爾學會會長，更是一位出色的收藏家，他對於卡洛爾的熱愛使我自幼便有所啟發。感謝我的妻子莉莎（Llisa）與兒子馬丁（這名字可不是隨便取的）和女兒宋雅（Sonja），總是如此愛我與支持我。

還有，最需要感謝的，當然是馬丁・加德納本人。感謝他對我這一生與對於這世界的正面影響，以及無法估算的貢獻。

馬克・伯斯坦

愛麗絲夢遊仙境與鏡中奇緣

從不絕版的西方奇幻經典・跨世紀珍藏版

The Annotated Alice 150th Anniversary Deluxe Edition

（本書為改版書，中文版原書名為：《愛麗絲夢遊仙境與鏡中奇緣：一百五十週年豪
華加注紀念版，完整揭露奇幻旅程的創作秘密》）

國家圖書館出版品預行編目（CIP）資料

愛麗絲夢遊仙境與鏡中奇緣：從不絕版的西方奇幻經典・跨世紀珍藏版
路易斯・卡洛爾（Lewis Carroll）原著
馬丁・加德納（Martin Gardner）編注
陳榮彬譯
初版｜臺北市：大寫出版社出版：大雁文化事業股份有限公司發行｜2021.12
512面；21*25公分（be-Brilliant!幸福感閱讀，HB0021R）
譯自：The annotated Alice, 150th anniversary deluxe ed.

ISBN 978-957-9689-70-0（精裝）

873.57　　110020010

出版者：大寫出版社

書　　系　〈be Brilliant! 幸福感閱讀〉　HB0021R

著　　者　路易斯·卡洛爾（Lewis Carroll）

編　　注　馬丁·加德納（Martin Gardner）

譯　　者　陳榮彬

封面設計　郭嘉敏

行銷企畫　王綬晨、邱紹溢、陳詩婷、曾曉玲、曾志傑

大寫出版　鄭俊平

發 行 人　蘇拾平

發　　行　　大雁文化事業股份有限公司

台北市復興北路333號11樓之4

24小時傳真服務（02）27181258

讀者服務信箱 E-mail: andbooks@andbooks.com.tw

初版一刷 2021年12月

ISBN 978-957-9689-70-0

定價 1260 元